dtv

In Bagdad, der heute zerstörten Metropole des Nahen Ostens, folgt seit den 1940er Jahren ein Putsch auf den anderen. Der Druck auf die jüdische Minderheit im Irak wird so stark, daß es in den 50er Jahren zu einem ersten Massenexodus kommt. Mit dem Sechs-Tage-Krieg 1967 eskaliert die Situation endgültig, islamischer Nationalismus breitet sich aus. Saddam Husseins Baath-Partei zwingt die noch verbliebenen Juden schließlich zur Flucht unter größter Gefahr.
Auch die sechzehnjährige Lina und ihre Familie müssen die Stadt im Schutz der Dunkelheit verlassen und in Richtung Iran fliehen. Unsicherheit und Angst, Repression und Gewalt liegen hinter ihnen. Im Stil einer modernen Scheherazade schildert Lina ihre Kindheit, in der es aber auch unbeschwerte Momente gab: Sie erzählt von ihrer assyrischen Kinderfrau, von Streichen, Kämpfen und Freundschaften in der jüdischen Schule, vom Wettschwimmen im Tigris, von den Gesängen der Beduinenfrauen im Souk. Gerüche, Geschichten, Sprachen und Geräusche prägen ihren Alltag: Erinnerungen an Schönheit und Widersprüchlichkeit einer fast vergessenen jüdisch-arabischen Welt.

Mona Yahia, 1954 in Bagdad geboren, emigrierte 1971 mit ihrer Familie nach Israel, leistete dort ihren Militärdienst, studierte Psychologie und französische Literatur, arbeitete bis 1985 in Tel Aviv als Psychologin, studierte Kunst in Kassel und lebt heute als freie Autorin in Köln. ›Durch Bagdad fließt ein dunkler Strom‹ ist ihr viel beachteter erster Roman.

Mona Yahia

Durch Bagdad fließt ein dunkler Strom

Roman

Aus dem Englischen von
Susanne Aeckerle

Deutscher Taschenbuch Verlag

Neuausgabe August 2006
Veröffentlicht im Juni 2004 im
Deutschen Taschenbuch Verlag GmbH & Co. KG,
München
www.dtv.de

Titel der englischen Originalausgabe:
›When the Grey Beetles Took over Bagdad‹
(Peter Halban, London 2000)

Umschlagkonzept: Balk & Brumshagen
Umschlagfoto: Corbis/Hulton-Deutsch Collection
Gesamtherstellung: Druckerei C. H. Beck, Nördlingen
Gedruckt auf säurefreiem, chlorfrei gebleichtem Papier
Printed in Germany
ISBN-13: 978-3-423-13481-1
ISBN-10: 3-423-13481-X

Für meine Eltern, die mir Sprachen gaben statt Wurzeln

Teil I

Der Siebte Tag

– Als die Astrologen im 145. Jahr der *hedschra,* der Auswanderung, Abu Ja'afar al-Mansour verkündeten, daß die Sterne für seine Pläne günstig ständen, legte der abbasidische Kalif am rechten Ufer des Tigris den Grundstein für die geplante Stadt. Die Bauarbeiten dauerten drei Jahre, von 762 bis 765 unserer Zeitrechnung. Kann mir jemand sagen, wie die Stadt gebaut wurde? Richtig. Mit konzentrischen Ringmauern und Toren in alle vier Himmelsrichtungen. Ein paar Jahre später ließ al-Mansour Münzen prägen, mit der Aufschrift *Dar al-Salam,* Stadt des Friedens. Trotzdem blieb Souk Bagdad, der Name eines alten persischen Dorfes am Tigris, irgendwie hängen. Ich brauche euch wohl nicht von der Pracht Bagdads während des abbasidischen Kalifats zu erzählen, davon, wie die Stadt in der goldenen Blütezeit unter al-Mansours Sohn Harun al-Raschid wuchs und gedieh und dieser gefeiertste aller Kalifen Paläste und Moscheen, Archive, Bibliotheken und Akademien errichten ließ. Vergeßt nicht, daß an eben diesen Akademien Aristoteles und Sokrates ins Arabische übersetzt und ihre Texte so vor der Zerstörung bewahrt wurden.

Nach dieser Einführung darf ein schläfriger Schüler weiter vom vergangenen Glanz des islamischen Reiches erzählen. Meine Uhr sagt mir: noch eine Viertelstunde. Man kann Dutzende von Jahrzehnten in eine Schulstunde packen, und die Zeit vergeht trotzdem nicht schneller. Meine Nachbarin stupst mich, reicht mir einen Zettel weiter. Ich entfalte ihn.

»Ist Haqqi krank, oder hat er sich in eine bessere Welt abgesetzt?«

Obwohl der Zettel keine Unterschrift trägt, erkenne ich sofort Selmas große Handschrift. Mit mißbilligend gerunzelter Stirn drehe ich mich um. Wenn der Zettel unserem Lehrer in die Hände gefallen wäre? Selma hätte ihre Frage verschlüsseln oder den Satz einfach unvollendet lassen sollen. Ich hätte sofort verstanden, weil ich mir genau dieselben Sorgen mache wie sie. Unfähig, ihr über die Entfernung Vorwürfe zu machen, zucke ich nur die Schultern. Nein, ich habe nichts gehört. Selma reckt vier Finger hoch, deutet zum leeren Pult zwei Reihen rechts von mir. Ich weiß, ich weiß. Haqqi fehlt schon den vierten Tag.

– In Bagdad wurde auch die Madrassa al-Mustansiryah gegründet, die erste islamische Universität und eine der ältesten der Welt. Denkt jetzt aber nicht, Bagdad sei nur ein wissenschaftliches Zentrum gewesen, es war ebenso ein Zentrum des Handels und des materiellen Wohlstands. Obstgärten und Parks wurden angelegt, Basare dehnten sich aus und zogen Händler aus allen Teilen des arabischen Reiches an – eines Reiches, das sich vom Indus bis zum Mittelmeer und vom Kaspischen Meer bis zum Arabischen Golf erstreckte.

Ich stütze den Kopf in die Hand und wünsche mir, Hulagu würde mit seinen wilden Horden unsere Geschichte stürmen, die große Metropole zerstören, die Paläste plündern, die Gärten in ein Flammenmeer tauchen. Das Massaker war so unbarmherzig, sagt man, daß innerhalb von Stunden die Straßen rot von Menschenblut waren und nach wenigen Tagen die unbestatteten Überreste Tausender hingeschlachteter Einwohner zum Himmel stanken. Der Tigris war so dunkel wie die tiefste Nacht, gefärbt von der Tinte der Manuskriptberge, die die Mongolen in den Fluß geworfen hatten.

Der Direktor kommt ins Klassenzimmer, ohne zu klopfen und ohne die Tür hinter sich zu schließen. Wir erheben uns sofort – ein routinemäßiger Gehorsam, den unsere Lehrer für Respekt halten. Der Geschichtslehrer unterbricht seine Schilderung der Handelswege, die unter Raschids Herrschaft entstanden, und verbeugt sich vor dem Direktor. Dann zieht er sich zum Fenster zurück, überläßt das Podium seinem Vorgesetzten.

– Eure Physikstunde am Nachmittag fällt aus!

Das vertraute Pausenklingeln unterbricht ihn und erlöst uns diesmal gleich von zwei Stunden. Hinter mir ist ein ungehemmter Jubelschrei zu hören. Irgend jemand kichert. Zwei Gefühlsäußerungen zu viel, und das in Gegenwart des Direktors! Der steckt die Hände in die Taschen, steht stocksteif da und wartet mit starrem Gesicht, daß wieder Stille eintritt.

– Ihr könnt jetzt nach Hause gehen, sagt er unfreundlich, deutet zur offenen Tür.

Doch seine steife, unnachgiebige Haltung hält uns zurück. Schüler der Nachbarklassen schlendern vorbei, schneiden Grimassen oder reißen Witze. Wir erwarten sein Urteil, sehen stur geradeaus, wie für ein Klassenfoto, nur das übliche Lächeln fehlt.

– Was ist los? Habt ihr die Klingel nicht gehört? Ich dachte, ihr hättet es so eilig, nach Hause zu kommen?

Sein Grinsen macht seine spitzen Gesichtszüge noch schärfer, verengt seine grauen Glubschaugen zu zwei tückischen Schlitzen. Unser Direktor ist der einzige Mensch, den ich kenne, der noch furchteinflößender wirkt, wenn er lächelt. Der Geschichtslehrer kichert vor Höflichkeit. Wir verharren in sicherer Demut, warten darauf, daß dem Direktor die Spottlust vergeht. Die zwei Männer nikken einander zu. Vierzig Schüler stehen stramm. Der Lehrer folgt dem Direktor. Das Stakkato ihrer Schritte zeigt unverhohlene Verachtung für unser Schweigen.

Sobald sie draußen sind, existieren die zwei nicht mehr.

Die Schüler schreien ihr Hurra, ihre Schimpfworte, lassen immer wieder die Pultdeckel knallen, packen ihre Taschen, rennen los, kommen zurück für ein paar letzte Witze. Nachdem sich das Klassenzimmer langsam geleert hat, steht nur noch eine kleine Gruppe flüsternd neben der Tür. Flüstern heißt Neuigkeiten, Geschichten von Eingeweihten, manchmal Gerüchte, die der Hausmeister oder die nichtjüdischen Lehrer nicht mitbekommen sollen. Ich gehe zu der flüsternden Gruppe. Selma folgt mir. Unsere Vermutung war richtig. Trotz der schweren Schneefälle im Norden haben die Shamashs gestern den Iran erreicht. Und offenbar hat Sami, unser Physiklehrer, es ebenfalls geschafft, wohl zusammen mit Haqqis Familie.

Seit Wochen ist keine Familie mehr geflohen. Die Festnahme von über siebzig Juden, die im Oktober zu fliehen versucht haben, hat uns den Mut zu solchen Unternehmungen genommen. Zudem hat der eisige Winter in den nördlichen kurdischen Provinzen den illegalen Grenzverkehr mit dem Iran fast zum Erliegen gebracht. Da sie in naher Zukunft keine Fluchtmöglichkeit sahen, haben meine Eltern günstig zwei Teppiche für das Wohnzimmer gekauft, endlich den tropfenden Hahn in der Toilette reparieren und das zerbrochene Küchenfenster erneuern lassen. Diese Taten sprachen für sich. Sie hatten sich mit der Vorstellung eingerichtet, einen weiteren Winter hier zu verbringen.

Nachdem wir uns von den letzten Schülern getrennt haben, geht Selma zu Haqqis Pult.

– Wollen mal sehen, was er für Schätze zurückgelassen hat.

Sie setzt sich, hebt den Pultdeckel hoch.

Ich gehe zu meinem Pult, will nichts mit ihrem Übergriff zu tun haben. Die Nachricht hat mich durcheinandergebracht. Sie erfüllt mich nicht nur mit Neid, sie hat ebenfalls neue, vergebliche Hoffnungen geweckt – statt diese in Ruhe ihren Winterschlaf halten zu lassen.

– Ein arabisches Wörterbuch! Das wird dieser Glückspilz Haqqi jetzt nicht mehr brauchen.

Ich suche Schulbücher zusammen, die ich mit heimnehmen will.

– Keine Liebesbriefe, keine Geldscheine, wie schade! murmelt sie, schüttelt das Wörterbuch.

Ich packe meine Tasche, nehme meinen Mantel vom Haken.

– Die gekürzte Ausgabe von *al-Munjid*, gutes Buch, findest du nicht auch?

Selma reißt das Vorsatzblatt mit Haqqis Namen raus und schreibt ihren eigenen in den Deckel des Wörterbuches.

– Ich finde, du solltest mit dem Plündern warten! Vielleicht sind sie gar nicht geflohen. In letzter Zeit gibt es so viele Gerüchte.

– Als ich das letzte Mal gewartet habe, hat sich Tina Davids Füllhalter geschnappt, rechtfertigt sie sich und wackelt mit dem Pultdeckel.

David war der erste, der es geschafft hat, ganz früh im Trimester. Laila folgte zwei Wochen später. Und jetzt Haqqi. David, Laila, Haqqi, unsere glücklichen Preisträger. Preise, die sie nicht für vorzügliche Schulleistungen, lobenswerte Mitarbeit, gute Manieren oder gar den guten Namen ihrer Familien gewonnen haben.

– Das Scharnier quietscht nicht, ich zieh um! Es gibt keinen besseren Platz als den hinter dem dicken Farouk. Außerdem bin ich dann zwei Bänke näher bei dir.

– Rechne nur nicht zu sehr mit mir! rutscht mir heraus.

Ohne darauf zu reagieren oder meinen Wunsch, nach Hause zu gehen, zu kommentieren, zieht Selma ihr Taschenmesser hervor.

– Tu mir einen Gefallen, ja, und hol mir den Papierkorb. Ich muß den Dreck wegmachen und das ganze alte Kaugummi abkratzen.

Ich tue ihr den Gefallen. Sie räumt die Pistazienschalen raus, die Spitzerreste, die Stiftestummel, säubert das Pult von innen mit einem Papiertaschentuch. Erst dann legt sie ihre eigenen Schulbücher hinein, teilt sie in zwei Stapel – Haqqis Wörterbuch zu den gebundenen. Schließlich zufrieden mit ihrer Ordnung, streicht Selma mit der Handfläche über den Holzdeckel, sucht nach Splittern. Sie findet keine, greift wieder zu ihrem Taschenmesser und ritzt ihren Namen in den schrägen Deckel.

Verwundert sehe ich ihr zu. Trotz unseres Schwebezustands ist Selmas Verbindung zur Umwelt intakt geblieben. Sie zeigt keines der Symptome – weder Desinteresse noch Teilnahmslosigkeit noch Rückzug –, die mir in den letzten drei Jahren so zu schaffen gemacht haben.

Ich gehe näher ran, schaue ihr über die Schulter. Ohne Punkte oder ornamentale Vokalpunkte zieht sich Selmas frisch eingeritzter Name von rechts nach links über das Pult, durchschneidet kleinere, dunklere Worte, Spuren vorheriger Pulteigentümer. Rechts davon schweben zwei namenlose verschlungene Herzen. Im trockenen Tintenfaß ist Einsteins Relativitätsgleichung in winziger, grau gewordener Schrift notiert. Links vom Tintenfaß, unter der Rille für die Stifte, steht tiefer eingeritzt der Satz: »Am siebten Tag schuf Gott das Gedächtnis.«

Nachdem Selma die Splitter vom Schnitzen herausgezogen hat, nimmt sie das Taschenmesser in die linke Hand und ritzt ihren Namen ein zweites Mal ein, von links nach rechts in lateinischen Großbuchstaben. Die zwei Selmas, identisch im Klang, fremd im Schriftbild, stehen sich gegenüber, jede für sich.

– Hast du dein Territorium fertig markiert? grummele ich und schlüpfe in meinen Mantel. Man könnte denken, du willst für immer hierbleiben.

Selma sieht zur Uhr, klappt das Taschenmesser zusammen.

– Nein, nein. Ich mach das später richtig fertig. Was hast du heute nachmittag vor?

– Nach Hause gehen, was sonst? Zu Fuß, vermute ich.

– Ich kann dich mitnehmen. Nach Hause oder sonstwo hin! sagt sie und platzt fast vor Stolz.

Selma mißversteht meine Sprachlosigkeit und erklärt hastig.

– Der Käfer steht vor der Tür!

Selma hat letztes Jahr von ihrem Vater das Fahren gelernt. Obwohl noch nicht volljährig, ist sie seitdem oft mit dem Volkswagen ihrer Mutter in der Nachbarschaft zum Einkaufen gefahren. Zu diesen kurzen Fahrten hat sie mich häufig mitgenommen, und ich habe es sehr genossen. Doch der Gedanke, daß zwei sechzehnjährige Mädchen durch die turbulenten Straßen der Innenstadt rasen, läßt mich schaudern.

Während eine zweite widerspenstige Stimme mir gleichzeitig zuredet.

Wir nehmen unsere Schultaschen, verlassen das Klassenzimmer, gehen die Treppe hinunter.

– Hast du den Verstand verloren? Du hast noch keinen Führerschein, hast du das vergessen?

– Komm schon, Lina, wir sind doch bloß in Alwiyah, zehn Minuten von zu Hause weg, vielleicht fünfzehn. Was soll uns denn da passieren?

– Und wenn uns ein Verkehrspolizist stoppt? Wenn er deinen Führerschein sehen will?

– Warum sollte uns ein Polizist anhalten? Ich bin die geborene Fahrerin, das hast du selbst gesagt, und ich sehe aus wie achtzehn. Also, immer mit der Ruhe, außerdem ist Mamas Führerschein im Auto. Ich zeig dir das Foto. Es ist dreißig Jahre alt, sie sieht genauso aus wie ich.

Ihr Gesicht zeigt weder Ironie noch Spott. Selma versucht ernsthaft, mit ihrer Verwegenheit meine Zweifel zu zerstreuen. Wir kommen durch das Schultor. Da steht der grüne Volkswagen, tadellos eingeparkt, und zerstört meine Illusion, daß sie nur Spaß gemacht hat. Ich zögere, kann mich nicht entscheiden. Selma explodiert.

– Hör mal, es ist ein wunderschöner Tag, wir haben ein Auto und werden nicht vor drei Uhr zu Hause erwartet. Was wollen wir mehr? Das ist eine einmalige Gelegenheit, wer weiß, ob die je wiederkommt. Also, steig ein, oder laß es sein. Fahr mit, oder sei ein braves Mädchen und geh nach Hause. Ich fahr jetzt.

– Nicht ohne mich! Warte, Selma, ich komme mit.

Plötzlich strahlender Laune, laufe ich zu dem sudanesischen Straßenhändler und erstehe seine letzten zwei Tüten voll heißer Erdnüsse. Selma startet den Motor, wendet gekonnt. Ich springe hinein, während der Wagen schon rollt. Selma vergewissert sich, daß meine Tür richtig zu ist, und gibt Gas.

Sie fährt durch Nebenstraßen zur *Schari'el-Nidhal*, der Kampfstraße, setzt dann, ohne zu zögern, den Winker nach rechts, in die Gegenrichtung zu unserem Heimweg. Ich schlucke schwer, versuche mir nicht vorzustellen, was meine Eltern zu diesem Unternehmen sagen würden. In Windeseile erreichen wir den Platz des unbekannten Soldaten, wo ich mit Horden von Verkehrspolizisten rechne, die uns erwarten. Der einzige Uniformierte in Sichtweite ist der diensthabende Soldat, der über das Gedächtnisfeuer unter dem parabolförmigen Monument wacht. Der Muezzin von der nahegelegenen Märtyrermoschee hat gerade sein Mikrophon weggelegt und die

Gläubigen unter der vergoldeten Kuppel versammelt, um sie durch das dritte Gebet des Tages zu führen.

– Laß uns zur Abu-Nuwas fahren, ich liebe das Flußufer, selbst im Winter, schlägt Selma vor.

Sie nimmt die nächste Straße, fährt zum Fluß.

Trotz der Sonne hat sich die Melancholie des Winters über die Promenade gelegt. Die wenigen Spaziergänger, die leeren Straßencafés haben diesen lebendigen, viel frequentierten Ort trostlos werden lassen. Selma sucht sich einen Parkplatz nahe des Flusses. Ich kurble mein Fenster runter, rieche den scharfen Schlickgeruch. Obwohl die Intensität dieses Geruchs mit den Jahreszeiten wechselt, weckt er in mir immer dasselbe vage Verlangen. Ein grauhaariger Mann in der traditionellen *zboun* schlendert vorbei, schaut versunken zum Wasser. Selma zieht die Handbremse und reckt sich.

– Vielen Dank für diesen goldenen Nachmittag, Sami, wo immer du jetzt bist!

Die Sonne erhellt Selmas Profil durch die Scheibe, unterstreicht ihre Sommersprossen, entflammt ihre roten Locken. Selma öffnet die Tüte, steckt sich die ersten Erdnüsse in den Mund. Langsam werden wir ruhiger, lassen uns vom stetigen Fließen des Wassers einlullen. Schweigend schauen wir zum Fluß, kauen, warten darauf, daß ein toter Hund oder Esel vorbeitreibt – so müssen sich unsere Mütter die Zeit vertrieben haben, vor der Erfindung des Fernsehens. Ich schaue zum gegenüberliegenden Ufer, nach Karkh, zu den hohen Palmen, dicht stehenden Orangenbäumen, uralten orientalischen Häusern mit Gitterwerk um die über das Wasser ragenden Terrassen. Die Farbe der Hauswände gleicht so sehr der des schlammigen Flusses, daß sie ihm entstiegen zu sein scheint.

– Ich frag mich, warum Flüsse in Landkarten immer hellblau eingezeichnet sind. Ich hab noch nie gesehen, daß der Tigris hellblau ist, murmele ich.

– Ich werde den Tigris vermissen, erwidert Selma, plötzlich ganz leise und sentimental.

– Die Welt ist voll von mächtigen Flüssen: die Themse, die Seine, der Rhein, die Donau, der Mississippi. Welchen willst Du?

– Ich würde trotzdem den Tigris nehmen. Bestimmt schmeckt kein anderes Wasser so süß, erwidert sie entschieden, schließt die Lider, will nicht diskutieren.

In Gedanken verfolge ich Haqqi, möchte die süße Sicherheit seines Exils fühlen. Wenn wir schon über zwei freie Stunden jubeln, mit welcher Verzückung muß er hinter der Grenze seine Wiedergeburt gefeiert haben! In einem schicken Jogginganzug läuft er durch den Schnee, rennt Hügel hinauf, springt über Elektrozäune, entkommt den Schüssen der Grenzwächter, rennt so schnell, daß ihre Hunde ihn nicht einholen können. Er zeigt kein Zeichen von Müdigkeit, Hunger, Furcht oder Einsamkeit. Ich will ihn nicht verlassen, will den großen Moment miterleben, wenn er den Fuß in die freie Welt setzt. Doch Haqqi zieht immer weiter, hat es nicht eilig, sein Ziel zu erreichen. Das Kaugummi ständig im Mund, schickt er Luftküsse zum Horizont, zu der riesigen Lady, der Freiheitsstatue.

– Ihr lebt aus dem Koffer, oder? kommt es plötzlich von Selma, die mir, nun überhaupt nicht mehr schläfrig, prüfend ins Gesicht schaut.

– Genau wie viele jüdische Familien, erwidere ich stockend, fahre mit einem Ruck hoch, finde ihre Neugier unangenehm.

– Außer Baba! Der hat es nicht eilig mit der Emigration. Er sagt, wir werden nie mehr so leben können wie hier: das große Haus, der Garten, die zwei Autos, das Hausmädchen und so viel Freizeit. Ich wette, er wird der letzte Jude in Bagdad sein. Was er dann wohl mit all seiner Zeit anfängt? Mit dem Dampfkochtopf reden? Mit den Autos Versteck spielen?

– Dein Vater ist einer der wenigen Juden, dessen Leben sich seit dem Krieg nicht verändert hat. Er hat weder seinen Job verloren, noch ist er ins Gefängnis gesteckt, zusammengeschlagen oder überwacht worden ...

Selma hört nicht zu. Zwei junge, modern gekleidete Männer schlendern näher und glotzen zu uns herein. Sicherheitsbeamte? Der eine grinst, neigt den Kopf, hebt die Handfläche – die übliche Frage. Nein, nur ganz gewöhnliche Männer. Ich seufze erleichtert. Selma seufzt verärgert. Wir wenden uns wieder einander zu, zeigen demonstrativ, daß wir kein Interesse haben. Sie stellen sich einige Schritte von uns entfernt hin. Über Selmas Kopf hinweg sehe ich, wie sie uns zuwinken, wir sollen zu ihnen hinaus in die Sonne kommen.

– Los, wir verriegeln die Türen, schlägt Selma vor.

Ich schließe zusätzlich mein Fenster. Sie stellt ihre Rücklehne hoch, kehrt zum Thema zurück.

– Flucht ist gefährlich dieser Tage, sagen die Leute. Es heißt, die Grenze wird stark bewacht.

– Ja, und? Gleichzeitig sagen sie, daß man die Grenzer leicht schmieren kann. Was würden die Leute nicht sagen, nur um was zu sagen zu haben? Das Problem ist, daß niemand weiß, was die Regierung plant. Den einen Tag scheint sie wachsam zu sein, den nächsten scheint sie gar nichts zu sehen. Das einzige, dessen wir sicher sein können, ist, daß Haqqi es gerade geschafft hat.

– Eine Tatsache? Wie interessant! Noch vor einer Stunde hast du behauptet, das wäre nur ein Gerücht.

Sinnlos, über das Thema mit ihr zu diskutieren. Selma ist entschlossen, jeden meiner Hoffnungsschimmer zu zerstören, so wie sie schon im Kindergarten meine Murmeln weggekickt hat.

– Sagst du mir Bescheid, bevor du abhaust? wagt sie zu fragen und kippt sich die restlichen Erdnüsse in den Mund.

– Kommt nicht in Frage! Das ist viel zu gefährlich.

– Du findest es einfach toll, es gefährlich klingen zu lassen, viel gefährlicher, als es wirklich ist.

– Das ist unfair! Über siebzig Juden sind im Oktober kurz vor der Grenze geschnappt worden, hast du das vergessen? Sie sind immer noch im Gefängnis. Keiner weiß, was sie erwartet.

Selma hält die Hand vor die Lippen, gibt mir zu verstehen, daß ich leiser sprechen soll.

– Soll das heißen, daß du eines Tages einfach verschwinden wirst, wie Haqqi, Sami, Laila, David und die anderen?

– *Inschallah!* Wenn wir Glück haben, ja! Genau so wird es passieren, fauche ich, will nicht mehr darüber reden.

– Noch diesen Winter? insistiert Selma.

– Weiß ich nicht. Meine Eltern reden mit uns nicht darüber. Und selbst wenn ich es wüßte, würde ich es dir nicht sagen. Zufrieden?

– Nicht, bevor du mir diese Frage beantwortest, bitte! Habt ihr euch wirklich für diesen Winter entschieden?

– Um Himmels willen, laß dieses Verhör. Ich dürfte nicht mal mit dir darüber reden. Vater sagt, keiner darf wissen ...

– Aber ich bin nicht irgendwer, und du bist erschreckend ehrlich. Ihr habt euch entschlossen, zu verschwinden. Du hast dich verraten, vor nicht mal einer Stunde. Ja, im Klassenzimmer, tu nicht so ahnungslos. Du hast gesagt, ich soll nur nicht zu sehr mit dir rechnen, stimmt's? Was hast du ...

Selma schrickt zusammen, schaut in den Rückspiegel.

– Ihr Hunde, geht und bespringt eure Schwestern ...

– Was?

– Die beiden Männer. Sie sind immer noch da, flüstert sie.

Rasch drehe ich mich um, entdecke die Männer durch das ovale Rückfenster. Sie stehen rechts und links vom Wagen, lehnen sich leicht dagegen, verschlingen mich mit ihren Glupschaugen. Ihre Hände wackeln in den Hosentaschen, so, wie man Muskat zermahlt. Unser Volkswagen schaukelt leicht, oder kommt mir das nur so vor? Selmas Oberlippe ist voller Schweißperlen. Sie packt die Schlüssel, versucht, den Türschlüssel ins Zündschloß zu stecken.

– Selma, das ist widerlich! Was ist mit denen los?

Endlich dreht sie den Zündschlüssel. Der Volkswagen ruckt in den Rückwärtsgang. Das erschreckt die Männer nicht, verdirbt ihnen nicht mal den Spaß. Ganz im Gegenteil, ohne zurückzuweichen lachen sie schallend, machen wilde, merkwürdige Gesten. Selma schaltet und rast los. Ich sehe die zwei im Rückspiegel kleiner werden, zwei ordentlich gekleidete junge Männer, die ihre Hosen und Krawatten zurechtrücken und uns fröhlich nachwinken.

– Was haben die gemacht, Selma?

– Onaniert, Baby. Ihre Eier an unserem Auto gerieben. Grün muß sie angeturnt haben. Die Drecksäcke! Hast du gemerkt, wie sie sich über unsere Panik amüsiert haben? Ich schwöre, das hat sie noch mehr aufgegeilt.

– Perverslinge!

Sie runzelt die Stirn.

– Seit wann benutzt ein braves Mädchen wie du solche Ausdrükke? Erzähl mir nicht, du hättest im »Playboy« geblättert!

Ich reagiere nicht, kenne ihre Sticheleien. Der Vorfall, zu gewöhnlich, um Worte darüber zu verlieren, und doch zu widerwärtig, um ihn zu vergessen, läßt uns nicht los. Selma ist *enf nar, enf duchan*, hat ein Nasenloch voll Rauch, das zweite voll Feuer. Sie hupt, flucht, macht rüde Gesten, überholt jedes Fahrzeug. Mein Herz hämmert. Ich möchte nur eines: heil nach Hause kommen. Zwei junge Motorradfahrer, die uns links nicht überholen konnten, versuchen es jetzt rechts. Der Tacho schnellt hoch. Wenn Selma doch nur nach vorne schauen würde, statt sich mit dem Taxi neben ihr zu streiten. Doch ich wage es nicht, etwas zu sagen, weil sie jetzt garantiert nicht hören will, was ich von ihren Fahrkünsten halte. Die Laubbäume fliegen vorüber. Wir fahren um einen Platz herum, um den zweiten, dritten. Endlich nähern wir uns Hindiyah, unserem Viertel. Selma entspannt sich und fährt langsamer.

– Tut mir leid, daß es so geendet hat. Nächstes Mal halten wir nicht an. Aber dann fahren wir wirklich weit, bis zum Lunapark.

– Zum Lunapark? Du kennst den Weg dahin? Selma, du Einzigartige! Du tollste Fahrerin der Stadt!

– Am liebsten würde ich über die Grenze fahren! Bei dem schweren Schneefall muß man jetzt bestimmt Ketten aufziehen. Das wär mal eine Fahrt. Kannst du mich nicht deinem Vater empfehlen?

– *Dein* Vater würde dir das doch niemals erlauben, Selma.

– Wer fragt *den* denn?

– Du hast ja nicht mal einen Führerschein, mein Vater würde niemals...

– Ich weiß, ich weiß, ich hab nur Spaß gemacht. Bitte sehr, das

Taxi hat Sie direkt bis vor die Tür gebracht, junge Frau. *Yallah*, träum heute nacht bloß nicht von Perversen, und denk dran, deine Mama braucht nichts von unserem Abenteuer heute nachmittag zu erfahren. Bis morgen, falls du bis dahin noch nicht geflohen bist.

– Morgen ist Samstag.

– Dann also bis Sonntag, mach's gut.

Selma fährt los. Ich klingele. Mutters Kopf erscheint im Fenster. Sie öffnet die Tür, läßt mich rein. Der Geruch von gebratenem Fleisch steigt mir in die Nase. Ziemlich ungewöhnlich für diese Tageszeit, denn Mutter kocht meist morgens. Ich lasse meine Schultasche fallen. Mutter hat noch nichts gesagt. Sie schaut mir ins Gesicht, liest darin, was in den letzten zwei Stunden passiert ist. Um mich uninteressant zu machen, erzähle ich ihr rasch die letzten Neuigkeiten.

– Mama, die Shamashs haben es diese Woche geschafft! Sami Nathan ebenfalls. Du weißt, wer das ist, unser neuer Physiklehrer.

– Die Glücklichen! erwidert sie ernst und irgendwie gleichgültig, zeigt nicht die Neugierde, die solche Nachrichten für gewöhnlich hervorrufen.

Sie schaut mir immer noch ins Gesicht und fährt fort.

– Ich hab auch Neuigkeiten für dich: Currys Hühnchen ist fällig!

Mutter meint den gestreiften roten Kater, der oft in unseren Garten kommt. Ich habe geschworen, daß wir ihn vor unserem Weggehen mit einem üppigen Mahl entschädigen.

– Was! Himmel, wann? Warum habt ihr's mir nicht früher gesagt?

– Heute nacht! Wir sind erst heute morgen benachrichtigt worden, kurz nachdem du weg warst!

Erste Worte

Bellou und ich fahren in einer *arabana*, einer Kutsche, die von zwei schwarzen Pferden gezogen wird. Sie sitzt neben dem Kutscher. Ich hüpfe von ihrem Schoß, schiebe die beiden auseinander und setze mich zwischen sie. Der Kutscher hat einen dicken Schnurrbart und behaarte Arme. Er schnalzt mit der Zunge und treibt die Pferde peitschenknallend zum Galopp an. Für mich, sagt er. Wir rasen mit den Autos um die Wette die Sa'adoun-Straße entlang, bis nach Babel-Sherji. Dann umrunden wir den Tahrir-Platz und bringen Wind in diesen windstillen Sommernachmittag. Die Geschwindigkeit und das Geräusch der galoppierenden Hufe überwältigen mich. Ich stehe auf, klatsche in die Hände und schreie vor Freude. Bellou zieht mich wieder auf ihren Schoß. Sie sagt etwas zum Kutscher, und wir werden langsamer.

Bellou spricht Assyrisch mit dem Kutscher. Sie sind beide Assyrer, Nachkommen des bedeutenden Volkes aus dem Altertum, sagt er.

– Und du? Was bist du?

– Irakerin, sage ich.

– Was noch?

– Irakerin, wiederhole ich.

Die beiden sehen sich an. Er zwinkert ihr zu.

– Genau wie ich, sagt er. Aber ich bin auch Assyrer und außerdem Christ. Also, was bist du, außer einer Irakerin?

Ich könnte ihn in Stücke reißen. Mir ist klar, worauf er hinauswill, was er bereits weiß und was ich, aus irgendeinem Grund, nicht verraten will.

– Ich bin Irakerin und sonst nichts, beharre ich.

Bellou tätschelt seinen Arm.

– Laß das Mädchen in Ruhe, sagt sie auf arabisch.

Der Kutscher gehorcht. Ich rühre mich bis zum Ende der Fahrt nicht mehr von Bellous Schoß.

Die Pferde bleiben vor unserem Tor stehen. Bellou steigt mit mir auf dem Arm aus. Ich küsse sie und nenne sie meine kleine Mutter. Sie lacht schallend. Sie ist größer und kräftiger als Mama. Ihre Augen rollen in alle Richtungen.

Bellou wohnt bei uns, ist unser Hausmädchen und meine Kinderfrau. Sie wäscht mich täglich, macht das Haus sauber und hilft Mutter in der Küche. Sie macht köstliche Salzgurken und die größten Mossul-*kubbas* der ganzen Nachbarschaft. So rund und groß wie Teller, aber sie brechen beim Kochen nie entzwei. Bellous mit Gänseblümchen gemustertes Kleid riecht stets nach Schweiß und Mehl. Um den Hals hängt ihr ein vielfarbiges Band, dunkel vom Tragen, mit einem Wolfszahn dran, der zwischen ihren Brüsten baumelt. Gegen den bösen Blick, sagt sie.

Ich laufe barfuß im sommerlichen Hof herum. Bald verbrennt mir der Boden die Fußsohlen. Ich schreie, renne zurück in den Schatten. Bellou gießt mir einen Eimer Wasser über die Füße. Dampf steigt vom Zementboden auf.

– Wir leben ein Stockwerk über der Hölle, sagt sie.

Sie ist die Stärkste im Haus. Wenn Vater es nicht schafft, gibt er ihr das Hackmesser, und Bellou zerhackt mühelos den steinharten kurdischen Käse. Nur sie kann die Perserteppiche im Frühjahr auf den Hof schleppen, wo sie ausgeklopft, zusammengerollt und dann bis zum nächsten Winter im Abstellraum verstaut werden. Unsere Teppiche haben nicht nur wunderschöne Muster, sondern auch erlesene Namen: Kashan, Kerman, Isfahan, Schiras, Täbris, Bijar, Hamadan. Obwohl sie in keiner dieser Städte gewesen ist, kann Bellou alle auf das Lebhafteste beschreiben.

– Hamadan ist der Wohnsitz des mächtigen Herkules, eine Stadt mit strengen Wintern, geplagt von Hurrikanen und Habichten und Houris, die Tag und Nacht Harfe spielen. In Bijar ergießen sich endlose Wasserfälle in bodenlose Krüge. Der Himmel über Täbris, wie überall in Aserbaidschan, dem Land des Feuers, ist rot, und die Augen und Haare der Aserbaidschaner stehen ständig in Flammen. In Schiras residieren Schirin und Scheherezade und andere wunderschöne Prinzessinnen. Isfahan ist eine Stadt voll safrangelber Kuppeln und saphirblauer Minarette, wo die Sonne, bevor sie aufgeht, ihre Strahlen in Goldstaub badet und sie, nachdem sie untergegangen ist, in Silberpuder aufbewahrt.

– Und Kashan? Und Kerman? will ich wissen, tappe hinter ihr her.

Bellou hockt in der Küche, zieht Okras zu einer Kette auf. Ich sitze im Schneidersitz neben ihr, kritzele auf meinem Malblock. Sie erzählt Mutter von dem Massaker an den Assyrern im Norden, eines Sommers vor langer Zeit. Mutter wäscht Reis. Bellou sagt, daß arabische, kurdische und jesidische Stämme ihr Dorf geplündert haben. Dann kamen die Soldaten und haben alle mit ihren Maschinengewehren erschossen. Sogar die Frauen und Kinder. Und die Hunde. Mutter schließt die Augen, während sie den Reis anbrät. Ich male eine Frau mit zwei schwarzen Zöpfen. Bellou war damals noch ein Kind. Sie und ihre Schwester rührten sich zwei Tage lang nicht aus ihrem Versteck. Bis keine Schritte mehr zu hören waren. Bis das letzte Stöhnen verstummt war. Bis im Dorf Stille herrschte und nur noch ihr Atem unter sechs Matratzen zu hören war und das Rascheln der Feigenbäume im Wind. Mutter gießt kochendes Wasser in den Topf mit dem Reis. Bellou und ihre Schwester gingen los. Meine Bellou rennt, hält ein kleines Mädchen an der Hand. Ihre Zöpfe flattern im Wind. Der Reis kocht auf kleiner Flamme. Die Okrakette ist fertig. Bellou steht auf und hängt die Kette in den Hof.

Im Winter werden die getrockneten Okras mit Lamm und frischen Tomaten gekocht.

Vater nimmt mich auf den Arm, zeigt mir ein Nest in einem Loch in der Wand. Ein Schwalbenpaar. *Sind-ou-hind* nennen wir sie auf arabisch – die aus den Ländern Sind und Indien. Sie werden den Winter in unserem Garten verbringen und im Frühjahr davonfliegen. *Sind-ou-hind* kommen und gehen, wie Gäste in dieser Welt.

Wenn ich brav bin, hinterlassen mir die Schwalben ein kleines

Geschenk, im Sommer oder im Winter. Vater und ich suchen überall im Zimmer danach. Wir schauen auf dem Schrank nach, unter dem Bett, auf dem Lampenschirm. Vater findet es schließlich, einen Kit-Kat-Schokoriegel auf dem Fensterbrett.

– Das sind nicht die Vögel, das ist Baba, der eine Show für dich abzieht, verrät mir mein Bruder.

Außerdem behauptet er, Vater hätte nur erfunden, daß Äpfel und Bananen beleidigt sind, wenn ich sie nicht essen will, und das Wunderland wäre nur ein Märchen, genau wie Sindbad, Aladdin und Ali Baba.

Eines Nachmittags kommt Vater mit einem Auto nach Hause. Es wird schon dämmrig, und Vater parkt immer noch ein, trotz der Anweisungen und Handzeichen von Zeki. Zeki ist Vaters Kollege und Freund. Er spricht den Moslemdialekt.

1914 hat Vater zum ersten Mal ein Auto gesehen. Da war er sechs Jahre alt. Der osmanische Oberbefehlshaber saß auf dem Rücksitz und ließ sich durch Urfa fahren. Die ganze Stadt strömte zusammen, um sich das Spektakel anzusehen. Einige liefen dem seltsamen Fahrzeug hinterher, das sich ohne Hilfe eines Tieres fortbewegte.

Eine von Vaters frühesten Erinnerungen ist der Völkermord an den Armeniern. Er sah osmanische Soldaten, die Familien aus dem armenischen Viertel in Urfa zusammentrieben und sie aus der Stadt führten. Vor manchen Häusern standen Badewannen voll Wasser, um den Durst der Verdammten zu löschen, die sich zu ihrer Erschießung schleppten.

Jeder scheint die Erinnerung an das eine oder andere Massaker mit sich herumzutragen.

Als die Alliierten im Ersten Weltkrieg das gesamte osmanische Reich besetzten, war die Familie meines Vaters schon nach Mossul gezogen. Ihr Haus stand neben den britischen Kasernen. Vater konnte den Blick nicht von den Soldaten wenden, die in ihrer Freizeit Fußball spielten. Er hatte noch nie zuvor einen Ball gesehen.

Vier Jahre später bekam er ein Stipendium und reiste nach Oxford. Er fuhr mit dem Zug von Mossul nach Basra und dann auf einem Frachtschiff von Basra nach Portsmouth. Das Schiff lag in Indien zehn Tage vor Anker. In Karachi aß Vater seine erste Banane.

Jedes Jahr schicken Vaters alte Freunde ihm englische Briefmarken und einen Weihnachtskuchen aus Oxford. Vor kurzem habe ich auch ein Geschenk bekommen, eine Schallplatte mit »Alice im Wunderland«. Vater und ich haben sie zusammen angehört, und er hat mir erzählt, wie Alice in das Loch fällt und sehr groß wird und sehr klein und mit dem weißen Kaninchen spricht und sich mit den Blumen streitet. Aber Vater hat nicht die Geduld, sich die Schallplatte so oft anzuhören wie ich, und staunt Wochen später, weil ich alle Lieder auswendig kann. Ich möchte, daß wir ins Wunderland fahren. Erst, wenn du richtig Englisch kannst, sagt er, denn im Wunderland sprechen alle Englisch, sogar die Mäuse und die Austern.

– Laß sie erst Arabisch lernen, sagt Mutter.

Ich habe keine Ahnung, warum sie das sagt, weil ich Arabisch spreche, seit ich denken kann. Ja, ich verstehe sogar das meiste, was gesagt wird, außer natürlich solchen Sachen, die für mich keinen Sinn ergeben. Wie das Gesicht verlieren, zum Beispiel. Als ich frage, wie man ein Gesicht verlieren kann und ob jemand anderer es finden und behalten kann, sagt Bruder, meine Dummheit wäre grenzenlos. Mutter hat mir schon erklärt, diese Ausdrücke seien Metaphern und daher nicht wörtlich zu nehmen. Aber ich weiß nicht, was Metaphern sind. Also weiß ich immer noch nicht, was es bedeutet, wenn Mutter sagt, Bellou solle kein langes Gesicht machen – wo Bellous Gesicht doch so rund ist wie immer. Und Blut ist nicht nur rot. Menschen können heißblütig oder kaltblütig sein, und das Blut der Bagdadis kann jeden Moment kochen. Eine Zunge kann so lang sein wie ein Pantoffel und ein Mund die reinste Kloake, und nicht, weil er nicht ordentlich ausgespült wurde. Milchzähne riechen nicht wie Milch, und Weisheitszähne sprechen nicht. Bellou sagt immer wieder, meine Augen seien hungrig, größer als mein Magen, was Blödsinn ist, aber erklär das mal Bellou, die sowieso weder lesen noch schreiben kann. Der böse Blick ist, Gott sei Dank, wirklich und keine Metapher; deshalb kann ich ihn mir leichter vorstellen.

Mögen deine Hände lange leben, sagt Vater zu Mutter, wenn es ihm gut schmeckt.

Ich weigere mich zu essen, bevor mir Bellou nicht eine Gabel gegeben hat statt des Löffels, den sie immer noch neben meinen Teller legen, als sei ich ein Baby.

Wir fahren mit dem Boot den Tigris hinunter. Zeki rudert kräftig. Vater und Bruder springen ins Wasser. Zekis Töchter springen hinterher. Nur ich, die Jüngste von allen, muß bis zum Ufer warten. Ich zapple in meinem rot-gelben Schwimmreifen herum und dränge Zeki, er soll schnell rudern. Das Boot hüpft auf und ab und wirft mich von der einen Seite auf die andere.

Wir sind am Ufer, sage ich zu Mutter. Sie hört Dunia gespannt zu, die von kleinen Krebsgeschwüren in der Brust von irgend jemand erzählt. Ich tippe Mutter auf die Schulter. Noch nicht, sagt sie abwesend. Bruder läßt sich auf dem Rücken treiben. Die beiden Mädchen plantschen und spielen im Wasser. Bewegt eure Beine, ruft Zeki ihnen zu. Ich wünschte, er würde sich aufs Rudern konzentrieren.

Wir sind am Ufer, wiederhole ich. Die Krebse werden auf dem Operationstisch aus der Brust geschnitten. Ich ziehe an Mutters Blusenzipfel. Hör auf, schimpft sie. Ich schlüpfe aus dem Schwimmreifen und werfe ihn ins Wasser. Niemand bemerkt es. Ich klettere auf das Dollbord. Meine Beine zittern.

– Das Mädchen! Paß auf das Mädchen hinter dir auf, ruft Zeki.

Mutter schreckt zusammen, dreht sich um.

– Nicht ..., stammelt sie.

Fleht sie oder droht sie?

Ich springe in den Fluß, tauche mit dem Kopf voran unter Wasser. Meine Beine paddeln. Mein Körper erkennt das pränatale Element wieder. Ich höre das Geschrei über dem Wasser. Obwohl Mutter nicht schwimmen kann, verfolgt mich ihre Stimme. Ich sinke tiefer, will ihrer Furcht trotzen, mich rächen, ihre Angst bestrafen, sie ertränken.

Ich sinke auf das schlammige Flußbett, von dem der Tigris seine Farbe hat. Jetzt, wo ich auf dem Grund des Flusses war, will ich als nächstes den Rand der Welt sehen. Meine Beine treten Wasser und Schlamm weg und drücken mich nach oben. Ich gleite an die Oberfläche. Luft! Mein Kopf taucht neben dem Boot auf. Also bin ich gar nicht so weit geschwommen. Jeder sieht mich an, als käme ich aus der Unterwelt. Mutters Gesicht ist so naß wie meines.

– Mama, ich hab da unten kleine Krebse gesehen.

– Wir nehmen dich nie wieder auf eine Bootsfahrt mit!

Im Sommer schlafen wir auf dem Dach. Ich wälze mich in meinem Kinderbett. Daumenlutschen beruhigt mich nicht. Die Sterne hängen am Himmel wie Straßenlaternen ohne Laternenpfahl. Es gibt so viele Bäume im Wald wie Sterne am Himmel, sagt man. Meine Augen schließen sich. Dunkel, wie im Wald, wo Bäume sich aneinander drängen wie Menschen im Souk. Der Wolf hat Lailas Großmutter gefressen und ist jetzt hinter Laila her. Der Jäger schlitzt den Bauch des Wolfes auf, und die Großmutter springt heraus, sieht selbst ziemlich wölfisch aus. Ich öffne die Augen. Die Sterne beruhigen mich.

Mutter geht ruhelos auf dem Dach hin und her, statt sich hinzulegen. Das hat was mit ihren beiden Schwestern zu tun, glaube ich, die vor langer Zeit nach Amerika ausgewandert sind. Manchmal schreiben sie, aber Mutter hat ihr Weggehen nie verwunden.

Ich lasse das Pogrom für eine andere Gelegenheit in Mutters Erinnerung vergraben.

Man sagt, daß unsere Nacht in Amerika Tag ist, und ihr Tag ist bei uns Nacht. Welches ist die richtige Zeit? frage ich. Alle lachen, wie sie es immer tun, wenn ihnen keine Antwort einfällt. Sie erzählen mir, daß, während ich schlafe, meine Tanten in New York zu Mittag essen. Wahrscheinlich ist Mutter deswegen nachts so unruhig. Sie sehnt sich wohl danach, bei dieser fernen Mahlzeit dabeizusein.

Aber das Hin- und Herlaufen auf dem Dach wird sie nicht nach Amerika bringen.

Ich sitze auf meinem Töpfchenstuhl im Flur, drehe die hölzernen Kugeln an den Armlehnen. Plötzlich rinnt ein gelber Bach über den Boden. Erst als er das Ende des Flurs erreicht und anfängt, die Treppe hinunter zu fließen, wird mir klar, daß der Topf aus dem Stuhl verschwunden ist. Ich soll den Topf ja auch gar nicht mehr benutzen. Mutter hat schon ein paar Male mit mir geübt. Wir saßen Rükken an Rücken auf der hölzernen Klobrille, kicherten, unsere Popos aneinandergedrückt. Dann kam abwechselnd unser Pipi, und wir haben wieder über das Plätschern gelacht. Das hat Spaß gemacht, und ich wollte die Lektion jeden Tag wiederholen. Aber Mutter hat aufgehört, als sie merkte, daß ich keine Angst mehr davor hatte, in die Kloschüssel zu fallen.

Ich ziehe die Hose hoch und gehe in mein Zimmer zum Spielen. Mit dem Dreck im Flur will ich nichts zu tun haben. Später kommt Bellou und schimpft mich aus. Das war Bruder, behaupte ich. Sie runzelt die Brauen. So klein und schon eine so dreiste Lügnerin, blafft sie und geht.

Kurz drauf kommt Mutter und schimpft mich noch mal aus. Bellou hat mich verpetzt. Die Hexe. Und das nicht zum ersten Mal. Ich breche in Tränen aus. Das kümmert Mutter nicht. Ich drücke meinen neuen Teddybären an mich und krieche unter das Bett, entschlossen, nie wieder rauszukommen.

Es muß Winter sein, denn der Geruch versengter Orangenschalen weht vom Herd durch das Haus. Teddy-Paschas Bauch ist naß von meinen Tränen. Ich drehe ihn um und drücke mein Gesicht in sein Rückenfell. Von hinten riecht Pascha immer noch wie ein Fremder. Sein Kopf und seine Füße riechen auch noch nach Orosdi-Back, dem Kaufhaus.

Ich halte meinen Fuß an meine Nase. Die Wollsocke stinkt etwas. Ich ziehe sie aus, rieche an meinen Zehen und noch mal an der Sokke. Meine Nase riecht noch etwas drittes, anderes. Ich greife nach meinem Stiefel, stecke die Nase hinein. Leder, ich wußte es doch. Leder, Wolle und Fußschweiß haben ihre Gerüche im Gewebe meiner Socken vermischt. Wenn nur Bellou das nicht rausfindet und ich meine Füße noch eine Weile ungewaschen lassen kann und meine Socken nicht wechseln muß, werden die Gerüche beißender, eine einzige dunkle, schwere Masse.

Wieder habe ich Blau und Grün und Gelb und Rot gemischt. Wieder sind sie zu einem grauen Klumpen geworden. Ich knete das Plastilin zu einem Ball, mache dann eine Rolle daraus, einen fetten Wurm, ein Stück Dung. Bald wird es zu einer Zigarre, einer Kerze, einem Schlauch, einer Schlange. Die Schlange rollt sich zusammen und schläft. Während sie schläft, mache ich wieder einen Ball aus ihr. Hat ihr jemand gesagt, daß sie schlafen soll? Aus dem Ball forme ich ein Ei, dann eine Glühbirne, dann eine Flasche. Die Flasche fällt um, und der Flaschenhals bricht ab. Jetzt ist es wieder ein fetter Wurm.

Ich mache den Wurm länger und glätte die eine Seite mit meinem Daumen. Dann drücke ich ein dreieckiges Stück als Kopf dran, verpasse ihm einen Ringelschwanz und drücke noch vier kleine Knetstücke als Beine dran. Die Eidechse ist fertig. Ich stelle sie auf den Bettpfosten meiner Eltern.

Mutter wird durchdrehen, wenn sie die Eidechse sieht.

Ich rufe sie ins Schlafzimmer, zeige auf das gerahmte Foto auf ihrem Nachttisch. Zwei Mädchen im Schneidersitz auf einem Hof. Ihre Gesichter sind unscharf. Sie haben einen Teller mit Wassermelonenstücken vor sich. Zwischen den beiden steht ein kleines Mädchen. Sein Gesicht ist deutlich zu erkennen. Meine Mutter. Sie lächelt.

– Erzähl mir von deinen Schwestern und der Wassermelone, Mama, sage ich und lege mich auf ihr Kopfkissen.

Sie setzt sich aufs Bett und erzählt die Geschichte, die ich auswendig kann. Daß die älteren Schwestern ohne sie fotografiert werden wollten. Daß sie alle möglichen Drohungen und Tricks probiert haben, um sie von der Kamera fernzuhalten. Daß Mutter nicht nachgegeben hat ... Ich lehne mich an den Bettpfosten und lutsche am Daumen, warte darauf, daß sich ihr Blick vom Foto losreißt, überlege, wie ich ihn auf die Eidechse über mir lenken kann.

– Und am Ende bin ich doch auf dem Foto, zwischen meinen beiden Schwestern. Aber in Wirklichkeit sind sie weg, und mir bleibt nur die Wassermelone.

Zum Teufel mit der Wassermelone! Wie oft habe ich Mama gesagt, daß sie nicht allein ist, daß sie mich und Vater und Bruder hat, zehnmal besser als ihre fernen Schwestern. Ich krieche zu ihr, nehme ihr Gesicht in die Hände und drehe es in Richtung des Bettpfostens. Mutter springt auf, stolpert rückwärts und schreit los. Mir entschlüpft ein Lachen. Sie glaubt, daß mein Knettier lebendig ist.

Sie steht wie angewurzelt da, starrt auf das Reptil und schreit. Wenn Vater da wäre, würde er die Eidechse mit dem Besenstiel verscheuchen. Aber Vater ist bei der Arbeit, und das taube Wesen weigert sich wegzukriechen. Jetzt schlägt sich Mutter hilflos ins Gesicht. Der Anblick verstört mich. Hastig versuche ich, sie zu beruhigen. Ich verrate sogar mein Geheimnis. Das ist keine Eidechse, nur ein Spielzeug. Aus Plastilin, glaub mir, Mama, keine Angst, bitte.

Es ist zu spät. Meine Worte erlösen sie nicht aus ihrer Starre.

Ich greife nach dem Knettier. Schau, Mama, es ist nicht echt. Als sie es in meiner Hand sieht, stößt sie einen langen Entsetzensschrei aus. Ihre Stimme durchdringt meinen Körper und haucht der Eidechse in meiner Hand Leben ein. Angewidert lasse ich das Reptil fallen. Jetzt kreischen Mutter und Tochter gemeinsam, verbunden durch dieselbe Angst.

Kurz darauf hat sich Mutter wieder unter Kontrolle. Sie zertrampelt und zerquetscht das Tier, macht es zu einer leblosen Masse. Ich hole einen Besen und fege den Klumpen weg, die Treppe hinunter, über den Hof und hinaus auf die Straße. Eine hungrige Katze riecht vielleicht die im Plastilin versteckte Eidechse. Mir wird schlecht bei der Erinnerung, sie angefaßt zu haben. Jetzt ist es Mutter, der die Lachtränen runterkullern. Sie sieht aus wie das lächelnde Mädchen auf dem Foto.

Ich blättere auf dem Balkon in einem »Semir«-Comic. Semir ist ein ägyptischer Schuljunge, der wegen seines dämlichen Freundes Tihtih dauernd in Schwierigkeiten gerät. Mutter näht in ihrem Zimmer. Bellou singt in ihrer unverständlichen Sprache in der Küche. Von Zeit zu Zeit stecke ich den Kopf zwischen den Stäben des Balkongeländers hindurch. Wir warten darauf, daß Vater zum Mittagessen kommt. Zum zwanzigsten Mal frage ich Mutter, wo Vater ist und wann er endlich kommt. Und zum zwanzigsten Mal bekomme ich dieselbe Antwort. Vater ist im Souk und sollte jeden Moment hier sein.

»Jeder Moment« wird so unzuverlässig wie eine Metapher. Ich verkünde, daß ich Vater vom Souk abholen werde. Mutter murmelt etwas, während sie mit den Zähnen einen Faden abbeißt. Es klingt nicht wie Widerspruch. Ich stecke »Semir« unter den Arm und marschiere los.

Im nächsten Augenblick bin ich im Souk al-Hamidiyah. Ich kann mich nicht erinnern, wie ich dorthin gekommen bin. Nur daran, wie stolz ich bin, den Markt in der Nachbarschaft ganz allein gefunden zu haben.

Zwei Beduinenfrauen mit Ringen in der Nase und blauen Tätowierungen auf der Stirn hocken am Rand des Souk. Eine rupft tote Hühner. Die jüngere verkauft Eier aus einem Korb. Ein schniefendes Kleinkind ist auf ihren Rücken gebunden. In ihren Armen schläft ein Baby. Sein Mund hat sich an ihrer Brustwarze festgesaugt, zieht die Brust fast bis zu ihrem Bauch hinab.

Der Eismann mit seiner haarigen Brust und dem dreckigen Unterhemd hackt ununterbrochen Stücke von einem riesigen Eisblock ab. Hinter ihm rieseln Granatapfel- und Tamarinden-Scherbets in Glasbehältern hinunter.

Ich rieche die Bäckerei. Vater hebt mich immer hoch, damit ich sehen kann, wie die runden Brote an der Innenwand des Tonofens knusprig werden.

Vater! Ich habe ihn ganz vergessen. Wo ist Vater?

Die Waagschalen klappern. Ein bebrillter Kunde im Pyjama betrachtet mißtrauisch die eisernen Gewichte. Der Händler grummelt und wirft noch ein paar Mispeln in die Waagschale.

Im nächsten Laden sind Wassermelonen aufgehäuft. Oval und so groß wie ich, stehen sie in Reihen da und stützen einander. Davor liegen halb aufgeschnittene Melonen, ihr rotes Fruchtfleisch leuchtet. Mir läuft das Wasser im Mund zusammen. Wenn ich doch nur Mutter wieder Appetit auf Wassermelonen machen könnte.

Ich komme an der Konditorei vorbei. Tabletts mit *baklawa, halawa, malfouf, kanafa* ... und eine Horde von Fliegen, die wie eine schwarze Wolke über dem Stand schweben. Ich gehe schneller. Süßigkeiten mag ich sowieso nicht.

Dampf riecht nach dicken Bohnen in einem Kochtopf. Der Verkäufer schiebt seinen dreirädrigen Karren in meine Richtung. Vergeblich suche ich in meinen Taschen nach einer Münze. Wo ist Vater?

Kaffeeduft und das Klicken von Würfeln lenken meinen Blick auf ein Kaffeehaus. Zwei Männer spielen *tawla* auf der Veranda. Ein dritter Gast, auf dem Kopf eine schwarzweiß karierte Keffiyeh, sitzt mit an ihrem Tisch, hält das *nargila*-Rohr, die Wasserpfeife, in der einen Hand und eine Fliegenklatsche in der anderen. Sein Blick ist auf den Fleischerladen auf der anderen Straßenseite gerichtet.

Gehäutete und kopflose Schafsrümpfe hängen an Haken. Ihre Köpfe, von Fliegen umschwirrt, sind über ihnen an die Wand genagelt, wie Hüte über den dazu passenden Anzügen.

Im Schatten des Kaffeehauses kniet der *hammal*, der Träger, auf einem Gebetsteppich. Seine Lippen bewegen sich in unhörbaren Wiederholungen der Gebete. Der Lärm des Souk dringt nicht an seine Ohren. Und keine Fliege wird wagen, ihn zu belästigen.

Ein paar Schritte vom Fleischer entfernt entdecke ich den Schuhputzer. Der Kurde mit dem grauen Bart und dem bestickten Scheitelkäppchen sitzt auf seinem Hocker und trinkt Tee aus einem *sti-*

kan, einem Teeglas. Ich laufe immer zum Tor, wenn er bei uns klingelt, und werfe ihm den Haufen Schuhe vor die Füße. Dann erlaubt er mir, sein Käppchen abzunehmen und seinen glänzenden, kahlen Kopf zu bestaunen.

Als ich über die Straße zu meinem Schuhputzer will, kommt eine Schafherde und schließt mich ein. Die Schafe blockieren meine Sicht. Ihre Wolle kratzt an meiner Haut. Sie blöken. Sie stinken. Sie werfen mich fast um. Ich lasse mein Comic-Heft fallen. Die Seiten verschwinden unter ihren Hufen. Ich rufe nach Vater und merke, daß ich ganz allein bin.

Ich breche in Tränen aus.

Der Schuhputzer kommt auf mich zu. Die Herde zieht weiter. Eine Frau in einer schwarzen Abaja hebt das Heft auf. Ich schluchze immer noch. Der Kurde streckt mir die Arme entgegen. Ich zucke vor seiner Berührung zurück. Die Frau hält mir den zerknitterten »Semir« hin. Ich stoße ihre Hand weg. Sie machen mir alle Angst. Ich will nach Hause. Ich weiß nicht, ob ich den Heimweg finde.

Sie hat sich verlaufen, höre ich einen Mann sagen.

Ich stehe an einer Kreuzung. Der Anblick von Bellou und Mutter, die mir auf einer Seitenstraße entgegenkommen, beruhigt mich. Sie haben mich entdeckt, meine geliebten beiden Mütter, die echte und die kleine, die klein gewachsene und die große. Die eine lächelt, die andere runzelt die Brauen, und dann umgekehrt. Diesmal bekomme ich Prügel, das kann ich riechen.

– Nächstes Mal geh ich noch weiter, bis Sind und Indien, bis ins Wunderland ... brummele ich später, während ich im Bett am Daumen lutsche.

Bellou erzählt mir die Geschichte von einem kleinen Mädchen, das, wie ich, immer wieder von unbekannten fernen Welten angelockt wird. Doch jedesmal, wenn es sich auf den Weg macht, verläuft sich das kleine Mädchen und findet nicht mehr zurück, wie eine Katze, die auf einen Baum geklettert ist und nicht mehr runter kann. Allmählich lernt das Mädchen, daß es keinen Rückweg gibt, daß es nur weitergehen kann. Oder weiter hoch, im Fall der Katze.

Und dann? Was passiert dann?

Dann kommt ein Engel ihm auf halbem Weg entgegen.

Im Herbst hält eine Kutsche mit zwei schwarzen Pferden vor unserem Tor. Die Pferde tragen Girlanden um den Hals. Bellous Koffer liegt auf dem Rücksitz. Sie drückt mich so fest an die Brust, daß sie mich fast zerquetscht, und schiebt mir etwas in die Hand. Sie riecht nach Lorbeerseife. Die Pferde sehen doof aus, sage ich. Als wären sie diejenigen, die heiraten.

Bellou und der Kutscher winken zum Abschied. Ich öffne die Hand und finde ihr Amulett! Der Wolfszahn wird warten müssen, bis meine Brüste groß genug sind, damit er dazwischen baumeln kann.

Mutter sagt, Bellou wird mit dem Kutscher glücklicher sein, als sie mit uns war.

Aber wieso?

Weil sie von nun an ihre eigenen Kinder waschen, ihr eigenes Haus saubermachen und tellergroße Mossul-*kubbas* für ihre eigene Familie zubereiten wird.

In ihrem leeren Zimmer liegt die zusammengerollte Matratze. Meine Zeichnung von ihr, wie sie zusammen mit ihrer Schwester flieht, hängt an der Tür. Bellou hat sie nicht mitgenommen. Übermorgen komme ich in den Kindergarten. In unserem Haus wird kein Hausmädchen mehr schlafen.

Was ist übermorgen?

– Übermorgen ist ins Bett gehen und aufwachen, dann noch mal ins Bett gehen und aufwachen, sagt Vater.

Übermorgen ist ein unbestimmter Zeitraum, jeder Tag, der nach morgen kommt, sagt Bruder.

Erster Schultag

Kleine Kinder drängen sich vor der Tür des Kindergartens. Die Tür ist zu. Jungen und Mädchen stehen steif da, wie Schachfiguren, die vom Brett genommen worden sind. Es ist ihr erster Tag. Die Hälfte der Kinder weint.

Ein langes Klingeln. Die Tür wird geöffnet. Eine dicke Frau erscheint. Ihr Haar ist zu einem schweren Knoten hochgesteckt. Lächelnd führt sie die Kinder hinein. Eine junge Assistentin läßt die Kinder an Zweiertischen Platz nehmen, in fünf Reihen hintereinander. Die Kindergärtnerin setzt sich hinten hin, an die Rückwand des Raumes.

Ich sitze in der ersten Reihe, nahe an der Tür, und weine. Das Mädchen neben mir hat zwei karottenrote Zöpfe. Ihre Augen sind trocken. Sie grinst mich an, fast mütterlich, und verspricht, daß sie mir ein Geheimnis verrät, wenn ich aufhöre zu weinen. Ich beruhige mich, lutsche am Daumen. Sie sagt, sie heiße Selma. Das ist alles? Ihre fischartigen Lippen nähern sich meinem Ohr und flüstern. *Sit* Sarah, die dicke Kindergärtnerin, klaut den Kindern das Essen. Was? Ich schwöre es, bei Babas Leben! Die *sit* tauscht rote Äpfel gegen gelbe aus, große Bananen gegen vergammelte, trinkt die Hälfte von unserer Coca-Cola und füllt die Flasche mit Wasser auf. Meine Augen werden wieder feucht. Selma beruhigt mich. *Sit* Sarah würde scharfe Pickles oder nicht-koscheres Essen nie anfassen.

– Erzähl das deiner Mama. Das ist der einzige Ausweg.

Mariam, die Assistentin, verteilt Holzklötze. Selma baut Türme, hört nicht auf, bis sie umfallen. Mit der freien Hand helfe ich ihr, sie aufzusammeln.

– Du kommst doch morgen wieder, oder? fragt sie.

Ich nicke, lutsche am Daumen.

Morgen, nächstes Jahr und noch viele Jahre werde ich am Daumen lutschen. Aber es ist nicht nur mein Daumen, den ich nicht so einfach aufgeben will, es ist die Kindheit, an die ich mich festklammere, behauptet der mit uns befreundete Arzt, genau wie ich mich vor vier Jahren im Bauch meiner Mutter festgeklammert habe. Nach mehreren Tagen in den Wehen gab die arme Frau auf, und ich dachte, ich hätte meinen Willen durchgesetzt und würde in Frieden gelassen, könnte für immer da drinnen bleiben. Aber bald traf mich blendendes Licht. Sie hatten den Bauch meiner Mutter aufgeschnitten und zerrten mich heraus – schreiend und strampelnd.

Ein ganzes Jahr lang gibt es jeden Morgen denselben Kampf. Ich probiere alles mögliche, um das Sozialprogramm zu vermeiden, das man mir aufgezwungen hat: Ich kann mich nicht selber anziehen, bekleckere mich mit dem weichgekochten Ei, habe Bauchschmerzen, huste, schniefe, übergebe mich. Ich erzähle Geschichten von der Hexe, die uns verhungern läßt, von dem Jungen, der auf meine Lackschuhe pinkelt, von den schmutzigen Wörtern, die sie uns beibringen, von den Schaben im Klo und den Würmern im Wasser. Mutter ist entnervt. Der Schulbus hupt. Bruder rennt hinaus. Entweder sie gibt nach und läßt mich zu Hause bleiben, oder sie wird wütend und schleppt mich zum Bus. Die Chancen stehen fünfzig zu fünfzig. Das ist die Mühe wert.

In meiner Abwesenheit wacht Selma über meinen Platz neben ihr. Obwohl drei Wochen nach mir geboren, ist sie bereits einen Kopf größer als ich. Weil sie im Gegensatz zu mir Milch trinkt, ihr Frühstück aufißt und regelmäßig in den Kindergarten geht. Dafür hat sie kaum erkennbare Wimpern und ist das einzige rothaarige Kind im Kindergarten. König David war rothaarig, erzählt sie allen. Ihre Haut ist voller Sommersprossen, durchscheinend, ihre Finger sind rosa. Neben ihren sehen meine gelblich aus, wie die eines Kettenrauchers. Ihre Brustwarzen sind rot, ihr Hinterteil ist eckig, ihre Ohrläppchen sind fleischig und ihre Nasenlöcher groß und rund. Ihre kleinen weißen Zähne sind kaum mehr zu sehen, wenn sie ein Brot mit scharfen Pickles ißt. Sie kommt mit der Zunge bis an die Nasenspitze. Ihr linkes Ohr kann wackeln. Ihre Augen sind honigfarben. Im Laufe der Jahre werden sie braun. Ihre Unterarme sind weniger behaart als meine, aber dafür hat sie diesen feinen Haarstreifen auf dem Rücken. In den Haaren über ihrer Oberlippe fangen sich mittags die Schweißtropfen. Ihr Nabel geht nach innen, meiner steht raus. Ihre Genitalien sind erstaunlicherweise kleiner als meine. Unsere Bäuche sind gleich, beide aufgebläht, als hätten wir einen Basketball verschluckt.

Selma und ich halten uns an der Hand und hüpfen die Stufen zum Hof und dem Trinkbrunnen hinunter. Dabei zählen wir laut jede Stufe. Eins. Zwei. Drei. Vier. Fünf. Sechs. Sieben. Acht. Nur acht Stufen? Aber wir können schon bis zehn zählen! Wir hüpfen wieder hinauf, zählen diesmal auf englisch. Die Kindergartenkinder dürfen nur auf diesem Hof spielen. In zwei Jahren, wenn wir in der Grundschule sind, dürfen wir überall spielen.

Die Schule besteht aus zwei langen Gängen mit Kolonnaden, von denen die Klassenräume abgehen. Zweistöckig und gleich lang, stoßen sie im rechten Winkel aneinander und bilden so einen viereckigen Platz, auf dem sich ein Labyrinth von Höfen und zusätzlichen Klassenzimmern befindet. Höfe und Gebäude sind von Gärten umgeben, die ihrerseits hohe Mauern haben, um das chaotische, unberechenbare Bagdad auszuschließen. Die solide Architektur läßt an eine Art Festung denken. Ein nahegelegener Sportclub ist der Schule angegliedert. Dort gibt es mehrere Pingpongtische, vier Tennisplätze, einen Basketball- und Volleyballplatz und eine große Wiese, auf der die kleineren Kinder rumtoben können. Unser Club ist nur während der Sommerferien geöffnet. Die Schule und der Club gehören der jüdischen Gemeinde, aber an den Eingängen hängt kein Schild.

Etwa 600 Mädchen und Jungen zwischen vier und achtzehn Jahren besuchen hier Kindergarten, Vorschule, Grundschule und Oberschule.

Mit fünf spielen sie Verstecken hinter den dicken Säulen. Mit sechs suchen sie auf dem Gelände nach dem Rattenloch. Mit sieben schrammen sie sich die Ellbogen an dem rauhen Putz auf und spielen »sieben Steine«. Mit acht klauen sie Blumen aus dem Garten. Mit neun ritzen sie ihre Namen in die Pulte. Mit zehn leihen sie sich Bücher in der Bibliothek aus. Mit elf klauen sie Reagenzgläser aus dem Chemielabor. Mit zwölf beschweren sie sich über zu wenige Spiegel auf den Toiletten. Mit dreizehn fängt die Oberschule an. Sie ziehen nach oben, in den ersten Stock.

Mit dreizehn bricht der Sechs-Tage-Krieg aus.

Zehn Jahre nach dem Krieg wird es die jüdische Gemeinde nicht mehr geben. Nur ein paar ältere Leute werden noch in Bagdad sein und wenige Familien. Die Schule wird vom Staat übernommen. Der neue Name wird auf einem großen Schild am Tor stehen. Rechts davon wird auf einem Plakat zu lesen sein: »Eine vereinte arabische Nation mit einer ewigen Botschaft«. Es wird eine Grundschule für Jungen sein. Sie werden im Stehen pinkeln, selbst auf den Mädchenklos. Sie werden Arabisch sprechen, im moslemischen Dialekt. Die kleine Synagoge wird zum Abstellraum. Aus der Bibliothek verschwinden die ausländischen Bücher. Die acht Stufen wird es noch geben, aber trotzdem würde ich mich auf diesem neuen Gelände nicht zurechtfinden.

Wir sind jetzt in der Vorschule, ein Jahr weiter als der Kindergarten. Wir sind nicht mehr die Jüngsten in der Schule. Ihr seid jetzt große Kinder, sagen sie uns, kontrollieren aber trotzdem jeden Tag unsere Fingernägel und suchen einmal die Woche unsere Köpfe nach Läusen ab. Wir haben hölzerne Bleistiftkästen, Lesebücher und Schreibhefte in unseren Ranzen.

Wir lernen das Alphabet.

Drei Lehrerinnen unterrichten uns. Alle drei sind sehr dick, aber keine interessiert sich für unsere Brotbüchsen. Jede verlangt ein eigenes Schreibheft. Jede unterrichtet ein anderes Alphabet.

Ein Holzlineal hängt neben der Tafel, für die faulen Finger.

Das arabische *alif* ist einfach. Es besteht aus einer senkrechten geraden Linie. Jede Fünfjährige kann das malen. Die *hamza* darüber erfordert allerdings ein wenig Übung. Drei Zickzacklinien, wie eine Treppe, etwas schräg.

In Englisch gibt es ein großes *ay* und ein kleines *ay*. Das kleine ist keine Miniaturausgabe des großen. Sie sehen sich noch nicht mal ähnlich. Das kleine *ay* wird anders geschrieben als das in Druckbuchstaben. Meine runden Linien sind zittrig. Meine geraden Linien biegen sich in der Mitte. Ich schaffe es nicht, die Enden zu verbinden. Lieber würde ich Häuser malen.

Hebräisch hat zwei *alefs*, eins in Schreibschrift und eins in Druckschrift. Ich kriege keins von beiden hin. Nie werde ich schreiben lernen.

Und warum so viele Alphabete?

Arabisch ist eure Sprache, Hebräisch die Sprache eurer Vorfahren, und Englisch ist eure Zukunft.

In fünf Jahren lernen wir auch noch Französisch. Noch mehr Zukunft, schätze ich.

Die doppellinigen Schreibhefte geben uns eine räumliche und dimensionale Orientierung. Aber meine kleinen *ays* sehen immer noch aus wie zerbrochene Eier und das *alef* als Druckbuchstabe bestenfalls wie ein krummer Zweig. Immer wieder radiere ich die Eier und Zweige aus, bis die erste Seite zerrissen ist. Ich werde als Schuhputzer oder Träger enden, das Schicksal der Dummen und Faulen, wie unsere Lehrerinnen sagen. Aber vorher werden sie mich ins Rattenloch stecken.

Das Rattenloch ist eine dunkle und schmutzige Zelle, wo die Faulen, die Dummen und die Ungehorsamen zur Strafe eingesperrt werden. Die Ratten nagen an ihren Fingernägeln und Ohrläppchen. Jeder in der Schule hat vom Rattenloch gehört. Doch selbst diejenigen, die schwören, es gesehen zu haben, können nicht beschreiben, wo es liegt.

Ich lutsche an meinem Bleistift, warte darauf, daß die Klingel die Stunde beendet, träume vor mich hin: Der Tigris ist wieder über die Ufer getreten und hat Bagdad überschwemmt. Lehmziegelhäuser lösen sich auf, Brücken verdrehen sich und brechen auseinander. Die flache Stadt versinkt, zusammen mit den Souks und den *casinos*,

Kaffeehäusern, den Parks und Militärkasernen und dem nicht mehr königlichen Palast. Die gelenkigen unter den Bagdadis klettern auf Minarette und Palmen. Die anderen benutzen Autoreifen als Rettungsringe. Sie spielen mit ihren Gebetsperlen aus Bernstein, hokken in den schwarzen Reifen und treiben zwischen roten Doppeldeckern und khakifarbenen Jeeps im Wasser.

Trotz des stabilen Fundaments wird unsere Festungsschule sofort weggeschwemmt. Klassenzimmer brechen auseinander. Wasser kennt keine Grenzen. Der Tigris und der Euphrat haben sich die Hand gereicht, um das Land zwischen sich zu überschwemmen. Wir segeln. Unsere Schreibhefte treiben dahin wie Sahne auf einem Milchtopf. An Bord zu sein macht Spaß. Das ist eine Reise ohne Ende. Fernes Land kommt in Sicht. Blonde Kinder am Ufer sprechen englisch. Eine Bande von Dummköpfen, sagen ihre Lehrer verächtlich. Unsere Lehrerinnen scheuchen uns auf die Schulbänke zurück und überfallen uns mit *bee* und *cee* und *dee*, obwohl wir mit dem *ay* noch gar nicht fertig sind.

Selma hat es schwerer als ich. Sie ist Linkshänderin, aber die Lehrerinnen, alle drei, zwingen sie, die rechte Hand zu nehmen. Nach Wochen ständiger Zusammenstöße wird ein Kompromiß geschlossen: Sie darf die linke Hand benutzen, aber die rechte muß die Aufgabe vollenden. Links darf anfangen, versucht das zu übertragen, was das Auge sieht. Nach ein paar einigermaßen geglückten Versuchen wird der Bleistift an Rechts weitergegeben. Rechts ahmt die von Links ausgeführten Bewegungen nach, wiederholt das, was Links begonnen hat. Selma hat Schweißperlen auf der Oberlippe. Ihre rechte Hand ist immer langsamer als die linke. Egal, was die Klasse tut, Selma muß es zweimal machen. Ein Doppelleben zu führen ist ihr Schicksal, sagt sie.

Mit dem blauen Kugelschreiber, den sie im Garten gefunden hat, malt Selma einen Kreis auf ihr rechtes Handgelenk. Dann kommen innen ein paar Striche rein und ein schmales Band um das Handgelenk zum Zuschnallen der Uhr. Jetzt weiß ich immer, wann die Schulglocke klingelt, sagt sie. Ich leihe mir den Kugelschreiber und male ihre Uhr auf mein linkes Handgelenk. Jetzt weiß ich, wann Zeichentrickfilme im Fernsehen kommen. Selma schnappt sich den Kugelschreiber und malt, ungeschickter, noch eine Uhr auf ihr linkes Handgelenk. Als die Lehrerin unsere Malkünste bemerkt, greift sie sofort nach dem Holzlineal. Sind wir Beduinen, die sich rechts und links tätowieren? Sie nennt uns schmutzig und nimmt uns unseren Kugelschreiber weg. Ich strecke die rechte Hand aus, für meine Strafe. Selma wird auf beide Hände geschlagen.

Wir radieren unsere krakeligen Buchstaben aus, immer und immer wieder. Am Ende jedes Schultages liegen ganze Berge von Radiergummiröllchen auf unseren Pulten. Selma hat ein Rezept für Plastilin: Tu ein wenig Spucke zu den Schnipseln, knete sie zusammen und laß die Mischung in der Sonne trocknen. Wir versuchen es immer wieder. Die Mischung hält nicht zusammen. Wir rubbeln weiße und rosa und grüne Radiergummis an der Bank ab. Selma schwört, daß es zu Hause immer klappt. Sie kann mit ihrem Kaugummi die größten Blasen der Klasse fabrizieren. Sie kann sich zusammenrollen wie die *Malwiyya*, das spiralförmige Minarett in Samarra, und ich glaube ihr jedes Wort.

Bee, ba'a und *bet* sind schwerer zu schreiben als *ay, alif* und *alef.* Wenn jeder neue Buchstabe komplizierter ist als der vorherige, was erwartet uns dann für eine mühselige Kindheit!

Arabisch hat drei *ba'as.* Eines steht am Anfang des Wortes, eins in der Mitte und eins am Ende. *Alif* und *ba'a* bilden zusammen Wörter: *ab*, Vater, *bab*, Tür, *baba*, Papa. Ich kann schreiben! Ich schreibe! Bald werde ich die Schilder auf der Straße entziffern und die blinkenden Neonreklamen lesen können. Bald werde ich lernen, meinen Namen zu schreiben, Lina, in drei Sprachen. Und wenn alle drei Alphabete gelernt sind, werde ich bereits mehr wissen als jede unserer drei Lehrerinnen.

Revolutionen

Ein gelber Luftballon landet auf meiner Nase und küßt sie. Die Seite mit Abd al-Karims Gesicht darauf hat mich berührt. Ich tippe gegen den Ballon und lasse ihn wieder hochfliegen. Abd al-Karim, unser Präsident, dreht sich am blauen Himmel und macht Purzelbäume. Ich jage ihn durch unseren Hof, sehne mich nach seinem warmen Gummigeruch. Der Ballon sinkt wieder herab, diesmal in meine Arme. Ich halte Abd al-Karim an seinem dicken Haarschopf fest, überzeuge mich, daß niemand zuschaut, und drücke meine Lippen auf seinen trockenen Mund, ein langer, durstiger Kuß, so wie sich Liebende in ausländischen Filmen küssen.

Sein Bild hängt in jedem Laden und jedem Kaffeehaus von Bagdad. Es prangt auf Geldscheinen, Schreibheften, Kaugummikärtchen, Kalendern. In unserem Klassenzimmer hängt *al-Zaim*, der Führer, gerahmt über der Tafel, in Uniform, ein Brustbild; er lächelt und winkt uns zu. Während der Pause spielen wir »Reise nach Jerusalem« und singen:

> Lang lebe al-Zaim, lang lebe Abd al-Karim.
> Steht auf, steht auf und huldigt ihm.
> Zurück auf die Plätze, setzt euch alle hin,
> bis auf den einen, der muß draußen stehn.

Auf Deutsch funktioniert das nicht richtig.

Vater bringt mir bei, Briefmarken in Sätzen zu sortieren und hinter transparenter Folie in das Album zu stecken. Ich behandle die Marken sehr vorsichtig, diese zarten perforierten Quadrate und Rechtecke in passenden Farbkombinationen, die Landschaften und Tiere aus anderen Ländern darstellen und mich mit berühmten Persönlichkeiten bekannt machen. Königin Elizabeth II. Der Schah von Persien. Die griechische Königsfamilie. Madame Curie. Abraham Lincoln. Besonders gut gefallen mir die mit dem Porträt Abd al-Karims. Er salutiert am zweiten Jahrestag der Julirevolution vor der neuen republikanischen Flagge. Er nimmt die Truppenparade am Heerestag ab. Sein Profil wacht über *Medinat al-Thawra*, die Revolutionsstadt, die er für die Armen gebaut hat. Auf einem Satz von vier Briefmarken schüttelt er die Hände von Bauern, im Gedenken an die Landwirtschaftsreform.

Jede Straßenecke in Bagdad fordert mich auf, den Führer der Revolution zu lieben. Er, und er allein, hat der Monarchie ein Ende bereitet und dem korrupten *Ahd al Ba'id*, dem alten Regime, das mehr den Briten als unserem Volk gedient hat. Er hat den Feudalismus ausgelöscht und soziale Gerechtigkeit eingeführt. Er wird Frieden mit den Kurden schließen. Selbst Vater, der sein Herz an die Briten verloren hat, entwickelt eine Schwäche für Abd al-Karim. Er nennt ihn das häßliche Entlein, den Almosenempfänger, der sich in einen Fackelträger verwandelt hat, den kühnen Brigadier, der auf Revolution gesetzt und gewonnen hat – und an jenem glorreichen 14. Juli schnell sehr hoch aufgestiegen ist.

Jedes Jahr im Juli werfen Hubschrauber über Bagdad bunte Flugblätter ab, auf denen die Revolution und ihre Helden gefeiert werden. Bis der glorreiche 14. auf einen anderen Monat verschoben wird, einem anderen Helden vorbehalten.

Der Ramadan fällt dieses Jahr in den Winter. Gegen neun Uhr morgens rezitieren wir im Unterricht klassische arabische Dichtung. Plötzlich sind Schüsse zu hören. Sie kommen aus mehreren Richtungen. In rasender Eile werden Schulhefte und Bücher in Ranzen verstaut. Schulbusse bringen uns nach Hause. Auch Vater kommt früher von der Arbeit heim. Wir stellen das Radio an. Eine schrille Frauenstimme preist die Revolution des 14. Tages des Ramadan und verliest Proklamationen im Namen des Revolutionären Kommandorats. Die Sprecherin wirft Abd al-Karim vor, die Ziele der Revolution des 14. Juli verraten zu haben.

Der Sender ist den Putschisten in die Hände gefallen. Explosionen sind in Stereo zu hören, aus dem Radio und von draußen.

Eine Ausgangssperre wird verhängt. Wir können morgen nicht zur Schule gehen, soviel ist sicher. Nachbarn schlendern draußen herum, Männer in Pyjamas, Transistorradios in der Hand, besuchen sich gegenseitig. Kinder fahren mitten auf der Straße Rad. Solange Autos verboten sind, bleiben die Fußgänger nicht auf den Bürgersteigen. Ich male Himmel-und-Hölle-Kästchen auf das Straßenpflaster. Wafa', unsere Nachbarin, fährt mit den Rollschuhen darüber. Neben uns spielen zwei Jungen Indianer, haben sich hingekniet und drücken das Ohr an den Boden, um die Kinder der gesamten Nachbarschaft zu belauschen. Ein paar Kilometer entfernt kämpfen Anhänger von Abd al-Karims Julirevolution und die Soldaten der Ramadan-Gegenrevolution erbittert gegeneinander.

Bei Sonnenuntergang hört der Schußwechsel auf, zu der Zeit, wenn die Moslems ihr Fasten brechen. Im Radio heißt es, das Gute habe das Böse besiegt, und dank Allahs Hilfe sei der Widerstand Abd al-Karims zusammengebrochen.

Am nächsten Morgen wache ich spät auf. Artilleriefeuer verrät mir, daß die Kämpfe weitergehen. Meine Eltern und Bruder haben bereits gefrühstückt und hören im Wohnzimmer Radio. Der Anblick meines Vaters, unrasiert und im Bademantel, erstaunt mich. Morgens rasiert er sich immer als erstes und behält nach dem Aufstehen nie den Pyjama an. Nicht mal an Feiertagen. Das ist sein elftes Gebot. Nur die Revolution kann ihn dazu verleiten, dieses Gebot zu brechen.

Nachbarn kommen und gehen. Der Freund von jemandes Bruder hat Panzer und Panzerwagen auf der Raschid-Straße gesehen. Jemandes Schwiegervater hat gehört, daß das Verteidigungsministerium, wo *al-Zaim* sein Hauptquartier hat, unter Beschuß genommen werden soll.

– Abd al-Karim hat zuviel Macht angehäuft. Die Korruption hat zu sehr um sich gegriffen.

– Aber wer sind die Neuen? Werden sie es besser machen?

– Ihre Proklamationen wiederholen nur das, was die anderen auch gesagt haben: Kampf gegen den Imperialismus, Befreiung Palästinas, arabische Einheit, Demokratie, arabisch-kurdische Bruderschaft ...

– Große Worte! Wenn es um Worte geht, ist niemand besser als wir.

Zeki ist den ganzen Weg von Battawin nach Alwiyah zu Fuß gekommen, mit seinem Hund. Er sagt, die Nationalgarden der Baath-Partei durchkämmen alle Viertel, durch die er gekommen ist, suchen nach Kommunisten – den Verbündeten Abd al-Karims. Gelangweilt von ihrem ununterbrochenen Gerede, gehe ich in den Garten, drehe den Schlauch auf für den schwarzen Straßenköter. Er trinkt gierig, wedelt mit dem Schwanz, leckt mir dankbar die Hand. Das hat er noch nie getan!

– Was wird mit uns? fragt Mutter, nachdem unsere Gäste gegangen sind.

Seit König Faisal I. in den 20er Jahren hat kein Herrscher des Irak den Juden so viele Rechte eingeräumt, wie *al-Zaim* es getan hat.

Gegen Mittag hört das Schießen auf. Abd al-Karim hat sich ergeben. Der Revolutionäre Kommandorat ernennt Abd al-Salam zum Präsidenten. Abd al-Salam, Abd al-Karims früherer Protégé, sein Freund und Mitstreiter aus den Tagen der Juli-Revolution, hat ihn gestürzt. Schlimmer noch. Er hat ihm die Revolution gestohlen.

Ein neuer Nationalfeiertag wird dem Kalender hinzugefügt. Die Ramadan-Revolution, den Prinzipien der Juli-Revolution verbunden, wird jetzt die Abweichungen des Regimes von Abd al-Karim korrigieren.

Am Abend setze ich mich widerstrebend vor den Fernseher, fürchte mich davor, Abd al-Karim zerzaust, erniedrigt, vielleicht verletzt zu sehen. Obwohl es mir niemand gesagt hat, weiß ich, daß der Held mit dem jungenhaften Blick, den buschigen Augenbrauen und dem schüchternen Lächeln unter dem ergrauten Schnauzbart für immer von uns gegangen ist. Ich befürchte das Schlimmste für ihn. Daß er durch die Straßen geschleift wird – wie der Kronprinz Abd al-Ilah zur Zeit der Juli-Revolution. So hat man es mir erzählt. Als die Armee den erzürnten Massen die Leiche Abd al-Ilahs auslieferte, hat der Mob sie über die Brücke zum westlichen Teil der Hauptstadt gezerrt und am Tor des Verteidigungsministeriums aufgehängt.

Der Leiche von Nuri al-Said, dem Ministerpräsidenten, verhaßt wegen seiner pro-westlichen Politik, erging es nicht besser. Am Morgen des 14. Juli hastete der ältliche Politiker, als Frau verkleidet, am Ufer des Tigris entlang, auf der Suche nach einem Unterschlupf. Aber die Frau erregte bald den Verdacht der Passanten. Ihre schwarze Abaja und der schwarze Schleier paßten nicht zu der männlichen Pyjamahose, die der fliehende Ministerpräsident in der Eile nicht mehr hatte ausziehen können. Als General Nuri erkannt wurde, erschoß er sich auf der Stelle. Die Armee begrub ihn, aber zwei Tage später gruben die Massen den Ministerpräsidenten wieder aus und fegten mit seiner Leiche regelrecht die Straßen.

Abd al-Karim wird weder gefoltert noch durch die Straßen geschleift. Am Tag seiner Kapitulation verurteilt ihn ein Kriegsgericht zum Tode. Er wird am selben Tag erschossen.

Am nächsten Tag wird die Ausgangssperre aufgehoben und wir gehen wieder zur Schule. An der Wand über der Tafel ist ein grauer Fleck. Am oberen Rand ragt ein Nagel heraus. Fünf Jahre lang ist die Wand hinter Abd al-Karims Porträt nicht gestrichen worden. Beim jährlichen Weißen des Klassenzimmers wird der graue Fleck verschwinden. Aber weil die fünf Farbschichten aus der Zeit Abd al-Karims fehlen, werden die Umrisse immer noch zu erkennen sein.

Während der Pause zieht mich Selma in den hinteren Garten und zeigt auf ein Fenster im Keller. Es ist derselbe Keller, in dem wir als kleinere Kinder das Rattenloch vermutet hatten. Ich spähe hinein. Berge von Bildern lehnen an der Wand. Auf jedem lächelt *al-Zaim* hinter dem Glas, zwinkert uns zum Abschied zu.

Selma sagt, gestern am späten Abend wurde Abd al-Karim im Fernsehen gezeigt. Er saß auf einem Stuhl, mit Einschußlöchern im ganzen Körper. Der Sender zeigte immer wieder Bilder von der Ramadan-Revolution und toten Generälen. Gerade als Selma ins Bett gehen wollte, packte ein Soldat Abd al-Karim bei den Haaren und spuckte ihm in das leblose Gesicht.

Im Fernsehen wurden gestern viele Leichen vorgeführt. Auch Oberst Mahdawi lag tot neben Abd al-Karim. Mahdawi war während Abd al-Karims Regierungszeit Präsident des Volksgerichtshofes. Der Volksgerichtshof hatte die Aufgabe, die Feinde des Volkes vor Gericht zu stellen und die Verschwörer gegen den Staat zu bestrafen. Die Gerichtsverhandlungen wurden im Radio und Fernsehen übertragen und in jedem Kaffeehaus des Landes verfolgt.

Mahkamah, brüllt eine heisere Stimme, verkündet die Eröffnung der Verhandlung. Mahdawi betritt den Gerichtssaal. Das Publikum begrüßt ihn mit langem Applaus. Der Oberst eröffnet die Sitzung mit einer weisen Maxime, gefolgt von seiner Meinung zur heutigen Verhandlung. Sein Ton ändert sich, als er sich den Angeklagten zuwendet und sie mit Beschimpfungen und rhetorischen Beleidigungen überhäuft. Wir hören Lachen aus dem Publikum. Mutter entschlüpft ein Kichern. Sofort korrigiert sie sich und nennt ihn vulgär, arrogant. Mahdawi trägt jetzt ein Gedicht vor, das seiner Meinung nach den heutigen Fall widerspiegelt. Seine Stimme, tiefer geworden durch die Eloquenz seiner Darlegungen, beeindruckt mich. Die Moral entgeht mir allerdings. Wenn seine Leistungen auf der Militärakademie doch nur halb so gut gewesen wären wie seine Kenntnisse arabischer Dichtkunst, bemerkt unser Nachbar und zerbeißt einen Kürbiskern. Mehrere Zuschauer verlassen ihre Plätze und tanzen mitten im Gerichtssaal eine *dabka*. Das Publikum klatscht im Rhythmus des Tanzes. Mahdawi sieht zufrieden aus. Was für ein Richter! sagt Mutter. Würdest du überhaupt da sitzen, wenn du nicht der Cousin von Abd al-Karim wärst? Der Offizier neben Mahdawi flüstert dem Oberst etwas ins Ohr. Mahdawi stoppt mit einer Handbewegung den Tanz und beginnt endlich mit der Gerichtsverhandlung. Ich sause in die Küche, hole mir eine Tüte Kartoffelchips. Mahdawi zeigt auf den Mann in der braunen *dischdascha*, der bei den Angeklagten steht. Die Männer links von ihm werden zu fünf Jahren Gefängnis verurteilt. Die braune *dischdascha* und die rechts davon werden freigesprochen.

Manchmal endeten die Verfahren mit der Todesstrafe. Aber wie im Film wurden die Verurteilten nicht wirklich hingerichtet. Oder nur selten. Abd al-Salam zum Beispiel war selbst einmal angeklagt wegen eines versuchten Attentats auf Abd al-Karim, von Mahdawis Gericht zum Tode verurteilt worden. Er wurde nach fünf Jahren Gefängnis freigelassen.

Vater, ein passionierter Philatelist, räumt die Briefmarkenbögen von Abd al-Karim in eine andere Schublade, zusammen mit den älteren Bögen von König Faisal I. in Beduinentracht, König Faisal I. in einem europäischen Anzug, König Ghazi im Profil, König Faisal II. als Kind, als Jugendlicher, als junger Mann. Was für ein Schock wäre es für Abd al-Karim gewesen, hätte er gewußt, daß sein revolutionäres Symbol in königlicher Gesellschaft lagert – zusammen mit einem Haufen in Ungnade gefallener Berühmtheiten.

Nationalhymnen, Flaggen, Briefmarken, Währungen, Straßennamen und andere staatliche Embleme haben in Bagdad kein langes Leben. Sie altern nicht, werden nicht dünn und zerfallen nicht. Abrupt tauchen sie in der Geschichte auf und verschwinden wieder, so schnell, daß kein Gedächtnis dem gewachsen ist. Selbst jetzt noch nennt Mutter die erste moderne Brücke der Stadt bei ihrem ursprünglichen Namen, Maude, nach dem britischen General, der Bagdad im Ersten Weltkrieg erobert hat. Das war die Grenze, die sie auf Anweisung ihrer Familie nur in Begleitung eines männlichen Verwandten überschreiten durfte. Als meine Mutter ein junges Mädchen war, hatte die britische Armee den Irak jedoch längst verlassen und die Brücke war nach König Ghazi benannt worden. Nachdem die Monarchie abgesetzt, die Statuen von General Maude und König Faisal I. von der wütenden Menge umgestürzt und Abd al-Ilahs Leiche über die Brücke von einer Seite der Hauptstadt auf die andere geschleift wurde, bekam das Bauwerk den Namen *Schuhada'*, Märtyrerbrücke, paßte sich wie ein linguistisches Chamäleon dem Vokabular der neuesten Herrscher an.

Neun Monate später, im November, werden wir wieder früher nach Hause geschickt. Abd al-Salam hat einen weiteren Putsch initiiert. Er vertreibt die Baath-Partei, seine Gefährten aus der Ramadan-Revolution, löst ihre Nationalgarde auf und bildet eine neue Regierung.

Am nächsten Jahrestag der Ramadan-Revolution schwirren Hubschrauber über Bagdad und werfen kleine Nylonbeutel mit Süßigkeiten ab. Obwohl die Beutel schneller fallen als Flugblätter, brauchen sie ihre Zeit, schweben und trudeln, kümmern sich nicht um unsere ungeduldigen Schreie. Ein Beutel schwebt auf mich zu, wird gleich auf unserem Dach landen. Als er fast in Reichweite ist, ändert der Beutel seine Meinung und treibt fort. Ich renne nach unten, will ihm auf der Straße folgen. Ein Windstoß treibt den Beutel weiter nach Süden, auf den Fluß zu. Aus einer Seitenstraße rennt eine gestreifte *dischdascha* in dieselbe Richtung. Das *serifa*-Mädchen, kleiner als ich und barfuß, überholt mich bald. Ich mache es wie sie – ziehe meine Schuhe aus und renne weiter. Gleich darauf streift ein spitzer Stein meine Fußsohle. Ich bleibe stehen, untersuche den Fuß. Nur ein Kratzer, kein Blut, aber meine Chance zu gewinnen ist dahin. Ich ziehe meine Schuhe an und gehe zurück, komme allmählich wieder zu Atem. Der Himmel ist ruhig und leer, bietet keine Überraschungen mehr. Ich bin der Süßigkeiten der Revolution beraubt worden. Als ich unser Haus erreiche, erwartet mich im Garten ein Beutel mit Karamelbonbons! Ich reiße ihn auf und probiere den ersten. Er schmeckt scheußlich. Das *serifa*-Mädchen kommt vorbei, hält genau so einen Beutel in der Hand. *Nestala*, sagt sie, schlenkert ihn stolz. *Nestala* ist Slang für Schokolade, die Verballhornung von Nestlé – eine so teure Marke, daß das Mädchen sie kaum je probiert haben kann. Ich lächele ebenfalls. Sie hebt den Saum ihrer *dischdascha* und setzt sich auf unsere Schwelle. Ich hocke mich daneben. Noch nie waren wir so nahe beisammen, obwohl der Beduinenclan seit Jahren in der *serifa* wohnt, Slumhütten auf dem unbebauten Land hinter unserem Haus. Auf ihrer Stirn ist ein blauer Punkt eintätowiert. Ein goldener Ring ziert ihren Nasenflügel. Ihre Haut ist ebenholzschwarz, dunkel wie ihr eigener Schatten. Ihre Fußsohlen sind schwielig, asphaltschwarz. Rotz droht ihr aus der Nase zu laufen. Sie zieht ihn schniefend hoch. Um den linken Fußknöchel trägt sie ein Bronzekettchen. Ich biete ihr an, meine Schuhe gegen das Kettchen zu tauschen. Nichts zu machen. Sie schüttelt den Kopf, lutscht geräuschvoll an den Süßigkeiten, die in Gedenken an Abd al-Karims Sturz abgeworfen wurden.

Drei Jahre nach dem Ramadan-Putsch werden wir wieder früher nach Hause geschickt. Jetzt ist Abd al-Salam dran, sein Leben für einen schulfreien Tag zu opfern. Auf dem Weg von Qurna nach Basra explodiert sein Hubschrauber. Der Absturz wird als tragischer Unfall bezeichnet. Niemand in Bagdad glaubt das. Abd, unser Busfahrer und treuer Anhänger Abd al-Karims, ist von der Nachricht begeistert. Sie beflügelt seine Phantasie, und wie es seine Art ist, muß er sofort darüber reden. Jedesmal, wenn er ein Kind an einem Haustor aussteigen läßt, berichtet er mit größtem Vergnügen der besorgten Mutter von den Ereignissen.

– Keine Sorge, Schwester, das ist bloß Abd al-Salam. *Al-Mushir*, der Anführer, ist einfach in der Luft explodiert. Bumm, wie ein Ballon. Sehen Sie die schwarze Wolke da oben, das ist der Sieger von drei Revolutionen, Juli, Ramadan und November. Eine war ihm nicht genug, er mußte drei haben, alle für sich. Jetzt werden sie Kohlepapier vom Himmel werfen, ein paar Trauerflugblätter für unseren verkohlten Helden, was?

Die vorsichtige Mutter zerrt ihr Kind rasch nach drinnen, bevor irgendwelche Nachbarn oder Passanten sie mit dem großmäuligen Fahrer in Verbindung bringen.

Trotz des strengen und anspruchsvollen Unterrichts, dem wir unterworfen sind, geht die Schulleitung kein Risiko ein, was unsere Sicherheit betrifft. Bei den kleinsten Unruhen werden wir nach Hause geschickt. Selbst eine Demonstration gegen die Innenpolitik kann jeden Moment zur hitzigen Unterstützung der palästinensischen Sache führen und vor den Toren unserer jüdischen Schule enden.

– Das ganze Jahr über, *chirri mirri*, ein einziges Kommen und Gehen, sagt Abd eines Tages. Wie kann man unter solchen Bedingungen lernen? Euer Direktor übertreibt mit seinen Sicherheitsmaßnahmen. Man muß doch nicht immer gleich zittern, wenn ein Feuerwerkskörper explodiert.

Es ist zehn Uhr morgens. Eine aufgebrachte Menge, die nur ein paar Straßen entfernt brüllt und buht, bewegt sich in unsere Richtung. Es fallen nicht mal Schüsse, doch unsere tyrannischen Lehrer verwandeln sich sofort in Schutzengel. Keine Zeit, Hausarbeiten aufzugeben. Das Mathematikproblem hat Zeit bis nächste Woche. Das Schulgelände ist so schnell wie möglich zu räumen. Als ich nach Hause komme, stellt Mutter das Radio an. Der Lokalsender bringt nichts über Unruhen in der Hauptstadt. Auch nicht am Abend. Erst am nächsten Morgen steht es in den Zeitungen. Eine aufgebrachte Menge leidenschaftlicher Männer tobte, pfiff und verfolgte eine ägyptische Sängerin, die den unverzeihlichen Fehler begangen hatte, Hosen zu tragen und zu Fuß durch die Stadt von »Tausend und einer Nacht« zu streifen.

Bruder

Sultan liegt steif und leblos in meiner Hand. Seine Lider sind geschlossen, seine Klauen eingezogen, ineinander verschränkt. Mein kleiner Finger streichelt das gelbe Gefieder des Kanarienvogels. Zart wie immer, und doch fühlt er sich nicht mehr an wie Sultan. Bestand er nur aus diesen winzigen Atemzügen? Ich drücke mit dem Finger auf seine Brust, lasse los, drücke noch mal, hoffe, sein Herz wieder zum Schlagen zu bringen. Der kleine Vogelkörper bleibt leblos, hat keinen Willen mehr. Ich öffne seinen Schnabel, hauche ihm meinen Atem ein, so wie ich es letzte Woche bei der Vorführung künstlicher Beatmung an Puppen im Fernsehen gesehen habe.

Nichts geschieht. Sultan lebt nicht mehr.

Bruder gräbt im Garten ein kleines Loch. Mein Kanarienvogel wird hineingelegt. Sultan sieht nicht so aus, als würde er ruhen, er pflegte aufrecht zu dösen. Im Gegensatz zu den vielen toten Katzen, die ich schon auf Müllhaufen habe liegen sehen, oder den plattgefahrenen Hunden auf den Straßen bin ich noch nie einem toten Vogel begegnet. Fallen wild lebende Vögel einfach vom Himmel, wenn sie sterben, so wie verfaulte Maulbeeren vom Baum?

Tränen trüben meine Augen. Sultan wird zu Eigelb, das in dicke Schokolade sinkt.

– Hab ich dir nicht gesagt, daß Samson länger leben wird als Sultan? ruft Bruder. Ich hab's gewußt!

Ich schniefe.

– Keine Bange, fährt er etwas sanfter fort. Auch mein Samson wird eines Tages sterben. Genau wie der neue Sultan, den du bald bekommen wirst.

Meine Tränen fließen in Bächen.

– Finde dich damit ab. Jeder Vogel muß eines Tages sterben ...

Ich lutsche am Daumen.

– Jeder muß sterben. Ohne Ausnahme. Selbst Mama und Baba, und du ... und ... ich. Jeder.

Nein, ich bin nicht bereit, das hinzunehmen – daß Sultan erst der Anfang ist und Mutter und Vater folgen werden. Vater! Vater ist älter, er stirbt bestimmt als erster. Oder, schlimmer noch, vielleicht verlassen sie diese Welt gemeinsam, er und Mutter. In dem Fall ist Bruder für mich verantwortlich. Ich hoffe, das passiert nicht, wenigstens nicht, bevor ich groß bin. Sonst verlangt Bruder uneingeschränkten Respekt und kommandiert mich den ganzen Tag herum, wie er es tut, wenn unsere Eltern abends ausgehen.

Bruder. Es wird Zeit, daß er einen Namen bekommt. Zeit, daß ich ihm ein Kapitel in meinem Leben einräume.

Ich will ihn Shuli nennen, der Kosename für Shaul – nach unserem Großvater mütterlicherseits –, und ihn ein paar Jahre älter als mich machen.

In unserem Wohnzimmer hängt ein gerahmtes Foto von ihm, wie er auf einer unvollendeten Skulptur des Löwen von Babylon reitet. Der Löwe trampelt auf einem Mann herum. Shuli sitzt auf dem Kopf des Löwen. Die Beine baumeln über der Mähne, die Hände klammern sich an etwas, das die Ohren des Löwen gewesen sein könnten. Das breite Lächeln des Siegers erhellt Shulis Gesicht. Er ist fast sechs.

Das waren seine glücklichsten Jahre, erzählt er jedem, der das Foto anschaut. Jahre, in denen er für seine Eltern die kostbarste aller Kostbarkeiten war, ihr einer und einziger Gott. Als *sie* kam, wurde in der Familie das Wort »fair« eingeführt. Was immer das Wort auch ursprünglich bedeutete, »fair« gab ihr das natürliche Recht, sich die Hälfte seiner Besitztümer anzueignen. Das halbe Zimmer, das halbe Regal, den halben Teppich, das halbe Bad, die Hälfte seines Vaters, die Hälfte seiner Mutter und aller Kuchen und Süßigkeiten, die nun in zwei Hälften geteilt wurden.

Smarties werden nach Farben sortiert und dann in zwei gleiche Teile aufgeteilt. Er schluckt seinen Anteil innerhalb von Minuten, während ich meinen im Kühlschrank aufbewahre. Ich mache mir nichts aus Süßigkeiten, mir geht es nur um das Fünfzig-zu-fünfzig-Prinzip. Wie ein Wachhund zähle ich zweimal am Tag meine Smarties, um sicherzugehen, daß er keine stibitzt.

Er trägt einen Robin-Hood-Hut und übt Bogenschießen. Ich halte die Zielscheibe. Seine Pfeile zischen. Mein Ohr wird um Haaresbreite verfehlt. Vater entdeckt uns und verdirbt das Spiel. Also verkleidet sich Shuli als Cowboy, trägt einen großen Cowboyhut, eine rote Weste, einen umgeschlungenen Patronengürtel und zwei Pistolen, die er mit Leichtigkeit aus dem Halfter zieht.

– *Gemaaar*, frische Sahne. Der laute Ruf kommt von der Straße. Wir schleichen uns in den Garten und verstecken uns hinter dem Tor, warten im Hinterhalt auf den Feind. Eine Straßenhändlerin kommt vorbei. Auf dem Kopf trägt sie ein rundes Blechtablett, so groß wie ein Fahrradreifen. Das ist keine echte *um-el-gemar*, knurrt er, das ist eine Spionin. Er schießt, peng, peng, nicht zu laut, damit sie uns nicht hört und uns verflucht. Die falsche Verkäuferin fällt tot um. Wir schnappen uns ihr Tablett und futtern die ganze Sahne auf.

Ein schlanker Beduine in einer weißen *dischdascha* kommt vorbei, verkauft Salz aus der Wüste. Neben ihm geht ein Kamel. Peng, peng, rufe ich, nicht zu laut, und ziele mit meiner Wasserpistole auf den Spion aus der Wüste. Falsch, brummelt Shuli, erschießt das Kamel, das auf den Beduinen fällt und ihn tötet.

Ein vertrautes Bimmeln nähert sich. Der Paraffinkarren ist gerade in unsere Straße gebogen. *Nafet*, ruft der Fahrer. Das ist ein falscher *abu-el-nafet*, knurre ich und erschieße, peng, peng, den Esel. Wieder falsch, stöhnt Shuli, schießt auf den grünen Tank, wirft sich zu Boden und legt die Hände schützend über den Kopf. Ich mache es ihm nach, gerade noch rechtzeitig, bevor der Paraffintank explodiert, mitsamt Fahrer und Esel.

Wir schauen uns die »Familie Feuerstein« im Fernsehen an, formen Matschkuchen und lassen sie auf dem Balkon in der Sonne trocknen. Sie werden unsere Munition im Steinzeitkrieg, den wir nächsten Monat an Shulis zehntem Geburtstag aufführen.

Vor meinem vierten Geburtstag bin ich entschlossen, im Stehen pinkeln zu lernen. Als ich wieder meine Hosen naß mache, zieht er seinen Schwanz raus und vergleicht ihn mit meiner Muschi.

– Du schaffst das nie! In hundert Jahren nicht.

Jahre vergehen und verringern den Altersunterschied, verschieben die Proportionen zwischen meiner Bewunderung für und meinem Widerstand gegen ihn.

Ich erbe die rote Weste, den Patronengürtel und den silbernen Sheriffstern. Mit Mutters *kuhul* male ich mir zwei horizontale schwarze Linien über die Oberlippe. Dann setze ich meinen Cowboyhut auf und zwinkere dem Cowboy im Spiegel zu. Endlich bin ich zu einem fairen Kampf gerüstet.

Shuli lümmelt auf dem Sofa im Wohnzimmer herum und liest.

– Hände hoch! brülle ich, halte die Pistole in beiden Händen und ziele auf sein Herz.

Meine Hände bleiben ruhig, während sein Blick sich langsam vom Buch hebt und mich ausdruckslos betrachtet.

– Bist du nicht ein bißchen spät dran? Die Indianer sind ausgerottet, die schwarzen Sklaven sind frei, der Zweite Weltkrieg ist vorüber, und gerade ist Eichmann verhaftet worden.

Damit wendet er sich wieder seinem Buch zu. Ein Buch mit Eselsohren, braun eingebunden, mit einem cremefarbenen Etikett auf dem Buchrücken. 421 KAL 238. Soviel kann ich lesen. Hätte ich nicht Angst um meine Haut, ich hätte ihm sein *Kalila wa Dumna* aus den Händen gerissen und die Tiergeschichten aus dem Fenster geworfen. Aber das hätte auch nicht viel genützt. Shuli ist über unsere Schlachten, unsere Friedensverhandlungen, unsere Räuber– und Gendarmspiele, selbst über unsere Kissenschlachten hinausgewachsen. Wann haben wir uns das letzte Mal mit dem Gartenschlauch naßgespritzt? Großwerden scheint in der Tat ein Weg ohne Wiederkehr zu sein. Armer Shuli, ich kann nichts für ihn tun. Ich stecke die Pistole zurück ins Halfter und knalle die Tür hinter mir zu. Wenn ich richtig lesen und schreiben kann, werde ich ein Buch schreiben und seine Seele wieder einfangen. Haarsträubende Geschichten über Antar, den berühmten schwarzen Sklaven, der alle arabischen Stämme überfiel und dessen Name allein die Wüste in Furcht und Bewunderung erbeben ließ.

Aber Shulis Verbindung zu jedem Buch hört auf, sobald er es gelesen hat. Danach geht es unter zwischen den staubigen Bergen von Comic-Heften, Taschenbüchern und gebundenen Büchern, die an der Wand im Flur aufgestapelt sind und mir auf den Kopf zu fallen drohen, wann immer ich zu unserem Zimmer renne.

Nachdem wir in ein größeres Haus gezogen sind, stapelt Shuli die Bücher in seinem Zimmer. Vater bietet an, ihm ein Bücherregal zu kaufen, doch Shuli lehnt ab.

– Aber Bücher fressen Staub, Sohn, fügt Mutter hinzu. Besser, du sortierst sie aus.

– Pah, erwidert Shuli.

In der Schule sagen sie, er habe sich die »Encyclopaedia Britannica« vorgeknöpft.

Es stimmt, er kann das Leben von Tolstoi, Trotzki und Telemann in Kurzfassung erzählen, kann Territorialverhalten erklären und den Untergang der Titanic beschreiben. Er kennt die Ursprünge des Tangos, der tibetanischen Dialekte, das Turiner Grabtuch, die Telepathie und die Tandoori-Küche. Er kann die Grundzüge des Talmud, das Telegraphiesystem, die Thermodynamik, die Struktur der Tragödie und die Konstruktion von Trompeten vereinfachen und erklären.

Er muß mit dem Buchstaben T fertig sein.

Außerdem kann kein anderer Schüler Aufgaben in Mathematik, Physik und Algebra so schnell lösen wie er. Und er trägt nicht mal eine Brille.

Die Lehrer halten ihn für brillant. Klassenkameraden wahren aus Respekt und Mißtrauen Distanz zu ihm. Er ist etwas Besonderes, hat er beschlossen, und benimmt sich entsprechend, ist herablassend zu den gewöhnlichen Sterblichen.

Oberschule. Shuli ist immer noch Klassenbester. Vater ist ungehalten. Der Junge gewöhnt sich an mühelosen Erfolg. Auch Mutter ist besorgt. Ihr Junge wird nervös, zurückgezogen, unzugänglich, wie ein geschlossenes Buch.

Sein Klassenausflug nach Ur. Shuli machte sich auf den endlosen Weg, die Treppen der alten Zikkurat zu erkunden, kletterte den ganzen Tag hinauf und hinunter. Was hat er gesehen? Hunderte von Stufen aus Ziegelsteinen, Tausende von Ziegeln, die zu Stufen verlegt wurden, gelben Staub darüber und gelben Sand darunter, und dann umgekehrt. Was hat er gehört? Seine eigenen Schritte, die ihm folgten und wer weiß welche Versprechen ins Ohr flüsterten.

Er gibt sein ganzes Taschengeld für ein Gipsmodell der Zikkurat aus. Es zeigt den dreistöckigen, von Strebepfeilern abgestützten Turm, mit einer rechteckigen Struktur an der Basis. Wie bei einer Pyramide neigen sich die Wände nach innen, je höher man hinaufkommt. Eine dreiteilige Außentreppe, jede mit hundert Stufen, sagt er, führt zum Heiligtum auf der Spitze.

Eine Fliege landet auf der Spitze. Sie reibt sich die Vorderbeine, dann steht sie still, wie eine schwarze Königin auf einem weißen Thron.

– Der Bau des Tempelturms hat während der dritten Dynastie von Ur begonnen, etwa im 22. Jahrhundert vor Christus. Später wurde die Zikkurat auch als astronomische Beobachtungsstation benutzt. Zweiundvierzig Jahrhunderte trennen die Originalzikkurat in Ur von dem Modell auf meinem Schreibtisch, kannst du dir das vorstellen? Mehr Jahrhunderte vor Christus als nach Christus.

Die dreigeteilte Treppe bringt mich in Versuchung. Zwei Treppen führen an der Wand entlang, während die dritte rechtwinklig ins Zentrum des Gebäudes führt. Mein Zeigefinger berührt den Fuß der Zentraltreppe. Eine nach der anderen steigt er die winzigen weißen Stufen, kühl und glatt, empor.

Zwölf, dreizehn, vierzehn, fünfzehn, sechzehn ... klatsch.

Seine Hand erwischt Finger und Fliege.

– Faß sie nicht an! Wie oft soll ich dir noch sagen, daß du meine Zikkurat nicht anfassen darfst. Weißer Gips wird sehr leicht fleckig.

Eine schwarzweiße Zeichnung ist an die Wand hinter seinem Schreibtisch gepinnt. Die Hängenden Gärten von Babylon und das Ufer des Euphrat. Shuli hat sie vor kurzem aus der »Britannica« abgezeichnet.

Die Gärten sind in einer Reihe von Zikkurat-Terrassen angelegt, überdacht von gemauerten Balkonen und von Kolonnaden gestützt. Kletterpflanzen, Tropenbäume, Büsche und Sträucher auf jeder Terrasse. Treppen verbinden die einzelnen Ebenen. Auf jedem Treppenabsatz plätschert ein Springbrunnen. Menschen schlendern durch die Gärten. Ein Paar lehnt am Geländer der obersten Terrasse. Die beiden sehen aus, als würden sie sich in den Wolken verlieren.

– Die Hängenden Gärten wurden im 6. Jahrhundert vor Christus von Nebukadnezar angelegt, dem großen Feldherrn, der die ägyptische Armee vernichtete, in Syrien einfiel und die Stämme in Arabien angriff. Derselbe König, der Judäa besetzte und uns nach Babylon in die Gefangenschaft führte.

Shuli zeigt mir den Fluß auf der Zeichnung, als wäre der ein Beweis für seine Worte.

– Dort, an den Flüssen Babylons, saßen unsere Vorfahren und weinten um Jerusalem. Ironischerweise vergoß auch Nebukadnezars Frau, eine medische Prinzessin, viele Tränen. Auch sie sehnte sich nach ihrem Heimatland.

Das muß den armen König verrückt gemacht haben. Alle um ihn herum in Tränen aufgelöst und krank vor Heimweh.

– Um seine Frau zu trösten, ließ Nebukadnezar in Babylon eine Kopie ihres Heimatlandes errichten. Er ließ Gärten anlegen, die in der Luft hingen und den grünen Bergen ihrer Erinnerung glichen.

– War die Königin zufrieden? Hat sie nicht mehr geweint?

– Die Geschichte berichtet fast gar nichts über Amytis. Und was die Hängenden Gärten betrifft, von ihnen gibt es keine Spur, weder als archäologische Funde noch in Keilschrifttexten. Vielleicht waren sie nur eine Legende, die von Träumern über die Zeit bewahrt wurde.

Warum erzählt er mir das alles, wenn es nur eine Fiktion ist?

– Was ist mit unseren Vorfahren? Haben sie sehr lange geweint? frage ich, komme auf das Historische zurück.

– Aber nein! Kurz nach dem berühmten Geschluchze am Fluß rissen sich die judäischen Gefangenen zusammen und gingen an die Arbeit. Sie verwandelten sich von einem Bauernvolk in ein Volk der Händler, tauschten ihre Tempel gegen Synagogen und richteten sich im Exil ein.

An die Decke seines Zimmers hat Shuli bunte Zeitschriftenbilder von Raumschiffen gepinnt, die an einem Himmel voller Sterne kreisen. Ein gewaltiger Sprung durch die Geschichte. Doch die Entfernung zum Himmel hat sich nicht verkürzt. Und der Himmel sieht aus wie ein umgedrehter Abgrund.

Meine Fingernägel sind geschnitten und sauber. Meine Hände riechen nach Seife. Vielleicht gibt er nach, und meine Finger dürfen über die weiße Zikkurat wandern und von den Treppenrändern gekitzelt werden.

Er liest in seinem Zimmer. Ich halte ihm meine Hand unter die Nase. Erst da bemerke ich es. Seine Bücher, die immer völlig wahllos an der Wand aufgestapelt waren, sind jetzt geordnet. Sie sehen mehr aus wie Ziegel, zu einer Treppe verbaut, die in einer Ecke auf dem Boden beginnt und in der anderen Ecke an der Zimmerdecke endet. In den Sonnenstrahlen tanzen Staubflocken die Stufen hinauf und hinunter, gleich werden sie von den Büchern gefressen.

– Ist das Essen fertig? murmelt er.

– Was ist das?

Aber er hat das Zimmer bereits verlassen.

Ich bekomme einen neuen Kanarienvogel, und wir nennen ihn wieder Sultan. Genau wie Shuli vorausgesagt hat, stirbt auch dieser Sultan eines Tages. Kurz darauf segnet auch Samson, Shulis Kanarienvogel, das Zeitliche und fällt von seiner Schaukel. Wir begraben Samson zwischen den beiden Sultans.

Damit unser Garten kein Vogelfriedhof wird, verzichten Shuli und ich auf weitere Kanarienvögel. Shuli schaufelt Erde in den leeren Vogelkäfig und steckt zwei Kaktusableger hinein.

– Vögel sollten sowieso in den Wolken begraben werden, murmelt er und macht das Türchen zu.

Milchzähne

Ein Mädchen schaut in die Kamera, unterdrückt ein Lächeln, das die beiden fehlenden Vorderzähne enthüllt hätte. Ein gestreiftes Haarband, zu einer Schleife gebunden, krönt ihren Kopf für die Studioaufnahme. Ein kleines Medaillon hängt um ihren Hals, aber man kann das Relief von New York kaum erkennen. Sie hat einen Teddybär im Arm, drückt ihn an sich. Man könnte es leicht für eine Geste der Zuneigung halten. Dabei soll sie nur das fehlende Bein des Stofftiers verbergen.

An einem Winternachmittag kommen Mutter und ich von einem Spaziergang nach Hause, da bemerke ich plötzlich, daß ich Teddy-Pascha nicht mehr unter dem Arm habe. Mutter, immer noch im Mantel, geht den Weg zurück, den wir genommen haben. Zwanzig Minuten später kommt sie mit einem verstümmelten Pascha wieder. Der Wächter am Grabmal des unbekannten Soldaten hat das einbeinige Tier auf der anderen Seite des Platzes gefunden. Ich zerre Mutter wieder zum Platz des unbekannten Soldaten zurück. Wir durchsuchen alles, können aber das amputierte Bein nicht finden. Zum ersten Mal betrete ich den parabolischen Bogen des Grabmals und verliere mich in den durchsichtigen blauen und grünen Fliesen, die wie ein Mosaikhimmel aussehen. Mutter berührt mich an der Schulter. Wir müssen gehen, es wird spät, sagt sie. Nicht bevor ich vor dem Wächter salutiert habe, der am Gedenkfeuer strammsteht.

Teddys nächster Unfall passierte kurz danach.

Bei einem unserer ständigen Kräche reißt Shuli mir Pascha aus der Hand und wirft ihn ins Klo. Ich schreie entsetzt auf, und er öffnet seinen Hosenschlitz und pißt Teddy ins Gesicht. Mein Gebrüll bringt Mutter herbei. Shulis Penis hängt tropfend aus der Hose, Pascha schwimmt im Klo, und sie fragt trotzdem noch, was los ist. Ich schreie so laut ich kann, daß ich meinen Pascha wiederhaben will.

– Aber du nimmst ihn nicht mehr mit ins Bett, sagt sie.

Shuli schließt zufrieden den Hosenschlitz. Ich beginne zu schluchzen. Mutter brüllt, bis ihre Stimme meine übertönt. Sie wird Teddy-Pascha retten, aber erst, wenn ich still bin.

Ich verstumme und lutsche am Daumen.

Sie zieht an der Kette – um ihn zu waschen, erklärt sie. Voller Angst, daß Pascha in der Kanalisation verschwindet, stöhne, ächze und murre ich.

– Kein Wort mehr, warnt sie mich mit zusammengebissenen Zähnen.

Ich lutsche heftiger. Mutter zieht vier oder fünf Mal an der Kette. Jedesmal denke ich, das war's, Teddy-Pascha wird in den Abfluß gesogen. Und jedesmal, wenn das Wasser in die Schüssel schießt, dreht er sich und schlägt Purzelbäume. Als der Wasserfluß nachläßt, macht er einen Kopfstand und streckt sein einzelnes Bein in die Luft. Ich beiße mir in stummer Verzweiflung auf den Daumen. Mutter zieht einen blauen Gummihandschuh an und fischt ihn endlich heraus, steckt ihn aber sofort in einen Eimer mit Waschmittel. Er verliert auf der Stelle das Fell, und seine Segeltuchhaut darunter bleicht aus. Mutter spült ihn noch einmal gründlich ab und hängt ihn dann an den Ohren draußen auf die Wäscheleine. Am nächsten Morgen scheißt ihm ein Vogel auf den Kopf. Mutter behauptet, das bringe Glück.

Bis das Stroh in seinem Bauch trocken ist, dauert es zwei Tage. Erst dann darf Teddy-Pascha wieder mit auf mein Kissen. Er verströmt einen unpersönlichen Reinheitsgeruch.

Ein paar Monate liegen zwischen dem Studiofoto und der Toilettentragödie. Höchstens ein Jahr. Ein Jahr, in dem ich allmählich meine Milchzähne verliere. Sie fallen einer nach dem anderen aus, lassen eine Lücke zurück und wachsen wieder. Gott sei Dank geschieht das nacheinander. Stundenlang spiele ich lustvoll mit der Zunge an dem losen Zahn herum, warte auf den Moment, wo das Spielen zu Schmerz wird.

– Was passiert, wenn die bleibenden Zähne ausfallen?

– Dann wachsen dir Goldzähne, sagt Shuli.

Zusammen mit den Milchzähnen verliere ich meine Spontaneität. Meine Treue zu dem einbeinigen Teddybär gerät vor der Kamera ins Wanken. Ich achte darauf, in der Öffentlichkeit nicht am Daumen zu lutschen. Ich schaue länger in den Spiegel. Mein Hals ist zu kurz, meine Ohren sind zu groß, meine Augenbrauen zu dick, mein Lächeln ist zu breit.

Ich vermeide es, in Gegenwart meiner Klassenkameraden mit Vater zu sprechen. Seine Sprechweise ist mir in letzter Zeit peinlich. Obwohl sein Arabisch einwandfrei ist, hat es diesen schwer definierbaren Akzent. Weder ausländisch noch umgangssprachlich, weder jüdisch noch moslemisch, ein bißchen wie der christliche Dialekt, aber auch das nicht ganz.

Sein Akzent bringt Laila den Wolf dazu, mich zu fragen, ob mein Vater Jude ist.

– Natürlich ist er das, erwidere ich, tue überzeugt.

– Und warum spricht er dann nicht wie einer?

Die Frage verfolgt mich lange Zeit. Ich wage nicht, sie Vater zu stellen, aus Angst, seine Gefühle zu verletzen. Mutter wiederum ist unzuverlässig. Sie würde alles sagen, nur um mich zu beruhigen. Shuli ist auch keine Hilfe, nicht mit diesem geringschätzigen Blick, während er überlegt, ob die Frage eine Antwort wert ist.

Ich beschließe, es selbst herauszufinden, und beginne, meinen Vater kritisch zu beobachten. Ich betrachte ihn, studiere seine Gewohnheiten und seine Haltung, nutze jede kleinste Information, die mir Hinweise auf seine Herkunft geben kann.

Er kann kein Hebräisch lesen. Er kann auch keine Gebete aufsagen. Sein Sabbat findet am Freitag statt. Er ißt Schinken und Frühstücksfleisch. Nie feiern wir den Seder. An Pessach kaut er seinen Toast, als hätten die Kinder Israels nie das Rote Meer durchquert. Sein engster Freund ist ein Moslem.

Ist er Jude oder nicht?

Er ist Mitglied des jüdischen Schulrates, der den Lehrplan unserer Schule bestimmt. Er fastet und geht an Jom Kippur in die Synagoge. All seine Verwandten sind vor langer Zeit nach Amerika ausgewandert. Er ist jedem neuen Revolutionsregime gegenüber skeptisch, vermeidet aber jede politische Meinung.

Ist er Jude oder nicht?

Er raucht nicht, trinkt keinen Arrak und stopft sich nie den Bauch voll. Er trägt keinen Schnurrbart, spielt nicht Karten und kaut niemals Kürbiskerne. Er rasiert sich täglich und zieht nur im Bett einen Pyjama an. Sonst trägt er Anzug und Krawatte. Er ißt mit Messer und Gabel, selbst Geflügelkeulen, sogar, wenn wir keine Gäste haben. Er macht einen Schritt zur Seite und läßt Mutter den Vortritt. Er prahlt nicht, hebt nicht die Stimme, selbst uns Kindern gegenüber nicht. Er handelt selten impulsiv und ist durch nichts aus der Ruhe zu bringen. Obwohl er sich selten beschwert, ist es sehr schwierig, ihn zufriedenzustellen. Er sagt nicht viel, meint aber jedes Wort ernst.

Ist er Iraker oder nicht?

Sein Vater stammt aus Damaskus, seine Mutter aus Bagdad. Er ist in der Türkei geboren. Er zählt auf englisch. Wenn er wütend ist, entschlüpfen ihm unwillkürlich englische Wörter. Seine Augen sind graugrün, seine Haut ist so hell, daß er sofort Sonnenbrand bekommt. Sein leicht ergrautes Haar war früher hellbraun. Körperlich habe ich überhaupt keine Ähnlichkeit mit ihm.

Ist er mein Vater oder nicht?

Er ist in Oxford auf eine Privatschule gegangen, behauptet er zumindest. Vier Jahre lang hat er gerudert, ist geschwommen, hat Schach gespielt, Fußball und Kricket. Sie haben kalt geduscht und nie gefeiert, auch wenn sein Team gewonnen hat. In Oxford hat er Selbstdisziplin gelernt, aber auch viel über Einsamkeit. Er hat die Prinzipientreue der Engländer, ungeachtet der Veränderungen auf der politischen Landkarte. In England ging er regelmäßig zum christlichen Sonntagsgottesdienst.

Ist er Jude oder nicht?

Wenn er kein Jude ist, gehört er nicht zu uns. Und wenn er keiner von uns ist, darf ich ihn dann trotzdem noch lieben?

Mischehen gibt es in unserer Gemeinde nicht, und geschehen sie doch, werden die Missetäter vollkommen vom jüdischen Leben ausgeschlossen. Ihre Familien sitzen *saba'a* für sie – trauern die vorgeschriebenen sieben Tage –, und niemand, nicht mal ihre Mütter, spricht jemals wieder ihren Namen aus.

Die Widersprüchlichkeiten verwirren mich. Am liebsten würde ich das alles vergessen, hinnehmen, wie Vater spricht, und ihn so lieben, wie er ist.

Als nächste fragt mich Selma.

Nach kurzem Zögern öffne ich mein Herz und erzähle ihr von meiner Qual. Gemeinsam nehmen wir uns die Sache vor, schlendern an den Mauern des Schulgrundstücks entlang und erwägen das Für und Wider. Nach sechs Umrundungen sind wir wieder so weit wie am Anfang. Selma schlägt vor, ihren Vater zu fragen, der meinen gut kennt.

Ängstlich erwarte ich am Abend ihren Anruf.

– Baba hat nur gelacht. Es gibt überhaupt keinen Zweifel. Dein Vater ist nicht weniger Jude als meiner oder sonst einer. Ja, er ist sich ganz sicher. Natürlich kannst du dich auf Babas Wort verlassen, es ist so gut wie meins.

Das zerstreut meine Zweifel und gibt mir meinen Frieden wieder. Trotzdem, ein Wort allein kann nicht all die merkwürdigen Fäden in der Biographie meines Vaters verknüpfen.

Eines Morgens gehe ich zu ihm ins Badezimmer. Sein Rasierpinsel kleckst Schaum auf meine Nasenspitze. Er will sich gerade unter den Achseln rasieren, als ich ihn frage, wieso er, als Jude, in Oxford die christlichen Gottesdienste besucht hat.

Vater dreht sich um, und ich sehe, wie er unter dem Rasierschaum errötet.

– Ich war nicht wild darauf, so mies behandelt zu werden wie die anderen jüdischen Jungen.

Ich nicke, als hätte ich verstanden, wovon er spricht. Für mich zählt nur, daß er mir gegenüber nicht geleugnet hat, Jude zu sein, und dafür bin ich dankbar. Ja, ich bin schon dabei, sie zu vergessen

– seine Sonntagsgottesdienste, seine Entschuldigung, seine Beklemmungen und die Tortur der jüdischen Jungen in der Privatschule in Oxford.

Die Schule fängt im Herbst wieder an. Kleine Kinder stehen da wie Schachfiguren, weinen, weil sie in den Kindergarten sollen. Zwanzig Klassenzimmer riechen nach abgestandener Luft, frischer Tünche und neuen Schulbüchern. Lehrer verkünden, daß es ein hartes Jahr werden wird, viel schwieriger als das vorangegangene.

Selma und ich sitzen auf derselben Schulbank. Inzwischen kann Selma mit rechts und links schreiben. Manchmal lese ich einen Text vor, und sie schreibt ihn zweimal auf, gleichzeitig mit der rechten und der linken Hand. Sie kann auch die Augen schließen und mit rechts arabisch schreiben, während sie mit links englisch schreibt. Niemand weiß, wie sie das macht. Selma besitzt außerordentliche Fähigkeiten. Sie möchte ein Medium werden, wenn sie groß ist.

Sie wächst so schnell, daß sie bald alle überragt. Neben ihr habe ich das Gefühl zu schrumpfen. Ihre Arme und Beine werden immer länger, fordern die Welt heraus und prüfen ihre Grenzen. Daher kommt es zwischen ihr und Laila, der Königin der Klasse, oft zum Streit.

Wir sangen gerade »Happy Birthday« auf Lailas Geburtstagsfest. Laila holte tief Luft, wollte ihre acht flackernden Kerzen ausblasen. Ihr rotes Kleid erinnerte mich an Rotkäppchen, auf arabisch »Laila und der Wolf«. Mir ging auf, daß unsere Laila einen viel besseren Wolf abgeben würde als ein unschuldiges kleines Mädchen. Diesen Gedanken flüsterte ich Selma ins Ohr. Sie fand das prima. So wurde der Spitzname geboren. Selma platzte bei der dritten Strophe von »Happy Birthday« damit heraus und erntete hysterisches Gelächter. Laila der Wolf pulte die bunten Kerzen vom Kuchen und warf sie wie flammende Pfeile nach Selma. Zum Glück erloschen sie noch in der Luft, und Lailas Mutter gelang es, den Kuchen wegzuziehen, während sie gleichzeitig ihre Tochter ausschimpfte, weil diese den teuren Kashanteppich beschmutzt hatte. Aber Laila stürzte sich auf

Selma, und die beiden wälzten sich auf dem schönen Teppich. Die Kinder begleiteten das Gerangel statt mit »Happy Birthday« mit einem Lied von hier: *Ein bitterer Kampf ist ausgebrochen/ zwischen dem Scheich und den Schakalen.* Lailas Vater hatte große Mühe, die beiden Mädchen zu trennen. Selma mußte sich entschuldigen, aber das Fest war trotzdem ruiniert. Wir wurden ohne die üblichen, vom Geburtstagskind verteilten kleinen Geschenke nach Hause geschickt. Der Spitzname, wie auch der Krieg zwischen Selma und Laila, wird die Grundschulzeit überdauern.

Lernen in der Grundschule bedeutet auswendig lernen. Es muß wie Wasser aus euch herausfließen, sagen die Lehrer. Ich verbringe Jahre damit, im Flur auf und ab zu gehen, ein Buch in der Hand – lesen, wiederholen, das Buch an die Brust drücken und aufsagen. Die fünfzehn Provinzen des Irak, der Lauf von Tigris und Euphrat, die arabischen Staaten und ihre Hauptstädte, die fünf Erdteile, die Multiplikationstabelle auf arabisch und englisch. Irgendwo zwischen den Längengraden und Breitengraden schweifen meine Gedanken ab. Ich trete ans Fenster, schaue auf die *serifa,* die Hütten auf dem unbebauten Grundstück hinter unserem Haus. Die meisten haben nur einen Raum, sind aus Schilfmatten errichtet und mit Lehm verputzt. Um Bagdad zieht sich ein breiter Gürtel aus *serifas,* sagt man, in denen *schargawis* hausen, bäuerliche Migranten aus dem Süden.

Neben einer Hütte steht ein großes Wasserbecken. Eine Frau wäscht einem nackten kleinen Jungen gründlich den Po. Als er ins Wasser pinkelt, kichert sie und kitzelt sein Schwänzchen. Ein Mädchen in meinem Alter sitzt ihnen gegenüber und spült im selben Becken Teller. Erst scheuert sie sie mit Sand, dann taucht sie die Teller ins Wasser. Ein paar kleinere Kinder spielen einige Schritte entfernt mit Murmeln. Die Jungen und Mädchen tragen ausgefranste, schlammfarbene *dischdaschas.*

Zwei Murmeln stoßen zusammen. Der freudige Schrei des Gewinners. Ich drücke meine Nase ans Fenster, neben einen ganzen Haufen von Nasenabdrücken.

Der nackte kleine Junge krabbelt auf die Kinder zu. Die bunten Murmeln, die über den Boden rollen, ziehen ihn an. In Windeseile klaubt er eine auf und steckt sie in den Mund. Die Kinder rennen zu ihm. Er hustet. Der älteste Junge packt ihn an den Füßen, hält ihn hoch, schüttelt ihn. Zu spät, die Murmel ist verschluckt. Jetzt flucht der Junge und schlägt den Kopf des Kleinen auf den Boden. Der schreit um sein Leben. Ein kleines Mädchen huscht in die Hütte und kommt mit einem Küchenmesser, länger als ihr Arm, wieder herausgelaufen.

Sind sie entschlossen, die Murmel um jeden Preis zurückzubekommen? Ich wende mich ab und wünsche mir, es wäre nur ein Horrorfilm. In das Gebrüll mischt sich jetzt noch das Knurren eines Hundes. Eine scharfe Frauenstimme stößt gleichzeitig Schimpfwörter und Klagelaute aus. Das allgemeine Geschrei treibt mich zum Fenster zurück. Ein älteres Mädchen, einen Palmwedel in der Hand, jagt die Kinder und schlägt jeden, den sie erwischen kann. Nachdem sich die Kinder zerstreut haben, hebt sie den Kleinen hoch, der schluchzt, aber noch ganz ist. Auf dem Weg in die Hütte versetzt sie dem kleinen gefleckten, am Eingang angeketteten Hund noch einen letzten Hieb.

Zusammenstöße in der *serifa* enden oft mit dem Jaulen eines Hundes. Ich löse meine Nase vom Fenster, hinterlasse einen weiteren Abdruck auf der Scheibe und kehre in meine privilegierte Welt zurück, gehe auf und ab, wiederhole die Gesellschaftsstruktur der Bienen, das Pfropfen von Palmen, das Erbrechen bei Kamelen und weiteres Material, das ich kurz nach der Prüfung wieder vergessen werde.

Du wirst ein gutes Gedächtnis bekommen, sagt Mutter. Als ob Aufsagen eine Art mentaler Gymnastik ist, dazu gedacht, die Muskeln meines Geistes zu stärken.

Ab dem ersten November müssen die Mädchen ihre Winteruniformen anziehen – häßliche schwarze Kleider mit weißem Kragen. Das Klassenzimmer riecht nach Mottenkugeln. Leider nicht stark genug für die Jungen, die keine Uniform tragen müssen und uns bei jeder Gelegenheit Nonnen und Witwen, Pinguine und Raben nennen.

Am zweiten November haben wir eine Doppelstunde in Arabisch. *Ustad* Riad bringt uns den Unterschied zwischen Sonnen- und Mondbuchstaben im arabischen Alphabet bei. Um neun Uhr unterbricht er den Unterricht und läßt uns aufstehen und schweigen. Er murmelt Worte, die ich nicht verstehe. Ich frage auch nicht nach, weil ich es inzwischen gewohnt bin, Dinge zu tun, die nicht unbedingt einen Sinn ergeben. Meine Finger sind voller Tintenflecke. Mit acht Jahren haben wir vom Bleistift zum Füllhalter gewechselt.

Vierzig Achtjährige stehen still, die Hände auf dem Rücken. Ein Zettel wird mir in die Hand geschoben. Ich senke kurz den Kopf, lese die beiden Worte: Balfour Declaration. Der Zettel wird weitergereicht.

Die am 2. November 1917 von den Briten erlassene Balfour Declaration hatte den Juden eine Heimat in Palästina versprochen. Vor Jahren hat das Erziehungsministerium für dieses Datum ein zweiminütiges Schweigen als Protest gegen diese Deklaration angeordnet. Unsere Lehrer pflegen das Jahr für Jahr zu übersehen. *Ustad* Riad ist neu an unserer Schule. Sein Blick ist auf die Uhr gerichtet. Schuppen sprenkeln die Aufschläge seines braunen Jacketts wie Salz. Er hat vielleicht vergessen, daß er der einzige Moslem im Klassenzimmer ist und der einzige Lehrer im ganzen Land, der dem Bösen allein gegenübersteht.

Der große Zeiger vollendet zwei Runden. *Ustad* Riad bedeutet uns, wir sollen uns wieder setzen. Der Unterricht geht weiter, als sei nichts geschehen. Nur eine Erinnerung – mal bedrohlich, mal beruhigend –, daß unsere eisernen Regeln nur innerhalb unserer Schule gelten. Draußen zerbröckeln sie und zerfallen zu Staub.

Der Französischunterricht beginnt in der zweiten Hälfte der Grundschule – energisch, mit acht Stunden pro Woche. Französisch wird auf französisch gelehrt, während der Stunde darf kein arabisches Wort gesprochen werden. Englisch erscheint uns plötzlich wie ein Kinderspiel, vertraut aus Spielen, Kinderbüchern, Comics und Cartoons, aus England und den Vereinigten Staaten. Französisch ist dagegen vollkommen fremd. Der Klang verführt mich. Genauer gesagt ist es die tiefe, heisere Stimme der Französischlehrerin mit ihrem Pariser Akzent und der Melodie, die mein Herz gewinnt. Die staksige, hakennasige Mademoiselle Capdevielle in ihren hochhakkigen Schuhen ist streng und anspruchsvoll. Oft bestraft sie Faulheit oder Lügen, aber sie schlägt oder demütigt die Schüler nie. Außer, daß sie ein Auto statt eines Ehemanns hat, ist noch etwas anderes ungewöhnlich an unserer Französischlehrerin: Sie scheint Kinder zu mögen. Und was würden die nicht alles tun, um dafür ihren Ansprüchen zu genügen. Es ist nicht zu spät, ihr *u* nachzuahmen, ihre nasalen Vokale zu imitieren und ihre leichte Unterscheidung zwischen *accent aigu* und *accent grave* zu kopieren. Tag und Nacht konjugiere ich regelmäßige und unregelmäßige Verben, lerne zahllose Ausnahmen auswendig und meistere die Orthographie. Kein Adjektiv kommt mir unter, ohne daß ich es einer *masculin-feminin-* und einer *singulier-pluriel-*Modifikation unterwerfe. Doch Mademoiselle Capdevielle scheint auf mehr aus zu sein als auf perfekte Grammatik.

Ich wage zu behaupten, daß sie uns etwas über das Leben beibringen will.

Wenn sie mit unseren Leistungen zufrieden ist, schlägt sie die Fotos auf der letzten Seite des Französischbuchs auf. Wir betrachten *le quartier latin, le métro, les cafés, les bouquinistes, le guignol, la Sorbonne, les baguettes,* während sie uns kettenrauchend Hintergrundgeschichten und Anekdoten erzählt. Ich hänge an jedem ihrer Worte und verstehe etwa die Hälfte, weil sie weiter französisch spricht; sie behauptet, sie könne kein Wort Arabisch. Ich verliere mich in ihrem melodiösen Pariserisch, das für immer mit heiseren Stimmen verbunden sein wird, und ab und zu entschlüpft mir ein Seufzer. Wie immer Mademoiselle Capdevielles Botschaft über das Leben lauten mag, sie infiziert mich mit einer unheilbaren Wanderlust.

– Paris ist so viel aufregender als Bagdad, brummele ich.

– Nur weil es so weit weg ist, widerspricht Selma.

– Das stimmt nicht! In Bagdad wohnen wir in Häusern und nicht in Wohnungen und haben keine Fahrstühle oder Rolltreppen. Wir haben keine schrägen Dächer, keinen *café crème*, keine Automaten, keine Tapeten, keinen Camembert, keine bemalten Ostereier, keine Verliebten, die sich in der Öffentlichkeit küssen, auf der Straße keine Frauen in Hosen und keine Frauen, die Motorroller fahren.

Nicht mal die Frauen auf Motorrollern überzeugen Selma. Weil sie ihre Abenteuer immer hinter der nächsten Ecke findet, hat sie offenbar keinen Grund, sie in fernen Ländern zu suchen. Wie immer Mademoiselle Capdevielles Botschaft über das Leben lauten mag, Selma beeindruckt vor allem der rote *deux chevaux* unserer Lehrerin.

Selma sucht im Schulbuchladen nach einem Französischwörterbuch. Eine Mini-Enzyklopädie ist dem »Petit Larousse« beigefügt, mit Bildern von Städten, Buchten, Brücken und Porträts berühmter Menschen. Flaggen aller Länder sind im Buchdeckel abgebildet, in alphabetischer Reihenfolge. Nur beginnt diese Reihenfolge mit *France*, gefolgt von *Afghanistan*, und endet mit *Zambie*. Mein Finger sucht den Irak, findet den *Irag* und den veralteten Stern aus der Zeit von Abd al-Karim, das Emblem, das wir vor Jahren in der Vorschule gemalt haben. Der Gedanke, daß nicht mal die Franzosen mit unseren Revolutionen Schritt halten können, amüsiert mich. Mein Finger fährt weiter, über den Iran, *Irelande* und *Iselande*. Die Flagge unter *Iselande* ist rausgekratzt, wie mit einer Rasierklinge. Ich schaue im darunterliegenden Wörterbuch nach. Auch da sind Flagge und Name ausgekratzt, an derselben Stelle. Selma und ich prüfen den ganzen Stapel. Kein »Larousse« ist verschont geblieben. Der Schaden taucht immer zwischen *Iselande* und *Italie* auf.

Selmas zeigt der Buchhändlerin die schadhafte Stelle und bittet um eine fehlerlose Ausgabe.

– Alle »Larousses« werden so geliefert.

– Aber wieso?

Die Frau beugt sich vor und sieht uns über ihre Brille hinweg an.

– Tja, ihr seid doch kluge Mädchen, oder? Denkt darüber nach! Welches Land kommt nach Island, a-l-p-h-a-b-e-t-i-s-c-h?

Selmas Gesicht wird rot wie eine Coca-Cola-Reklame. Die klugen Mädchen reißen die Augen auf und die Münder noch weiter. Aber kein Laut kommt heraus. Das Tabuwort auch nur zu denken, ist für den Rest des Tages Aufregung genug. Die Mädchen werden jeden Zentimeter Karte zwischen Island und Italien absuchen, aber ohne Erfolg, weil der Name offensichtlich auch aus dem Atlas getilgt ist.

Im Frühling weht der Duft von Orangenblüten durch unsere Nachbarschaft. Als wir wieder zur weißen Uniform überwechseln, finde ich ein paar silbrige Münzen in meinen Taschen, dort vergessen im letzten Jahr, und freue mich – und die Jungs nennen uns Geister oder fette Gänse. Die Straßenhändler, deren Gesichter ich mit heißen Kichererbsen und Rüben verbinde, rufen jetzt »Eis am Stiel«. Die Worte stehen in leuchtenden arabischen Buchstaben auf beiden Seiten des weißen Handkarrens. Unsere Lehrer machen uns klar, daß das Wassereis unter äußerst unhygienischen Bedingungen hergestellt wird. Wenn sie in Predigerstimmung sind, schildern sie ausführlich die dreckigen Becken, in denen Fliegen ihre Eier ablegen und Küchenschaben brüten, aber sie können uns den Spaß an »Eis am Stiel« nicht verderben. Offiziell dürfen wir es nicht mal anfassen, bevor wir nicht unsere jährliche Impfung gegen Typhus und Diphtherie bekommen haben und, Jahre später, auch gegen Cholera.

Geimpft wird in der Schule, in der großen Aula.

Die Klassen müssen sich in Reihen aufstellen. Die Aula riecht nach medizinischem Alkohol. Je kürzer die Schlange wird, desto stärker ist der Geruch. Ich warte ängstlich darauf, daß ich dran komme, wünsche mir, es würde kommen und vergehen, wünsche mir dann, daß es nie geschieht. Morgen wird mein Arm schwer wie Eisen sein und so wehtun, daß Mutter mir in den Ärmel helfen muß. Morgen ist Samstag. Wie typisch für die, daß sie die Nachwirkungen der Impfung auf unseren freien Tag legen. Als ich wegschaue, um die Nadel nicht in meine Haut dringen zu sehen, entdecke ich Dudi. Er ist der Letzte in unserer Reihe, in der sich jetzt auch Kinder aus der Klasse unter uns anstellen.

Dudi macht eine Szene.

Seine Bitte, aufs Klo gehen zu dürfen, ist abgelehnt worden; sein Wunsch, zu verschwinden, ist allzu deutlich. Dudi muß entsetzliche Angst vor der Spritze haben. Entweder hat er vergessen, daß Jungs Tapferkeit zeigen und Angst oder Schmerz überspielen müssen, oder ihm ist egal, was die Leute von ihm denken. Obwohl er eher höflich als frech ist, werfen ihm die Lehrer oft vor, nicht den nötigen Respekt zu zeigen. Sie sagen *lehyet al sultan indo mekinsih*, der Bart des Sultans ist für ihn nicht mehr als ein Besen.

Catherine Capdevielle erklärt sich bereit, sich um ihn zu kümmern.

Sie rollt seinen Ärmel hoch, stellt sich hinter ihn und hält ihn an den Schultern fest. Der Arzt redet ihm zu, den Arm locker zu lassen. Dudi stößt einen langen Schrei aus. Zwei Tauben, die auf dem hohen Fenster unter der Decke hocken, schlagen mit den Flügeln. Mademoiselle Capdevielle schimpft mit Dudi. *Ça suffit!* Er solle sich schämen, die armen Tauben zu erschrecken und den Jüngeren ein so schlechtes Beispiel zu geben. Dudi lauscht mit offenem Mund, als hätte er noch nie im Leben Französisch gehört. Dann fällt er in ihre Arme, tut, als würde er ohnmächtig. Keiner glaubt, daß er wirklich das Bewußtsein verloren hat, keiner der Jungen und Mädchen, die ihn um diesen Augenblick ihrer Nähe beneiden. Dudi wird in den Sanitätsraum der Schule getragen. Wir kehren ins Klassenzimmer zurück. Mademoiselle Capdevielle zündet sich die nächste Zigarette an, und wir fahren mit dem Französischunterricht fort.

Der Sommer beginnt mit kleinen hellen Äpfeln auf dem Markt und mit pakistanischen Bettlern, die an einem Haus nach dem anderen klingeln und in gebrochenem Englisch um ein Almosen bitten. Die meisten sind noch Jungs, kaum älter als ich. Wenn ein Junge zum ersten Mal kommt, gibt Mutter ihm Brot, ein paar Datteln und schickt ihn weg. Wenn er schon mal an unserem Tor war, sagen wir *Allah yintik*, möge Gott für dich sorgen, und schicken ihn weg.

Prüfungen dauern bis in die Mitte des Sommers. Nervös warten wir auf die Ergebnisse. In der Klasse nebenan ist Applaus zu hören. Bald wird der Direktor in unser Klassenzimmer kommen, begleitet von seiner Sekretärin. Wir beschäftigen uns damit, Papierflugzeuge zu bauen und Käsekästchen zu spielen. Wir schließen Wetten ab, wer diesmal Erster wird. Bei ihrem Eintreten stehen wir auf. Die drei Schüler mit den besten Noten werden genannt und beklatscht. Die restlichen Zeugnisse werden ohne weitere Feierlichkeit verteilt. Wir werden unseren Noten entsprechend aufgerufen. Die Sekretärin gibt dem Direktor das Zeugnis, und er liest den Namen vor. Er schüttelt mir anerkennend die Hand. Ich habe in keinem Fach versagt.

Der Direktor verkündet, daß Edward Lawy die Klasse wiederholen muß. Gott sei Dank sind wir den los, flüstern die Mädchen. Kein Dudi mehr, der uns mit Heiratsanträgen verfolgt. Kein Dudi, der uns mit seinem kleinen Spiegel unter den Rock schaut. Kein Dudi, der mit Gummiband Papierkugeln auf unsere Hälse schießt. Dudi bekommt sein Zeugnis und einen herablassenden Händedruck.

Am Mittag ist das Elternsprechzimmer überfüllt wie ein Kaufhaus beim Sommerschlußverkauf. Mütter sind gekommen, um mit den Lehrern über die Noten ihrer Kinder zu verhandeln. Dudi ist übersensibel, deshalb wird er bei Prüfungen so nervös. Lydia ist sehr aufgeweckt, nur zu schüchtern, um am Unterricht teilzunehmen. Reuben begreift den Lehrstoff schneller als alle anderen, deswegen ist er so unruhig. Yairs Geographiekenntnisse sind größer als die seines Lehrers, das ist der eigentliche Grund, warum der Lehrer ihn nicht mag. Dudis Mutter ist den Tränen nahe. Yairs Mutter droht, ihren Sohn auf die örtliche Missionsschule zu schicken. Blind für die verborgenen Fähigkeiten der Kinder, weigern sich die Lehrer trotzdem, die Noten zu ändern.

Am Nachmittag haben wir unsere Pulte ausgeräumt und werden in die Sommerferien entlassen.

Ich verbringe die Sommertage entweder im jüdischen Sportzentrum, wo ich mit meinen Klassenkameraden Tischtennis spiele, oder auf der Straße, wo ich Rad oder Rollschuhe fahre oder meinen Drachen steigen lasse. Am ersten Ferientag hole ich mein Fahrrad heraus, begierig darauf, Hindiyah kennenzulernen, das neue Stadtviertel, in das wir im letzten Winter gezogen sind. Das neue Haus ist zweimal so groß wie das alte. Ich bin neun Jahre alt. Ich habe ein geräumiges Zimmer ganz für mich alleine und genieße es, Shuli rauswerfen zu können, wenn er mir auf die Nerven geht. Die Wände und Einbauschränke in meinem Zimmer sind rosa gestrichen. Die Farbe erschreckte mich zuerst, weil das Rosa, das ich unter den Farbmustern ausgewählt hatte, nicht so intensiv war. Aber ich gewöhne mich bald daran. Der steinerne Handlauf des Treppengeländers ist gerade und breit, so daß ich vom ersten Stock ins Erdgeschoß rutschen kann, wann immer ich will. Zusätzlich zum Wohnzimmer haben wir noch einen Salon, für offiziellere Anlässe, mit Glastüren und einem hübschen Pseudokamin. Im Garten steht ein junger Nabugbaum, der im Frühjahr Früchte trägt. Shuli hat am Stamm gerüttelt, ich habe unter dem Baum meinen Rock aufgehalten, und die reifen Früchte fielen hinein.

Was mir neben dieser neuen Üppigkeit besonders gefällt, ist die Nähe zu Selmas Haus. Sie wohnt nur ein paar Straßen entfernt, und wenn ich richtig Fahrrad fahren kann, wird Vater mir erlauben, allein zu ihr zu radeln. Eine Woche nach unserem Umzug kam Selma, um mit mir Hausaufgaben zu machen. Sie schien vor allem am Schlafzimmer meiner Eltern interessiert zu sein, fragte, ob sie in einem modernen Doppelbett schlafen oder, wie ihre Eltern, in zwei zusammengeschobenen Einzelbetten. Als ich sie schließlich herumführte und einen Blick ins Schlafzimmer meiner Eltern werfen ließ, kam von ihr nur ein bedeutungsvolles »aha« beim Anblick der durch einen Nachttisch getrennten Einzelbetten.

Die Nachbarn haben Kinder in meinem Alter. Khaled und Nawal wohnen neben uns, Nabil und Hassan auf der anderen Straßenseite. Sie gehen alle in die staatliche Grundschule. Khaled bringt mir das Radfahren bei. Nawal, ein Jahr älter als ich, saust furchtlos auf ihren Rollschuhen herum, als sei sie damit geboren. Hassan und Nabil haben eine Tischtennisplatte im Vorgarten. Hassan ist ein Experte für Drachen. Nabil, zwei Jahre jünger, ist ganz verrückt auf seine Steinschleuder. Immer wieder zielt er auf vorbeifliegende Vögel, trifft aber nur die Luft. Der Himmel über ihrem Haus ist von klarem Blau. Tauben, andere Vögel und sogar die Wolken scheinen einen Bogen um das Haus zu machen.

Nawals und Khaleds Vater, Abu Khaled, unser Vermieter, lädt uns hin und wieder auf seinen Bauernhof am Stadtrand von Bagdad ein. Den ganzen Tag dürfen wir auf Eseln reiten, Federball spielen und uns den Bauch mit süßem Mais vollschlagen. Abu Khaled baut kalifornischen Mais an und ist besonders stolz darauf. Die großen Maiskörner sehen aus wie alte gelbe Zähne, flüstere ich Shuli ins Ohr, und er verzieht angewidert das Gesicht.

Jeden Sommer, wenn Abu Khaled und seine Familie Ferien im Ausland machen, kommt Nawal mit einer neuen Barbiepuppe zurück. Sie veranstaltet oft Modeschauen, protzt mit ihren Midges und Kens und Cindys. Ich zähle ihre blonden Barbies und beneide sie um die vielen Reisen nach Europa. Ansonsten knuddele ich lieber meinen weichen, haarigen Pascha, statt die kalten Plastikpuppen im Arm zu haben.

Dudi, den ich erst vor wenigen Tagen loszuwerden geglaubt hatte, taucht wieder auf. Die leere Villa, fünf Häuser von uns entfernt, wird renoviert. Der Besitzer wird bald mit seiner Familie einziehen. Und wer ist das wohl, wenn nicht die Lawys?

Entgegen meinen Befürchtungen interessiert sich Dudi nicht für das, was auf der Straße passiert. Er kann weder Fahrrad fahren, noch reizt ihn Fußball – aus Faulheit, würde ich sagen. Er geht selten aus dem Haus, außer, um sich im Laden an der Hauptstraße seine Cola zu kaufen. Aber sein dreieckiger Kopf mit den großen, abstehenden

Ohren erscheint oft am Fenster, er beobachtet die anderen Jungen, die schweißüberströmt hinter dem Ball herrennen.

– Ich verschwende meine Energie doch nicht auf solche Lappalien und renne einem Ball hinterher, erwidert er auf Khaleds Angebot, ihn in seine Mannschaft aufzunehmen.

Dudi kommt regelmäßig zu mir und leiht sich Comics aus. »Semir«, »Besat al-Rih«, »Superman«, »Batman«. Ich habe auch ein paar »Archie«-Comics und bin stolz, sie auf englisch zu lesen, aber von Englisch will Dudi nichts wissen. Er bleibt nie lange, und den Geboten der Höflichkeit zum Trotz, biete ich ihm weder etwas zu trinken an, noch fordere ich ihn auf, sich zu setzen. Eines Tages merke ich, daß mein Comicstapel nur noch halb so groß ist. Das Bild von Dudi, der unser Haus regelmäßig mit einem Dutzend Heften unter dem Arm verläßt und mit leeren Händen zurückkommt, um neue zu holen, bringt mein Blut zum Kochen.

Ich ziehe meine Sandalen an und mache mich auf den Weg zu ihm.

Zwei Männer kommen eilig aus Dudis Haus. Ich erkenne seinen Vater an den eckigen Gesichtszügen, genau wie die von Dudi, nur um fünfzig Jahre älter und besorgter. Der andere muß sein nichtjüdischer Partner sein, ohne den kein jüdischer Kaufmann Kredit von der Bank bekommt. Ich klingele. Lassie, der angekettete Schäferhund, bellt laut in einer Ecke des Hofes. Dudi öffnet die Haustür, läuft die Stufen zum Tor hinab und empfängt mich übertrieben freundlich.

– *Ahlaaan wasaahlaaan*, willkommen! Komm rein, komm rein. Du wirst es nicht glauben, aber ich hatte gerade vor, zu dir zu gehen. Hast du mich genauso vermißt wie ich dich?

– Dudi, du borgst mit den Händen und bringst mit den Füßen zurück. Ich will alle meine Comics wiederhaben, sofort!

– Zu Befehl. Er salutiert.

– Hör auf mit dem Quatsch, Dudi.

Er kitzelt mich am Nacken. Ich stoße seinen Arm weg. Er kichert. Dann, immer noch auf der Schwelle des Hauses, packt er mich an den Hüften und hebt mich hoch, brüllt so laut, daß es die ganze Straße hören kann.

– Ich laß dich erst runter, wenn du vor aller Welt gestanden hast, daß du schrecklich in mich verliebt bist.

– Laß mich los, du Bekloppter. Laß mich runter, oder ich reiß dir jedes Haar einzeln von deinem blöden Kopf.

Auf dem Hof fängt Lassie wieder an zu bellen.

– Du bist so leicht wie eine Feder. Ich kann dich bis morgen früh hochhalten.

Zwei Passanten betrachten die Szene mit Interesse und einer gewissen Mißbilligung. Im Gegensatz zu Dudi wird mir schon beim kleinsten Anzeichen eines Tadels unbehaglich. Ich versuche ihn zu treten, aber meine Beine haben nicht genug Platz dafür. Ich packe seine Haare und ziehe so fest, wie ich nur kann. Dudi schreit vor Schmerz und läßt mich ohne Vorwarnung los. Im letzten Moment fange ich meinen Sturz ab.

– Du trägst dein Spatzenhirn im Hintern, Dudi.

Er kriegt wieder Luft, reibt sich den Kopf, lacht kreischend, will mir zeigen, daß er nicht besiegt ist. Ich hole mit der flachen Hand aus, stoppe den Schlag kurz vor seiner Nase. Eine rüde Geste, die normalerweise von dem Fluch *tfak* begleitet wird, mögest du ausgelöscht werden!

Dudis Mutter kommt an die Haustür. Obwohl sie meine Geste bestimmt gesehen hat, ist ihr Lächeln warm und freundlich. Ihr Gesicht ist rund und hübsch und, bis auf den roten Lippenstift, ungeschminkt. Ihr schwarzes Haar ist kurz, reicht kaum bis an die Schultern, und sie trägt, im Gegensatz zu Mutter, keine Dauerwelle. Sanft tadelt sie ihren Sohn, weil er mich nicht hereingebeten hat, und besteht darauf, daß ich mit ihm zu Mittag esse.

Mittagessen, am Nachmittag um halb fünf?

Wenn man das Glück hat, der einzige Sohn unter fünf Töchtern zu sein, kann man mittagessen, wann immer man will, und sei es um zwei Uhr morgens.

Weil seine Mutter zuschaut, lasse ich mich von Dudi an der

Hand nehmen und ins Eßzimmer führen. Er setzt sich an die Stirnseite eines langen Tisches. Seine Mutter und die Köchin bedienen ihn. Schüsseln mit gebratenen Auberginen, gebratenem Fisch, süßen *kubbas*, Bulgurbällchen, mit Hackfleisch gefüllt und mit Roten Beten gekocht, *ktischri*, Reis mit roten Linsen, und *tabbula*-Salat werden serviert, dazu indischer *amba*, Mangochutney, eingelegte Gurken und Oliven. Eine Familienflasche Cola steht links neben ihm. Ich sitze rechts von ihm und greife nach dem *amba*-Glas. Dudi schickt die Köchin nach Brot. Das soll ich in den *amba* tunken, sagt er. Er reicht seiner Mutter die Schüssel mit den Auberginen. Die müssen noch mal zwei Minuten in die Pfanne. Als die beiden Frauen zurückkommen, zuckt die Mutter zusammen, und die Köchin schreit auf. Der gebratene Karpfen, bis auf die Mittelgräte abgenagt, fliegt quer über den Tisch, aus dem Fenster und landet auf der Straße. Die Köchin macht ein finsteres Gesicht. Die Mutter redet von den hungrigen Kinder in Indien. Ich frage mich im stillen, was die hungrigen Kindern mit den schlechten Tischmanieren ihres Sohnes zu tun haben. Zu ihrer Ehre muß man sagen, daß Dudis Mutter bald das Thema wechselt.

– Denk doch nur, was deine Freundin jetzt von dir halten muß!

Dudi brüllt vor Lachen und gießt mir Cola in ein Glas. Meine Meinung ist ihm offensichtlich völlig egal. Und meine Meinung über ihn ist sowieso so schlecht, schlechter kann sie gar nicht werden. Wir stoßen mit Glas und Flasche an, prosten uns in gegenseitigem Verständnis zu. Plötzlich ausgeschlossen, weint Dudis Mutter, daß ihr Sohn ihr die Seele aus dem Leib reißt und sie ihr Baby nicht mehr wiedererkennt. Da das Baby sich weiterhin taub stellt, verläßt die Mutter in Tränen aufgelöst das Zimmer. Dudi ißt unbeeindruckt weiter. Schockiert über seine Gefühllosigkeit, stehe ich auf und gehe ans Fenster. Das jetzt kopflose Karpfengerippe liegt auf dem Bürgersteig. Eine weiße Katze leckt sich die Pfoten. Neben ihr hockt ein Kater, den Blick auf das Fenster gerichtet, und wartet darauf, daß der nächste Fisch Selbstmord begeht.

– John F. Kennedy ist gestern erschossen worden, hast du das gehört? Mama hat die Nachricht sehr erschüttert, sage ich.

– Warum? Ist er ein Freund von euch?

Dann trinkt er die ganze Flasche Cola leer, rülpst und lächelt erleichtert. Seine Miene ist so sanft wie die eines Babys – zeigt weder Reue noch Ambivalenz.

Weiß er nicht, wer Kennedy ist, oder ist er nur sarkastisch?

Als Dudi drei Jahre später nebenbei verkündet, daß er eine Klassenzeitung gründen will, werden auch die Lehrer versuchen, hinter Dudis Motive zu kommen.

Die Klassenkameraden sind begeistert. Lehrer bieten redaktionelle Hilfe an, die Dudi mit untypischer Bereitwilligkeit und ohne Verpflichtung annimmt. Der Direktor hat seine Zweifel. Die sechste Klasse muß versprechen, daß die Hausaufgaben stets Vorrang vor der Zeitung haben. Dudi gibt sein Wort, daß weder Pornographisches noch Politisches gedruckt wird. Jeder weiß, daß Dudis Wort nicht viel wert ist. Nach tagelangen Diskussionen und Zögern beschließt die Schulleitung, daß das Projekt zu harmlos ist, um es zu verbieten.

Wochenlang sind die Schüler der sechsten Klasse ganz aus dem Häuschen. Sie reichen Artikel um Artikel ein, als wäre ihre Phantasie, einmal geweckt, nicht mehr zu bändigen. Während der Pausen flüstern sie mit verschwörerischem Vergnügen und lesen sich gegenseitig Abschnitte vor, stolz auf die erste Zeitung, die nach fünfzehn Jahren in unserer Schule erscheinen wird. Niemand will uns anderen den Namen der Zeitung verraten. Dudi hört nicht auf, mit seiner Rolle als Chefredakteur anzugeben.

– Jeder, der das Alphabet gelernt hat, kann schreiben. Aber wer kann gute von schlechten Artikeln unterscheiden?

Dudi bestimmt nicht, das bestätigen seine beiden Mitredakteure Wochen später und meinen nicht nur seine schlechte Rechtschreibung und seine grundlegenden grammatikalischen Fehler. Sie schwören, daß er unfähig ist, zwischen umgangssprachlichem und literarischem Arabisch zu unterscheiden, daß er biblische Themen mit denen aus den »Arabischen Nächten« vermischt. Sie beschweren sich über die Zitronenbrause, mit der er ständig herumfummelt, sie sich in den Mund schüttet, manchmal auch in ihre Ohren spritzt und allzu oft auf die Manuskripte, um Absätze zu kennzeichnen, die ihm gefallen oder nicht gefallen. Sie behaupten, daß er wie ein Effendi dasitzt, die Füße auf dem Tisch, ihr Lesen mit blöden Bemerkungen unterbricht, sie mit endlosen Anweisungen nervt, was zu streichen, zu korrigieren, zu behalten oder in den Papierkorb zu werfen ist.

– Es funktioniert nicht, wenn einer in die eine Richtung will und der nächste in die andere, sagt er jedesmal, wenn sie ihm widersprechen.

Sie wiederholen nur, was wir alle wissen – daß er sich nicht konzentrieren kann, stur, ein Plappermaul, ein schlechter Zuhörer, ein zwanghafter Lügner und ein verwöhnter Bengel ist.

Schließlich beschließen sie, ihn rauszuwerfen. Dudi lacht nur.

– Wenn der Gründer geht, geht auch der Sponsor, sagt er ruhig.

Das Thema wird nicht wieder behandelt.

Einen Monat später haben die drei Jungen eine zwölfseitige Zeitung fertig. Dudi bekommt das Papier aus dem Lagerhaus seines Vaters, dem größten Papiergroßhandel der Stadt. Sie sagen, das Layout hätte der Partner von Dudis Vater entworfen, und die Sekretärin hätte die Texte auf Matrize getippt. Dudi selbst hat hundert Kopien abgezogen, die die Angestellten seines Vaters geschnitten, gefaltet und zusammengeheftet haben.

Wie jeden Morgen wird Dudi von seiner Mutter zur Schule gefahren. Er sitzt auf dem Beifahrersitz, während die fünf Schwestern, alle unterschiedlich groß, sich auf den Rücksitz quetschen. Sie schleppen die fünf in braunes Papier gewickelten Pakete in das Klassenzimmer ihres Bruders. Nicht mal die Mitredakteure kennen die Ausgabe in ihrer endgültigen Form. In der Frühstückspause verteilt Dudi die Zeitung. Die Mitarbeiter bekommen jeweils ein Exemplar gratis. Die anderen müssen bezahlen. Die Nachbarklassen drängen sich im Klassenzimmer der Sechsten. Auch die Lehrer kaufen Exemplare. Die beiden Mitredakteure befummeln und streicheln und küssen die Zeitung, lachen und weinen gleichzeitig, umarmen sich und diskutieren mit Dudi über die nächste Ausgabe. Noch vor Ende der Pause ist *Eib* ausverkauft.

Eib – im literarischen Arabisch Fehler oder Defekt, im umgangssprachlichen Scham oder Schande – steht in großen Lettern und beeindruckend schöner Schrift auf der Titelseite. Die sich darum rankenden blumigen Ornamente stimmen den Leser auf zwölf unterhaltsame Seiten voll schamloser Variationen des Themas ein. *Eib bil Jeib*, vergiß die Scham und steck sie in die Tasche, heißt der Wahlspruch von *Eib*, der als Schlagzeile auf der Titelseite prangt.

Die Geschichten, Sketche, Anekdoten, Illustrationen und Karikaturen zeigen, auf die eine oder andere Weise, Dudis Boshaftigkeit, als wären sie alle nur erdacht, um seine Spottlust zu befriedigen. Mir wird der Hals trocken vor Neid. Wenn Dudi nicht sitzengeblieben wäre, stünde auch mein Name auf diesen Seiten. Mein Blick wandert zwischen der Zeitung, unter meinem Pult versteckt, und dem farbenfrohen Diagramm der menschlichen Eingeweide an der Tafel hin und her. Unter den gegebenen Umständen entscheide ich mich für eine Kurzgeschichte.

Sami sitzt feingemacht im Bus, unterwegs zu einer Party. Da er weiß, daß ein Freund ihn heimfahren wird, hat er nur zehn Fils im Geldbeutel, genug für eine einfache Fahrt. An einer Haltestelle sieht er seine Cousine in den Doppeldeckerbus steigen. Er betet, daß sie unten bleibt, aber sie kommt nach oben. Der Anstand verlangt, daß er für sie bezahlt. Sich dieser Pflicht durch Aussteigen zu entziehen (nachdem sie ihn bereits gesehen hat) ist *eib*. Ihr die Wahrheit zu sagen, ist doppelte *eib*. Fröhlich setzt sie sich neben ihn. Während sie plappert, folgen seine Ohren den Schritten des Schaffners, der die Wendeltreppe heraufkommt. Sami öffnet das Fenster, bereit, hinauszuspringen und der Schande zu entgehen. Zu seiner Überraschung ohrfeigt ihn seine Cousine. Er öffnet die Augen und merkt, daß er im Bett liegt, völlig naßgeschwitzt. Er schlägt die Decke zurück, steht auf und öffnet das Fenster. Der Vollmond lacht ihm ins Gesicht.

Von Peres Muallem! Ich kann nicht glauben, daß dieser gewaltige Faulpelz zu so viel Empfindsamkeit fähig ist. An der Tafel fährt das Metallineal über den Verdauungstrakt. Eine Überschrift springt mir ins Auge: »Der Fluch der Praline«. Es ist die Geschichte eines Verehrers, der seine Verlobte mit einer Schachtel importierter Pralinen besucht, um ihre Familie zu beeindrucken.

Vor ihrem Vater und der gesamten Familie öffnet sie das blumige Geschenkpapier, die Zellophanverpackung und betrachtet verträumt die schneebedeckten Alpen auf dem Deckel. Er schluckt. Alle sehen, wie teuer das Geschenk war. Sie knüpft die schwarze Schleife auf und öffnet die kostbare Schachtel. Neunzehn gefältelte Papierhüllen enthalten neunzehn Pralinen in unterschiedlichen Formen, Herzen und Blumen und Muscheln und Blätter und Diamanten. Die zwanzigste Hülle ist leer. Eine Praline fehlt! Was soll er sagen? Wie kann er sein Gesicht wahren? Die Familien ist ihm keine Hilfe. Hat er die Pralinen in einem ordentlichen Geschäft gekauft, oder war es ein Sonderangebot auf dem Markt? will die Mutter wissen. War die Schachtel verschlossen, als er sie gekauft hat? fährt die Großtante fort und inspiziert die Zellophanverpackung. Hat er die Schachtel vorher jemand anderem angeboten? witzelt die Schwester. Soll das heißen, daß sie dem Schweizer Markenzeichen mehr vertrauen als ihrem zukünftigen Schwiegersohn? Er verliert die Fassung. Der Bruder ebenfalls. Bevor der Abend zu Ende ist, sagen sie ihm Lebewohl. Er geht nach Hause, die offene Schachtel in der Hand, bietet erstaunten Passanten teure Pralinen an. Außer einem Herz, das er in die Tasche steckt, damit es schmilzt und für kommende Jahreszeiten wieder fest wird.

Dora Naji. Ihre Tante ist Heiratsvermittlerin. Kein Wunder, die muß einen ganzen Schatz solcher Geschichten besitzen. Ich wende mich der nächsten Überschrift zu: »Die besten Kinderlügen des Jahres«.

Der Lehrer ruft mich an die Tafel.

Ich erkläre die Funktionen des Herzens, das überhaupt nicht wie eine Praline aussieht, und gehe zurück an meinen Platz. Der Lehrer wird mich jetzt bis zum Ende der Stunde bestimmt in Ruhe lassen. Ich breite die Zeitung auf meinem Schoß aus. Selma, die rechts neben mir sitzt, deutet auf die lange Geschichte auf der zweiten Seite, *Kan u-ma kan*, und hebt anerkennend den Daumen. Die Verfasserin ist Delal Shina, ein vaterloses, ruhiges und zurückhaltendes Mädchen. *Kan u-ma kan*, es war und es war nicht, ist der traditionelle Anfang arabischer Geschichten. Hätte sie sich nicht einen originelleren Titel ausdenken können?

Der Lehrer liest aus dem Schulbuch. Ich widme mich Delals Geschichte.

Kan u-ma kan, al-allah wattuklan, fi kadim azzeman, es war einmal ein Mädchen, das hieß Semira. Semira hatte große Schwierigkeiten in der Schule, Geographie, Mathematik, Religion, Sport. Aber Semiras größtes Problem war die arabische Grammatik.

Steh auf, Semira, ruft *ustad* Radi. Erklär uns die Regeln von *kan*, dem Verb sein, und nenne uns die Namen von *kans* zwölf Schwestern.

Semira steht auf, rot im Gesicht. *Kan* hat tatsächlich zwölf Schwestern, und grammatikalisch ähneln sie sich, was Sinn ergibt – sonst wären sie ja keine Schwestern. Aber wie funktionieren sie?

– *Kan* stellt das Subjekt in den Akkusativ und das Prädikat in den Nominativ.

Sie hat es mit einer anderen Familie verwechselt, mit *inn* und ihren Schwestern. *Ustad* Radi deutet mit dem Holzlineal auf sie. Semira gehorcht. Sie streckt beide Arme aus, öffnet die Hände. Der Lehrer schlägt so hart auf ihre linke Hand, daß das Lineal zersplittert. Die Klasse bricht in Gelächter aus. Der Lehrer holt ein neues Lineal aus der Schublade und verabreicht ihr zwölf Schläge, sechs auf jede Handfläche. Ein Schlag für jede Schwester. Als Semira fragt, warum er den ersten Schlag nicht mitgezählt hat, muß sie bis zum nächsten Tag hundertmal die Namen der zwölf Schwestern schreiben.

Am Abend wechseln Semiras Hände ständig vom Eiswasser zum Füllhalter. Die Handflächen schmerzen, die Fingerspitzen sind so geschwollen, daß schon das Berühren des Füllhalters wehtut.

Durch das offene Fenster segelt eine Wolke ins Zimmer. Bevor Semira begreift, was geschieht, explodiert die Wolke, und ein Riese tritt aus dem Rauch hervor. Seine glänzende Haut ist kupferbraun, seine orangefarbenen Augen glitzern. Seine Nasenlöcher sind so groß wie Walnüsse, seine Ohren so lang wie Auberginen. Ein dicker schwarzer Zopf wächst ihm aus dem sonst kahlen Schädel und baumelt in seinem Nacken. Er trägt eine grüne Weste und schwarze Pluderhosen und steht, die Arme verschränkt, barfuß vor Semiras Schreibtisch.

– *Sabeik labeik, ana abd bein ideik*, ich bin dein gehorsamer Diener, der deine Wünsche erfüllt und nach deinem Willen handelt, sagt er und verbeugt sich tief. Bevor Semira entscheiden kann, ob er ein *dschinni*, ein *ifrit* oder ein Dämon ist, packt sie der Riese und murmelt ein paar Zauberformeln. Diesmal ist der Rauch, der die Explosion begleitet, blau.

Als sich der blaue Rauch auflöst, merkt Semira, daß sie huckepack auf den Schultern des *dschinni* sitzt und seinen Zopf wie die Zügel eines Pferdes festhält. Sie durchstreifen einen riesigen Saal, in dem sich Tausende von Menschen aufhalten, reden, rauchen, Kaffee trinken, lesen oder auch nur in die Luft starren. Semira sieht Piloten, Polizisten, Prinzessinnen, Krankenschwestern, Bauchtänzerinnen, Piraten, Bettler, Soldaten, Chirurgen, Richter und andere.

– Wo sind wir? Und wer sind all diese Menschen?

– Bloß Statisten, die darauf warten, in einen Traum gerufen zu werden, erwidert der *dschinni*.

Semira ist verwirrt. Sind das die Figuren, die in ihren eigenen Träumen erscheinen?

– Aber wo um alles in der Welt sind wir?

– Nicht auf der Erde! Irgendwo im Himmel, antwortet der *dschinni.* Dauernd in Bewegung, auf der Jagd nach der Nacht.

Obwohl sie die Antwort nicht versteht, ist Semira begeistert von all den berühmten Gesichtern. Kleopatra, Tarzan, Robin Hood und Salah el-Din trinken etwas zusammen. Churchill bietet Um Kalthoum seine Zigarre an. Harun al-Raschid spielt Poker mit den Marx Brothers. Königin Esther spaziert Arm in Arm mit Napoleon. Semira rutscht von den Schultern des *dschinni* und läuft auf die Königin zu, will sie unbedingt berühren. Ihre Hand gleitet durch den Bauch der Königin wie durch Luft. Esther lächelt freundlich und tätschelt Semiras Kopf. Semira spürt einen Ring aus Hitze um ihren Kopf, eine Art Heiligenschein.

Der *dschinni* führt Semira in einen Lagerraum voller Karteikarten, wie die in der Bücherei. In einer Schublade mit der Aufschrift »Innenräume« blättert er in Karten mit Abbildungen von Eßzimmern, Schlafzimmern, Badezimmern, Klassenzimmern, Büros und Salons. Der *dschinni* greift nach einer Karte mit dem Bild eines Flurs und trägt sie zu der schwarzen Frau, die hinter einem Tresen Kaugummi kaut. Sie stempelt Datum und Uhrzeit auf die Karte, steckt sie in den Schlitz eines Toasters und drückt auf einen braunen Knopf.

Die nächste Explosion.

Als sich der gelbe Rauch verzieht, sitzt Semira wieder auf den Schultern des *dschinni*, in einem Flur – identisch mit dem auf der Karteikarte. Die Türen zu beiden Seiten sind geschlossen, haben keine Griffe. An jeder Tür hängt ein Schild. Sonnenbuchstaben. Mondbuchstaben, schadhafte Buchstaben. Das ist ja eine Grammatikschule, ruft Semira. Phantasievolle Bezeichnungen für Folterkammern. Das Unbekannte. Der Dual. Der intakte maskuline Plural. Der gebrochene Plural. Semira stößt einen Angstschrei aus. Zwanzig Schritte vor ihnen geht *ustad* Radi.

– Wir haben ihn in eine Traumfalle gelockt, beruhigt sie der *dschinni.*

Als *ustad* Radi merkt, daß er verfolgt wird, geht er schneller. Er weicht nach rechts aus, weicht nach links aus, läuft Treppen hinauf und versucht, jeden Fluchtweg zu nützen, den ihm das Labyrinth der Flure und Treppen zu bieten scheint. Semira ist begeistert; *ustad* Radi wirkt so klein von den Schultern des *dschinni* aus, dessen wildes Gelächter dem Lehrer kalte Schauer über den Rücken jagt.

Plötzlich öffnet sich knarrend eine Tür. *Ustad* Radi packt sie, will die Tür offensichtlich aufziehen und fliehen. Der *dschinni* bleibt stehen, holt tief Luft, seine Walnußnüstern werden so groß wie Melonen, dann atmet er lautstark aus, und bumm, schlägt die Tür zu, klemmt die rechte Hand des Lehrers ein.

Ustad Riad krümmt sich vor Schmerzen. Er stöhnt, ruft Gott und die Propheten an, fleht um Gnade. Aber er bekommt die Hand nicht frei. Er kann auch nicht aufwachen. Der *dschinni* hat den Durchgang zwischen der Welt der Träume und der Welt des Wachseins mit einem Vorhang aus Tau versiegelt, der sich erst mit den ersten Sonnenstrahlen auflösen wird.

Toll! Phantastisch! Geschieht ihm recht! Ich frage mich nur, warum Delal am Ende *ustad* Riad statt Radi geschrieben hat. Ist die Ähnlichkeit der Namen nicht Andeutung genug? Das muß ein Druckfehler sein, den unsere Lehrer hoffentlich nicht bemerken.

Höre ich wieder meinen Namen? Nein, es ist jemand anderes. Ich blättere weiter in der Zeitung, nicht ahnend, welches Strafgewitter der sechsten Klasse droht.

Fast jeder aus der Sechsten hat einen Beitrag für *Eib* verfaßt. Ihre Gesichter sahen für mich immer so leer aus, ohne jeden Hintergrund. Jetzt, wo die Dichtkunst in ihr Leben Einzug gehalten hat, sind ihre Namen mit Geschichten und Liedern verbunden. Wer hätte gedacht, daß die kleine bebrillte Tania ein Lied über den Sohn eines Scheichs schreibt. Gott allein weiß, was Tania mit Liedern zu tun hat, ganz zu schweigen von Scheichs.

Der Scheich ist gestorben. Sein Sohn, ein Dichter und Lehrer, macht sich von Bagdad zum mittleren Euphrat auf, will seinen Anteil am Besitz seines Vaters. Die Männer des Stammes empfangen den Stadtbewohner mit einer *kasida*:

An wen geht der Krummsäbel des Scheichs, an wen?
Den Krummsäbel bekam, o je, den Krummsäbel bekam
nur der Mutige unter den Söhnen des Scheichs.

An wen geht die Golduhr des Scheichs, an wen?
Die Golduhr bekam, o je, die Golduhr bekam
nur der Reichste unter den Söhnen des Scheichs.

Der Direktor marschiert in die sechste Klasse, eine Ausgabe von *Eib* in der Hand. Ohne Einleitung beginnt er eine flammende Rede über gesellschaftliche Werte, ein Thema, das an unserer Schule vernachlässigt wird, vielleicht wegen der engen Verbindung mit dem Patriotismus. Der Direktor verbreitet sich über die drei Pfeiler der Gesellschaft, wie er sie nennt: Respekt, Mitgefühl, und den dritten hat Tania vergessen, als sie mir später davon erzählt. Trotzdem, er kommt bald zur Sache und führt vor, wie *Eib* gegen alle drei verstoßen hat.

– Schande über euch, hundertmal *eib*, brüllt er und wedelt mit der Zeitung.

An wen geht der Gebetsteppich des Scheichs, an wen?
Den Gebetsteppich bekam, o je, den Gebetsteppich bekam
nur der Frommste unter den Söhnen des Scheichs.

An wen geht das Rosenöl des Scheichs, an wen?
Das Rosenöl bekam, o je, das Rosenöl bekam
nur der Weibische unter den Söhnen des Scheichs.

In der sechsten Klasse hat der Direktor die Zeit angehalten. Der

Unterricht wird erst fortgesetzt, wenn alle hundert Ausgaben der Zeitung auf seinem Schreibtisch liegen. Fünfunddreißig Mädchen und Jungen sitzen still. Sie werden als Geiseln festgehalten, während Dudi und seine beiden Redakteure von Klassenzimmer zu Klassenzimmer gehen und die *Eibs* einsammeln.

Rasch überspringe ich die fünfzehn Söhne des Scheichs, um herauszufinden, ob der aus Bagdad mit leeren Händen zurückkehren wird.

An wen geht das Gebiß des Scheichs, an wen?
Das Gebiß bekam, o je, das Gebiß bekam
nur der Dichter unter den Söhnen des Scheichs.

Ich gebe meine *Eib* ab und bekomme meine zwanzig Fils zurück. Nach zwanzig Minuten haben die drei Jungen alle hundert Ausgaben eingesammelt und im Büro des Direktors aufgestapelt.

Die drei Mütter werden in die Schule zitiert. Die drei Delinquenten stehen an der Wand, wie Gefangene vor der Erschießung. Zwei Köpfe sind gebeugt, *dmuem btulem*, die Tränen strömen auf ihre Füße nieder. Dudi starrt geradeaus, als ob ihn das alles nichts anginge, erzählen die anderen zumindest hinterher. Von Zeit zu Zeit insistiert er, zum Entsetzen seiner Mutter, daß die Zeitung weder Pornographie noch Politik behandelt. Dudi spielt nicht den Mutigen. Jeder weiß, daß dank der großzügigen Spenden seines Vaters an die Schule niemand wagen wird, Dudi auch nur ein Haar zu krümmen. Nicht mal der Direktor, dessen Schläge man noch drei Klassenzimmer weiter hören kann und dessen Fingerabdrücke noch Stunden später auf der Wange des Geschlagenen zu sehen sind.

Dudis Mutter ist zu entsetzt zum Weinen. Sie weigert sich zu glauben, daß Dudi ein Quell der Schande ist! Hat sie nicht bereits ihren Anteil an Schande gehabt, und noch weit mehr als das? Als Dudis älterer Bruder erwischt wurde, wie er Essen auf die Straße warf, hat er ohne jede Verlegenheit erklärt, die Straße hätte Hunger, und nur seit er sie fütterte, sei sie gewachsen und gediehen. Der Junge wurde sofort in eine Anstalt gebracht, in einem Land, dessen Name, genau wie seiner, nie erwähnt wird.

Höchstwahrscheinlich wegen Dudi erhalten er und seine Komplizen nur eine erzieherische statt einer körperlichen Strafe. Am gleichen Nachmittag müssen sie die hundert *Eibs* vor der gesamten Klasse zerreißen. Zum ersten Mal erlebe ich, daß Dudi empört ist. Er wird sich rächen, schwört er, später in meinem Zimmer. Auge um Auge ist eine viel zu milde Rache. Er wird die gesamte Schule einreißen, er wird das Konzentrationslager zerstören. Ich weiß nicht, was das Wort bedeutet, aber dies ist nicht der richtige Zeitpunkt, ihn danach zu fragen.

Ein paar Tage später bleiben die drei Rebellen in der Schule, nachdem die anderen Schüler gegangen sind. Sie haben Stoffetzen, eine Schachtel Streichhölzer und eine Flasche Benzin dabei. Ein paar vorbereitende Versuche werden hinten im Garten gemacht. In ihrer Erregung vergessen sie den *farrasch*, den Hausmeister, dessen Hütte hinter der nächsten Ecke steht. Ihr Gekicher und aufgeregtes Gerede wecken ihn aus dem Nachmittagsschlaf. Der Geruch läßt ihn glauben, daß die Jungen sich zum Rauchen hergeschlichen haben. Er überfällt sie mit Tritten und Boxhieben und zerrt sie am Ohr ins Schulbüro. Da der *farrasch* nur zwei Hände hat, ist Dudi natürlich der, dem die Flucht gelingt.

Laurence

– *Inglis*, berichtet Khaled und bremst scharf, als ich mit meinem Drachen auf die Straße komme.

Er deutet auf das neu vermietete Haus auf der anderen Straßenseite und japst.

– Ich hab sie als erster gesehen. Gestern. Sie haben vierzehn Koffer reingetragen. Das Haus ist für 400 Dinar vermietet worden, stell dir das vor!

Ich schaue zu dem großen, zweistöckigen Haus, das vor kurzem renoviert wurde, die Front ist jetzt hellgrün. Noch hängen keine Vorhänge an den Fenstern.

– Ist das viel Geld?

Khaled zuckt die Schultern.

– Weiß ich nicht! Aber sie sind mit dem Taxi gekommen. Alle drei. Vater, Mutter und Sohn. Er ist so alt wie wir, elf oder zwölf. Er hat gelbes Haar. Sie haben alle gelbe Haare.

– Hast du eine Ahnung, was die machen?

– IPC, Iraq Petrol Company. Der Vater ist Vorsitzender der Kirkuk-Pipeline, erwidert Khaled, demonstriert atemlos sein Wissen, wie im Staatsbürgerkundeunterricht.

– Puh ... hier wohnen ganz schön wichtige Leute. Ein französischer Manager, ein dänischer Diplomat, und jetzt ein englischer ...

– Na und? Mein Vater ist auch Anwalt, und mein Großvater war Kabinettsminister unter König Faisal ...

– Ich weiß, ich weiß. Erzähl mir von dem englischen Jungen, wie sieht er aus?

– Hab ich doch schon gesagt. Englisch. Gelbes Haar und blaue Augen, was gibt's da sonst noch zu erzählen?

– Sein Haar? Ist es goldgelb?

Er zuckt die Schultern.

– Honiggelb? Zitronengelb? Gelb wie Stroh? Wie Kraftkäse?

Khaled schiebt nachdenklich die Lippen vor, dann breitet sich ein boshaftes Lächeln über sein Gesicht.

– Pißgelb!

– Sieht er gut aus? beharre ich.

– Woher soll ich das wissen? So ein Quatsch interessiert mich nicht. Das ist Mädchenkram, faucht er und schwingt sich wieder auf sein Fahrrad.

Während Khaled davonradelt, puste ich auf den zusammengerollten Schwanz des Drachens, damit er sich öffnet. Eine lange Kette weißer Papierringe flattert und fällt wie ein Brautschleier. Ich warte, bis ein Auto vorbeigefahren ist, und laufe dann die leere Straße entlang. Der Drachen steigt in die Luft. Ich gebe Schnur nach. Er steigt weiter, fliegt so hoch wie das Dach, enthüllt mir die dritte Dimension des Himmels, eine, die meine Augen meist übersehen, nur als Fläche wahrnehmen – eine Art blaues Tuch, das über der Erde schwebt. Plötzlich und ohne erkennbaren Grund kippt der Drachen ab. Zu wenig Wind, denke ich und renne los. Trotzdem trudelt der Drachen zur Erde und landet mit der Spitze auf dem Asphalt.

Ich versuche noch mal, den Drachen steigen zu lassen. Es klappt nicht. Zum Teufel damit. Ich trage den Drachen wieder ins Haus und kehre mit einer Tüte Kekse, die wie Tiere geformt sind, auf die Straße zurück. Immer noch keine Spur von dem neuen Jungen. Ich klettere auf unseren Zaun, setze mich auf das Eisengeländer, lasse die Beine über die Kletterpflanzen baumeln, schaue auf die Straße, als warte ich auf eine Militärparade. Khaled scheint ebenfalls auf Wachposten zu sein. Sonst würde er nicht die Straße rauf und runter radeln, obwohl seine Mutter ihm vor kurzem erlaubt hat, bis zum Supermarkt zu fahren. Ich schütte mir einen Haufen Kekse in den Schoß: Kühe, Kamele, Fische, Schmetterlinge, Giraffen. Genug, um meine Zähne für den Rest des Nachmittags zu beschäftigen. Es sei denn, Mutter holt mich rein und läßt eine ihrer Tiraden los, die ich längst auswendig kann. Daß ich die Kletterpflanzen kaputtmache, daß ich meinen Rock ruiniere, daß ich kein Junge bin, der auf Zäune klettert, und kein Straßenkind, das in der Öffentlichkeit Kerne knackt.

Ich nehme mir eine Giraffe vor. Beiße das Ohr ab, nage am Kopf, knabbere den Hals runter bis zu den Hinterbeinen, lasse mir die Krümel der Beine auf der Zunge zergehen. Mit der gleichen Gründlichkeit zerbeiße ich die anderen Tiere, während Autos vorbeifahren und Khaled auf seinem neuen Raleigh sein Können vorführt. Mit dem Vorderrad in der Luft, als säße er auf einem Pferd. Zahllose Figuren und Achten, ohne vom Rad zu fallen oder schwindelig zu werden.

Ich kaue gerade den Kopf eines Kamels, und Khaled fährt freihändig die Straße hinunter, da öffnet sich die Tür des grünen Hauses. Mein Herz setzt aus. Diesmal werde ich die erste sein, die unseren neuen Nachbarn sieht. Ein Junge kommt heraus, schließt leise die Tür hinter sich. Ich betrachte ihn ungläubig. Er schiebt das Eisentor auf, tritt auf die Straße.

Was denkt er sich dabei, seinen Kopf mit einer Keffiyeh zu verhüllen? Keine der üblichen dünnen schwarzweißen, wie die Beduinen und Bauern sie tragen, sondern eine cremefarbene aus Seide, wie die eines Emirs. Direkt aus »Tausend und einer Nacht« importiert!

Der Anblick erinnert mich an ein Kartenspiel mit Abbildungen von Menschen verschiedener Nationalitäten und Berufe. Alle Karten sind zweifach quer durchgeschnitten, damit man die Teile austauschen kann. Ziel des Spieles ist, so viele vollständige Bilder wie möglich zusammenzusetzen, wobei der Spaß darin besteht, die grotesken Kombinationen zu finden. Eskimos in Sandalen. Afrikaner in schottischen Kilts. Stierkämpfer mit den Beinen von Bauchtänzerinnen. Beduinen im Frack.

Er richtet seinen *agal* – die Schnur, die die Keffiyeh an Ort und Stelle hält – und fummelt an den daran hängenden Bernsteinperlen. Erst jetzt bemerke ich, daß er ein Gewehr über der Schulter trägt. Es sieht zwar nicht sonderlich schwer aus, aber der Lauf ist ungewöhnlich dick. Der englische Junge betrachtet die Straße mit leidenschaftslosen Augen, die zweifellos blau sind. Sein Blick wandert von den Autos am Straßenrand zu den Eukalyptusbäumen auf dem Bürgersteig, hoch zu den Straßenlaternen, und bleibt am Telefonkabel hängen. Während er die Front und den Balkon des Nachbarhauses inspiziert, erstarre ich, als wäre ich berührt worden. Ich schwanke zwischen einem freundlichen Lächeln und einem vieldeutigeren, rätselhafteren Gesichtsausdruck. Der englische Junge übersieht mich vollkommen, sein Blick wandert über unser Dach zum Nebenhaus.

Wenigstens hab ich kein Lächeln an ihn verschwendet.

Er nimmt das Gewehr von der Schulter und zielt auf das Telefonkabel über mir. Nein, auf die Vögel, die dort sitzen. Nach mehreren Schüssen kniet er sich hin und leert das ganze Magazin. Orangefarbene, grüne, gelbe, violette, rote, blaue und rosa Pingpongbälle hüpfen über die Straße und den Bürgersteig. Sofort kommt Khaled angesaust. Er stellt das Fahrrad ab und jagt, zusammen mit unserem englischen Nachbarn, die hüpfenden Bälle.

Gleich darauf hat Khaled das Gewehr in der Hand.

Ich werfe einen rosa Pingpongball hoch, fange ihn wieder auf, gehe zu den beiden Jungen. Sie laden das Gewehr und besprechen die neuesten Wunder der Spielzeugindustrie. Der eine spricht eine Art Queens-Englisch, der andere arabisches Englisch. Vergeblich versuche ich, verschwörerische Blicke mit Khaled zu wechseln, aber der ist so in den Mechanismus des Gewehrs vertieft, daß der englische Junge auch eine Unterhose aufhaben könnte, und Khaled wäre das egal. Unser neuer Nachbar streckt mir die Hand entgegen. Ich gebe ihm den Ball, achte darauf, daß sich unsere Hände nicht berühren. Er nickt kurz, setzt seinen Vortrag über die Gewehrmündung fort. Ich überlege, ob ich ihm Kekse anbieten soll, entscheide mich aber dagegen. Er soll nicht denken, daß ich ihm gefallen will. Also stelle ich mich auf Zehenspitzen, meine Lippen dort an seiner Keffiyeh, wo ich sein Ohr vermute, und flüstere hinein. Leise, damit Khaled es nicht hört und laut loslacht. Zum ersten Mal schaut mir der englische Junge ins Gesicht. Ein violetter Ring umgibt seine dunkelblaue Iris und verleiht seinen Augen ein Glitzern, wie beim Cadburypapier. Seine Augenbrauen sind sehr hell, fast unsichtbar.

– Zeig's mir!

Ich bedeute ihm, er soll mir folgen. Er gibt Khaled das Gewehr und läßt sich von mir führen, die Hände hinter dem Rücken verschränkt. Khaled schießt auf das Telefonkabel, obwohl die Vögel seit dem Pingpongballbombardement verschwunden sind. Das Gerippe eines alten Drachens schaukelt an dem Kabel, dreht sich müde im Grab.

In unserem Garten bleibt der englische Junge stehen, wartet, daß sich mein Versprechen erfüllt. Ich zeige auf die Mistel- und Granatapfelbäume hinter der Mauer des Nachbargartens, versuche, einen anständigen Weg aus meiner Phantasiegeschichte zu finden. Seine Brauen, jetzt gut sichtbar, ziehen sich in stummer Verachtung zusammen. Ich beiße mir auf die Lippe. Er ist kein Archäologe, der sich mit Spuren zufriedengibt. Er ist mehr ein Jäger, will das Tier in Fleisch und Blut sehen, das ich ihm versprochen habe.

Er kehrt mir den Rücken zu und geht. Wie gewonnen, so zerronnen, sage ich mir, verbeiße mir die Tränen. Er wird nie wieder mit mir sprechen. Bei seiner Gradlinigkeit muß er meinen Scherz für eine Lüge gehalten haben.

– Warte ... hör mal ... ich kann erklären ...

Meine Worte sind schneller als meine Gedanken. Englische Worte, Laute, die ich kaum als meine ausgeben kann, kommen aus meiner Kehle.

– Mein Vater war Kameltreiber, höre ich mich sagen; die Grenze zwischen Spaß und Lüge dehnt sich wie Kaugummi und wird zur Fiktion.

Eine Fiktion, die in dem Moment begonnen hat, als ich in die Fremdsprache wechselte.

Der englische Junge bleibt wieder stehen und dreht sich um. Seine blauen Augen durchbohren mein Herz wie ein Dosenöffner. Sein eisiges Gesicht sieht so aus wie eine jüngere Version von Peter O'Toole, ein Sohn von Paul Newman oder James Dean ...

Offenbar kann ich blonde Menschen nicht auseinanderhalten.

– Er hatte einen Stall voller Kamele, fahre ich fort. Es war das größte Unternehmen der Stadt, hat im Stadtzentrum alles transportiert.

Er zuckt nicht mit der Wimper.

– Wenn die Revolution nicht gewesen wäre, hätte er seinen Kameldienst bis in die Vororte ausgedehnt.

Der englische Junge ist unschlüssig, kommt dann zurück. Ich hole tief Luft, suche nach einem Pfad zwischen dem Spektakulären und dem Glaubwürdigen.

– Die Revolutionsregierung hat ihn verhaftet und ins Gefängnis geworfen. Monatelang hat er von Brot und schmutzigem Wasser gelebt. All seine Kamele wurden ihm fortgenommen. Aber mit seinen Ersparnissen hat er später einen Laden im Souk-al-Ghasel eröffnet und Kamelwolle verkauft.

Mein englischer Freund setzt sich auf die Schwelle unserer Hintertür. Ich hocke mich neben ihn. Der Saum seiner Keffiyeh reicht bis auf die Schwelle und bildet eine fragile Grenze zwischen unseren Oberschenkeln.

– An meinem zehnten Geburtstag bekam ich ein Babykamel. Die ersten Wochen habe ich es mit Milch, Brot und Datteln gefüttert. Jeden Nachmittag sind wir mit ihm am Flußufer spazieren gegangen. Die Leute haben auf das Kamel gezeigt, ihm Süßigkeiten gegeben und ...

Ich weiß das englische Wort nicht, mache eine Handbewegung.

– Es gekrault, sagt er leise.

– Ja, es unter dem Kinn gekrault. Als es vier Monate alt war, habe ich Stöckchen geworfen, und es hat sie zurückgebracht. Aber nicht freudig. Es war von Natur aus nicht besonders ausgelassen.

– Mit sechs Monaten hatte ich es stubenrein.

Der englische Junge hat keine Einwände.

– Mit acht Monaten kannte es seinen Namen. Ich habe es Jemil genannt, das heißt hübsch. Nicht, daß es besonders hübsch war, aber weil hübsch und Kamel auf arabisch ganz ähnlich klingen, *jemil* und *jemel*. Hörst du den Unterschied?

Er nickt. Ich glaube ihm nicht.

– Na ja, Jemil hatte seine Schwierigkeiten. Er reagierte auf beide Worte gleich. Er schüttelte den Kopf und ... und ... wie sagt man ... bellte?

Er zuckt die Schultern.

– Ja, er bellte, wenn jemand das Wort Kamel in seiner Gegenwart aussprach. Das machte die Leute verrückt. Sie dachten, das Kamel verstünde arabisch!

Der englische Junge kichert. Mir wird allmählich unbehaglich. Seine Leichtgläubigkeit ist noch viel absurder als die Geschichte, die ich erfinde.

– Als er zehn Monate alt war, haben wir ihm einen Korb um den Hals gehängt und ihn mit einer Einkaufsliste zum Souk geschickt. Aber das mußten wir bald wieder sein lassen, weil Jemil begann, auf dem Rückweg alle Milchprodukte aufzufressen.

Der englische Junge lacht laut los.

– Als seine Milchzähne ausfielen und die zweiten kamen, fraß er alles, was ihm in den Weg kam. Seine Kiefer mahlten den ganzen Tag, als grüble er über etwas Ernsthaftes nach. Pantoffeln, Dosen und Bücher mit festem Einband litten am meisten. Wenn wir ihn mit so etwas zwischen den Zähnen erwischten, riefen wir »*khalas*«, und das reichte, um Jemil aus dem Häuschen zu bringen. Er spuckte das Schulbuch aus, das jetzt ein formloser, formloser ... was? Klumpen? Okay, das Schulbuch war jetzt ein formloser Klumpen, voll mit Jemils Spucke. Dann rannte Jemil die Treppe hinunter, stieß rechts und links an, sprang über die Fensterbrüstung und verschwand aus dem Eßzimmer in den Garten, doch nicht ohne vorher eine Vase vom Tisch gestoßen, ein Bild von der Wand gerissen oder ein Bücherregal umgekippt zu haben.

Der englische Junge scheint sich zu amüsieren. Ich sehe meine Worte wie eine Art Comic strip über seinem Kopf. Ich gehe noch einen Schritt weiter.

– Als Jemil ein Jahr alt war, bin ich auf ihm zur Schule geritten.

Sein Unterkiefer klappt fasziniert herunter. Er muß seine Kritikfähigkeit verloren haben. Sonst würde er doch nicht all den Unsinn schlucken, den ich ihm hier auftische. Plötzlich macht mir die Sache keinen Spaß mehr. Da spiele ich die raffinierte Scheherezade, verzaubere den englischen Jungen mit orientalischen Märchen. Alles schön und gut. Aber auf wessen Kosten der Spaß geht, ist mir nicht mehr klar.

Sieht er denn nicht, daß wir Auto fahren, statt auf Pferden oder Kamelen zu reiten, daß wir in Häusern leben statt in Zelten, daß wir auf Gasherden kochen und nicht am Lagerfeuer, daß wir für heißes Wasser den roten Hahn aufdrehen, daß auch wir gepflasterte Straßen und Siegesmonumente haben, daß wir trotz der Hitze Toaster und Fön benutzen, daß wir nicht ohne Abführmittel und Schlaftabletten auskommen? Und trotzdem kann er sich vorstellen, daß ich auf einem Kamel zur Schule reite! Oder mit einem Krug auf dem Kopf Wasser vom Brunnen hole?

Elektrogeräte und gepflasterte Straßen führen nicht in die moderne Welt, sagt mir die Verblendung des englischen Jungen. Vater glaubt, daß sie mit Bildung zu erreichen ist. Khaleds Vater steht dem Westen und der sogenannten Moderne ambivalenter gegenüber. Manchmal lobt er dessen medizinischen und technologischen Fortschritt, die Wunderindustrie und die Bindung an das geschriebene Wort. Dann wieder nennt er den Westen imperialistisch und moralisch dekadent. Je nachdem, wie es ihm gerade paßt.

– Als unser Haus allmählich für Jemil zu klein wurde, haben wir ein Loch in die Decke geschlagen, damit der arme Kerl irgendwo aufrecht stehen konnte. Die Öffnung führte zu meinem Zimmer im ersten Stock. Daß der Kamelkopf aus dem Boden ragte, störte mich nicht. Ich habe meine Hausaufgaben gemacht, und er starrte stundenlang in die Luft und kaute vor sich hin.

Ich halte inne, warte darauf, daß mein englischer Nachbar protestiert, aber er ist sprachlos, gefesselt von meinem Leben.

– Sein Lieblingsplatz war das Fenster meines Zimmers. Er stand stundenlang da, Kopf und Hals aus dem Fenster gestreckt, und beobachtete alles, was auf der Straße passierte.

Ich höre unser Auto kommen. Das Tor öffnet sich quietschend. Mir bleibt nicht mehr viel Zeit.

– Im Garten hat er alles gefressen. Bäume, Blumen, Kletterpflanzen. Mit anzusehen, wie sich der Garten in eine Wildnis verwandelte, brach meiner Mutter das Herz, aber sie fand sich trotzdem damit ab, weil Jemil irgendwie auch ihr Baby war, verstehst du?

Laurence lächelt mitfühlend. Er weiß nichts von Mutters Abneigung gegen Tiere.

– Ernsthafte Probleme bekamen wir, als Jemil sich an die Bäume des Nachbarn heranmachte, die, wie ich dir gezeigt habe, jeden Tag kleiner wurden.

Ich zeige, wie am Anfang, auf die Mistelbäume hinter der Mauer. Dieses Mal nickt er zustimmend. Unser Auto fährt auf den Hof.

– Wir haben versucht, vernünftig mit den Nachbarn zu reden, aber sie wollten nicht und bestanden auf einer einzigen Lösung: Wir sollten das Kamel innerhalb eines Monats loswerden. Sonst würden sie es vergiften. Sie haben beim Propheten geschworen. Nein, nein, nicht Khaleds Vater, der hat ein Herz aus Gold. Der Mieter vor ihm. Der hat uns terrorisiert. Armer Jemil, und dabei ist er nie wütend geworden, hat nie jemanden gebissen, keiner Fliege etwas zuleide getan. Ich habe nächtelang kein Auge zugetan. Vater hat mit dem Zoo gesprochen, aber die wollten kein Kamel haben. Dann ging das Gerücht, die Nachbarn wollten Jemil schlachten und ein Straßenfest veranstalten. Bei dem Gedanken, Jemil in einem Topf kochen zu sehen, drehte sich mir der Magen um. Ich bestand darauf, daß er in meinem Zimmer schlief. Wie durch ein Wunder rief uns eine Woche vor Ablauf der Frist ein ägyptischer Filmregisseur an. Er suchte dringend ein Kamel für einen Film über die Schlachten des Kalifen Omar. Vielleicht hast du den Film gesehen? Ach, er ist in England nicht gelaufen? Na, egal, die Sache wurde am selben Tag beschlossen, und als ich aus der Schule heimkam, war Jemil fort.

Ich halte inne, um Luft zu holen.

– Tagelang sind mir die Tränen gelaufen, wie ein Wasserhahn. Meine Augen waren so ... groß, was? Geschwollen? Gut, meine Augen waren so geschwollen, daß ich kaum meine Hausaufgaben machen konnte. Mutter wollte mich damit aufmuntern, daß wir jetzt einen Schauspieler in der Familie haben. Zu wissen, daß Jemil gut behandelt wurde und ein aufregendes Leben hatte, tröstete mich schließlich. Und ob du es glaubst oder nicht, ab und an sehe ich ihn noch in ägyptischen Fernsehfilmen.

Als Vater um die Ecke kommt, steht der englische Junge auf. Mann und Junge starren sich an, der Mann die Keffiyeh des Jungen, der Junge den Anzug und Schlips des Mannes. Sie wenden sich mir mit offenem Mund zu. Ich schweige, weiß nicht, was ich sagen soll, bin zu erschöpft, um irgendwas zu erklären.

– *Glad to meet you young man,* sagt Vater schließlich auf englisch und streckt die Hand aus.

– Laurence, *my pleasure, Sir!* stellt sich unser Nachbar vor und schüttelt Vaters Hand.

– Schön, daß du einen neuen Freund gefunden hast, Lina, fährt Vater auf englisch fort. Aber ist es hier draußen nicht zu dunkel? Wollt ihr nicht in dein Zimmer gehen und Monopoly spielen?

Der englische Club

Ohne Wasser wirkt der Swimmingpool im englischen Countryclub wie eine sinnlose Ausschachtung. Die schlangenlinienförmigen Streifen sind jetzt gerade, und das Blau fließt nicht mehr, sondern klebt an den Wänden und dem Boden. Eine Steinwelle markiert den Übergang vom flachen zum tiefen Teil. Eukalyptusblätter und Hülsen vom Johannisbrotbaum liegen auf dem Boden des Pools. Die Leitern reichen nicht bis ganz nach unten. Das Sprungbrett wirft seinen Schatten zwischen zwei schwarze Striche. Ohne Wasser sind Tiefe und Höhe zu einer einzigen Dimension geworden.

– Ein durstiger Anblick, in der Tat, bemerkt Laurence.

Das wird er den ganzen Winter über sagen.

– Unglaublich, wie trocken euer Winter ist. Stell diesen Pool ins Zentrum von London, und er wäre längst voll mit Regenwasser.

Stell ihn ins Zentrum von Bagdad, und er wäre längst voll mit Urin.

– Sieht aus wie ein umgedrehtes Haus, sage ich rasch, um den Gestank zu vertreiben, der mir gedanklich in die Nase steigt.

– Toll! Komm runter, dann können wir auf der Decke laufen.

Der Boden gerät allmählich außer Sicht, während ich Laurence die Leiter hinunterfolge. Im Gegensatz zu den Jungs aus meiner Klasse besitzt Laurence den Anstand, mir nicht unter den Rock zu schauen. Von der letzten Stufe springt er in den flachen Teil. Vorsichtig mache ich es ihm nach. Die Falten meines Kleides öffnen sich wie ein Fallschirm. Laurence geht auf das tiefe Ende zu. Eine Reihe von Wolken segelt vorbei und bedeckt den blauen Winterhimmel. Das trockene Becken wird zu einer Schublade, die in ihre Führungsschienen gleitet.

Während der Durst mir die Kehle ausdörrt.

Obwohl ich mich inzwischen an die englischen Umgangsformen gewöhnt habe, schüttele ich immer noch höflich den Kopf, wenn

Laurence' Mutter mir ein Sandwich oder ein Glas Sprudel anbietet, mir der Konsequenzen voll bewußt. Da sie nichts von unseren Umgangsformen weiß, nimmt Mrs. Langley mein Nein immer noch ernst, statt ihr Angebot mehrmals zu wiederholen, bis ich schließlich nachgebe.

Nein, ich bin weder hungrig noch durstig, vielen Dank. Und nicht gierig genug, um gleich ja zu sagen. Warum überhaupt fragen? Warum setzt sie es mir nicht einfach vor, wie Selmas Mutter das macht? Bringt einen Muffin, einen Pie, ein Scone oder ein Icecream Soda und schaut, ob ich so unverfroren bin abzulehnen? Oder zumindest eine Cola.

Laurence liegt bäuchlings auf dem Boden. Sein Kinn und seine Hände sind gegen den Boden gedrückt, seine Ellbogen zeigen nach oben.

– Sag mir, was du siehst.

Ein ordentlicher Zwölfjähriger liegt auf dem Boden; es kümmert ihn nicht, ob sein weißes Hemd oder seine Jeans dreckig werden. Die Bluejeans, um die ihn alle Jungs aus der Nachbarschaft beneiden, weil es in Bagdad keinen Denim zu kaufen gibt. Mich überkommt der Impuls, seine langen blonden Haare zu streicheln, und das nicht zum ersten Mal. Ich verschränke die Hände hinter dem Rücken.

Seine Hände strecken sich, seine Arme ziehen den Körper vorwärts. Doch sein Hinterteil macht nicht mit. Als ob sich eine Schraube gelockert hätte, schießen seine Unterschenkel plötzlich in die Luft und überkreuzen sich, erinnern mich an einen unkoordinierten Grashüpfer.

– Ein Grashüpfer?

– Falsch. Du hast keine Phantasie. Das ist eine Eidechse, die langsam über die Decke kriecht, auf eine Glühbirne zu, kurz davor, sich eine Motte zu schnappen. Du hättest sie gestern in unserem Hof sehen sollen. Sie hat an einem Abend dreiundzwanzig Motten erwischt!

Die Vorstellung, als Abendunterhaltung Eidechsen zu beobachten und Motten zu zählen, entsetzt mich. Wozu gibt es Fernsehen?

– Wenn du schon kriechen mußt, dann mach was mit mehr Kraft. Sei wenigstens ein Krokodil.

Er runzelt die Stirn. Er will mir gerade sagen, daß ich wieder nichts kapiere, aber ich schreie los.

– Laurence, paß auf! Lieg still!

Seine Nase ist um Haaresbreite dem Zusammenprall mit einem Ameisenhaufen entgangen. Seine Pupillen sind auf Dutzende kleiner Wesen von derselben Größe und Farbe gerichtet, die durch den Sand kriechen. Er setzt sich auf. Ich hocke mich hin. Die Ameisen lassen sich nicht stören. Sie haben es eilig, als forme ihre Arbeit die Zukunft, und ahnen nicht, daß sie am Ende des Winters mit dem ersten Wasserschwall liquidiert werden.

Derselbe Gedanke muß auch Laurence gekommen sein.

– Ich frag mich, was sie machen, wenn ich auf sie draufpisse.

– Müssen Jungs überall in der Öffentlichkeit pissen?

Laurence kichert und erzählt mir von dem Bronzejungen, der in der Altstadt von Brüssel in einen Brunnen pinkelt. Kann ich Bagdad wirklich für etwas verdammen, was in Brüssel gefeiert wird? Ich stehe auf und sammele Johannisbrotbaumhülsen. Laurence verkündet.

– Was für ein idealer Unterschlupf! Wir haben hier einen richtigen Schützengraben!

Ich verweigere ihm die Aufmerksamkeit, die er fordert, und sammle weiter Hülsen. Darauf bedacht, mich nicht zu bücken und meine Oberschenkel zu enthüllen, hocke ich mich hin, stehe auf, hocke mich wieder hin. Laurence geht die Länge des Pools ab, die Hände hinter dem Rücken, und führt Selbstgespräche.

– Wenn nur die Jungs hier wären, dann hätten wir Krieg gespielt. Was wäre das für eine Schlacht gewesen ... wir hätten tagelang gekämpft, ohne Pause. Stell dir das vor, Tage ohne Essen und Schlaf, wie die Männer an der Front.

Vermißt er tatsächlich die kindischen Spiele mit seinen englischen Freunden, oder versucht er nur, mich eifersüchtig zu machen?

Im Gegensatz zu anderen englischen Kindern, deren Eltern in Bagdad arbeiten, geht Laurence nicht auf ein Internat in England, sondern lernt zu Hause, als Fernschüler. Obwohl er offensichtlich lieber mit mir zusammen ist als mit den anderen Kindern aus unserer Straße, gibt er mir nie das Gefühl, daß es ihm wirklich Spaß macht. Er lächelt nicht, wenn er zu uns kommt, begrüßt mich nur mit einem Nicken und einem Hallo. Kaum hörbar, um seine Stimme nicht an Banalitäten zu verschwenden. Manchmal streckt er die Hand aus wie jemand, der Geschäfte machen will. Und selbst dann zieht er sie mittendrin zurück, als hätte er Angst, ich würde damit fortlaufen.

– Hier unten, in diesem riesigen Pool? erwidere ich. Das kann nicht dein Ernst sein. Ein Luftangriff, und all deine Jungs sind tote Soldaten. Sie würden Seite an Seite liegen, Fuß an Kopf, wie Sardinen in einer Büchse.

Laurence gibt den Schützengraben auf und geht zur nächsten Runde über.

Es gab mal einen Griechen, der in die Unterwelt stieg, um seine tote Geliebte zurückzuholen. Nach eine Reihe von Heldentaten und Hindernissen findet er sie schließlich. Doch auf dem Rückweg begeht er einen schweren Fehler. Er dreht sich um und schaut zurück – wie Lots Frau, nehme ich an. Natürlich verschwindet seine Geliebte sofort, und er kehrt allein in die Welt der Lebenden zurück.

Laurence will, daß ich die tote Freundin spiele!

Das sähe ihm ähnlich, für eine verlorene Liebe bis ans Ende der Welt zu gehen, so genau, wie er es mit seinem Eigentum nimmt. Er zieht nicht nur die Hand weg, bevor man sie richtig geschüttelt hat, er räumt auch seine Puzzles wieder ein, bevor ich fertig bin, und blättert in den Comics, die er mir gerade geliehen hat.

Bin ich bereit, für ihn zu sterben?

Ich lehne das Spiel als zu unwahrscheinlich ab und schlage vor, daß wir statt dessen Jonas spielen. Der Prophet wurde von einem Wal verschluckt und mußte drei Tage und drei Nächte in dessen Bauch ausharren, bevor der Wal rülpste und ihn ins Meer spuckte.

Wird er sich mit mir für drei ganze Tage einsperren lassen?

Das Spiel ist ihm zu langweilig. Wie wär's mit einem U-Boot? Ich habe nichts dagegen. Er zieht ein Stück Kreide aus der Tasche und bricht es entzwei. Wir malen runde weiße Bullaugen auf die blauen Wände unseres U-Boots, durch die wir die Unterwasserwelt beobachten.

Einen ganzen Winter lang wird uns der wasserlose Pool als Spielkiste dienen, eine Schatztruhe für unsere Spiele und Phantasien.

Laurence malt einen Brunnen an die Wand des Pools. Ich male einen Tintenfisch daneben. Seine Arme kriechen unter Wasser und kommen am Brunnenrand wieder heraus. Die acht Tentakel biegen sich nach innen und gießen Wasser in die Mitte. Der Tintenfisch duscht, sagt Laurence und malt ein paar Münzen auf den Boden des Brunnens. Auf die größte malt er das Profil einer Frau, mit einer Krone auf dem Kopf.

– Ist deine Königin durstig?

Es ist ein Wunschbrunnen, wie der, den er in Rom gesehen hat. Der Boden war übersät mit Münzen aus aller Welt. Die Leute, Kinder und Erwachsene, warfen eine Münze hinein und wünschten sich etwas. Er hat es auch zweimal versucht, und jedes Mal ist der Wunsch in Erfüllung gegangen.

Ich bin dran. Ich male eine Münze, die ins Wasser fällt. Sie hat einen welligen Rand, und in der Mitte steht »10 Fils«. Ich schließe die Augen und wünsche mir etwas.

Mein kariertes Kleid wird zerrissen, mit der Schere in Hunderte kleiner grüner Quadrate zerschnitten. Sie schwimmen, wie Blätter, auf der Wasseroberfläche. Hunderte von Messing- und Silbermünzen mit den Profilen von Berühmtheiten sehen vom Boden des Brunnens aus zu. Mein neuer blauer Overall hat zwei große Hüfttaschen, in die ich meine Hände stecken kann, wann immer sie sich beobachtet fühlen. Laurence und ich schlendern durch den englischen Club. Niemand schimpft, daß es sich für ein Mädchen nicht gehört, in Jeans rumzulaufen.

Ich öffne die Augen. Laurence starrt mich an. Seine Brauen sind sehr blond, fast weiß. Seine gelassene Miene ist schwerer zu entziffern als die seines Vaters. Ihm meinen Wunsch verraten? Ich bin völlig überrascht. Warum ich zuerst? Nein, ich fange nicht wegen allem Streit an. Was ist mit dir? Nein, bin ich nicht, ich bin kein Feigling.

Ich erzähle ihm, ich hätte von einem Spaziergang durch London geträumt. Wo denn da? Mayfair, Park Lane, Regent Street, Bond Street, alle nahe beieinander. Woher ich das weiß? So sind sie auf meinem englischen Monopolyspiel angeordnet. Warum lacht er?

– Stimmt das? Hast du das gerade wirklich gedacht?

– Ich weiß nicht. Meine Träume fallen immer in sich zusammen, wenn ich die Augen öffne. Ich kriege sie nie mehr zusammen. Genau wie, na, wie heißt er noch, dieser Mann, der wie ein Ei aussieht?

– Humpty Dumpty?

– Ja, der. Jetzt du. Erzählst du mir, was du dir gewünscht hast!

Er hat von einer Goldmedaille beim nächsten Wettbewerb im Turmspringen geträumt. Das wäre dann seine fünfte. Jetzt bin ich dran, an seinen Worten zu zweifeln.

– Barmecide-Medaillen!

Dann muß ich erklären. Barmecide war ein Emir aus den »Arabischen Nächten« – die Laurence so gut gefallen. Heute steht sein Name für Übertreibung, wenn nicht sogar Betrug, weil Barmecide Bettlern leere Teller vorzusetzen pflegte und behauptete, sie wären gefüllt.

Laurence findet den Vergleich nicht komisch. Er schneidet eine Grimasse, klettert aus dem Pool und auf das Sprungbrett.

Er geht bis zum Ende des wippenden Brettes, etwa vier Meter fünfzig über mir – die Höhe des Sprungbrettes plus der Tiefe des Pools. Ich will zum tiefen Ende, um Laurence besser zu sehen. Während ich noch gehe, macht Laurence ohne Vorwarnung einen Handstand, und bevor ich Zeit habe, mich zu ängstigen, steht er schon wieder auf den Füßen. Ich applaudiere leidenschaftlich. Allein schon seine Furchtlosigkeit hat ihm meine Bewunderung eingebracht, rufe ich und bitte ihn, wieder herunterzukommen. Laurence zieht die Schuhe aus und wirft sie mir zu, kokett wie eine Stripperin. Seine Show hat gerade erst begonnen, verkündet er. Ich hebe die

Schuhe auf und schiebe meine Hände hinein, spüre die Wärme seiner Füße. Er wippt auf dem Sprungbrett, testet die Elastizität, fordert das Schicksal heraus, so kommt es mir vor. Mein Herz schlägt schneller. Ich kann weder hinsehen noch wegsehen, er springt und springt, jedesmal höher, sein glattes weiches Haar flattert wie die Flügel eines Vogels.

– Ich zeig dir einen Schwalbensprung.

Bevor ich fragen kann, was ein Schwalbensprung ist, hat er die Knie gebeugt und springt noch höher. In der Luft geht sein Körper in Schräglage, der Rücken biegt sich durch, die Arme strecken sich zur Seite. Als die Schwerkraft ihr Recht fordert, streckt er sich und landet mit den Füßen auf dem Sprungbrett.

Ich applaudiere mit den Sohlen seiner Schuhe, diesmal noch länger als zuvor. Keiner der Jungs aus meiner Klasse ist zu so einem Auftritt fähig. Und keiner hat so viel Mut. Laurence kann die Münze in der Tasche behalten, die Goldmedaille ist ihm sicher. Er ist ein echter Turmspringchampion. Und ein Akrobat. Kann er nicht mit dem gefährlichen Spiel aufhören und runterkommen?

– Jetzt eine Hechtbeuge!

Und wieder springt der Goldjunge hoch. Einmal, zweimal, dreimal, bevor er an der Taille abknickt und die Arme über den Kopf streckt. Seine Finger berühren die Zehen. Arme, Beine und der Rücken bilden vor dem blauen Himmel ein Dreieck. Sofort löst sich das Dreieck auf, und die Seiten werden wieder zu senkrechten Linien.

Trotz der Schnelligkeit wirken Laurence' Bewegungen nicht hastig. Offensichtlich hat Geschwindigkeit nicht so viel mit Eile zu tun wie mit dem Ausdehnen der Zeit!

Ich platze mit meiner Begeisterung für seine trügerische Langsamkeit heraus. Das veranlaßt ihn, noch eine weitere Hechtbeuge vorzuführen. In Zeitlupe spannt er sich an und fliegt hoch. Seine Taille knickt ab, die Finger berühren die Zehen. Mir entschlüpft ein Schrei. Phantastisch! Sein Kopf hebt sich leicht, für einen Sekundenbruchteil treffen sich unsere Blicke. Zeit genug, ihm die Konzentration zu rauben. Seine Arme rudern. Seine Beine flattern. Sein Körper hat offenbar vergessen, was als nächstes kommt: mit den Füßen auf dem Brett landen oder kopfüber in das leere Zementbecken stürzen.

Gleich werden seine Knochen vor meinen Füßen aufprallen. Seine Zähne werden wie Würfel durch das Becken rollen. Seine Mutter wird mich umbringen. Und ich weiß nicht mal den Weg in die Unterwelt ...

Zum Glück erinnern sich seine Füße doch noch. Er ist wieder da, sicher und heil auf dem Brett gelandet. Aber in dem Moment, gepackt von einer plötzlichen Höhenangst, beginnt er zu taumeln. Er verliert fast das Gleichgewicht, hockt sich hin und kriecht zitternd zum festen Ende des Brettes.

Das Sprungbrett hört allmählich auf zu wippen. Laurence' Gesicht ist ganz grau geworden, wie die unsterblichen Profile, die am Boden des Brunnens verstreut liegen und die Wünsche der Lebenden erfüllen.

Dezember ist der Monat, in dem die Erfüllung seiner Wünsche am wahrscheinlichsten ist.

Ein Weihnachtsbaum, dreimal so groß wie ich und mit Lametta geschmückt, wird neben der Rezeption in der Empfangshalle des Clubs aufgestellt. Leuchtende Kugeln hängen an den Zweigen, dazu Engel, bekleidet oder nackt, die singen oder auf einer Wolke ruhen. Der Haufen eingewickelter Geschenke unter dem Baum fasziniert mich. Laurence sagt, die Pakete seien alle leer.

Papierglocken, Laternen, Goldsterne, bunte Girlanden und Luftballons schmücken alle Räume des Clubs. Im Salon kleben Watteschneeflocken an den Glastüren, wie in den Schaufenstern der christlichen Läden in unserem Viertel.

– Ohne Schnee ist es kein richtiges Weihnachten, erklärt Laurence.

An die blaue Wand des Swimmingpools malt er einen weißen Tennisball, der immer größer wird, während das Kreidestück kleiner wird. Er nutzt alle ab, ein Kreidestück nach dem anderen, bis der ganze Karton leer ist. Drei weiße Bälle übereinander. Der unterste Ball ist der größte. Laurence reibt mit den Fingern in der Kreide und wischt sie hier und da fort. Zwei Augenhöhlen erscheinen, eine karottenförmige Nase, ein Schal, ein Stock.

Der Schneemann hat blaue Augen, genau wie Laurence.

Ich versuche es auch und reibe noch mehr Kreide weg. Neue Merkmale in Blau erscheinen: ein paar Haare an der Stirn, zwei Augenbrauen, ein Mund. Der Schneemann lächelt nicht. Ich füge noch einen gewellten Bart hinzu.

– Das ist Blaubart! Kennst du die Geschichte?

– Klar! Gibt es Räume im Club, die ich nicht betreten darf? frage ich neckend.

Er lacht los.

– Die Herrentoiletten! Insgesamt drei. Aber wenn du sie gerne sehen willst, sei mein Gast!

Ich antworte nicht.

– Ehrlich, es ist nicht verboten. Niemand wird dir den Kopf abreißen.

Meine Ohren sind ganz heiß. Vielleicht werde ich sogar rot.

– Komm schon, du kriegst eine Führung!

Und wie ein Gentleman reicht er mir den Arm. *Bras dessus, bras dessous*, wir haben eine ganze Unterrichtsstunde damit verbracht, den Unterschied zwischen den französischen *u* und *ou* zu üben. Aber ich habe tatsächlich noch nie einen Mann und eine Frau Arm in Arm gehen sehen. Nur in ausländischen Zeitschriften und Filmen. Eine höfliche Geste, wenn er sich nicht über mich lustig machen würde. Ich schubse seinen Arm weg und haue ihm auf die Schulter. Er kichert und reicht mir wieder den Arm. Elegant, wie eine Aufforderung zum Tanz. Wieder schubse ich ihn weg und boxe ihn in die Brust. Er läßt sich nicht dazu herab, meine Schläge abzuwehren. Ich will ihm die Finger in die Rippen bohren, aber er schützt sich mit dem Arm. Ich würde alles tun, um das selbstsichere Grinsen aus seinem Gesicht zu wischen. Je amüsierter er aussieht, desto wütender werde ich. Wie hänseln ihn die Jungs aus unserer Straße?

Ich schnippe nach seinen langen Locken und ahme ein Kußgeräusch nach.

– Weichei!

Bevor ich weiß, wie mir geschieht, hat er mir den Arm um den Hals gelegt und zieht mich nach hinten. Meine Knie geben nach. Ich verliere das Gleichgewicht und falle. Er läßt sich auf meinen Bauch plumpsen und hält meine Arme über dem Kopf fest.

– Entschuldige dich!

– Du solltest dich entschuldigen, du hast damit angefangen.

Na und? Er ist der Stärkere. Trotzdem ist er bereit, eine friedliche Kapitulation zu akzeptieren. Nur über meine Leiche! keuche ich wütend, schäume vor Stolz und versuche noch mal, meine Hände zu befreien. Zappeln, strampeln, zerren, mich winden. Nichts geht. Sein Griff ist zu fest. Eisenhart. Und jedes Quadrat meines karierten Kleides juckt am Rücken und an den Schenkeln.

– Dir bleibt keine andere Wahl, flüstert er.

Ich zerkratze seine Hände, verletze die Haut. Ein Schmerzensschrei entschlüpft ihm, aber sein Gesichtsausdruck ändert sich nicht. Sorgsam verlagert er den Griff zu meinen Handgelenken hin, aus der Reichweite meiner Fingernägel. Dann grinst er wieder, fühlt sich sicher genug, meinen Widerstand niedlich zu finden.

Zwei Tritte in den Rücken treffen ihn unerwartet und werfen ihn nach vorne. Er verdreht die Augen, als er kreischend auf mich fällt. Ich ziehe die Knie an und drücke mich mit Schwung hoch, nütze es aus, daß er umgefallen ist. Meine Arme pressen sich gegen seine. Meine Schultern machen mit und drücken. Blut schießt mir in den Kopf. Jetzt oder nie. Schweiß läuft mir über den Rücken. Seine Ellbogen beugen sich. Endlich treffen sich unsere Blicke auf gleicher Höhe. Sein Kopf sinkt langsam nach hinten. Ich gewinne! Sein Gesicht ist ganz rot vor Anstrengung. Ich bin stärker. Ich liebe ihn trotz seiner häßlichen Grimasse, sage ich mir, denke bereits mit der Großzügigkeit des Siegers.

Ein plötzliches Brüllen beendet meinen kurzlebigen Triumph. Erschreckt von seinem Kriegsschrei, lockert sich mein Griff. Einen Augenblick später ruckt sein Kopf hoch und ist auf gleicher Höhe wie meiner. Gleich darauf ist sein Kopf über mir. Meine Wirbelsäule spürt den kalten Zement. Mein Kopf schlägt auf den Boden. Seine Arme drücken meine zur Seite. Seine Beine halten meine fest. Unsere Gliedmaßen hören auf zu kämpfen, alle acht gleichzeitig, zu Paaren vereint.

– Entschuldige dich.

Sein Atem streift meinen Hals. Seine Wärme hüllt mich ein wie eine Decke. Eine seiner Locken kitzelt meine Stirn. Ich kann seinen Schweiß riechen. Der Geruch ist fremd, der eines Blonden – leichter, schärfer als meiner. Sein Herz pocht zwischen meinen Brüsten – heiß und flach wie zwei Scheiben Toast.

– Fahr zur Hölle, erwidere ich.

Ergib dich. Nimm deine Hände weg. Entschuldige dich. Entschuldige du dich. Ich hasse dich. Und andere Freundlichkeiten dieser Art lenken uns von der Nähe unserer Körper und der Schwellung in seiner Leistengegend ab. Ist das sein Penis, der da zwischen meinen Schenkeln liegt? Aber warum ist der so dick? Ich hätte nie gedacht ... Tun wir etwas Verbotenes? Und wenn Mutter uns so sehen würde? Würde Vater es sehr mißbilligen? Ich bin nicht schuld! Er hat damit angefangen, und von mir kriegt er keine Entschuldigung.

Ich sollte passiven Widerstand leisten. So wie Ghandi. Bei den Engländern hat es funktioniert, sagt man. Entspann deinen Geist und deine Muskeln, laß dich sinken und ihn allein mit der Sache fertig werden. Das ist das mindeste, was ein Sieger tun kann. Das karierte Kleid kratzt am ganzen Körper. Sein Hüftknochen drückt mich. Ein Schweißtropfen läuft über seine Wange und landet auf meiner Unterlippe. Seine Beine drücken gegen meine. Eine Hitzewelle läuft durch meinen Bauch. Meine Kehle ist ausgetrocknet. Ich vergehe vor Durst.

– Entschuldige dich ...

Er bettelt fast. Ich schweige. Wenn er mit seiner Geschwindigkeit die Zeit verlängern kann, dann kann ich sie mit meinem Schweigen anhalten. Er zappelt. Meine Wimpern haben ihn am Hals gekitzelt. Sein Hals ist angespannt und verletzlich. Er gibt der Anstrengung nach, und sein Kopf sinkt neben meinen. Er zittert. Schweiß steht ihm auf der Stirn. Gleich wird er platzen.

– Ich halte dich hier ewig fest, ruft er ungeduldig.

– Ich schreie um Hilfe, du dicker, fetter Rüpel.

Verdammt! Ich hätte den Mund halten sollen, statt aktiv zu werden. Und wenn meine Stimme nun bis über den Spielplatz und den Rasen trägt und Laurence' Mutter im Bridgezimmer erschreckt oder, schlimmer noch, seinen Vater stört, der in der Bibliothek in rosafarbenen Zeitungen blättert und so fest auf seinen Pfeifenstiel beißt, als wäre es die Kirkuk-Pipeline? Nie wieder werden sie die laute irakische Nachbarin in ihren gepflegten Club einladen, wo die Mitglieder nur auf Zehenspitzen gehen, Türen so leise öffnen und schließen, als wären sie im Krankenhaus, mit unverständlicher Lustlosigkeit Bingo spielen und Tennismatches zuschauen. Selbst bei einer Ausgangssperre wäre die Seitenstraße eines Wohnviertels in Bagdad nicht halb so ruhig wie der englische Club an einem normalen Tag.

War es dieselbe Ruhe, durch die die Engländer vor nur einem Jahrhundert erfolgreich den halben Globus beherrscht haben?

Versuch mal, auf englisch »Hilfe« zu rufen, oder irgendwas in einer Fremdsprache. Wie affektiert das klingt. Wie eine *oud*, die versucht, wie eine Gitarre zu klingen. Mein Mund öffnet sich weit. Hilfe, keuche ich, aber der Klang verflüchtigt sich, bevor er an den blauen Wänden des Pools brechen kann.

– Hilfe, brülle ich schließlich in Laurence' Ohr, laut genug, um sein Trommelfell zu zerreißen.

Erst nach dem dritten Schrei rollt er sich von mir runter.

– Es juckt überall, am ganzen Körper, kreischt er.

Schwarze Ameisen rennen seine Beine hinauf und hinunter. Ein paar Zentimeter vor unseren Füßen wuseln sie ziellos und panisch um ihre zerstörte Festung herum, kriechen hinein und wieder heraus, so wie vor zweitausend Jahren die alten Judäer wohl um ihren zerstörten Tempel getrauert haben. Haben Laurence und ich bei unserem Kampf ihren Hügel zerstört? Plötzlich wird mir klar, daß nicht mein Kleid kratzt, sondern daß Ameisen zu Dutzenden über meinen Körper krabbeln und mich beißen.

Laurence klettert die Leiter hinauf und rennt schreiend zu den Umkleideräumen. Ich stürze ihm hinterher. Die beiden Holztüren sind abgeschlossen. Er kriecht durch die breite Öffnung am Boden. Ich zögere einen Moment vor der auf die Tür genagelten Silhouette in Hosen, ziehe den Kopf ein und folge ihm in den Herrenumkleideraum.

Seine Sachen landen rasch auf dem Boden, werden zu einem neuen Ameisenhügel. Dutzende von Ameisen krabbeln darauf herum, hinein und hinaus, verfolgen ähnliche Routen wie ihre Schwestern auf meiner Haut. Wenn ich mich nicht sofort ausziehe, werden sie mich auffressen, bis ich nur noch ein Kleiderhaufen neben dem von Laurence bin.

Er saust nackt unter die Dusche. Jetzt kreischt er, weil das Wasser so kalt ist. Ich betrachte seinen nackten Körper, vom Scheitel bis zur Sohle so weiß wie Kalk. Sein Haar ist vom Wasser dunkel und angeklatscht. Sein Penis wippt auf und ab wie ein Sprungbrett. Ameisen fallen wie Regen von ihm herab. Sie schwimmen und wirbeln um seine Füße, bevor sie in den Abfluß gesogen werden.

– Es wird warm, sagt er erleichtert, seine Stimme kaum hörbar über dem Plätschern des Wassers.

Da er keine Antwort hört, schaut er zu mir. Sofort zucken seine Hände und bedecken seine Geschlechtsteile.

– Geh weg! brüllt er. Geh in den Damenumkleideraum.

– Du hast gesagt, ich bin dein Gast!

– Hau ab, hab ich gesagt!

– Das Kleid ist zerrissen, als ich es im Umkleideraum ausgezogen habe, erzähle ich Mutter, als ich später im Bett liege. Halb wahnsinnig von den Bissen, konnte ich nicht warten, bis ich den Reißverschluß aufhatte. Selbst nach dem Duschen habe ich noch zwei Ameisen in meinem linken Ohr erwischt, eine zwischen den Falten meines Augenlides, eine in meinem Bauchnabel und noch eine ... in meinen Genitalien.

Mutter sitzt neben meinem Bett und näht den Saum in düsterem Schweigen. Ich drücke Teddy-Pascha an mich, der mir Mutters unausgesprochenen Gedanken ins Ohr flüstert. Es war ihr schönstes Kleid, genäht von einer namhaften armenischen Schneiderin. Warum mußte Lina so unachtsam damit umgehen? Was haben sie da im Umkleideraum gemacht? Das Mädchen ist zu alt, um mit einem Jungen zu spielen. Ich sollte mit ihrem Vater sprechen. Wir müssen dieser Freundschaft ein Ende machen, bevor es zu spät ist. Bevor die Nachbarn zu tuscheln anfangen. Ich frage mich, ob sie mir die ganze Geschichte erzählt hat. Bisher hat sie mich noch nie angelogen, aber diesmal habe ich den Verdacht, daß sie mir etwas verschweigt.

Durstig leere ich die Wasserflasche auf meinem Nachttisch.

– Mama ...

Sie hebt die Brauen, will mir ein Geständnis entringen.

Ein Niesen rettet mich. Eine Ameise krabbelt aus dem Saum meines Kleides. Mutter und ich brechen in Gelächter aus. Sie pustet das Tier fort, den letzten Beweis für meinen unvollständigen Bericht.

– Mama, ich hab den ganzen Tag englisch gesprochen.

Sie steht auf und hängt das karierte Kleid in den Schrank.

– Du bist alt genug, deine Sachen selbst auszubessern. Mädchen in deinem Alter nähen sich ihre Kleider selbst und stricken sich Pullover. Jetzt deck dich gut zu. Ich hoffe, du hast dich nicht erkältet.

Sie küßt mich auf die Wange, knipst das Licht aus.

Als mich mitten in der Nacht der Durst weckt, finde ich den armen Pascha plattgedrückt zwischen meinen Schenkeln.

Purim

Im sechsten Jahrhundert v. Chr. fällt Judäa an Nebukadnezar. Der Tempel wird zerstört, und alle Juden werden in die Gefangenschaft nach Babylon geführt. Fünf Jahrzehnte später wird Babylon wiederum von den Persern erobert. Kyrus der Große erlaubt den jüdischen Gefangenen, nach Jerusalem zurückzukehren und den Tempel wieder aufzubauen. Aber Persien ist tolerant, und die Juden sind wohlhabend und assimiliert. Also bleiben sie in Babylonien und schicken Geld für den Wiederaufbau des Tempels in Jerusalem.

Kann sich jemand eine jüdische Königin in der Diaspora vorstellen? Das konnte nur in Susa geschehen, der Hauptstadt von Persien, als König Ahasverus sich in die schöne Esther verliebte und sie heiratete.

Ohne sich nach ihrer Herkunft zu erkundigen.

Persien ist reich und liberal, und Mordechai, Esthers Onkel, ist ein treuer Beamter des Königs. Aber er ist auch vorsichtig. Er rät Esther, ihre wahre Identität zu verbergen und über die Familienbande Schweigen zu bewahren.

Falls sich der Wind dreht. Falls Schwierigkeiten an die Tür der Geschichte klopfen.

Sein Name ist Haman. Er ist das personifizierte Böse und gerade zum Großwesir ernannt worden. Mordechai ist nicht bereit, sich vor ihm zu verbeugen. Haman ist beleidigt. Mordechai ist nicht nur ein Verräter, flüstert Haman dem König ins Ohr, alle Juden sind eine Gefahr für das persische Reich. Eine verrückte Behauptung, aber Ahasverus hört zu. Nicht nur Mordechai sollte gehängt, sondern alle Juden müssen vernichtet werden. Der Vorschlag eines Fanatikers, aber der König stimmt zu.

Mordechai drängt Esther, sich für ihr Volk einzusetzen. Sie zögert. Die Königin hat sich nicht in die Angelegenheiten des Königs einzumischen. Mordechai gibt nicht nach, die Gefahr ist äußerst drohend. Esther verzweifelt. Der König läßt jeden hinrichten, der unaufgefordert seinen Thronsaal betritt. Mordechai erinnert sie daran, daß ihr Schicksal mit dem ihres Volkes verbunden ist. Haman lost den richtigen Tag für die Ausrottung der Juden aus. Esther wendet sich an den König. Mordechai fastet und betet. Esther nutzt ihre Schönheit, um des Königs Augen zu öffnen. Haman ist derjenige, der am nächsten Morgen gehängt wird, nicht Mordechai. Esther hat ihr Leben eingesetzt und ihr Volk vor der Vernichtung bewahrt.

– Und deshalb nennen wir das Fest Purim, was Losen bedeutet, erklärt *ustad* Heskel, so wie er es jedes Jahr tut, nachdem er die Geschichte von der wunderschönen Esther, dem frommen Mordechai und dem bösen Haman erzählt hat, als wären sie Figuren aus dem Kasperletheater.

– Das Buch Esther zeigt die Verwundbarkeit der Juden in der Diaspora. Egal, wie sicher ihre Lage zu sein scheint, sie ...

Und wie jedes Jahr übertönt die Schulglocke die Moral von Purim, zwanzig Sekunden lang durchdringendes Klingeln, das fünfundzwanzig Klassen von der Tyrannei des Unterrichts befreit. Keine Autorität, nicht mal eine biblische, kann die Kinder nach dem Klingeln noch bändigen. Die kleinen Wilden bewerfen sich mit Kreide und Dattelkernen und brüllen aus vollem Hals. *Ustad* Heskel streicht sich den weißen, drei Wochen alten Bart, der ihn wie einen ständig trauernden Juden aussehen läßt. Nur durch die abrupte Wildheit der Kinder merkt er, daß seine Zeit um ist. Er ist in letzter Zeit fast taub geworden und hört nicht mal die Schulglocke. Ein hebräisches Gebetbuch fällt zu Boden. Er will losschimpfen, aber der Schüler hebt das Buch auf, küßt es und steckt es in seinen Ranzen.

Ustad Heskel setzt seine *sidarah* auf, die Kopfbedeckung, die heutzutage nur noch ältere Juden tragen. Das Klassenzimmer ist bereits leer. Er lächelt. An Purim soll es fröhlich zugehen. Das Fest der *Mjellah* gehört schließlich den Kindern. Zwei Tage lang dürfen sie das tun, was Esther tat – um hohe Einsätze spielen.

Sein Kopf wackelt. Er kann seine Halsmuskeln nicht mehr richtig kontrollieren, aber er geht immer noch aufrecht, ein alter *ustad*, wie die Kinder ihn nennen, der älteste aller Lehrer, Vater des Jahrhunderts.

Als das Jahrhundert geboren wurde, erzählt man, hat *ustad* Heskel seinen Vater, den Rabbi, gebeten, ihn nicht auf die Jeschiwa zu schicken, sondern auf die Oberschule, wie die anderen Jungen aus der Nachbarschaft. Der Wunsch des Jungen hat den Vater geschmerzt. Doch wie konnte der Junge nur in jeder Glühbirne einen kleinen Messias sehen und das Herz seines Vaters nicht brechen?

Als das Jahrhundert acht Jahre alt war, macht *ustad* Heskel seinen Oberschulabschluß. Im Oktober desselben Jahres erklärten die Jungtürken alle Untertanen des osmanischen Reiches, Moslems und Andersgläubige, zu gleichberechtigten Bürgern, die gleich zu behandeln seien.

Waren die Osmanen wirklich bereit, das islamische Recht der *dhimmis* – der geschützten, gesellschaftlich niedriger stehenden religiösen Minderheiten – gegen solche Begriffe wie Freiheit, Gleichheit, Brüderlichkeit auszutauschen? *Ustad* Heskel hatte allen Grund, das zu fragen.

Seine Begegnung mit der Gleichheit begann mit einem Nachteil, der Einberufung zum Militär. Mitten im Ersten Weltkrieg wurde er in eine Uniform gesteckt und ohne Ausbildung an die Kaukasusfront geschickt. Seine Einheit war so schlecht gekleidet und versorgt, daß sie kaum eine Chance hatte, den Winter im Kaukasus zu überleben. Er desertierte bei der ersten Gelegenheit, floh vor den Kanonen der Russen und den Gewehren seiner eigenen osmanischen Offiziere. In einem Dorf tauschte er seine Uniform gegen Nahrungsmittel und einen abgetragenen Mantel ein. Das half ihm, sich als armenischer Flüchtling auszugeben, wenn er einem russischen Regiment begegnete, und als Kurde, wenn sich die Soldaten als Türken herausstellten. Sie glaubten ihm zwar nicht, fanden ihn aber zu unbedeutend, um eine Kugel an ihn zu verschwenden. Also ließen sie ihn frei, und er wanderte zerschlagen, hungrig und verloren durch die Berge Persiens. Zum Glück wurde er von einem Jeep englischer Missionare angefahren, denen der Unfall so leid tat, daß sie ihm anboten, ihn nach Kurdistan mitzunehmen. Von da aus ging er zu Fuß nach Bagdad und kam im Februar 1917 dort an.

Seine eigene Mutter erkannte ihn nicht. Sie reichte dem stinkenden *derwisch*, dem Bettler, durch die Gitterstäbe des Tores Brot und eine Flasche Wasser und sagte, er solle verschwinden.

Einen Monat später marschierte General Maude an der Spitze der britischen Armee in Bagdad ein.

Die Osmanen sprengten das Talismantor und zogen sich zurück. Maude betrat eine Wüstenstadt, ohne Paläste und Vergnügungsparks und Obstgärten und Pavillons und Harems zur Unterhaltung der tausend und einen Soldaten. Man sagt, nach der Invasion der Mongolen im dreizehnten und vierzehnten Jahrhundert sei von der ursprünglichen abbasidischen Hauptstadt nichts erhalten geblieben. Ein jämmerlicher Phönix stieg aus der Asche, belastet mit einem legendären Namen, dem er nie gerecht werden konnte. Die Stadt, die Maude betrat, war ein Flickenteppich von Stadtteilen mit religiös und ethnisch unterschiedlicher Bevölkerung – Sunniten, Schiiten, Juden, Kurden, Armeniern, Persern, Türken – an beiden Ufern des Tigris verstreut. Jedes Viertel besaß seine Souks, Hammams, Khans und Gebetshäuser. Jedes war ein Labyrinth aus krummen Gassen, die sich zwischen überfüllten Häusern hindurchschlängelten und unter den überhängenden Balkons Schatten suchten. Dann gab es natürlich die Zitadelle, die Pontonbrücke, Krankenhäuser, Privatschulen, ein Telegrafenamt und den unfertigen Bahnhof, dessen Schienen einst nach Berlin führen sollten.

Als die Flutdeiche gebaut waren, dehnte sich Bagdad unter der britischen Kolonialverwaltung bald aus. Britische Architekten, die mit Winkelmaß und Lineal arbeiteten, legten neue Straßen an, breit und gerade, parallel zum Fluß und zueinander. Die Straßen wurden im rechten Winkel von Seitenstraßen gekreuzt, ebenfalls gerade und breit genug für *arabanas*, von Pferden gezogenen Kutschen. Die

Runde Stadt wuchs nach Norden und Süden, zwei Pontonbrücken wurden hinzugefügt. Die geraden Linien veränderten in der Stadt das Gefühl für Entfernungen und die vierrädrigen Fahrzeuge das Zeitgefühl. Die Hauptstraße, Khalil Pascha, wurde begradigt und gepflastert. Arkaden und schattige Bürgersteige wurden zu beiden Seiten angelegt. Sie wurde in »Neue Straße« umbenannt und entwickelte sich zu Bagdads moderner Geschäftsstraße, auf der die Stadt ins zwanzigste Jahrhundert galoppierte. Die Wohlhabenden und Gebildeten zogen ihre Keffiyehs aus, ihre *dischdaschas* und *zbouns* und schlüpften in weiße Hemden, Krawatten und Anzüge. Sie hielten Zigaretten in der einen Hand, ließen durch die andere die Gebetsperlen gleiten, feierten die Effendis, die sie waren – eitle Gentlemen des Orients.

Sein oder nicht sein ... Wie vertraut, auch auf arabisch, muß diese Frage für Maudes irische Ohren geklungen haben, als der General in einer der jüdischen Schulen Bagdads als Ehrengast an einer Aufführung von »Hamlet« teilnahm.

Leider bekam General Maude zwei Tage später die Cholera und starb.

Was die jüdische Gemeinde betraf, die ein Viertel der Bevölkerung Bagdads ausmachte, so wurde sie durch die britische Besetzung wiederbelebt. Britische Gesetze waren so gradlinig wie die Straßen, die sie anlegten, und wurden, im Gegensatz zu den osmanischen, buchstabengetreu angewandt. Die Briten besteuerten unparteiisch und waren ungeschult in der Kunst der Bestechung. Die Vorhersehbarkeit ihrer Herrschaft schützte das Leben und den persönlichen Besitz. Die Geschäfte blühten nach dem Krieg. Für die Gebildeten, egal welcher Religionszugehörigkeit, eröffneten sich auf jedem Gebiet Möglichkeiten. Die schöne neue Welt klopfte an ihre Tür, und sie dachten nicht daran, sie fortzuschicken.

Ustad Heskel heiratete und eröffnete seine eigene Import-Export-Firma. Von seinem Bürofenster an der Neuen Straße aus sollte er jahrzehntelang den Finger am Puls der Stadt haben.

1921 wurde sein erster Sohn geboren. Er nannte ihn Faisal, nach dem ersten König des Irak, gekrönt im Sommer desselben Jahres. Kurz nachdem die Briten den König auf den Thron gesetzt hatten, gaben die Juden von Bagdad ihm zu Ehren einen Empfang in der großen Synagoge. König Faisal I., Sohn von Hussein, dem Scharif von Mekka, erstaunte seine Gastgeber und all die anderen bedeutenden Gäste, als er die Thorarolle küßte und den *Hacham Baschi*, den obersten Rabbiner der Gemeinde, umarmte. Dann hielt er jene unvergeßliche Rede, in der er den Beitrag der Juden zur Entwicklung des modernen Irak hervorhob und betonte, beide, sowohl Araber wie auch Juden, seien Semiten, verwandt durch ihren biblischen Vorvater Schem.

Die ganze Gemeinde nahm die Worte des Königs begeistert auf, und sein liberaler Geist brachte eine Generation patriotischer arabischer Juden hervor. Arabische Juden, was für ein Paradox, von patriotischen ganz zu schweigen. Es würde für die Kinder der Sechziger schon schwer genug sein, sich ein irakisches Parlament vorzustellen, aber noch dazu eines mit Sitzen für Juden! Sie würden sich genausowenig vorstellen können, daß jüdische Dichter in den zwanziger und dreißiger und sogar noch in den vierziger Jahren Gedichte in Arabisch, ihrer Muttersprache, geschrieben hatten und daß jüdische Journalisten ihr neues Königreich, ihr *watan*, ihr Heimatland, ihre Heimaterde mitgestalten wollten. *Watan*, was ist das? würden jüdische Kinder fragen, die ein halbes Jahrhundert später geboren wurden. Wie konnte man von Erde, dem nackten Staub unter den Füßen, verblendet werden?

Pferde trabten durch die gepflasterten Straßen. Strom- und Telegrafenmasten, so hoch wie Palmen, wurden aufgestellt, an denen Kabel hingen, wie der Beginn eines Fadenspannspiels. Straßenlaternen brannten die ganze Nacht, machten das Sternenlicht überflüssig, und, viel später, romantisch. Abwasserkanäle wurden unter den Straßen gegraben, die Häuser wurden numeriert, eine neue Währung wurde eingeführt, und Briefmarken wurden gedruckt. Aus dem Chaos wurde allmählich Ordnung.

1932 beendeten die Briten ihr fünfzehn Jahre währendes Mandat. Der Irak war der erste arabische Staat, der seine Unabhängigkeit bekam und in den Völkerbund aufgenommen wurde. Von seinem Bürofenster an der Neuen Straße aus sah *ustad* Heskel die letzten britischen Truppen abmarschieren.

Bitte, geht nicht ... bitte laßt uns mit den Arabern nicht allein, rief eine Stimme ihnen nach.

Sie kam aus dem hinteren Teil seines Büros. *Ustad* Heskel drehte sich um, aber er war allein im Raum. Das vor kurzem installierte Telefon klingelte.

Überall in der Hauptstadt entstanden Grünflächen. In den neuen Wohnvierteln wurden öffentliche Parks angelegt. Ummauerte Gärten umgaben die neuen Häuser, ersetzten den Innenhof, das Herz des orientalischen Hauses. An Straßenkreuzungen wurden runde Rasenflächen angelegt, Blumen und Büsche wuchsen auf dem Mittelstreifen der Avenuen, Eukalyptusbäume säumten die Bürgersteige. Aber die Wüstenstadt verwandelte sich weder in eine Oase, noch brachte das Grün Halbtöne in die Ansichten der Bagdadis oder kühlte ihr Temperament ab.

Die modernen Viertel, die sich an gesellschaftlichen Schichten orientierten, brachen die jahrhundertealten religiösen und ethnischen Trennungen auf. Wie Hunderte anderer jüdischer Familien, zog *ustad* Heskel mit seiner Frau und den sechs Kindern aus dem Süden in ein Viertel des gemischten Mittelstands.

1933 starb König Faisal, und sein Sohn Ghazi folgte ihm auf den Thron. Die Prozession des jungen Königs führte an *ustad* Heskels Büro an der Neuen Straße vorbei, die bald darauf in Raschid-Straße umbenannt wurde.

Aber kaum war die Stadt wieder ihren Besitzern übergeben worden, da zogen bewaffnete Stammesangehörige vom mittleren Euphrat durch die Straßen, protestierten gegen die nationale Wehrpflicht und die Landreform. Die Armee wurde ins ganze Land entsandt, um den Aufstand zu unterdrücken und die Stämme der Autorität des Staates zu unterwerfen. Bei ihrer Rückkehr marschierten die siegreichen Soldaten durch die Straßen der Hauptstadt. Blumen und Rosenwasser regneten von den Dächern auf die hübschen Jungs in Uniform herab. Auch Politiker wandten sich ans Militär, wenn im Kabinett Streit zu schlichten war. Oft flogen Militärflugzeuge dröhnend über die Stadt. Ein Putsch wurde verkündet, der Fall einer Regierung, ein neuer Führer. In der zweiten Hälfte der dreißiger Jahre kam es fünfmal zum Putsch. Jeder wurde im Radio begrüßt. Aufgrund der angezweifelten offiziellen Berichte entstanden Gerüchte. Die Leute verachteten ihre Politiker, machten sich über ihre Reden lustig, tratschten über Palastintrigen und schoben alle Schuld auf die Engländer. Dann klapperten die Würfel, Kaffee wurde getrunken, und die Radiomusik dröhnte wieder los.

Man sagt, Bagdadis tanzen zu jeder Melodie, die man ihnen vorspielt.

Aber am leidenschaftlichsten tanzten sie zu den Hymnen des Nationalismus und nahmen sich ein Beispiel an den Nazis. Hatte der Führer das deutsche Volk nicht vereint und es vor der nationalen Schande gerettet? »Mein Kampf« erschien auf arabisch, als Fortsetzung in einer Lokalzeitung. Kinderwagen mit Jungen, die nach Hitler, Himmler und Rommel benannt waren, wurden immer häufiger. Beim Barbier, während das Rasiermesser über die glatte Fläche seines eingeschäumten Gesichtes glitt, merkte *ustad* Heskel plötzlich, auf welchen Sender das Radio eingestellt war. Schneller, als jede Eisenbahn hätte sein können, übertrug Berlin Sendungen auf arabisch direkt nach Bagdad. Demonstrationen gegen die Briten nahmen zu, gegen ihre Palästinapolitik und gegen den Zionismus. Führende Köpfe der jüdischen Gemeinde unterschieden öffentlich zwischen Judentum und Zionismus und distanzierten sich und ihre Gemeinde von letzterem. Ohne Erfolg. Angriffe gegen Juden auf der Straße hörten nicht auf.

Traue nie einem Moslem, nicht einmal im Grab, sagt ein jüdisches Sprichwort.

War es ein Fehler gewesen, aus dem jüdischen Viertel auszuziehen? Fiel er in dem gemischten Viertel auf? Eine Furcht, älter als er selbst, wuchs in *ustad* Heskels Herz. Seit Jahrhunderten war es Juden verboten, eine Waffe zu tragen und sich gegen einen Moslem zu wehren, sogar mit der bloßen Hand. Kein Wunder, daß das Bild des Juden in der moslemischen Welt das eines Schwächlings war, eines verachtenswerten Feiglings. Aber wo konnte er das Kämpfen lernen? Im Krieg hatte *ustad* Heskel nur fliehen gelernt. Vielleicht war er tatsächlich ein Feigling. Wer würde seine Familie verteidigen, wenn es nötig werden sollte? Die britische Armee war zu weit weg, und obwohl er sich immer noch nach den jüdischen Gebräuchen richtete, war ihm die Sprache Gottes schon lange abhanden gekommen.

Im Frühjahr 1941 verkündete Radio Bagdad den sechsten Putsch. Das neue Kabinett bestand hauptsächlich aus Nazianhängern. Italien und Deutschland unterstützten die neue Regierung. Konflikte mit England eskalierten zu bewaffneten Auseinandersetzungen. Irakische und britische Flugzeuge lieferten sich Luftschlachten über der Hauptstadt. Einen Monat später, als nur noch britische Flugzeuge den Himmel beherrschten, stürzte die irakische Regierung.

Während der zwei gesetzlosen Tage, die darauf folgten, brach ein Pogrom gegen die Juden los.

Plünderung, Vergewaltigung, Verwüstung und Mord sind die universelle Sprache der Pogrome. Wegen ihres dürftigen Vokabulars beschränkt sie sich nicht auf Uniformen, Alter oder Geschlecht. Die jüdischen Viertel von Bagdad wurden von irakischen Soldaten, von Stammesangehörigen und Städtern, von wütenden Männern, Frauen und Kindern angegriffen. Innerhalb von zwei Tagen hatten sie Hunderte von Juden ermordet und Tausende verwundet.

Ustad Heskel und seiner Familie geschah nichts. In ihrem gemischten Viertel war es nicht zu Feindseligkeiten gekommen. Im Gegenteil, moslemische Familien hatten ihnen Zuflucht angeboten. Und die britische Armee war schließlich doch nicht so weit weg gewesen, wie sich herausstellte. Sie stand vor den Außenbezirken der Stadt und hatte Befehl, sich nicht einzumischen.

Auch *ustad* Heskel begriff schließlich, daß die Briten keinen Finger rühren würden, wenn es nicht in ihrem eigenen Interesse war. Aber daß die Straßen durch die Anwesenheit britischer Truppen sicherer waren, diese Tatsache konnte niemand leugnen. Und auf den Straßen blieb es sicher bis zum Ende des Krieges, solange die Truppen der Alliierten in Bagdad stationiert waren, auf ihrem Weg von und nach Nordafrika.

Während also Europäer für Nahrungsmittel und europäische Juden vor den Gaskammern Schlange standen, blühten die Geschäfte in Bagdad, und *ustad* Heskel machte, wie viele tausend andere Kaufleute, ein Vermögen.

In der Zwischenzeit waren seine Kinder herangewachsen, hatten eigene Vorstellungen, die tief geprägt waren von der *farhud*, dem Pogrom. Wenn es ein paar Tage länger gedauert hätte, wären auch die gemischten Viertel nicht verschont geblieben, das wußten sie. Sie warfen ihrem Vater vor, Pogrome als einen unvermeidlichen Teil des Lebens hinzunehmen. Sie behaupteten, er habe die Seele eines *dhimmi*, der unsichtbar wurde, sobald ein Moslem Schaum vor dem Mund bekam. Je harscher sie ihn kritisierten, desto weltkluger fanden sie sich. Als Junge hatte er seinem Vater das Herz gebrochen, weil er sein Leben nicht dem Thorastudium widmen wollte. Aber hatte er den alten Mann in völlige Verzweiflung gestürzt, nur um sich frei zu fühlen und seinen eigenen Weg gehen zu können? *Ustad* Heskel konnte sich nicht erinnern.

Die Hälfte seiner Kinder schloß sich der *Tnuah* an, der zionistischen Untergrundbewegung, wo sie schießen lernten, um die Gemeinde, wenn nötig, zu verteidigen, und außerdem modernes Hebräisch – als Vorbereitung auf *Eretz Israel*. Die andere Hälfte identifizierte sich mit den unterdrückten Massen im Irak und fand ihre Antwort im Kommunismus. Zwei Ideologien unter einem Dach, zwei Revolutionen am Eßtisch – welche Zusammenstöße *ustad* Heskel ertragen mußte. Wie uneinsichtig und selbstgerecht sie klangen, selbst die Mädchen – er konnte für keinen Partei ergreifen. Sich in die Politik einzumischen würde zur Katastrophe führen, nicht nur für sie selbst, sondern für die ganze Gemeinde.

Seine Worte wurden genausowenig beachtet wie das Gebrabbel der Radiosender, wenn man auf der Suche nach den neuesten Nachrichten war.

Ohne vorher krank gewesen zu sein, starb eines Nachts seine Frau und ließ *ustad* Heskel mit einem halben Dutzend Kinder zurück, die ihm jeden Tag fremder wurden. Die Einsamkeit lernte er allmählich zu ertragen, aber sein Leben hatte keinen Sinn mehr. Warum hatte er Gott den Rücken gekehrt, fragte er sich immer wieder.

1948 wurde der Staat Israel gegründet. Mullahs riefen in den Moscheen von Bagdad zum *Jihad* auf, Studenten streikten, und die Demonstranten drängten die Regierung, zu den Waffen zu greifen. Der Irak folgte der Entscheidung der Arabischen Liga und schickte seine reguläre Armee an die Front.

Im ganzen Land wurde das Kriegsrecht ausgerufen. Tausende von Kommunisten, Zionisten und Juden wurden verhaftet und in ein besonderes Lager in der südlichen Wüste gebracht. Shafik Adas, ein wohlhabender Geschäftsmann, der mit einem Minister zu Mittag speiste und mit dem Regenten dinierte, der reichste Jude des Irak, wie es hieß, wurde gleichzeitig wegen Kommunismus und Zionismus angeklagt. Obwohl das Militärgericht keine Beweise für seinen Waffenhandel mit den Zionisten in Palästina vorlegen konnte, wurde Adas zum Tode verurteilt. Er wurde vor seiner Villa in Basra öffentlich erhängt. Eine große Menschenmenge versammelte sich, um das Schauspiel mitzuerleben, und ihre Jubelschreie brachten den Henker dazu, Adas noch mal aufzuhängen. Am nächsten Tag waren die Titelseiten der irakischen Zeitungen voll mit Nahaufnahmen des Gehängten. Sein Genick war gebrochen, seine Leiche baumelte über einer Pfütze seiner Exkremente. Er wurde die Schlange, der Verräter, der Spion, der Zionist, der Jude genannt, und das Verteidigungsministerium beschlagnahmte sein Millionenvermögen.

Aber der Fall Adas brachte keinen arabischen Émile Zola hervor.

Und die Verhaftungen hörten nicht auf. Alle Regierungsstellen entließen ihre jüdischen Beamten und Angestellten. Das Handelsministerium verlängerte die Konzessionen jüdischer Kaufleute nicht mehr. Das Verteidigungsministerium verbot jüdischen Bankiers alle Transaktionen mit ausländischen Banken. Das Gesundheitsministerium gab jungen jüdischen Ärzten keine Zulassungen. Das Erziehungsministerium reduzierte die Quote jüdischer Studenten. In der offiziellen Sprache wurden Zionist und Jude zum Synonym. Auf der Straße nahmen die Feindseligkeiten gegen Juden zu. Eine Synagoge wurde von Demonstranten geschändet. Nuri-al-Said, der Ministerpräsident, bezeichnete die Juden der arabischen Welt als Geiseln. Die illegale Auswanderung junger Juden, die keine Geiseln arabischer Launen sein wollten, nahm zu.

Und *ustad* Heskel mußte damit fertig werden, einen Sohn im Gefängnis zu haben und zwei minderjährige Töchter jenseits der Grenze; gleichzeitig lief seine Geschäftskonzession aus.

Weil sie die illegale Auswanderung nicht kontrollieren konnte, erließ die Regierung 1950 schließlich ein *taskit*, ein Denaturalisierungsgesetz. Es erlaubte den Juden, nach Israel auszuwandern, vorausgesetzt, sie gaben ihre irakische Staatsbürgerschaft auf.

In den ersten Wochen wagte kaum jemand, das Angebot ernstzunehmen. Die Spannungen würden sich bald legen, sagten sie, und das Leben in Bagdad würde wieder seinen normalen Gang gehen. Wer, von ein paar unbesonnenen Jugendlichen abgesehen, war denn überhaupt zur Auswanderung bereit? Konnten aus Kaufleuten der Mittelschicht wirklich Bauern werden? Wer war schon wild darauf, daß seine Söhne zum Militär eingezogen wurden, und wer konnte sagen, ob der neue Staat das nächste Jahr überleben würde?

Sie waren die babylonischen Juden, das vergaßen sie nicht. Sie waren das Erste Exil, das Gott in das Heimatland Abrahams zurückgeschickt hatte. Sie hatten die letzten zweitausendfünfhundert Jahre in Mesopotamien gelebt, einhundert Generationen lang, tausend Jahre, bevor es den Arabern eingefallen war, ins Land einzudringen. Hier hatten sie die erste Synagoge errichtet. In den Akademien auf der anderen Flußseite war der Talmud zusammengestellt worden.

Waren diese Beiträge nichts wert? Verlangte ihre Geschichte von ihnen nicht Kontinuität?

Konnte es sein, daß alle Freunde von *ustad* Heskel *Eretz Israel* gleichgültig gegenüberstanden? Israel, wiederholte er, was für ein sonorer Klang! Es hatte sich hartnäckig über die Jahrhunderte gehalten, ein heiliges Versprechen war nun greifbare Realität. Ein Stück Land und eine Flagge, ein im Wind flatterndes Stück Stoff, verteidigt von einer Reihe Panzer.

Dort schlossen am Samstag alle Geschäfte ohne Ausnahme, hieß es, weil der Samstag der offizielle Ruhetag ist. Dort schrieben die Hausfrauen ihre Einkaufslisten in der heiligen Sprache. Dort würde er Formulare ausfüllen, Schecks unterschreiben, ein Taxi rufen, sich die Haare schneiden lassen, Zeitung lesen, Pferdewetten abschließen, etwas zu trinken bestellen ... alles auf hebräisch. Und jeder Satz würde wie ein Gebet klingen.

Er konnte nicht anders, Israel machte ihn sentimental.

Es hieß, daß dort selbst die Polizisten Juden waren. Nein, er wäre nicht mit Tolerierung zufrieden, in einem jüdischen Staat würde er dazugehören, wäre ein rechtmäßiger Bürger. Seine Rechte würden ihm nicht als Gunst zugestanden, sie wären selbstverständlich. Er wäre niemandes Jude mehr. Nach zweitausendfünfhundert Jahren wurde *ustad* Heskel die Möglichkeit geboten, sich ein für allemal von der Furcht zu trennen.

Ist Heimat nur der Ort, wo man sicher schlafen kann?

Die unbesonnenen Jugendlichen bewarben sich voller Begeisterung. Sie nahmen ihre Freunde mit, die ihre Geschwister mitschleppten, ihre Eltern erpreßten, ihre Verwandten überzeugten, der Großmutter keine Chance ließen, ihre Nachbarn mit ihrer Entschlossenheit schockierten. Die Kettenreaktion überstieg alle Erwartungen. Und dann explodierte eine Bombe in einem von Juden besuchten Café, später eine in einer Synagoge, eine Warnung an die andere Hälfte der Gemeinde, die sich noch nicht entschließen konnte, wegzugehen.

Es ging das Gerücht, die zionistische Untergrundbewegung habe bei den Bombenanschlägen die Hand im Spiel gehabt. Die Zionisten schoben ihrerseits den arabischen Nationalisten die Schuld zu. Aber ob nun von Juden oder Arabern gebastelt, die Bomben waren ein Wendepunkt in der Einstellung zur Emigration. Von dem Tag an wurde die Abreise selbstverständlich, das Bleiben dagegen wurde zur Entscheidung und erforderte eine Reihe von Rechtfertigungen.

Innerhalb eines Jahres gaben über 100 000 Juden ihren irakischen Personalausweis ab und bereiteten sich auf den Umzug vor oder den Exodus, wie sie es lieber nannten. Unter ihnen waren auch *ustad* Heskels Kinder, Zionisten und Kommunisten, manche eifrig, andere zögernd. Seine alten Eltern packten ebenfalls ihre Sachen, besessen von der Idee, im Heiligen Land begraben zu werden.

Als ob die Würmer auch heilig geworden wären.

Ustad Heskel sah sich gefangen zwischen der Frömmigkeit seiner Eltern und dem Pioniergeist der Jugend. Er fühlte sich weder alt genug, um seinen Tod zu feiern, noch jung genug, um auf die Versprechungen der Zukunft zu vertrauen. Sorgsam studierte er die Briefe seiner Töchter aus Israel, bis er zu einer eigenen Entscheidung kam. Seine Kinder mochten ja Pioniere sein – er würde im neuen Land nur als Flüchtling enden.

1951, an dem Tag, als der *taskit* auslief, erließ die irakische Regierung ein neues Gesetz, das den Besitz aller Juden einfror, die sich für die Emigration angemeldet hatten.

Wer zuletzt lacht, lacht am besten – was mußte das Parlament für eine fröhliche Sitzung gehabt haben. Die zionistischen Bastarde, die damit prahlten, die Wüste zu begrünen und die Sümpfe trockenzulegen, waren nun aufgefordert, ein weiteres Wunder zu vollbringen und den Ansturm von 100 000 besitzlosen Neuankömmlingen zu überleben.

Ustad Heskel sah ein Flugzeug nach dem anderen starten, mit seinen Kindern, seinen Eltern, seinen Verwandten, seinen Freunden, seinen Geschäftspartnern, den Geschäftsrivalen, seinen Kunden, seinem Arzt, seinem Rechtsanwalt, seinem Barbier, seinem Fleischer, seinem Bäcker, seinem Bankier, seinem Bettler, seinem

Schneider, seinem Schuhmacher, seinem Hausmädchen, seiner Köchin, seinem Lieblingsdichter und den Musikern, die er nun nie mehr auf einem Fest würde spielen hören. Nur ein Jahr zuvor war jeder sechste Bagdadi Jude gewesen. Jetzt flogen die Juden davon, jeder mit 50 Dinar in der Tasche und einer losgerissenen Wurzel, die in der Wüste wieder eingepflanzt werden mußte.

Schulen, Synagogen, Souks, Geschäfte, Banken, Clubs und ganze Viertel leerten sich, eines nach dem anderen. Aber Bagdad verschwendete keine Zeit damit, um die Juden zu trauern. Geschäfte und Handel waren endlich für die Übernahme durch moslemische Kaufleute bereit. Einige der leerstehenden Häuser wurden an palästinensische Flüchtlinge verteilt. Der Rest, der eingefrorene Besitz an Bargeld und Immobilien, fiel an den Staat.

Ustad Heskel ging auf und ab in seinem Haus, das vollgestopft war mit Bettwäsche, Porzellanbergen, Bücherstapeln, Kleiderbündeln und was seine Kinder sonst noch zurückgelassen hatten. Er entdeckte eine Perlenkette in einem Korb, zwischen zwei Wollknäueln. Sein Geschenk an seine älteste Tochter zum achtzehnten Geburtstag. Hätte sie die nicht in ihrem Schuhabsatz verstecken können, so wie Geldscheine hinausgeschmuggelt wurden! Er befingerte die Perlen, als wäre es eine moslemische Gebetskette. Dabei fiel sein Blick auf die Bibel, die er vor fünfzig Jahren beiseite gelegt hatte. Als *ustad* Heskel zu lesen begann, erinnerte er sich. Und als er sich erinnerte, fand er die historischen Wurzeln, die zwischen den Seiten bewahrt worden waren wie die getrockneten Flügel toter Schmetterlinge.

Er las monatelang, jahrelang vielleicht, bis er voller Gedanken und Fragen war, die er mit Menschen seiner Art teilen wollte.

Ustad Heskel ging los und suchte nach den Überbleibseln jüdischen Lebens in Bagdad.

Es gab nur noch ein paar tausend Juden, die in gemischten Vierteln lebten. Ihre Verletzlichkeit als jüdische Minorität in einem arabischen Land führte dazu, daß sie sich von der Politik und jeder Art Ideologie fernhielten. Als Konsequenz, oder vielleicht auch nur aus

Faulheit, vernachlässigten sie alle überkommenen Werte. Ihre jüdische Tradition war zu locker, um sie zu stützen, ihr arabisches Erbe nur allzu bereit, sie im Stich zu lassen. Es waren Menschen, die aus Ort und Zeit gefallen waren. Angesichts der kulturellen Leere wandten sie sich der Modernität zu, ähnlich wie ihre moslemischen und christlichen Landsleute. Und ähnlich wie diese nutzten sie nur die Hülle.

Sie sagten *sorry, merci, please, vraiment*, mit starkem arabischen Akzent. Manche gaben ihren Kindern europäische Namen: Linda, Edward, Ramsey, Vera, distanzierten sie von Anfang an von ihrer Umgebung und bereiteten sie so auf eine Zukunft im Ausland vor.

Sie widmeten ihr Leben der Arbeit, der Familie und dem Poker – ihrer wichtigsten Freizeitbeschäftigung, ihrer Sucht und einzigen Kultur. Sie spielten in Clubs oder zu Hause, Männer wie Frauen – modern genug, sich von Angesicht zu Angesicht gegenüber zu sitzen. Fein angezogen saßen sie am Kartentisch, betonten ohne Ende ihre aristokratische Herkunft, die bedeutenden Posten, die ihre Väter in Bagdad vor dem *taskit* gehabt hatten, und wie phantastisch sich ihre Kinder in der Schule machten. Zwischen den Spielen flirteten sie miteinander und tratschten über die Eheprobleme der Spieler an den anderen Tischen. Obwohl sie ihre fetten Jahre voll genossen, war ihnen durchaus bewußt, was für ein Fehler ihre Entscheidung für Bagdad gewesen war. Sie hatten auf die falsche Karte gesetzt, gestanden sie einander hin und wieder. Ihr Bluff war vom Schicksal, der Zeit oder einfach von der Geschichte aufgedeckt worden – sie konnten ihre Widersacher nicht mal benennen. Und trotz der relativen Sicherheit, die sie genossen, waren sie stets wachsam, warnten sich gegenseitig davor, zu lange zu bleiben und ihren gesamten Einsatz zu verlieren.

Aber welcher Spieler verläßt rechtzeitig den Spieltisch?

Ustad Heskel fand ihr Leben zu oberflächlich, ihre Gesellschaft unerträglich. Entschlossen, den Segen der Bibel mit anderen zu teilen, wandte er sich an die jüdische Schule.

Ja, sie würden ihn gerne für ein paar Stunden pro Woche einstellen. Was, er hatte vergessen, daß das Erziehungsministerium schon vor Jahren den Religionsunterricht an jüdischen Schulen eingeschränkt hatte? Nein, völlig unmöglich – die Bibel auf hebräisch zu lesen war verboten. Die Schüler lasen nur aus Gebetbüchern, ohne Übersetzung oder Interpretation. Ja, Religion mußte sie zu Tode langweilen.

Aber wenn er das Gebetbuch schloß und ihnen biblische Geschichten erzählte, spitzten sie die Ohren, als sei er unmittelbarer Zeuge von Samsons außerordentlicher Kraft, den prophetischen Träumen Josefs, der Durchquerung des Roten Meeres, dem Wunder des Lichts gewesen. Manchmal schweifte er ab, zu Geschichten über berühmte Juden wie Einstein, der kurz vor seinem Tod gesagt hatte, daß er an die Existenz Gottes glaubte. Die Mischung aus Mitgefühl und Respekt, die er in ihren Augen sah, verriet ihm, wie antiquiert er wirken mußte, wie alt er geworden war. Die verwöhnten Gören. Trotzdem gefiel es ihm, daß sie ihn so selbstverständlich *ustad* nannten, als sei er als Lehrer geboren worden.

Obwohl Vater das Glücksspiel strikt ablehnt, macht er für Purim eine Ausnahme. Wie jedes Jahr hat er uns von der Bank neue, glänzende Münzen geholt, die wir an den beiden Festtagen verspielen dürfen. Wie jedes Jahr baut er zwei Münzentürme auf seinem Schreibtisch auf. Zwei Türme zu je zehn silbrigen Dirham. Nur ein Dinar? Ein Dinar war letztes Jahr mein Purimgeschenk, aber jetzt bin ich zwölf Jahre alt, und Vater hat mir eine Erhöhung versprochen. Hat er das vergessen? Mit verstohlenen Blicken verfolge ich, wie er die Hand in die Tasche steckt. Kleingeld! Er hat mir noch kein Kleingeld gegeben. Ich fummele an den Dirhamtürmen herum, will mir nichts anmerken lassen, während Vater ahnungslos tut, weitere Rollen aufreißt und noch fünf schimmernde Türme mit welligen Rändern aufbaut – je zehn Münzen à zehn Fils.

Insgesamt anderthalb Dinar!

Ich schlinge Vater die Arme um den Hals und drücke ihn so fest ich kann, länger als letztes Jahr. Dann werfen wir die Münzen in einen grünen Filzbeutel, den Mutter für mich genäht hat, extra für Purim.

Selma veranstaltet dieses Jahr die Kartenspielparty, und sie redet seit Wochen über nichts anderes. Als ihre Mutter mir die Tür öffnet, rieche ich *sambusak*-Gebäck und höre das Klimpern eines Geldspielautomaten. Pfiffe und Gelächter dringen aus dem Salon. So viele Attraktionen, und alle auf einmal! Hastig ziehe ich meine Jacke aus und schaue in das kleine Zimmer neben dem Eingang. Selmas Vater führt den einarmigen Banditen vor, den er für diesen Anlaß gemietet hat. Fasziniert von den rotierenden Bildern, starren die Kinder gebannt darauf, um den Moment nicht zu verpassen, wenn die fünf Zitronen auftauchen oder die fünf Kirschen oder die fünf Bananen.

Die Chance, vier oder fünf gleiche Bilder zu bekommen, ist äußerst gering, hat mir Vater gestern erklärt. Aber die Kinder sagen, seit einer Weile sind keine fünf gleichen mehr aufgetaucht und werden jetzt bestimmt jeden Augenblick kommen. Vater hätte dem sofort widersprochen, »weil die Maschine kein Gedächtnis hat« und weil bei jeder Runde die Chance, fünf gleiche zu bekommen, genauso gering ist wie vorher.

Und ich sage, die fünf Kirschen haben den ganzen Morgen auf mich gewartet.

Ich werfe meine ersten zehn Fils ein, drehe den Metallknopf, höre die Münze fallen und setze die Maschine in Bewegung. Langsam kommen die Bilder in den kleinen Fenstern zum Stillstand. Ananas und Zitronen und Eistüten und Trauben tauchen auf, aber warum alle zusammen, verdammt noch mal! In kürzester Zeit schluckt die Maschine vier Münzen, fünf, sechs, spuckt zwei wieder aus, nur um sie bei der nächsten Runde zurückzugewinnen. Allzu schnell sind meine zehn Runden um, und ich habe wie viele Münzen verloren? Die kurze Aufregung hat meinen Appetit nur noch größer gemacht. Ich bettele um eine weitere Chance, will nur mein Geld zurück, aber die Mädchen in der Schlange geben nicht nach. Widerstrebend lasse ich den Hebel los und gehe hinüber in den Salon.

Das geräumige Zimmer ist in eine Spielhölle verwandelt worden, wie an Samstagabenden, nehme ich an, aber an diesem Morgen sind die Spieler fein angezogene elf- und zwölfjährige Schulkinder. Sie sitzen an kleinen rechteckigen Tischen überall im Raum verteilt oder stehen an den beiden runden Tischen in der Mitte, einer für Roulett, der andere für *dossa*, ein Kartenspiel. Ich winke Selma zu, die am Roulettrad steht, aber sie ist zu sehr in das Spiel vertieft und bemerkt mich nicht.

Vertrautes Gelächter lenkt meine Aufmerksamkeit auf vier Spieler in einer Ecke. Dudi und ein paar andere spielen Lügenwürfel. Obwohl Dudi nicht mehr in unsere Klasse geht, wird er nach wie vor zu unseren Partys eingeladen. Ich gehe auf den Tisch zu. Dudi sagt ein Full house an, verdeckt aber die Würfel mit den Händen und macht ein aufrichtiges Gesicht. Dora schaut ihn durch ihre dicke Brille mißtrauisch an. Ihre schmalen blauen Augen sind noch schmäler geworden, wie zwei Würmer. Dudi errötet schließlich, beißt sich auf die Lippe, als wolle er ein Lächeln unterdrücken. Doras Gesicht erhellt sich. Lügner! schreit sie, wie ein Richter bei einem Revolutionstribunal. Dudi nimmt langsam die Hände weg und zeigt seine Würfel: drei Vieren und zwei Zweien.

Ich schnappe mir ein Käse-*sambusak* vom Büfett am Fenster und gehe zu Selma, um ihr zu der besten Purimparty zu gratulieren, die ich seit Jahren gesehen habe.

– Genau wie in Las Vegas, nicht? fragt sie.

– Wie was?

– Vergiß es, sagt sie und zeigt mir den Berg Münzen, der vor ihr liegt. Sie behauptet, die Roulettkugel sei ihr den ganzen Morgen von Rot zu Schwarz und umgekehrt gefolgt. Kaum hat sie das gesagt, verliert sie ihren Einsatz auf Rot. Sie beharrt auf Rot und verliert ein paar Runden lang. Sie läßt Rot sausen, setzt auf Gerade und gewinnt. Sie gewinnt ein zweites Mal. Sie wechselt zu Ungerade, verliert, wechselt zu Gerade und verliert wieder. Jetzt ist es Selma, die hoffnungslos hinter der Kugel herjagt. Bald verliert sie das bißchen Geduld, das sie besitzt, packt alle Münzen, die vor ihr liegen, und setzt auf Rot. Das Minirad dreht sich. Rot und Schwarz vermischen sich zu einem dunklen Ring. Die Kugel wirbelt und klappert und vervielfacht sich, bis mir fast schwindelig wird. Braun wird wieder zu schwarzen und roten Abteilungen. Die Kugel wird langsamer, hüpft von Kästchen zu Kästchen und fällt schließlich in ein rotes, zittert noch leicht, liegt dann still. Selmas Einsatz wird verdoppelt. Sie will alles auf Schwarz setzen. Nimm dein Geld und verlaß sofort den Roulettisch, sonst verlierst du alles, rate ich ihr und ziehe sie am Arm. Der letzte Rest gebackenen Käses ist auf meiner Zunge geschmolzen. Ich habe Lust auf Kartenspielen, auf die bunten Augen und Bilder. Selma sammelt ihre Münzen ein, rührt sich aber nicht von der Stelle. Das Rad wird langsamer. Die Kügel hüpft in ein rotes Kästchen. Selma steckt die Handvoll Münzen in ihren Beutel und folgt mir zum Kartentisch. Erst da bemerke ich, daß Laila der Wolf die Bank hält.

Ich habe einen Moment gebraucht, um sie zu erkennen. Laila hat sich das Gesicht gepudert, die Augen mit braunem Kajalstift umrandet und die Lippen radieschenrot geschminkt. Was macht sie überhaupt auf Selmas Party? Die beiden kriegen sich wegen jeder Kleinigkeit in die Haare und lassen keine Gelegenheit aus, sich gegenseitig zu ärgern. Letzte Woche hatten sie Streit darüber, wer Klassensprecherin werden soll. Sie müssen der Lehrerin soviel voneinander erzählt haben, daß die am Ende beide bestraft hat. Sie mußten hundertmal schreiben: »Wer anderen eine Grube gräbt, fällt selbst hinein«.

Selma und ich quetschen uns zwischen die anderen Kinder und bauen uns vor Laila auf, die die Karten auf dem Tisch zusammenschiebt. Sie nimmt uns mit hochgezogenen Augenbrauen zur Kenntnis, mischt und beginnt auszuteilen. Die Karten werden verdeckt ausgelegt, eine pro Spieler und eine für die Bank. Laila legt zwei Reihen zu je fünf Karten in die Mitte des Tisches und zwei direkt vor unsere Nase. Selma ignoriert den Wink, streckt die Hand aus und setzt 10 Fils auf eine Karte in der Mitte. Ich mache dasselbe. Nachdem sich jeder Spieler für eine Karte entschieden hat, zieht Laila die übriggebliebene zu sich heran. Sie dreht sie um und grinst.

Die Kreuz-Zehn. Die Spieler stöhnen und murren. Wenn die eigene Karte niedriger als eine Zehn ist, muß man der Bank den doppelten Einsatz zahlen. Die meisten Bankhalter erlauben den Spielern, ihre Karten selbst umzudrehen. Laila ist da anders. Sie läßt niemanden irgend etwas anrühren – als wäre sie hier zu Hause. Meine zwei glänzenden Münzen verschwinden in ihrem Berg von einer Bank. Selmas Karte wird als letzte aufgedeckt. Das Kreuz-As, das einzige As in der Runde, verdirbt Lailas Spaß.

Das As verdreifacht den Einsatz. Laila schnippt Selma drei Münzen zu, als würde sie ihr einen Gefallen tun.

– Wieso hast du die überhaupt eingeladen? flüstere ich Selma ins Ohr.

– Weil Mama gesagt hat, ich müßte. Nur weil sie immer mit Lailas Mutter am selben Pokertisch spielt ...

Laila mischt die Karten, länger als zuvor. Wieder legt sie zwölf Karten aus, zehn in der Mitte und zwei unter unsere Nasen. Wieder ignorieren wir ihren Wink. Selma wählt die Karte, die dicht vor Laila liegt, und zieht sie quer über den Tisch zu sich. Laila wirft ihr einen so bösen Blick zu, daß ich verstehe, wieso Gangster in Filmen Tische umwerfen und sich wegen eines Kartenspiels gegenseitig erschießen. Laila dreht ihre Karte um. Die Spieler bejubeln ihre Karo-Sieben. Sie zahlt einem nach dem anderen die Gewinne für die höheren Karten aus und sammelt die Einsätze der niedrigeren ein. Ich bekomme eine matte Zehn-Fils-Münze für meinen Kreuzbuben. Selmas Karte wird als letzte umgedreht. Wieder ein As! Das Pik-As.

Selma bekommt weitere dreißig Fils. Ich frage mich im stillen, wieviel ihrer Begeisterung daran liegt, daß sie Laila ärgern kann, und wieviel das Gewinnen selbst ausmacht. Laila macht ein Pokergesicht und mischt die Karten. Aber ihre Hände zittern, während sie die scharfen Kanten ineinanderschnellen läßt. Endlich wird der Stapel geteilt. Laila legt drei Reihen von jeweils vier Karten in der Mitte aus. Selma plaziert ihre zehn Fils auf irgendeine Karte. Laila dreht ihre Karte um und räuspert sich, hält ihr Kreuz-As hoch. Diesmal schießt ihre Hand als erstes zu Selmas Karte.

Das Karo-As trifft Laila völlig unvorbereitet. Ein Spieler pfeift bewundernd.

– Heh, Selma, du kriegst heute wohl nur Asse, sagt ein anderer.

Laila errötet, ihr Gesicht so rot wie das Karo. Wie hoch ist die Wahrscheinlichkeit, in drei aufeinanderfolgenden Runden ein As zu bekommen? versuche ich auszurechnen, während sich Laila und Selma anstarren. Ihre Fäuste liegen auf dem Tisch. Alle sind verstummt, so wie vor vier Jahren, als Laila, eine goldene Krone auf dem Kopf, ihre acht Kerzen ausblasen wollte und Selma »Happy Birthday, liebe Laila der Wolf« sang.

Ich weiß nicht, was diesmal passiert wäre, wenn Selmas Mutter sie nicht in diesem Moment gerufen und gebeten hätte, Gläser aus der Küche zu holen.

– Heute kein Glück? fragt Dudi, legt mir den Arm um die Schultern. Komm, ich will dir was zeigen.

Erschreckt über sein plötzliches Auftauchen, schiebe ich seinen Arm weg. Wie lange hat er mir schon über die Schulter geschaut? Ich lasse mich von ihm zum Büfett ziehen, um die unbegrenzten Fähigkeiten seiner Nase zu bezeugen. Wie gebeten, verbinde ich ihm die Augen mit einer Serviette. Die Hände hinter dem Rücken, beugt er sich zum Büfett vor, während ich ihn am Jackenkragen halte und seine Nase von Gericht zu Gericht führe, sie beinahe hineintunke.

– Kreuzkümmel! Ich rieche Kreuzkümmel, und er steigt von gekochten Kichererbsen auf ... also müssen das gebratene *sambusaks* sein, stimmt's? Siehst du! Das nächste ist kein Problem, das sind Käse-*sambusaks.* Der Geruch von gebackenem Teig mit einem Hauch Anis und Kümmel erfüllt das ganze Haus. Selmas Eltern sind nicht sehr gläubig, oder? Okay, dann kommt der Pimentgeruch bestimmt von Reisbällchen, gelben Reisbällchen, um genau zu sein – gefüllt mit Fleisch. Ja, ich weiß, daß Kurkuma keinen Geruch hat, aber Reisbällchen sind immer gelb, stimmt's? Ich hab die *kubba* vergessen! Das ist eine Schande. Ich versuch's noch mal. Nein, es hat keinen Sinn, machen wir weiter. Na, und was haben wir hier? *Amba,*

Mangochutney und Limonenchutney und persischen Knoblauch und als Krone des Ganzen *mechallelah*, in Salzlake eingelegte rote Rüben. Bei *mechallelah* kann ich sogar das Rot riechen, glaub mir. Nein, im Ernst, manchmal kann ich Farben riechen. Das kann ich beweisen. Was, ich habe die *burek*-Röllchen ausgelassen? Halt an! Diese Schärfe kommt bestimmt von Tamarinden, aber verdammt, was ist es noch? Jaaa, ein Hauch Zimt und auch ein Spritzer Zitronensaft. Nein, sag nichts, es liegt mir auf der Zunge ... das sind *dolma*, gefüllte Weinblätter, stimmt's? Gott, meine Nase wird jeden Tag besser. Blödsinn, Lina, deine Andeutungen waren minimal. Oh, jetzt sind wir in einer anderen Welt gelandet, das ist der Geruch des Paradieses nach dem Regen. Okay, ich sag's genauer, das ist Rosenwasser, aber den Rest mußt du mir sagen. *Zingula*-Spiralen? Gute Güte, mir läuft das Wasser im Mund zusammen. Du weißt, daß ich Süßigkeiten nicht widerstehen kann. So, wo wir jetzt beim Gebäck sind, laß mich ein letztes Mal raten. Meine Nase muß direkt über *malfouf* sein, Löffelbiskuits gefüllt mit gemahlenen Mandeln, stimmt's?

– Falsch! sagt Selma und drückt Dudis Kopf runter.

Seine Nase versinkt in den *man-al-samahs*, weichen Nugatküchlein in Mehl. Selma und ich lachen, bis uns die Tränen kommen; Dudi niest in das Gebäck, und das Mehl stäubt über den ganzen Tisch. Er reißt sich die Serviette von den Augen, niest noch mal, rennt ins Badezimmer, verflucht uns und wischt sich den weißen Staub vom Gesicht.

Selma und ich laden uns die Teller mit kleinen Happen von allem voll.

– Das Büfett ist vorzüglich, Selma. Köstlich.

– Das solltest du Mama sagen. Sie hat drei Tagen lang daran gearbeitet.

Dampf strömt aus ihrem Mund, als sie in eine *kubba* beißt.

– Mama sagt, ich muß mich als Gastgeberin um all meine Gäste kümmern, aber ich kann es kaum erwarten, wieder am *dossa*-Tisch zu sitzen. Es wär doch nicht richtig, das Herz-As zu versetzen, oder?

– Selma, du wirst es nicht bekommen, und wenn du bis morgen früh spielst.

Ich wiederhole, was ich von Vaters Einführung in die Wahrscheinlichkeitsrechnung behalten habe. Auch Selma weiß, daß die Chance, ein As, irgendeins, aus einem Packen von 52 Spielkarten zu bekommen, 52 geteilt durch 4 ist, also 1 zu 13. Sie muß eine Weile kauen und die Finger lecken, bevor sie die sich daraus ableitende Tatsache akzeptiert, daß die Chance, ein As, irgendeins, in zwei aufeinanderfolgenden Runden zu bekommen, 1:13x13, und in drei aufeinanderfolgenden Runden 1:13x13x13 ist, und das muß weniger als eins zu tausend sein!

Aber sie hat nicht nur Asse bekommen, Selma hat in jeder Runde ein anderes gezogen, eine noch viel unwahrscheinlichere Kombination. Wie viel? Dazu brauche ich Papier und Bleistift; die Chance muß 1 zu 4/52x3/52x2/52 sein, eins zu Tausenden, nehme ich an. Die Zahlen beeindrucken sie wenig. Selma zerteilt eine getrocknete Dattel der Länge nach, ersetzt den Kern durch eine Walnuß und beißt das winzige Sandwich in der Mitte durch. Ob sie wohl kapiert hat, was ich meine? Sie betrachtet den Rest der Dattel in ihrer Hand und schaut die Füllung an, als hätte sie sie nicht selbst vor einem Moment hineingetan.

– Warum soll ich mir den Kopf zerbrechen, wenn das Ergebnis doch nur rein zufällig ist? fragt Selma schließlich. Und wenn der Zufall mir nacheinander drei Asse zugespielt hat, glaubst du wirklich, daß deine Berechnungen das vierte aufhalten werden?

– Es ist eine Chance von eins zu 4/52x3/52x2/52x1/52! Das ist so gut wie unmöglich, verstehst du nicht?

Unbeeindruckt stellt sie den leeren Teller auf das Büfett und geht zurück zum Kartentisch. Laila ist plötzlich die Freundlichkeit in Person. Sie reicht Selma die Karten und erklärt höflich, daß sie dem Anblick und dem Geruch des phantastischen Büfetts nicht länger widerstehen kann. Selma winkt mich fröhlich heran, reibt sich die Hände, begierig darauf, die Bank zu halten. Ich gehe zu ihr, verwundert über Lailas plötzlichen Rückzug und noch mehr über ihre ungewöhnliche Freundlichkeit. Selma zieht ihren Pullover aus, leert ihren Geldbeutel auf den Tisch und mischt die Karten.

Sie hat geschwitzt, sagt mir meine Nase. Aber der Geruch ist scharf, wie gegorener Schweiß, ein Geruch, den Selmas Poren noch nie von sich gegeben haben.

Sie ist in letzter Zeit so groß geworden, bestimmt größer als ihre Mutter. Ihr Hintern rundet sich, zerreißt fast ihren Rock, wie aufgegangene Hefe. Ihre Schultern sind breiter geworden und ihre Brüste angeschwollen; sie wippen, wenn Selma Karten austeilt oder sie einsammelt. Ich wette, daß sie bald einen BH trägt.

Und ich wage zu behaupten, daß sie bereits ihre Tage kriegt.

Ihr Bankstapel wird bald zu einem Hügel, nicht ohne die Unterstützung meiner schimmernden Münzen. Trotzdem ist bisher weder das Herz-As noch sonst ein As in einem Blatt aufgetaucht.

Selma hört plötzlich auf zu mischen und breitet das Kartenspiel auf dem Tisch aus, die Karten aufgedeckt.

– Irgendein verdammtes Miststück hat die Asse aus dem Spiel genommen! schnaubt sie.

– Ein Miststück namens Wolf? kichere ich.

– Lailaaaaaaaaaaaaaa ...

Selma rennt los, um sich ihre Asse wiederzuholen. Ein merkwürdiger, ein bißchen fischiger Geruch bleibt mir in der Nase. Dudis krampfartiges Lachen dröhnt aus der Lügenwürfel-Ecke herüber. Lailas geschminktes Gesicht verzieht sich vor Wut. Mein Magen kneift, ich ahne das Ende unserer Kindheit.

Geschichten, die der Tigris erzählt

Die Welle wäscht meine Füße und zieht sich wieder zurück. Meine Zehen kitzeln, als der Sand zurückrinnt. Der Himmel ist immer noch dunkelblau. Hai sagt, ich soll die letzten beiden Korkstücke abnehmen. Ich binde die Schnüre auf und gebe ihm den Schwimmgürtel. Zum Glück ist das Licht schwach, und die anderen sind zu schläfrig, um meine Aufregung zu bemerken. Unser Schwimmlehrer wirft den Schwimmgürtel in das Ruderboot. Mit dieser unzeremoniellen Geste hat mich Hai zur Freischwimmerin erklärt.

Ich bin sieben Jahre alt.

Die anderen Kinder kreischen, zögern, als widerstrebe es ihnen loszulassen. Ich wate ins Wasser, bis es mir an die Knie reicht, tappe weiter, bleibe stehen, um die Schnelligkeit der Strömung zu spüren. Das dunkle Wasser gurgelt und verströmt einen nächtlichen Geruch wie den von Schlaf. Ohne Schwimmgürtel sind der Tigris und ich endlich ebenbürtig. Hai schiebt das Boot ins tiefe Wasser.

Wir beginnen mit unserer täglichen Strecke quer über den Fluß, auf das Westufer zu, schwimmen nach Norden, um nicht stromabwärts getrieben zu werden. Hai rudert hinter uns, korrigiert, warnt vor Gegenströmungen und unberechenbaren Strudeln, plaudert und schimpft und redet pausenlos.

– Jackie, deine Arme streicheln das Wasser. Nein, jetzt fuchtelst du herum. Wenn du kraulen willst, dann hör auf mich, Junge, ja? Ich hab das schon vierzig Jahre vor deiner Geburt gemacht, also kann ich dir was beibringen, oder? Deine Arme sollen wie Ruder arbeiten. Streck sie nach vorne. Gut, jetzt zieh sie durchs Wasser nach hinten, so ist es richtig. Warum hebst du sie so hoch in die Luft, wem winkst du zu? Selma, wenn du die Schnellste sein willst, dann mußt du deine Beine richtig bewegen. Tritt zu, Mädchen, stoß mit aller Kraft, wie ein Frosch, der vor Freude springt, weil er so verliebt ist. Ja, genau, das ist meine Selma. Schande über euch, Jungs, daß ein Mädchen euch schlagen kann. Kinder, was ist los mit euch, bei dem Tempo kommen wir nie ans Westufer, wo bleibt heute morgen eure Energie? In eurem Alter habe ich den Fluß täglich zweimal durchschwommen, einmal beim ersten Hahnenschrei und dann noch mal am Abend. Wenn ihr mir nicht glaubt, fragt eure Väter. Wir waren viel kräftiger und gesünder, als ihr es heutzutage seid. Dudi, wenn du dich nur gemütlich auf dem Rücken treiben lassen willst, tu mir den Gefallen und bleib zu Hause in deiner Badewanne. Hab ich gesagt, daß du dich auf den Rücken drehen sollst? Du kannst gerne auf dem Rücken schwimmen, mein Sohn, wenn du das lieber tust, aber dann zeig mir, wie man es richtig macht. Nicht die Augen zumachen, sonst bist du in Amara, wenn du sie wieder öffnest. Was soll's, wenn ich übertreibe, kann man denn arabisch sprechen, ohne zu übertreiben? Das Leben ist langweilig, Kinder, da muß man es doch mit Phantasie würzen, ohne gleich als Lügner zu gelten. Ronnie, deine Beine hängen so, schwimmst du oder läufst du? Keine Bange, keine Bange, du gehst nicht unter, dafür sind die Korkstücke ja da. Heh, du hast immer noch vier davon um. Es wird Zeit, welche wegzunehmen, du schaffst es auch mit zwei, oder? Kinder, habe ich euch erzählt, daß vor Jahren, bevor die Brücken gebaut wurden, die beiden Ufer des Tigris, Rasafa und Kerch, durch eine Brücke aus Booten verbunden waren? Nein, nicht wie mein Ruderboot, sondern mit *guffas.* Ihr wißt nicht, was *guffas* sind? Ehrlich, ihr habt noch nie eins gesehen? Mein Gott, da fühl ich mich ja wie ein alter Mann. Vor dreißig Jahren hatten wir noch *guffas,* runde Boote, ein bißchen wie Schüsseln, halb so groß wie dieses, aber sie waren aus Palmwedeln geflochten. Könnt ihr mir sagen, wie viele man für eine Brücke brauchte? Kommt, das ist doch nicht so schwer zu schätzen, wie breit ist der Tigris? Was, ihr könnt euer Hirn und eure Gliedmaßen nicht gleichzeitig benutzen? Ihr seid eine komische Generation, wißt ihr das? Na los, lacht ruhig über meine Worte. Als wäre ich nur hier, um euch zu amüsieren. Als ich in eurem Alter war

… Was, das ist richtig, zweihundert *guffas*, sehr gut, Reuben. Mindestens zweihundert. Dudi, wenn du so weitermachst, nehme ich dir den Schwimmgürtel ab. Du liegst nicht in deinem Bett, und ich werde nicht ständig deinetwegen langsam machen. Kinder, wo es jetzt etwas heller ist, schaut auf die Dattelpalme da drüben. Hör auf mit dem Quatsch, Dudi, die wird nicht ohnmächtig, die war schon immer so krumm. Steh du mal in dieser Hitze die ganze Zeit aufrecht, dabei bist du nicht halb so groß und halb so alt wie die. Wie alt? Woher soll ich das wissen, sie war schon da, als ich die Augen aufgemacht habe. Wie alt ich bin? Hmm … nein, es ist kein Geheimnis, es ist nur … tja, wenn ich euch sage, daß ich nicht weiß, in welchem Jahr ich geboren wurde, lacht ihr wieder. Seht ihr! Jetzt seid mal einen Moment ernst, Kinder, und hört mir zu, ja? Diese Palme ist euer Führer. Denkt daran, so lange ihr sie im Auge behaltet und darauf zuschwimmt, treibt ihr nicht ab.

Am gegenüberliegenden Ufer erstreckt sich ein Sandstrand. Er wird von alten, orientalischen Häusern unterbrochen, die direkt ans Wasser gebaut sind. Einzeln wachsende Dattelpalmen bilden Senkrechte am flachen Horizont. Unsere Palme wächst an einem verdeckten Platz am Ufer, neigt sich leicht nach Süden. Meine Arme und Beine beugen und strecken sich im Rhythmus meines Atems. Mein Kopf taucht unter und wieder auf. Die schiefe Palme verschwindet und taucht ebenfalls wieder auf. Die Stümpfe alter Blätter bilden Einkerbungen am Stamm. Endlich verstehe ich, warum unser Zeichenlehrer uns beigebracht hat, Palmstämme mit Zickzacklinien zu zeichnen.

Plötzlich kommt ein Mann ins Bild und klettert auf die Palme. Ein dunkler Gürtel hält ihn am Stamm fest. Wie klein er daneben aussieht, wie Teddy-Pascha in meinen Armen! Seine bauschigen Hosen sind bis zu den Knien hochgerollt. Er benutzt die Blattstümpfe als Hand- und Fußgriffe. Nach ein paar Schritten rutscht der Gürtel auf seinen Hintern. Der Mann schiebt ihn wieder zur Taille hoch und klettert weiter.

Schaffe ich es zum Ufer, bevor er die Baumkrone erreicht?

Selma hat mich eingeholt. Ich schwimme noch schneller, aber sie fällt nicht zurück. Es hat keinen Zweck, mit ihr konkurrieren zu wollen, Selma ist kräftig, besteht nur aus Armen und Beinen, und die sind sehr lang. Sie überholt mich, spritzt mir Wasser ins Gesicht. In solchen Momenten frage ich mich, ob ich sie immer noch meine beste Freundin nennen soll. Ich werde langsamer und lasse sie vorbei, habe es satt, ihr gebrauchtes Wasser abzukriegen.

Das Licht wechselt von Blau zu Purpur. Die Stimme des Muezzin, die *Allahu akbar* singt und die Gläubigen über Lautsprecher zum Frühgebet ruft, hallt jetzt bestimmt durch unser Viertel. Die Fliegen haben unser Dach überfallen und schwirren enttäuscht über meinem leeren Bett. Shuli verflucht Gott und Seine gesamte Schöpfung. Sein Kopf steckt unter dem Kissen, ein vergeblicher Versuch, seinen Schlaf gegen den Tagesanbruch zu schützen.

Der Mann ist in der Baumkrone angelangt. Von dort aus kann er bestimmt den Sonnenaufgang sehen. Aber er ist sicherlich nicht aus Liebe zur Natur auf die Palme geklettert. Von dem Gurt gehalten, beugt er sich zurück, zieht eine Sichel heraus und schlägt nach den Datteln, die unter der Krone hängen. Ein Bündel, das wie Hunderte gelber und bernsteinfarbener Datteln aussieht, stürzt zu Boden.

Mein Fuß berührt das Flußbett.

Am Strand gräbt Selma eine Grube, groß genug, daß sie sich hineinfallen lassen kann. Nach und nach kommen die anderen aus dem Wasser. Hai ist der letzte und macht das Boot fest. Sein Wasserkanister wandert von Mund zu Mund. An Land redet Hai nicht viel. Selma, Ruthie und ich zählen schweigend die grauen Locken auf seiner braunen Brust. Ein goldenes Medaillon hängt an einer Kette um seinen Hals. Darauf sind zwei hebräische Buchstaben eingraviert. Sie bedeuten Hai.

Zweiundsechzig, flüstert Selma. Vierundsechzig, halte ich dagegen. Siebenundsechzig, beharrt Ruthie. Hai wendet sich uns zu.

– Heh ... was haltet ihr denn für eine Auktion ab, Mädels?

Die Mädels fangen an zu lachen. Hai klatscht in die Hände.

– *Yallah*, Kinder, die Pause ist vorbei. Mault nicht, schaut, wie schnell die Sonne kommt, wir machen uns besser auf den Rückweg, bevor es richtig heiß wird. Ihr könnt schon mal von dem königlichen Frühstück träumen, das Mama für euch vorbereitet. Und vergeßt nicht, sie daran zu erinnern, daß morgen der erste Tag des Monats ist, und an dem Tag ist Hais Bezahlung fällig. Und wann immer sie daran denkt, *salona* zuzubereiten, soll sie den alten Hai anrufen und er fängt ihr einen fetten *schabbut*, frisch aus dem Fluß. Laila, mein Mädchen, du schwimmst perfekt, aber du schluckst zu viel Wasser. Ich weiß, daß du geimpft bist, aber das sollte dich doch nicht zum Wasserbüffel machen, oder?

Vor uns steigt die Sonne in den bleichen Himmel auf. Ihre Strahlen brennen, bereit, einen weiteren Tag ins Delirium zu treiben.

Mutter gießt die Kletterpflanzen in unserem Vorgarten und beobachtet gleichzeitig die Straße. Sie wartet auf einen grünen Volkswagen, auf Selmas Mutter, die mich nach dem Schwimmen heimfährt. Mutter tut das seit fünf Sommern, seit Hai mir die Korkstücke abgenommen hat. Wenn es nach ihr ginge, müßte ich mein Leben lang einen Rettungsring tragen. Das hat nichts damit zu tun, daß sie mir oder Hai nicht vertraut, behauptet sie. Aber dem Tigris ist nicht zu trauen.

– Du kannst dir nicht vorstellen, wie es ist, wenn das Wasser plötzlich von seinem natürlichen Kurs abweicht und auf dich zukommt und wenn die Straßen und Gassen in deinem Viertel nicht mehr gerade oder krumm sind, sondern einfach Sümpfe, in denen dir das Wasser bis an die Schultern reicht.

Sie war noch ein Kind, als der Tigris einen großen Teil von Bagdad überschwemmt hat. Sie kann sich erinnern, wie ihre Onkel die Betten in den ersten Stock getragen und die neue Schaukel vom Hof aufs Dach gebracht haben. Sie erinnert sich, daß die halbe Treppe unter Wasser stand und ihre Schwestern über das Schicksal von Ratten und streunenden Hunden und Katzen gewitzelt haben. Nachdem sich das Wasser zurückgezogen hatte, gingen sie zum Flußufer, um sich König Faisals Residenz anzusehen, die von der Flut zerstört worden war. Die roten Rosen aus dem königlichen Garten schwammen immer noch auf dem trüben Wasser.

Die Ruinen von Ninive, der assyrischen Hauptstadt, liegen am linken Tigrisufer im Norden des Irak. Das Epos von Gilgamesch, gefunden in der Bibliothek von Ninive, liefert uns eine Beschreibung der Sintflut. Nach der Sintflut lebten keine wahrhaft Weisen mehr auf der Erde, um die Kunst der Götter an die Sterblichen weiterzugeben. Nach der Sintflut konnte nicht einmal Gilgamesch Unsterblichkeit erlangen.

In den frühen fünfziger Jahren, kurz bevor ich geboren wurde, hatte man nördlich von Bagdad einen künstlichen See angelegt, al-Tharthar, in den das überflüssige Wasser des Tigris gelenkt wurde. Das Projekt bot der Hauptstadt Schutz vor Überschwemmungen. Ein Schutz, den Mutter im Frühjahr anzweifelt, wenn der Tigris Hochwasser hat und mehr Schwimmer ertrinken. Wird der Fluß sich in diesem Jahr wieder der menschlichen Ingenieurkunst beugen, oder wird die historische Flut unsere modernen Verteidigungsanlagen zerstören?

Mutter sitzt an ihrem Frisiertisch, dreht sich rote, grüne und gelbe Lockenwickler ins schwarze Haar.

– Mein Haar ist steif und struppig wie Stroh, brummelt sie. Deins auch. Mußt du mir denn in allem gleichen?

Ich biete ihr an, hinten die Lockenwickler einzudrehen. Sie zeigt mir, wie ich eine Haarsträhne in die Hand nehmen, sie naß machen, kämmen und eng um die rosa Plastikrolle wickeln muß. Ich stecke eine Nadel hinein, ebenfalls rosa, und nehme meine Hand weg. Die Strähne löst sich und der Lockenwickler fällt zu Boden. Für einen zweiten Versuch fehlt mir die Geduld.

Ich fahre mit den Händen durch ihr Haar, gegen den Strich, lasse mir von den kräftigen dicken Strähnen die Haut zwischen meinen Fingern streicheln. Mein Blick fällt auf eine Stelle hinter ihrem Ohr. Die meisten der neu gewachsenen Haare sind im Ansatz weiß. Ich stoße einen Angstschrei aus, als wäre meine Mutter plötzlich uralt.

– Mama, seit wann färbst du dir die Haare?

Sie ist zweiundvierzig, und ich bin zwölf. Mein Haar ist wie ihres, und alle behaupten, ich sei ihr auch sonst sehr ähnlich. Aber sie hat Angst vor Wasser, und ich habe Schwimmen gelernt, und während sie immer eine Mutter sein wird, will ich Detektiv werden. In dreißig Jahren wird mein Haar weiße Strähnen haben, ihres dagegen wird höchstwahrscheinlich schwarz bleiben.

Die Abu-Nuwas-Straße verläuft parallel zum östlichen Ufer des Tigris, in Rasafa. Kaffeehäuser, oder *casinos*, sind am Ufer entstanden. Sie bestehen aus eingezäunten Rasenflächen mit gußeisernen Tischen und Stühlen, grün, blau und rot angemalt – so bunt wie die Glühbirnen, die um den Zaun gewunden sind. Manchmal trennt eine Myrtenhecke zwei nebeneinander liegende *casinos*. Im Sommer, nach Sonnenuntergang, wird die Abu-Nuwas zur Promenade, und die Kaffeehäuser am Fluß füllen sich mit Gästen.

Wir haben gerade im Semiramis, einem Familien-*casino*, zusammen mit Zeki und Dunia und ihren beiden Töchtern Suad und Huda zu Abend gegessen. Der Kellner räumt den Tisch ab. Er häuft die ausgepreßten Zitronenscheiben und die acht Fischgräten auf einen Teller. Ihre Köpfe schwitzen immer noch vom Grillen. Obwohl ihre Augen geöffnet sind, kann ich ihren Blick nicht einfangen, egal, von welcher Richtung aus ich es versuche.

Vater bestellt acht *finjans* mit türkischem Kaffee. Dunia erklärt sich bereit, unsere Zukunft aus dem Kaffeesatz zu lesen. Zeki bittet um ein zweites Glas Arrak und ein paar Rafiafächer.

Die Lippen von Suad und Huda sind rot geschminkt, dasselbe Rot wie das Bubblegum, das sie kauen. Wie echte Frauen werden sie auf dem Rand der *finjans* rote Spuren hinterlassen.

Obwohl nur ein und zwei Jahre älter als ich, sind die beiden Mädchen plötzlich junge Damen geworden, die sich die Augenbrauen zupfen, die Nägel lackieren, die Beine rasieren, nur noch in Pools schwimmen, und das auch nur am Damentag, weder Brot noch Kuchen essen, nicht mehr Fahrrad fahren, den Blicken junger

Männer ausweichen, einschließlich denen meines Bruders, mit dem sie seit ihrer Kinderzeit befreundet sind. Nach ihrer schnellen Verwandlung haben wir das Interesse aneinander verloren, obwohl ich zwölf Jahre alt bin und selbst am Rande der Pubertät stehe. Aber meine Brüste sind immer noch zu flach für einen Büstenhalter, und die Haare unter meinen Armen zu spärlich zum Rasieren. Mutter beruhigt mich, daß ihre Periode auch erst spät eingesetzt hat; sie merkt nicht, wie dankbar ich für die Verzögerung bin.

– Die beiden haben so schönes Haar, sagt Mutter zu Dunia und fächelt sich das Gesicht. So lang, daß sie darauf sitzen können.

– So lang, daß sie kein Klopapier brauchen, flüstert Shuli mir ins Ohr.

Nachdem ich meinen Kaffee getrunken habe, lege ich die Untertasse verkehrt herum auf die Tasse und drehe beides um. Der Kaffeesatz fließt herab. Die Spuren, die auf der Innenseite des *finjan* zurückbleiben, werden Dunia als Inspiration für ihre Auslegung dienen.

Sie steckt die Nase in Shulis *finjan.* Ich rücke meinen Stuhl neben ihren, hoffe auf eine Einführung in die Wahrsagerei.

– Du schlägst eine neue Seite in deinem Leben auf, junger Mann, beginnt Dunia in leichtem Ton. Ich kann sie deutlich erkennen, deine grandiosen Pläne. Du bist entschlossen, deinen Platz in der großen Welt einzunehmen, und nichts sonst wird deine Ambitionen befriedigen.

Shuli setzt sich auf.

– Komm schon, Um Suad, du brauchst keinen *finjan,* um mir das zu erzählen. Du weißt, daß ich gerade die Schule beendet habe. Da liegt es doch auf der Hand, daß ein neuer Abschnitt beginnt.

– Er ist zu gescheit für vage Aussagen, meint Zeki schmunzelnd.

Dunia beachtet weder Shulis Kommentar noch den ihres Mannes. Sie dreht den *finjan* langsam zwischen ihren rot lackierten Fingernägeln und betrachtet die formlosen Kleckse aus jeder nur möglichen Perspektive. Zeki nimmt einen Schluck Arrak, streckt die Beine aus und gähnt laut.

– Hab Geduld, Abu Suad, sagt Vater mit ironischem Unterton. Visionen brauchen Zeit, um sich zu enthüllen.

– Mir soll's recht sein, erwidert Zeki. So lange die Zukunft die Prophezeiung nicht überholt.

Dunia zuckt nicht mit der Wimper. Mutter zündet sich eine Zigarette an. Hudas Kaugummiblase platzt, und das Kaugummi klebt an ihrem geschminkten Gesicht.

– Verzeih mir, lenkt Shuli plötzlich ein. Ich möchte nur wissen, ob diese neue Seite von rechts nach links oder von links nach rechts gelesen wird.

Sich zu entschuldigen sieht meinem Bruder nicht ähnlich. Außerdem ist er zu rational, genau wie Vater, um Wahrsagerei ernstzunehmen. Hat Dunia ihn mit ihre Gelassenheit entwaffnet, oder ist er so verzweifelt, daß er im Kaffeesatzlesen Zuflucht sucht?

– Ich sehe mehr als eine Möglichkeit, sagt Dunia schließlich. Manche liegen nahe, andere sind weit entfernt. Aber du ziehst eindeutig die entfernten vor.

Shuli verstummt.

– Wo? Zeigst du es mir? frage ich.

Dunia zeigt mit dem Finger auf etwas, das für mich wie eine Schlange aussieht, die durch die Tasse kriecht.

– Siehst du die Linien? Schau, wie schmal diese ist, voller Furchen, ein Feldweg, würde ich sagen. Der ist ausschließlich für Individualisten – Egoisten, die glauben, ihr Leben gehört nur ihnen. Die hier ist eine breite Straße, breit genug für eine Demonstration, für diejenigen, die keinen Schritt ohne die Unterstützung des gesamten Clans machen. Die dunkle da drüben ist eine Sackgasse, die ist den Verzweifelten vorbehalten. Diese Linie ist so gerade wie ein Lineal, entspricht den Bedürfnissen der Praktiker, während die daneben sich windet, sehr verlockend für die Abenteurer. Die hier ist nicht mehr als ein Faden, fast durchsichtig, eine, die nur Asketen wahrnehmen. Wenn sie es mit ihrer Selbstverleugnung ernst meinen, werden sich ihre Spuren unterwegs ebenfalls verlieren. Und diese lange Straße hier, die bis über den Rand führt, die wird vor allem von den Ehrgeizigen eingeschlagen, jenen, die so weit weggehen, daß sie beim Zurückblicken selbst ihre Ursprünge nicht mehr sehen können. Und siehst du diese Gestalt hier? Der große Kopf ist der deines Bruders, stimmt's?

Mir kommt es eher vor wie ein Ziegelstein mit einer spitzen Nase, der auf einem Rad sitzt.

– Siehst du, wie bereit er ist, sich in Bewegung zu setzen? Das Rad ist allerdings klein und für eine lange Fahrt nicht besonders bequem. Aber schau, in welche Richtung seine Nase deutet, auf den längsten aller Pfade.

– MIT! rufe ich. Massachusetts Institute of Technology.

– Kannst du denn nie die Klappe halten? fährt Shuli mich an.

– Keine Bange, junger Mann, der *finjan* braucht die Hilfe deiner Schwester nicht. Deine amerikanische Universität ist sehr deutlich zu erkennen. Hier ...

Und sie deutet auf einen dunklen Fleck am äußeren Rand des *finjan*. Aber Shulis Tasse ist immer verschmiert! Er hat nie gelernt, den heißen, dicken Kaffee zu schlürfen, nach jedem Schluck innezuhalten mit jenem ernsten Blick, der auf höchsten Genuß hindeutet, sondern er trinkt den Kaffee wie Wasser, als wolle er bloß seinen Durst löschen. Verstohlen spuckt er den Kaffeesatz, der an seiner Zunge oder seinem Gaumen hängt, an den Rand des *finjan* und liefert Dunia so Hinweise auf seine berufliche Laufbahn.

– Die Antwort ist positiv! Glaub mir, *wallah*, du wirst eine Zusage bekommen.

Ihre volle Stimme verführt dazu, ihr zu glauben. Ihr Ton ist voller Autorität, auch Stolz, als ginge es um ihren eigenen Sohn. Shulis Gesicht glüht einen Moment lang vor Freude. Dann runzelt er die Stirn, verschränkt die Arme und schaut weg.

– Woher weißt du das? Wo steht das? Zeig's mir.

– Hör auf, sie zu bedrängen, Lina! Dunia steht nicht vor Gericht, sie liest nur den *finjan*, sagt Mutter.

– Aber wie kann der *finjan* wissen ... schließlich ist es nur Kaffeesatz.

Dunias Fischaugen öffnen sich weit.

– Das Schicksal hinterläßt überall Botschaften, mein Kind! Auf deiner Handfläche, in den Karten, in den Sternen, im Kaffeesatz und in deinen Träumen. Das Schicksal ist kein Fremder. Im Gegenteil, es ist ein lebenslanger Begleiter – allerdings nicht unbedingt ein freundlicher. Nun laß uns zum *finjan* zurückkehren. Siehst du diesen Brief, der über dem Kopf deines Bruders schwebt? Das ist die neue Seite, die ich am Anfang erwähnt habe.

Für mich sieht es eher wie eine fliegende Untertasse aus, nicht wie ein Stück Papier.

– Betrachte die Umgebung. Ist sie bewölkt? Gibt es Anzeichen für einen aufziehenden Sturm? Nein, der Himmel ist klar, die Nachricht kann nur gut sein.

Shuli platzt heraus.

– Was spielt das schon für eine Rolle! Egal, ob ich angenommen werde oder nicht, man wird mir nicht erlauben, das Land zu verlassen.

Dunia schaut zu Zeki, dann fährt sie fort.

– Ja, mein Junge, aber ... die Dinge könnten sich ändern ... Erst vor ein paar Wochen haben wir einen Waffenstillstand mit den Kurden geschlossen. Wer hätte das im letzten Jahr gedacht? Auch für die Juden werden bessere Zeiten kommen, da bin ich mir sicher. Du weißt, wie das ist, Regime und Ideologien brennen rasch aus, wie eine amerikanische Zigarre.

– Tut mir leid, hier geht es nicht um eine amerikanische Zigarre, sondern um einen arabischen Schnurrbart, gibt Shuli zurück.

– Jetzt gehst du aber zu weit! Es ist weder der richtige Zeitpunkt noch der richtige Ort, um über solche Dinge zu diskutieren, will Vater seinen Sohn zum Schweigen bringen.

Auf der Abu Nuwas brausen Autos vorbei, hupen laut. Männer pfeifen Mädchen nach, die allein spazierengehen. Hunde geben kläffend Antwort. Irgendwo wiehert ein Esel. Am Nebentisch klikken Dominosteine. Die Familie rechts neben uns knackt Kürbiskerne, während wir acht verstummen, damit keine Worte mehr fallen, die nicht zurückgenommen werden können.

Dunias braune Augen vertiefen sich wieder in die dunklen Kaffeeflecken, auf der Suche nach besseren Zeiten. Aber auch der *finjan* schweigt. Zeki trinkt sein zweites Glas Arrak, wischt sich mit dem Handrücken über den Schnurrbart. Shuli starrt auf den Fluß. Ich weiß, wohin seine Gedanken wandern.

Nahe Basra münden der Tigris und der Euphrat in den Schatt-el-Arab, dessen südlicher Teil die Grenze zwischen dem Iran und dem Irak bildet.

Vor drei Jahren, 1963, kurz nachdem Abd al-Karim gestürzt wurde, hat das neue Regime ein Gesetz gegen seine jüdischen Mitbürger erlassen. Man hatte ihren Besitz eingefroren und ihnen das Recht verweigert, Pässe zu haben und ins Ausland zu reisen. Seit damals packen die Juden, die das Land für immer verlassen wollen, ihre Koffer und machen eine Schiffsreise auf dem Schatt-el-Arab. In weniger als einer Stunde landen sie in Abadan, an der Küste des Iran, wo sie ohne Schwierigkeiten aufgenommen werden. Von dort aus können sie jedes gewünschte Ziel erreichen.

Seit dem letzten Jahr spielt Shuli mit dem Gedanken, den Schatt-el-Arab zu überqueren, sobald er die Schule abgeschlossen hat. Aber er ist immer noch minderjährig, und Vater will nichts davon wissen, daß Shuli alleine flieht. Shuli widerspricht, droht, auch ohne Vaters Zustimmung abzuhauen, ärgert ihn, unternimmt aber nichts.

– Siehst du ein Herz in dem *finjan*? frage ich Dunia. Ist er vielleicht verliebt?

Suad und Huda prusten los. Shuli versetzt mir einen Tritt. Dunia studiert erneut den *finjan.*

– Ja, das ist er. Er ist verliebt in seine Freiheit, seine Zukunft und in sich selbst. Was kann man sonst von einem jungen Mann erwarten?

Und sie wedelt mit dem Rafiafächer, um sich den Nacken zu kühlen.

Nachts werfen die bunten Glühbirnen der Abu Nuwas ihr Licht in Zickzackkurven über das Wasser, so wie sich eine Papierschlange entfaltet, wenn man sie in die Luft wirft. Die Spiegelung läßt ein zweites, versunkenes Bagdad entstehen, tausendmal strahlender als die staubige Stadt darüber, als seien eintausend Nächte zu einer einzigen zusammengepreßt worden und im Wasser versunken. »Eine Geschichte aus zwei Städten«, hätte Laurence gesagt. Eine, die ich gern verlassen würde, und eine, die er unermüdlich sucht, so wie andere Träumer Atlantis suchen.

Der Wind nimmt zu. Die zwei angebundenen Boote prallen gegeneinander. Das Glucksen der Wellen und das Gurgeln der Unterströmung wird lauter. Die Bootsmänner sind bereit zur Rückfahrt nach Rasafa. Väter und Söhne löschen das Reisigfeuer, rollen Decken zusammen, sammeln Kissen ein. Mütter rufen ihre Töchter, damit die ihnen helfen, die Reste des Picknicks zusammenzupakken. Ich muß pinkeln, flüstere ich Mutter ins Ohr und verdrücke mich, bevor sie sagen kann, daß mein Egoismus mit dem Alter zunimmt. Ich klettere das steile Ufer hinauf und gehe den verlassenen Pfad entlang bis zu einem Hügel, der groß genug ist, daß ich mich dahinter verstecken kann.

Die schäumende gelbe Pfütze wird sofort vom Sand aufgesogen. In der Nähe höre ich Stimmen. Ich ziehe meinen Schlüpfer hoch und lausche. Eindeutig die Stimme einer Frau. Meine Furcht wird zu Neugier. Obwohl ich den Ursprung der Stimme nicht lokalisieren kann, läßt sich die Entfernung einschätzen. Leise krieche ich hinter meinem Hügel hervor, lege mich auf den Bauch und spähe zu einem Punkt ein paar Meter unter mir.

Am Ufer sitzen zwei Gestalten auf den Resten eines umgekippten Bootes, das Gesicht dem Wasser zugewandt. Mein Blick wandert von ihrem hellen Kleid, beige vielleicht, zu seinem weißen Hemd, zu der Zigarette zwischen seinen Fingern, zu ihren weißen Schuhen. Sie redet. Trotz der Nähe muß ich mich anstrengen, ihre Worte zu verstehen, die zu hören, die nicht vom Schlagen der Wellen ertränkt und vom heulenden Wind weggetragen werden.

– *Ayouni*, mein Augapfel, ich hab es nicht so gemeint, ich werde es eine Million mal wiederholen, bis du mir vergibst. So eine Frau bin ich nicht, glaub mir ...

Er macht einen tiefen Zug aus seiner Zigarette, hält den Rauch zurück, atmet keine Antwort aus.

– Warum sollte ich dich verärgern, mein Schatz ... und das auf unserer Verlobungsfeier! Sie gehörten alle zur Familie ... und ich habe mich doch nur um sie gekümmert. Mehr war da nicht, ich schwöre es. Möge Gott mir die Zunge abschneiden, wenn ich lüge, wenn ich je ...

Der Wind entführt den Rest ihres Satzes. Der Mann schweigt weiter.

– *Ya rouhi*, meine Seele, ich schwöre dir, daß ich nie mehr mit Tarik reden werde, kein einziges Wort.

Der Fluß platscht gegen das Ufer. Habe ich die Antwort des Mannes nicht gehört, oder hat die Eifersucht ihn stumm gemacht? Wie in ägyptischen Filmen windet sie sich, leugnet, bettelt aber trotzdem um Vergebung. Und er müßte eigentlich wild werden, sie verprügeln, drohen, sie zu erstechen, was noch das wenigste sei, um seine Ehre wiederherzustellen. Aber er raucht nur und starrt auf die Lichter von Rasafa, wie der Cowboy in der Zigarettenwerbung.

– Ich werde ohne deine Erlaubnis mit niemandem mehr sprechen.

Wenn er die Verlobung löst, wird sie als gefallenes Mädchen dastehen. Diese Regel gilt in der Wirklichkeit wie im Film.

– Schlag mich lieber, statt dich von mir abzuwenden, mein Liebster, bitte ...

Verdammt. Sie fordert es heraus.

– Sag etwas, beschimpfe mich, wenn du willst, nur schweig nicht mehr! *Ya habibi*, nimm mir nicht deine Stimme, sie ist der Atem, der durch meinen Körper fließt ...

Welche Übertreibung! Jetzt bezweifle auch ich ihre Aufrichtigkeit. Ihre Selbsterniedrigung hätte mich schon lange dazu gebracht, sie zu schlagen.

Er nimmt einen letzten Zug von seiner Zigarette und wirft den Stummel weg. Sie greift nach seiner Hand und küßt sie. Er reagiert nicht. Sie küßt sie mehrfach. Ich kann diese demütigende Szene nicht mehr ertragen. Außerdem ist es ein Privatgespräch, und Menschen zu belauschen ist unanständig. Gerade will ich zurückkriechen, da springt sie vom Boot und sinkt in die Knie.

Ich bleibe, wo ich bin.

– Ich stehe nicht auf, bevor du mir vergibst.

Es folgt das Geräusch vieler rascher Küsse. Inzwischen muß seine Hand voll Lippenstift sein.

– Gibt es etwas, womit ich meine Unschuld beweisen und dir zeigen kann, daß mir nichts, niemand außer dir wichtig ist, meine einzige Liebe?

Langsam wendet er sich ihr zu. Im Dunkeln kann ich nur seinen Hinterkopf erkennen und ihre Gesichtszüge erahnen, aber sein Körper wirkt nicht mehr so angespannt. Sie ist kurz davor, ihn rumzukriegen, das spüre ich.

Ihre Stimme hebt sich, ein bißchen zu hoch, vielleicht ein bißchen zu früh. Sie klingt fest, etwas zu selbstbewußt angesichts der Demut, die sie eben noch gezeigt hat.

– Ich verstehe dich nicht, Liebster, wieso du *min habba qibba* machst, eine Kuppel aus einem Sandkorn. Wie konntest du nur denken, daß ...

Er unterbricht sie, spuckt sie an. Speichel glänzt auf ihrem Augenlid. Sie holt tief Luft und fängt von vorne an.

– Mein Leben ...

Als Antwort spuckt er wieder. Zweimal.

Sie senkt den Kopf. Speichel rinnt von ihrer Nase. Er spuckt ein viertes Mal, ein fünftes, ein sechstes, ich höre auf zu zählen. Ihr Haar, ihre Stirn und ihre Nase sind mit seinem Speichel bedeckt. Sie wischt ihn nicht weg. Noch mehr Spucke, jetzt trocken, aus einem Mund, der keine Feuchtigkeit mehr enthält.

Der Wind trägt mir von fern meinen Namen zu. Ich springe auf und renne zu unseren Booten zurück, schüttele mir den Sand aus dem Kleid.

Gott hat die Sintflut geschickt, um die Menschheit auszulöschen.

– Blödsinn! sagt Hai. Glaubt nicht all den Blödsinn, den sie euch beibringen. Die Sintflut ist nichts als eine Liebesgeschichte, der verzweifelte Versuch des Tigris, seinen Lauf zu verlassen und ins Bett des Euphrat zu kommen. Machen eure Väter das nicht auch dann und wann? Schaut mich nicht an wie kleine Professoren, grabt einfach. Grabt heute nachmittag in euren Gärten. Grabt tief genug, dann findet ihr Wasser, Süßwasser, überall Quellen. Unterirdische Kanäle verbinden die beiden Flüsse, die Flut ist unter uns, Kinder! Keine Erde kann die beiden großen Flüsse trennen, hört ihr? Kein Damm wird ihre Ruhelosigkeit beschwichtigen oder ihr Verlangen stillen, sich zu vereinen, wie sie es seit der Erschaffung der Welt wollten.

– Sag mal, Hai, warum hast du nie geheiratet?

– Was? Du solltest auf deine Atmung achten, mein Sohn, statt dummes Zeug zu reden. Prügel nicht das Wasser, Haqqi, das ist kein Esel, den du da unter dir hast. Euer Atem muß gleichmäßig sein, Kinder, wie die Verse einer *kasida*, hört ihr? Wenn ihr regelmäßig atmet, könnte ihr stundenlang schwimmen, tagelang, glaubt mir.

Ich kraule, bewege mich mit kräftigen Armzügen voran, als habe die menschliche Rasse nie auf Füßen gestanden. Mein Atem ist gleichmäßig genug, soll Hai doch mit seinem Atem Gedichte schreiben. Mein Körper schneidet durchs Wasser, neigt sich nach rechts und links, wie ein Motorboot. Ich habe dem Fluß mein Gewicht anvertraut, und er hat mir dafür seine Schnelligkeit gegeben. Ich überhole die anderen Kinder und diesmal sogar Selma. Als Selma hinter mir ist, liegt nur noch die Unsterblichkeit vor mir.

Ich schwimme in ein rotes Tuch. Es fühlt sich auf meinem Bauch an wie die Beine einer Schabe, wie die Finger eines Fremden, die über meine Schenkel kriechen. Ich stoße es weg und schreie. Hai steht in seinem Boot und beobachtet mich mit verschränkten Armen. Ist das alles, was er tut, wenn er gebraucht wird? Jetzt, wo ich mich befreit habe, lacht er. Die Kinder machen es ihm nach. Ich knülle den roten Stoff zu einem Ball zusammen und werfe damit nach Hai. Der Ball öffnet sich in der Luft. Hai fängt ihn an einem Zipfel und zieht ihn auseinander. Ein rotes, tief ausgeschnittenes Kleid entfaltet sich vor seinem Körper.

Pfiffe kommen übers Wasser. Wie gut es dir steht, Hai! Es ist wie für dich gemacht. Komm schon, probier es an, du wirst alle Herzen brechen, alter Junge.

Hai wirft uns finstere Blicke zu.

Ist sie ertrunken? Hat sie Selbstmord begangen? Hai schüttelt den Kopf. Das Abendkleid ist unbeschädigt. Es wurde ihr nicht vom Leib gerissen.

Ohne weiteren Kommentar kniet er nieder und läßt das Kleid sanft ins Wasser gleiten.

– Als meine Mutter starb, haben wir ihre Kleider in den Fluß geworfen. Es war ein alter Brauch, der uns helfen sollte, unsere geliebten Anverwandten zu vergessen. Auf mich hatte es die gegenteilige Wirkung. Kein einziges Mal bin ich ins Wasser gesprungen, ohne an sie zu denken – als sei sie selbst im Fluß begraben.

Ich habe Hai nie als Sohn gesehen, und es wäre mir auch nicht eingefallen, daß ein alter Mann wie er sich nach seiner Mutter sehnen könnte.

Das Kleid wird zu einem roten Fleck, der stromabwärts treibt. Ich frage mich, welche Chancen es hat, Qurna zu erreichen, die Stelle, an der sich der Tigris endlich mit dem Euphrat vereint.

Teil II

Sechs Tage, ein Krieg und ein Transistorradio

Die große Pause scheint nicht enden zu wollen. Die Lehrer haben sich im Büro des Direktors versammelt. Krieg ist ausgebrochen, sagen die Schüler. Krieg mit Israel. Mein Kopf versucht, die Nachricht in den vertrauten Bereich innerer Unruhen einzuordnen, irgendwo zwischen Aufständen und Regierungszusammenbrüchen. Aber die Aufregung, die solche Ereignisse für gewöhnlich hervorrufen, fehlt. Aufregung macht mich benommen, doch diese Anspannung drückt wie eine Faust gegen meine Brust. Seltsam, Mutter beschreibt es genauso, wenn sie von Sorgen überwältigt wird. Sind wir jetzt stärker bedroht, oder bin ich nur älter geworden? Der Direktor sitzt wie angeklebt auf seinem Stuhl und sieht aus, als hätte er einen Sonnenstich. Den Lehrern fehlen die Worte, das merke ich, als ich durch einen Spalt in den Bürovorhängen spähe.

Mittags fährt Abd uns nach Hause. Die Schule wird geschlossen bleiben, bis der Krieg vorüber ist. Ich bin nicht undankbar für diese unbegrenzte Pause. Das Busradio läuft, schmettert nationalistische Lieder, Kriegslieder, Siegeshymnen. Auch Bagdad nimmt an diesem Tag frei. Schulkinder, Studenten, Fabrikarbeiter und Büroangestellte sind von ihren Pflichten befreit und zum Singen und Tanzen auf die Straße geschickt worden, als Unterstützung für unsere Soldaten, die an der ägyptischen und syrischen Front aushelfen. Abd ist ungewöhnlich schweigsam. Was auch immer er denkt, heute behält er es für sich.

Vater kommt kurz nach mir nach Hause. Er und Mutter warten ängstlich darauf, daß Shuli aus der Universität heimkommt.

Sie sitzen im Eßzimmer, während ich im Wohnzimmer die Zeitung durchblättere. »Die Vergeltungsschlacht«, lautet die Schlagzeile. Darunter, kleiner: »Bald werden unsere tapferen Soldaten den verhaßten Juden das Herz aus der Brust reißen und in den Staub treten«, »In ein paar Tagen werden die heldenmütigen arabischen Armeen Palästina in einen Friedhof für die gierigen Besatzer verwandeln«. Unten auf der Seite ist eine Karikatur abgedruckt. Die Klagemauer ist geschleift, eine Flagge mit dem Davidstern brennt, und drei hakennasige Juden ertrinken im Mittelmeer.

Wenigstens weiß ich jetzt, wie die israelische Flagge aussieht.

Die Unterhaltung im Eßzimmer hat sich zu einem Streit entwikkelt. Vater gibt Mutter die Schuld, daß wir immer noch in Bagdad sind. Wieder und wieder hat sie sich gegen die Emigration gestemmt, sagt er. Sie leugnet ihre Verantwortung und behauptet, in diesem Haus habe stets er die Entscheidungen getroffen. Er erinnert sie an jene verpaßte Gelegenheit, vor Jahren, als beide beschlossen hatten, den Irak zu verlassen – hätte sie sich nicht in letzter Minute geweigert. Sie wirft ihm ihre übliche Rechtfertigung an den Kopf. Hier kann der Junge wenigstens studieren und muß nicht in irgendeinem Kibbuz für polnische Juden Kartoffeln schälen. Hier wird der Junge nicht zum Militärdienst eingezogen. Wäre es ihm lieber, daß sich sein einziger Sohn in einer jüdischen Armee die Knochen bricht und in einem Krieg fällt, der uns nichts angeht?

Endlich kommt Shuli heim.

– Diese Studenten sind eine Beleidigung für jeden intelligenten Menschen! Sie sind vollkommen aus dem Häuschen, außer sich vor Freude über den Krieg. Ihre blutrünstigen Reden würden einem Kannibalen den Magen umdrehen. Wenn sie nur den Anstand besäßen, zu den Waffen zu greifen und selbst an die Front zu gehen!

Er schnappt sich das Transistorradio und wirft sich aufs Sofa, ohne die Schuhe auszuziehen. Ich frage mich, ob Mutter es ihm heute durchgehen lassen wird.

Er stellt das Radio an. Kol Israel, die Stimme Israels, berichtet auf arabisch, daß die israelischen Verteidigungskräfte an diesem Morgen Artillerie- und Luftangriffe von der ägyptischen und jordanischen Grenze abgewehrt haben. Vater kommt ins Wohnzimmer, kaut noch den letzten Bissen und runzelt die Stirn. Shulis Füße landen sofort auf dem Boden. Vater weist ihn wegen der Lautstärke des Radios zurecht. Von jetzt an sollte er Kol Israel nur noch unter der Treppe hören, wo er nicht belauscht werden kann, und nicht vergessen, den Ton leiser zu drehen, wenn der Sprecher den Sender nennt.

– Mein Leben als Maus, bemerkt Shuli theatralisch und geht.

Vater schüttelt mißbilligend den Kopf und zieht sich in sein Arbeitszimmer zurück. Mutter kommt zu mir ins Wohnzimmer, das zweite Transistorradio in der Hand, schaltet ruhelos von einem nahöstlichen Sender zum anderen.

Radio Bagdad behauptet, daß irakische Flugzeuge zionistische Städte bombardieren und alle Spuren des Feindes bald ausgelöscht sind. Die Stimme Arabiens berichtet, die ägyptischen Truppen seien ins besetzte Palästina eingedrungen, und Feuer zerstöre die zionistischen Siedlungen. Radio Amman sagt, es seien bereits siebzig feindliche Flugzeuge abgeschossen worden, und das Krebsgeschwür würde endlich vom arabischen Boden entfernt. Radio Damaskus ruft seine Soldaten auf, die ersten Geschosse zu sein, die in die feigen Herzen der Juden dringen.

Radio Kairo überträgt ein Gespräch mit Um Kalthoum. Die Nachtigall des Ostens verspricht den ägyptischen Soldaten, in naher Zukunft für sie ein Konzert in *Tel Abib* zu geben.

Vater kommt mit einigen Dokumenten ins Wohnzimmer zurück und bittet Mutter, sie durchzusehen. Ohne einen Blick darauf zu werfen, stimmt Mutter teilnahmslos der Vernichtung der Papiere zu.

– Was ist mit dem Foto auf deinem Nachttisch?

– Was soll damit sein? Ist mir egal. Verbrenn es, wenn du willst.

– Was soll denn mit dem Foto auf deinem Nachttisch los sein? protestiere ich. Es sind doch bloß deine Schwestern, und die leben in New York.

Vater und Mutter wechseln Blicke.

– Sag's ihr. Sie ist kein Kind mehr.

Mutters beide Schwestern leben nicht in New York, gesteht Vater. Ja, sie waren nie in Amerika. Auch Onkel Baruch, Onkel Moshe, Onkel Naji und Tante Rebecca nicht. Mutters gesamte Familie, ebenso wie die von Vater, leben in Israel, in einem Vorort von Tel Aviv.

– Aber ihre Briefe, die kamen doch eindeutig aus Amerika! Ich hab selbst die Briefmarken abgerissen. Immer dieselbe kleine mit einem Bild von Abraham Lincoln ...

Was ich denn erwartet habe, Briefverkehr zwischen Israel und den arabischen Ländern? Die Korrespondenz mit unseren Verwandten war nur über Dritte möglich und selbstverständlich absolut gesetzwidrig. Daher sollte ein Brief aus Israel auf keinen Fall Hinweise auf seinen Ursprungsort enthalten. Nichts an seinem Aussehen oder Inhalt durfte darauf schließen lassen, daß er aus Tel Aviv kam, den Ozean überquert hatte, um einen Freund in Amerika zu erreichen, daß der Freund den Umschlag durch einen neuen ersetzte, eine amerikanische Briefmarke draufklebte und den Brief in den Nahen Osten zurückschickte.

Die Briefe wurden immer zehn Tage vordatiert, damit das Datum zum amerikanischen Poststempel paßte. Es stand nur wenig drin – geht mir jetzt auf –, außer banalen Berichten, als seien die Briefe an den Zensor gerichtet. Allen ging es gut, die und die hat sich verlobt, der und der hat seinen Schulabschluß gemacht. Manchmal schickten sie ein Foto von einem Jungen mit, der vor seinem Geburtstagskuchen stand, oder von einem Mädchen, das ihre *Bat Mizwa* in einem Wohnzimmer feiert, das überall sein könnte.

Wußte Shuli davon? Seit wann? Das ist nicht fair. Was hat das damit zu tun, daß er sechs Jahre älter ist? Jetzt ist es zu spät. Gemein, mir das erst zu sagen, kurz bevor ihr die Fotos verbrennt! Nein, das ist keine Kleinigkeit. Ist mir egal, was ihr denkt. Nein, ich konnte keinen besseren Zeitpunkt dafür finden, euch so eine Szene zu machen. O ja, es ist genau der richtige Zeitpunkt.

Ich schnappe mir mein Fahrrad und sause los, fliehe vor meiner Dummheit und dem Geruch verbrannten Papiers, der sich im Haus verbreitet. Aus allen Radios im Viertel dröhnen Kriegslieder, aus Geschäften, von Dächern, aus Gärten und Höfen. Aus vorbeifahrenden Autos. Der Kaufmann von gegenüber schüttelt die Faust zu der martialischen Musik. Früher riß sie mich auch mit, besonders die Märsche. Aber jetzt, wo ich ausgeschlossen bin, scheinen die von der Musik beschworenen Kanonen und Raketen auf mich gerichtet zu sein. Wenn ich doch nur Bagdad und seiner aufdringlichen Seele entfliehen könnte. Ich klingele und überhole den Handkarren des Salatverkäufers. Der alte Mann winkt fröhlich zurück. Die Straße vibriert unter meinen Reifen. Die Tage des Himmel-und-Hölle-Spielens auf der Fahrbahn, während sich ein paar Straßen weiter Soldaten gegenseitig abschlachten, sind vorbei. Meine Füße rutschen immer wieder von den Pedalen. Was ist los mit mir? Selmas Haus liegt nur ein paar Straßen entfernt, und nichts an meinem Aussehen verrät mich als Jüdin.

Selma schneidet Rosen im Garten und hört sich auf Radio Bagdad ein Hörspiel an. »Heskel, ergib dich ...«, brüllen der plästinensische *fedayee* und der irakische Soldat abwechselnd. Heskel ist unter irakischen Juden ein häufiger Name.

– Wie kannst du dir nur solchen Schwachsinn anhören! rufe ich und stelle das Radio aus.

– Es amüsiert mich. Außerdem, was kann man sich denn sonst hier draußen anhören, den Hebräischunterricht von Kol Israel? erwidert Selma und vergißt nicht, bei den beiden letzten Worten die Stimme zu senken.

– Ich kann ihre Schimpferei nicht mehr hören.

– Gewöhn dich lieber daran; wir werden für eine Weile noch viel mehr von diesem Zeug zu hören bekommen, sagt sie und klingt so weise wie ein Prophet.

Ich bitte sie um ein paar alte Ausgaben von »Nous – Deux«, den französischen Fotoromanzen.

– Du interessierst dich also plötzlich für die Liebe! Herzlichen Glückwunsch. Hast du beschlossen, endlich erwachsen zu werden?

Selma geht ins Haus, und ich stelle das Radio wieder an. Nicht, daß es mich interessieren würde – Heskels Schicksal ist besiegelt, soviel ist klar –, aber ich will Selmas Philosophie ausprobieren. Kann man sich an Beschimpfungen gewöhnen? Kann ich den Namen im Radio hören und bei der Häßlichkeit des Klangs gelassen bleiben? Heskel, Heskel, laß mich nur dem Klang lauschen, als sei es das erste Mal, als hätte das Arabische nicht mein Trommelfell verformt. Vergiß den alten *ustad* Heskel, vergiß die beiden unerträglichen Heskels in der letzten Reihe des Klassenzimmers und laß mich den Namen ganz neutral hören. Heskel, du bist nichts als zwei Kehllaute, getrennt durch ein trockenes Pfeifen, essss, nach dem sich der Mund sofort öffnet, und keeeel, der Rest tropft heraus, wie Eigelb, das über den Bart eines alten Juden schlabbert.

Verdammt sei der alte Jude, verdammt seien alle Heskels, und alle Araber dieser Welt. Ich schalte das Radio wieder aus.

Selma bringt mir einen Stapel »Nous – Deux«. Kurz bevor ich wieder losradele, frage ich.

– Sag mal, Selma, wir wollen doch nicht, daß Israel verliert, oder?

– Nein, natürlich nicht.

– Aber dann, glaubst du ... daß uns ... hier irgendwas passiert?

Selmas Grimasse läßt mich die Fragen augenblicklich bereuen. Ich wollte doch nur eine sorglose Bemerkung hören, die meine Befürchtungen vertreibt.

– Na ja, Mama denkt, daß die Araber, falls sie gewinnen, da drüben bestimmt keinen Hund am Leben lassen. Aber wenn sie verlieren ... tja, sie schätzt, daß die dann durchaus *yeberdon samem*, ihr Gift an *uns* auslassen könnten.

– Meinst du, wir ...

– Nein, die werden vielleicht ... komm schon, das weißt du doch selbst, die werden uns schikanieren, erwiderte sie ungeduldig und wendet sich wieder ihren Rosen zu.

Was hat Selma genau gemeint, frage ich mich, als ich nach Hause radele und über die Bedeutung von schikanieren und Schikane nachgrübele. Werden sie uns verprügeln, ins Gefängnis werfen? Für wie lange? Doch bestimmt keine Frauen und Kinder. Wie sehen die Schikanen aus? Gehört Mord dazu? Verwandte Begriffe wie mißhandeln, unterdrücken und mißbrauchen fallen mir ein, lösen aber keine konkreten Bilder aus, die mich oder irgend jemand, den ich kenne, betreffen.

Ich komme mit völlig leerem Kopf zu Hause an. Ein ausländisches Auto mit einem CD-Kennzeichen – *corps diplomatique* – parkt vor Laurence' Haus. Laurence' Mutter spricht mit dem Mann im Auto, der englisch aussieht und genauso verstört wirkt wie sie. Ich winke ihr zu, aber sie bemerkt mich nicht.

Am Abend kommen Dudis Eltern vorbei. Mutter serviert ein paar Kleinigkeiten auf Toast, kalte geschälte Gurkenscheiben und harten, in Tee eingeweichten kurdischen Käse. Die vier Erwachsenen ergehen sich in Selbstvorwürfen. Sie hätten längst emigrieren sollen, wiederholen sie immer wieder. Sie hätten es besser wissen müssen – es war doch offensichtlich, daß wir in diesem Land nicht mehr sicher sind, nicht nach der Gründung Israels.

– Jetzt sitzen wir in einem Krieg fest, vor dem wir weder fliehen noch an ihm teilnehmen können, ein Krieg, den wir so oder so verlieren werden. Wenn Israel geschlagen wird, verlieren wir Israel und all unsere Verwandten, und wenn Israel siegt, verlieren wir uns selbst.

Solche düsteren Voraussagen höre ich heute schon zum zweitenmal. Die Erwachsenen machen sich nicht die Mühe, auf Einzelheiten einzugehen, als wären die Folgen klar genug. Schikanen, vermute ich und beiße in ein Stück kurdischen Käse. Mutter wirft mir einen mitleidigen Blick zu und macht sich laute Vorwürfe, daß sie ihre Kinder in diesem turbulenten Land großgezogen hat. Ich genieße es, als Opfer der Dummheit meiner Eltern dazustehen. Hoffentlich erinnern sie sich daran, wenn sie mich nächstes Mal wegen meiner Launen ausschimpfen. Jetzt zählt Mutter unsere männlichen Verwandten auf, die *dort drüben* wahrscheinlich eingezogen werden. Als sich ihre Sorge den Familienmitgliedern in Israel zuwendet, schleiche ich mich weg, gelangweilt und weil ich es satt habe, noch mehr düstere Prognosen zu hören. Shuli sitzt auf einem Hocker unter der Treppe, hört den verbotenen Sender und fummelt an seinem Rechenschieber herum. Nichts Neues, signalisiert er mir, als ich vorbeigehe.

– Ist mir scheißegal, brülle ich, gehe in mein Zimmer hoch, werfe mich aufs Bett und versinke in »Nous – Deux«, die französische Welt voller Liebe und Leidenschaft.

Die Krankenschwester, die verrückt ist nach dem Arzt, findet heraus, daß er eine heimliche Affäre mit einer anderen Schwester hat, von der Nachbarstation. Gleichzeitig merkt sie, daß sie schwanger ist. Ihr Gesicht ist tränenüberströmt, aber das macht sie nur noch schöner. Die Schwester trägt sich ernsthaft mit Selbstmordgedanken, während sie verzweifelt an der Seine entlangfährt. Er ist ein Schwein, ihrer Liebe nicht würdig, das muß die Moral der Geschichte sein. Ich blättere zur letzten Seite vor. Statt ihrer weißen Schwesternuniform trägt sie ein weißes Hochzeitskleid. Braut und Bräutigam küssen sich, voll auf den Mund, vor allen Gästen. Wie im Film, ein langer Kuß, gezeigt in Nahaufnahme aus verschiedenen Perspektiven. Was ist mit der anderen Krankenschwester, der von der Nachbarstation? Ich lese die Geschichte von hinten und noch mal von vorne. Wie der Titel schon sagt, ist das Paar der Star in »Nous-Deux«, und alle dritten Personen müssen irgendwann die Bühne verlassen. Ich überlege, warum nur das Arabische zwischen Dual und Plural unterscheidet und beiden eigene grammatikalische Konstruktionen gewährt. Meine Augen schließen sich, die Zeitschrift fällt mir aus der Hand. Mademoiselle Capdevielle taucht plötzlich auf, umarmt den Mann, der heute mit Laurence' Mutter geredet hat. Unsere Französischlehrerin wird ihn heiraten, aber er ist Arzt und muß noch an ihrem Hochzeitstag an die Front. Meine Gedanken wandern zwischen Traum und Wachsein hin und her. Meine Tagträume werden von der Nacht entführt. Als ich höre, wie sich unsere Gäste verabschieden, scheinen mir meine Figuren so fern, daß ich sie nicht mehr erkennen kann. Was folgt, unterliegt nicht mehr meiner Kontrolle, und der letzte Satz kann kein Produkt meines Geistes mehr sein.

Mademoiselle Capdevielle sagt, daß, solange er fort ist, die duale Form nie mehr über ihre Lippen kommen wird.

Radio Bagdad weckt mich am nächsten Morgen, überschüttet England und die Vereinigten Staaten mit Beleidigungen, wirft beiden Ländern eine Verschwörung gegen die Araber vor und ein direktes Eingreifen in den Krieg zum Vorteil Israels.

– Nächstes Mal, wenn du BBC hörst, mußt du unter die Treppe gehen, necke ich Shuli beim Frühstück.

– Du mußt dich von deinem englischen Liebsten fernhalten, erwidert er mit einem Lächeln. Sonst beschuldigen sie dich der Spionage für den britischen Feind.

– Laß den Quatsch, wir sind doch bloß Kinder.

– Nein, seid ihr nicht, gibt Mutter zurück.

– Auch wenn sie sich wie eins benimmt, sagt Shuli.

– Hört auf, mich zu schikanieren, ihr zwei! brülle ich.

Mutter und Shuli starren mich mit offenem Mund an. Habe ich das Wort falsch gebraucht? War ich frech zu Mutter? Shuli lacht laut los. Er macht sich bloß über mich lustig, nehme ich an, während Mutter den Krieg eindeutig dazu benutzt, mich von Laurence zu trennen. Ihr hat unsere Freundschaft in letzter Zeit nicht mehr behagt, und sie hat mehrfach betont, daß ein dreizehnjähriges Mädchen nicht mehr mit Jungen spielen sollte. Ich versuche, Vaters Blick aufzufangen, aber er ist vollkommen in seine Schüssel Cornflakes vertieft. Wenn doch jetzt irgendwelche wichtigen Nachrichten im Radio kämen, damit das Thema Laurence noch eine Weile verschoben wird.

Vater wischt sich den Mund mit der Serviette ab.

– Kinder oder nicht, ihr könntet irgendeinen Spitzel auf Ideen bringen. Halt dich von Laurence fern, ja? Nur zur Sicherheit. Er ist ein vernünftiger Junge, er wird das bestimmt verstehen. Spiel nicht mit ihm, sprich nicht mit ihm, weder auf der Straße noch in seinem Haus und auf keinen Fall hier. Ist das klar?

So klar wie das Ende meiner Welt.

– Und das Telefon, ist das auch ... verboten, gefährlich, meine ich?

– Kein Gefeilsche, Tochter, nicht in solchen Dingen. Habe ich nicht gesagt, du sollst nicht mit ihm sprechen? Sprich nicht mit ihm! Punktum.

– Auch keine Liebesbriefe und kein Klettern auf den Balkon, fügt Shuli fröhlich hinzu.

– Bis wann?

– Bis der Messias kommt, erwidert Shuli.

– Halt die Klappe, Shuli, dich hat niemand gefragt! Baba, bitte sag mir, wie lange willst du, daß ich mich von Laurence fern halte?

– Bis ich etwas anderes sage.

Das Kommen des Messias war also keine Übertreibung. Ich seufze so laut ich kann, um meinen Kummer zu zeigen, werde aber von den Nachrichten übertönt.

Wir haben den Krieg gewonnen, wir haben sie in die Flucht geschlagen, der große Tag ist gekommen, berichtet die Stimme Arabiens atemlos. Unsere Truppen sind in die Negevwüste eingedrungen und verbreiten Verzweiflung unter der Armee der zionistischen Banditen. Radio Bagdad behauptet, der Feind habe an einem Tag hundertfünfundsechzig Flugzeuge verloren, die Hälfte seiner Luftwaffe, und die tapfere arabische Infanterie marschiere auf Tel Aviv zu. Radio Damaskus berichtet, syrische Panzer hätten das Hulatal eingenommen und rückten auf Safed vor. Radio Amman verkündet, daß jordanische Kriegsflugzeuge die Vororte von Tel Aviv bombardieren und die Juden voller Panik aus ihren Häusern auf die Straßen laufen.

Mutter und Vater wechseln bestürzte Blicke. Sie denken bestimmt an den in Tel Aviv lebenden Teil der Familie. Vater öffnet sein Frühstücksei mit nervösem Löffelklopfen. Erst jetzt fällt mir auf, daß Mutter nur Tee trinkt und nichts ißt. Sie sieht aus wie ein Nervenbündel. Hat sie eine schlaflose Nacht verbracht? Mein Bauch verkrampft sich, als würde sich meine Nabelschnur – die sich in letzter Zeit gelockert hat – wieder zusammenziehen und mich nicht nur an meine Mutter binden, sondern an all unsere Verwandten in Tel Aviv.

Blutsverwandte oder nicht, in der Vergangenheit war ich unfähig, Gefühle für sie zu entwickeln. Wie oft habe ich mir ihre Porträts angesehen, vergeblich nach einer Ähnlichkeit gesucht und darauf gewartet, daß eine familiäre Saite anschlug! Wenn nichts dergleichen geschah, erzählte ich ihnen, daß wir als Cousinen oder Cousins ersten Grades einander Organe spenden könnten, daß unsere Mütter und Väter Geschwister sind, daß wir dieselben Großeltern haben und dieselbe Familiengeschichte. Aber ihre Gesichter blieben starr, unwirklich wie Anziehpuppen, so fern wie Tel Aviv oder Amerika.

– Ich glaube denen kein Wort, knurrt Shuli. Die bringen nie Fakten, nur Wunschdenken.

Er stellt das zweite Transistorradio an, aus dem eine tiefe und doch zarte Frauenstimme ertönt, melancholisch und distanziert. Feirouz, meine Lieblingssängerin. Als er zu einem anderen Sender wechseln will, schnappe ich mir das Radio und sause hinter Vaters Stuhl, fordere Shuli mit nervösem Kichern heraus.

– Das ist nicht dein Radio! Baba, sag ihm, daß das Radio der ganzen Familie gehört. Es ist nicht fair ...

Vater sagt nichts. Shuli steht auf, kommt auf mich zu. Ich springe hinter Mutters Stuhl, schreiend und kichernd.

– Lina, Shuli, hört auf mit dem Unsinn. Wir wollen in Ruhe frühstücken.

»Soll es sie verzehren ... soll das Feuer Israel verzehren«, singt Feirouz.

Shuli nimmt mir das Radio aus der Hand.

– Meine Lieblingssängerin hat mich verlassen, murmele ich, setze mich wieder an den Tisch.

– Sei nicht so pathetisch, sie hat nie für *dich* gesungen! erwidert Shuli, stellt Kol Israel ein und dreht leiser.

Die Israelis behaupten, sie hätten an allen Fronten vierhundert Kampfflugzeuge zerstört.

– Vierhundert an einem Tag, nicht schlecht! Den Israelis fehlt es aber auch nicht an Phantasie!

– Still ... kann kein Wort verstehen.

Während Shuli von der Nachricht begeistert ist, wirkt Vater gar nicht glücklich über die vierhundert abgeschossenen Flugzeuge. Ich bezweifle, daß das Schicksal der arabischen Armeen ihm Sorgen macht.

– Ich bin vollkommen verwirrt, stammelt Mutter. Ich weiß nicht, was ich empfinden soll, wem oder was ich glauben soll.

Vater erkennt Radioberichte erst dann als Tatsachen an, wenn sie von der BBC gesendet werden, und vorzugsweise auf englisch. Shuli schwört auf Kol Israel. Aber während die beiden Männer mit dem Herzen urteilen, treibt Mutters Herz zwischen den Radiowellen dahin, heimatlos und verwirrt.

Das Telefon klingelt. Ein jüdischer Freund warnt uns vor Massendemonstrationen im Stadtzentrum und rät uns, zu Hause zu bleiben. Eine wütende Menschenmenge marschiert auf die amerikanische Botschaft und das British Council zu, sagt er, will die sogenannte zionistisch-britisch-amerikanische Verschwörung anprangern.

– Ein Grund mehr, meint Vater, als er den Hörer auflegt. Ich muß heute einige Einkäufe erledigen. Wer weiß, was in den nächsten Tagen passiert.

Am Nachmittag gehen den Demonstranten die Union Jacks und Stars and Stripes zum Verbrennen aus, und nach stundenlangem, wütendem Gebrüll verlieren sie auch die Stimme. Als sich die Menge zerstreut, machen Vater und ich uns auf den Weg zum Markt. Wir kaufen ein Dutzend Dosen Kraft-Käse und Frühstücksfleisch, Tee und Zucker, Radiobatterien, Waschpulver, Toilettenpapier, Beruhigungs- und Abführmittel, die monatelang reichen müßten. Und genug Säcke Reis und Wassermelonen für eine ganze Barrikade.

Am dritten Tag berichtet die BBC, daß die israelische Armee an Boden gewonnen hat und tief in die ägyptische Sinaihalbinsel und auf das westliche Ufer des Jordans vorgedrungen ist. Die arabischen Armeen haben an beiden Fronten schwere Verluste hinnehmen müssen.

Vater dreht das Radio leiser, als der Sprecher den Sender nennt. Shuli ruft von unter der Treppe.

– Kommt her, sie haben Jerusalem eingenommen! Die Klagemauer ... israelische Soldaten haben die Jerusalemer Altstadt besetzt, kommt, schnell ...

Wir vier kauern uns unter die Treppe und lauschen einer Direktübertragung von Kol Israel auf arabisch. Der israelische Verteidigungsminister Moshe Dayan, der einäugige Kriegsgott, steht an der Klagemauer. Die israelische Nationalhymne wird gespielt, während der Sprecher jede Bewegung schildert, die der General macht. Dayan steht stramm. Nimmt die Ehrenparade ab. Schreibt einen Wunsch auf ein Stück Papier. Der General faltet das Papier zusammen und steckt es in einen Spalt zwischen zwei Quadersteinen der Klagemauer.

Vaters Augen sind feucht. Das von der arabischen Welt ersonnene und vorzeitig gefeierte Massaker hat sich als Fehlschlag erwiesen. Israel wird weiterbestehen. Und ebenso meine angeblichen Verwandten, deren Realität zu leeren Stellen in unserem Familienalbum geworden ist.

– Vater, haben wir noch Wein? fragt Shuli aufgekratzt. Was machen wir in diesem Mäuseloch? Das ist ein historischer Tag. Los, raus hier. Wir wollen die Eroberung Jerusalems feiern. Laßt uns die Niederlage unseres Heimatlandes feiern!

Am Abend berichtet die BBC, daß in Tunis Häuser, Autos und Geschäfte von Juden in Brand gesteckt und geplündert wurden. Dasselbe soll auch in Tripolis passiert sein. In Aden sind mehrere Juden von Plünderern ermordet worden. In Ägypten hat man vierhundert Juden im Alter von zwanzig bis fünfzig Jahren verhaftet.

Vater ist Ende fünfzig, Shuli gerade mal neunzehn, sage ich mir, was mich kaum beruhigt; die Variationen des Wortes Schikane werden mir langsam klar. Während Ägypten seine jüdischen Bürger offen für den israelischen Sieg bestraft, lassen andere arabische Regierungen den Mann der Straße gegen sie los, stiften eine Art improvisierter, selbstgemachter Vergeltung an. Da meine Eltern mit beiden Möglichkeiten rechnen, treffen sie die üblichen Vorsichtsmaßnahmen. Mutter versteckt ihren Schmuck unter einer losen Fliese im Schlafzimmer, während Shuli, auf Vaters Anweisung, ein neues Vorhängeschloß am Tor anbringt – ohne uns seine Zweifel über dessen Wirksamkeit zu ersparen.

Mit seinem Latein am Ende, verbrennt Vater weitere Dinge – noch mehr Briefe, noch mehr Fotos, einschließlich der letzten Porträtaufnahme seiner Mutter, die vor zwei Jahren in Tel Aviv alias New York gestorben ist.

– Sieh sich das einer an, sagt er und schüttet die Asche in die Toilette. Uns gelingt, was die arabischen Armeen nicht geschafft haben: Wir löschen die Spuren des Feindes aus ...

Das Wasser rauscht und spült Vaters persönliche Dokumente in den Abfluß, zusammen mit der Sicherheit, die er mir einst gegeben hat. Es ist noch nicht so lange her, daß ich mich hinter ihm versteckt habe, als wäre er ein Haufen Sandsäcke, daß ich mich an seinen Knien festgehalten und die Welt zwischen seinen Beinen hindurch betrachtet habe. Später hat er mich huckepack genommen, und ich habe ihm meine Arme um den Hals gelegt, ihn durch den Garten gehetzt, Wolken und Schmetterlinge gejagt, Holzwürmer in den Bäumen entdeckt, dem Summen der Bienen gelauscht und die Schwalben bis nach Indien und China verfolgt ...

Am nächsten Morgen kommt ein schrilles Miauen aus unserem Garten. Ein rotweiß gestreifter kleiner Kater! Er muß fast verhungert sein. Ich schleiche mich in die Küche und gieße Milch in eine Schale, leise, damit Mutters scharfe Ohren mich nicht hören.

Sie erwischt mich im Flur, mit der Schale in der Hand.

– Um Himmels willen, wie oft muß ich dir noch sagen, daß du nicht barfuß nach draußen gehen sollst? Eines Tages wird dich ein Insekt stechen, und nur dann wirst du deine Lektion lernen ... Warte, diese Schale kannst du nicht nehmen, nimm die grüne, die benutzen wir nicht mehr. Und paß auf, daß sie draußen bleibt, genau wie dieses Großmaul von einer Katze. Himmel, hat das Vieh ein Mikrophon verschluckt oder was?

Nicht mal eine Predigt über dreckige Straßenviecher, die Überträger aller möglichen Krankheiten und Epidemien sind? Mutters strikteste Regeln sind über Nacht gelockert worden. Sollte mich ihre plötzliche Nachsicht beunruhigen oder freuen? Ich kann mich nicht entscheiden. Ich überquere den feuchten Rasen auf nackten Füßen, voller Angst vor einem Stachel, der aus der trügerischen Erde hochschießt. Der kleine rote Kater kommt näher, den Schwanz hoch erhoben. Seine Farben reichen von orange bis hellrot und von karottenrot bis currygelb.

Er schleckt die Milch auf, leckt sich die Schnurrhaare, dann seine Pfote, mit der er sich das Gesicht putzt. Danach reibt er seine feuchte Schnauze an meinem Bein. Ich hocke mich hin. Er schließt die Augen und drückt seinen warmen, schnurrenden Körper an meinen Oberschenkel. Ich kraule ihn unter dem Kinn und streichle seinen Nacken. Sein Fell ist so glatt; er ist bestimmt nicht krank. Curry öffnet seine schläfrigen, honigfarbenen Augen und leckt mir mit seiner rauhen Zunge die Zehen.

Khaled beobachtet mich seit einiger Zeit von seinem Balkon aus. Ich hebe den Kopf und zeige ihm so, daß ich ihn längst wahrgenommen habe. Danach schauen wir beide hastig weg. Ich rufe ihn nicht herüber, damit er sich mein neues Kätzchen ansieht, und er bespritzt mich nicht mit seiner Wasserpistole. In diesem Moment schießt mir durch den Kopf, daß Zeki und Dunia nicht angerufen haben oder vorbeigekommen sind, wie sie es sonst immer tun, wenn irgendwo Unruhen ausbrechen.

In den folgenden Tagen, während sich die Landkarte des Nahen Ostens verändert, konzentriere ich mich auf die französischen Romanzen, verliere mich in den Umarmungen von Liebespaaren, die sich nach einander sehnen und einander betrügen. Recht oft betrachte ich ausführlich die Hochzeitstorte oder den langen Kuß auf der letzten Seite. Hin und wieder höre ich, wie Radio Bagdad die Bürger auffordert, Blut zu spenden, wie Kol Israel Um Kalthoum einlädt, ihr angekündigtes Konzert für die Tausende ägyptischer Kriegsgefangenen in Tel Aviv zu geben, wie Nasser die Niederlage eingesteht und seinen Rücktritt ankündigt. Zwischen einer Romanze und der nächsten hole ich mir in der Küche etwas zu essen und bekomme mit, daß der Irak seine diplomatischen Beziehungen zu England und den Vereinigten Staaten abgebrochen hat, daß Massendemonstrationen in der gesamten arabischen Welt Nasser auffordern, seinen Rücktritt zurückzunehmen.

– *Sacham wichew*, Nasser hat sein Gesicht mit Ruß beschmiert. Sie haben sich alle das Gesicht mit Ruß beschmiert, sagt Mutter.

Die Straßen von Bagdad können die Menschen kaum fassen. Jetzt tanzen die Demonstranten nicht mehr und machen auch keinen Krawall, sie marschieren nur. Studenten, Arbeiter, Beduinen, Intellektuelle, Effendis und Fellachen marschieren Seite an Seite, Hand in Hand. Ihre Gesichter sind düster. Sie weinen über die Niederlage, sind voller Schmerz über ihren verwundeten Stolz.

Gefährlich sind die Tränen stolzer Männer, murmelt Mutter.

Sie versammeln sich am *Sahat al-Tahrir*, dem Platz der Befreiung, stampfen tausendmal und mehr mit den Füßen auf. Der Platz senkt sich unter ihrem Trampeln – dem Pulsschlag wütender Menschen.

Sie werden es *al-naksa* nennen, die Niederlage. Für den Rest der Welt wird es der Sechs-Tage-Krieg sein. Ich werde mehr als sechs Tage brauchen, all das zu Papier zu bringen, dreißig Jahre später, wenn ich davon als meinem ersten Krieg spreche.

Am sechsten Tag wird Dudis Vater verhaftet.

Sommer 1967

– Wacht auf, Kinder, schnell! Beeilt euch. Nehmt euer Bettzeug mit rein ...

Langsam öffne ich die Augen.

– Vorsicht! Laß die Augen zu ...

Warum soll ich wach werden, wenn ich die Augen nicht aufmachen darf? Ich schwanke zwischen Schlaf und Wachsein, während sich Mutters paradoxe Anweisungen in meinen Ohren wiederholen. Zwischen ihren Worten klappern Fenster, rauschen Bäume. Sie packt mich an der Schulter.

– Beeil dich, Lina. Der Sandsturm bricht gleich los.

Mutter eilt wieder nach drinnen. Shuli steht langsam auf. Ich strecke die Arme und gähne herzhaft. Heißer Staub weht mir in den Mund. Shuli nimmt sein Laken ab und rollt die Matratze zusammen. Ich huste in dem gelben Dunst und mache dasselbe. Ein Windstoß reißt mir das Laken aus den Fingern. Mit der Hand schütze ich meine Augen, jage das weiße Laken, bekomme es zu fassen und verliere doch wieder gegen den Wind. Das Laken fliegt in die gelbe Nacht, wirbelt wie ein Geist im heulenden Wind, flattert und krümmt sich wie vor Bauchschmerzen. Ich taste mich zur Tür vor, zerre das restliche Bettzeug nach drinnen.

Die ganze Nacht prasseln Sandkörner gegen mein Fenster.

Am nächsten Morgen ist der bleiche Himmel wieder sichtbar, und der Boden meines Zimmers ist mit einer dicken Staubschicht bedeckt. Trotz geschlossener Fenster und Türen hat der Sturm im ganzen Haus seine Spuren hinterlassen. Noch vor dem Frühstück weist Mutter uns unsere Aufgaben zu. Vater soll die Schonbezüge ausschütteln, die Türklinken, Fensterbretter und Bilderrahmen abwischen. Shuli soll sein Zimmer saubermachen. Mutter und ich nehmen uns die Böden vor. Nachdem wir den Sand weggefegt haben, wischen wir die Fliesen immer wieder, bis das Wasser im Eimer nicht mehr schlammig ist.

Erst Stunden später wird Mutter entdecken, daß Sand die Hühnchen im Gefrierfach wie Currypulver bedeckt.

Abgelenkt durchs Saubermachen, greife ich nach dem Telefon und will Selma anrufen. Erst als kein Freizeichen kommt, fällt mir ein, daß unsere Leitung tot ist. Ich drücke auf die Gabel, aber nichts passiert. Was tot ist, ist tot. Der schwarze Apparat ist so nützlich wie ein Spielzeugtelefon.

Letzten Monat, kurz nach dem Krieg, als die ersten Leitungen abgeschaltet wurden, kam das Gerücht auf, die Regierung wolle den Juden den Luxus vorenthalten, mit der Außenwelt in Verbindung zu treten. Ein paar Tage lang diskutierten wir die Wahrscheinlichkeit einer derart weit hergeholten Idee, bis unsere Telefone eines nach dem anderen verstummten.

– Besser kein Telefon als ein abgehörtes, sagte der eine.

– Das erspart uns anonyme Anrufe mitten in der Nacht, fügte der andere hinzu.

– Aber wenn nun ein Notfall eintritt ... meinte der dritte. Was ist, wenn man mitten in der Nacht einen Krankenwagen braucht?

Ich knalle den Hörer auf. Was soll ich mit einem Telefon, wenn die Leitungen all meiner Freundinnen ebenfalls tot sind?

Shuli gibt endlich das Badezimmer frei. Ich sause hinein und schließe die Tür ab, entschlossen, ein Bad zu nehmen wie die Schauspielerin gestern in dem ausländischen Film. Sie kam mir wie der Inbegriff von Genuß und Entspannung vor. Ich stecke den Stöpsel in den Abfluß und drehe das Wasser auf. Während ich mich ausziehe, fällt mir ein, daß die Badewanne im Film voller Seifenschaum war, der den Körper der Schauspielerin verbarg – bis auf ihren Kopf und ihre Arme. Ich gieße etwas Shampoo ins Wasser, aber es schäumt nicht.

Trotzdem steige ich hinein, begierig darauf, mir den Sand aus den Poren zu waschen. Szenen aus den Tagen, als die Badewanne groß genug war für Shuli und mich und ein paar Gummienten und Plastikschildkröten, fallen mir ein. Was hat es für einen Sinn, erwachsen zu werden, wenn die Welt nur enger wird? Ich strecke die Beine aus und öffne Louisa M. Alcotts »Little Men« auf der eingeknickten Seite.

Das Buch fesselt mich nicht. Noch vor dem Ende des Kapitels gehen meine Gedanken auf Wanderschaft, weg von Neuengland; mein Blick landet auf meinen Zehen, die rot und schimmernd wie Leuchtfeuer aus dem Wasser ragen. Ein düsterer Gedanke packt mich. Von all den fernen Küsten, die ich erforschen möchte, wird, so befürchte ich, der entfernteste Punkt, den meine Füße je erreichen werden, das andere Ende der Badewanne sein.

Ein Klopfen an der Tür, gefolgt von Selmas Stimme, reißt mich aus meiner Melancholie. Ich lege »Little Men« zur Seite, schlüpfe in meinen Badeanzug und schließe die Badezimmertür auf. Eine zerzauste Selma stürmt keuchend herein.

– Die Pest über sie! knurrt sie und knöpft ihre Bluse auf, unter der ihr grüner Bikini zum Vorschein kommt.

Woher wußte sie, daß ich im Bad bin, frage ich mich und steige wieder ins Wasser, das inzwischen so schlammig ist wie der Tigris.

– Was ist passiert?

– Unser Sportzentrum ... gibt's nicht mehr ... die verdammte Armee hat unser Sportzentrum konfisziert!

Ohne zu fragen, ob ich was dagegen habe, läßt sich Selma mir gegenüber in die Badewanne plumpsen, ihre langen Beine zu beiden Seiten meines Körpers; Wellen schwappen, und Wasser platscht auf den Boden.

– Welche Armee? Warum? Wieso?

Ihre Locken treiben auf dem Wasser wie Papierschiffchen.

– Gestern kamen drei Offiziere zum jüdischen Gemeinderat und haben die Schlüssel für das Sportzentrum verlangt. Und meinst du, irgend jemand hat sich für unseren Club stark gemacht? Unser *Hacham Baschi* macht sein großes Maul nur bei Pressekonferenzen auf, und das auch nur, um zu verkünden, daß wir in erster Linie Araber sind und dann erst Juden, und schon gar keine Zionisten; all diesen überholten Quatsch, der sowieso niemanden beeindruckt. Aber wenn es um etwas Wichtiges geht ... Abu Lias war gerade im Büro, und er dachte zuerst, sie kämen seinetwegen. Schon beim Anblick ihrer Uniformen hat er sich in die Hose gemacht. Ich schwöre bei Gott, daß ich nicht übertreibe. Baba kennt ihn und sagt, der Mann hat Angst vor seinem eigenen Schatten. Also würde es mich nicht überraschen, wenn Abu Lias nicht nur die Schlüssel widerstandslos rausrückte, sondern den Offizieren am Ende auch noch für ihren Besuch gedankt hat.

– Schade, daß er ihnen nicht auch die Schlüssel für unsere Schule gegeben hat.

– Irakische Offiziere, die Lesen und Schreiben lernen? Du spinnst wohl! Das würde ihren Ruf ruinieren!

Wir brüllen vor Lachen. Selmas feuchte Locken sinken eine nach der anderen unter Wasser.

– Kannst du dir vorstellen, wie endlos diese Ferien werden? Zuerst kein Schwimmen mehr in der Morgendämmerung, kein Freilichtkino am Abend, damit bloß keine Rowdys auf uns aufmerksam werden. Dann wurden Picknicks gestrichen, damit es nicht so aussieht, als hätten wir Spaß und würden die arabische Niederlage feiern. Und jetzt kein Basketball mehr am Nachmittag, weil unsere glorreiche Armee ...

Und wir haben in diesem Sommer nicht mal *devoirs de vacances* zu erledigen, weil Mademoiselle Capdevielle nicht mehr an unserer Schule unterrichten wird. Sie hat das Land verlassen, Gott weiß warum, weil sie ganz bestimmt nichts zu befürchten hat – Frankreich und die arabischen Länder scheinen miteinander auszukommen wie *dihn udibis*, wie Butter und Honig. Aber Mademoiselle Capdevielle hat ihre Pläne erst in der letzten Schulstunde bekanntgegeben. Sie verteilte die *devoirs de vacances* – als wolle sie damit bestätigen, daß sie im Herbst wieder da ist – und murmelte dann etwas von einem neuen Lehrer, der sie korrigieren würde. Als wir sie fassungslos anstarrten und auf eine Erklärung warteten, wurde ihr Französisch schnell, die Sätze lang, mit verschlungenen Konjunktiv- und Konditionalformen. Trotzdem verstand ich, worauf sie hinauswollte. Sie würde nicht aus Paris zurückkehren, weder im Herbst noch zu einem späteren Zeitpunkt. Bevor jemand eine Frage stellen konnte, ganz zu schweigen von einem Widerspruch, läutete es. Mademoiselle Capdevielle stürzte als erste aus dem Klassenzimmer.

Und ich war die erste, die ihre *devoirs de vacances* in den Papierkorb warf.

Selma blättert in »Little Men«, sucht nach Bildern. Sie ist zappelig, läßt immer wieder Wasser überschwappen, fährt dann mit ihrer Schimpftirade fort.

– Asche auf ihr Haupt! Das sind mir vielleicht Helden! Wie können sie es wagen, sich das Sportzentrum unter den Nagel zu reißen? Mit welchem Recht, das Grundstück gehört uns. Es hat uns schon immer gehört. Uns allein!

Und sie läßt »Little Men« auf den nassen Boden fallen.

– Das Buch gehört der Schulbücherei, Selma, kannst du nicht aufpassen?

Ich stemme mich hoch, werfe das Buch auf die trockenen Fliesen an der Tür.

– Heh, du hast ja Haare unter den Achseln! Laß mich mal sehen, eine Sekunde, was ist denn los mit dir? Ich kitzle dich nicht, versprochen. Ich will doch nur die Farbe sehen, ja? Hm, das dachte ich mir, glatt und schwarz, wie ein Pinsel. Meine sind rot und kräuselig, siehst du?

– Wie rostige Stahlwolle.

– Sei nicht gemein, die sind nicht eklig, nur verschwitzt, besonders wenn ich Ball spiele ... Möge das Schicksal sie verfolgen. Ich werde verrückt, wenn ich den ganzen Tag nichts tun kann. Das ist ja wie Hausarrest!

– Hör auf, Selma, du übertreibst! Du warst so ruhig während des Krieges, und jetzt verlierst du den Mut, nur weil du einen Sommer lang auf Basketball verzichten mußt?

– Du hat leicht reden. Du hast ja keinen Fuß mehr in unser Sportzentrum gesetzt, seit du dauernd in den englischen Club gerannt bist, mit, wie hieß er gleich, Florence?

– Laurence. Warum kannst du dir seinen Namen nicht merken?

Selma kichert.

– Vielleicht wegen seiner Haare. Als ich ihn zum erstenmal sah, hab ich ihn für ein Mädchen gehalten – was übrigens das einzige Mal war, du hast ihn ja immer für dich behalten.

Ihre Bemerkung bestürzt mich. War ich so offensichtlich besitzergreifend?

– Laß uns über was anderes reden, mir ist nicht nach Streit. Und wozu auch, wo wir jetzt nirgends mehr hindürfen, weder in den englischen Club noch ins jüdische Sportzentrum?

Ich betone das jüdische Sportzentrum, hoffe, sie damit von Laurence abzulenken und ihn wieder in meiner Erinnerung unterzubringen, ins Englische zu übertragen, wo er immer sein wird. Damit meine Gedanken, oder meine Gefühle, ihn irgendwie erreichen können, verschlossen in seiner Sprache wie in einem Safe.

Selma greift nach der Seife, riecht daran, streckt das Bein hoch und seift sich den Fuß ein.

– Ich weiß nicht, wie ich den Sommer ohne das Basketballteam überstehen soll. Beim Leben von Baba, ich werde Autos aufbrechen ... Bäume fällen ... ich werde ...

Die Badezimmertür wird aufgestoßen. Ich muß vergessen haben, nach Selmas Ankunft wieder abzuschließen.

– Du wirst einfach mit dem Kopf gegen die Wand rennen, Selma. Wie wir anderen auch.

Dudi lacht mit gebrochener Stimme und trampelt mit seinen dreckigen Schuhen über »Little Men«.

– Paß auf das Buch auf, Dudi, du machst das Buch kaputt! Verdammt, es gehört mir nicht mal. Was willst du hier überhaupt, siehst du nicht, daß wir ...

– *Nkal'e*, verschwinde! brüllt Selma und wirft mit der Seife nach ihm.

Dudi duckt sich. Die Seife prallt gegen die Wand und fällt in die Toilettenschüssel.

– Tor! Guter Schuß, Selma!

Dudi kickt das Buch in eine trockene Ecke, kommt herein und

knallt die Tür hinter sich zu, kichert, als seien wir zwei seiner fünf Schwestern, denen er ständig auf die Nerven gehen kann. Seine Schuhe färben das Wasser braun, das Selma auf den Boden gespritzt hat. Warte nur, bis Mutter das sieht! Wenn sie auch nur einmal meckert, kriegt sie was zu hören. Wie oft habe ich gesagt, sie soll mich fragen, bevor sie Dudi nach oben schickt? Sie ist schuld, daß sich Dudi bei uns in letzter Zeit alle möglichen Freiheiten herausnimmt. Gehört er etwa zu den Leuten, denen man sagt, du kannst jederzeit vorbeikommen, fühl dich wie zu Hause?

– Glaubst du etwa, deinem Vater gehört dieses Haus? zischt Selma und greift nach der Shampooflasche.

Dudi hebt die Hände, als wolle er sich ergeben.

– Hört euch das an: Wir werden nicht mehr überwacht. Schon seit zwei Tagen. Mutter hat den Raucher verscheucht.

Letzten Monat, am sechsten Kriegstag, haben drei Sicherheitsbeamte das Haus der Lawys durchsucht und Dudis Vater vom Frühstückstisch weg verhaftet. Vom nächsten Tag an patrouillierte der Raucher in unserer Straße. Er ging den Bürgersteig auf und ab, als hätte er alle Zeit der Welt. Was stimmte, wie wir bald begriffen. Die Lawys ließen ihren schwarzen Schäferhund von der Kette, der fast ununterbrochen bellte und den Raucher innen an der Gartenmauer entlang verfolgte. Den Mann hat das nicht weiter gestört. Der arme Wachhund hielt drei Tage durch, bevor er zusammenbrach und sich hinter das Tor legte, die Nase in dem Spalt über dem Boden, die Ohren aufgestellt in Richtung der Schritte.

Der Überwacher hatte einen bleistiftdünnen Schnurrbart, schmale schwarze Augen und dünne Lippen. Er war immer sauber rasiert und ordentlich gekleidet. Aber an seiner Taille bauschte sich keine Pistole, und er wurde nie dabei beobachtet, daß er sich Notizen machte. Er las auch keine Zeitung, sprach keine Passanten an, biß in kein Sandwich und pinkelte nicht gegen die Mauer. Er rauchte nur ununterbrochen, was ihm den Spitznamen »Raucher« einbrachte.

Seine Kaffeepausen und Telefonate bei al-Muchtar, dem Kaufmann an der Hauptstraße, der Hindiyah-Straße, führten zu dem Gerücht, daß der Kaufmann ein Spitzel sei. Weil sie es sich nicht mit ihm verderben will, schickt mich Mutter seitdem einmal in der Woche mit einer kleinen Einkaufsliste zu ihm. Ein Pfund Zucker, eine Flasche Scherbet. Um patriotisch zu wirken, kaufe ich auch ein oder zwei örtliche Milchprodukte, die vor kurzem auf den Markt gekommen sind. Aber al-Muchtar verrät sich nicht so leicht. Die Breite seines Lächelns und die Jovialität seiner Stimme orientieren sich mehr am Preis meiner Einkäufe als an ihrem Herkunftsland.

Das Auftauchen des Rauchers alarmierte sofort die fünf anderen jüdischen Familien in unserer Straße, alle voller Furcht, daß auch wir unter Polizeiüberwachung standen. Shuli stellte sich hinter das Fenster und beobachtete das Kommen und Gehen des Rauchers. Ging er langsamer und zog tiefer an seiner Zigarette, wenn er an unserem Tor vorbeikam? Schaute er zu unseren Fenstern herüber, oder ließ er den Blick nur darüber hinweggleiten? Nach ein paar Tagen war klar, daß der Raucher nur den Kopf drehte, wenn es um die Lawys ging. Sie starrte er so unverwandt an, daß man meinen konnte, er hätte überhaupt keine Augenlider.

Wie im Visier eines Scharfschützen, erwarteten sie einen Schuß – ein Wort, eine Bewegung, einen Schlag. Sechs Wochen vergingen, und nichts dergleichen geschah. Doch sein Blick blieb so unverwandt wie am ersten Tag, und selbst wenn er nach zehn Uhr abends seinen Dienst beendet hatte, fühlten sich die Lawys nicht besser. Seine niemals blinzelnden schmalen Augen verfolgten sie bis in den Schlaf und raubten ihnen den Rest ihres Seelenfriedens.

Als die Furcht um ihre geistige Gesundheit die Angst vor seinem starren Blick überstieg, war Dudis Mutter endlich so weit, den Raucher anzusprechen.

Er ging auf dem Bürgersteig entlang, bewegte sich von ihr fort. Sie wartete auf der Türschwelle, ein Glas Wasser in der Hand. Weder Limonade noch Kaffee, nur Wasser, so unmißverständlich wie eine weiße Fahne. Ein paar Schritte nach unserem Haus machte er auf dem Absatz kehrt und ging wieder auf sie zu. Ein Zittern durchlief ihren Körper, erzählte sie später ihren Kindern. Es war reinste Torheit, sie würde es nie durchstehen, aber ihre Beine waren wie gelähmt und weigerten sich, sie wieder ins Haus zu tragen. Schritt für Schritt kam er näher, und je näher er kam, desto deutlicher sah sie, was uns allen bisher nicht aufgefallen war. Die Zigarette war nicht angezündet. Die Zigarette war keine Zigarette, sondern ein abgebrochener Bleistift, an dem er kaute und saugte.

Dudi, mein Dudi, unser Raucher ist kein Raucher! hätte sie am liebsten gerufen, als könnte diese banale Kleinigkeit alles ändern, als hätte sie ihre erste Schlacht bereits gewonnen. Und wenn der Raucher kein Raucher ist, überlegte sie, suchte hoffnungslos nach den fehlenden Worten, mit denen sie ihren Vergleich begründen konnte. Weil er kein Raucher ist, setzte sie wieder an und beendete den Satz erneut mit Gefühlen, die sie an den Rand der Tränen hätten bringen oder, nun ja, auch in Lachen hätten ausbrechen lassen können, wenn sie nur die Zeit gehabt hätte, sich damit ausführlich zu beschäftigen.

Er blieb vor ihrem Tor stehen. Sie hielt ihm das Glas hin. Ihre Hand war so ruhig, daß das Wasser nicht schwappte.

– Wir sind alle aus Fleisch und Blut, sagte sie leise. Trinken Sie, Bruder! Niemand kann es bei dieser Hitze ohne Wasser aushalten.

Er griff nach dem Glas, senkte aber bei dem Wort Bruder beschämt den Blick.

– Mein Mann ist im Gefängnis, wie Sie wissen, und mein Sohn ist noch ein Junge, zu jung, um das Oberhaupt der Familie zu sein. Damit ruht die Verantwortung für fünf Töchter allein auf meinen Schultern. Was kann ich sonst noch sagen, ich bin Ihnen ausgeliefert. Wir alle sind Ihnen ausgeliefert.

Als sie innehielt, um Luft zu holen, trank der Raucher das Wasser. Dudis Mutter betrachtete das als Zeichen seines guten Willens.

– Bei Ihrer Ehre, beim Leben derer, die Ihnen teuer sind, versprechen Sie mir, Bruder, daß meinen Mädchen kein Leid und keine Schande angetan wird.

Welcher Araber mit auch nur einem Hauch von Selbstachtung

und Würde hätte sich einem solchen Appell verschließen können? Armer Kerl. Der Raucher gab ihr nicht nur sein Wort, für die Sicherheit der Mädchen zu sorgen, er schwor es bei seiner Ehre, beim Leben seiner eigenen Kinder.

Danach reichte er ihr das leere Glas und ging davon. Da Dudis Mutter sofort wieder im Haus verschwand, sah sie nicht, daß er Richtung Hauptstraße wanderte. Für sie hatte sich die dunkle Wolke verzogen. Der Mann, mit dem sie gerade gesprochen hatte, war weder ein Raucher noch ein Scharfschütze oder ein Geier. Er würde ihren Kindern kein Haar krümmen. Sie konnten sich in Zukunft sogar grüßen, wie Leute es normalerweise tun. Ihr wäre nie eingefallen, daß nach diesem Gespräch die Überwachung eingestellt und der Sicherheitsbeamte nie wieder in unserer Straße auftauchen würde.

Die Lawys bekommen mehr als ihren Anteil von der Strafe ab, die man unserer Gemeinde auferlegt hat, meint Mutter und bittet mich, wegen ihrer Not geduldiger mit Dudi zu sein. Offen, tolerant, sogar warmherzig – als wäre ich eine Wohlfahrtseinrichtung, als hätte ich keine eigenen Sorgen. Als hätte ich Dudis Vater verraten. Wenn du mich fragst, erwidere ich, sieht Dudi überhaupt nicht mitgenommen aus. Aber Mutter bleibt eisern. Sie ist davon überzeugt, daß Männer, im Gegensatz zu Frauen, von Natur aus ihre geheimsten Gefühle verbergen.

Dudi, ein Mann? Was für ein Witz.

– Vermißt du deinen Vater nicht? frage ich ihn eines Tages, um Mutters Theorie über die verborgenen Gefühle des anderen Geschlechts zu testen.

– Ihn vermissen? wiederholt er verblüfft, als sei ihm dieser Begriff vollkommen fremd. Na ja ... ehrlich gesagt, haben wir ihn auch vor seiner Verhaftung nicht oft zu sehen bekommen. Wenn ich aufwachte, war Baba bereits bei der Arbeit, und wenn er zurückkam, lag ich schon wieder im Bett. Bis auf den Samstagmorgen, natürlich, wenn wir alle gemeinsam frühstückten.

Falls da Trauer in Dudis Stimme mitschwang, ist sie mir entgangen.

Die Leute sagen, ein ehemaliger Angestellter von Peres Lawy hätte ihn kurz nach Kriegsausbruch als »gefährliches Element« bei der Polizei gemeldet. Obwohl keine Anklage gegen Dudis Vater erhoben wurde, sitzt er seitdem im Zentralgefängis von Bagdad. Er teilt sich eine große Zelle mit siebzig anderen Juden, alle innerhalb der letzten sechs Wochen verhaftet. Dudis Mutter darf ihn einmal im Monat besuchen und ihm Essen, saubere Unterwäsche, Medikamente und Zigaretten bringen. Er ist nur einmal verhört worden, und auch dieses Verhör bestand ausschließlich aus bürokratischen Fragen, wie er später seiner Frau erzählte, fand nur pro forma statt.

Bevor die Sonne sinkt und lange bevor die Hitze nachläßt, mache ich mit Dudi einen Spaziergang, das haben wir uns diesen Sommer aus Langeweile angewöhnt. Eines Nachmittags höre ich Lassie vor unserem Tor bellen. Bis ich aus dem Haus komme, ist der verängstigte Curry über die Mauer gesprungen und rast durch den Nachbargarten. Dudi lacht hämisch, ist stolz auf die Überlegenheit seines Hundes.

– Sag bloß, du willst ihn mitnehmen? frage ich, linse heimlich zum Haus auf der anderen Straßenseite hinüber. Ob das Bellen Laurence vielleicht ans Fenster gelockt hat?

– Ein Freund von Mama sagt, der Hund braucht Auslauf. Ich hoffe, es macht dir nichts aus. Er bleibt natürlich an der Leine.

– Mit einem Hund spazierengehen, das sieht doch blöd aus. Alle werden uns anstarren, aber mir soll's recht sein.

Kaum sind wir losgegangen, macht Dudi bei al-Muchtar Halt, um eine Tüte Kürbiskerne zu kaufen. Der Kaufmann-Spitzel streichelt den Kopf des Hundes und flüstern ihm wer weiß welche Anweisungen ins Ohr. Dann tut er noch ein paar Pistazien in die Tüte, und um sicherzugehen, daß uns seine Geste nicht entgangen ist, würzt er sie mit einer blumigen Beschreibung seiner Verehrung für die Familie Lawy. Dudi dankt ihm für seine Großzügigkeit, und wir gehen weiter, knacken Kürbiskerne, während Lassie im Abfall auf dem Bürgersteig schnüffelt und an jeden Laternenpfahl pinkelt. Als wir Abu Thumas Hamburgerbude erreichen, will Dudi mich einladen. Die besten in der ganzen Stadt, versichert er mir, aber ich lehne höflich ab. Dudi bestellt sich einen doppelten Burger. Lassie bellt und springt an ihm hoch, bis Dudi ihm einen fritierten Zwiebelring ins Maul wirft. Dann erzählt Dudi einen langatmigen Witz, denselben wie gestern, wie sich rausstellt. Ich mache mir nicht die Mühe, es ihm zu sagen, weil es mir leichter fällt, einen Witz, den ich schon kenne, zu ignorieren als einen neuen. Ein vorbeifahrendes Taxi hupt, und der Fahrer wirft mir eine Kußhand zu. Ich schaue weg, heuchle Interesse an den Schaufenstern, in denen dieselben Badeanzüge ausgestellt sind wie gestern.

Aus einem Impuls heraus betrete ich die Masbah-Buchhandlung, lasse Dudi und den Hund draußen stehen. Dudi verschlingt die zweite Hälfte seines Hamburgers, wischt sich die Hände an den Innenseiten seiner Taschen ab und folgt mir in den Laden. An meinem Lieblingsplatz, unter dem Deckenventilator, schaue ich die neue Ausgabe von »Mad« durch. Neben mir blättert Dudi im neuesten »Semir«, dem ägyptischen Comic. Interessiert er sich immer noch für dieses kindische Zeug? Die feuchte Zunge des Hundes hängt heraus, und er wedelt, als habe er mich seit zwei Jahren nicht gesehen. Sein buschiger Schwanz klopft gegen »Burda« und »Elle« auf dem unteren Regal. Der Ladenbesitzer beäugt uns drei mit finsterem Blick. Ich verstecke mein Gesicht hinter »Mad« und tue so, als hätte ich mit Dudi und dem Hund nichts zu tun. Dudi packt mich an der Schulter. Was ist los, murmele ich. Er hält mir den Comic vor die Nase. Auf dem Umschlag tragen die beiden Schuljungen Semir und Tihtih Uniformen und haben Gewehre über der Schulter, offensichtlich stolz auf ihre Kriegsanstrengungen. Dudi tippt sich mit dem Finger an die Stirn, meint, die hätten einen Vogel. Ich lege »Mad« wieder ins Regal und schlüpfe aus der Buchhandlung, bevor Dudi einfällt, sich lautstark zu dem Thema zu äußern.

Der Geruch nach frischem Brot zieht uns in die Masbah-Bäckerei. Der Bäcker holt mit einem hölzernen Brotschieber ein Blech aus dem Ofen und schüttet die flachen, rautenförmigen Brote in einen Behälter. Dudi fischt eins heraus und läßt es sofort in eine braune Papiertüte gleiten.

– Die sind knallheiß, sagt er und wedelt mit der Hand. Die Ecken mag ich am liebsten.

– Mmm, ich auch. Sie sehen wie Ellbogen aus, findest du nicht?

Widerstrebend bietet Dudi mir eine Ecke des Brotes an. Die Brotkrumen dampfen.

– Schade, daß wir dieselben Sachen mögen. Wir geben einfach kein gutes Paar ab, sagt er, beißt die andere Ecke ab und wirft Lassie den Rest des Brotes zu.

Nach der Bäckerei ist es auf der Straße fast kühl. Ich widerspreche nicht, als Dudi am Eisstand ein paar Meter weiter auf der Sa'adoun-Straße zwei Eistüten bestellt. Es ist das letzte Mal, daß ich was von ihm annehme, rede ich mir ein. Der Eisverkäufer zieht den Hebel herunter und dreht die Waffeltüte unter dem Hahn, damit das Eis eine weiche weiße Spirale bildet. Der junge Mann, der sich neben der Eismaschine auf einem Stuhl lümmelt, blinzelt mir zu. Ich reagiere nicht. Als wir weitergehen, murmelt er was von »hübschen Beinen«. Er will mich anmachen, denke ich und weiß nicht, ob ich geschmeichelt oder beleidigt sein soll. Ich blicke auf meinen Rock. Er reicht knapp bis an die Knie, ist also weder zu kurz noch provokant.

Plötzlich fällt mir auf, daß ich Dudi den ganzen Sommer über kein einziges Mal in Shorts gesehen habe. Wachsen ihm schon Haare an den Beinen? Das kann ich mir nicht vorstellen. Seine Wangen sind so glatt wie ein Kinderpopo, und er ist, genau wie ich, in diesem Jahr kaum gewachsen. Ja, er hat sich sogar eine Fettschicht um den Bauch zugelegt, was seine Bewegungen verlangsamt und ihm den schweren Schritt eines Betrunkenen verleiht.

Kaum hat er sein Eis verputzt, will er unbedingt etwas trinken. Wir dehnen unseren Spaziergang bis zu den Bagdad-Läden aus, dem größten Supermarkt der Stadt. Kühle Luft aus der Klimaanlage bläst mir ins Gesicht, als ich die Drehtür anstoße. Blinkende Konservendosen und das Neonlicht spiegeln sich in den sauberen, glänzenden Böden. Dudi trödelt in der Süßwarenabteilung herum, nimmt jede Schachtel in die Hand und liest mir die Namen der Schokoladensorten aus der Schweiz und Belgien vor. Mademoiselle Capdeveille muß was gegen mich gehabt haben, meint er, sonst weiß ich nicht, warum ich in Französisch immer schlechte Noten bekommen habe. Es geht doch nichts über dieses glitzernde, englische Blau, murmle ich, streichele die Cadbury-Schokoriegel mit dem Finger. Ich habe ein kariertes Taschentuch in genau dieser Farbe, erwidert Dudi. Wir gehen an Regalen mit schottischem Whisky und französischem Wein, kalifornischem Obstsalat, englischen Keksen und Marmeladen, deutschen Würsten und italienischen Ravioli entlang. Die fröhlichen ausländischen Gesichter auf den Verpackungen animieren uns dazu, »Flugplatz« zu spielen. Wir stellen uns vor, wie wir umgeben von Hunderten gutaussehender, gesunder und glücklicher Reisender zu unseren Maschinen schlendern. Dudi hat ein Flugticket nach London, wo er sich ein Sherlock-Holmes-Cape kaufen und mit Lassie Anarchisten im Hyde Park jagen wird. Ich fliege nach Paris, um in Cafés Briefe zu schreiben über die Liebespaare, die sich auf Parkbänken küssen. Dudi besteht darauf, mir ein Abschiedsgeschenk zu machen. Während ich mir in der Softdrinkabteilung eine passende Antwort überlege, regt er sich darüber auf, daß der Irak vor kurzem einen Coca-Cola-Boykott erlassen hat, weil Coca-Cola jetzt auch in Israel verkauft wird.

– Warum unternimmt deine Mama nicht was dagegen, spotte ich. Schmuggelt Coca-Cola ins Land oder redet vielleicht mit dem Ministerpräsidenten?

– Das hat sie getan.

– Was?

Dudi kichert.

– *Wallah*, ich schwöre es dir. Vor zwei Tagen ist eine jüdische Frauendelegation vom Ministerpräsidenten empfangen worden.

– Vom Ministerpräsidenten! Warum hast du mir das noch nicht erzählt? Was hat er gesagt?

– Er war ausnahmsweise mal ganz offen. Er sagte, die Gefangenen in nächster Zeit zu entlassen käme nicht in Frage. Dann hat er behauptet, unsere Situation wäre noch viel schlimmer, wenn er sich nicht für uns eingesetzt hätte, und daß die Maßnahmen gegen uns zu unserem eignen Besten seien, weil sie den Mob beruhigt haben und ...

– Lügner. Himmel, was für ein Heuchler! Wer hat ihn denn gebeten, die Massen erst mit Haß zu vergiften?

Dudi legt mir mit einer fast väterlichen Geste den Arm um die Schultern.

– Vielleicht würdest du ihm das ja gerne selbst sagen?

Unbehaglich schubse ich seinen Arm weg, bin mir nicht sicher, ob Dudi mich umarmen darf, ganz zu schweigen davon, ob es mir gefällt, von ihm umarmt zu werden. Jungen, Männer und körperliche Nähe sind in letzter Zeit zu einer schwierigen Kombination geworden, und ich weiß einfach nicht, wie ich zwischen einer freundlichen Berührung der Zuneigung und einer gierigen unterscheiden soll, die nur antatschen und sich aufgeilen will.

Vater hat Urlaub in diesem Sommer, zumindest drückt er es so aus. Mit anderen Worten, ihm ist vorigen Monat von der Firma gekündigt worden, für die er die letzten zweiundzwanzig Jahre gearbeitet hat. Der Chef hat die fünf jüdischen Buchhalter in sein Büro gerufen. Er hätte ihre Arbeit immer geschätzt und würde ihren Weggang zutiefst bedauern, aber ihm bliebe keine andere Wahl, schwor er. Er beuge sich nur den Anweisungen des Innenministeriums. Als sie die Frage nach einer Abfindung oder einer anderen Entschädigung anschnitten, schluckte der Chef zweimal, antwortete aber nicht. Offenbar konnte er sich nicht zu dem Schwur überwinden, daß das Innenministerium ihm ebenfalls verboten hätte, seinen jüdischen Angestellten eine Entschädigung zu zahlen.

Vater versichert mir, daß wir nicht über Nacht arm werden, daß unsere Ersparnisse lange Zeit reichen. Wie lange, wage ich nicht zu fragen. Das Hausmädchen kommt nur noch zweimal die Woche, und ich höre meine Eltern darüber sprechen, das Auto zu verkaufen. Vater verbringt die meiste Zeit im Wohnzimmer mit einem Haufen Briefmarken vor sich und dem Katalog daneben. Er betrachtet jede Briefmarke durch ein Vergrößerungsglas und vergleicht sie mit den Bildern im Katalog. An Tagen, an denen ihn weder Zeki noch andere ehemalige Kollegen besuchen, verbringt er Stunden mit seiner einsamen Beschäftigung. Aber manchmal ertappe ich ihn dabei, wie er mit leerem Blick vor sich hinstarrt, einem Blick, den ich kaum ertragen kann und von dem ich ihn mit einem *finjan* türkischen Kaffee oder unserem *tawli*-Brett aus Elfenbein abzulenken versuche.

Bis Shuli mich verächtlich darauf hinweist, daß weder Kaffee noch ein *tawli*-Spiel jemals das ersetzen können, was Vater verloren hat.

Wenigstens bleibt Mutter die Qual erspart, jeden Tag auf seine sichere Heimkehr zu warten, das erzählt sie zumindest ihren Freundinnen. Davon abgesehen, würde ich sagen, ist sie nicht sehr glücklich darüber, Vater ständig im Haus zu haben. Ja, beide scheinen sich möglichst aus dem Weg zu gehen. Während er sich morgens mit seinen Briefmarken beschäftigt, schließt sie sich in der Küche ein – bis auf die Zigarettenpause, die sie im Wohnzimmer verbringt, während sie auf das Pfeifen des Dampfkochtopfs wartet. In genau diesem Moment stiehlt er sich nach draußen und sprengt den Rasen, um den Garten für den Abend abzukühlen. Bei seiner Rückkehr findet er die Einkaufsliste unter seinem Vergrößerungsglas. Beim Frühstück und Mittagessen übernimmt das Radio die Unterhaltung. Beim Nachmittagstee verstecken sie sich hinter der Tageszeitung. Nur nach Sonnenuntergang, vielleicht erleichtert, weil es während des Tages zu keinen Zusammenstößen gekommen ist, benehmen sie sich wieder wie früher.

Da wir in diesem Sommer alle viel Zeit totzuschlagen haben, kommen fast jeden Abend jüdische Freunde vorbei und besprechen in unserem Garten leise die neuesten Nachrichten. Letzte Woche mußten die jüdischen Apotheken schließen. Unsere Schulabgänger werden in diesem Semester nicht zum Studium zugelassen. Die drei

Countryclubs in Bagdad haben ihren jüdischen Mitgliedern das Betreten verboten. Gestern hat unser Präsident die neue Übersetzung des »Protokolls der Ältesten von Zion« ins Arabische gelobt. Die Telefongesellschaft wird bald unsere Apparate einsammeln. Curry wandert von einem Bein zum anderen, reibt seinen gestreiften Körper an jedem und miaut um Aufmerksamkeit. Jemandes Nachbarin, die an der französischen Botschaft arbeitet, hat französische Zeitungsausschnitte weitergegeben. Darin steht, daß die Juden aus Libyen und Aden nach Italien und England auswandern dürfen.

Ein Militärjeep hält vor unserem Haus. Eine Fliegenklatsche stoppt mitten in der Bewegung. Ein Satz vergißt sein Ende. Ein ungeknackter Kürbiskern liegt zwischen zwei Schneidezähnen. Zwei Soldaten springen aus dem Jeep. Vater sitzt wie gelähmt auf seinem Stuhl. Mutter fleht zu Gott. Ich nehme Curry auf den Schoß. Die Soldaten gehen zum Kühler ihres Autos, heben die Haube und inspizieren den Motor.

Nachdem sie weitergefahren sind, holt Mutter eine weitere Runde Scherbet aus der Küche.

– *Wallah*, ich würde auf der Stelle mit nichts als meinen Kleidern auf dem Leib verschwinden, wenn sie uns nur gehen ließen.

– Wenn sie uns nur gehen ließen ... sagen alle ständig. Aber niemand mag das Risiko auf sich nehmen, nach Basra zu reisen und die Möglichkeit einer illegalen Fahrt über den Schatt-el-Arab in den Iran zu überprüfen.

Ich bin ihre *kinah* leid, gehe nach drinnen und höre mir Popmusik auf Radio Monte Carlo an. »The Young One«. »Help«. »You Are My Destiny«. »Diana«. »Tell Laura I Love Her«. Aber der Gedanke, von hier fortzugehen, läßt mir keine Ruhe. Was wäre, wenn wir tatsächlich an diesem Abend abreisen und alles hierlassen würden? Was ist mit meinen Comics? Meiner Briefmarkensammlung und den Schlüsselanhängern? Meinem neuen Mantel? Und all dem anderen Kram und den Brettspielen? Bevor ich ins Bett gehe, schaue ich in meinen Schrank und sortiere, zum ersten Mal, meine wichtigsten Besitztümer.

Die dicken Alben, die auf dem obersten Regal liegen. Wie viele Briefmarken da wohl drin sind! Ich zucke bei dem Gedanken an die vielen Stunden zusammen, die ich damit verbracht habe, die Marken einzuweichen und von den Briefumschlägen zu lösen, sie zu trocknen, zu glätten und ins Album einzusortieren. Vier Alben. Hunderte von Sätzen, in jahrelanger Arbeit zusammengestellt, und noch mehr, die darauf warten, vervollständigt zu werden. Die würde ich nie alle mitschleppen können. Vater war vernünftig genug, kein Haus zu kaufen – als hätte er sich auf diesen Tag vorbereitet. Warum hat er mich nicht vor dem Sammeln gewarnt? Emigranten dürfen keine Sammler sein, das hätte er mir klipp und klar sagen müssen. Selbst etwas so Kleines wie eine Briefmarke wird sperrig, wenn man es mit tausend multipliziert.

Ich wische den Staub von meinem Fotoalbum, blättere die schwarzweißen Familienfotos durch und die Schnappschüsse von Ausflügen. Das Album hält meine gesamten dreizehn Lebensjahre fest. Selbst Erinnerungen werden zu einer Sammlung, die man ganz unwillkürlich zusammenfügt. Jedes Foto ist mit vier goldenen Ecken befestigt. Jedes steht für einen wichtigen Moment im Leben. Ich posiere vor dem Bogen von Ktesiphon, den Ruinen von Hatra, dem spiralförmigen Minarett in Samarra, dem Palast von Assur, am Habbaniya-See. Das sorglose Lächeln der ersten Jahre bekommt über die Seiten hinweg etwas Befangenes. Der Blick, zwar immer noch wach, ist jetzt eher bemüht, zu gefallen statt zu erforschen.

Die letzten Seiten sind leer. Diesen Sommer haben wir keine Fotos gemacht. Kein Augenblick war erinnerungswürdig. Und leer werden sie auch bleiben, diese letzten Seiten meines Bagdad-Albums. Sie stehen für einen Zeitraum, der trotz meines Abschiednehmens gerade erst begonnen hat.

Letzte Woche haben sie die Sirenen ausprobiert. Heute abend haben wir Verdunkelung, obwohl der Krieg längst vorbei ist. Von unserem Dach aus sieht Bagdad total schwarz aus, als sei die Stadt mit Ruß bedeckt. Selbst die Dora, die Ölraffinerie, ist verdunkelt. Dafür läuft der Himmel vor Licht über.

Shuli entfaltet seine Sternenkarte.

Da er in letzter Zeit kaum schlafen kann, verbringt Shuli die frühen Morgenstunden damit, die Himmelskörper zu lokalisieren und zu identifizieren. Was am Himmel wie ein zufälliges Gesprenksel aussieht, ist auf der Karte in Sternhaufen und Konstellationen zusammengefaßt. Außerdem sind die Sterne numeriert und durch Linien miteinander verbunden, bilden geometrische Formen und haben seltsame Namen: *al-kaid*, der Führer, *al-markab*, das Boot, *al-dubhe*, der Bär, *al-tair*, der Vogel, *al-gol*, der Dämon.

Sterne sind eine Sammlung, die man nie verlieren kann, stelle ich fest, weil man sie, egal wohin man geht, immer wieder über sich findet.

– Falsch! sagt Shuli. Der Himmel ist nicht überall auf dem Globus derselbe. Der über Buenos Aires zum Beispiel sieht völlig anders aus als der über Bagdad. Aber selbst der Himmel über deinem Bett ändert sich, nicht nur im Laufe des Jahres, sondern während einer einzigen Nacht.

Das ist mir nie aufgefallen.

– Und außerdem sind Sonnen und Sterne nicht unsterblich. Entweder explodieren sie eines Tages, oder sie werden ausgelöscht. Einige der Sterne, die du siehst, existieren nicht mehr. Während ihr Licht Jahre gebraucht hat, um unsere Erde zu erreichen, sind sie bereits erloschen. Darum ist das Beobachten der Sterne oft wie ein Blick in die Vergangenheit. Das ist der Grund, warum sternklare Nächte einen so nostalgisch machen können.

Nostalgisch weswegen? Sein letzter Satz klingt so abwesend, wie an die Sterne gerichtet. Ich nicke trotzdem, ohne wirklich zu begreifen, wieso ein Licht, das wir sehen können, nicht mehr existiert.

– Eines Tages wird die Erde ihren Zyklus beenden und ausbrennen. Oh, keine Bange, das wird erst geschehen, wenn du und ich und unsere Nachfahren und vielleicht die gesamte menschliche Rasse längst tot sind. Das kann noch Millionen Jahre dauern. Wobei

Zeit eigentlich keine Rolle spielt, denn ein Lebenszyklus ist ein Ganzes, egal ob er dreißig Tage oder dreißig Milliarden Jahre dauert, ob es die Lebensspanne einer Blume, eines Vogels, eines Menschen oder eines Planeten ist.

Ich wünschte, er würde aufhören, vom Tod zu reden, und einschlafen.

Mein Blick kehrt zur Erde zurück, wandert über die Straße zu Laurence' Haus, dunkel wie ein erloschener Stern.

Es war einmal

Am späten Nachmittag, wenn die Hitze nachläßt und der Himmel sein Blau wiederfindet, steige ich aufs Dach und schlage unsere Betten auf, meins und Shulis. Vater und Mutter schlafen seit Jahren nicht mehr im Freien, haben die Sterne für die Klimaanlage aufgegeben, wie Vater zu sagen pflegt. Ich ziehe den Sonnenschutz zurück, entrolle die Matratzen, lege die Laken darüber und besprenkle sie mit Wasser, das bis zur Nacht verdampft sein wird und die Betten kühlt. Bevor ich wieder hinuntergehe, werfe ich einen raschen Blick auf Laurence' Haus.

Dutzende bunter Unterhosen hängen auf der Wäscheleine.

Karmesinrot, marineblau, dunkelgrün, gelb, schwarz. Was für ein festlicher Anblick! Weiße Unterwäsche muß in England aus der Mode sein. Sie färben die Wäsche bunt wie Ostereier. Ich lehne mich über die Brüstung und sehe mir die Unterhosen genauer an. Ihre Größe läßt keinen Zweifel. Sie gehören dem Sohn des Hauses.

Blau paßt auf jeden Fall zu seinen Augen. Gelb macht sich gut zu seinen Haaren, obwohl es ihn vielleicht auch blaß wirken läßt. In Rot hätte er Sex-Appeal. Ich kichere, peinlich berührt über die Intimität, die ich in letzter Zeit hinsichtlich Laurence' Kleidung und Unterwäsche entwickelt habe. Schwarz würde ihn älter, ernster machen. Und was Grün betrifft ... Die Tür zu ihrem Dach wird aufgestoßen. Die kurdische Waschfrau kommt mit einem Berg Wäsche heraus, hinter der ihr Oberkörper verschwindet.

Ich sause nach drinnen.

Mademoiselle Capdevielle hat uns einmal eine Geschichte von einem französischen Künstler erzählt, der immer wieder dieselbe Kathedrale malte. Ihn interessierte das Licht zu den verschiedenen Tageszeiten, erklärte sie. Aber inzwischen bin ich davon überzeugt, daß Licht und Farbe nur ein Vorwand waren und die Kathedrale auf der Leinwand nur die halbe Geschichte. Die andere Hälfte war, daß der Künstler heimlich jemanden beobachtete, egal zu welcher Stunde und Farbe des Tages, eine Frau natürlich, bei deren Anblick sein Herz hüpfte.

Bei Nacht ist das Licht hinter Laurence' durchscheinendem Fenster gelb-orange. Wenn es auf den Straßen ruhiger wird, schlurft die kleine Silhouette des Nachwächters durch die schwach beleuchtete Nachbarschaft. Das Gewehr über der rechten Schulter zieht diese Seite seines Körpers nach unten. Er grüßt Vater, der unser Tor abschließt. Vater erwidert den Gruß und gibt dem Nachtwächter, wie gewöhnlich, eine Münze. Einen Dirham, nehme ich an. Möge Allah Sie beschützen, erwidert der Alte demütig. Ein Schatten huscht an Laurence' Fenster vorbei. Das Licht ist jetzt hellgrün. Er muß seine Tischlampe angeknipst haben. Wie lange wird er lesen? Ich lege mich ins Bett, strecke die Arme und Beine aus, genieße die erste Berührung des kühlen Lakens.

»Que sera sera ... whatever will be will be.« Im nahen Nachtclub Embassy hat der Sänger der Band zu singen begonnen. Oft spielen sie bis in die frühen Morgenstunden Doris Day, Frank Sinatra, Tom Jones und Elvis Presley. Shuli mault, daß es seinen Schlaf stört, aber ich höre gerne zu, während ich unter den Sternen liege. »Strangers in the night ... exchanging glances ...« Hat da ein Fenster gequietscht? Ich hebe den Kopf und schaue nach Laurence' Licht. Endlich aus. Jetzt muß auch er ganz Ohr sein, mit mir zusammen Sinatra hören, als habe die Musik die gerade Linie zwischen uns auf einen Punkt reduziert, an dem wir uns gleichzeitig befinden.

Sinatra macht Pause. Das Gebell streunender Hunde, die sich von verschiedenen Stellen der Nachbarschaft aus antworten, tritt in den Vordergrund. Unsere Türglocke läutet. Laurence fragt nach mir. Geh weg, sagt Vater; der Spionage bezichtigt zu werden, ist das letzte, was wir brauchen können. Laurence bricht es das Herz. Mein Vater gibt nicht nach. Meine Augenlider werden schwerer. »The Green Grass of Home« wird schwächer. Die Luft fühlt sich kühler an. Die Hunde haben sich mit Tom Jones zu einem Chor vereint. Mein Atem wird tiefer, bereit zum Einschlafen.

Morgen, vielleicht morgen, wird Laurence bei uns klingeln und nach mir fragen.

An einem der nächsten Nachmittage stehe ich an meinem Fenster und sehe meinen englischen Freund über die Straße kommen und auf unser Haus zugehen. Ich renne nach unten, mein Herz klopft wie wild. Ich, und nur ich, habe das Recht, ihn abzuweisen. Die Glocke läutet. Warte, sagt Vater warnend. Meine Hand verharrt über der Türklinke. Ich hab ihn nicht hergerufen, ich hab keine Ahnung, wieso er kommt, sage ich schulterzuckend, tue gleichgültig. Mutter kommt mit Lockenwicklern in den Haaren. Wie hat sie im Badezimmer die Klingel hören können? Laß ihn nicht ins Haus, hast du verstanden? Vater sagt, ich soll es kurz machen. Mutter betont, daß es das letzte Mal ist. Ich soll Laurence klar machen, daß es nichts Persönliches ist, erinnert mich Vater.

– Willst du ihn bis morgen früh warten lassen? ruft Mutter schließlich. Mach auf, bevor ihn jemand an unserer Tür sieht.

Ich schlendere zum Tor, als gehörte mir die ganze Welt und nicht nur das alleinige Recht, Laurence wegzuschicken. Mein Gast lächelt auf seine übliche Weise und folgt mir in den Garten, zu einer Ecke, die der Nabugbaum und die Kletterpflanzen von der Straße abschirmen. Sein Haar ist noch länger geworden und jetzt mit einem Gummiband zu einem Pferdeschwanz zusammengefaßt. Hat er die rote Unterhose an? würde ich ihn am liebsten fragen. Sein kühler Blick dämpft die Gefühle, die in mir überzuschäumen drohen. Unsere Blicke treffen sich. Seine Augen erstarren in einem undurchsichtigen, künstlichen Blau, wie die einer Barbiepuppe. Ich betrachte seine Iris und sehe das verzerrte Spiegelbild meiner eigenen Züge.

Ich sollte etwas sagen. Die Rede, die ich vorbereitet habe. Der Krieg ... die sechs Tage ... Jerusalem ... Öl ...verdammt, was hat das alles mit uns zu tun? Mach es kurz. Erzähl ihm von der Überwachung, den Raucher haben sie doch bestimmt bemerkt. Von Dudis Vater ... von unserem Telefon, hat er vielleicht versucht, mich anzurufen? Tja, also, ich bin unerreichbar geworden! Warum? Weil ... ich sollte auf meine Worte achten. Eine Andeutung müßte genügen. Israel und Irak? Nein, das betrifft ihn nicht. Eher der Irak und Großbritannien ... Genau, Großbritannien und der Irak – und was ist damit? Da fehlt ein Verb. Hab ich das schon vergessen? In einem englischen Satz ist ein Verb unentbehrlich, das Arabische dagegen braucht kein Tätigkeitswort zu seiner Berechtigung.

– Ich bin gekommen, um mich zu verabschieden.

Zwei Verben, so einfach, so leicht. Und ich muß ihn nicht einmal fortschicken. Er fliegt in ein paar Tagen nach England. Für immer. Internat. Seine Eltern werden ihn in den Ferien besuchen. Er wird nie nach Bagdad zurückkehren. Das Land ist für uns Ausländer zu unsicher geworden, sagt er, ein Mann von Welt. Unsere Trennung scheint ihn kein bißchen traurig zu machen. Laurence liegt die Welt zu Füßen, warum sollte er vor unserem verschlossenen Tor herumlungern? Bald wird er über das Meer fliegen, weit über den Wolken. Wie bin ich nur auf den Gedanken gekommen, daß er in dem Abgrund meiner Verzweiflung ein Abenteuer suchen könnte?

Sein Arm hebt sich. Er will mir die Hand hinstrecken. Meine Hände verschränken sich hinter meinem Rücken. Er läßt die halb erhobene Hand sinken und steckt sie in die Tasche.

Dein Ticket liegt bereit, dein Paß ist in deiner Tasche, worauf wartest du noch, du glücklicher Ausländer? Das Leben hat unsere Pfade bereits getrennt, warum hörst du also nicht auf zu zögern, sagst Lebewohl und gehst?

Aber Laurence zeigt keine Eile. Er schlendert an der Myrtenhecke entlang, beugt sich über Gartenwicke, springt auf die Schaukel und klettert auf den Nabugbaum, bis alle unsere Nachbarn ihn gesehen haben müssen. Ich bleibe steif hinter den Kletterpflanzen stehen. Hat er auch nur die leiseste Ahnung, was Furcht ist? Er beugt die Knie, schwingt sie über einen Ast und läßt sich kopfüber herabhängen. Seine Arme baumeln herab, dazwischen der Pferdeschwanz. Wenn er runterfällt und sich das Genick bricht, klaue ich seinen Paß und fliege mit British Airways.

Das Gummiband löst sich. Laurence' Haar flattert frei. Mühelos schiebt er sich vor und setzt sich auf, springt dann auf den Boden. Zwei Schweißbäche auf seinen Schläfen erinnern mich an seine früheren akrobatischen Vorführungen. Schon jetzt sehne ich mich nach ihm. Soll ich meinen Stolz beiseite schieben und zugeben, wie sehr ich ihn vermißt habe? Würde es sich gehören, nach seiner Adresse in England zu fragen, oder soll ich lieber warten, bis er von allein damit herausrückt?

– Du lieber Himmel! Eure Orangenbäume wachsen aber schnell ... sagt er und bindet sein Haar wieder zu einem Pferdeschwanz zusammen.

– Zum Teufel mit unseren Bäumen! Mir ist das ganze Zeug, das hier wächst, vollkommen egal.

Laurence starrt mich an, als habe ihn meine Gleichgültigkeit gegen die Orangenbäume persönlich beleidigt, und geht langsam zum Tor. Ich begleite ihn, entschlossen, ihn nicht zurückzuhalten. Soll er doch über die Gewalt in mir erschüttert sein. Soll er den Riß zwischen uns begreifen. Soll er endlich Orpheus spielen und aus der Hölle fliehen. Na los, du Held, rette deine Haut, und wag es ja nicht zurückzuschauen. Geh, ich bin in meiner Hölle weit mehr zu Hause als in deiner unschuldsvollen Empfindsamkeit für Orangenbäume.

Laurence öffnet unser Tor.

Ein DDT-Wagen biegt in unsere Straße. Jeden Sommer rumpelt er durch die Stadt und versprüht Insektizide, die uns für einige Wochen von Käfern, Fliegen und allen Arten von Mücken befreien. Fenster öffnen sich, um den Dunst einzulassen. Kleine Kinder jagen hinter dem Wagen her, schreien aufgeregt, rennen immer wieder in den dicken Nebel.

Laurence packt meine Hand und zerrt mich mit in den Dunst hinein.

Zwei gummiartige Lippen berühren meine Wange. Küßt er mich? Ich kann in diesem weißen Nebel überhaupt nichts erkennen. Sein Mund rutscht meine Nase herunter und landet auf meiner Unterlippe. Ich schließe die Augen. Ich sollte den Mund öffnen, ich kenne solche Küsse aus dem Kino, aber der Geschmack von DDT regt mich nicht dazu an. Laurence schafft es irgendwie, seine Zunge stößt an meine, reibt an meinen Zähnen, kommt nicht zur Ruhe. Ist es nicht Zeit, mir seine Liebe zu gestehen, statt so zu tanzen und zu gurgeln? Ich öffne die Augen. Der Dunst verfliegt, Laurence' nebelhafte Züge werden wieder erkennbar. Ich schiebe ihn weg. Seine nasse Zunge verschwindet. Seine Augen öffnen sich. Zwei Lapislazulischeiben glitzern in der Wolke, die sich auflöst. Wie ein *dschinni*, hätte er gesagt, wenn er sich in diesem Moment im Spiegel gesehen hätte.

Wie ein *dschinni*, der in die Flasche zurückkehrt, murmele ich, spüre einen stechenden Abschiedsschmerz, als ich mir den Mund abwische und nach Hause laufe.

Laurence und ich werden uns nie wiedersehen.

Aber hier endet die Geschichte noch nicht. Während Laurence mich in der DDT-Wolke küßte, hat er mir ein zusammengefaltetes Stück Papier zwischen die Finger geschoben. Seine Londoner Adresse, nehme ich an.

Wir waren unsichtbar in dem DDT-Nebel. Niemand, nicht mal die Kinder, die um uns herum spielten, können es gesehen haben. Kaum bin ich diese Sorge los, finde ich mir eine neue. Und wenn unser Haus nun von der Sicherheitspolizei durchsucht wird? Um sicherzugehen, sollte ich die Adresse auswendig lernen und – dem Beispiel meines Vaters folgend – das Papier verbrennen und die Asche ins Klo streuen. Aber kann ich mich auf mein Gedächtnis verlassen, auch Jahre später noch? Zwei Sicherheitsbeamte vor Augen durchstöbere ich alle Ecken und Winkel im Haus. Würden sie in jeder Garnrolle aus Mutters Nähkasten nachschauen? Würden sie unseren Garten umgraben, unsere Transistorradios auseinandernehmen, die Mullbinden im Erste-Hilfe-Kasten aufrollen, zwischen den Brotscheiben suchen, hinter die Bilder in meinem Fotoalbum schauen?

Ich gehe alle Gewürz– und Kräuterdosen in der Küche durch, hebe den Deckel einer angeschlagenen Teekanne, die auf dem Bord steht, und entdecke ein paar hineingestopfte grüne Geldscheine.

Zwei Vierteldinarscheine und einige Münzen. Mutter muß sie dort für gelegentlich vorbeikommende Straßenhändler aufbewahren. In der oberen rechten Ecke eines Geldscheins steht mit roter Tinte ein Name. Imad. Ein Name auf einem Geldschein, wie ungewöhnlich! Wer ist dieser Imad? Geldscheine zirkulieren ihr ganzes Leben, wechseln täglich von einer Hand in die andere, ohne Spuren eines bestimmten Besitzers zu tragen.

Würde ein Sicherheitsbeamter darauf kommen, einen Vierteldinarschein zu überprüfen, der in der Tasche eines Schulmädchens steckt?

Dankbar für diesen Tip küsse ich den winzigen roten Imad und stecke ihn in die Tasche. In meinem Zimmer, bereit, Laurence' Adresse unter Imads Namen zu kritzeln, entfalte ich den Zettel:

Ich ging durch die Wüste
und sah eine Fata Morgana. Sofort
greife ich nach meiner Kamera
und fotografiere
die Wasserfläche.

In der Dunkelkammer taucht
zu meiner Verwunderung
deine Gestalt
auf dem Stück Papier auf,
das im Wasser schwimmt.

Ich lese das Gedicht ein zweites, ein drittes, ein viertes Mal, kann aber keine Chiffrierung oder verdeckte Adresse zwischen den Zeilen erkennen. Laurence hat keine Spur hinterlassen, nur ein Andenken, ein Gedicht, das meine Existenz in Frage stellt und mein Gesicht hinter den Mysterien des Orients verschleiert.

Mutter ruft zum Essen. Ich reiße mich zusammen, stehe auf und werfe einen Blick aus dem Fenster. Unsere englischen Nachbarn haben in ihrem Eßzimmer Kerzen angezündet. Warum Kerzen, wenn die IPC ihre Stromrechnung bezahlt? Ich werde es nie verstehen. Habe ich nachts auf dem Dach ganz allein Frank Sinatra gelauscht? Ich werde es nicht erfahren. Die Londoner Adresse hat sich als Fata Morgana herausgestellt. Aber eine Last ist mir von der Seele gefallen: Ich habe nichts mehr zu verbergen.

Der Stern

– Hallo, wolltest du nicht erst am Nachmittag zurückkommen? fragt Vater, als Shuli die Tür aufschließt.

Er hat den Satz noch nicht zu Ende gesprochen, da folgen zwei Männer meinem Bruder ins Wohnzimmer. Das Zimmer wirkt plötzlich zu eng, als würde ein Fremder doppelt so viel Platz einnehmen wie ein Familienmitglied. Sie sind jung, ordentlich gekleidet, vielleicht sind es nur Freunde von der Universität, rede ich mir ein, nutze den letzten Moment des Zweifels zu unserem Vorteil.

– Das Mittagessen ist fertig, ruft Mutter aus dem Eßzimmer.

Shuli ist bleich. Er wirft mir ein schiefes Lächeln zu, wie er es tut, wenn er eine Wette verloren hat oder einen Irrtum zugibt.

– Wir möchten seine Sachen durchsehen, erklärt einer der Männer, als bräuchte er Vaters Erlaubnis.

Vater öffnet den Mund, weiß aber nichts zu sagen. Shuli führt die beiden Sicherheitsbeamten in sein Zimmer. Vater folgt. Mutter schießt aus dem Eßzimmer, aufgeschreckt von den unbekannten Männerstimmen und den vielen Schritten, die sich die Treppe hinaufdrängen.

Ich erzähle ihr, was passiert ist.

– *Sa'at al soda!* Unsere schwarze Stunde ist gekommen! murmelt sie und tappt mit mir zu Shulis Zimmer hinauf, die Küchenschürze immer noch umgebunden.

Der größere Mann durchwühlt Shulis Bücher, die auf dem Boden unter dem Fensterbrett aufgestapelt sind. Seine Hände sind glatt und gepflegt, als hätten sie nie jemanden verprügelt. Er trägt einen Ehering. Der andere Sicherheitsbeamte hat die Schreibtischschublade herausgezogen. Shuli lehnt am Schrank, die Hände hinter dem Rücken, und schaut schweigend zu. Meine Eltern stehen zu beiden Seiten der Tür, wie pensionierte Wachposten, die ihre Nachkommen nicht mehr beschützen dürfen. Der Sicherheitsbeamte liest Aufnahmebestätigungen amerikanischer Universitäten. Unter seinem linken Auge hat er eine *oukht*, ein Stück zerfressene Haut so groß wie die Augenhöhle, ein Überbleibsel der Bagdad-Pocken. Sein Gesicht zeigt weder Respekt noch Mißbilligung. Er legt die Briefe in die Schublade zurück und greift nach einem Heft, in dem Unterschriften berühmter Menschen abgebildet sind. Er entfaltet einen zwischen den Seiten liegenden Zettel und betrachtet die schwungvollen Unterschriften, die Shuli ausprobiert hat. Mein Bruder steckt die Hände in die Hosentaschen. Der Mann mit der *oukht* legt das Heft und die Unterschriften zur Seite. Er sieht weder verwirrt noch erheitert aus. Sein Blick streift die Zikkurat, kriecht über die Bilder an der Wand, betrachtet die vierfarbigen Raumschiffe und die beiden Schwarzweißfotos der NASA vom Mond. Plötzlich greift er nach dem Transistorradio und fummelt am Einschaltknopf. Ich halte die Luft an. Jetzt ist es zu spät, Gott um etwas zu bitten. Entweder hat Shuli sich an Vaters Anweisungen gehalten oder sie als übervorsichtig mißachtet. Entweder hat er den Sender gewechselt oder nicht, nachdem er gestern abend die Nachrichten von Kol Israel gehört hat. Um Kalthoums Stimme erschallt, dröhnt wie nie zuvor durch Shulis Zimmer. Ich weiche dem Blick meines Bruders aus, damit uns kein Seufzer der Erleichterung verrät. Der Sicherheitsbeamte sieht weder enttäuscht noch befriedigt aus. Er stellt das Radio weg und wendet sich den Büchern auf dem Schreibtisch zu, Standardwerke über Architektur.

– Wonach suchen Sie, Bruder? wagt Mutter zu fragen.

Während sie spricht, bemerkt sie ihre Schürze und bindet sie hastig ab.

– Nach zionistischer Propaganda, erwidert der Mann sachlich, ohne seine Suche zu unterbrechen.

Wir drei starren Shuli mit offenem Mund an.

– Hol deinem Vater ein Glas Wasser, sagt Mutter mit zitternder Stimme.

Ich laufe in die Küche und hole Laurence' Gedicht zwischen den *kamardin*-Scheiben, den getrockneten Aprikosen, in der Speisekammer hervor. Warum habe ich das Gedicht überhaupt versteckt? Es schildert eine Vision der Wüste und ist keine zionistische Verlokkung – selbst ein Sicherheitsbeamter wird den Unterschied erkennen. Was ist nur in mich gefahren, hab ich den Verstand vollkommen verloren? Die eine Hand dreht den Wasserhahn auf, während die andere den Zettel unter dem laufenden Wasser ertränkt. Die Verse verblassen, blaue Tinte läuft aus und fließt ins Waschbecken. Seine blauen Tränen. Sein blauer Bart. Seine blauen Unterhosen. Unser leerer blauer Swimmingpool. Jetzt ist kaum die Zeit für Trauer und Bedauern. Ich stopfe das nasse Papier in den Mülleimer und renne mit dem Glas kalten Wassers nach oben.

Vater, der auf Shulis Stuhl zusammengesackt ist, schluckt zwei weiße Pillen mit dem Wasser.

Der Mann mit der *oukht* durchsucht jetzt den Kleiderschrank, überprüft Shulis Pullover, Hemden, Pyjamas, fummelt zwischen seinen aufgerollten Socken und der Unterwäsche herum. Als er innehält und sich eine Zigarette anzündet, gibt Mutter mir ein Zeichen, ich solle ihm einen Aschenbecher holen. Ich tue so, als hätte ich ihre Geste nicht gesehen. Er ist nicht unser Gast, und er wird auch nicht als solcher behandelt.

– Entschuldigen Sie, Bruder, aber könnten Sie so freundlich sein und uns sagen, welches Unrecht unser Sohn begangen hat? fragt sie.

Der Mann mit den glatten Fingern wirft ihr einen erstaunten Blick zu, als hätte sie nach einem Durchsuchungsbefehl gefragt.

– Er hat zionistische Propaganda verbreitet, antwortet sein Partner, wieder in ganz sachlichem Ton.

Shuli runzelt die Stirn. Wer absurde Fragen stellt, bekommt absurde Antworten, hätte er seiner Mutter unter anderen Umständen gesagt.

– Um Himmels willen, sagt sie beschwörend zu ihrem Sohn. Warum machst du nicht den Mund auf und sagst uns, was passiert ist?

Shuli schaut abwechselnd zu den zwei Sicherheitsbeamten, wartet auf ihre Erlaubnis. Beide durchwühlen jetzt die Bücher. Der Mann mit den glatten Fingern hockt zwischen den Stapeln und sieht aus wie eine Büste auf einem Bücherstapel. Der andere Mann lehnt am Fenster. Sie prüfen jeden Titel, blättern das Buch durch und werfen es dann auf den Haufen in der Ecke. Da sie seinen fragenden Blick ignorieren, zögert Shuli noch einen Moment und erzählt dann seine Geschichte. Im moslemischen Dialekt, den wir für gewöhnlich verwenden, wenn Nicht-Juden dabei sind.

Vor zwei Tagen hat ein Mitstudent, ein Arschloch von einem Nationalisten (letzteres wird Shuli Mutter erst ein paar Stunden später erzählen), ihn gefragt, wie der Zionistenstern aussieht. Shuli hat seine Antwort an die Tafel gemalt: einen sechszackigen Stern. Ja, einen ziemlich großen, aber was spielt das jetzt noch für eine Rolle? Der Student holte zwei sogenannte Zeugen aus dem Hörsaal nebenan, zeigte auf Shuli und den Stern und brachte seine Beschuldigungen vor. Shuli war nicht bereit, sich zu streiten oder irgend etwas zu leugnen. Er sagte seinen Mitstudenten nur, sie sollten Scheiße fressen, und ging. Nein, er hat uns nichts davon erzählt, wozu auch? Er betrachtete es als Nichtigkeit, einen schlechten Witz, den er vergessen wollte. Heute, nach Ende der zweiten Vorlesung, haben die beiden Sicherheitsbeamten vor dem Hörsaal auf ihn gewartet.

– Ich hab was gefunden! Der Mann mit den glatten Fingern wedelt mit einem blauen Taschenbuch und steht auf.

Shulis Lippen zittern. Er scheint die Fassung zu verlieren. Hat er irgendwas zu verbergen? Ein Buch, das er sich im letzten Jahr von einem amerikanischen Professor geliehen hat, kommt mir in den Sinn. »Die Schriftrollen vom Toten Meer«. Es enthielt Abbildungen von uralten zerfetzten Dokumenten, Pergament, nehme ich an, dazu ein Foto eines israelischen Hirten am Toten Meer. Das Wort Israel, das unzensiert Dutzende Male auftauchte, erfüllte mich mit Staunen. Obwohl es bloß um Archäologie ging, hatte Vater Shuli gebeten, das Buch nur so kurz wie möglich im Haus zu behalten.

– Dieses Pamphlet hier. Es ist auf zionistisch geschrieben! keucht der Sicherheitsbeamte an seinen Partner gewandt und zieht an seiner Zigarette.

Ich erkenne das billige Gebetbuch, das unsere Schule für den Religionsunterricht benutzt.

– Hebräisch, meinst du? verbessert der Mann mit der *oukht* seinen Partner.

Shuli schaut zu mir und unterdrückt ein spöttisches Lächeln. Ich schaue hastig weg, um nicht in hysterisches Gelächter auszubrechen. Warte, bis sie das in der Schule hören. Auf zionistisch geschrieben ... in korrekter zionistischer Orthographie. Das wird der Witz des Monats. Ich drehe mich zu Mutter um. Sie scheint es nicht komisch zu finden. Den Tränen nahe, wendet sie sich an den Mann mit den glatten Fingern.

– Bruder, das ist ein Gebetbuch. Hat nichts mit Zionismus zu tun, bei meinem Leben. Es ist für Grundschulkinder. Der Junge schmeißt nie etwas weg. Ich zeige Ihnen ...

Glattfinger schüttelt den Kopf mit einem Kichern, das sagt: Versuch nicht, mich für dumm zu verkaufen, Frau! Sein Partner nimmt ihm das Buch ab.

– Die erste Seite, sagt Shuli mit kalter Stimme, verbirgt kaum seine Verachtung. Der Titel ist auf arabisch gedruckt. Darunter befindet sich ein Autorisierungsstempel des Erziehungsministeriums.

Ohne aufzuschauen, nickt der Mann mit der *oukht* zu Shulis Worten. Glattfinger schnippt seine Zigarette auf den Boden und tritt sie wütend aus, als würde er eine Küchenschabe zertreten. Sein Partner, der immer noch den hebräischen Text durchblättert, zieht ein Päckchen Rafidain aus der Tasche und reicht es ihm. Etwas in dem Gebetbuch scheint ihn nachdenklich zu machen.

– Gehen wir! sagt der Mann mit der *oukht* in entschiedenem Ton zu meinem Bruder und legt das Gebetbuch sorgsam auf das Fensterbrett.

Sie haben drei der elf Bücherstapel durchwühlt. Sie haben sein Bett nicht durchsucht. Sie haben die Röhrchen und Flaschen im Chemiebaukasten auf dem Schrank nicht überprüft. Sie haben seinen Fotoapparat nicht auseinandergenommen und sich seine Kassetten nicht angehört. Sie haben nicht gründlich durchsucht.

– Wohin bringen Sie ihn? Vater steht auf, macht seine väterlichen Rechte wieder geltend.

– Zum Raschid-Lager. Sie können ihm heute nachmittag eine Matratze bringen.

Damit sagt er, daß sie ihn heute nicht freilassen werden. Ohne ein Wort begleiten wir sie zum Tor. Der Mann mit der *oukht* setzt sich ans Steuer. Shuli wartet, wie befohlen, bis Glattfinger hinten Platz genommen hat, und setzt sich dann auf den Beifahrersitz. Keiner winkt dem grauen Volkswagen-Käfer nach. Das Auto ist kaum in die Hauptstraße eingebogen, da bricht es aus Vater heraus.

– Wie töricht von ihm, er hätte es besser wissen müssen ...

– Das ist doch typisch! Dein Sohn ist gerade verhaftet worden, und du hast nichts Besseres zu tun, als ihm die Schuld zu geben.

– Juden werden dieser Tage für nichts und wieder nichts verhaftet. Wir können es uns nicht leisten, unvorsichtig zu sein. Und was macht er? Malt den Davidstern, in aller Öffentlichkeit. Da hätte er sich auch gleich freiwillig stellen können.

– Er ist doch nur ein Junge, gerade neunzehn Jahre alt ...

– Mit neunzehn ist man kein Kind mehr. In seinem Alter hatte ich bereits jede Menge Verantwortung ...

– Vor einer Weile hast du gesagt, du hättest Hunger, was ist mit dem Mittagessen?

– Wie soll ich denn jetzt auch nur einen Bissen herunterbekommen? Erst muß ich Zeki finden, zu Hause oder im Büro.

Sie teilen sich die Aufgaben. Vater wird Zeki suchen und mit ihm gemeinsam ihre Verbindungen durchgehen. Ein Cousin von Zeki ist ein hochrangiger Armeeoffizier, und ein entfernter Verwandter ist mit der Tochter eines prominenten Beamten verheiratet. Vater kennt einige einflußreiche Persönlichkeiten, deren Buchhaltung er früher geprüft hat. Wenn wir Glück haben, erreichen wir jemanden, der Zugang zu jemandem auf Regierungsebene hat und seinerseits bereit ist, ein paar Fäden zu ziehen. Sonst müssen wir es mit Bestechung versuchen. Wir dürfen nichts unversucht lassen, darin sind sich beide einig. In der Zwischenzeit wird Mutter zum Raschid-

Lager fahren und sehen, was Shuli braucht. Kommt nicht in Frage, er läßt sie nicht allein in ein Militärlager gehen. Nein, sie will auf keinen Fall, daß er mitgeht, das kommt erst recht nicht in Frage, was ist, wenn sie sich nun in den Kopf setzen, ihn ebenfalls ins Gefängnis zu stecken? Zu weit hergeholt! Weiß man's?

Sie einigen sich auf eine Begleitung, eine weibliche, vorzugsweise Dudis Mutter, wegen der großen Erfahrung, die sie in letzter Zeit gesammelt hat. In den letzten drei Monaten hat unsere Nachbarin an Türen geklopft, auf staubigen Fluren herumgestanden, auf einen Minister oder ein Parteimitglied gewartet, die sie für ein paar Minuten empfangen, sich ihre Gesuche anhören und sie mit dem vagen Versprechen wegschicken, sich für ihren Mann einzusetzen.

– Was ist mit dir, Lina, willst du mitkommen? fragt Mutter.

– Wer, ich? Ich kann nicht ... muß Hausaufgaben machen. Geometrie.

– Ich weiß nicht, wann dein Vater oder ich zurück sein werden. Geh zu Dudi oder zu Selma. Schreib auf, wo du bist, wir holen dich dann später ab. Bleib nicht allein im Haus, hörst du, Liebes?

– Keine Bange, Mama. Ich komme schon zurecht.

Die Tür fällt ins Schloß. Noch einmal. Dann Stille. Ich bin noch nie allein im Haus gewesen. Ich steige die Treppe hinauf und hinunter, wandere von Zimmer zu Zimmer, ziellos, als hätte ich mich verlaufen, stoße in jedem Zimmer auf dieselben Gedanken. Heute ist wieder ein Jude verhaftet worden. Diesmal hab ich es nicht von anderen gehört. Diesmal ist es hier passiert. Sie kamen, sie durchsuchten sein Zimmer, sie brachten ihn weg. Alles viel zu schnell, viel zu nahe, als daß ich es begreifen kann.

Sie kamen, sie durchsuchten sein Zimmer, sie brachten ihn weg. Diese Reihenfolge wiederholt sich im Wohnzimmer, im Salon, im Badezimmer, im Eßzimmer. Im Eßzimmer ist der Tisch gedeckt. Das Mittagessen steht auf dem Tisch. Inzwischen hätten wir unsere Mahlzeit beendet. Der Reisberg steht unberührt da, verhöhnt unsere Zeiteinteilung. Kein Dampf steigt auf. Als ich klein war, habe ich

Mutter mal gebeten, den Reis zuzudecken, weil die weißen Körner zu Dampf wurden und wegflogen. Alle lachten, außer Shuli.

– Zähl sie, schlug er verächtlich vor. Krieg selber raus, ob sie wirklich verschwinden.

Ich gehe hinauf in sein Zimmer. Zerdrückte Zigarettenkippen, noch feucht von ihren Lippen, liegen auf dem Boden und dem Fensterbrett. Ein Aschenbecher hätte das verhindert, aber diese Barbaren haben nicht um einen gebeten. Ich schiebe die Schublade wieder in den Schreibtisch und schließe den Schrank, als würde ich einen nackten Körper bedecken. Als würde ich einen Film zurückspulen, bis zu dem Moment vor ihrem Eindringen, als ihre Ankunft noch eine Möglichkeit war, die über uns hing.

Meine Furcht ist weg, fällt mir plötzlich auf. Weggebracht, zusammen mit Shuli. Alles vergeblich, die ganze Furcht vergeblich, wiederhole ich, als hätte mir die Furcht vor diesem Ereignis Immunität verleihen sollen.

Ich stolpere, verstauche mir fast den Fuß, verdammt noch mal. Die Zikkurat! Wann wurde sie umgestoßen? Ich hebe sie auf und schaue, ob sie noch heil ist. Die Treppen kitzeln die Linien meiner Hand. Ein vergessenes Gefühl. Jetzt, wo er fort ist, kann ich so lange mit dem Modell spielen, wie ich will. Meine Hände jucken bei dem Gedanken, als wären sie gestochen worden. Die Zikkurat gleitet mir aus der Hand und fällt wieder runter. Ich laufe aus dem Zimmer. Soll er sie doch selbst aufheben, wenn er zurückkommt.

Vielleicht hat Mutter recht. Ich bleibe besser nicht allein.

Ich lehne mich ans Fenster. Die Abenddämmerung hat eingesetzt. Khaled und Hassan radeln die Straße hinunter. Wessen Mutter wird wohl als erste rufen und ihren Sohn an die Hausaufgaben erinnern? Es ist noch nicht lange her, da bin ich auch draußen herumgeradelt. Jetzt sprechen wir kaum noch miteinander. Haben sie mir nach dem Krieg die kalte Schulter gezeigt, oder bin ich auf Abstand gegangen? Ich kann mich nicht erinnern. Die Straße ist dunstig. Durch meinen Atem ist die Scheibe beschlagen. Mit dem Zeigefinger ziehe ich eine gerade Linie auf der beschlagenen Fläche.

Verbinde sie mit einer zweiten Linie. Mit einer dritten. Eine vierte schließt das Quadrat. Eine Diagonale teilt es in zwei Dreiecke. Die Summe der Winkel jedes Dreiecks beträgt 180 Grad. So weit, so gut. Noch etwas, was wir daraus oder aus ihrem Verhältnis ableiten können? Keine Ahnung. Geometrie war noch nie meine starke Seite. Ich wische die Zeichnung weg, hauche die Scheibe erneut an und fange wieder mit einer geraden Linie an. Sie trifft auf eine zweite. Eine dritte durchschneidet sie. Ein großes A erscheint. Was jetzt? Allah? Aaron? Adam? Adieu? Eine vierte Line schließt das A zu einem Dreieck. Nein, zwei Dreiecke, eins schließt das andere ein. Zurück zur Geometrie. Laß mal überlegen, ein Dreieck in einem Dreieck, die müssen doch gemeinsame Merkmale haben. Ihre Winkel, wenn mich nicht alles täuscht, aber das kommt erst am Ende des Trimesters. Ich wische die Zeichnung weg und male ein größeres Dreieck. Welche Aufgabe kann ich mir jetzt stellen? Mein kleiner Finger reckt sich vor und malt ein zweites Dreieck. Über das erste. Genauso groß. Auf dem Kopf stehend. Khaled und Hassan radeln in das Hexagramm hinein und wieder hinaus. Wenn sie nur wüßten! Schaut alle, ich habe den zionistischen Stern gemalt. Hier oben! Über euren Köpfen. Trotz euch und trotz eurer Väter und der Väter eurer Väter. Bevor irgendwas passieren kann, wische ich den gesetzwidrigen Stern hastig weg. Dummkopf, warum hat er ihn nicht rechtzeitig von der Tafel abgewischt? War er zu stolz, oder hat er zu langsam reagiert? Ich hauche die nächste Scheibe an und male noch einen sechszackigen Stern.

Shuli hat mal gesagt, das Hexagramm sei ein uraltes Symbol für Gleichgewicht und Harmonie. Die beiden Dreiecke verkörperten das Oben und das Unten, das Göttliche und das Menschliche, Geist und Materie, miteinander verbunden. Nachdenklich betrachte ich die ineinander verschlungenen Dreiecke, sehe aber nur einen Stern, der Schwierigkeiten bereitet.

Ich füge ein Paar dünne Dreiecke hinzu. Ein Paar dicke. Zwei Dreiecke mit gezackten Rändern, wie Briefmarken. Zwei Dreiecke mit unterbrochenen Rändern. Einen Stern mit langgezogenen

Ecken. Einen mit ganz spitzen Ecken, wie Hörner. Einen Stern mit bauchigen Rändern, wie ein Ballon. Die Fensterscheibe ist voller Sterne, als wäre Weihnachten. Ein zionistisches Weihnachten.

Jemand fummelt am Schlüsselloch. Entweder Mutter oder Vater ist zurück. Ich wische meine Fenstermalerei wieder aus. Die Straße ist dunkel. Das Geräusch hochhackiger Schuhe kommt aufs Badezimmer zu. Sie macht das Licht an. Ich bin endlich hungrig. Das Abendessen wird unvollständig sein mit nur uns Dreien, wie ein Tisch, dem ein Bein fehlt.

Jom Kippur

Hungrig?

Die Frage überfällt mich, als hätte sie die ganze Nacht auf dem Bettpfosten gehockt und darauf gewartet, daß ich aufwache.

Ich spüre einen leichten Druck unter dem Nabel. Einen Hitzeschauer um meinen Bauch. Einen Luftzug. Aber keinen Hunger. Meine Lippen öffnen sich, meine Zunge kriecht heraus und befeuchtet sie. Wie jeden Morgen, und egal, welchen Geschmack meine Träume hinterlassen haben, bleibt ein fauliger Nachgeschmack von Schlaf in meinem Mund. Ich mache die Augen auf. Halb zehn. Als ich das letzte Mal auf die Uhr geschaut habe, war es sieben. Die Haustür schloß sich, Vater war offensichtlich auf dem Weg zur Synagoge. Ich habe Jom Kippur um zweieinhalb Stunden verkürzt.

Ich steige aus dem Bett, ziehe mich langsam an. Hätte ich gestern nachmittag beim Vorfastenmahl noch ein Glas Wasser getrunken, wäre mein Mund jetzt nicht so trocken. Dürfen wir uns wenigstens das Gesicht waschen? Auf keinen Fall, würde Mutter sagen. Vater dagegen zögert nicht, sich an Jom Kippur zu rasieren oder sogar die Zähne zu putzen. Aber ich glaube, so weit würde ich nicht gehen, denn was wäre, wenn ich aus Versehen beim Mundausspülen ein paar Tropfen Wasser runterschlucke?

Es klingelt an der Haustür.

– Dudi ist da, ruft Mutter. Kann er raufkommen?

– Nein, er soll genau da bleiben, wo er ist. Ich komme gleich runter.

Rasch besprenkle ich mir das Gesicht mit Wasser und laufe hinunter ins Wohnzimmer.

Curry miaut im Hof.

– Deine Katze hat Hunger, sagt Dudi.

– Curry hat dauernd Hunger. Er hat gestern abend eine Riesenportion bekommen. Sag mal, glaubst du, daß die Wünsche, die man beim ersten Fasten hat, in Erfüllung gehen?

– So wie bei der ersten Sternschnuppe, die du siehst, und dem ersten Wunschknochen, den du zerbrichst? Du hast dich also dem Hungerstreik angeschlossen. Herzlichen Glückwunsch.

Ich antworte nicht. Mir ist heute nicht nach einem Schlagabtausch mit Dudi.

– Was ist dieses Jahr bloß mit allen los? Selbst unsere Kleinste ist entschlossen, bis zum Mittag zu fasten.

– Sehr brav.

– Quatsch, das Fasten macht die Leute nervös und mürrisch, alles andere als versöhnlich. Heute morgen war mir nach gebratenen Auberginen, und statt Mama oder eins der Mädchen zu bitten, habe ich sie mir selbst gemacht, aus lauter Rücksichtnahme. Du hättest sehen sollen, wie sie es mir heimgezahlt haben. Sie sind ausgerastet, weil ich vergessen hatte, die Küchentür zu schließen, und der Geruch in ihre Schlafzimmer zog. Eine nach der anderen ist ins Eßzimmer gekommen und hat mich beschimpft, wie egoistisch und taktlos und gemein ich wäre.

– Gebratene Auberginen ... heute morgen? Du fastest nicht?

– Ich habe nun mal eine schwache Konstitution. Ich kann nicht lange ohne Nahrung auskommen.

– Du bist dreizehn, Dudi, jeder fängt mit dreizehn an, jeder kann es schaffen! Außer wenn man krank ist oder so.

Die Fliegentür schlägt zu. Curry wimmert. Er hängt sich mit den Krallen seiner Vorderpfoten an das Gitter, stellt sich auf die Hinterpfoten und zieht die Tür auf. Jedes Mal, wenn er die Krallen aus dem Gitter zieht, knallt die Tür zu, schwingt wieder auf und knallt noch mal zu.

– Aber Curry ist keine dreizehn! Und sein Gejammer ist herzerweichend. Wenn du den Anblick von Essen nicht ertragen kannst, geb ich ihm selbst etwas Milch, in Ordnung?

Und ohne auf eine Antwort zu warten, springt Dudi mit der Energie eines gut genährten Jungen auf und holt Currys Schüssel vom Hof. Curry miaut, so laut er kann. Dudi geht zu unserem Kühlschrank.

– Was für ein köstliches Abendessen wartet hier auf dich, Hühnerpilau, guter Gott, ich kann dem Geruch von Piment nicht widerstehen. Das einzige, worum ich euch Fastende beneide, ist der Appetit, den ihr am Abend haben werdet. Heh, das ist eine Bonbonschachtel, wie ich sie noch nie gesehen habe. Darf ich ...? Danke. Mmm, eine Mischung aus ... Entschuldige, ich halte den Mund. Komm schon, ich hab gesagt, daß es mir leid tut. Ich hab einen gierigen Blick? Na, wenn schon. Himmel, heute ist aber jeder gereizt!

Dudi trägt die Schüssel nach draußen, lutscht und kaut. Curry schlängelt sich zwischen seinen Beinen hindurch, den Kopf erhoben, mit lautem Miauen.

– Hier, Curry, mein Junge, ich hab dir ein bißchen Milch gebracht, damit du nicht sagst, die bösen Juden ließen dich verhungern. Heh, paß doch auf, ich bin fast über dich gefallen, sei so gut und geh zur Seite, damit ich die Schüssel hinstellen kann.

Während das Bonbon von einer Seite seines Mundes auf die andere wandert, ohne zu schmelzen, bittet Dudi mich, ihm ein paar Comics für diesen langen, langweiligen Tag zu leihen.

– Selma holt mich gegen Mittag ab. Wir gehen in die Synagoge. Willst du mitkommen?

Dudi schluckt an seinem Speichel.

– Wozu? Alle werden mich bloß nach Baba ausfragen und mir innerhalb von fünf Minuten den Tag verderben. Außerdem fasziniert mich momentan eher die Tierwelt, nicht die spirituelle.

Er hält inne, erwartet, mit Fragen überschüttet zu werden. Ich schweige, weigere mich, ihm das Gefühl der Wichtigkeit zu geben, um das er bettelt. Heute nicht. Nicht, während ich faste und er nicht. Dudi wartet nicht lange, bevor er fortfährt.

– Mich beschäftigen ausschließlich zwei Fragen, Tag und Nacht.

– Zwei?

– Angenommen, nur mal angenommen, Hunde würden aufhören zu bellen und statt dessen sprechen ... sie würden vor allem über

Gerüche reden, stimmt's? Jetzt stell dir all die Worte vor, die sie sich ausdenken müßten, um Gerüche zu beschreiben, ohne ihren Ursprung zu erwähnen.

– Ich versteh dich nicht.

– Gut, laß uns Schritt für Schritt vorgehen. Wir Menschen sprechen zum Beispiel von weiß, rot, grün, ohne sagen zu müssen, die Farbe von Milch, die Farbe von Blut, die Farbe von Gras, verstehst du? Gut. Wenn jetzt Lassie mit Geruch umgehen könnte wie wir mit Farbe, würde er keine konkreten Details angeben müssen wie ... der Geruch der Keulen eines jungen Puters, mit Curry und Muskat gebraten oder ... der Geruch des ersten Morgenurins eines Sechzigjährigen, der Nierensteine hat. Zwei, vielleicht drei Attribute aus dem Vokabular eines Hundes würde den ganzen Bereich dieser Gerüche abdecken und ihre Kombinationen benennen ...

Er zerbeißt das Bonbon und fügt hinzu,

– Nur würden wir sie nicht verstehen, fürchte ich, weil uns die Entsprechungen in unserer Sprache fehlen.

Dudis Ideen erinnern mich oft an den Souk *al-haraj*, den Flohmarkt in der Altstadt, auf dem die meisten Dinge Plunder sind. Und trotzdem findet man manchmal, unter tausend Dingen, einen echten Schatz.

– Hast du das alles gelesen oder irgendwo aufgeschnappt? frage ich, nur um ihn zu ärgern.

– Nein, bei Babas Leben! Wieso? Was meinst du damit? Glaubst du, mir fällt so was nicht ein?

– Schon gut, mach weiter. Und die zweite Frage?

Dudi zögert.

– Na ja ... sie betrifft ebenfalls Lassie. Ich frage mich, was mein Hund denkt, wenn er masturbiert. Ha, ha, ha ... ich mach mich jetzt auf die Socken. Du kriegst deine Zeitschriften zurück, sobald die Feiertage vorbei sind, versprochen.

Er schlendert über unseren Hof, kichert über seinen eigenen Blödsinn und wird von dem maunzenden Curry verfolgt. Als Dudi das Tor hinter sich zuknallt, schreie ich auf. Um Haaresbreite wäre der rote Schwanz eingeklemmt worden. Kaum ist das Miauen und Lachen verklungen, überkommt mich Lustlosigkeit. Der üble Geschmack in meinem Mund dringt unter meine Haut, strömt als Geruch durch meine Poren aus. Meine Knochen fühlen sich wie eingerostet an. Ich würde die Synagoge dieses Jahr bereitwillig sausen lassen und wieder ins Bett kriechen, wenn Mutter nicht wäre.

Der Gedanke, den ganzen Tag mit ihr zu verbringen und mir ihr Gejammer anzuhören, ist unerträglich.

Schande über mich, wenn ich in meinem Bett Schlaf finde, wo mein Sohn auf dem Boden liegen muß! Asche auf mein Haupt, wenn ich frische Luft atme, wo ihm ein Fenster verweigert wird. Habe ich das Herz, einen Spaziergang zu machen, während seine Bewegungsfreiheit eingeschränkt ist, Fernsehen zu schauen, während er vier nackte Wände anstarrt, mit Freunden zu plaudern, während er ganz allein ist?

Und so weiter und so weiter.

Jeder Versuch, Mutter aufzumuntern, wird mit Feindseligkeit quittiert, als würde man von ihr verlangen, auf etwas Kostbares zu verzichten. Er ist auch mein Sohn, aber du übertreibst es, sagte Vater mal, unfähig, sich noch länger zurückzuhalten. Ein Mutterherz kannst du niemals ausloten, gab sie kalt zurück und weigerte sich zwei Tage lang, mit ihm zu sprechen. Seit dem Moment fasziniert mich die Anatomie des Herzens meiner Mutter. Manchmal macht es Krach wie ein kampflustiger Ritter, dann wieder wimmert es wie ein zu lebenslanger Haft Verurteilter.

Ich habe den Verdacht, daß Vater, im Innersten seines Herzens, eifersüchtig auf die Hingabe und Besorgnis ist, die Mutter ihrem Sohn schenkt. Aber im Gegensatz zu mir ist Vater vernünftig genug, sich nicht auf Vergleiche und Konkurrenzkämpfe einzulassen, die er doch nur verlieren kann. Seine ständige Anwesenheit macht Shulis Abwesenheit um so schlimmer. Und ganz egal, was ich sage oder mir zu sagen und tun verkneife, Shuli wird, aus der Ferne seiner Zelle, immer gewinnen.

Ein Taxi hupt. Ich küsse Mutter auf die Wange und laufe hinaus.

Ich bin nicht hungrig, sagt Selma mit einem Anflug von Stolz und rutscht in die Mitte des Rücksitzes, um mir Platz zu machen. Neben ihr begrüßt mich fröhlich Selmas Mutter. Sie trägt eine Sonnenbrille, ihr Kleid ist neu, ihre weißen Schuhe glänzen, ihre Wangen sind gleichmäßig gepudert. Ob sich Mutter wohl über diese festliche Aufmachung geärgert hätte?

– Kommt deine Mama nicht mit?

– Nein, sie fühlt sich nicht wohl.

Selmas Mutter bittet den Fahrer loszufahren.

Auf Selmas Schoß liegt ein Schulbuch. »Der lebende Organismus«. Hat sie etwa Hausaufgaben mitgebracht? Nein, sie hat sich das Buch von Ferial geliehen, unserer neuen Biologielehrerin, und vergessen, es zurückzugeben. Selma erwartet, sie in der Synagoge zu treffen. Selmas Atem verrät mir, daß sie sich heute morgen nicht die Zähne geputzt hat. Ich drehe das Fenster runter, lasse einen Schwall heißer Luft herein. Obwohl es schon Mitte Oktober ist, scheint der Herbst noch fern und Regen so wirklich wie Science-fiction. Bald darauf hält das Taxi an der Alwiyah-Synagoge. Wir steigen aus. Selmas Mutter dankt dem Fahrer und verabschiedet sich.

– Wir haben gestern schon bezahlt, erklärt mir Selma.

– Warum das?

– Weil Juden an Jom Kippur weder fahren noch Geld ausgeben sollen, hast du das vergessen?

Ich lächele, als ich unser Auto am Ende der Straße parken sehe. Unbesorgt wegen solcher Regeln, macht sich Vater nicht mal die Mühe, irgendwelche Tricks anzuwenden.

Er hat sich an den Rand der Männersektion gesetzt. Mit seinem Strohhut und den grünen Augen, ohne ein Gebetbuch auf dem Schoß, wirkt er fehl am Platz. Und abwesend, in seine eigenen Gedanken vertieft. Ich überquere den Hof, wo der Gottesdienst stattfindet, zur Männersektion. Vaters Gesicht erhellt sich. Ich schlinge ihm die Arme um den Hals. Seine Umarmung erstickt mich fast, als würde er gleichzeitig Tochter und Sohn drücken. Ich achte darauf, mich nicht zu schnell von ihm zu lösen, um seine Gefühle nicht zu verletzen.

– Wie kommst du zurecht? fragt er, nachdem er mich losgelassen hat.

– Bisher ganz gut, abgesehen von einem trockenen Hals.

– Lauf nicht zu viel herum, Tochter, es ist ziemlich heiß, und du verlierst ständig Flüssigkeit, auch wenn du es nicht sofort merkst.

Ich nicke, um mir weitere Ratschläge zu ersparen. Unser Direktor, unrasiert und mit einem Scheitelkäppchen, kommt plötzlich herüber und setzt sich neben Vater. Selbst im Haus Gottes und in Anwesenheit meines Vaters schüchtert mich dieser hagere Mann ein. Auch wenn er sich nur nach Shuli erkundigt. *Allah kerim*, Gott ist barmherzig, erwidert Vater, deutet damit an, daß es keine Neuigkeiten gibt. Im Gegensatz zu Mutter drückt Vater seine Trauer durch Schweigen aus, was oft mißverstanden wird, weil die Leute es für eine Bereitwilligkeit zum Zuhören halten. Der Direktor schüttelt traurig den Kopf und berichtet in aller Ausführlichkeit von der Verhaftung seines Schwagers vor zwei Wochen.

Ich schleiche mich in den Garten zu Selma, die mit einem Mädchen plaudert, das in der Schule zwei Klassen über uns ist.

– Sie ist nicht da.

– Wer?

– Ferial, wer denn sonst? Ich hab gehört, daß sie meistens in die Shemtob-Synagoge geht. Die ist am Rand von Bettawin, eine halbe Stunde von hier. Ich muß da hin. Ich hab ihr versprochen, daß sie das Buch noch vor Jom Kippur zurückbekommt. Gehst du mit? Bitte? Hier ist es sowieso langweilig, keine unserer Freundinnen ist da.

Wir gehen durch Seitenstraßen, menschenleer, als hätte die Sonne eine Ausgangssperre verhängt. Vor den Läden sind die Eisengitter für die Mittagspause heruntergerollt, quälen uns mit Werbetafeln für Seven-Up, Sinalco, Canada Dry und andere Erfrischungen.

– Was gäbe ich nicht für ein kaltes Glas Scherbet, sagt Selma.

– Orange oder Maulbeere?

– Granatapfel, mit so viel zerstoßenem Eis wie Kernen.

Wir suchen nach Schatten, aber den liefern nur die Strommasten. Also strecken wir die Arme seitlich aus und balancieren auf der dunklen Linie, tun so, als wären wir Akrobaten auf dem Drahtseil. Eine große, dicke, blonde Frau stapft aus einer Seitenstraße auf uns zu. Trotz des gelben Schirms, den sie über ihren Kopf hält, ist ihr Gesicht von der Sonne gerötet. In rauhem, gebrochenem Englisch fragt sie uns nach dem Weg zum Goethe-Institut. Selma und ich wetteifern darin, ihr den Weg zu beschreiben, kommen aber immer wieder ins Stocken, weil Selma zwar den Weg kennt, ich aber alles übersetzen muß. Die Frau grummelt, es sei an der Zeit, daß endlich mal ein Stadtplan gedruckt würde oder die Seitenstraßen wenigstens Namen bekämen. Plötzlich knurrt Selmas Magen. Wir brechen beide in hysterisches Gelächter aus. Die Frau schaut beleidigt, murmelt etwas Unverständliches und marschiert weiter in die ursprünglich eingeschlagene Richtung.

Erst nach einer Stunde erreichen wir die Shemtob-Synagoge. Nach einem Blick in den Hof, wo nur kleine Kinder herumrennen, gehen wir hoch zur Frauengalerie. Fein gekleidete Damen, jung und alt, folgen dem Gottesdienst oder unterhalten sich. Von Ferial keine Spur. Während Selma sich durch die Reihen schiebt, beuge ich mich über die Balustrade, kühle mir den Kopf unter dem Deckenventilator und betrachte den Saal, die hohen Bogenfenster, die Ventilatoren und Kronleuchter an der Decke. Die *bimah*, das Lesepult, steht in der Mitte des Saales, umgeben von einer schmiedeeisernen Balustrade wie die auf der Galerie. Die Männer sitzen auf Holzbänken, die im Saal verstreut stehen. Wie anders ist diese Synagoge als die in Alwiyah, die nur aus einem offenen Hof besteht, mit Klappstühlen, in zwei Abteilungen um das tragbare Lesepult aufgestellt. Eine Synagoge aus dem Koffer. Meine Blicke suchen den Schrein und finden einen alten Holzschrank mit eingeschnitzten hebräischen Versen, der schräg links hinter dem Lesepult an der Wand steht. Darin werden die Thorarollen, die heiligsten Gegenstände der Synagoge, aufbewahrt.

Und wie haben sie die *Muallaquat* präsentiert, überlege ich, muß plötzlich an unsere Arabischstunde letzte Woche denken. Das ist eine Sammlung von sieben berühmten arabischen Oden – jede gilt als das beste Werk ihres Autors, und zusammen stehen sie für die großartigste prä-islamische Dichtkunst. Einer Legende nach sollen im *Jahiliyah*, dem Zeitalter der Unwissenheit, wie die prä-islamische Zeit auf arabisch genannt wird, die sieben Oden am heidnischen Schrein von Mekka gehangen haben.

Die Vorstellung, die Dichtkunst anzubeten statt das Gesetz, fasziniert mich.

Aber trotzdem kann ich mir nicht vorstellen, wie die Wüstenaraber diese Verse aufgehängt haben. Bestimmt nicht so, wie wir unsere Nylonsocken von der Wäscheleine baumeln lassen, meinte Selma. Wo ist Selma? Ich kann ihre roten Locken unter den Dutzenden weißer, brauner und schwarzer Dauerwellenköpfe nicht entdecken. Die geschminkten Gesichter lassen kein Anzeichen von Hunger, Durst oder sonstigen Entbehrungen erkennen. Ob sie trotzdem alle fasten? Zwei ältere Frauen am Gang winken mich zu sich.

– Komm her, Kind, bist du nicht die Tochter von, wie heißt er gleich? Wir haben gehört, daß sich dein *khal* vor kurzem verlobt hat, *da drüben*. Herzlichen Glückwunsch, mein Kind, möge auch dein Tag bald kommen.

Ich schüttele den Kopf. Sie haben sich geirrt, will ich erklären, ich habe keinen *khal*, keinen Onkel mütterlicherseits, weder hier noch dort, noch irgendwo. Aber die Frau unterbricht mich.

– Tja, junge Dame, die Zeit vergeht viel schneller, als man denkt, und sie wartet auf keinen Emir oder Wesir. Ich bin mit der Braut verwandt, weißt du, eine gute Partie, glaub mir, bekannte Familie und wohlhabend dazu. Unter uns gesagt, Hanina, sie hätten sie längst verheiraten sollen. Sie war schon fast dreißig. Aber wenn du mich fragst, lag das an ihrem Vater! Seine Tochter war sein Liebling, und du weißt, was passiert, wenn man ihren Launen nachgibt. Die arme Heiratsvermittlerin ist die ganze Liste durchgegangen, und keiner hat der *khatoun* gepaßt. Der eine hatte eine zu hohe Stimme, der andere keinen Sinn für Humor, der dritte hatte eine alte Krähe zur Mutter, der vierte war Kettenraucher. Sie hat ihren Eltern die Hölle heiß gemacht, bis es keinen mehr gab, an dem sie etwas aussetzen konnte. Na ja, Ende gut, alles gut, Gott sei's gedankt.

Da ich annehme, daß mein Verhör zu Ende ist, trete ich einen Schritt zurück, will mich auf Zehenspitzen entfernen und aus sicherem Abstand verabschieden. Aber die andere Frau, Hanina, greift nach meinem Arm, als hätte sie ein Recht dazu.

– Bist du nicht die Schwester von Shuli, der den Stern gemalt hat? Armer Junge, möge Gott ihn beschützen, möge er zum Laubhüttenfest wieder bei euch sein, *inschallah.*

Und sie wirft die Hände hoch.

– Aber, um ehrlich zu sein, Mädchen, hat sich dein Bruder das nicht selbst zuzuschreiben? Ich meine, warum mußte er die Wände des Hörsaals mit Davidsternen vollschmieren? Wer das sagt? Kannst du dich erinnern, von wem wir das gehört haben, Joza? Na, egal, rede, mein Kind, erzähl uns, was wirklich passiert ist.

Ich berichte von dem Vorfall, wie ich es Dutzende Male zuvor getan habe, kurz und bündig, um weitere Fragerei zu verhindern, während ich die Galerie nach Selma oder irgendwem absuche, der mir einen Vorwand gibt, den beiden zu entkommen.

– Na, das ist ja eine ganz andere Geschichte, was, Joza? Meine Güte, was die Leute alles erfinden. Hoffentlich ist er nicht geschlagen worden oder so? Gott sei Dank. Verzeih mir, Kind, aber ich muß immer weinen, wenn ich traurig bin, ich kann nichts dafür. So ein junger Mann in der Blüte seiner Jahre, möge Gott ihnen all das Leid heimzahlen, das sie uns antun. Die Pest über sie. Alle zehn Plagen Ägyptens an einem Tag, Amen.

Nicht heute, flüstert Joza. Solche Gedanken sind an Jom Kippur streng verboten. Jom Kippur ist der Tag des Vergebens.

Hanina zieht ein Taschentuch aus ihrer Handtasche und wischt sich die Tränen ab. Nachdem sie die zwei schwarzen Flecken auf dem weißen Musselin betrachtet hat, führt sie sie als Beweis ihrer Qual vor. Joza greift nach ihrer Handtasche, holt einen Spiegel heraus und trägt eine weitere Schicht orangefarbenen Lippenstift auf ihre trockenen Lippen auf, deren einzige Nahrung an diesem Tag.

– Ein brillanter Junge, sagt man, faßt Joza zusammen. Ich habe gehört, daß dein Bruder von den besten Universitäten Amerikas angenommen wurde und daß er im vergangenen Jahr drauf und dran war, den Schatt-el-Arab zu überqueren. Nur dein Vater war dagegen und ... was? Du hast eine Verabredung! Und das ist dir jetzt erst eingefallen? Wie schade, es war nett, mit dir zu plaudern, aber wenn du gehen mußt, Kind, wir halten dich nicht auf. Fastest du eigentlich? Brav, mögest du mit Glückseligkeit gesegnet sein.

– Hast du das gesehen, Hanina? Wir sind alt genug, ihre Großmütter zu sein, hätte sie mich nicht wenigstens meinen Satz beenden lassen können?

Ich renne die Treppe hinunter, hinaus in den Hof, fluche und unterdrücke meine Tränen, bis mich die neugierigen Blicke der Kinder wieder nach drinnen treiben. Voller Sehnsucht, allein zu sein, hocke ich mich auf die unterste Stufe. Jozas Worte wirbeln mir im Kopf herum.

– Heh, hast du dich in Luft aufgelöst oder was, ich hab dich überall auf der Galerie gesucht, rat mal, wenn ich getroffen habe?

Ich drehe mich verblüfft um, als sei Selma von einem anderen Jom Kippur hier gelandet.

– Ihre Mutter!

– Wessen Mutter?

– Ferials Mutter! Was ist denn mit dir los? Ein altes Plappermaul, du meine Güte, was die alles an mich hingebrabbelt hat. Sie behauptet, Ferial wäre besser an eine Moslemschule gegangen, wo die Schüler beim bloßen Anblick der Lehrer schon vor Angst zittern. Dann gab sie zu, daß Ferial keine andere Wahl hatte. Weil niemand sie einstellen und auch niemand um ihre Hand anhalten wird, das hat sie wortwörtlich so gesagt, ich schwöre es bei Gott. Ihrer Ansicht nach wird, solange unser Schicksal in diesem Land nicht geklärt ist, kein Jude heiraten, aber ich habe den Zusammenhang nicht ganz kapiert. Hättest du gedacht, daß Ferial schon fünfundzwanzig ist?

Wenn ich ein Mann wäre, würd ich sie auf der Stelle heiraten. Sie ist so schön, findest du nicht auch?

Ich zucke die Schultern, habe genug von Ferial und Hochzeiten.

– Schließlich hat sie mir gesagt, daß Ferial zum Morgengottesdienst hier war und dann mit einer Freundin zur Ezra-David-Synagoge gegangen ist. Warst du da schon mal? Sie liegt am Fluß, nur zehn Minuten entfernt, laß uns da vorbeigehen und mal schauen, ja?

Auf dem Weg hinaus treffen wir einen fröhlichen Hai, ganz in Weiß gekleidet. Er streichelt unsere Köpfe.

– Ich vermisse euch schrecklich, Mädels, hoffentlich können wir nächsten Sommer wieder schwimmen gehen, *inschallah.*

Eine Gruppe junger Männer und Frauen hat sich im Hof der Ezra-David-Synagoge versammelt. Die meisten Gesichter sind mir vertraut. Manche verbinde ich mit dem jüdischen Sportzentrum, andere kenne ich aus der Schule, vor Jahren. Da Selma von ihnen nichts Genaues über Ferial erfährt, macht sie sich auf den Weg zur Frauengalerie, während ich draußen unter einer Dattelpalme bleibe. Um mich von meinem knurrenden Magen abzulenken, lausche ich der Diskussion der Gruppe.

– Sind die denn vollkommen verrückt geworden? Seit wann können sich Verlierer leisten, Bedingungen zu stellen?

– Seit sie in Öl schwimmen und die Sowjetunion und den gesamten kommunistischen Block hinter sich haben.

Gibt es heutzutage nichts, worüber Juden reden können, außer über unser Schicksal und über Politik?

– Nichts als heiße Luft, so zufrieden mit ihren drei Neins, daß es mich wundert, warum keine Briefmarken zur Erinnerung an ihre tolle Gipfelkonferenz ausgegeben worden sind. Einen Dreiersatz, eine Marke für jedes Nein.

Alle lachen.

– Sprecht leiser, man kann uns bis auf die Straße hören ...

Ihr erneutes Lachen füllt den Hof der Synagoge. Drinnen Gebete, draußen Lachen. Ich frage mich, welche Stimmung unserem Gott wohl besser gefällt. Der Mann, der den Vorschlag mit den Briefmarken gemacht hat, kommt auf mich zu.

– Bist du nicht Shulis Schwester? fragt er, schaut mich über seine Sonnenbrille hinweg an.

Ich nicke, fürchte mich vor einem weiteren Verhör.

– Ich bin Adel, erinnerst du dich? Du warst mit deinen Eltern bei uns, nachdem ich entlassen wurde. Ich war mit deinem Bruder im Raschid-Lager.

Jetzt erinnere ich mich.

– Er war der Propagandist, ich war der Schatzmeister, haben wir gewitzelt, wenn wir guter Laune waren. Mir wurde vorgeworfen, Spenden für Israel gesammelt zu haben, aber sobald Major Abu Azzam Vaters zweihundert Dinar in den Händen hatte, wurde die Anklage fallengelassen, und innerhalb von zwei Stunden war ich draußen. Ich muß mich nach wie vor einmal in der Woche bei der Polizei melden. Aber ich sollte mich wirklich nicht beklagen.

Er trägt einen goldenen Anhänger: die beiden Gesetzestafeln, geformt wie ein offenes Buch.

– Irgendwelche Fortschritte? Irgendwelche Aussichten auf ... auf seine Entlassung? fragt er, spricht die letzten Worte mit einer gewissen Gehemmtheit aus.

Entlassung? – unsere tägliche Quelle der Hoffnungen und Illusionen. Ich schüttele den Kopf.

Vaters Bemühungen, durch hohe Beamte etwas für Shuli zu erreichen, waren vergeblich, und Zekis Verbindungen endeten bald in einer Sackgasse. Abu Azzam ist verschlagen wie ein Fuchs, meinte ein Vermittler, die Art Mann, »der dich an den Fluß führt und durstig zurückbringt«. Offenbar ist Shuli ein Spezialfall, mehr als 200 Dinar wert – zumindest in den Augen des Majors, der ihn sich für wer weiß welche profitable Gelegenheit aufzuheben scheint.

– Du hast ja keine Ahnung, wie hilfreich seine Anwesenheit für mich war. Gott, es ging alles so schnell. Innerhalb weniger Minuten wurde meine Existenz so unbedeutend wie die einer Ameise. Ich war immer noch wie benommen, als sie mich in diese stickige Zelle schoben und die Tür hinter mir abschlossen. In diesen vier Wänden ist alles möglich, dachte ich, und niemand würde es sehen oder hören. Ich war ihnen vollkommen ausgeliefert. Am zugemauerten Fenster hing ein Kalender. Ein nettes Stilleben mit einem Blumentopf auf einem runden Tisch und einem Hund, der auf einem Läufer schläft. Plötzlich wollte ich alles in Stücke reißen. In dem Moment ...

Adel stockt und schluckt schwer. Warum erzählt er mir das alles?

– Shuli hat den Kalender gewollt, um die Tage zu verfolgen, die er aus seinem Leben streichen kann, sage ich.

– Nachdem ich mir die Seele aus dem Leib geheult hatte, ging dein Bruder mit mir die tägliche Lagerroutine durch und erklärte mir, vor welchen Wärtern ich mich in acht nehmen muß. Er sagte immer wieder, daß ich in weniger als einer Woche draußen sein würde. Und wie recht er hatte, der arme Kerl. Es muß schlimm für ihn gewesen sein, mitzubekommen, wie wir verhaftet und dann entlassen wurden, während sein Fall zum Stillstand kam. Komisch, ich hatte ihn für einen arroganten Burschen gehalten. Aber da, in der Zelle, wo er zu deprimiert war für solches Gehabe, hab ich ihn wirklich kennengelernt.

Adel nimmt die Sonnenbrille ab und reibt sich die Augen. Seine Wimpern sind so lang, daß er sie kämmen könnte.

– Grüß ihn von mir, wenn du ihn das nächste Mal siehst.

Ich habe Shuli während der letzten sechs Wochen kein einziges Mal besucht. Ich hab nicht das Herz, ihn in diesem Loch eingesperrt zu sehen, niedergeschlagen wie einen Zehnjährigen, der in die Hose gepinkelt hat. Aber wie soll dieser Adel verstehen, daß ich den ungestümen, feindseligen Geist meines Bruders dem verzagten Freund vorziehe, dem er sich so nahe gefühlt hat?

Eine finster blickende Selma erscheint, das Biologiebuch unter den Arm geklemmt.

– Sie war vor einer Weile hier, ist dann aber zur Meir-Tweg-Synagoge gegangen. So ein Pech. Aber gut, Meir Tweg ist nicht weit, in der Nähe vom CVJM, nur ...

– Nein, nein, nein, rufe ich, ich war heute in mehr Synagogen als in meinem ganzen Leben. Ich hab die Schnauze voll und bin müde, und wir müssen noch nach Alwiyah zurück.

– Aber wir haben jede Menge Zeit. Schau, die *haftara* hat noch nicht begonnen.

– Du hörst nicht zu, ich hab gesagt, es reicht, genug ist genug! Lauf du nur, soweit du willst, ich gehe zurück nach Alwiyah, mit dir oder ohne dich.

– Aber warte doch mal, vielleicht ...

– Vielleicht sagst du mir, warum du ihrer Mutter das Buch nicht gegeben hast? Vielleicht, weil du scharf darauf bist, unserer Lehrerin von einer Synagoge zur anderen hinterherzulaufen? Oder vielleicht genießt du nur die Hitze, testest unsere Biologie?

Adel grinst. Verbündet er sich mit mir, oder amüsiert ihn nur unser mädchenhafter Streit?

– Blödsinn, ich hätte ihr das Buch nie anvertrauen können. Ich muß es Ferial selbst in die Hand drücken. Ich habe es ihr versprochen.

Selma flüstert die letzten Worte und drückt dabei das eselsohrige Buch an sich. Ihre Sanftheit kommt mir ungewöhnlich, fast verdächtig vor. Begierig darauf, Adel ein weiteres Lächeln zu entlocken, insistiere ich.

– Ich glaube nicht, daß es dir überhaupt um das Buch geht ...

– Ist mir doch egal, was du glaubst, unterbricht sie mich. Komm jetzt.

– Aber ... aber was ist mit Ferial? Du hast versprochen ...

– Geht dich nichts an! Los, komm.

Adel klopft mir auf den Rücken und verabschiedet sich. Selma nickt mir zu. Am Tor überkommt mich der Impuls, noch einen letzten Blick auf den Mann mit den langen Wimpern unter der Palme zu erhaschen. Ich drehe mich um und sehe, daß er mir nachschaut.

Mein Herz macht einen Satz. Adels Gesicht erhellt sich. Ich betrachte sein lockiges schwarzes Haar, seinen Clark-Gable-Schnurrbart, seine olivgrüne Haut und überlege, ob andere Mädchen ihn anziehend finden.

Wir gehen die Abu Nuwas entlang, auf der Uferseite. Die Sonne steht tiefer, wie ein Tyrann, der zu einer Verbeugung gezwungen wird. Die Hitze muß nachgelassen haben, aber ich spüre den Unterschied kaum. Mein Kopf brennt, mein Hals tut weh. Nicht weit vom Flußufer entfernt entdecke ich eine Art Faß, das flußabwärts treibt. Ein Kadaver, vielleicht eine Kuh, treibt auf dem Rücken, die Beine in die Luft gestreckt. Da ist was, das sich bis zum Platzen vollgesoffen hat, pflegte Hai zu witzeln, wenn wir einen aufgeblähten Kadaver im Wasser sahen. Mir wird schlecht von dem Anblick, und ich bitte Selma, eine Abkürzung zu nehmen. Sie würdigt mich nicht mal einer Antwort. Ihr Gesicht ist gerötet, von der Hitze, der Anstrengung oder vor Wut, ich weiß es nicht. Sie muß schrecklich enttäuscht sein, daß sie Ferial ein ums andere Mal verpaßt hat. Meine Güte, was für eine vergebliche Verfolgungsjagd, und dann mache ich mich auch wegen Adel über sie lustig. Was bedeutet er mir schon? Wen kümmert die Länge seiner Wimpern, und was soll's, wenn er im Gefängnis die Seele meines Bruders entdeckt hat?

Während ich mir eine Entschuldigung überlege, überquert Selma ohne Vorwarnung die Abu Nuwas und biegt in eine Seitenstraße. Wenn sie auf meine Bitte nach einer Abkürzung eingegangen ist, warum sagt sie das dann nicht?

– Warte. Ich stolpere hinter ihr her.

Aber Selma stellt sich taub und läuft weiter, als wolle sie mich abschütteln. Ich würde mich mit Sicherheit verlaufen, wenn sie mich allein ließe. Verdammt, Selma – wütend oder nicht, du schuldest mir immer noch den Rückweg zur Alwiyah-Synagoge. Ich nehme all meine Kraft zusammen, renne ihr nach, will sie einholen. Wir kommen an einem Gemischtwarenladen vorbei, an einem Friseur, einem Kurzwarengeschäft, einer Moschee, seilspringenden Mädchen.

– Drei Eis am Stil für den Preis von zwei, nur heute, nur für euch! Der Eisverkäufer drängt sich uns regelrecht auf.

– Ein andermal, knurrt Selma.

Er schiebt den Karren bis an unseren Hintern. Wir laufen über ein unbebautes Grundstück, bahnen uns den Weg zwischen Abfallhaufen und verlassenen *serifas*, bis der Eiscremeverkäufer nicht mehr zu hören ist. Die Muskeln in meinen Füße stechen, als würden sie reißen. Ich bleibe hinter Selma zurück, während wir von einer Seitenstraße in die andere biegen, und habe das Gefühl, daß der Weg, den wir am Mittag zurückgelegt haben, viel kürzer war als der Rückweg. Wir kommen an einem pakistanischen Jungen vorbei, der auf der Schwelle eines Hauses Schuhe putzt. Seine grünen Plastiksandalen verstärken meine Zweifel. Spinne ich, oder sind wir vor einer Weile schon mal an diesem Schuhputzer vorbeigekommen? Wir laufen im Kreis, beschwere ich mich, aber Selma überhört meine Bemerkung. Hat sie sich verlaufen und will es nicht zugeben, oder ist sie entschlossen, mich auf Umwege zu führen, bis ich zusammenbreche?

Sowie wir die Alwiyah-Synagoge erreicht haben, trennen Selma und ich uns. Mein Magen signalisiert mir nagenden Hunger. Vater hat sich nicht von der Stelle gerührt und lauscht jetzt den Geschichten eines ehemaligen Kollegen. *Ustad* Heskel liest die *haftara.* Ich hole mir ein Gebetbuch und sinke auf einen Stuhl im Schatten. Die Frauen um mich herum fächeln sich ständig Luft zu, als gehöre das zum Gottesdienst. Ich suche nach dem Abschnitt, den *ustad* Heskel liest. Seine volle Stimme führt mich zurück in die Grundschule, als der *ustad* uns Bibelgeschichten erzählte, während wir uns hinter den Pultdeckeln mit unseren Lutschern beschäftigten. Alle stehen auf und wenden das Gesicht nach Westen. Ich mache es ihnen nach. Die Fastenden drehen sich um mich. Meine Beine fühlen sich an wie Bleistifte mit angespitzten Enden, sie können mein Gewicht nicht länger tragen. Ich greife nach der Armlehne, aber die Gemeinde dreht sich schneller und schneller. Die aufgeblähte Kuh ist wieder da, liegt kopfüber am Ufer, aus ihren Augen, Ohren, Nüstern und ihrem Euter läuft Wasser. Übelkeit überkommt mich. Jemand schiebt mich in einen kleinen Raum. Unfähig, den Boden von der Decke zu unterscheiden, verliere ich das Gleichgewicht. Im nächsten Augenblick liege ich längelang auf dem Boden, den Kopf zwischen zwei Stühlen.

– Das Mädchen ist ohnmächtig geworden!

– Das liegt am Wassermangel.

– Die Kinder sollten nicht an einem so heißen Tag wie heute durch die Straßen laufen. Sie wandern von einer Synagoge zur anderen, als wären es Kaffeehäuser.

– Wessen Tochter ist das, wo ist ihre Mutter?

Irgendeine Mutter beugt sich über mich. Ihr Gesicht kommt mir bekannt vor, aber ich kann es nicht einordnen. Sie setzt mich auf, klopft mir sanft auf die Wangen und besprenkelt mein Gesicht mit Rosenwasser. Ich presse die Lippen zusammen, damit mir kein Tropfen in den Mund kommt. Wie würde Dudis Hund diesen Geruch beschreiben? Süß? Erfrischend? Ein sanfter Wind weht gegen meine Stirn. Eine Brise? Ich öffne die Augen. Die alte Dame, die mir das Gesicht fächelt, seufzt erleichtert. Alle anderen Frauen schauen jetzt mich anstatt des Schreins an. Wenn auch nur eine versucht mich auszuquetschen, hole ich den Schlauch aus dem Garten und spritze die ganze Gemeinde naß, das schwöre ich.

– Keine Bange, Kind. Es ist schon vorbei. Bleib ganz ruhig.

Alle haben sich wieder gesetzt. Ich kann den Kopf kaum aufrecht halten. Wenn ich nur ein Kissen hätte, an meinem Daumen lutschen und mich der Leere in mir überlassen könnte. Meine Augen schließen sich. *Ustad* Heskels tönende Stimme steigt, als wären alle Gebetbücher im Hof seine Lautsprecher. Ich kann seiner melodiösen Lesung kaum folgen. Wenn er uns statt dessen einfach eine Geschichte erzählen würde. Da ist er, der gute alte *ustad*, verteilt Bücher im Klassenzimmer. Selma sitzt wie gewöhnlich neben mir, aber was machen Shuli und Adel in unserer Klasse, und wie kann der Direktor einen Narren aus sich machen und sich wieder auf eine Schulbank setzen? »Jedem Juden wird ein Buch anvertraut«, sagt *ustad* Heskel, während Shuli ein gebundenes Buch untersucht, so dick wie ein Lexikon. »Aber warum sind so viele Seiten herausgerissen?« ruft mein Bruder empört. »Kein Buch ist neu, mein Junge, und keines ist fehlerlos«, erwidert der *ustad*. Jetzt muß Shuli jedes geschriebene Wort auf der Welt lesen, um seine fehlenden Seiten wiederzubekommen. Unser Direktor holt ein Telefonbuch, in dem die Eltern aller Schüler aufgelistet sind. »Wenn ihr es verliert, verliert ihr euch selbst«, warnt der *ustad*, droht mit dem Zeigefinger, aber Selma schiebt das Taschenbuch von ihrem Tisch und drückt trotzig das Biologiebuch an die Brust. Joza und Hanina kichern in der hintersten Reihe wie Schulmädchen. Ihre Bücher sind versiegelt und öffnen sich nur, wenn ein magisches Wort fällt. Darum sind die beiden Frauen auch so geschwätzig und müssen über jedes Thema plappern, von *schehon* bis *behon*, bis das magische Wort ihnen zufällig über die Lippen kommt. Die Seiten, die Adel umblättert, sind brennend heiß, außer er kühlt sie ständig mit seinen Tränen. Vaters Tagebuch ist in einer Sprache geschrieben, die nur er lesen kann, deshalb führt mein Vater ein einsames Leben. *Ustad* Heskel bedeutet mir, das schmale Büchlein mit dem braunen Ledereinband zu nehmen, das auf dem Tisch liegt. Mein Foto – das gar kein Foto von mir ist – klebt auf der ersten Seite. »Was ist das?« frage ich den *ustad*. »Ein Paß!« erwidert er, und in dem Augenblick verschwinden alle, und ich bin allein im Klassenzimmer – das nicht mehr unser Klassenzimmer ist.

Wo ist der *ustad*, und warum hat er aufgehört zu lesen? Ich öffne die Augen, merke, daß es dämmerig ist, und höre eine andere, jüngere Stimme. Wie lange habe ich gedöst, und seit wann sitzt Selma neben mir? Das Biologiebuch liegt bei der fünften Lektion aufgeschlagen auf ihrem Schoß, aber sie schaut aus zusammengekniffenen Augen zu mir, mit einem reuevollen Lächeln wie jemand, der die Kristallvase seiner Mutter zerbrochen hat. Ich gähne, strecke die Arme, blättere im Gebetbuch und lasse mir Zeit, bevor ich geruhe, sie anzusehen. Woraufhin Selma sich sofort über mich beugt und mir einen lauten Kuß aufs Ohr gibt.

– Es ist das *ne'ila*, das Schlußgebet. Wir müssen nur noch auf drei Sterne warten, dann haben wir es hinter uns. Wir haben es geschafft, Lina, wir haben unseren ersten Jom Kippur geschafft!

Die Fastenden stehen wieder. Ich stemme mich hoch. Du mußt wirklich nicht, jeder hat dich umfallen sehen, flüstert Selma. Nein, nein, antworte ich. Keine Sonderbehandlung, nicht bei meinem ersten Fasten.

Die letzten Bittgebete werden gesprochen. Ich hoffe, Mutter denkt daran, das Hühnerpilau rechtzeitig aufzuwärmen. Schweigen folgt, damit der *schofar* durchdringen kann. Das Widderhorn, das an diesem Abend von allen Synagogen der Welt ertönt, trägt unsere Buße zu Gott und verkündet, daß auch wir Teil dieser Welt sind – ob es der Welt paßt oder nicht.

Die ersten Sterne erstrahlen über uns. Mehr als drei, mehr als zehn. Was für eine sternklare Nacht wird das werden. Shuli hätte sein Notizbuch mit Skizzen und seltsamen Namen gefüllt, bis er sich, endlich ruhig geworden, dem Schlaf überlassen hätte.

Was tut er wohl in einem fensterlosen Raum gegen seine Schlaflosigkeit, frage ich mich zum ersten Mal.

Nächstes Jahr in Jerusalem, murmelt jemand. Ich schaue aufgebracht nach links und rechts. Niemand geht von hier fort, niemand geht irgendwo hin, weder nach Jerusalem noch nach Amerika. Nicht mal in den Himmel. Nicht, bevor mein Bruder freigelassen wird und wieder bei uns ist.

»Möget ihr für ein gutes Jahr gesegnet und gesalbt sein.« Der Versöhnungstag ist vorüber. Die Fastenden gratulieren und umarmen einander. Die Stuhlreihen kommen bald durcheinander, die beiden Sektionen vereinen sich zu einem einzigen Tumult. In einem plötzlichen Anfall von Energie renne ich zu Vater und falle ihm um den Hals. Zusammen bahnen wir uns den Weg durch die Menge bis zum abgetrennten Teil des Hofes, wo der Schrein steht. Die Türen sind geöffnet, man sieht die Thorarollen in ihren Silberbehältern.

Ich stelle mich auf Zehenspitzen, recke den Hals, küsse das Silber und hauche meine Wünsche.

Ein Taxi hupt vor dem Tor der Synagoge. Ein Feuerzeug klickt. Eine Frau weint in den Armen ihres Bruders. Ein alter Mann wäscht sein unrasiertes Gesicht unter dem Wasserhahn. Jemand erzählt einen neuen Witz über den Ministerpräsidenten. Gläser mit Scherbet werden an die Fastenden verteilt. Vater hält eine meiner Hände fest, die beide nach dem Tablett greifen.

– Immer mit der Ruhe, Tochter, eins ist genug! Trink es langsam, überanstrenge deinen Magen nicht. Du kannst zu Hause ein zweites Glas trinken, und ein drittes nach dem Essen.

Das Scherbet aus Sevilla-Orangen lindert den Schmerz in meinem Hals und hinterläßt einen kühlen, bitteren Nachgeschmack. Der Geschmack der Versöhnung, nehme ich an.

Von Briefmarken und Schwalben

Bagdad, 9. Juni 1968

Lieber Clifford,
es ist mir peinlich, aber ich kann mich nicht erinnern, ob ich Dir je für die Erstausgabe gedankt habe, die Du mir vor zwei Jahren geschickt hast. Bitte verzeih mir, obwohl es keine Entschuldigung für meine verspätete Antwort gibt. Ich weiß sogar noch, wie sorgfältig ich den Satz britischer Vögel betrachtet habe, aber von den vier kam mir nur die Schwarzkopfmöwe bekannt vor ...

Möwen habe ich zum ersten Mal gesehen, als ich mit dem Frachtschiff der Anglo-Indian-Line vom Irak nach England fuhr, vor fünfundvierzig Jahren. Unter den wenigen Passagieren an Bord war ich der jüngste, fünfzehn Jahre alt, reiste alleine und fürchtete mich zu Tode. Aber schon bald lenkte mich das Meer von meinen Ängsten ab, ich war nämlich fast die ganze Fahrt über seekrank. Begierig darauf, wieder festen Boden unter den Füßen zu haben, rief ich jedesmal wie die englischen Seeleute beglückt »Land«, sobald wir einen Hafen am Persischen Golf, am Roten Meer, am Mittelmeer, am Atlantik oder am Golf von Biscaya sahen. Aber als die Möwen von Portsmouth kamen, zum Horizont flogen, kreischend über dem Schiff schwebten, flüsterten die Matrosen nur: »England«.

Ich verliebte mich auf den ersten Blick, obwohl nur ein dünner Strich zu sehen war, der das Meer vom Himmel trennte.

Aber warum erzähle ich Dir das alles? Es ist vor langer Zeit passiert, und hier es geht immer noch um Briefmarken. Ich lege zwei Sätze bei: Das Internationale Touristenjahr, herausgegeben im Dezember 1967, und irakische Vögel vom Januar diesen Jahres. Soviel ich weiß, sind in den letzten beiden Jahren sonst keine irakischen Briefmarken ausgegeben worden, die Dich interessieren könnten.

Jetzt, wo ich darüber nachdenke, muß ich zugeben, daß meine Briefmarkensammlung, wie England, geborgte Liebe ist – eine, für die Du die alleinige Verantwortung trägst! Briefmarken sind Vögel, hast Du vor fünfundvierzig Jahren in der Schule gesagt, sind die Brieftauben des zwanzigsten Jahrhunderts. Deine Sammlung enthielt zu der Zeit kaum dreißig Sätze: Porträts von König Georg V. und ältere von König Edward VII. und Königin Viktoria, denen ich babylonische Stiere und geflügelte Engelsköpfe hinzufügte – was mir Deine Freundschaft einbrachte, glaube ich. Zumindest habe ich Dein einzigartiges Abschiedsgeschenk so verstanden, das Foto, aus dem Du eine Riesenbriefmarke gemacht hattest. Du mußt Tage dazu gebraucht haben, die winzigen Perforationen zu schneiden, in jeder Ecke die fünf Schillinge einzutragen und den Tag meiner Abreise, den 12.9.1927, am unteren Rand in den doppelten Halbkreis des Poststempels einzufügen.

Es war ein Foto unserer Rudermannschaft, in Kappen, Jacketts und Shorts, wenn Du dich erinnerst. Aufgenommen im letzten Schultrimester, als mich niemand mehr für einen Ausländer hielt, weder auf dem Foto noch in der Realität. Mein Englisch war einwandfrei. Mein Aussehen verriet mich ebenfalls nicht, im Gegensatz zu Ramesh, dem Jungen aus Indien, der von den anderen Internatsschülern in den Fluß geworfen wurde, um »seine Schwärze abzuwaschen«.

Bis letztes Jahr hing das Foto unserer Rudermannschaft in meinem Schrank, hinter den Hemden. Nicht im Wohnzimmer, damit unsere Gäste mich nicht für einen Angeber hielten, nicht auf meinem Schreibtisch, damit meine Frau mich nicht aufzog und es meine »Erziehungsanstalt« nannte. Es mag vielleicht unüberlegt gewesen sein, aber ich habe das Foto vernichtet, aus Vorsicht, am ersten Tag des Krieges.

Der letzte Satz ist durchgestrichen.

Nach vier Jahren in Oxford machte ich meinen Abschluß und fuhr zurück in den Irak. So viele Balladen besingen das Heimweh, aber nenn mir eine, die die Verzweiflung des Exilanten vor seiner Heimkehr schildert. Als wir den Suezkanal durchfuhren, betete ich darum, daß ihn der Sand zuwehen und uns daran hindern möge, Basra zu erreichen. Als die Dattelpalmhaine am Horizont auftauchten, flüsterte ich »Irak« und wartete darauf, daß der Name meine Heimatverbundenheit weckt. Wieder und wieder sprach ich ihn aus, bis der kehlige Klang mich meiner eigenen Stimme entfremdete. Ich war kein Seemann, begriff ich endlich, nur ein Deserteur, der sich für einen englischen Gentleman ausgibt.

Aber lassen wir meine Entwurzelung und wenden uns wieder den Briefmarken zu. Wie Dein Abschiedsgeschenk voraussah, sind es höchstwahrscheinlich unsere Sammlungen, die uns über all diese Jahre verbunden haben. Doch bis heute überlappen sich unsere Welten, wenn wir uns über einen Briefmarkenstapel beugen, ob Du nun beschädigte aussortierst oder ich nach »Fehlern« suche. So besessen, wie ich von philathelistischen Fehlern bin, war es nur folgerichtig, daß ich Buchhalter wurde, sagt meine Frau gerne. Nicht, daß ich vollkommen anderer Meinung bin als sie, nur würde ich es eher mit einer Suche vergleichen, der Suche nach dem Schatz auf dem Boden des Meeres. Und ich bin durch Zufall auf eine ganze Reihe solcher Schätze gestoßen, erst vor kurzem auf eine britische Marke, deren Perforation das Profil Ihrer Majestät in der Mitte durchschneidet. Aber da das Leben oft das zurückfordert, was es einem gewährt hat, werde ich vielleicht bald aus Geldmangel gezwungen sein, die Marken zu verkaufen, so wie ich letzten Monat den Kashanteppich verkauft habe.

Clifford, ich bin gestern sechzig geworden.

Männer meines Alters haben sich Häuser in den Vororten gebaut, gemütliche Nester für die goldenen Jahre, wie man das heutzutage nennt. Ich dagegen lebe aus dem Koffer, bereite die Familie und mich auf eine Reise vor. Was habe ich falsch gemacht, um mit sechzig als Emigrant, wenn nicht als Flüchtling zu enden?

Die letzten beiden Absätze sind durchgestrichen.

Gestern, an meinem sechzigsten Geburtstag, haben mich meine Frau und meine Tochter mit einem neuen Vergrößerungsglas überrascht – was mich daran erinnert, daß die Namen der beigelegten »irakischen Vögel« nur auf arabisch gedruckt sind. Darum hier die Übersetzung, in aufsteigender Reihenfolge ihres Wertes: der Bülbül, der Wiedehopf, der Eichelhäher, der Weißstorch, die Marmorente, die Schwalbe. Als Zugvogel hätte man die Schwalbe nicht in diese Serie aufnehmen dürfen, würdest Du sagen, und ich gebe Dir vollkommen recht. Im Arabischen wird sie sogar *sind-ou-hind* genannt, die aus den Ländern des Sind und Indien.

Ihre Abreise traf mich dieses Frühjahr völlig unvorbereitet, die der Schwalben, meine ich. Plötzlich merkte ich, daß die Tage länger waren, der Duft der Orangenblüten über unserem Garten lag, Vögel sich in den Ästen paarten, eine Brise wehte und die neue Jahreszeit ankündigte. Die Welt erblühen zu sehen, während ich selbst teilnahmslos werde, da die Zeit für mich stillsteht und das Leben stagniert, ist ziemlich schmerzhaft, muß ich sagen.

Ich bin seit elf Monaten arbeitslos, wurde zwei Wochen nach dem Sechs-Tage-Krieg entlassen. Außerdem ist es für mich als Jude recht schwierig geworden, Geld von meinem Bankkonto abzuheben. Zum Glück bringt mein ehemaliger Kollege Z., einer der wenigen nichtjüdischen Freunde, die sich nach dem Krieg nicht von uns abwandten, mir heimlich Arbeit und rechnet das als Überstunden ab. Wenn es ihn nicht gäbe, weiß ich nicht, was aus uns geworden wäre.

Der letzte Absatz ist durchgestrichen.

Mein Sohn S. wurde vor acht Monaten verhaftet.

Der letzte Satz ist durchgestrichen.

Shaul, mein neunzehnjähriger Sohn, ist seit acht Monaten in Haft. Die Ereignisse, die zu seiner Verhaftung geführt haben, sind für mich zu schmerzhaft, um sie zu erzählen, und zu absurd, fürchte ich, als daß Dein englischer Verstand sie begreifen würde. Meine Frau, die ihn einmal im Monat besucht, sagt, er hat freien Zugang zu einer Toilette und einem Wasserhahn. Bücher sind ihm erlaubt, Gott sei Dank. Trotzdem mache ich mir ziemliche Sorgen um sein Durchhaltevermögen. Shaul war nie besonders zäh, und obwohl recht intelligent, ist er nach wie vor unreif und keineswegs vernünftig. Aber um ehrlich zu sein, ich bin derjenige, dem sein augenblickliches Mißgeschick am meisten anzulasten ist. Wäre ich nicht überfürsorglich gewesen und hätte ich ihm nicht meinen Willen aufgezwungen, würde er jetzt an einer amerikanischen Universität studieren, statt in einer Gefängniszelle zu schmachten ...

Natürlich kann man keine Bürgerrechte in einem Land erwarten, das von einer Militärdiktatur regiert wird, Gerechtigkeit in einer Gesellschaft, die nach wie vor gegen den Feudalismus ankämpft, oder Integrität bei einem Volk, das zerrissen ist zwischen einer Tradition im Stillstand und der importierten Modernität. Aber nach ihrer Niederlage im letzten Krieg verloren unsere Herrscher das bißchen Mäßigung, das sie noch besaßen. Es gibt nicht mehr als dreitausend Juden in diesem Land, welche Bedrohung können wir für eine Bevölkerung von acht Millionen darstellen?

Kaum zu glauben, aber wir bekommen immer noch ausländische Zeitungen; da die Artikel über den Nahen Osten zensiert werden, ist ihre Bedeutung für uns jedoch merklich reduziert. Ich würde zum Beispiel alles dafür geben, zu erfahren, ob die Welt irgendwelche Anstrengungen unternimmt, uns hier herauszuholen, oder auch nur, für wie lange wir noch als Geiseln in diesem Land gehalten werden. Um meiner Familie willen tue ich mein Bestes, nach außen hin optimistisch zu wirken, aber wann immer ich der Verzweiflung nachgebe, wird mir klar, daß ein Jahrzehnt eine sehr kurze Zeitspanne ist, nicht mehr als ein Blinzeln der Geschichte.

Die Geschichte selbst wirkt wie eine Kette ergebnisloser, unvollständiger Episoden ... ist es möglich, daß ein so diffuser Autor unser Gott ist?

Vater hat den Brief nicht unterzeichnet. Ich knülle die zerknitterten Blätter wieder zu einem Ball zusammen und werfe ihn in den Papierkorb. Genau wie seine vorherigen Briefe wird auch dieser als Asche in der Toilette enden.

Er faltet den Briefmarkenbogen an der Perforationslinie. Die Schwalbe ist mit spitzen, schmalen Flügeln, einem kurzen Schnabel und einem gegabelten Schwanz dargestellt. Vater teilt den Bogen in zehn Reihen, reißt jeweils zehn Marken ab und steckt die einhundert identischen Quadrate in einen blauen Briefumschlag.

Nicht mal ein Puzzle für Anfänger. Nur ein Schwarm Zugvögel, der ohne Absender nach Oxford geschickt wird.

Teil III

Noch eine Revolution

Zebil! Müll! ruft er und drückt auf eine Klingel nach der anderen. Der Müll wird Montag, Donnerstag und Samstag früh am Morgen abgeholt. Mutter bittet mich, den Mülleimer rauszubringen. Ich gehorche, diesmal ohne zu widersprechen, weil mir selbst daran liegt, den Abfall loszuwerden. Der offene Lastwagen rollt langsam auf unser Haus zu. Ein Mann holt die vor den Toren wartenden Mülleimer von beiden Straßenseiten. Ein dritter steht auf der Ladefläche, bis zu den Knöcheln im Müll.

Dustmen, Staubmänner, nannte Laurence sie. Ein taktvoller Ausdruck, dachte ich und stellte mir den englischen Müll als geruchlos, hell und luftig vor – wie Sägespäne.

– Fertig? fragt *abul zebil*, der Müllmann.

Fertig, kommt es von oben zurück. Der Mülleimer der Langleys fliegt hinauf. Der Mann auf dem Lastwagen fängt ihn, leert ihn neben sich aus und läßt ihn in die Hände des unten Stehenden fallen. Dann bückt er sich und durchwühlt den schmierigen Haufen, sucht nach Wertvollem im englischen Abfall. Trockenes Brot, Eierschalen, Hühnerknochen, Orangenschalen, Gartenabfälle, zerbrochene Flaschen, Papier, Nylonstrümpfe und eine Reihe leerer Dosen. Mir ist seine gründliche Inspektion unangenehm. Der Müllmann befingert die verknickten Borsten einer Zahnbürste, fährt sich mit einer Rasierklinge über das Kinn und steckt beides in die Tasche seiner hochgekrempelten Hose.

– Fertig? ruft der Mann von unten und wirft unseren Mülleimer hoch, den ersten von dreien.

Jetzt, wo er unter zwei anderen Ladungen vergraben ist, wird niemand unseren Abfall durchwühlen.

Der eklige Geruch des Lastwagens verfliegt allmählich. Ich schüttele unseren leeren Eimer, will die Fliege verjagen, die um die an der Innenwand klebenden gelben Reiskörner herumsummt. Zweimal gegen die Mauer geschlagen, und die Fliege findet ihren Weg hinaus. Zu spät, um den Lastwagen noch einzuholen, der inzwischen die Hauptstraße erreicht hat.

Ich seufze erleichtert. Sie haben meine ersten Binden beseitigt.

Das traf mich gestern völlig überraschend – ein Blutklumpen in meinem Schlüpfer, so dick und dunkel, daß ich entsetzt aufschrie und dann brüllte, Mutter solle schnell ins Badezimmer kommen. Sie lächelte weder, noch runzelte sie die Stirn bei dem Anblick, aber ihre Stimme klang müde, als sie sagte, ich solle den Blutfleck mit kaltem Wasser auswaschen, und mir zeigte, wie die beiden Enden der Binde in den rosa Gürtel einzuhaken sind, den ich unter meinem Schlüpfer tragen müßte. Ihre nüchterne Vorführung ärgerte mich. Als ich fragte, ob das endgültig sei und es wirklich keinen Ausweg gäbe, streichelte sie kurz meinen Kopf – zum letzten Mal, nahm ich an –, sagte, wir säßen jetzt im selben Boot, und überließ mich meinem Schicksal.

Was hatte mich so sicher gemacht, daß das von allen Frauen ausgerechnet mir erspart bleiben würde?

Ich hasse es, im selben Boot wie du zu sein, wollte ich brüllen, wollte, daß sie meine Blutung aufhält, sie um ein Jahr, vielleicht zwei verschiebt, weil ich für so eine lebenslange Verpflichtung nicht vorbereitet war.

Aber als die warme Flüssigkeit aus meiner Vagina sickerte, war das Gefühl nicht unangenehm, und der Geruch war zwar scharf, aber durchaus nicht ekelerregend. Im Gegenteil, ich erkannte eine vage Vertrautheit. Darüber hinaus war die Vorstellung einer inneren Wunde, die nicht schmerzt, ein Paradox, das meinem Körper eine mysteriöse Aura verlieh. Wenn ich nur nicht so stark geblutet hätte. Ich hatte ziemliche Schwierigkeiten, mit dem Zeug fertig zu werden; die durchweichte Binde in Zeitungspapier zu wickeln – wie Mutter mir geraten hatte –, erwies sich als ungenügend. Der Geruch könnte bemerkt werden, befürchtete ich, oder die Form könnte es verraten. Also wickelte ich das Ding so lange ein, bis es die Größe eines Schuhkartons hatte, und legte es Curry unter die Nase, der es von allen Seiten beschnüffelte und fragend miaute. Ich wickelte das Paket in eine weitere Lage Zeitungspapier und versuchte es erneut. Erst als die Katze aufhörte, daran zu schnüffeln, und anfing, mit dem Paket Fußball zu spielen, entspannte ich mich und warf es endlich in den Mülleimer.

Adah, Gewohnheit, nennen wir es umgangssprachlich, als sei es nur eine weitere Gewohnheit, die man nach eigenem Willen annehmen oder ablegen kann.

Im selben Boot, murmele ich und stelle den leeren Mülleimer in die Küche. Plötzlich fällt mir ein, daß ich mit Selma zum Schwimmen verabredet bin. Das schaffe ich morgen früh nicht. Nicht in meinem Zustand! Ich sollte zu ihr radeln und unsere Verabredung absagen. Hab ich dir nicht gesagt, daß es ansteckend ist, wird sie mich aufziehen, als sei meine Blutung ihre Leistung. Unser Kind hat es endlich geschafft, wird sie den anderen Mädchen erzählen, denn ich war die einzige in der Klasse, die noch keine Menstruation hatte. Solche Geheimnisse verbreiteten sich im Sommer, wenn ein Mädchen drei oder mehr Tage hintereinander nicht zum Schwimmen kam. Zuerst fand ich es verwirrend, daß sie nicht gleichzeitig fehlten, weil ich mir eingebildet hatte, alle Frauen würden an denselben Tagen bluten, den letzten fünf in jedem Monat.

Aber wer sagt, daß ich meine Menses überhaupt verkünden muß? Ich brauche nur eine glaubwürdige Ausrede – keine Kopfschmerzen, kein Halsweh und schon gar keine Erkältung. Keine der Andeutungen, die Mädchen für ihre Periode benutzen und dazu mit einer Mischung aus Mutwilligkeit und Entschuldigung grinsen.

Selmas spöttische Worte verfolgen mich den ganzen Tag. Doch egal, wie ich das Problem auch angehe, mir fällt keine Erklärung ein, die sie irreführen würde.

Abends stelle ich den Wecker auf Viertel nach fünf und schiebe ihn unter mein Bett auf dem Dach. Wenn sie mich nicht um halb sechs an unserem Tor vorfinden, werden Selma und ihr Vater so lange hupen, bis sie die ganze Straße aufgeweckt haben. Ich liege im

Bett und betrachte den Vollmond über mir. Das milchige Gesicht und das Lächeln erinnern mich an ein Spiel, das ich früher in Vollmondnächten mit Shuli spielte. Wir nahmen die Gesichtszüge des Mondes auseinander und ersetzten sie durch Landschaften – Hügel und Täler. Ich stelle mir die Hügel vor, aber meine Augen wollen sie nicht sehen. Ich mache einen neuen Versuch. Das weiße Lächeln bleibt, wie eine Notlüge. Ich will schon aufgeben, da wird die weiße Scheibe am Himmel ohne Vorwarnung zu einer Kugel – ein leuchtender Planet, der in einem dunklen, unendlichen Himmel schwebt. Der Himmel ist nicht mehr über mir, sondern rund um mich herum. Der Mond ist nähergekommen. Ich hab's geschafft, ich kann den Mond sehen! rief ich dann, den Blick starr darauf gerichtet, damit er mir nicht wieder entschlüpfte. Gut! Jetzt laß los und versuch, wieder das Gesicht zu sehen, befahl mir mein Bruder. Je schneller du umschaltest, desto mehr Punkte bekommst du. Aber meine Augen sind zu besitzergreifend, um den Planeten loszulassen, der langsam zu einem Stilleben erstarrt.

Eine Sternschnuppe fällt. Ein Wunsch wird in die Nacht geschickt.

An Sternschnuppen zu glauben muß ein Überbleibsel aus der Kindheit sein, rede ich mir ein und drehe dem Mond den Rücken zu.

Die Uhr schlägt drei. Der Wecker kann noch nicht geklingelt haben. Das hört sich mehr wie Maschinengewehrfeuer an, vom Westufer. Der Präsidentenpalast? Jetzt ist es ein Kanonenschuß, da bin ich mir sicher. Ich raffe Uhr, Kissen und Decke zusammen und laufe nach drinnen. Mutter kommt mir auf der Treppe entgegen, wollte mich gerade hereinrufen. Vater dreht im Schlafzimmer am Radio, aber alle Lokalsender schweigen.

– Gott sei mit uns, das ist ein Militärputsch! Wer mag es denn diesmal sein? ruft Mutter aus.

– Geh wieder schlafen, Tochter, sagt Vater. Wer diese Gangster auch sein mögen, irgendwann wird es ans Licht kommen – spätestens morgen früh.

Ich gehe in mein Zimmer und stelle den Wecker aus, wieder versöhnt mit der Welt. Bestimmt fallen alle morgigen Verabredungen aus, ganz egal, auf wessen Seite der Stern gefallen ist.

Ich wache mit einem Ruck auf und überprüfe meine Binde. Schon wieder durchgeweicht. Mein Schlüpfer auch. Eine Wunder, daß das Laken sauber geblieben ist. Dann sehe ich, daß ich in meinem Zimmer bin und nicht auf dem Dach, und die Schüsse von letzter Nacht fallen mir wieder ein. Ich schaue aus dem Fenster. Die Straße ist tot, als gebe es dort niemanden mehr zum Erschießen. Ich setze mich zu meinen Eltern an den Frühstückstisch. Radio Bagdad ist wieder zum Leben erwacht. Es sendet Kommuniqués des Revolutionsrates. Das vorherige Regime der Nationalisten bestand aus ungebildeten und korrupten Männern, Dieben, Opportunisten und zionistischen Spionen, schnaubt eine neue Stimme. Die Veränderung, die unser Land herbeigesehnt hat, ist endlich erreicht. Kein einziger Tropfen Blut wurde gestern vergossen, versichert uns der Sprecher. Der ehemalige Präsident ist heute morgen bereits per Flugzeug nach London geschickt worden.

– Hat der ein Glück! seufze ich.

Wahda, hurryiah, ischtirakyiah, Einigkeit, Freiheit, Sozialismus. Das wird nach jedem Kommuniqué und auch zwischen den Kriegsmärschen wiederholt. Ich gieße heißen Tee auf ein Stück harten kurdischen Käse und steche mit dem Messer hinein, prüfe, wie weich er schon ist. *Wahda, hurryiah, ischtirakyiah* – immer in derselben Reihenfolge. Selbst ich kann mich an die Schlagworte der Baath-Partei erinnern, die vor fünf Jahren, 1963, die Macht ergriffen hatte. Auch wenn sie damals nur zehn Monate lang regierte, ist ihr Name mit der berüchtigten Nationalgarde und Blutbädern verbunden.

Ein neuer Präsident wird ernannt. Geschäftsbereiche und Schlüsselpositionen der Regierung werden unter den Anhängern des neuen Regimes verteilt. Listen werden verlesen – neue Generäle, Minister, Direktoren, Botschafter. Genug Namen, um ein Telefonbuch zu füllen. Die Baath-Partei fordert alle Exilanten auf zurückzukehren, gelobt, die Korruption auszumerzen, den Weg für die Demokratie zu ebnen und politische Gefangene zu entlassen.

Mutter schaut fragend zu Vater.

– Mach dir keine voreiligen Hoffnungen, erwidert er. Mit politischen Gefangenen meinen sie Mitglieder politischer Parteien, und höchstwahrscheinlich gilt das nur für die Kumpane und Aktivisten der Baath-Partei.

– *Waqa' mezzalem*, möge das Glück sie verlassen! Hätten sie nicht noch eine Weile warten können? Warum jetzt, wo sich unsere Situation gerade zu verbessern begann?

Vor einem Monat sind vierzig jüdische Häftlinge ohne Vorankündigung entlassen worden. In derselben Woche versprach der Innenminister unserem *hacham*, daß der Rest, ungefähr sechzig, innerhalb der nächsten paar Tage freikommen würde. Kein Wunder, daß die jüdische Moral sofort himmelhoch stieg. Wir glaubten, das Schlimmste überstanden zu haben und daß unser Stern bald wieder steigen würde. Es ging das Gerücht, daß die Regierung demnächst Ausreisepapiere für jene ausgeben werde, die das Land verlassen wollten. Obwohl Wochen vergingen und der Innenminister sein Versprechen nicht einlöste, fühlten sich die Juden trotzdem sicher genug, vergessene Gewohnheiten wieder aufzunehmen, Kaffeehäuser zu besuchen und Spaziergänge am Fluß zu machen. Einige Studenten gingen sogar ins Nasr-Kino und sahen sich »Ein Mann und eine Frau« an. Selmas Vater mietete ein Boot für den Sommer. Auch ich durfte mitkommen.

– Egal, welche Haltung das neue Regime uns gegenüber einnehmen wird, fährt Vater fort, ich würde in den kommenden Wochen nicht mit drastischen Veränderungen rechnen. Die haben Dringenderes zu erledigen, angefangen mit den Gegnern in den eigenen Reihen. Was zählt im Vergleich dazu die Zukunft von dreitausend Juden?

Eine vierundzwanzigstündige Ausgangssperre wird über das ganze Land verhängt. Zeit genug, Gegner, vermutete Gegner und potentielle Gegner zu verhaften. Dudis Mutter kommt vorbei, teilt ihre Sorgen mit uns. Vor ein paar Tagen hat der Justizminister ihr persönlich versprochen, daß alle jüdischen Häftlinge in Kürze entlassen würden.

– Ich hatte den Eindruck, daß er es diesmal wirklich ernst meinte. Und ich Dummchen habe bereits zu träumen begonnen. Ich sah Abu Dudi in Freiheit, sah uns endlich die *Bar Mizwa* unseres Sohnes feiern. Wehe mir. Wahrscheinlich sitzt der Minister jetzt selbst im Gefängnis!

Ich bemerke einen Pickel an ihrer Oberlippe und frage mich, ob auch Dudis Mutter ihre Periode hat.

Egal, wie undurchsichtig die Lage ist, sie verlangt Geduld. Noch mehr Geduld. Jeder Versuch, Parteimitglieder zu kontaktieren, ist verfrüht. Es könnte mehr Schaden als Gutes anrichten. Wie dem Rest des Landes bleibt uns nichts anderes übrig als abzuwarten.

Selma und ihr Vater warten eine Woche und gehen dann wieder schwimmen, egal, ob die Nationalisten oder die Baath-Partei den Präsidentenpalast besetzt. Trotz meines Genörgels und Gebettels erlaubt Vater mir nicht, mit ihnen zu gehen. Noch nicht, nicht unter den gegebenen Umständen. Erst wenn er davon überzeugt ist, daß die Straßen und der Fluß und der Wind und die Fische seine Tochter nicht in Gefahr bringen.

Schnittmuster, Stücke von rotem und weißem Stoff, Scheren, Stecknadeln, Nähnadeln und Garnrollen liegen im Wohnzimmer verstreut. Mutter reicht mir das Sommerkleid, das sie gerade geheftet hat, damit ich es anprobiere. Da Vater im Wohnzimmer Zeitung liest, ziehe ich mich im Salon um. Als ich das ärmellose Kleid überstreife, kratzt mich eine Nadel an der Brust und dann an der Seite. Ich stoße einen Schmerzensschrei aus, laut genug, daß Mutter ihn hört. Der ungleichmäßig ausgefranste Saum reicht mir bis ans Schienbein. Jetzt kratzt es am Bauch. Vorsichtig ziehe ich die vergessene Nähnadel heraus und tappe schmollend ins Wohnzimmer zurück. Das ist nicht das erste Mal! knurre ich, zeige ihr die Nadel und werfe sie in das Kästchen. Mutter will, daß ich ihr Werk bewundere. Widerstrebend gehorche ich. Mit anmaßendem Besitzergehabe schiebt sie die Schultern gerade, richtet den Kragen, streicht über das Oberteil, befingert die Abnäher am Busen. Während sie den Saum herabzieht, sagt sie, ich solle mich umdrehen.

– Sehr schön! Der Rücken auch. Diese Burda-Schnittmuster passen dir immer prima. Jetzt geh nach oben und schau dich im Spiegel an, bevor ich es mit der Maschine nähe.

Ich spreize die Beine, will die Weite des Rockes testen.

– Der ist zu eng! Damit komme ich nie die Treppen rauf. Vor allem nicht, wenn ich zwei Stufen auf einmal nehme. Außerdem trag ich lieber Rock und Bluse, wie Selma. Die sehen sportlicher aus, und man kann sie immer neu kombinieren.

– Lina, du bist nicht wie Selma gebaut. Du bist klein und hast keine Taille. Rock und Bluse schneiden dich in der Mitte durch und lassen dich noch kleiner wirken. In einem Kleid siehst du *petite* aus.

Petite? Bedeutet das französische Wort klein und ... zart? Klein und niedlich, vielleicht? Oder nur klein, ohne Aussicht, größer zu werden? Blödsinn, klein ist klein, egal in welcher Sprache. Klein und stämmig, wenn auch nicht drall. Wenn mir nicht knapp acht Zentimeter fehlen würden, ständen meine ausladenden Hüften und meine vollen Brüste in perfektem Verhältnis zu meiner Größe. Aber mit vierzehn weigert sich mein Körper immer noch zu wachsen, als hätte er die Kinderzeit hinter sich gelassen, aber kein Ziel.

Und ich, die dachte, daß nach der Kindheit Amerika käme.

– Was ist mit der Länge?

– Die hab ich noch nicht abgesteckt. Komm her!

Sie nimmt ein paar Nadeln zwischen die Zähne, kniet sich hin, knickt den Stoff um und steckt den Saum über den Knien fest. Dann tritt sie einige Schritte zurück, sagt, ich soll mich umdrehen.

– Du solltest dich wirklich im Spiegel anschauen. Du siehst so elegant aus, endlich mal wie eine junge Dame.

– Und wo soll ich diese Eleganz vorführen? Wir gehen ja kaum aus! Ich brauche was Kühles und Bequemes für täglich.

– Das ist Chiffon, faß mal an! So einen guten Stoff kriegt man heute nicht mehr. Kommt aus England. Hat zwei Dinar gekostet, und das schon vor Jahren.

Ich kratze mich am Schulterblatt.

– Es juckt!

– Lina, der Stoff ist so dünn, daß du einen Unterrock darunter tragen mußt. Dann juckt es bestimmt nicht mehr.

– Aber dann ist es zu heiß. Ich schwitze jetzt schon wie verrückt.

– Tochter, das ist kein Morgenkleid. Es ist für den Abend gedacht, wenn die Luft kühler ist. Schau, was für ein ungewöhnliches Rot. Und diese weißen Blumen, sind sie nicht hinreißend?

– Ich mag keine Blumenmuster.

– Himmel, du reißt mir die Seele aus dem Leib! Ich schwitze und mühe mich ab, um dich glücklich zu machen, und was ist der Dank?

– Mama, hab ich dich um ein elegantes Kleid gebeten?

– Diesmal ist es zu elegant, das letzte Mal war es zu altmodisch, du findest immer was auszusetzen an den Kleidern, die ich dir nähe ... statt selbst nähen zu lernen! Mädchen deines Alters schneidern sich inzwischen ihre Garderobe selbst.

– Mädchen in meinem Alter tragen diesen Sommer Miniröcke! Du mußt das Kleid kürzer machen, wenn du willst, daß ich es anziehe. Mindestens fünf Zentimeter. Sonst hängt das Kleid ungetragen im Schrank, Chiffon oder kein Chiffon, das schwöre ich!

– Ich hab die Nase voll. Darüber mußt du dich mit deinem Vater einigen!

Vaters Zeitung raschelt.

– Ich hab dir doch gesagt, wir hätten sie nach der Geburt schlachten und verspeisen sollen.

– Um Himmels willen, kannst du nicht einmal ernst sein?

Vater legt die Zeitung weg.

– Was ist los? Worüber streitet ihr euch diesmal? Das Kleid? Das sieht doch niedlich aus.

Mutter verdreht die Augen.

– Niedlich! Was hat das mit niedlich zu tun? Es ist schick, siehst du das nicht? Erkennst du den Unterschied nicht?

– Es ist zu lang, Baba. Du solltest sehen, was die anderen Mädchen tragen. So kurz! Glaub mir.

Ich deute auf die Mitte meiner Oberschenkel.

– Ich glaube dir. Mädchen würden auch nackt durch die Straßen laufen, wenn man ihnen sagt, das sei modern.

– Zwei oder drei Zentimeter kürzer machen mich noch nicht nackt! Ehrlich, du übertreibst. Sogar die Moslemmädchen tragen Miniröcke, Nawal, Rehab, Ilham, Iqbal, alle unsere Nachbarinnen. Ihre Röcke enden eine Handbreit über dem Knie, und niemand hält das für falsch oder unanständig. Das ist einfach die neue Mode.

– Hallo, kommt da nicht Selma? fragt Mutter.

– Was für ein Gottesgeschenk. Schau mal, wie lang ihre Beine sind und wie kurz ihr Rock ist!

Selma stürmt herein, ihre Haare sind naß, ihre Augen gerötet, ihre Lippen weiß. Ohne uns zu begrüßen, ohne Einleitung platzt sie damit heraus, daß sie gesehen hat, wie Armeeoffiziere heute morgen Hai am Flußufer verhaftet haben.

– Er hat sein Netz repariert. Baba und ich haben angehalten und eine Weile mit ihm geplaudert. Er sagte, daß er uns Kinder vermißt und wie schade es ist, daß unsere Eltern immer noch zögerten, uns zum Schwimmen zu schicken. Ich habe ihm erzählt, daß ich Autofahren lernen will, und er pfiff verblüfft. Dann kam Mrad Aboudi mit einer primitiven Angelrute an. Ja, genau, derselbe Mrad, der drei Klassen über uns ist. Er kam mit dem Fahrrad, hatte aber noch Schlaf in den Augen. Wir haben uns verabschiedet und sind zu unserem Boot gegangen. Ich hab Baba gebeten, mich rudern zu lassen. Er hatte nichts dagegen. Er saß mir gegenüber und hat mir gesagt, wie ich rudern soll. Ich bin genau geradeaus gerudert, weg vom Rusafa-Ufer. Baba sagte, ich sei inzwischen stärker als er. Wir waren in der Mitte des Flusses, als drei Männer auf Hai zukamen. Offiziere, nehme ich an, weil sie Käppis trugen. Zwei schienen ihn zu verhören. Der dritte hat in das Boot geschaut, hat dies und das umgedreht, als würde er was suchen. Im nächsten Moment schlug er mit der Axt zu – oder etwas ähnlichem. Hai versuchte ihn aufzuhalten, aber die anderen beiden packten ihn an den Armen. Dann hat der Hundesohn, dieser Offizier, möge Gott ihm das Leben nehmen, vom Boot abgelassen und sich auf Hai gestürzt, hat ihn geschlagen und getreten.

– Hai verprügelt? Das kann doch nicht wahr sein!

– Was war mit dem Jungen? fragt Vater.

– Mrad hat bloß dagestanden und zugeschaut.

– Armer Junge, so in der Falle zu sitzen! Er muß total verängstigt gewesen sein! sagt Mutter.

– Die sind wegen Hai gekommen, das war ganz klar. Mrad hatte nur das Pech, im falschen Augenblick dort zu sein. Die wußten wahrscheinlich nicht mal, wer oder was er war. Sie waren total damit beschäftigt, Hai zu verprügeln, mögen ihre Namen und die Erinnerung an sie ausgelöscht werden. Mrad hätte sowieso nichts für ihn tun können. Er hatte sein Fahrrad. Ich hätte mich an seiner Stelle schnellstens aus dem Staub gemacht.

Selma holt Luft und fährt dann langsamer fort.

– Aber was weiß ich denn. Wir waren ein ganzes Stück entfernt. Ich konnte nicht alles sehen, das sagt Baba zumindest. Vielleicht waren sie bewaffnet. Vielleicht haben sie Mrad als erstes überprüft.

– Dein Vater hat völlig recht. Du könntest es nur beurteilen, wenn du alles von Anfang an gesehen hättest, sagt Vater.

– Mrad sah immer wieder in unsere Richtung, als wollte er um Hilfe rufen, aber er brachte keinen Ton raus. Und ich auch nicht. Obwohl mir das Herz bis zum Hals schlug, bin ich weiter gerudert – damit Baba nicht mit reingezogen wird. Aber ich habe ständig zum Ufer geschaut, hab gesehen, wie Hais Boot sank und die Offiziere Hai und Mrad abgeführt haben.

Aber Mrad ist erst siebzehn, ein Junge, nur drei Jahre älter als wir!

Zwei Klassenzimmer waren immer zwischen uns – Welten für Grundschüler. Wir verbrachten unsere Pausen auf verschiedenen Höfen, wurden zu unterschiedlichen Geburtstagspartys und Purimfesten eingeladen. Vor zwei Jahren standen Mrad und ich zufällig am selben Pingpongtisch im Sportzentrum. Er verzog das Gesicht, als er den Schläger in meiner Hand sah. Ich sei ein Mädchen, knurrte er, und dazu auch noch jünger als er! Es würde ihm weder Spaß machen, noch sei es fair, mich zu schlagen. Aber na gut, er würde mit mir spielen, bis sein Partner käme. Er war ein ruhiger, geschickter Spieler. Als sein Freund kam, schickte Mrad mich fort, sagte aber, wir sollten uns in ein paar Jahren wieder treffen und ein richtiges Match spielen.

– Wenn sie zwanzig Minuten früher gekommen wären, hätten sie Baba bestimmt auch mitgenommen, sagt Selma.

– Zweifellos, stimmt Mutter zu, *Allah setar*, Gott hat ihn gerettet!

– Und wenn man es richtig bedenkt, wäre ich auch beinahe verhaftet worden! fügt Selma etwas wichtigtuerisch hinzu.

Als niemand ihr zustimmt, redet sie weiter.

– Jedenfalls hab ich Baba erst zu Hause erzählt, was ich gesehen habe. Es hat ihn furchtbar aufgeregt. Wir haben das Frühstück ausgelassen und sind zu Mrads Familie gefahren, dann zu Hais Schwester. Ich mußte die ganze Geschichte wiederholen, beide Male.

– Möglicherweise haben sie die beiden ja ins Raschid-Lager gebracht, wie Shuli, sagt Mutter.

Als sich Mrads Vater und Hais Schwager an einen Armeesprecher wenden, leugnet der jede Beteiligung an der Angelegenheit. Außerdem findet man Hai und Mrad weder im Zentralgefängnis von Bagdad, noch bei der Polizei oder im Hauptquartier der Sicherheitskräfte. Einige sagen, daß man sie im Hauptquartier der Geheimpolizei festhält. Andere behaupten, man hätte sie in spezielle Gefängniszellen nahe des Präsidentenpalasts gebracht, wo man sie foltert.

In den folgenden Monaten werden wir zwischen Neuigkeiten und Gerüchten hin- und hergerissen sein, als spielten die beiden

Tauziehen mit unseren Nerven. Weitere Juden werden in Bagdad und Basra verhaftet. Junge und alte, wohlhabende, prominente und arme – die Wahl der Opfer erscheint völlig willkürlich. Sie werden aus ihren Häusern abgeholt oder von ihrem Arbeitsplatz – wenn sie noch einen haben. Manche verschwinden tagsüber oder nachts von der Straße, wie es den Sicherheitskräften gerade einfällt. Keiner wird in einem der bekannten Gefängnisse gefunden. Warum wird ihr Aufenthaltsort geheimgehalten? Warum verwehrt man ihren Familien jeden Kontakt mit ihnen und behandelt sie wie Dreck, als seien sie nur der Abfall der Revolution? Unser *hacham* versucht, sich an einflußreiche Parteimitglieder zu wenden, aber niemand will ihn empfangen. Ein Gerücht kursiert, daß selbst der Sohn des *hacham* ins Gefängnis geworfen wurde.

Mutter hält vor unserem Tor. Sie und Zeki sind endlich aus dem Raschid-Lager zurück. Wie Dudis Vater, wie alle Juden, die vor dem Putsch der Baath-Partei verhaftet wurden, darf auch Shuli weiterhin einmal im Monat Besuch bekommen, als gälten die Verordnungen des gestürzten Regimes immer noch für sie. Jeden Monat fleht Mutter, Vater solle zu Hause bleiben, aus Angst um seine Sicherheit. Drei von vier Malen gibt Vater nach, aber nur unter der Bedingung, daß sie nicht allein in das Militärlager geht.

Ich drehe den Hahn zu und höre auf, den Garten zu sprengen.

Mutter sitzt noch im Auto. Zeki zündet sich eine Zigarette an. Auf dem Beifahrersitz wirkt er deplaziert, besonders mit einer Frau am Steuer. Die Fliegentür knallt zu. Vater läuft zu ihnen. Mutter und Zeki wechseln letzte Worte. Warum können sie nicht zwei Minuten warten, bis Vater bei ihnen ist? Ich erhasche einen flüchtigen Blick auf den Ausdruck, mit dem Mutter Zekis Stirn betrachtet, dann sein Kinn. Ihre Züge werden weich. Ihre Augen funkeln zu eindringlich, als daß sie nur Dankbarkeit ausdrücken wollten.

Vater öffnet ihr die Fahrertür. Mutter steigt aus, elegant gekleidet, legt immer noch Wert auf ihr Aussehen – selbst wenn sie ins Gefängnis geht. Vater legt ihr die Hand auf die Schulter, während nun

Zeki langsam aussteigt. Ein stattlicher Mann, fällt mir zum ersten Mal auf. Sein glattes schwarzes Haar ist an der Stirn und den Schläfen etwas in Unordnung geraten. Er rückt die Krawatte zurecht, stopft das weiße Hemd ordentlich in die Hose und umfaßt seinen Bauch, als wolle er den Umfang taxieren.

Sie überqueren den Hof. Vater geht in der Mitte, lauscht Mutters Bericht. Sein ernster, besonnener Schritt gibt für alle drei das Tempo vor. Er sieht grau und niedergeschlagen aus. Curry ist zu Mutter geflitzt und miaut um Futter. Zeki zieht an seiner Zigarette, hält sich aufrecht, geht aber gemächlich, wie ein Ritter, der dienstfrei hat. Ich betrachte sein schütter werdendes Haar, seine schwarzen Augen, seine vollen Wangen, seine fleischigen Lippen, seinen dicken Schnurrbart, seine breiten Schultern und frage mich ... ob Mutter sich mit ihm einlassen würde.

Würde sie sich mit einem *majnoun*, einem Verrückten, einlassen, wie Zeki in seiner Jugend genannt wurde?

Das muß eine Anspielung auf das moderne Theaterstück *Majnoun Laila* sein, Verrückt nach Laila, von dem ägyptischen Dichter Ahmed Shauqi, bekannt als der Dichterprinz. Das Stück nimmt eine alte Wüstenlegende auf, die Liebe von Qays und Laila, eine Liebe, deren Unmöglichkeit Qays zum Dichten und in den Wahnsinn trieb.

Es muß vor zwanzig Jahren passiert sein, als Dunia in die Oberschule ging und Zeki von ihrer Schönheit besessen war. Jeden Tag folgte er ihr zur Schule und zurück nach Hause, erzählt man. Aber er blieb immer auf der anderen Straßenseite, ließ die Rinder und die Handkarren und gelegentliche Autos zwischen ihnen durch, damit sie ihre Tugendhaftigkeit bezeugten. Trotzdem ging er nahe genug, daß böse Zungen zu tratschen begannen, und als der Klatsch Dunias Familie erreichte, bedrohten ihre Brüder Zeki mit dem Messer. Sie hätten ihn in Stücke gehackt, wäre ihm nicht ein Rudel Straßenköter zu Hilfe gekommen, das zufällig in der Nähe war. Aufgeschreckt von dem Tumult, rannten die Hunde herbei, warfen sich ins Getümmel, bellten aufgeregt und bissen nach jedem. Danach verfolgte Zeki Dunia nicht mehr und verlegte sich auf das Schreiben von *ghazal*, Liebesgedichten. Er brachte sie den Straßenhändlern bei, deren Waren er als Metapher für seinen Liebeskummer nahm. Jeden Morgen verglich die Frau, die *geymar*, die von der Büffelmilch abgeschöpfte Sahne verkaufte, ihre frische, schneeige Ware mit der unberührten Haut der Geliebten. *Tekki a scham*, schwarze Maulbeeren, schmeckten wie die verbotenen Lippen der Angebeteten. *Semit*-Ringe, Brezeln, waren die Verlobungsringe, die der Verehrer ihr über den Finger streifen wollte, während Zwiebeln traurige Geheimnisse so tränenreich wie ihr Herz verbargen. »Heilmittel für all die Verehrer, Heilmittel für all die Weinenden«, sang der Kichererbsenverkäufer in kalten Winternächten und bot heiße *lablabi* an. Dunia wartete stets am Fenster, daß die Verkäufer vorbeikamen und Zekis Liebesbotschaften ablieferten. Und sie sangen sie den ganzen Tag, auf allen Straßen und Gassen, und erhöhten ihren Gewinn hundertfach. In kürzester Zeit summte und trällerte nicht nur Dunia, sondern das ganze Waziryiah-Viertel Zekis Lieder von Nahrung, Liebe und Tugendhaftigkeit.

Aljenoun fenoun, Wahnsinn ist Kunst, heißt es.

Manche behaupten, die Lieder fanden schließlich den Weg zum Herzen von Dunias Vater. Andere schreiben das glückliche Ende der List seiner Schwester zu, einer bekannten Wahrsagerin. Eines Tages las sie den *finjan* ihres Bruders, so erzählt man, da schrie sie erstaunt auf, schlug sich ins Gesicht und auf die Brust und zeigte ihm die Umrisse eines Kopfes in seinem Kaffeesatz. Selbst Dunias Vater erkannte das Profil des *majnoun*, dieses verrückten jungen Mannes mit dem Fußball von einem Kopf und dem Kartoffelkinn. Der Rest des *finjan* war so gut wie leer, bis auf einen ungleichmäßig dicken Ring am Boden. War das nicht so klar wie der helle Tag? Alles stand geschrieben und war vorbestimmt. Welchen Sinn hatte es noch, Krieg gegen das allmächtige *kadar*, das Schicksal, zu führen?

Dunias Vater führte keinen Krieg mehr gegen die Fügung. Man sagt, Zeki sei bis heute sein Lieblingsschwiegersohn. Warum sollte der alte Mann sich je fragen, ob der prophetische *finjan* wirklich seiner gewesen war oder ob seine verstorbene Schwester ihn nur ausgetrickst hat?

Ich gehe zu ihnen ins Wohnzimmer. Zeki hat sich in Vaters Sessel fallen lassen und streckt die Beine aus. Gedankenverloren zündet er sich eine weitere Zigarette an. Komponiert er ein Gedicht für Mutter? Sie berichtet von dem Besuch bei Shuli, von Anfang bis Ende, schildert in allen Einzelheiten seinen körperlichen Zustand und seine Moral, bis sich Vaters Besorgnis gelegt hat. Dann, als fiele ihm Zekis Anwesenheit plötzlich wieder ein, wendet sich Vater an ihn und sagt,

– Wir schulden dir so viel, Zeki! Ich werde es dir nie vergelten können ...

– *Eib aleik*, Abu Shuli, schäm dich! Sind wir nicht Brüder, und ist Shuli nicht wie ein Sohn für mich?

Zeki stößt Rauch aus Mund und Nase aus und sagt leise,

– In was für düsteren Zeiten wir leben.

– Irgendwelche Neuigkeiten? fragt Vater leichthin. Ich habe die heutige Zeitung noch nicht gelesen.

– Unsere Zeitungen kannst du vergessen. Die schreiben lieber über die Studentenrevolte in Paris oder die russischen Panzer in Prag, als gäbe es in Bagdad nur tollwütige Hunde und Autounfälle.

Vater, der sich schon lange keine Illusionen über die Pressefreiheit in diesem Land mehr macht, antwortet nicht. Außerdem scheint er nicht in der Stimmung für eine politische Diskussion zu sein.

– Sie zerstören alles, was sie anfassen, möge Allah ihre Häuser zerstören! Mußten sie nach den zwei Jahren Waffenstillstand wieder Krieg mit den Kurden anfangen? Und was soll diese fürchterliche Verhaftungswelle?

Zeki hebt die Stimme, obwohl ihm niemand widerspricht. Nicht nur Juden, auch prominente Moslems und Christen sind verhaftet worden, sagt er. Zuerst Industrielle, zusammen mit ihren Fabrikdirektoren. Außerdem sind eine Reihe von Armeeoffizieren und ehemaligen Ministern ins Gefängnis geworfen worden. Es heißt, einige dieser Männer seien bereits umgekommen, zu Tode gefoltert worden.

– Die Menschen halten sich lieber an Gerüchte, als daß sie im Dunkel des Ungewissen herumtasten, bemerkt Vater.

Zeki wird rot. Dieselbe Röte, fällt mir auf, die ihm auch jedesmal ins Gesicht steigt, wenn ein junger Mann seinen Töchtern schöne Augen macht.

– Das sind nicht nur Gerüchte, Abu Shuli. Der Direktor der Zahrafabrik ist ein alter Freund von mir. Auch den haben sie verhaftet. Ein Mann, der Allah ehrte und sich nur um seine Arbeit und seine Familie kümmerte. Mit Politik hatte er nicht das geringste zu tun. Vor ein paar Tagen haben sie ihn wieder entlassen, und ich habe ihn besucht. Ich war erschüttert über seinen Zustand. Armer Kerl. Du kannst dir nicht vorstellen, was sie ihm in den drei Wochen angetan haben. Er ist nicht mehr der Mensch, der er mal war. Ja, er ist überhaupt kein Mensch mehr. Zwei Stunden lang hat er keinen vernünftigen Satz herausgebracht. Hat nur vor sich hingestammelt und ist auf seinem Sessel herumgerutscht, als suchte er nach der schmerzlosesten Sitzmöglichkeit. Als das Telefon klingelte, schreckte er voll Panik hoch und heulte wie ein Hund.

Ist es nur in Filmen so, daß Männer nach der Entlassung aus dem Gefängnis noch männlicher sind?

– Seine Frau ist entschlossen, das Land zu verlassen. Ihre Pässe liegen bereit, aber sie warten immer noch auf ihre Visa für England.

Ich beschließe, endlich auf Mutters Wink zu hören und in der Küche türkischen Kaffee zu kochen.

Als der Kaffee schäumt, schöpfe ich etwas von dem Schaum ab und verteile ihn in den *finjans*. Dann lasse ich den Kaffee so lange wie möglich sieden. Erst im letzten Moment, kurz vorm Überkochen, nehme ich den Topf vom Feuer. Das wiederhole ich dreimal. Das erste Mal für die Einheit. Das zweite Mal für die Freiheit. Und das dritte Mal für den Sozialismus. *Wahda, hurryiah, ischtirakiyah*, immer in derselben Reihenfolge.

Spione

Schlammige Regentropfen klatschen auf die Windschutzscheibe, gerade als Mutter den Schlüssel im Zündschloß dreht.

– Die Wäsche! Mein Gott, unsere Wäsche hängt auf dem Dach!

Sie öffnet die Autotür, will aussteigen. Aber sie bleibt sitzen, kann sich nicht entscheiden, ob sie die Wäsche retten oder ihren Zeitplan einhalten soll.

– Deinem Vater würde es wohl nicht einfallen, die Wäsche reinzuholen, oder?

– Weiß ich nicht, erwidere ich, lüge ihm zuliebe.

Eine Frau geht vorbei, ein kleiner Junge hüpft an ihrer Seite. Der Junge schaut hoch und streckt die Zunge heraus, fängt das Wasser vom Himmel auf. Weil ihm noch die Worte für seinen ersten Regen fehlen, springt er herum, klatscht in die Hände, schreit voller Verwunderung und Entzücken.

– Zur Hölle mit der Wäsche, beschließt Mutter und knallt die Autotür zu.

Der Nieselregen wird bald zu einem schweren Schauer. Wir durchqueren die Stadt in Richtung des Raschid-Lagers. Kaufleute zerren hastig ihre Waren nach drinnen, während Fußgänger Schutz in den Läden suchen oder in Busse und Taxis springen. Mutter stellt den Scheibenwischer auf die höchste Stufe. Ich mache das Radio an. Najat al-Saghira singt *la takthubi*, »Lüg nicht«.

– Ich bin so froh, daß du mitkommst. Ich hasse es, Zeki jedesmal zu behelligen. Er hat schon so viel für uns getan.

Ist ihr meine Gesellschaft wirklich lieber als Zekis, oder sagt sie das nur, um ihre Gefühle zu vertuschen?

– Bei ihm muß ich immer vorsichtig sein, fährt sie fort. Halte stets den Mund, wenn er die Regierung kritisiert. Selbst seine Worte würden anders klingen, wenn sie von mir kämen.

La la la la, la takthubi, inni raeitukuma ma'an. Lüg, lüg, lüg, lüg, lüg nicht, weil ich euch beide zusammen gesehen habe ...

Mutter stellt das Radio ab.

– Laß uns einfach dem Regen lauschen. Ich liebe das Prasseln des ersten Regens.

Wen liebt sie noch, außer Shuli und dem Regen, würde ich am liebsten fragen. Wenn sie letzte Woche versucht hätte, mich davon abzubringen, als ich ihr sagte, ich würde Shuli gern im Lager besuchen, hätte das meinen Verdacht bestätigt, und ich wäre sicher gewesen, daß sie eine Affäre mit Zeki hat. Aber die Reaktionen meiner Mutter sind undurchschaubar. Obwohl überrascht, hat sie sich ob meiner Bitte, sie ins Gefängnis begleiten zu dürfen, nicht durch irgendwelche Zeichen der Verärgerung oder des Unbehagens verraten.

Hat sie nur die Unschuldige gemimt, oder habe ich in letzter Zeit zu viele »Nous-Deux«-Hefte gelesen?

– Dein Bruder wird sich so freuen. Ihr beide habt euch seit über einem Jahr nicht mehr gesehen.

Freuen? Nach einem Jahr? Ich würde es ihm nicht übelnehmen, wenn er sich weigerte, mich überhaupt anzusehen. Mutter biegt auf die rechte Spur und läßt sich von einem Armeelaster überholen. Mir ist gar nicht aufgefallen, daß wir auf der Schnellstraße sind.

– Sag mal, Mama, trägt Shuli diese ... diese pyjamaähnliche ... wie nennt man das noch, Gefängniskluft?

Mutter schüttelt den Kopf, verärgert über meine Vorstellung.

– Nein! Ganz und gar nicht. Er trägt seine eigene Kleidung. Haben wir gestern nicht seine sauberen Hemden und Hosen eingepackt?

– Und sein Kopf? Ist der kahlgeschoren wie bei Gefangenen in ... in Filmen?

– Glaub mir, er sieht genauso aus wie beim letzten Mal, als du ihn gesehen hast. Vielleicht ein bißchen dünner. Auf jeden Fall ein bißchen blasser. Er sitzt schon zu lange allein in dieser Zelle, und das tut ihm nicht gut.

Das Quietschen der Scheibenwischer füllt die darauf folgende Stille. Links, rechts, links, rechts, wie ein Gefangener, der in seiner Zelle auf und ab geht.

– Wirst du ihm von den neuen Verhaftungen und den letzten Entwicklungen erzählen?

Mutter kräuselt die Lippen.

– Wir können es ihm nicht ewig verschweigen. Irgendwann muß er es erfahren. Also ist es besser, daß er es von uns hört statt von einem Wärter. Wer weiß, was die ihm erzählen.

– Ich kann mir nichts Ungeheuerlicheres vorstellen als die Wirklichkeit.

Wir biegen in eine Ausfahrt, an deren Ende das Militärlager in Sicht kommt. Mutter hält vor dem Tor. Ein Wachposten kommt aus seinem Häuschen. Er scheint unser Auto zu erkennen, denn er hebt den Schlagbaum, ohne nach einem Ausweis oder einer Besuchserlaubnis zu fragen, und winkt uns rasch durch. Mutter dreht die Scheibe runter und gibt ihm einen Dirham. Bereits durchnäßt, betrachtet der Wachposten die Münze und nickt, als sei das die Parkgebühr.

– Siehst du! Selbst Soldaten stehen nicht gerne lange im Regen. Ich hab dir doch gesagt, du brauchst dir keine Sorgen zu machen.

Im Lager fahren wir eine ungepflasterte Straße entlang. Ich versuche mir vorzustellen, wie ich diese öde Umgebung in die lebhafte Schilderung umwandeln soll, die meine Klassenkameraden morgen von mir erwarten. Reihen von Baracken sind ohne erkennbare Ordnung auf dem flachen Ödland verteilt. Hier und dort ein paar Dattelpalmen, die anscheinend nichts mit den Baracken zu tun haben. Armeejeeps und Laster fahren in alle Richtungen. Soldaten, bepackt mit Gewehren und Tornistern, marschieren im Gänsemarsch auf den schlammigen Horizont zu.

Mutter parkt vor einem langen weißen Gebäude. Wir nehmen unsere beiden Körbe und das Wäschebündel vom Rücksitz und laufen durch den Regen zu den Baracken. Sie stößt eine Tür mit der Aufschrift »Auskunft« auf, und wir betreten einen kleinen, leeren

Raum. Ein von Wand zu Wand reichender Tresen teilt den Empfangstisch von dem länglichen Warteraum ab. Mutter stellt die Körbe auf den Boden.

– Das kann eine Weile dauern, warnt sie mich, verschränkt die Arme und lehnt sich an die Wand wie jemand, der nicht erwartet, daß in den nächsten vierundzwanzig Stunden etwas passiert.

Zu ruhelos, um still zu stehen, gehe ich im Warteraum auf und ab. Der Wind schlägt ständig die Eingangstür zu, und obwohl mich der Krach nervt, wage ich nicht, in die militärische Ordnung oder Unordnung um mich herum einzugreifen. Um mich abzulenken, stelle ich mir den Soldaten vor, der auf dem rostigen Stuhl hinter dem Tresen sitzt, nie sein Fenster putzt, Pin-up-Bauchtänzerinnen in seinen verschlossenen Aktenschrank gesteckt und sein Khakibarett auf dem Schreibtisch liegengelassen hat. Im Nebenraum klingelt ein Telefon. Eine barsche Stimme meldet sich.

– Also ist das Telefon in diesem Land noch nicht ganz abgeschafft.

Mutter ignoriert meine Bemerkung.

– Ist dir nicht kalt, Mama? Sind deine Kopfschmerzen weg? Möchtest du nicht eine Zigarette rauchen?

– Nichts lieber als das! Aber ich rauche hier besser nicht. Das könnte falsch aufgefaßt werden, verstehst du?

Die Stimme hört auf zu reden. Der Adjutant müßte jeden Moment herauskommen, um unseren Besuch zu organisieren. Nachdem er sich lautstark die Nase geputzt hat. Nachdem er eine Flasche Limonade geöffnet hat. Nachdem er mit dem Rülpsen fertig ist. Nachdem er wer weiß welche Dokumente gelocht hat. Nachdem er sie gestempelt hat. Nachdem er Massen von Papier zerrissen, Dutzende Schubladen geöffnet, ganze Fliegenschwärme auf seinem Schreibtisch erschlagen hat.

Nachdem sein Feuerzeug schnippt, fängt er wieder an zu reden und zu lachen. Das Wählen habe ich verpaßt.

– Bist du sicher, daß wir hier richtig sind, Mama? Auf wen warten wir? Vielleicht solltest du reingehen und ihm sagen, daß wir da sind?

– Ganz ruhig, Tochter. Das hier ist kein Kaufladen mit festgelegten Öffnungszeiten. Es dauert seine Zeit. Hab ich nicht gesagt, du sollst dir was zu lesen mitnehmen?

Ihr Gleichmut erinnert mich daran, daß sie diese Prozedur jeden Monat mitmacht. Plötzlich beschämt wegen meiner Überempfindlichkeit, höre ich auf zu maulen, hocke mich auf das Wäschebündel neben ihren Beinen und versinke im vertrauten Geruch ihrer feuchten Nylonstrümpfe. Nach meiner Uhr muß meine Klasse jetzt im Chemieunterricht sein und zählt die Minuten bis zur Pause.

Beim tausendundersten Zuschlagen der Tür taucht ein Sergeant auf. Ich springe auf, stehe fast stramm. Er begrüßt Mutter wie eine alte Bekannte und erkundigt sich nach ihrer Gesundheit.

– Warten Sie auf den Major? fragt er und zeigt mit dem Daumen auf das Nebenzimmer.

Mutter nickt. Der Sergeant klopft an die Tür des Majors. Die barsche Stimme ruft ihn herein. Der Sergeant öffnet die Tür, brüllt zwei Silben, die ich nicht verstehe, schlägt die Hacken zusammen, salutiert und tritt erst dann ein. Soldat und Offizier tauschen Informationen aus. Der Sergeant kommt zurück und bringt uns zu seinem Kommandeur. Der Mann ist erstaunlich klein, was nicht zu der barschen Stimme und den lauten Geräuschen zu passen scheint. Umgeben von staubigen Akten, nuschelt der Offizier eine Begrüßung, händigt Mutter ein Formular zum Unterschreiben aus, sieht an mir vorbei, befummelt die Bücher, die frische Wäsche und die Lebensmittel in unseren Körben. Als die Durchsuchung vorbei ist, entläßt er uns mit einer Handbewegung.

– Nein, das war nicht der berüchtigte Major, flüstert Mutter. Wieder allein, hocken wir uns vor dem Empfangstisch auf unsere Körbe.

Stunden später, so kommt es mir vor, taucht der Sergeant wieder auf und bedeutet uns, ihm nach draußen zu folgen. Der Regen hat aufgehört, der Himmel ist blau.

– Diesmal alleine? fragt er Mutter – als ob meine Anwesenheit nicht zählt – und bietet an, ihr den Korb zu tragen.

Sie lehnt höflich ab und erklärt, daß »unser guter Freund« diesmal nicht mitkommen konnte. Stolz erzählt ihr der Sergeant, daß er Englisch lernt. Während wir im Zickzack um die Schlammpfützen herumgehen, zählt er auf englisch von hundert rückwärts. Die absteigenden Zahlen geben mir das Gefühl, als würden wir uns von Shuli entfernen. Wir kommen an einer Baracke vorbei, vor der sich eine Gruppe von Rekruten versammelt hat. Anzügliche Bemerkungen und Pfiffe wehen zu uns herüber. Der Sergeant bleibt stehen und beschimpft sie, beleidigt ihre Schwestern, ihre Mütter und ihre Großmütter. Die Soldaten ducken sich unter ihren Khakikäppis. Beim Weitergehen entschuldigt sich der Sergeant – ob für das Benehmen der Soldaten oder seine eigene unflätige Sprache, weiß ich nicht. Dann springt er von sechzig direkt zu vierzig, aber Mutter verbessert ihn nicht. Als wir uns einer zweistöckigen Baracke nähern, pfeift er nach dem Wachposten, der sofort aus dem Gebäude kommt, ein Gewehr über der Schulter. Der Sergeant befiehlt ihm, uns zu dem Studenten zu bringen. Genau, dem Juden. Er dankt Mutter für den grünen Geldschein und macht kehrt, schwebt davon wie ein Schuljunge, der gerade sein Purimgeschenk bekommen hat.

Am Ende des Flurs klappern die Schlüssel.

Der Geruch nach abgestandener Luft und stehender Zeit dringt mir in die Nase. Die Zelle ist größer und düsterer, als ich mir vorgestellt hatte. Langsam trete ich ein, verstecke mich hinter Mutter. Shuli lehnt neben der Tür an der Wand, die Arme verschränkt, sein ironisches Lächeln im Gesicht. Erst nach dem Bruchteil einer Sekunde erkenne ich ihn. Er hat sich einen dicken Schnurrbart wachsen lassen, genau wie Zeki.

Die Schlüssel klirren hinter uns. Als Shuli auf mich zukommt, halte ich ihm den Korb mit dem Essen hin, versuche, meine Verlegenheit zu verbergen. Shuli setzt den Korb zu Boden, zieht mich an sich und hebt mich hoch.

– Du bist ja immer noch leicht wie eine Feder! Hast du nicht vor, größer zu werden, Lina?

Offenbar hat Mutter ihr Versprechen gehalten und nichts über meine Menstruation gesagt.

– Dein Gesicht kratzt. Ich schwöre, ich hätte dich mit diesem Schnurrbart nicht erkannt.

Mutter und Sohn umarmen sich lange. *Bdalek*, möge das Übel mich treffen und dein Haupt verschonen, wiederholt sie mehrfach. Ich betrachte die Zelle und Shulis wenige Besitztümer: eine Matratze, eine kleine Reisetasche, ein Bücherstapel, der als Nachttisch dient, eine große Coca-Cola-Flasche, gefüllt mit Wasser. Shulis vertrauter blauer Bettüberwurf verleiht dem Raum die schmerzliche Illusion von Heimat. Die unverputzten Ziegelwände sind mit Namen übersät, eingeritzt von früheren Gefangenen. Der Kalender über der Matratze ist zwei Monate hinter der Zeit zurück. In der Ecke liegen ein Raffiabesen und ein Stück altes Zeitungspapier mit Staub darauf. Shuli muß wohl in Vorbereitung auf unseren Besuch den Boden gekehrt haben.

Mutter gelingt es, sich zusammenzureißen. Sie hocken sich auf die Matratze, und ich setze mich auf den Bücherstapel ihnen gegenüber.

– Regnet es draußen? fragt er und deutet auf unser feuchtes Haar.

Dann überschüttet er uns mit Fragen nach Vater, Zeki, Freunden, Nachbarn und Bekannten, für die er sich früher nie interessiert hat. Er will alles über meine Schulfächer wissen, meine Noten, meine Klassenkameraden, meine Lehrer, begierig auf Neuigkeiten, als wären sie die frische Luft, die seiner Zelle fehlt.

Als er Luft holt, bemerkt Mutter,

– Du hast dunkle Ringe unter den Augen, mein Sohn ... Du siehst so blaß aus. Bekommst du ...

– Nein, wie du dir vorstellen kannst, komme ich nicht in die Sonne.

Mutters Versuch, das Gespräch auf Shuli zu lenken, war unpassend. Ängstlich bemüht, ihren Fehler wiedergutzumachen und seine Gunst zurückzugewinnen, drängt sie ihn, den Inhalt der Körbe anzusehen, die sie gestern so sorgfältig gepackt hat.

– Unsere Zeit ist zu kurz, um sie mit solchen Nichtigkeiten zu verschwenden!

Mutter setzt das Gesicht für *tischa' bab* auf, den Tag der Trauer über die Zerstörung des Zweiten Tempels. Shuli wirkt auch nicht zufrieden mit sich. In versöhnlichem Ton fragt er sie, ob sie daran gedacht hat, ihm Kerzen mitzubringen. Ob echt oder gespielt, sein Interesse bricht sofort das Eis. Mit stolzem Lächeln nimmt sie das Paket weißer Kerzen aus dem Korb und zeigt sie ihm als Beweis ihrer Hingabe. Shuli schenkt ihr ein Lächeln.

– Die machen um acht Uhr abends das Licht aus. Ich hab ihnen gesagt, daß ich so früh noch nicht schlafen kann, aber sie stellen sich taub. Letzte Woche ging das Licht zweimal mitten am Tag aus. Die Sicherung, nehme ich an, aber es dauerte stundenlang. Ihr hättet sehen sollen, was ich für einen Aufstand gemacht habe. Ich bin in Hungerstreik getreten. Nein, das ist kein Witz. Sie waren völlig hilflos, wußten überhaupt nicht, was sie mit mir machen sollten.

– Shuli, bitte, sei vernünftig. Sei nicht unverschämt zu ihnen. Provoziere sie nicht, sie könnten ...

– Sie könnten was? Was können die mir noch antun? Mich zusammenschlagen? Mich für immer hierbehalten? Sie können mir nicht mehr wehtun. Nicht diese Degenerierten. Ich bin so immun geworden, du kannst es dir nicht vorstellen.

Das Geräusch knisternden Papiers irritiert mich. Ich schaue hoch, suche nach dem Ursprung. Eine schimmernde braune Schabe krabbelt über den Kalender an der Wand, erforscht mit ihren Fühlern den Monat August in den Schweizer Alpen. Gänsehaut breitet sich über meinen ganzen Körper. Als Kind habe ich mich vor den Fühlern der Kakerlake zu Tode geängstigt, weil ich das Schwenken für ein Zeichen der Herausforderung, eine Art Kriegstanz hielt.

Ich reiße mich zusammen und höre wieder dem Gespräch zu. Mutter ist es gelungen, Shuli eine Käse-*sambusak* in den Mund zu stopfen.

– Ist irgend jemand entlassen worden? fragt er kauend.

In kurzen Sätzen erzählt sie ihm von den neuen Verhaftungen, von dem angeblichen zionistischen Spionagering und von dem Funkgerät, das die Polizei in einem der Häuser gefunden haben will.

– Man wirft ihnen vor, militärische Informationen an Zionisten und CIA-Agenten im Iran gefunkt zu haben. Informationen von höchster Geheimhaltungsstufe, durch die der Irak im letzten Jahr den Krieg verloren hat.

Shuli runzelt die Brauen.

– Also stimmt es, was die Wärter sagen! Die armen Kerle, die stecken ganz schön in der Tinte. Aber wer wird diesen Schwachsinn denn schlucken? Irakis glauben nie an die Geschichten, die ihre Regierungen fabrizieren. Sie nehmen ihre Regierung nie ernst. Erinnert ihr euch an all die Witze, die sie über den Dieb von Bagdad gemacht haben?

Den Spitznamen unseres ehemaligen Ministerpräsidenten spricht er nur leise aus und kichert.

– Du irrst dich, Shuli, die Spione wirken Wunder, wie Schmerztabletten!

– Erinnerst du dich an *ustad* Juad, unseren Geschichtslehrer? Er versucht, uns davon zu überzeugen, daß sie Spione sind! sage ich.

– Schmerz ist Schmerz, egal, ob du ein Bauer bist oder ein Intellektueller, fährt Mutter fort. Für alles, was in diesem Land in den letzten Jahren falsch gelaufen ist, geben sie jetzt den Spionen die Schuld. Die Regierung muß irgendwas im Schilde führen – ich wage mir nicht vorzustellen, was das ist –, sonst würden sich die Medien nicht so auf dieses Thema stürzen. Letzte Woche hat das Radio die Öffentlichkeit vor jüdischen Agenten gewarnt, die überall im Land Sabotageakte planten. Die Bürger sollen wachsam sein und die Polizei benachrichtigen, falls ihnen jemand verdächtig vorkommt. Ein Wunder, daß bisher nur so wenige die Situation ausgenützt und Juden angezeigt haben. Aber das Klima hat sich verändert, und ich fürchte, irgendwann kommt es zur Explosion.

Obwohl von draußen keine Schritte zu hören sind, spricht Mutter so leise, daß ich mich vorbeugen muß, um sie zu verstehen.

– Ein jüdischer Haushaltswarenhändler aus Basra soll den Spionagering geleitet haben und der führende Kopf hinter allem sein. Ein alter Mann über sechzig. Man wirft ihm vor, junge Juden illegal über die Grenze in den Iran geschickt zu haben, wo sie von israelischen Agenten darin ausgebildet wurden, im Irak Sabotageakte zu begehen. Kannst du dir vorstellen, was diese jungen Männer erwartet? Die meisten sind noch Schüler und Studenten.

Shulis bereits bleiche Lippen werden aschfahl. Seine Zähne schlagen aufeinander.

– Was ist los, Shuli?

Er bringt kein Wort heraus. Mutter bedrängt ihn.

– Hast du irgendwas gehört? Sprich mit mir. Sprich! Sag was!

Shuli bricht ein Stück hervorstehenden Putz von der Wand und malt einen blassen Davidstern auf die Fliese zwischen seinem Fuß und ihrem. Seine Beine zittern. Mutter betrachtet die Zeichnung und wischt sie dann mit dem Schuh weg.

– Blödsinn! Dich ziehen die da nicht mit hinein. Die werden doch die Ehre nicht mit dem früheren Regime teilen, verstehst du nicht? Außerdem paßt du nicht in ihr Bild. Deine Geschichte gehört in eine andere Ära. Sie werden dich nicht anrühren, mein Sohn, glaub mir, du bist hier sicher, sicherer als alle Männer draußen!

Shuli verbirgt das Gesicht in den Armen. Mutter streckt die Hand aus und berührt seinen Kopf. Als er die Hand nicht abschüttelt, streichelt sie ihm über das Haar. Sie sieht so glücklich aus, als hätte sie in der Lotterie gewonnen. Die Kakerlake ist auf den oberen Rand des Kalenders gekrabbelt. Ihre Fühler wandern rauf und runter, hin und her, wie die Arme eines Dirigenten, der das Drama des menschlichen Lebens feiert.

Plötzlich stößt der Wächter die Tür auf. Shuli zuckt zusammen. Selbst er hat die Schlüssel nicht gehört. Die dreißig Minuten sind bereits um. Wir stehen auf. Mutter umarmt ihren Sohn und brabbelt los, als wolle sie die letzten Sekunden mit so vielen Worten wie möglich füllen.

– Du hast mir nicht gesagt, was du brauchst. Muß was geflickt werden? Mehr Bücher? Was soll ich dir nächstes Mal mitbringen? Medikamente? Fruchtsaft? In letzter Zeit lassen sie alles durch. Nüsse und Trockenfrüchte halten ziemlich lange, sind vielleicht besser als Gebackenes. Du siehst dünn und bleich aus. Du solltest nicht mehr in Hungerstreik gehen, damit beunruhigst du deinen Vater. Was ist mit Schokolade? Früher hast du ...

– Bitte, Mama, unterbricht Shuli sie ungeduldig. Bring nicht so viel zu essen. Das ist Verschwendung. Ich esse nicht viel und, er flüstert, ... und außerdem wird das meiste gestohlen.

– Das hast du mir nie gesagt!

Shuli wendet sich ab und umarmt mich rasch zum Abschied. Plötzlich scheint er uns loswerden zu wollen. Mutter und ich folgen dem Wärter hinaus. Bis bald, rufe ich, als sich die Holztür schließt. Zu spät, um ihm Adels Grüße vom letztjährigen Jom Kippur auszurichten.

Nachdem der Wächter seinen Dirham erhalten hat, gehen wir mit unseren leeren Körben zurück zur Auskunft.

– Sie sperren ihn nicht nur ein, sie stehlen ihm auch noch sein Essen! *Wlad al haram*, Dreckskerle, haben die denn kein Gewissen? Haben die keine Würde?

Bei der Auskunft hört Mutters Geschimpfe endlich auf. Als der Adjutant unsere Passierscheine abgezeichnet hat, bemerkt er,

– Sie können auch weiterhin mit dem Auto herkommen. Aber vergessen Sie nicht, *oukhti*, daß sich Juden nicht weiter als fünfzig Kilometer von ihrem Wohnort entfernen dürfen. Das ist Ihnen bekannt, nicht wahr?

– Fünfzig Kilometer? Seit wann? Ist das eine neue Verordnung?

– Fragen Sie mich nicht. Ich habe es auch erst letzte Woche von einem befreundeten Offizier gehört. Dachte, ich lasse Sie das besser wissen, damit Sie nicht in Schwierigkeiten kommen.

Zeki steckt die Hand in die Tasche seiner Sportjacke. Ich nehme an, daß er nach den Autoschlüsseln greift, und stehe auf, wie man es mir beigebracht hat, wenn wir uns von unseren Gästen verabschieden. Aber die drei Erwachsenen bleiben sitzen, und Zekis Hand taucht mit einer neuen Zigarettenpackung wieder auf. Ich bleibe stehen, verlegen wegen meines *faux pas.* Wenn ich mich wieder setze, wird mein Mißverständnis oder, schlimmer noch, mein geheimer Wunsch, unser Gast möge gehen, von den anderen bemerkt. Rasch stelle ich die leeren Teetassen zusammen und trage sie in die Küche. Als ich zurückkomme, bittet mich Vater, den Fernseher einzuschalten. Zeki, der mich bisher kaum beachtet hat, hebt erstaunt die Augenbrauen. Für die Nachrichten ist es zu früh, und wir schalten den Fernseher für gewöhnlich nur ein, wenn wir die Sendung tatsächlich sehen wollen.

Ist es möglich, daß er nichts von der für heute nachmittag angekündigten Sondersendung gehört hat?

Im Moment läuft ein libanesischer Werbespot. Abu Zeid kommt von der Vogeljagd zurück, seine weiße *scherwal* ist voller Schlamm. Statt mich wieder auf meinen Platz zu setzen, schiebe ich einen Stuhl neben den von Vater, lasse das mittlere Sofakissen zwischen Mutter und Zeki eingedellt und leer. *Scherwalek, ya Abu Zeid, ma byendaf, illa be Tide,* deine Hose, Abu Zeid, wird nur mit Tide wieder sauber. Ich kann den Song auswendig. Zekis Verwunderung schlägt gerade in Irritation um, da wird Abu Zeid von einem Ansager abgelöst.

»In ein paar Minuten, meine Damen und Herren, schalten wir zum Revolutionstribunal um, wo Sie mit eigenen Augen die Verräter sehen werden, durch die wir den Krieg verloren haben.«

Zeki stiert abwechselnd Vater und Mutter an. Er hat die Zeitungsschlagzeilen von heute morgen tatsächlich übersehen und meinen unhöflichen Wink von vorhin ebenso. Seine Uhr sagt ihm, daß es zu spät ist, jetzt noch bis nach Hause zu kommen. Wie es die orientalische Gastfreundschaft verlangt, bittet Vater Zeki, doch noch zu bleiben. Vielleicht um seinen halbherzigen Ton zu überspielen, fordert er mich auf, eine Schale mit Pistazienkernen zu holen, die er – zusammen mit einem Glas und einer Flasche Arrak – auf den Couchtisch stellt, in Reichweite seines Freundes.

Zeki lehnt sich auf dem Sofa zurück, holt die Brille heraus, bereit für die Show.

Es folgt ein Lied von Feirouz, für das Fernsehen aufbereitet. Zu dem Lied werden Bilder von Flüchtlingen gezeigt, von Jerusalem, von Fahnen, die im Wind flattern, von angreifenden Flugzeugen und Panzern, von immer mehr Flüchtlingen. Feirouz' Bild wird eingeblendet, manchmal in voller Größe, manchmal nur bis zur Taille. Auch dieses Lied kenne ich auswendig. Feirouz wird mitten im Text unterbrochen, und die verzweifelte Lage der palästinensischen Flüchtlinge wird durch einen Gerichtssaal ersetzt, offenbar das Revolutionstribunal. Die Kamera fährt von einem Mann zum anderen, stellt tonlos die Hauptdarsteller vor. Den Vorsitz führt ein Richter, ein Oberst, zu beiden Seiten je ein assistierender Offizier. Etwas tiefer sitzt ein weiterer Offizier von geringerem Rang – offenbar der Staatsanwalt. Auf der Bank ihnen gegenüber flüstern Männer in Zivilkleidung miteinander. Sie verstummen, als sich die Kamera auf sie richtet, und starren uns mit kindischer Verwunderung an.

– Die Journalisten, bemerkt Zeki.

Mutter steckt sich eine Zigarette zwischen die Lippen. Zeki schnippt sein Feuerzeug an und streckt die Hand aus, beugt sich leicht zu ihr. Die Vertrautheit, mit der sie sich Feuer geben läßt, ohne ihn anzusehen, läßt meinen alten Verdacht wieder aufflammen.

– *Mahkamah*, ruft eine tiefe Stimme, verkündet die Eröffnung des Prozesses.

– Bei dem Ruf kriege ich Gänsehaut, murmelt Mutter. Das erinnert mich an diese schrecklichen Mahdawi-Prozesse.

Obwohl die Bemerkung nur für sie selbst bestimmt war, hat Mutter trotzdem im Moslemdialekt gesprochen. Mir geht auf, daß wir Juden in der Anwesenheit von Nichtjuden nie unseren Dialekt beibehalten, auch wenn unser Arabisch für sie ebenso verständlich ist wie ihres für uns. Die ungeschriebene Regel trifft auf Freunde, Beamte, Untergebene und Fremde gleichermaßen zu. In der Schule wechselt nicht nur eine Klasse von vierzig Schülern in der Anwesenheit eines einzigen moslemischen Lehrers automatisch in den Moslemdialekt, sondern auch der Direktor, der doch der Vorgesetzte und Arbeitgeber des Lehrers ist. Man kann es mit den Genusregeln der französischen Grammatik vergleichen. Steht ein *valet* zwischen vierhundert *dames*, wird die ganze Gruppe trotzdem als *beaux, élégants, charmants* bezeichnet.

Die Angeklagten werden im Gänsemarsch in den Gerichtssaal geführt, während der Richter ihre Namen verliest. Sie tragen dunkle Anzüge, weiße Hemden und Krawatten. Als sie zur Anklagebank marschieren, springe ich auf. Hai Rahamin! Hat er Hai oder Haim gesagt? Könnte es ein anderer Hai sein? Mein Wunsch wird augenblicklich von der Realität eingeholt. Da ist er, mein Hai, humpelt als siebter herein. Ich habe ihn nie im Anzug gesehen, nie vorher seinen vollen Namen gehört. Mit schweren Schritten steigt er zur Anklagebank hoch. Die Kamera fährt auf ihn zu, zeigt seine eingefallenen Wangen und sein frisch rasiertes Gesicht, schwenkt dann zu dem Mann hinter ihm.

– Mein Schwimmlehrer, teile ich Zeki mit, warne ihn vor häßlichen Gedanken.

– Wenigstens wissen wir jetzt, daß er am Leben ist, murmelt Vater.

Warum sollte er dafür dankbar sein? Verschweigt er mir wichtige Informationen? Unmöglich! Ich bin diejenige, die die meisten Neuigkeiten und Gerüchte aus der Schule mit heimbringt. Der Name Mrad Aboudi lenkt meine Aufmerksamkeit wieder auf den Bildschirm. Ich erkenne seine Silhouette, der dritte von rechts.

Die anderen Männer sind Fremde für mich. Viele sind ziemlich jung. Die meisten tragen jüdische Namen, die meine Eltern mit Freunden und Bekannten in Verbindung bringen. Zeki hört ihnen schweigend zu.

Der Staatsanwalt verliest die Anklage. Der Spionagering wurde vor zwei Jahren vom zionistischen Feind gegründet und ist angeklagt, für Israel und die Imperialisten gearbeitet zu haben. Seit dieser Zeit hat der Ring militärische Informationen gesammelt und sie über den Iran an Israel und die CIA durchgegeben. Ein weiteres Ziel war die Sabotage von Brücken, Pipelines, Privatautos und anderen zivilen Einrichtungen, um das sozialistische Regime zu unterwandern und unsere Armee von der Befreiung Palästinas abzulenken.

Zeki gießt sich noch ein Glas Arrak ein.

Der Richter ruft jeden Mann zu einem einleitenden Verhör auf. Der Angeklagte muß seinen Namen nennen, seine Religionszugehörigkeit, sein Geburtsdatum, seinen Beruf und seinen Wohnort. Dann verliest der Staatsanwalt die Anklage gegen ihn.

Den Anfang macht der angebliche Anführer, ein kleiner, älterer Mann, der jüdische Haushaltswarenhändler aus Basra. Ihm wird vorgeworfen, das Spionage- und Sabotagenetzwerk aufgebaut, Mitglieder angeworben und streng geheime Militärinformationen beschafft zu haben. Mit einem Funkgerät hat der Anführer regelmäßig Berichte über die Stellungen und Bewegungen unserer Militäreinheiten in Basra, über den Marine- und den Luftwaffenstützpunkt in Basra und über die von der irakischen Armee benutzten sowjetischen Waffen an das amerikanische Konsulat in Abadan durchgegeben.

Als sich der Haushaltswarenhändler »nicht schuldig« bekennt, kommt Gelächter von den Journalisten.

Hai sieht abgehärmt aus, dünn wie ein Skelett, als hätte er in den fünf Monaten im Gefängnis mehr als zehn Kilo verloren. Auf die Standardfragen antwortet er, daß er Jude sei, geboren 1920, von Beruf Fischer, Wohnort Bagdad. Gott sei Dank hat er den Schwimmunterricht nicht erwähnt, murmelt Mutter, wirft Vater einen Blick zu. Hai wird vorgeworfen, eine versiegelte Botschaft vom Anführer aus Basra bekommen und an ein Mitglied des Rings in Bagdad weitergeleitet zu haben. Der Inhalt der Botschaft bleibt unerwähnt. Jetzt bin ich an der Reihe, Gott zu danken. Hais Fall klingt nicht so schlimm. Er wird nicht direkt mit militärischen Informationen oder terroristischen Aktivitäten in Verbindung gebracht.

Zeki zündet sich die nächste Zigarette an. Sein Rauchen und Trinken scheint kein Ende zu nehmen. Seine Miene verrät jedoch nichts über seine Ansichten.

Jetzt ist Mrad mit dem Verhör dran. In seinem zu großen Anzug und mit dem eingefallenen Gesicht sieht er wie ein früh gealterter Jugendlicher aus. Bei jeder Frage zittern seine Lippen, als würde er gleich in Tränen ausbrechen. Aber er tut es nicht. Er reißt sich zusammen und ringt sich die Antworten ab. Daß er Jude ist, 1949 geboren wurde, in die Oberschule geht, in Bagdad wohnt.

– Das stimmt nicht! ruft Mutter. Der Junge ist 51 geboren, in derselben Woche wie Lili, Dudis Schwester. Um Dudi hat mir das gestern erzählt. Sie sagte, sie hätte im Krankenhaus mit Mrads Mutter im selben Zimmer gelegen. Der Junge ist eindeutig minderjährig. Er ist erst siebzehn, *haram* über euch!

Mrad werden schwere Vergehen vorgeworfen. Er soll angeblich von israelischen Agenten in Abadan im Gebrauch von Sprengstoff und Zeitzündern ausgebildet worden sein, war an der Sprengung einer Brücke in Basra beteiligt und hat Geld dafür bekommen. Er schüttelt ständig den Kopf und schluckt und bekennt sich nicht schuldig.

Einer nach dem anderen bekennen sich die siebzehn Angeklagten – dreizehn Juden, zwei Christen und zwei Moslems – »nicht schuldig«. Der Staatsanwalt beharrt wieder und wieder auf ihrer Schuld und verspricht, dem Gericht in den kommenden Verhandlungstagen genügend Beweise vorzulegen. Im Namen der Revolution und in Reaktion auf die Appelle der Öffentlichkeit fordert er die Todesstrafe für alle Mitglieder des Rings. Ihre Hinrichtung wird die Träume der zionistisch-imperialistischen Allianz zerstören und unseren heldenhaften Truppen an der Front moralische Unterstützung geben.

– Was bringen sie denen eigentlich im Jurastudium bei, das Rechtssystem oder den Nationalismus? bemerkt Mutter bitter.

Zeki schaut sie finster an. Was verteidigt er? Bestimmt nicht den Ruf der juristischen Fakultät von Bagdad. Auch nicht dieses neue Regime, das er selbst verabscheut. Mutter schaut trotzig zurück, nimmt diesmal keine Rücksicht auf seine Gefühle. Völlig auf die Vorgänge im Gericht konzentriert, scheint Vater den stummen Kampf zwischen den beiden Sofaecken nicht wahrzunehmen.

Der Auftritt des Verteidigers lenkt ihre Aufmerksamkeit wieder auf den Bildschirm.

Der Verteidiger, ein vom Gericht eingesetzter Zivilist, verbeugt sich vor den Richtern und eröffnet seine Rede mit einer Entschuldigung, weil er die Landesverräter verteidigen muß. Er verspricht, seine Aufgabe zu erfüllen und die Spione zu verteidigen, versichert seinem Publikum aber, daß er das nur aus rechtlicher Notwendigkeit tut und nicht, weil er irgendwelche Zweifel an der Gerechtigkeit des Revolutionstribunals hat.

– Wozu braucht man noch einen Staatsanwalt bei so einem Verteidiger? knurrt Vater.

Der Richter vertagt die Verhandlung. Die Journalisten jubeln dem Revolutionstribunal zu. Mutter schaltet den Fernseher aus. Vater und Zeki rühren sich nicht. Da unser Gast keine Anzeichen des Aufbruchs macht, lädt Mutter ihn ein, mit uns zu Abend zu essen. Zeki ignoriert ihre Einladung und beginnt zu sprechen, ohne den Blick von der leeren Mattscheibe zu wenden, langsam und sorgfältig, damit ihm kein unnötiges Wort entschlüpft.

– Vor sechs Monaten kam mein Bruder Hashem auf einer Geschäftsreise durch Abadan. Hashem importiert Ersatzteile aus den Vereinigten Staaten über den Iran, und aus irgendeinem Grund brauchte er in letzter Minute einen offiziellen Stempel von einer amerikanischen Regierungsbehörde. Aber in Abadan gab es keine. Also mußte er nach Khorramshahr oder nach Ahwas fahren, ich weiß es nicht mehr genau, aber das spielt auch keine Rolle. Ich erinnere mich nur genau, wie sehr er das Fehlen einer amerikanischen Regierungsbehörde in Abadan beklagt hat.

Vater antwortet nicht. Er hütet sich, Gefühle oder Meinungen zu diesem Thema zwischen sich und seinen Freund treten zu lassen. Zeki fährt fort,

– Ich will damit sagen, daß diese Geschichte ... nun ja ... zumindest dieser Teil der Geschichte, nicht stimmen kann. Wie hieß er noch – dieser Haushaltswarenhändler? Er kann keine Funksprüche an das amerikanische Konsulat in Abadan durchgegeben haben, weil ... weil es da keins gibt!

– Du bist heute ungewöhnlich vorsichtig mit deinen Schlußfolgerungen! gibt Mutter zurück. Ist das der einzige Fehler, der dir während der gesamten Verhandlung aufgefallen ist, Zeki?

Zeki macht ein Gesicht wie ein Kind, das sich ungerecht behandelt fühlt. Was erwartet sie denn noch von ihm? Soll er diesen Schauprozeß etwa mit offenen Worten verdammen? Sich mit den Angeklagten identifizieren, wie wir es tun, und ihre Unschuld nicht einmal in Frage stellen? Vater schaut mit gerunzelten Brauen zu seiner Frau, legt aber auch kein gutes Wort für seinen Freund ein. Zeki steht auf und verabschiedet sich leise. Auch Vater erhebt sich, bereit, seinen Gast zum Auto zu begleiten. Mutter bittet Zeki, Dunia zu grüßen. Einen Fuß schon über der Schwelle, wirft Zeki ihr einen hungrigen Blick zu und murmelt irgendeine förmliche Antwort.

Wenn ihre Affäre reine Fiktion war und ich die Autorin, könnte ich mir keinen besseren Augenblick vorstellen, sie zu beenden.

– Was meinst du? Glaubt er ihnen? frage ich, während wir das Abendessen zubereiten.

– Schwer zu sagen. Ich fürchte, er weiß selber nicht, was er glauben soll. Im Grunde ist Zeki ein ehrlicher Mann und absolut nicht naiv oder engstirnig. Aber wenn es um Israel geht, ist er keine Ausnahme. Israel ist wie ein Wunschknochen, der in seinem Hals steckengeblieben ist. Da er ihn weder schlucken noch ausspucken kann, würgt der Knochen ihn ständig mit Haß und Verblendung.

Als Vater zurückkommt, stehen bereits Tee, Toast, Käse und Frühstücksfleisch auf dem Couchtisch. Mutter fragt, warum er so lange gebraucht hat. Vater erklärt, daß Zeki sein Auto nicht vor unserem Haus geparkt hat, wie er es sonst tut, sondern vor einem unbebauten Grundstück, zwei Straßen entfernt.

Tahrir-Platz

Ich habe gerade mein weichgekochtes Ei aufgeschlagen, da hupt Abd vor unserem Tor. Mutter kommt aus der Küche gelaufen, wikkelt die Brote ein, die sie für mich gestrichen hat.

– Du hast dir noch nicht mal die Haare gekämmt! Wie kommt es, daß alle anderen Kinder immer pünktlich sind und du ständig rausgehupt werden mußt?

– Das stimmt nicht! Abd hupt vor jedem Haus, protestiere ich und werfe Vater einen fragenden Blick zu.

Mit einem Zwinkern stimmt er zu, mich zur Schule zu fahren. Dankbar für die zusätzlichen Minuten, gehe ich an die Haustür und winke Abd weg.

Wir erreichen die Schule kurz vor acht. Schulbusse aus den verschiedenen Stadtvierteln verstopfen die Straße. Das Auto vor uns hupt. Ohne die Kinder rauszulassen, schaltet Dudis Mutter in den Rückwärtsgang und bedeutet uns, ebenfalls umzukehren. Was soll das? Vater ist verwirrt. Auf der Straße sieht es eher aus wie bei Schulschluß als zu Schulbeginn. Schüler strömen aus dem Tor, in die Busse, ältere Jungen radeln davon. Da stimmt was nicht, sagt Vater. Dudi springt vom Beifahrersitz und rennt zu unserem Auto. Ich drehe das Fenster runter.

– Fahrt nach Hause! Schnell, keucht er. Sie haben sie hingerichtet ... sie haben die Spione gehängt ...

– Verstehe, murmelt Vater, ohne die Lippen zu bewegen, und dreht sofort um.

Ich stelle das Radio an. Der erste Lokalsender bringt Marschmusik. Aus dem nächsten dröhnt eine endlose Rede: Heute ist euer Festtag, großes Volk des Irak. Verlaßt eure Arbeit, nehmt euch den Tag frei und geht zum Befreiungsplatz, um den Tod der Verräter zu feiern. Verräter, die heimtückisch den Boden für die zionistischen Banditen und deren Aggression vom Juni ’67 bereitet haben. Verräter, die die Großzügigkeit des Landes ausgenützt haben, das sie toleriert, genährt und als gleichwertige Bürger behandelt hat. Verräter, die ... Beim dritten Sender verliest der Sprecher die Flut von Telegrammen, die aus dem ganzen Land eintreffen und der Regierung zu ihrer mutigen, revolutionären Tat gratulieren.

Vater macht das Radio aus.

Die Prozeßeröffnung wurde vor vier Wochen live im Fernsehen übertragen. Danach gab es nur noch Ausschnitte von den Verhandlungen, auf Band aufgezeichnet und im Radio gesendet. Aus Sicherheitsgründen fand das Verfahren hinter verschlossenen Türen statt. In den Ausschnitten hörten wir, wie sich die aufgezeichneten Stimmen der ihnen zur Last gelegten Vergehen schuldig bekannten. Mrad gestand, daß er eine Sprengstoffausbildung in Abadan erhalten hätte, daß er an der Sprengung einer Brücke in Basra beteiligt gewesen sei, daß man ihm dafür einhundert Dinar gezahlt hatte und daß er weitere Befehle erhalten hätte, eine andere zivile Einrichtung in Bagdad zu sabotieren. Auch die anderen Angeklagten gestanden ihre Verbrechen, sagten gegen ihre Mitangeklagten aus und beschuldigten sich gegenseitig. Außer dem alten Haushaltswarenhändler aus Basra, dem angeblichen Anführer, und Hai, die beide auf ihrer Unschuld bestanden.

Wir halten an einer Buchhandlung. Ich springe aus dem Auto und kaufe zwei Lokalzeitungen.

Vater bittet mich, ihm die Schlagzeilen vorzulesen. »Todesurteil für fünfzehn Spione! Ein wirklich revolutionärer Beginn«. »Auf der ruhmreichen Erde des Irak wird kein Spion am Leben bleiben«. »Die von der Revolution überführten Verräter sind uns in den Rükken gefallen und haben dem scheußlichen zionistischen Ungeheuer geholfen, unser Blut auszusaugen«. »Das faire Verfahren hat bewiesen, daß die Spione der wahre Grund für unsere *naksah* im Juni '67 waren«. Die Namen der fünfzehn zum Tode verurteilten Männer sind in beiden Zeitungen abgedruckt. Hai Rahamin und Mrad Aboudi sind dabei. Und der alte Haushaltswarenhändler aus Basra auch. Laut der Zeitung wurde das Urteil um zwei Uhr morgens von Radio Bagdad verkündet.

Zu Hause sitzt Mutter am Fenster und wartet auf uns. Aus dem Transistorradio auf ihrem Schoß kommen Freudenschreie. Seit dem Morgengrauen hängen die Leichen von elf der hingerichteten Männer auf dem Tahrir-Platz in Bagdad, während die vier weiteren Leichen nach Basra geflogen wurden, um dort auf einem ebenso öffentlichen Platz zur Schau gestellt zu werden. Menschenmengen marschieren durch die Raschid-Straße auf den Tahrir-Platz zu, bejubeln die Hinrichtung und brüllen ihre Zustimmung für den Revolutionsrat.

Vater verzieht das Gesicht und hustet in kurzen, heiseren Stößen. Erst als er auf dem Sessel zusammensinkt und ihm Tränen in die Augen steigen, merke ich, daß mein Vater weint. Zum ersten Mal in meinem vierzehnjährigen Leben höre ich meinen Vater schluchzen. Und so laut! Vater hat immer still gelitten, als würden Worte seine Wunden verschlimmern, während Schweigen sie in saubere Verbände hüllte. Nicht mal die Nachricht vom Tod seiner Mutter vor einigen Jahren konnte ihm ein Stöhnen entlocken. Ich erinnere mich, daß er den ganzen Abend ferngesehen hat, während die Falten auf seiner Stirn immer tiefer wurden und die Adern an seinen Schläfen mit alarmierender Heftigkeit pochten.

Heute ist er endlich explodiert.

Mutter kniet neben ihm und versucht, ihn mit Worten der Hoffnung und Weisheit zu trösten, an die selbst ich nicht mehr glaube. Unfähig, ihn so weinen zu sehen, gehe ich in mein Zimmer und schließe die Tür. Aber sein ungehemmtes Schluchzen verfolgt mich in den ersten Stock und schwemmt, an einem einzigen Morgen, den Kummer von sechzig Jahren heraus.

Ich flüchte mich auf das Dach.

Ein kalter, trockener Wind fährt mir ins Gesicht. Der Himmel ist strahlend blau, wie in einem Kinderbuch, klar, gleichgültig gegenüber den Greueltaten auf der Erde. Die Sonne ist aufgegangen, wie sie das jeden Tag tut, um einen goldenen Wintermorgen anzukündigen. Kein Staubkorn verdunkelt das Tageslicht, keine Wolke wirft einen Schatten auf dessen Integrität.

Nein, ich hatte keine Sonnenfinsternis erwartet.

Die Liste der Erhängten geht mir durch den Kopf. Ich habe ihre Namen so oft in der Zeitung gelesen, daß ich sie auswendig weiß. Und trotzdem kann ich nicht begreifen, daß derselbe Mrad, der vor einem Monat im Fernsehen in seinem zu großen Anzug geschwitzt hat, nicht mehr lebt, daß unsere Verabredung zum Tischtennisspiel für immer gestrichen ist. Daß Hai tot ist, hingerichtet, erhängt, vernichtet, für immer. Nicht mal der Satz ergibt einen Sinn. Auf hebräisch bedeutet Hai Leben oder lebendig sein. Wie kann Er-der-lebendig-ist tot sein? Kaum verwunderlich, daß sich unsere Henker nicht den Kopf über Hebräisch zerbrechen, aber Gott, unser geliebter und einziger Gott, hörst Du nicht das Paradox in Deiner eigenen Sprache?

In den frühen Morgenstunden ist Hais letzter Wille, unausgesprochen, unerfüllt, mit ihm gestorben.

Hais Kapitalverbrechen bestand in einem versiegelten Umschlag, den er von dem angeblichen Anführer aus Basra erhalten haben soll. Wie sehr ich mich auch bemühe, ich kann mir sein Gesicht nicht vorstellen, ihn nicht in seine Badehose kleiden, seine Schultern bräunen, ihm die beiden Ruder in die Hand drücken, sein Boot wieder zusammenflicken. Nur sein schwarzer Anzug kommt mir in den Sinn – der, den sie ihm für den Prozeß aufgezwungen haben. Der Anzug ist feucht, voller Löcher, zeigt die Spuren der Nadeln, mit denen sie Wasser in seinen Körper gespritzt hatten, bevor sie ihn mit Elektroschocks traktierten. Ich packe den gefolterten Anzug und werfe ihn in den Fluß. Die Hose schwimmt auf dem Wasser, die Beine ausgestreckt, der Schlitz taktlos geöffnet, die Taschen von innen nach außen gekehrt. Das durchweichte Jackett schwimmt hinterher, die Schultern aufgequollen, die Ärmel verdreht und zerknautscht. Der Kragen bleibt bald an einem Baumstumpf nahe dem Ufer hängen. Während die Hose rasch flußabwärts treibt, vergrößert sich der Abstand zum Jackett. Als sich der Horizont zwischen sie senkt, nehmen sie Abschied voneinander und ihrer Verpflichtung gegenüber dem menschlichen Bild.

Trügerisches Wasser. Was ist mit Hais Hemd? Wo ist seine Krawatte? Seine Schuhe? Sein Unterhemd? Wo sind Hais Socken?

Der Fluß plätschert und gurgelt und blubbert und verschluckt die Antwort. Unter Wasser feiern die Fische das Ende des Fischers.

Ich verfluche die Menschen und die Natur und ihrer beider Schöpfer im Himmel, bis die Januarkälte mich ins Haus treibt. Vaters Schluchzen hat aufgehört, und eine merkwürdige Stille hat sich über das Haus gesenkt. Weil ich nicht weiß, was ich davon halten soll, gehe ich auf Zehenspitzen die Treppe hinunter, voller Furcht, den Frieden zu stören oder in den Abgrund zu stürzen, der mich im Wohnzimmer erwartet. Der Anblick meiner Eltern, die sicher und wohlbehalten auf ihren Sesseln sitzen, beruhigt mich. Vaters grüne Augen wirken grau und leer. Mutter raucht, starrt mit verschwommenem Blick vor sich hin. Auf dem kleinen Tisch zwischen ihnen steht ein leeres Valiumfläschchen.

– Braucht ihr irgendwas? Wasser? Tee? Soll ich euch eine Decke holen?

Sie schütteln die Köpfe, ohne ein Wort zu sagen oder mich anzusehen. Solange sie die Augen aufhaben, beschließe ich, brauche ich mir keine Sorgen zu machen – egal, wieviel Pillen sie geschluckt haben. Sie können sich den Tag ebensogut freinehmen. Ich stelle den Heizofen an, schließe die Haustür ab und überlasse sie sich selbst, versunken in ihrer Einsamkeit, zu erschüttert, um den Schock und die Verzweiflung des anderen zu ertragen.

In meinem Zimmer schlage ich das erste Buch auf, das mir in die Hand fällt, und vertiefe mich in meine Hausaufgaben.

Beim Klingeln der Haustürglocke schrecke ich hoch. Einen Augenblick überlege ich, wieso ich an einem Wochentag zu Hause bin, dann fällt es mir wieder ein. Ich höre, wie die Haustür geöffnet wird. Auf meiner Uhr ist es kurz nach zwei. Der Gast kommt die Treppe hinauf. Schwere Schritte. Dudi stolpert in mein Zimmer, schwitzend und außer Atem, und läßt seine zweiundsiebzig Kilo auf mein Bett plumpsen. Die Sprungfedern quietschen. Schon jetzt denke ich mit Bedauern an die letzten Stunden, in denen ich Zeit und Raum vergessen hatte. Ohne die Schuhe auszuziehen, wickelt sich Dudi in den Bettüberwurf und wischt sich mit einer Ecke den Schweiß ab.

– Mama würde dich umbringen, wenn sie das sähe.

Dudi verschränkt die Hände unter dem Kopf und grinst.

– Deine Mutter ist in mich verliebt. Sie hat mich gerade mit einem so mysteriösen Blick empfangen, als hätte sie seit Jahren auf mich gewartet.

– Hinter Mamas Blick steckt überhaupt nichts, Dudi. Weder Bedeutung noch Gefühl. Nichts als Valium.

Dudi spielt mit den Fransen meines Bettüberwurfs.

– Nur Valium? Wie schade. Und dein Vater? Er sah aus wie ein Philosoph, der über den Sinn des Lebens nachdenkt. Er hat sich nicht mal gerührt, als ich ihn begrüßte. Hat der sich auch mit Valium vollgestopft?

Ich antworte nicht. Mir ist absolut nicht nach einer Unterhaltung mit Dudi, der jetzt an meinem Bettüberwurf kaut. Ich schaue demonstrativ auf die Uhr, hoffe, er kapiert den Wink und kürzt seinen Besuch ab.

Dudi wickelt sich aus dem Bettüberwurf und steht auf. Aber nur, um mir über die Schulter zu schauen.

– Nicht zu fassen! Du löst Physikaufgaben! Führen empfindsame Mädchen denn kein Tagebuch, dem sie ihre geheimsten Wünsche und Gefühle anvertrauen?

Sofort knalle ich das Lehrbuch zu, als wäre es tatsächlich mein Tagebuch. Dudi läßt sich wieder aufs Bett fallen.

– Die Regierung hat uns an diesem sonnigen Tag freigegeben, und sie verkriecht sich in ihrem Zimmer und macht Hausaufgaben!

Endlich hab ich begriffen.

– Himmel, warum hast du das nicht gleich gesagt? Du kannst es kaum erwarten, daß ich dich frage, was *du* heute gemacht hast, stimmt's?

Dudi kaut schon wieder am Bettüberwurf.

– Also gut, Edward Lawy, los, erzählt mir, wie du den Vormittag verbracht hast. Nur mach es kurz. Ich hab noch eine Menge Hausaufgaben zu erledigen.

In gleichgültigem Ton sagt Dudi, daß er gerade vom Tahrir-Platz zurückgekommen ist.

– Tah ...!

Ein triumphierendes Lächeln huscht über sein Gesicht.

– Ganz Bagdad feiert auf dem Tahrir-Platz. Schulen und Geschäfte und Fabriken sind geschlossen. Man kann heute umsonst mit dem Bus fahren. Tausende von Menschen strömen durch die Straßen, kreischen, bejubeln den Heroismus ihrer Anführer, zucken ekstatisch ...

– Dudi, wenn ich Horrorgeschichten will, schalte ich den Fernseher an.

Er fährt fort, als hätte er mich nicht gehört.

– Dreihunderttausend Zuschauer, verkündete der Ansager auf dem Platz immer wieder. Er erhöhte die Zahlen, wie bei einer Auktion. Zweihundertdreißigtausend ... zweihundertachtzigtausend ... ich schätze, ich war der einzige Jude dort. Der einzige lebende, meine ich.

Er wartet auf meine Reaktion, aber ich bin zu betäubt für Worte.

– Kannst du dir das vorstellen – einer unter dreihunderttausend? Ich habe gerade am eigenen Leibe erfahren, was es heißt, eine Minorität zu sein!

– Du bist verrückt. Die hätten dich in Stücke reißen können.

– Wie hätte mich jemand als Jude erkennen sollen? Ich schreib mir das nicht aufs Hemd, wie ... wie ...

– Wie wer? Wovon um alles in der Welt redest du? Was steht auf wessen Hemd?

Dudi kichert.

– Nicht auf meinem, *wallah*, nicht auf meinem! Das bleibt dem Revolutionsrat vorbehalten. Jeder Verurteilte hatte ein Stück Papier am Hemd stecken. Darauf stand sein voller Name und davor, als Titel, »Der Spion«. Der Spion Hai Rahamin. Der Spion Mrad Aboudi. Warte, ich bin noch nicht fertig. Nach Titel und Name kam der Beruf. Der Spion Mrad Aboudi, Schüler. Danach die Religionszugehörigkeit. Der Spion Mrad Aboudi, Schüler, jüdisch. Dann der Wohnort. Der Spion Mrad Aboudi, Schüler, jüdisch, Einwohner von Bagdad. Acht Juden, zwei Moslems und ein Christ. Zumindest in dieser Beziehung sind wir in der Mehrheit.

– Erspar mir deinen Humor. Wie konntest du das ertragen? Warum bist du da überhaupt hingegangen?

– Da waren auch Kinder, fünf- und sechsjährige, die auf den Schultern ihrer Väter saßen, damit sie besser sehen konnten. Glaubst du, sie haben stärkere Herzen als ich?

– Hör auf zu schwafeln, um Himmels willen!

Wieder kichert Dudi.

– Na gut. Ich wollte unseren Präsidenten sehen! Leider habe ich ihn um eine halbe Stunde verpaßt. Als ich hinkam, standen nur der Jugendminister, der Verteidigungsminister und der Minister für Kultur und Öffentlichkeitsarbeit auf dem Podium. Jeder hielt eine lange Rede.

– Ich will nichts davon hören!

– Ich hab auch nicht zugehört.

– Nein? Und was hast du dann gemacht?

– Ich hab mich durch die Menge gedrängt. Verstehst du, der Platz war voll mit Gewerkschafts- und Vereinsmitgliedern – die Lehrer, die Arbeiter, die Pfadfinder, die Soldaten, die Studenten –, die alle Sieg schrien und Banner trugen. »Der heutige Tag markiert das Ende einer Geschichte und den Beginn einer neuen« – geschwungen von der Studentenvereinigung. Schrecklich akademisch, findest du nicht auch? Ich frag mich, wieviel Jahre man braucht, um derartige geistige Fähigkeiten zu erlangen. Doch die Vereinigung der Frauen und Mütter von Soldaten übertraf die Studenten noch an Einsicht. Ihr Slogan hieß: »Die Hinrichtung von Spionen ist der erste Schritt zur Befreiung«. Dieser Spruch hat mich jetzt endgültig davon überzeugt, daß das schöne Geschlecht genauso intelligent ist wie wir! Starr mich nicht an, als wolltest du mich fressen, Lina. Ich zitiere nur, was ich gelesen habe. Nicht die banalen Sprüche, nur die, die Eindruck auf mich gemacht haben. Zum Beispiel dieser: »Die Fatah-Revolution und die Baath-Revolution marschieren Hand in Hand gegen den Imperialismus und seine Agenten«. Die palästinensischen Kommandos haben übrigens eine ziemliche Show abgezogen. Sind ausgelassen herumgesprungen, so begeistert, als ständen sie endlich vor den Toren von Haifa und Jaffa.

– Hör auf, Dudi. Ich kann's nicht mehr ertragen.

Dudi droht mit dem Finger.

– Was soll das heißen, du kannst nicht? Wenn Hai und Mrad da den ganzen Tag baumeln können und ich ihren Anblick ertragen kann, dann kannst du dir ja wohl auch meine Geschichte anhören.

– Für wen hältst du dich eigentlich? Spielst hier plötzlich den Moralapostel – drohst mir mit dem Finger wie ein Richter und behauptest, es sei meine Pflicht, mir deinen grausigen Bericht anzuhören?

– Grausig? Ich hab noch gar nicht angefangen! erwidert Dudi leise und traurig.

Seine Augen werden feucht. Verdammt! Bricht er jetzt auch in Tränen aus? Männertränen, so selten, aber wenn sie mal fließen, hören sie nicht mehr auf. Soll ich diese Nervensäge etwa in die Arme nehmen und trösten? Nie im Leben.

Zum Glück räuspert sich Dudi und fährt fort.

– Ich hab dir noch nicht von den vielen Beduinen und Bauern erzählt, die sich auf dem Platz drängten. Ungebildet, wie sie sind, trugen sie keine Banner – Gott sei Dank –, nur Essenskörbe für das Picknick in der Hauptstadt. Ach ja, und da waren die Fahnen der Baath-Partei, wie konnte ich das vergessen? Bitte, Lina, noch einen Satz, der letzte, ich verspreche es dir. Ich bitte dich, hör dir nur noch den Spruch der Baath-Partei an, der hat die Sache zumindest auf den Punkt gebracht: »Das ist nur ein Anfang. Die Plätze unseres prächtigen Irak werden sich mit den Leichen der Spione füllen.« Das stand da, Wort für Wort, ich schwöre es beim Leben meines Vaters.

Mir fällt auf, daß Dudi seinen Vater kaum erwähnt, nur wenn er auf dessen Leben schwört.

– Stell dir vor, drei- oder viermal im Jahr so ein revolutionäres Spektakel! Vielversprechende Aussichten, was? Da ist nur eine Kleinigkeit – was machen sie, wenn keine Juden zum Erhängen mehr übrig sind? Sie können uns doch nicht importieren wie ... wie Lampenschirme, oder?

– Ich hab die Schnauze voll von dir, Dudi. Tu mir den Gefallen und hau ab. Geh und erzähl deiner Mutter und deinen Schwestern den Rest. Dich ertragen zu müssen, ist ihr Los, nicht meins.

Dudi runzelt die Brauen.

– Nein, ich will dir die Geschichte erzählen. Dir und niemand anderem.

– Aber warum? Ich hebe die Stimme.

– Weil ich dich liebe!

Ich seufze tief.

– Nein! O nein. Das machst du nur, weil du ein Quälgeist bist, eine Nervensäge, ein Dorn im Fleisch, ein Furunkel am Hintern. Heute ist der schlimmste Tag in meinem Leben, in deinem Leben, im Leben jedes Juden, der in diesem verfluchten Land in der Falle sitzt. Und selbst an so einem Tag kannst du nicht anders, als dich zum Narren zu machen?

– Nein! erwidert Dudi kalt. Nicht mal an so einem Tag.

Er starrt mich trotzig an und fährt fort,

– Die Menge hat unter den Gehängten getanzt, sie hin und her geschaukelt, mit Stöcken und Palmwedeln auf sie eingedroschen. Jungen in meinem Alter haben mit ihren Schleudern Steine auf sie abgeschossen, wie sie es sonst mit Vögeln und Tauben machen. Ich habe Männer gesehen, Männer aus der Stadt in Hemd und Hose – keine barfüßigen *schirgawis* –, die hochsprangen, um den Zeh eines Gehängten zu berühren oder ihn an der Fußsohle zu kitzeln. Nur aus reinem Vergnügen, um vor ihren Frauen anzugeben und die Kinder zu unterhalten.

– Leute sind auf das Gerüst geklettert? Die Zuschauer durften so nahe heran?

– Welches Gerüst, welches *bettich*? Die Füße baumelten über meinem Kopf.

– Was soll das heißen, über deinem Kopf? Wie nahe bist du rangegangen?

– Ich war nacheinander bei jedem einzelnen.

– Aber ... wozu? Aus welchem Grund?

– Weil ihre Köpfe verdreht waren. Weil ihr Hals gebrochen war. Weil ihre Zungen heraushingen, wie bei Verrückten im Irrenhaus. Weil ihre Gesichter blau waren, so blau wie deine geliebten Cadbury-Riegel. Weil ihnen die Augen aus den Höhlen traten und jeden Moment drohten, auf mich zu fallen. Weil sie nach ... Scheiße rochen, ja, es war Scheiße. Weil ihre steifen, leblosen Körper nach Scheiße rochen.

– Du lügst. Hai hätte nie ...

– Lina, ich erklär dir jetzt mal was Grundsätzliches. Vielleicht wird das demnächst in den Lehrplan aufgenommen. Wenn man einen Menschen hängt, egal wen, Jude oder Moslem, unschuldig oder schuldig, gut aussehend oder häßlich, ohne Ausnahme, wenn man einen Menschen erhängt, öffnen sich direkt danach seine Gedärme. Das ist alles!

Ich schlage die Hände vors Gesicht und wünsche mir, die Erde würde Dudi ein für allemal verschlucken. Dann ist es, zu meinem Erstaunen, meine eigene Stimme, die das Schweigen bricht und nach Hai fragt – von dem zu hören mir am meisten graut.

– Ja, ich hab's dir schon gesagt. Ich habe sie alle gesehen. Sie waren um den Platz verteilt, trugen rote Leinenpyjamas. Ich hab mich von einer Leiche zur anderen geschleppt, bis ich den ganzen Kreis abgegangen war. Hai und Mrad hingen am selben Galgen. Beide mit dem Gesicht zu unserem gigantischen *nasb al-hurryiah*, unserem Freiheitsmonument. Mrad trug einen weißen Baumwollhandschuh an der rechten Hand.

Dudi hält inne, wirft mir einen finsteren, haßerfüllten Blick zu.

– Willst du mich nicht fragen, »warum«? Was ist mit deinen »Warums« passiert? Sind sie dir ausgegangen? Komm schon, erzähl mir nicht, daß du kein »Warum« für Mrads weißen Handschuh übrig hast. Los, Lina, frag! Frag mich, warum ...

– Ich weiß nicht ... warum was? Was willst du von mir? Was ist los mit dir?

Dudi zittert vor Wut.

– Frag mich einfach nur, »warum«, verdammt noch mal! Das kostet dich doch nichts. Hast du plötzlich Angst zu fragen?

Ich gewähre ihm mein »warum«. Dudi reagiert mit einem häßlichen Lächeln.

– Jetzt, wo du gefragt hast, schulde ich dir eine Antwort! Verstehst du, ich hab mir selbst die Frage gestellt, »warum der Handschuh?«, weil er bestimmt nicht Mrads erstarrte Hand wärmen sollte. Also hing ich da rum, beschäftigte mich mit meiner Limo, knackte Kürbiskerne und behielt den weißen Handschuh im Auge. Als die fröhliche Stimmung der Zuschauer immer hitziger wurde, begannen zwei Pfadfinder, die Leichen gegeneinander zu schubsen. Der eine benutzte eine Fahnenstange, der andere einen Besenstiel. Hai und Mrad stießen wie Autoscooter auf dem Jahrmarkt zusammen, schwangen und drehten sich, bevor sie wieder zusammengestoßen wurden, jedes Mal mit fröhlicheren Pfiffen und wilderem Applaus der Zuschauer.

Dudi räuspert sich, fährt dann fort, stammelt zum ersten Mal,

– Nach ein paar Zusammenstößen war der Baumwollhandschuh ... eingedellt. Zuerst traute ich meinen Augen nicht, bis ... nicht nur die Finger, sondern auch die Handfläche ganz flach war. Begreifst du? Da waren keine Finger, kein Daumen, keine Handfläche, kein Handgelenk ... der weiße Handschuh war leer ... Mrads rechte Hand war abgehackt worden.

Ich stoße mich vom Schreibtisch ab und stehe auf. Dudi hebt die Stimme.

– Verstehst du jetzt, warum sie die Verhandlungen nicht im Fernsehen übertragen haben? Sicherheitsgründe, am Arsch! Wir wußten alle, daß es Schwachsinn war. Wir haben geglaubt, daß sie einfach keine Lust hatten, eine stimmige Geschichte zu erfinden. Wir konnten nur so weit denken. Aber wir sind nicht darauf gekommen, daß einige der Angeklagten verunstaltet oder verstümmelt worden sind, während sie noch am Leben waren und vor Gericht standen!

– Dudi, wenn du nicht gehst, gehe ich!

Ich laufe quer durchs Zimmer zur Tür. Dudi beginnt zu singen.

– *Ssemiiit, har el-semiit! Semiiit har.*

Ich schaue zu ihm zurück.

– Kommt dir bekannt vor, was? So bekannt, daß ich einen Moment lang dachte, ich sei in der Schule. Ja, es war unser kleiner Brezelverkäufer, in Fleisch und Blut, der sich abmühte, sein Tablett auf dem Kopf geradezuhalten. Ein heroisches Wort von ihm, und die Menge hätte mich gelyncht.

– *Al-a'awer*, der Einäugige, war dort! Hat er dich erkannt? Hat er was gesagt?

– Warte, warte eine Sekunde! Gerade wolltest du noch, daß ich den Mund halte, jetzt kannst du es nicht erwarten, jede blutrünstige Einzelheit zu erfahren. Entspann dich. Setz dich. Mach dir um mich keine Sorgen. Ich bin ja noch heil, oder?

– Stell meine Geduld nicht auf die Probe, Dudi! Ich weiß, daß du keine Ruhe gibst, bevor du mir nicht alles erzählt hast, also spuck's endlich aus.

– Schon gut, schon gut. Ich hab mich weiter durch die Menge gedrängt, bis ich ihn nicht mehr hören konnte. Was für eine Erleichterung das war, als wäre mir das Leben wiedergeschenkt worden.

Dudi seufzt wie ein alter Mann.

– Aber bald hörte ich einen weiteren Bengel *semit* schreien, und obwohl ich den noch nie gesehen hatte, erschrak ich genau so. Ich war mir sicher, daß mich jeder *semit*-Verkäufer in Bagdad kennt. Ich war mir sicher, daß einer auf mich zeigen und in höchster Lautstärke »*jahoodi*« schreien würde statt »*semit*«. Das Bild blieb mir im Kopf kleben wie Kaugummi unter der Schuhsohle. Dauernd stieß ich mit *semit*-Verkäufern zusammen und erschrak jedesmal, als sei es die Sicherheitspolizei und nicht nur Slumkinder. Lina, wenn man sich nicht mal in einer Riesenmenschenmenge verstecken kann, wo um alles in der Welt kann man sich dann jemals sicher fühlen?

Ich gehe wieder zu meinem Stuhl.

– Warum bist du nicht einfach abgehauen?

– Warum! Warum! Du und deine irrelevanten »Warums!« »Warum« ergibt heute keinen Sinn, begreifst du das nicht? Weil es unmöglich war. Weil ich Todesangst hatte. Weil ich so aufgeregt war, daß ich nicht weggegangen, sondern gerannt wäre, und das hätte verdächtig ausgesehen. Damit hätte ich das Schicksal herausgefordert.

– Als wäre es nicht schon Herausforderung genug gewesen, da überhaupt hinzugehen. Aber egal. Du hast es schließlich geschafft. Wie?

Dudi zieht seinen Geldbeutel aus der Tasche und läßt die Münzen klirren.

– Ich hab den nächsten *semit*-Verkäufer angehalten und ihm alles abgekauft. Ich war bereit, für sein Schweigen jede Summe zu bezahlen. Der Blödmann grinste über das ganze Gesicht und meinte, das Spektakel hätte wohl meinen Appetit angeregt. Mir war so schlecht, daß ich hätte kotzen können. Am Rand des Platzes deklamierte ein krank aussehender Mann patriotische Verse vor einem Kreis von Bewunderern. Ich hab ihm das ganze Zeug vor die Füße geworfen und bin gegangen.

Er holt tief Luft und beendet leise seinen Bericht.

– Eigentlich bin ich gerannt, den ganzen Weg zurück. Bis hierher. Es war, als würde ich gegen den Strom schwimmen. Jeder drängte in die entgegengesetzte Richtung. Jeder wollte zum Befreiungsplatz.

Dudi liegt auf dem Bett, erschöpft und niedergeschlagen, hat endlich ausgeredet. Ich gehe nach unten und hole eine Flasche Scherbet aus der Küche. Als ich wieder ins Zimmer komme, spielt Dudi mit einer Streichholzschachtel, eine Zigarette im Mundwinkel. Als er mich sieht, richtet er sich auf und atmet den Rauch tief ein.

– Hast du keinen Aschenbecher? fragt er, wedelt mit dem abgebrannten Streichholz. Seine Augen tränen vom Rauch.

– Du kannst den Papierkorb nehmen. Seit wann rauchst du?

– Ich hab heute morgen auf dem Platz eine Packung gekauft. Das ist schon meine fünfte Zigarette. Wer sagt, daß Rauchen der Gesundheit schadet? Ich bin fünf Kilometer gerannt ohne Pause.

Dudi hält die Zigarette zwischen Daumen und Zeigefinger, nimmt noch einen tiefen Zug und bekommt einen Hustenanfall. Ich gieße ihm ein Glas Scherbet ein.

– Nach all dem, was ich gesehen habe, fühlte ich mich, als sei ich zehn oder zwanzig Jahre gealtert. Also dachte ich, daß ich genausogut mit dem Rauchen anfangen kann. Verstehst du?

– Mehr oder weniger. Wenn man vierzehn ist und immer noch ein Gesicht so glatt wie einen Kinderpopo hat, dann sollte man sich eine öffentliche Hinrichtung anschauen. Man beende das Ganze mit einer Zigarette, und, schwupp, ist aus dem Kalb ein Ochse geworden.

– Das ist nicht fair! So hab ich das nicht gesagt. Ich wollte ...

– Du wolltest angeben! Spazierst hier rein wie ein Held, überredest mich, mir deine Horrorgeschichten anzuhören, und behauptest, es ginge um die Opfer ...

– Lina, du verdrehst meine Worte! Du solltest dich entschuldigen.

– Du machst mich krank!

– Du hast den Verstand verloren!

– Und das sagst ausgerechnet du? Als ob du in der Lage wärst, einen gesunden Verstand von einem kranken zu unterscheiden.

– Vielleicht ist Valium doch keine so schlechte Idee. Ob deine Eltern noch eine Pille für dich übrig haben? Das scheint in der Familie zu liegen.

– Es ist offenbar an der Zeit, daß ich dich rauswerfe. Ja, du hast mich richtig verstanden. Heb deinen Hintern von meinem Bett und *welli,* verpiß dich! Auf der Stelle! Ich will dich nie wiedersehen.

Dudi spuckt einen Tabakkrümel aus, wischt sich die Lippen und grinst.

– Hast du vergessen, daß wir Nachbarn sind? Ziemlich schwierig, sich nicht mindestens zweimal am Tag über den Weg zu laufen.

Er kichert ungläubig, als ich auf ihn einschlage und ihn von meinem Bett zerre, als sein schwerer Körper auf den Boden plumpst. Die Zigarette fällt ihm aus der Hand und rollt zur Tür. Langsam erhebt er sich, hustet und kichert abwechselnd, humpelt und stöhnt, tut so, als habe er Schmerzen.

– Was für ein Theater wegen einer Packung Zigaretten! Was hast du gegen das Rauchen? Deine Mutter ist doch selbst ein wandelnder Schornstein.

Ich schiebe ihn aus meinem Zimmer, die Treppe hinunter.

– Heh, paß auf, meine Schulter, du tust mir weh! Du gehörst zum schwachen Geschlecht, vergiß das nicht! Meine Güte, wo hast du all die Kraft her? Deine Hand ist hart wie Eisen, niemand wird wagen, um sie anzuhalten. Selbst ich werde es mir zweimal überlegen. Lina, du bist verrückt, ich wäre fast gefallen. Ich hätte mir das Bein brechen können. Laß mich los! Warte, bis dein Vater ...

– Laß meinen Vater aus dem Spiel, verstanden? Er ist damit beschäftigt, über den Sinn des Lebens nachzugrübeln, hast du das vergessen, du Mistkerl? Baba kann heute mit gar nichts fertig werden. Er ist nicht cool und mutig wie Dudi. Dudi! Das ist mal ein Teufelskerl, ein richtiger Mann, bartlos vielleicht, aber du hättest seinen Mumm sehen sollen!

Dudi jault auf, als ich ihn durchs Wohnzimmer schubse, und fordert meine Eltern lautstark auf, ihm zu helfen. Sie sehen gleichgültig zu, ohne mit der Wimper zu zucken. Im Hof senkt Dudi die Stimme.

– Warte, Lina, du hast mich falsch verstanden. Ehrlich, ich hab dir nicht die ganze Geschichte erzählt. Ein Detail hab ich dir verschwiegen. Ein wichtiges. Erinnerst du dich, daß du mich immer wieder gefragt hast, warum ich zu dem Platz gegangen bin, und ich nicht antworten wollte?

– Deine Begründung ist mir inzwischen scheißegal.

Dudi bleibt plötzlich stehen, verschränkt die Arme vor der Brust und bewegt sich keinen Zentimeter weiter. Egal, wie fest ich zuschlage und schiebe und trete, er gibt nicht nach.

– Ich schwör dir, Lina, ich bin zum Befreiungsplatz gegangen, weil ich sicher sein wollte, daß mein Alter da nicht auch baumelt.

Sein neuestes Geständnis bringt mich aus der Fassung.

– Du willst, daß ich das schlucke? Die Namen der Hingerichteten sind den ganzen Tag über im Radio wiederholt worden. Sie standen in allen Zeitungen. Dein Vater sitzt im Zentralgefängnis. Sein Name ist bei den Prozessen nie erwähnt worden. Deine Mutter besucht ihn jeden Monat.

– Das habe ich mir auch gesagt, tausendmal und mehr, und trotzdem hat es mir keine Ruhe gelassen. Es klingt verrückt, ich weiß, aber ich konnte nicht anders. Ich mußte hingehen und mich unter jede Leiche stellen, um wirklich zu glauben, daß es nicht die meines Vaters war. Dann hab ich den Gehängten um Verzeihung gebeten für die Erleichterung, die sein Unglück mir gebracht hat, und mich zum nächsten Galgen geschleppt.

Ein Zittern durchläuft seinen Körper. Jedesmal, wenn Dudi ein neues Gesicht zeigt, ist es noch unfaßbarer und beunruhigender als das vorherige. In meiner Verwirrung hätte ich ihn umarmen oder ihm mit derselben Leichtigkeit den Hals umdrehen können.

Schließlich höre ich mich sagen

– Du hast wirklich eine Schraube locker, Dudi.

Er antwortet nicht. Stößt nur das Tor auf und geht.

Die Zigarette an meiner Zimmertür ist zu einer Aschenrolle verbrannt. Zweifel steigen in mir auf. War Dudis Angst um seinen Vater echt, oder hat er sich das Geständnis nur schnell einfallen lassen, um mich auf seine Seite zu ziehen?

Ich werfe mich auf das zerwühlte Bett, vergrabe mein Gesicht im Kissen. Aber Dudis Geruch hat den Bettüberwurf durchdrungen. Ich stoße den Überwurf weg, stehe auf, lüfte das Zimmer. Heute morgen wurde in Bagdad die Zivilisation geopfert. Ich frage mich, wie lange uns der Gestank der Exkremente in der Nase bleiben wird.

Teil IV

Anatomie der Hoffnung

Ferial läßt den Frosch in den durchsichtigen Plastikbeutel fallen, den Selma ihr hinhält. Hastig verschließt Selma den Beutel, läßt nur ein winziges Loch frei für die Flüssigkeit, die unsere Lehrerin hineingießen will. Der Frosch zappelt nervös herum, wirft sich gegen die weiche Plastikhülle, rutscht aber immer wieder nach unten. Die gelbe Flüssigkeit steigt bis zu seinen Knöcheln hinauf. Das Tier springt hoch und knallt mit dem Kopf gegen Selmas Hand. Wow! ruft der Junge neben mir, als schauten wir einen Zeichentrickfilm an. Der Frosch hebt den schweren Kopf, streckt die Vorderbeine zu einem letzten Sprungversuch. Von den Hinterbeinen in Stich gelassen, sinkt sein ganzer Körper zurück in das Betäubungsmittel, die dicken Augenlider schließen sich wie Vorhänge am Ende eines Theaterstücks.

Selma nimmt das betäubte Tier heraus und legt es mit dem Gesicht nach oben auf den Seziertisch. Während sie die Vorder- und Hinterbeine spreizt, damit Ferial sie am Holzbrett festpinnen kann, durchfährt mich ein Gedanke. Die Doppelform der arabischen Grammatik muß sich von der Symmetrie des Körpers herleiten! Meine alte Frage, lange verfolgt, dann vergessen, hat plötzlich eine Antwort gefunden, direkt vor meiner Nase. Wie logisch erscheint es mir jetzt, daß die Regeln des Sprechens die Regeln der Anatomie widerspiegeln. Ich schaue mich um, möchte diese Erkenntnis sofort mit jemandem teilen, aber meine Klassenkameraden beobachten konzentriert die beiden Händepaare bei der Arbeit. Ferial greift nach dem Skalpell und schlitzt dem Lurch den Bauch auf, von den Schenkeln bis zum Hals. Die grüne Haut und das Gewebe darunter öffnen sich, ohne daß ein Tropfen Blut fließt. Selma klappt die Haut mit einer Pinzette zurück und befestigt sie am Holzbrett. Ferial zieht das Muskelgewebe zur Seite, bis die inneren Organe sichtbar werden. Die Jungs machen makabre Witze, die Mädchen stoßen mitleidige und angeekelte Schreie aus. Unsere Biologielehrerin ruft uns zur Ordnung.

– Jungs, Mädchen, was sehen wir hier? Welche Organe können wir benennen? Wer will anfangen?

Ich erkenne das Herz an seinem hartnäckigen, rhythmischen Schlagen. Das Pochen erinnert mich an etwas, das Mutter neulich gesagt hat: Man darf niemals die Hoffnung aufgeben, solange das Herz noch schlägt.

Aber für diesen Lurch sieht die Sache ziemlich hoffnungslos aus.

Es klingelt. Die Schüler strömen zur Pause hinaus. Selma bittet mich, auf sie zu warten, weil sie Ferial beim Aufräumen des Labors helfen will. Ich schlendere den Flur entlang, wärme mich in der Wintersonne. Unten im Hof spielen die kleinen Kinder »Sieben Steine«. Als ich an Dudis Klassenzimmer vorbeikomme, fällt mein Blick auf sein leeres Pult. Dudi fehlt seit letztem Montag, dem Tag der Hinrichtungen. Seine Abwesenheit ist mir erst am Donnerstag aufgefallen, als *ustad* Heskel nach der Schule vierzig Schüler zu Hais trauernder Familie führte, um den Verwandten ihr Beileid auszusprechen. Zwei von Dudis Schwestern waren dabei und erzählten dem *ustad*, daß ihr Bruder hohes Fieber hätte und nicht mitkommen könne. Sie klangen nicht so, als wüßten sie von Dudis riskantem Herumstreifen auf dem Befreiungsplatz.

– Ferial sagt, ich hätte die Hände einer Chirurgin. Selma holt mich ein, zeigt mir stolz ihre langen weißen, nach Lorbeerseife duftenden Finger.

Unten an der Treppe drängen sich Dutzende Schüler vor dem Lehrerzimmer, versperren den Eingang, rempeln sich gegenseitig an, um einen Blick durch das Fenster zu erhaschen.

– Wir müssen wieder ausländische Gäste haben! So früh? Sind die denn schon mit den Synagogen durch?

Wütend über die weltweite Verurteilung des Spektakels auf dem Tahrir-Platz, wiederholt unsere Regierung ständig, die Spione seien in einem ordentlichen Gerichtsverfahren für schuldig befunden und gehängt worden, weil sie Verräter und nicht weil sie Juden waren – wie die zionistische Propaganda behauptet. Zur Untermauerung dieser Behauptung werden ausländische Journalisten ins Land gelassen, die selbst beurteilen sollen, ob die Juden wirklich verfolgt werden und ob es im Irak auch nur die Spur einer Diskriminierung gibt.

»Er hat nicht mal ein Begräbnis bekommen«, stöhnte Hais Schwester, als wir das Haus betraten. Schwarz gekleidet, die Bluse vom Kragen bis zur Taille zerrissen, schlug sich die grauhaarige Frau auf die Brust, auf die Hüften und brüllte ihren Kummer heraus. Ein guter Jude, sein ganzes Leben lang, aber ermordet wie ein Hund und begraben wie ein Hund. Gott allein wird sie für ihre Verbrechen bestrafen. Warum durften wir ihn nicht begraben? Wie gefährlich kann ein toter Mann sein, daß ihn die Sicherheitspolizei bis ans Grab begleiten muß? Schmerzerfüllt und einschüchternd in ihrer Trauer, ließ sie sich nicht beruhigen, und unsere Beileidsbezeugungen klangen so hohl wie leere Kürbiskernschalen.

Das Haus war voll von Besuchern, und obwohl viele gingen, um Platz für die Neuankömmlinge zu machen, mußten wir Schüler fast alle auf dem Boden sitzen. Ich erkannte Hais Neffen an ihren unrasierten Gesichtern. In einer Ecke brannte eine weiße Kerze. Der Spiegel am Eingang war umgedreht. Das Mädchen neben mir flüsterte, sie hätten während der *saba'a*, der sieben Trauertage für ihre Großmutter, auch die Spiegel umgedreht. Familienmitglieder reichten Erfrischungen herum, und kaum hatten wir den schwarzen Kaffee getrunken, da gingen die Klagen der trauernden Schwester wieder los. Ein guter Jude, sein ganzes Leben lang, und trotzdem haben sie ihn abgeschlachtet wie einen Hund und verscharrt wie einen Hund. Ihr Wehklagen ließ in meinem Kopf ein Bild von Hai entstehen – nicht mein braungebrannter Schwimmlehrer, sondern die leblose und zerschlagene Leiche, die Dudi am Tahrir-Platz gesehen haben mußte. Ich versuchte, dieses Bild zu verdrängen und statt dessen nach Laufmaschen in den Nylonstrümpfen der Frauenbeine vor mir zu suchen. Aber es hatte keinen Zweck. Hais nackte Füße mit den hornigen Sohlen und den birnenförmigen großen Zehen baumelten über meinem Kopf. Wenigstens ruht er jetzt in Frieden! warf eine alte Frau ein. Wie kann er in Frieden ruhen, wenn ihn seine eigenen Mörder verscharrt haben? gab die Schwester zurück. Offenbar hatte ihr bisher niemand erzählt, daß die Gräber der Hingerichteten noch in derselben Nacht mit Zement versiegelt worden waren. Auf Befehl des *hacham*, des Oberrabbiners, der von der aufgestachelten Menge das Schlimmste befürchtete.

Selma und ich drängen uns durch die Menge zum Fenster und schauen ins Lehrerzimmer. Ferial ist gerade hereingekommen und läßt sich auf den Lehnstuhl neben *ustad* Heskel fallen. Der trägt immer noch seine zerrissene Jacke, obwohl die sieben Trauertage vorüber sind. Auf der anderen Seite des Zimmers befragen zwei große blonde Männer *ustad* Faouzi, den Englischlehrer aus der Grundschule. Die Anwesenheit unseres Direktors, der beiden Fremden und der Sicherheitsbeamten, die sie begleiten, scheint ihn ins Stottern zu bringen.

Wird er eine Möglichkeit finden, den Besuchern mitzuteilen, daß man seinen Cousin, der vor drei Wochen verhaftet wurde, gestern morgen als Leiche in einem Jutesack heimgebracht hat?

Ustad Faouzi schüttelt den ausländischen Journalisten die Hand und zieht sich einen Stuhl zu Ferial und *ustad* Heskel heran, spricht jetzt wieder fließend. Er wirft die Hände mit einer Was-hätte-ich-denn-tun-sollen-Geste hoch. *Sit* Fahima, eine weitere Lehrerin aus der Grundschule, hat sich zu ihnen gesetzt. *Ustad* Juad, unser Geschichtslehrer, trinkt seinen Tee, distanziert, aber nicht gleichgültig gegenüber der Erregung seiner jüdischen Kollegen auf der anderen Seite des Zimmers. Er besitzt den Anstand, nicht zu lange hinzustarren, sondern sein Gesicht hinter der Zeitung zu verbergen. Als *ustad* Riad, der Lehrer für Staatsbürgerkunde und Arabisch, gegen die Zeitung schnippt und sich neben den Geschichtslehrer setzt, legt der das Blatt aber bereitwillig beiseite.

Der Direktor führt die Besucher hinaus.

Die Journalisten lächeln verwundert über die unruhige Kindermenge, die sie draußen erwartet. Gefolgt von den vier Männern, bahnt sich der Direktor einen Weg durch das Gedränge, schaut dabei wie gewöhnlich strafend nach rechts und links. Kaum sind sie in seinem Büro verschwunden, stößt Selma mich an und reckt den Daumen hoch.

– Nicht schon wieder!

Sie nickt bestätigend.

– Aber wann? Sie waren so schnell weg ...

– Hab ich dir nicht gesagt, daß ich begabt bin? Selma ahmt mit den Fingern der linken Hand einen *oud*-Spieler nach.

– Welcher?

– Der ohne Bart, mit den blonden Haaren und den blauen Augen. Der sah so schick aus in seiner braunen Lederjacke, findest du nicht?

– O ja, der sah schrecklich gut aus! Schade, daß man sie nicht durch die Klassenzimmer geführt hat. Stell dir vor, sie hätten uns interviewt!

– Bloß nicht, mir wäre sofort das Herz stehengeblieben!

– Komm schon, Selma, übertreib nicht so!

– Der sieht aus wie der Prinz aus dem Märchen. Aber für mich sowieso zu alt. Und außerdem verheiratet! Er trug einen Ehering, hast du das gesehen?

– Du hast dich also tatsächlich in ihn verknallt! Hast du ihm einen Liebesbrief geschrieben oder was?

– Aber nein! Sie kichert. Nur genau dasselbe, wie bei den Besuchern von gestern: Bitte helft uns, den Irak zu verlassen!

– Hast du den Zettel auch bestimmt in die richtige Tasche gesteckt? Was ist, wenn einer der Sicherheitsbeamten ihn heute abend in seinem Jackett findet?

Wieder kichert Selma, zufrieden mit ihrer Heldentat, dann japst sie

– Denk doch, die kommen von so weit her, aus Frankreich, Belgien, Italien, Holland ... und nur wegen uns! Wenn der Westen sich für uns einsetzt, könnte das Wunder bewirken. Vielleicht bekommen wir bald schon alle Pässe! Pässe, Lina, Pässe, kannst du dir das vorstellen?

– Nein, eigentlich nicht. Und ehrlich gesagt, weiß ich nicht mal, wie ein Paß aussieht.

Zuhause erwartet mich ein weiteres Wunder. Shuli, in Fleisch und Blut, beugt sich über den Gasherd in der Küche, löffelt Soße aus dem dampfenden Topf und schlürft sie von der Kelle. Von meinem Freudenschrei erschreckt, läßt er die Kelle in den Topf fallen, spritzt sich rote Soße auf Hemd und Finger. Während er mit der verbrühten Hand wedelt und sich ausschüttet vor Lachen, falle ich ihm um den Hals.

– Ich dachte, die lassen dich nie mehr raus. Was ist passiert?

– Frag mich nicht! Vielleicht ist das Schloß vom Gefängnis kaputt gegangen, und die Wärter wußten nicht, wie sie es reparieren sollen. Vielleicht gab's schon wieder eine Revolution, und alle Wachen wurden erschossen.

– Mach dich nicht über mich lustig, Shuli, bitte!

Statt bei Morgengrauen seinen lauwarmen Tee zu bekommen, wurde ihm befohlen sich anzuziehen, und er wurde zum Gefängniskommandeur gebracht. Ungläubig hörte er, wie ihm der Offizier mitteilte, ihm, Shuli, sei von dem vorherigen korrupten Regime Unrecht geschehen, aber jetzt, wo die Revolutionsregierung alles wieder in die richtige Bahn brächte, könne er das Gefängnis verlassen und sei frei. Ohne Kaution, ohne eine Aussage zu unterschreiben. Mit oder ohne meinen Stern? war er versucht zu fragen, behielt seine Stichelei aber zum Glück für sich. In Windeseile packte er seine Sachen und verließ das Lager, desorientiert wie eine Fledermaus bei Tageslicht. Militärfahrzeuge rasten an ihm vorbei. Spatzen schilpten über ihm. Die Sonne ging auf. Ein neuer Tag! Zeit, die sich vor ihm in die Unendlichkeit dehnte. Seine Sinne erwachten. Aber erst, als er die Straße erreichte, fühlte er sich in Sicherheit. Sie hatten also doch nicht vorgehabt, ihn hinterrücks zu erschießen. Aus einem Impuls heraus rannte er los. Nein, nicht weil es ihn nach Hause zog, er rannte nur so weit wie möglich vor dem häßlichen Kapitel davon, das hinter ihm lag.

Ich trage die Schüssel mit *kubba* und Rote Bete – Shulis Lieblingsgericht – ins Eßzimmer. Vater entkorkt die Flasche Rotwein, die er heute morgen extra für diese Gelegenheit gekauft hat. Wir setzen uns an den Tisch, alle vier wieder vereint. Es ist, als wollten wir das Mittagessen einnehmen, das uns vor eineinhalb Jahren entgangen ist. Als wir unsere Gläser erheben und bevor Vater noch ein Wort gesagt hat, klingelt es. Wie seltsam, wieder die Türklingel zu hören, meint Shuli. Vater runzelt die Stirn, ist beunruhigt. In letzter Zeit behandelt er jedes Zeichen aus der Außenwelt wie eine Alarmglocke. Mutter geht an die Tür. Aufgeregtes Geschrei dringt aus dem Hof. Sie kehrt Arm in Arm mit einem ausgelassenen Dudi zurück – fröhlich, lebendig und alles andere als fiebrig.

Seit wann überragt er meine Mutter um zwei Finger?

– Abu Dudi wurde auch entlassen ...

– Zusammen mit allen Juden aus dem Zentralgefängnis ... etwa sechzig ... allen, die vor der Machtübernahme durch die Baath-Partei verhaftet wurden, fügt Dudi hinzu.

– *Alhamdellah*, Gott sei Dank! Was für ein Tag! Herzlichen Glückwunsch, mein Junge, sagt Vater und schüttelt Dudi die Hand.

– Du mußt mit uns anstoßen, schlägt Shuli vor.

– Was soll das heißen, anstoßen, er ißt mit uns! ruft Mutter. Setz dich, mein Sohn. Lina, hol ihm einen Teller aus der Küche, sei so gut.

Dudi weicht meinem Blick aus und lehnt ihre Einladung ab – wie es die Höflichkeit gebietet –, versichert, er habe bereits gegessen. Als Mutter darauf beharrt, verbessert er sich und behauptet statt dessen, sie würden zu Hause mit dem Essen auf ihn warten.

– Verweigerst du Mamas *kubba*? frage ich und stehe auf.

– Natürlich nicht, ich wollte nicht unhöflich sein. Ich probiere eine und leiste euch ein wenig Gesellschaft, aber nicht lange. Beim Leben meines Vaters, ich habe versprochen, gleich zurückzukommen.

Nachdem wir angestoßen haben und Dudi seine *kubba* in roter Soße aufißt, fragt er.

– Sag mal, Lina, was ist bei Hais *saba'a* passiert? Ich habe gehört, daß *ustad* Heskel einen Tumult verursacht hat. Meine Schwestern kamen mit zerrissenen Jacken nach Hause. Manche Eltern waren wütend. Jeder erzählt was anderes. Was zum Teufel hatte Hiob damit zu tun?

– Erschlagen wie ein Hund und betrauert wie ein Hund. Nennt ihr das eine anständige *saba'a*, wenn Sicherheitsleute – mögen ihnen die Augen ausgestochen werden – auf der anderen Straßenseite patrouillieren? Diese Verbrecher, was wollen sie denn jetzt noch? Seine Seele? Seinen Geist? *Ustad* Heskel, der neben Hais Schwester saß, tat sein Möglichstes, um sie zu beruhigen. Er versicherte ihr, daß niemand auf der Welt einem Mann Gottes Erbarmen nehmen könne. Er zitierte die Zohar und sagte, Hais Seele würde sieben Tage lang zwischen dem Haus und dem Grab hin und her wandern und um ihren Körper trauern. Er sagte, wir sollten inständig für Hais Seele beten, bevor sie in die Ewigkeit eingeht, und er las alle möglichen Verse aus seinen heiligen Büchern vor. Zum einen Ohr rein, zum anderen wieder raus, was Hais Schwester anging. Sie tat nicht mal so, als würde sie zuhören. Ihre gleichgültige Reaktion machte dem *ustad* klar, daß ihm, um sie zu erreichen, keine andere Wahl blieb, als sich ihrem untröstlichen Kummer anzuschließen. Also stand er auf und zerschnitt sein Jackett mit dem Klappmesser vom rechten Revers bis zu Brust.

Die *keri'a* ist ein Trauerritual, das nur für nahe Verwandte gedacht ist. Hais Schwester umarmte den *ustad* und nannte ihn ihren Bruder. Aber sobald die anderen Gäste ihre Stimme wiedergefunden hatten, begann ein hitziger Streit. Eine junge Frau behauptete, es sei falsch, sein Hemd zu zerreißen, wenn – *Allah leykul*, möge Gott es nicht äußern – keiner aus der eigenen Familie gestorben ist. Ein älterer Mann meinte, so ein Ritual könne Unglück heraufbeschwören. Das sei – *hascha assema'a*, möge es den Zuhörenden erspart bleiben –, als würde man Gott bitten, das Leben eines anderen zu nehmen. Verwechselten sie nicht religiösen Glauben mit Aberglauben? antwortete der *ustad* ruhig. Glaubten sie wirklich, der Allmächtige sei so leicht zu beeindrucken? Hatten sie vergessen, wie mannigfaltig die Thora ist? Um seine Argumentation zu bekräftigen, las er den Abschnitt aus dem Buch Hiob vor, in dem die drei Freunde Hiobs ihre Kleider zerreißen, um mit ihm den Tod seiner Kinder zu betrauern.

– Und sie läßt sich von der Bibel mitreißen und ruiniert ihre brandneue Wolljacke! schimpft Mutter. Wir haben die Jacke erst vor kurzem gekauft, trotz unserer angespannten Finanzlage, weil wir nicht wollen, daß unsere Tochter schäbig gekleidet ist. Und was macht sie? Geht her und zerschneidet die Jacke mit einem Messer.

– Alle haben das gemacht! Alle vierzig Schüler. Wir sind aufgestanden, einer nach dem anderen, und haben für Hai unsere Jacken zerrissen. Es war das einzige, was wir tun konnten, um unsere Wunde nach außen sichtbar zu machen.

Ich schaue zu Shuli, möchte seine Zustimmung. Er lächelt zurück, schwach, mit abwesender Miene, die mich zweifeln läßt, ob er überhaupt zugehört hat.

– Was geschehen ist, ist geschehen! schließt Vater mit gewissem Unbehagen. Hatten wir uns nicht geeinigt, das Thema ruhenzulassen?

Mutter greift nach Dudis leerem Teller und füllt ihm, ohne ihn zu fragen, eine zweite Portion auf.

– Ihr habt noch gar nicht gehört, wie Baba entlassen wurde. Heute morgen erschien der Gefängniskommandeur höchstpersönlich in ihrer Zelle und hielt eine Rede, welches Unrecht ihnen das frühere Regime angetan hätte und wie die Revolutionsregierung ...

Unsere Mahlzeit dauert, bis Dudis Schwester kommt und ihren Bruder nach Hause zerrt. Seine Familie hat tatsächlich mit dem Essen auf ihn gewartet.

Mutter ruft mich in die Küche. Sie braucht meine Hilfe, sagt sie und drückt mir Putzlappen in die Hand. Shulis Zimmer ist seit mehr als einem Monat nicht mehr saubergemacht worden. Mit einem Wassereimer, den blauen Gummihandschuh unter den Arm geklemmt, marschiert sie nach oben. Ich folge ihr zögernd. Shuli steht am Fenster, versunken in etwas, das sich draußen abspielt. Aus seiner Haltung schließe ich, daß wir nicht willkommen sind. Seine gute Laune beim Essen hat sich in Melancholie verwandelt. Mama, das ist wirklich nicht nötig, stammelt er. Aber sie hat den Handschuh bereits übergestreift und wischt das Kopfteil des Bettes ab. Den Nachttisch. Die Tischlampe. Erst mit einem feuchten Tuch, dann mit einem trockenen. Ich soll mir das Fensterbrett vornehmen. Mama, das kann warten, bitte mach das später, mach es morgen, fleht er. Gleich wird alles wieder glänzen, sagt sie, schiebt ihn sanft beiseite, um an den Schrank zu kommen. Braunes Wasser tropft vom Schrank. Mutter wischt es auf, stellt ihren Eimer auf den Schreibtisch. Nicht den Schreibtisch, schreit er auf, reißt ihr den Lappen aus der Hand. Und wer hat den Schreibtisch wohl während der ganzen Zeit geputzt? Oder hat er gedacht, der Staub sei von allein weggeflogen? lacht Mutter. Shuli scheint das nicht komisch zu finden. Mit fester Stimme verkündet er, daß er allein sein möchte. Allein? Ist er nicht lange genug allein gewesen? Kann er denn nicht noch fünf Minuten warten? NEIN! Schrei deine Mutter nicht an, erwidert sie und will ihm das Tuch entreißen. Jetzt kämpfen sie, halb spielerisch, halb im Ernst, um das zerrissene, dreckige Unterhemd. Das Unterhemd fliegt aus dem Zimmer, gefolgt von dem blauen Gummihandschuh. Meine Hand, hör auf, mir die Hand zu verdrehen, du tust mir weh! Er packt sie an den Schultern und schiebt sie zur Tür. *Barrah*, raus! Sie kichert wie ein kleines Mädchen. Laß mich los! Du hast mir die Hand gebrochen, stöhnt sie, zeigt ihm ihr unverletztes Handgelenk. Er nimmt den Eimer vom Schreibtisch, knallt ihn neben ihre Füße. *Barrah*, wiederholt er, jetzt an den Eimer gewandt, und versperrt die Tür mit dem Arm. Mutter winkt mich zu sich.

– Hast du nicht gehört, was dein Bruder gesagt hat? Er wünscht, allein gelassen zu werden.

Ich zucke die Schultern. Shuli bleibt stumm.

– Komm mit, habe ich gesagt! Ich brauche deine Hilfe in der Küche.

– Später! antworte ich und stütze meine Ellbogen aufs Fensterbrett.

– Später, wenn man vierzehn ist, kann alles bis später warten! grummelt sie, schüttelt mißbilligend den Kopf und stürmt davon.

Auch Shuli schüttelt den Kopf, fast genauso wie sie, dann dreht er sich um und stößt einen Schreckensschrei aus. Ein dunkler Wasserring auf dem Schreibtisch kriecht auf eine Aktenmappe zu. Ich werfe meinen Lappen auf den Resopaltisch, reibe, bis das Wasser aufgesaugt ist. Shuli greift nach der Mappe, betastet die Unterseite. Trocken, Gott sei Dank. Er blättert den Inhalt durch – lose Blätter, Notizen, Adressen, Bibliographien und viele verschmierte Skizzen. So ein Aufstand wegen einer Nichtigkeit, murmelt er, legt die Mappe wieder auf den Tisch. Dann nimmt er sein Federmäppchen, macht den Reißverschluß auf, betrachtet die Reihen von Federhaltern und Stiften, macht den Reißverschluß wieder zu. Dasselbe wiederholt er mit dem Geometriekasten und dem Kompaßkasten. Er schraubt das Tintenfaß auf, kneift ein Auge zu und schaut hinein. Was suchst du? frage ich. Nichts Bestimmtes, murmelt er. Auf der Suche nach nichts Bestimmtem hockt er sich vor den Schreibtisch und zieht die Schubladen auf. Zieht sie auf und schiebt sie wieder zu, als wecke das Knarren der Holzschubladen beim Raus- und Reinschieben irgendwelche Erinnerungen, wie Musik das tun kann. Der Schubladenmusik müde, oder vielleicht auch nur seiner selbst überdrüssig, steht mein Bruder auf, tappt zum Bett und läßt sich darauf fallen. Gedankenverloren streckt er die Hand aus und knipst die Tischlampe an und aus, wie ein kleiner Junge. Plötzlich setzt er sich auf und packt das Transistorradio.

Er bewegt den Senderknopf nach rechts und links, rechts und links, murmelt Zahlen, als führe er eine Diskussion mit seinem Gedächtnis. Erst als er den Sender genau eingestellt hat, schaltet er an. Die tiefe Frauenstimme bringt Stolz in sein bleigraues Gesicht zurück. Nach anderthalb Jahren kann er sich immer noch an die Wellenlänge des verbotenen Senders erinnern. Aus dem Lautsprecher tönt ein langatmiger Landwirtschaftsbericht. Endlich kommen die Pieptöne vor der vollen Stunde. Der Sprecher sagt die Zeit an – eine Stunde hinter unserer Zeit. Gleich muß der Name des Senders folgen. Mit boshaftem Lächeln dreht Shuli den Ton auf volle Lautstärke.

– Mal sehen, wie lange Baba braucht, hier raufzurennen und ...

– Shuuuuuuuuuli ..., schreit Mutter von unten.

– Schon gut, schon gut, schreit er zurück und schaltet das Radio aus.

Dann meint er mit einem Zwinkern

– Wir wollen doch nicht, daß der alte Mann einen Herzschlag kriegt, oder?

Als ich nicht reagiere, stellt Shuli das Transistorradio friedfertig auf den Nachttisch zurück.

– Warum hab ich so schlechte Laune? Es ist so viel einfacher, den Radiosprecher zum Schweigen zu bringen, als jedesmal, wenn ich scheißen muß, nach dem Wächter zu brüllen.

Er hält inne, als denke er über seine Worte nach.

– Dort waren meine Tage gleichförmig, unendliche Wiederholungen desselben Musters. Lauter gestohlene Tage.

– Aber jetzt bist du wieder hier, Shuli!

– Stimmt. Und jetzt, wo ich in unser sonniges, geräumiges Haus zurückgekehrt bin, muß ich die Furcht wieder in mein Leben lassen.

Ich trete ans Fenster. Shuli fährt fort,

– Wo wir gerade von Furcht sprechen, ihr macht euch immer noch in die Hose, wenn es am späten Abend klingelt, oder?

– Nein! Wir stellen die Klingel nachts ab. Baba sagt, wenn es die Sicherheitspolizei ist, hält die sowieso nichts auf, aber wenn es ein Irrtum oder ein schlechter Scherz ist, bleibt uns der Schreck mitten in der Nacht erspart.

Ein Ausdruck des Entsetzens huscht über sein Gesicht. Mit so etwas hat er nicht gerechnet. Er kommt zu mir ans Fenster, stützt die Ellbogen auf das Fensterbrett und schaut verträumt hinaus.

– Hast du meine neue Jacke gesehen? sage ich nach einer Weile. Mama hat sie ausgebessert, aber man sieht den Schnitt immer noch, wie eine Narbe.

– Seit wann? fragt er und zeigt auf den Bauplatz in der Parallelstraße.

Der Neubau ist von Leitern und Gerüsten umgeben. Die Mauern sind bis zur Höhe des Erdgeschosses fertig, mit Löchern für Türen und Fenster. Eine Zementdecke ist eingezogen, aber oberhalb davon ragen nur Stahlträger in die Luft. Alles sieht verlassen aus. Die Arbeiter scheinen irgendwo im Schatten Pause zu machen. Wann haben die Erdarbeiten begonnen?

– Irgendwann im Herbst. Reihenhäuser.

– Das sehe ich. Der übliche Mist. Wann werden die endlich kapieren, daß solche Häuser für das hiesige Klima nicht geeignet sind? Dank dieser Fenstertüren werden die Bewohner die meiste Zeit des Jahres in der Hitze gegrillt. In den alten orientalischen Häusern gab es immer Schatten wegen des *hosch*, des Innenhofs, und man hatte den Keller, wenn man einen kühlen Platz für den Nachmittagsschlaf brauchte. Beides gilt jetzt als überholt, wurde der Modernität geopfert. Ich wette mit dir, in ein paar Jahrzehnten, wenn sie endlich in der fremden Stadt aufwachen, die sie geschaffen haben, werden sie den Imperialisten auch dafür die Schuld geben.

– Du kannst es kaum erwarten, was Eigenes zu bauen, oder?

Shuli ist verblüfft.

– Was Eigenes? Hier? Du spinnst wohl. Wer würde mich denn lassen? Und selbst wenn, was sollte ich bauen? Neue Paläste für neue Diktatoren? Breitere Straßen für ihre Militärparaden? Noch mehr Plätze für noch mehr spektakuläre Hinrichtungen? Oder soll ich mich auf behagliche Häuschen für die Mittelschicht spezialisieren, während ich selbst aus dem Koffer lebe?

Ich antworte nicht. Shuli fährt nach einer Weile fort, leise, als spräche er mit sich selbst.

– Wie kann ihre Geschichte so voller meditativer Architektur und gleichzeitig so voller Gewalt sein? Das wird mir immer ein Rätsel bleiben.

Er murmelt unverständliche Flüche, beugt sich hinab und sieht seine Bücher durch, wechselt von einem Stapel zum anderen, wählt die großen, gebundenen aus, klopft den Staub ab, knallt sie aufs Fensterbrett. Nein, er baut sie auf dem Fensterbrett auf, nebeneinander, den Buchrücken nach innen. Die zweite Reihe wird so gelegt, daß sie die Bücher darunter überlappt, und die Lücken werden mit kleineren Taschenbüchern gefüllt. Erst bei der vierten Reihe wird mir klar, daß mein Bruder sein Fenster zumauert. Geschichtsbücher, Archäologie, Philosophie, östliche und westliche Architektur, Kunst der Renaissance und diverse Wörterbücher und Lexika stapeln sich und sperren das Tageslicht aus. Bis auf die Sonnenstrahlen, die durch die Lücken zwischen den verschieden großen Büchern dringen und Staubflocken in der Luft tanzen lassen. Nachdem er die letzte Reihe gelegt hat, direkt unter der Vorhangschiene, betrachtet Shuli die buntscheckige Konstruktion mit einer Mischung aus Stolz und Ironie.

– Siehst du, jetzt habe ich was Eigenes gebaut, meine eigene chinesische Mauer, die bis zu dem Tag stehenbleiben wird, an dem wir dieses Haus verlassen.

Warum ist er so wütend? Zwischen Shuli und der Welt hat immer eine Wand aus Büchern gestanden. Ich halte meinen Zeigefinger in einen Lichtstrahl und drehe ihn so lange, bis der Fingernagel glänzt.

– Vielleicht sind wir gar nicht mehr hier, wenn die neuen Nachbarn einziehen! Selma sagt, wir kriegen wahrscheinlich sehr bald Pässe.

– Pässe? Sag deiner Selma, sie lebt in einer Traumwelt. Warum sollten die uns erlauben, einfach zu gehen? Wir züchten doch Spione für zukünftige Konspirationen heran. Vergiß es, Lina. Die lassen uns nicht raus. Nicht in einer Million Jahren.

– Sag das nicht. Ich will nicht hier groß werden.

– Und ich will hier nicht verrotten. Deshalb können wir nicht warten, bis dieses oder jenes Regime sich revolutionär genug fühlt, uns Pässe zu bewilligen. Wir müssen unseren eigenen Weg hinaus finden.

Er tritt wieder an seinen Schreibtisch, zieht die Schubladen auf, findet schließlich die Karte des Nahen Ostens und pinnt sie an die Wand. Ich mache das Licht an. Shuli zieht die irakische Grenze mit einem roten »Magic Marker« nach. Im Norden wird der Umriß eines Lockenkopfes sichtbar. Lange, gerade Linien verlaufen nach Westen und Süden, im Osten erscheint eine Delle – als hätte unser Nachbar Iran uns angerempelt. Wie Adern winden sich zwei blaue Flüsse von Norden nach Süden durch das Land.

Der Betonmischer nebenan rattert wieder. Der Lärm wird bis zum Sonnenuntergang anhalten. Shuli ist zu sehr damit beschäftigt, die Grenzen nachzuziehen, und läßt sich nicht stören.

– Eine Flucht nach Westen oder Süden kommt nicht in Frage, das ist klar. Wir wollen doch nicht vom Regen in die Traufe geraten. Oder besser, von der Pfanne ins Feuer springen.

Ich folge der Spitze des Markers, die an der Grenze zu Syrien, Jordanien, Kuweit und Saudi-Arabien entlangwandert, und nicke aufmerksam, als würde er mich etwas lehren.

– Vom Norden haben wir auch nichts Gutes zu erwarten. Die Türkei ist für ihre strenge Politik gegenüber Flüchtlingen bekannt. Wenn sie uns erwischen, werden sie uns ohne zu zögern an die Irakis ausliefern.

Shulis Arm sinkt, während er eine Alternative nach der anderen ausschließt.

– Unsere einzige Chance ist die Grenze zum Iran, dem Schah sei Dank – möge Gott ihm ein langes Leben schenken.

Das ist mir ebenfalls nicht neu. Shuli tippt auf die blaue Linie im Südosten, den Schatt-el-Arab.

– Leider ist uns inzwischen der Weg über den Strom versperrt. Zu beiden Seiten der Grenze stehen große Truppenkontingente, und die bleiben auch dort, solange der Konflikt um die Ölfelder nicht beigelegt ist.

Wie ist es ihm gelungen, sein Wissen innerhalb eines halben Tages auf den neuesten Stand zu bringen?

– Das bedeutet, uns bleibt nur die Grenze im Nordosten, durch die kurdischen Provinzen. Die Gegend ist bergig, und es wird nicht so leicht sein wie das Überqueren eines Flusses. Aber ich bin mir sicher ...

– Shuli, du weißt doch, wie vorsichtig Baba ist, unterbreche ich ihn ungeduldig. Glaubst du, er würde so ein Risiko eingehen?

– Das ist mir egal. Ich weiß nur, daß ich bei der ersten Gelegenheit abhaue. Mit oder ohne Baba.

– Aber wie, um Himmels willen! Seit der Irak Krieg gegen die Kurden führt, ist es so gut wie unmöglich, in den Norden zu kommen.

Shuli schaut mich mit Bestürzung, dann Haß, dann Verzweiflung an.

– Dann sitzen wir in der Falle, fürchte ich ... gefangen in dieser Karte, murmelt er, schleudert den roten Marker auf den Tisch.

Ich erspare ihm die Nachricht, daß unser Bewegungsradius auf fünfzig Kilometer beschränkt ist.

Freiheitsmonument

– Zur Paßstelle, bitte, sagt Vater zum Taxifahrer.

– Ich kann's kaum glauben! flüstere ich Shuli ins Ohr, sitze zwischen ihm und Mutter auf dem Rücksitz.

– Zu glauben gibt's nach wie vor nichts, erwidert er trocken, laut genug, daß alle es hören können.

Mutter dreht den Kopf, und als Shuli ihren Blick auffängt, beißt sie sich auf die Oberlippe, will andeuten, wie unvorsichtig er sich verhält, deutet mit einem Nicken in Richtung Fahrer.

– Wieso? Was ist los? Was hab ich denn gesagt? meint Shuli mürrisch und schaut weg.

Wir fahren durch die Sa'adoun-Straße, der kürzeste und bequemste Weg in die Stadt. Versunken betrachtet Shuli die am Fenster vorbeigleitende Szenerie. Kein Wunder, wenn man bedenkt, daß er in den sechs Monaten seit seiner Freilassung kaum aus dem Haus gegangen ist. Als wir bei Abu Yunan vorbeikommen, dem neuen Hamburger-Laden, schreit mein Bruder überrascht auf. Aber da war doch früher nur ein Kiosk! ruft er und bewundert lautstark die lange weiße Theke und das große blaue Schild darüber. Und die Hamburger schmeckten viel besser, bemerkt der Fahrer. Aber Shulis Aufmerksamkeit gilt schon der nächsten Neuheit, Mackenzie's, die englische Buchhandlung an der Kreuzung, die den Besitzer gewechselt hat und jetzt Majid-Buchhandlung heißt. Kurz hinter der Märtyrermoschee fährt der Fahrer langsamer, dreht die Scheibe hoch, hupt und verflucht die nie endenden Straßenbauarbeiten und den Staub, den wir einatmen müssen. Weiter nördlich, im Nasr-Kino, läuft immer noch *abi fauk alschajara*, »Mein Vater auf dem Baum«. Der erste ägyptische Film mit einem hauptsächlich psychoanalytischen Thema. Selma und ich würden ihn zu gerne sehen. Als wir uns Bab el-Scharji, dem Osttor, nähern, wird mir mulmig bei dem Gedanken an den Tahrir-Platz und die grausigen Erinnerungen, die mit ihm verbunden sind. Shuli stößt mich an und deutet auf *Nasb al-Hurryiah*, das Freiheitsmonument, das den Platz beherrscht: ein fünfzig Meter langes und neun Meter breites Wandrelief aus Steinplatten, an denen Bronzefiguren befestigt sind.

– Wußtest du, daß es die Geschichte der Revolution darstellt?

– Tsk, erwidere ich kurz, hoffe, daß der Fahrer diese Bemerkung nicht gehört hat.

– Sie meinen die Revolution vom 14. Juli? fragt der Fahrer, schaut Shuli im Rückspiegel fragend an.

Vater, der unruhig auf dem Beifahrersitz herumrutscht, senkt die Sonnenblende und versucht vergeblich, den Blick seines Sohnes im Schminkspiegel aufzufangen.

– Genau, die Geschichte der Revolution von 1958, und sie liest sich wie eine Chronik, von rechts nach links.

– Wie meinen Sie das, eine Chronik?

– Schauen Sie ganz nach rechts, nach da drüben. Sehen Sie das Pferd? Das bedeutet, am Anfang war das Pferd! Ganz einfach.

Aber das Monument liegt bereits hinter uns. Statt weiter in die Stadt hineinzufahren, biegt der Taxifahrer, ohne zu fragen, nach links ab, um den Platz, gibt uns und sich die Gelegenheit, das Urpferd zu betrachten. Mutter stupst Vaters Schulter an, will, daß er etwas unternimmt.

– *Shuli, stop this at once* ... faucht Vater auf Englisch und dreht sich um.

Shuli ignoriert Vaters Aufforderung und fährt fort, im Moslemdialekt den Fahrer aufzuklären.

– Am Anfang war das Pferd, ein arabisches Pferd – Symbol der Reinheit und Lebenskraft. Das Pferd bäumt sich zornig auf. Die Menschen um es herum winden sich vor Schmerzen und strecken erregt Arme und Beine aus. Zwei Männer sitzen hinter Gittern. Drei Mütter weinen um ihre ermordeten Söhne. Ein Bild der Gewalt und Unterdrückung. Die Situation vor der Revolution.

Der Fahrer reckt den Hals und ruft,

– Aber wo sind ihre Füße? *Wallah*, die Frau hat keine Füße! Und der *schehid*, der Märtyrer da drüben, in der Mitte, der steht auf dem Kopf, oder? Warum? Vielleicht war der Künstler betrunken, als er sie gemacht hat? Ha, ha ... oder hat er sein Handwerk nicht ordentlich gelernt?

– Natürlich hat er das! Aber in der modernen Kunst kann der Künstler die Menschen so darstellen, wie er sie sieht. Der liegende Tote ist zum Beispiel von oben dargestellt.

Der Fahrer bremst ab und betrachtet die Wand mit neuen Augen, gefesselt von Shulis Interpretation. Ein weiteres Taxi, das von der Jumhuriyah-Brücke auf den Platz biegt, hupt anhaltend, als es uns überholt. Der Fahrer reagiert nicht und zündet sich in Ruhe eine Zigarette an.

– Von oben! wiederholt er mit einer Mischung aus Belustigung und Verwunderung.

– Nun zum Mittelstück. Sehen Sie die große Figur, den Mann mit dem Helm, der wie ein Athlet unter der Sonne hochspringt? Das ist offensichtlich ein Soldat. Er biegt die Eisengitter auseinander und führt die Gefangene in die Freiheit.

– Warten Sie, warten Sie! Welche Freiheit? Wo ist die Freiheit?

– Sie wird symbolisiert durch die Frau mit der Fackel – dort, gleich links neben dem Soldaten.

Der Fahrer überprüft Shulis Behauptung, grinst.

– Stimmt! Das ist eine Frau. Ich dachte, Sie machen Witze. Eine Frau als Symbol für die Freiheit! Klingt sehr modern! Sieht der Künstler das so?

– Nein, das ist ein uraltes griechisches Symbol.

– Ich wußte nicht, daß der Künstler Grieche war! ruft der Taxifahrer und beendet die zweite Runde um den Tahrir-Platz.

– O nein, Jewad Selim ist ein irakischer Künstler.

– Und wieso benützt er dann griechische Symbole? Ist das unsere Revolution oder die Revolution der Griechen?

– Darum geht es nicht. Das Erbe der Kunst ist universal.

Der Fahrer stützt den Kopf auf die linke Hand, den Ellbogen auf den Fensterrahmen und läßt sich Zeit, über Shulis Worte nachzudenken. Unser Sohn ist Philosoph geworden, zischt Mutter. Vater setzt die Sonnenbrille auf. Mit unbestrittener Autorität setzt mein Bruder seine Erklärungen fort.

– Das Endstadium, die Szene auf der linken Seite der Wand, spiegelt Harmonie wider. Die Gitterstäbe haben sich in Zweige verwandelt. Ein Assyrer und ein Sumerer, die die Araber und Kurden symbolisieren, halten gemeinsam einen Spaten. Die beiden Frauen daneben stellen den Tigris und den Euphrat dar. Die Figur ganz links, der große Mann mit dem Hammer, ist offensichtlich ein Arbeiter. Also ein Zustand von Frieden und Freiheit, von Fruchtbarkeit und Produktivität, kurz gesagt, ein glückliches Ende.

Der Fahrer pfeift, staunt über Shulis Redegewandtheit und sagt zu Vater,

– Ich fahre jeden Tag über diesen Platz, und denken Sie, ich hätte mir auch nur einmal die Mühe gemacht, das Monument zu betrachten? Es macht Ihnen doch nichts aus, wenn ich noch einmal rumfahre? Ich hoffe, Sie haben es nicht eilig.

Bevor Vater antworten kann, blinkt der Fahrer nach links und sucht Shulis Blick im Rückspiegel.

– Mal sehen, ob ich das richtig verstanden habe, Bruder. Zuerst ist da die Unterdrückung. Dann kommt die Revolution. Und schließlich die Freiheit, richtig? prüft er sich selbst, zählt die drei Schlüsselworte an den Fingern ab.

– Ganz genau.

– Damit wäre die Lektion beendet, seufzt Vater.

– Außer man liest es von links nach rechts! fügt Shuli hinzu, mit einem Lächeln im Mundwinkel.

– Ich platze gleich, warnt Mutter ihren Mann mit leiser Stimme, schlägt sich aber nur auf den Oberschenkel.

– Was soll das heißen? fragt der Fahrer.

– Tja, bisher haben wir das Bild von rechts nach links betrachtet, weil Arabisch so gelesen wird. Aber nehmen wir mal an, Sie wären ein englischer Tourist, zu Besuch in Bagdad, und kämen an dieser Wand vorbei ... dann würden Sie die Chronologie genauso selbstverständlich verkehrt herum lesen, das heißt, von links nach rechts. Verstehen Sie?

– Ja, ja, ich kann ein bißchen Englisch lesen, aber nicht sehr gut.

– Das spielt keine Rolle. Sie müssen nur englisch denken oder, besser gesagt, englisch empfinden! Dafür müssen Sie nur die Richtung wechseln und die Geschichte von links nach rechts betrachten. Versuchen Sie's mal. Beginnen Sie ganz links. Welche Geschichte erzählen Ihnen die Figuren jetzt?

Der Fahrer nimmt einen tiefen Zug aus der Zigarette und fährt, ohne erst lange zu fragen oder es anzukündigen, zum vierten Mal um den Platz. Während sein Blick über das Monument wandert, beginnt er zögernd, wie ein Schüler bei einer Prüfung.

– Zuerst lebten die Araber und Kurden friedlich zusammen, wie Brüder! Die beiden Flüsse gaben ihnen fruchtbaren Boden. Sie bebauten das Land. Alles blühte und gedieh. Öl schoß aus den Quellen. Wir waren glücklich. Wir waren reich. Wir fürchteten Gott. Wir hatten keine Sorgen. Es war das Paradies.

– Sehr gut! Machen Sie weiter.

– Dann ... kommt ein Soldat und ... zerstört diese Harmonie? Und sperrt Freiheit und Gerechtigkeit hinter Gitter?

Shuli summt zustimmend.

– Was dazu führt, daß unser Heimatland von Unterdrückung und Leid erwürgt wird. Die Gefängnisse sind voll mit unschuldigen Männern. Mütter hören nicht auf, um ihre als Märtyrer geopferten Söhne zu weinen. Die Menschen sind voller Verzweiflung. Das weiße Pferd will fliehen. Unsere Ehre ist verletzt. Die Tyrannei regiert. Wir werden von Imperialisten ausgebeutet. Es ist ein Alptraum. Eine Katastrophe.

– Genau, bestätigt Shuli mit düsterer Zufriedenheit.

Der Fahrer wirft seine Kippe aus dem Fenster und knurrt.

– Würden die Amerikaner unser *Nasb al-Hurryiah* auch so sehen?

– Das nehme ich an. Mit den Imperialisten bin ich allerdings nicht sicher, sagt Shuli mit leisem Lachen.

– Was wissen die Amerikaner schon vom arabischen Geist! meint der Fahrer abschließend und lacht los.

Er zündet sich eine weitere Zigarette an und fährt geradeaus in die Stadt. Wenige Minuten später sind wir an der Paßstelle. Shuli, Mutter und ich steigen aus. Vater sitzt noch im Taxi, um zu bezahlen. Mutter nützt die Zeit, schimpft ihren Sohn aus.

– Hast du nicht schon genug Schwierigkeiten gehabt? Ein zweites Mal könnte nicht mal Gott dich freibekommen. Warum tust du mir das an? Glaubst du, ich hätte die Kraft, noch mal durch diese Hölle zu gehen?

Vater scheint sich mit dem Fahrer zu streiten. Der greift über seinen Fahrgast hinweg, öffnet die Tür, winkt ihn hinaus. Vater legt einen Geldschein hinter die Windschutzscheibe. Der Taxifahrer greift danach und steckt Vater das Geld in die Tasche. Mit einem Fuß schon auf dem Bürgersteig, schüttelt Vater protestierend den Kopf. Der Fahrer schubst ihn sanft hinaus. Vater will den Geldschein durch das Fenster schieben, aber der Taxifahrer ist schon losgefahren und winkt uns zum Abschied.

– Er wollte kein Geld, erklärt Vater. Er sagte, was Shuli ihm beigebracht hätte, wäre ein fairer Preis für die Fahrt. Er sagte, von jetzt an würde er allen Fahrgästen die Geschichte des Monuments erzählen, wenn er über den Tahrir-Platz fährt.

– In welcher Version wohl? meint Shuli.

Vater steckt den gefalteten Geldschein in die Hemdtasche seines Sohnes.

– Ich warne dich, Shuli, tu nicht so supergescheit. Entweder hältst du den Mund, oder du fährst sofort wieder nach Hause. Hast du mich verstanden?

– Immer mit der Ruhe, weist Mutter ihn sanft zurecht. Reg dich nicht auf. In den nächsten paar Stunden brauchen wir alle gute Nerven. Wer weiß, was uns da drinnen erwartet?

Mutters Frage beschäftigt vermutlich alle Juden, seit letzte Woche im Radio verkündet wurde, daß die Regierung für das der jüdischen Gemeinschaft vom vorherigen Regime angetane Unrecht Wiedergutmachung leisten will. Beschränkungen, wie das Einfrieren von Wertpapieren, Aktien und Bankkonten, würden aufgehoben, der

Verkauf von Immobilien wieder gestattet. Darüber hinaus sollten sich Juden, die das Land verlassen wollten, von nächster Woche an in einem extra dafür eingerichteten Büro der Paßausgabestelle im Innenministerium registrieren lassen.

Wir steigen die bröckeligen Stufen hoch und hören aus dem zweiten Stock Gelächter, vermischt mit lautem Gerede in jüdischem Dialekt. Trotz des Sabbats ist der Flur voller Menschen, die sich über das Geländer beugen, rauchen, plaudern, Pläne machen und darüber witzeln. Sie begrüßen uns fröhlich, zeigen uns die Formulare, die auf dem Tisch im Warteraum liegen, und sagen, die drei zuständigen Offiziere seien höflich und hilfsbereit. Und bereits überarbeitet! Mit einem so großen Andrang am ersten Tag hatten sie nicht gerechnet.

Vater füllt die Antragsformulare aus, hängt unsere Fotos daran und wartet, daß er drankommt. Innerhalb einer Woche ist die Ausstellung eines Passes so einfach geworden wie der Kauf einer Dauerkarte.

Immer mehr Juden strömen herein. Einige haben den weiten Weg von Basra auf sich genommen, nachdem sie eine spezielle Reisegenehmigung erhalten haben. Mit jedem Neuankömmling hebt sich die Stimmung aufs neue, und dieselben Spekulationen werden wieder angestellt. Man diskutiert über die Art der Reisepapiere, die wir wohl bekommen werden. Einen normalen Paß oder nur einen Passierschein? Mit einem Paß können wir ins Ausland reisen und wieder zurückkommen. Ein Passierschein, nur gültig für die Ausreise, bedeutet, daß wir unsere Staatsbürgerschaft aufgeben und unseren Besitz zurücklassen müssen. Ein mieses Geschäft, aber sind wir in der Lage, groß zu verhandeln? Wer hätte erwartet, daß sich die Regierung der Weltmeinung überhaupt beugt? Bei Gott, die Nachricht von der Mondlandung amerikanischer Astronauten klang glaubwürdiger als daß wir mit Iraqi Airways fliegen und in einem freien Land sicher landen. Es heißt, Israel habe unseretwegen ein Abkommen mit dem Irak getroffen – natürlich hinter den Kulissen. Man sagt, Kanada, Spanien, Holland und Belgien sind bereit, uns aufzunehmen. Welche Sprache spricht man in Holland? Gibt es in Belgien Juden? Doch nicht etwa Aschkenasi; könnt ihr euch vorstellen, daß unsere Jungs ihre Mädchen heiraten? Wo gibt es die besten Möglichkeiten, ein neues Geschäft zu eröffnen? Wo ist die beste Universität der Welt? Die besten Ärzte? Was trägt man in Kanada? Angeblich sollen dort die Temperaturen nie über null Grad Celsius steigen. Wie viele Koffer werden wir mitnehmen dürfen? Das in Quebec gesprochene Französisch soll völlig anders sein als das, was wir in der Schule gelernt haben. Vielleicht können wir das *Rischanna*, das Neue Jahr, schon in einem anderen Land feiern!

Außer, außer natürlich, die täuschen uns.

Vater kommt aus dem Büro.

– Die wichtigsten Formalitäten sind erledigt. Ich muß nächste Woche wiederkommen und weitere Papiere unterschreiben. Sobald sie alles beisammen hätten, dürfte es nicht mehr allzulange dauern, sagen sie. Nein, ich hatte nicht den Eindruck, daß sie uns täuschen!

Als wir das Gebäude verlassen, legt Vater spontan den Arm um Mutters Schultern.

– Wer weiß, vielleicht schaffen es die Kinder ja sogar zum Herbsttrimester ...

Vater hat Mutter noch nie in der Öffentlichkeit umarmt! Sein Gang ist plötzlich leicht geworden, seine Stimme sorglos. Sein Gesicht wirkt auf mich ganz fremd: das Gesicht eines jungen Mannes, dem man den Mond versprochen hat.

Aufgeregt flattert Laila durchs Wohnzimmer, prüft die Tonbänder, die Schallplatten, die Lautsprecher, die Lampen. Ihr schwarzes Chiffonkleid schwingt im Rhythmus des Deckenventilators und verteilt den Duft ihres Parfüms im ganzen Raum. Die herausgeputzten Mädchen, alle zusammengequetscht auf dem breiten Sofa, reden über Make-up, vergleichen verschiedene Marken und tauschen Ansichten über die perfekte Kombination von Hautton und Puder, Lippenstift, Eyeliner und Lidschatten aus. Themen, die mich zu Tode langweilen, aber ich mache trotzdem mit, tue wie die anderen so, als seien mir die Jungs gleichgültig. Ebenfalls fein gemacht, stehen sie im Kreis am Fenster auf der anderen Seite des Raumes, schwatzen miteinander und reißen Witze, demonstrieren eine Fröhlichkeit, die zu laut ist, um echt zu sein. Laila stellt das Tonband an, erinnert ihre Gäste an den Zweck des Abends. Das Geplauder verstummt. »Nights in White Satin« hat die beiden Lager zum Schweigen gebracht.

– Mir ist total mulmig, flüstere ich Selma ins Ohr. Ich hab alle Schritte vergessen, die wir gestern geübt haben.

– Keine Bange. Der Junge muß führen, du folgst nur. Ganz einfach, glaub's mir.

Laila hat neben dem Sofa Platz genommen, streicht sich das Haar aus der Stirn, schlägt die Beine übereinander, wartet auf einen Kavalier, der die Initiative ergreift. Kein nervöses Schlucken, kein Zupfen am Rock, damit die Beine anständig bedeckt sind. Die Jungen debattieren und gestikulieren, schieben erst Raffi, dann Haqqi vor. Zum Ausgleich für die zitternden Knien kaut Haqqi ununterbrochen an seinem Kaugummi und grinst die Mädchen an, die ihn mit der Reserviertheit einer Jury von Kopf bis Fuß inspizieren. Sein Blick wandert von den Mädchen zum Eßzimmer hinter dem Sofa, über das üppige Büfett, wird mutiger und stiehlt sich zu Laila zurück. Haqqi ist in Laila verknallt, heißt es. Angeblich ist die Hälfte aller Jungs aus unserer Klasse in Laila verknallt. Genau die Hälfte, die sie zu ihrer Party eingeladen hat, logisch.

Wie jemand, der es gewohnt ist, bedient zu werden, greift Laila graziös nach Haqqis ausgestreckter Hand und erhebt sich. Der Tanz ist offiziell eröffnet. Die Jungs kommen zum Sofa, wählen ihre Partnerinnen aus.

– Keiner wird mich auffordern, flüstert Selma. Jungs mögen mich nicht. Ich bin zu groß, und meine Arme und Beine sind zu lang, wie Spaghetti.

– In mich ist auch keiner verliebt. Wir hätten lieber zu Hause bleiben und Rommée spielen sollen.

Khudur kommt auf uns zu. Er ist der größte Junge in der Klasse, dünn, hat kurzgeschorenes Haar und ein kleines, rundes Gesicht. Paßt gut zu Selma, finde ich. Dünn wie ein *sillayee*, eine Bleistiftmine, murmelt sie. Aber als Khudur die Hand nach ihr ausstreckt, wirft sich ihm Selma fast an den Hals. Besser eine Bleistiftmine zum Partner als überhaupt keinen Partner. Die Sprungfedern wippen unter mir, während sich ein Mädchen nach dem anderen erhebt. Als Ruthie neben mir aufsteht, komme ich mir entblößt vor, meiner beiden stützenden Säulen beraubt. Acht Paare tanzen zur Musik, zwei Jungen stehen noch am Fenster und unterhalten sich, als ob wir – die drei auf dem Sofa sitzenden Mädchen – gar nicht vorhanden wären. Wir können entweder wie moderne Teenager miteinander tanzen oder getrennt voneinander sitzen, abgesondert wie alte Juden in der Synagoge. Und warum sind wir ein Mädchen zu viel, schießt es mir plötzlich durch den Kopf. Hat unsere Gastgeberin vergessen, sich selbst mitzuzählen, oder hat sie den Abend so geplant, damit wir Mädchen in ständiger Spannung bleiben?

Farid, Lailas jüngerer Bruder, betritt das Zimmer fast auf Zehenspitzen. Hübsch sieht er aus in seinem grauen Flanellhemd und der blütenweißen Hose. Ist er der elfte Junge? Farid, ein Jahr jünger als ich, ist nach wie vor klein, noch nicht im Stimmbruch, hat ein glattes Gesicht ohne Pickel oder Verschlagenheit – das Gesicht eines Jungen, der noch mit Zinnsoldaten spielt. Unsere Blicke treffen sich. Er lächelt zaghaft. Zum ersten Mal nehme ich an ihm Lailas feine Gesichtszüge wahr, nur in dunklerem Braun. Ich muß wohl zurückgelächelt haben, denn Farid kommt mit wippenden Schritten auf mich zu und fordert mich auf. Nicht gerade mein Traumpartner, aber ich erhebe mich trotzdem. Er legt mir die rechte Hand auf den Rücken und ergreift meine Rechte mit seiner Linken. Ich plaziere meine linke Hand auf seiner Schulter, wie es die anderen Mädchen tun. Er ist kaum größer als ich, was es uns leicht macht, unsere Schritte einander anzupassen. Eins nach rechts und eins nach links. Farid bewegt sich zu einer inneren Melodie, ignoriert die Moody Blues. Hin und wieder schaut er mich in stummer Verwunderung an, errötet, schnappt nach Luft, kichert dann vor Dankbarkeit. Wir sollten lieber eine Unterhaltung anfangen, bevor der arme Junge in meinen Armen schmilzt. Worüber reden Jungs in seinem Alter? Über Superman? Stabilbaukästen? Fahrräder? Ich mache es mir leicht und schneide das von Juden dieser Tage am meisten besprochene Thema an.

– Habt ihr eure Pässe beantragt?

– Klar, wir sind in der zweiten Woche dort gewesen.

– Wir schon am allerersten Tag.

– Also werdet ihr eine Woche vor uns fahren!

Seine Lippen zittern. Er wird auf der Stelle sterben, wenn ich seinen Sinn für Humor nicht würdige. Ich lächele. Mit wiederhergestelltem Selbstbewußtsein fährt er fort,

– Sag mal, was wirst du als erstes machen, wenn ihr dort angekommen seid, wo ihr hinwollt?

– Mmm ... darüber hab ich noch nie nachgedacht! Ich glaube, ich kaufe mir einen Davidstern als Anhänger, hänge ihn mir um den Hals und spaziere vor der irakischen Botschaft auf und ab.

Farid kichert.

– Die irakische Botschaft, um Gottes willen. Wenn das keine Provokation ist!

– Ich hab nur Spaß gemacht.

– Weißt du, was ich als erstes im Ausland mache? Meinen Namen ändern! Von Farid in Freddy. Für ein neues Leben braucht man einen neuen Namen und ein neues Gesicht.

– Ein neues Gesicht?

– Ich laß mir das Haar wachsen. Sehr lang. Lang genug, um es zum Pferdeschwanz zu binden, wie ein Hippie.

Sein glattes, glänzendes schwarzes Haar ist für unsere Verhältnisse schon jetzt ziemlich lang, das heißt, lang genug, um es nach hinten zu kämmen. Während ich versuche, ihn mir mit Pferdeschwanz vorzustellen, kommt mir ein exotischer Page in den Sinn, in leuchtende Seide gekleidet, der die Tochter eines abbasidischen Kalifen unterhält.

– Ein arabischer Hippie, sage ich.

Farid bleibt stehen.

– Warum ein arabischer Hippie? *So* dunkelhäutig bin ich auch nicht!

Mir wäre nie eingefallen, daß sich Farid wegen seiner dunklen Haut schämen könnte. Ich dachte, Jungs wäre ihr Aussehen ziemlich egal.

– Tut mir schrecklich leid ... so hab ich's nicht gemeint ... ehrlich.

Farid tanzt weiter, hält meine Hand aber nicht mehr so fest. Er wirft mir keine verstohlenen Blicke mehr zu, japst nicht mehr nach Luft, hat seine Schüchternheit und Dankbarkeit vergessen. Ich grübele, wie ich meinen Schnitzer wiedergutmachen kann, aber schon bald ist der Song zu Ende. Farid bedankt sich höflich und schlüpft aus dem Wohnzimmer.

Jetzt tönt »Timothy Leary« vom Band. Ich setze mich zu Ida und Dorit aufs Sofa. Dank meiner Taktlosigkeit sind wir wieder eine zu viel, spielen eine Art »Reise nach Jerusalem«. Wenn wir nur um Stühle rennen könnten, statt auf dem Sofa zu kleben. Weil sich Sa'id jetzt Laila geschnappt hat, steht Haqqi allein auf der anderen Seite der Tanzfläche. Ein leerer Stuhl, sozusagen. Ich spiele die Desinteressierte, betrachte das oval gerahmte Porträt von Lailas Großvater als jungem Mann, das rechts von mir auf dem Beistelltisch steht. Er trägt einen europäischen Anzug und einen osmanischen Fez. Seinem sauber geschnittenen Schnurrbart, den zusammengepreßten Lippen, den strengen, schmalen Augen hinter der runden Brille entnehme ich, daß der Anblick fünfzehnjähriger Mädchen und Jungen, die um ihn herumtanzen, ihm nicht gefallen hätte. Haqqi geht an mir vorbei zum Büfett. Ich täusche Interesse am Sofabezug vor, in den Erbsenschoten, Bohnenschoten und andere Schoten in leuchtendem Rot und Grün eingewebt sind. Während ich versuche, die verschiedenen Schoten zu unterscheiden, tauchen unter meiner Nase zwei Flaschen Pepsi auf. Ich erkenne Haqqis Goldring. Such dir eine aus, sagt er mit schiefem Grinsen. Macht's dir was aus, wenn ich dir Gesellschaft leiste? fügt er hinzu und zieht sich einen Lehnstuhl heran. Ist das derselbe Haqqi, der mich vor drei Monaten angeschnauzt hat, weil ich ihm nicht sofort meine Antworten auf die englischen Prüfungsfragen zum Schuljahresabschluß zeigen wollte? Woher hat er plötzlich diese Manieren?

– *Etfadal*, sei mein Gast, erwidere ich, mache sein Spiel mit.

Sobald er sich gesetzt hat, wirft er den Kopf zurück und trinkt gierig. Sein Adamsapfel hüpft auf und ab wie ein Schwimmerventil. Der erste Hemdknopf ist offen. Bestimmt, um die drei Haare auf seiner Brust vorzuführen. Nachdem er die Pepsi mit einem Schluck runtergeschüttet hat, hebt Haqqi den Kopf und rülpst laut.

– Entschuldige! sagt er, wischt sich über den Mund. Was ist los? Was ist denn so komisch?

– Ich hab mich nur gefragt, ob du deinen Kaugummi mit der Pepsi runtergeschluckt hast.

– Natürlich nicht, sagt er und steckt die Zunge heraus, damit ich den Beweis sehe.

Er hält seine fleischige Zunge ausgestreckt, als sei es eine Durchhalteübung. Weil ich nicht weiß, was ich sagen oder denken soll, trinke ich Pepsi, langsam, in kleinen Schlucken, bis die halbe Flasche leer ist, dabei bin ich gar nicht durstig. Inzwischen hat Haqqi die Zunge wieder eingezogen und beäugt meine Brüste. Ich räuspere mich. Er überhört den Wink. Ich spiele mit meinem Anhänger, um seine Blicke abzulenken. Jetzt wandern seine Augen zu meinem Schoß und huschen wie hartnäckige Fliegen zwischen meinen Oberschenkeln und Beinen hin und her. Ich ziehe meinen Faltenrock weiter hinunter und bedecke die Knie. Haqqi schaut weg, summt »Blowing in the Wind« zusammen mit Bob Dylan.

Was um alles in der Welt ist in letzter Zeit mit den Jungs passiert? Obwohl wir seit dem Kindergarten in einer Klasse sind, ziehen sie uns jetzt mit hungrigen Augen und wässrigem Mund aus, genau wie Fremde auf der Straße. Auch ihre Sprache hat sich verändert. Lauter Kodewörter und Obst- und Gemüsesymbole, und sie machen schmutzige Witze auf unsere Kosten, brechen dabei in wieherndes Gelächter aus. Selma behauptet, das machten sie schon seit drei Jahren, und ich sei die einzige, die ihre Verwandlung nicht bemerkt hätte.

– Tolle Musik, was? sagt Haqqi, spielt mit der leeren Flasche.

Ich nicke.

– Laila hat sie von der »Stimme Amerikas« aufgenommen.

– Ich höre auch immer die »Stimme Amerikas«.

– Hörerwünsche nach westlicher Musik, macht er die Stimme des Ansagers nach.

– Klingt echt! Nur zehn Minuten zu früh, sage ich mit einem Blick auf meine Uhr.

Er setzt die leere Flasche wieder an den Mund, trinkt die letzten Tropfen, spuckt das Kaugummi hinein und überlegt vielleicht, was er als nächstes sagen soll. Obwohl Haqqi seit der Grundschule in meiner Klasse ist, kenne ich ihn kaum. Außer natürlich seine schlechten Noten und seine frechen Bemerkungen, die ihn immer zum Liebling der Klasse machen.

Mit der leeren Flasche zeigt er auf die tanzenden Paare.

– Warum tanzen die so weit auseinander? Haben die Angst, sich was einzufangen? Unsere Bräuche sind so rückständig, Lina. *El dini tkoum utik'd*, die Welt steht auf und setzt sich, ist erschüttert, wenn jemand in der Öffentlichkeit seine wahren Gefühle zeigt. Unser *usul*, unsere Etikette, basiert auf nichts als Schein und Heuchelei.

– Finde ich auch!

– Hast du von Woodstock gehört? Eine halbe Million junger Leute haben in einem öffentlichen Park getanzt und geschlafen und vier Tage lang ununterbrochen Livekonzerte gehört. Ja, ja, diesen Sommer, erst vor ein paar Wochen. Natürlich in Amerika. Ich wäre wahnsinnig gern dabei gewesen.

– Ich nicht. Menschenmengen mag ich nicht. Lieber wäre ich auf dem Mond herumgestiefelt mit, wie heißt er noch, Armstrong?

– Sogar der Mond ist in Amerika. Lach nicht, natürlich steht der Mond am Himmel, aber er kann nur von Amerika aus erreicht werden. Das stimmt! Du brauchst keinen Kadi, der dir das bestätigt.

Und ohne auf eine Bestätigung zu warten, fängt er an zu singen:

– I wanna be in America ... I have to be in America ... Please wait for me in America ... There is no place like Americaaaa ... Kennst du das? »West Side Story«. Ich kann die Songs auswendig. Übrigens, hast du gehört, daß Lailas Familie vor kurzem Visa für Amerika bekommen hat? Schön für sie, die Glückliche.

Das letzte Wort sagt er mit einem Anflug von Traurigkeit, als habe sich plötzlich eine düstere Wolke über Amerika gesenkt.

– Sie ist ein Traum, die Laila, findest du nicht?

– Ich träume nicht von Laila.

– Ich dachte, ich hätte eine Chance, mich heute abend an sie ranzumachen, aber sie geht mir die ganze Zeit aus dem Weg. Was soll ich tun? Ich hab mich in sie verliebt. Kann nur noch an sie denken.

– Wieso? Was ist so besonders an ihr?

Haqqi starrt mich an, schockiert über meine Ketzerei.

– Ihr hübsches Gesicht, ihre helle Haut, ihre schönen Augen. Und ihre Figur – nicht zu dick, nicht zu dünn – ideale Proportionen. Was soll ich noch sagen? Sie ist hinreißend wie ein Filmstar.

Nicht sehr konkret, aber auch nicht die üblichen Gemüsemetaphern.

– Und ist sie genauso unnahbar wie ein Filmstar?

– Man kommt nicht leicht an sie heran, das stimmt. Manche nennen sie sogar einen Snob. Heute abend hat sie mich wie Abschaum behandelt, aber das ist es nicht, was mich anmacht.

Ich zögere kurz, überlege, ob ich nicht zu weit gehe, und frage dann trotzdem.

– Was macht dich an, Haqqi?

– Hab ich dir doch gerade gesagt. *Ya Allah*, wie soll ich das einem Mädchen erklären? Auf englisch klingt es weniger peinlich: Sie hat *sex appeal!*

Der englische Ausdruck kursiert auch unter den Mädchen, aber nur im Zusammenhang mit Filmstars oder Sängern, keinen echten Jungs und keinesfalls einer hier anwesenden Person. Ich schlage sofort die Augen nieder – eine Art Reflexhandlung, die aus einer vagen

Vorstellung von Anstand herrührt. Ohne mit mir Rücksprache zu halten, landet mein Blick jedoch auf Haqqis Schritt, als sei das die körperliche Manifestation des Ausdrucks, den er gerade benutzt hat. Haqqis eckige Hände zucken automatisch nach unten. Er stellt die leere Flasche zwischen seine Beine, schirmt seine Weichteile ab, als wolle er sie vor dem bösen Blick schützen.

»I Can't Get No ... Satisfaction ...« Laila hat die Lautstärke so weit hochgedreht, daß die Wände vibrieren. Haqqi knallt die Flasche vor Lailas Großvater, packt meine Hand und zieht mich in die Mitte der Tanzfläche. Er schwingt die Schultern vor und zurück, geht in die Knie, kommt wieder hoch, wirbelt herum, fuchtelt mit der Faust, schüttelt den Kopf in einem allumfassenden Nein. Sein kurzes, stacheliges Haar zittert wie Gras. Seine dunkle Haut schimmert vor Schweiß. Ich versuche, mich seinen Schritten anzupassen, kann aber schon bald nicht mehr mithalten. Völlig hingerissen von der lauten Musik, nimmt Haqqi niemanden mehr wahr, als würde er ganz allein tanzen.

Die Musik wird leiser. »Slow« verlangt eine männliche Stimme. Noch ein englisches Wort. »Slow«, wiederholt Laila im Kommandoton. Das große Licht wird ausgeschaltet. Gekicher ertönt, während Jane Birkin im Dunklen »Je t'aime« haucht. Haqqi stürzt zu Laila, aber ein anderer Junge kommt ihm zuvor. Er bahnt sich den Weg zurück durch die sich wiegende Menge, mit kaum verhohlener Enttäuschung. Schweißtropfen laufen ihm von der Stirn. Sein weißes Hemd ist zerknittert und hängt ihm aus der Hose. Ohne mich zum Tanz aufzufordern, umfaßt er meine Taille mit den Händen. Wie kann er es wagen? Doch angesichts der Alternative – Bohnenschoten auf dem Sofabezug zählen – schlucke ich meinen Stolz runter und lege ihm die Hände auf die Schultern. Nicht um seinen Hals, wie Selma und Laila das machen. Niemals. Haqqi bewegt sich langsam zur Musik, aber seine Blicke verfolgen Laila wie die eines Habichts.

Hitzewellen strömen von ihm aus, als er seinen zweiten Hemdknopf öffnet. Er trägt kein Unterhemd! Selbst sein Schweiß riecht nach Verlangen. Er zieht mich an sich, sanft, nicht grob. Ich protestiere nicht. Sein warmer Atem streicht über meinen Hals. Unsere Hüften berühren sich. Ich kann seinen Herzschlag hören. Er schließt die Augen. Seine dicken Augenbrauen heben und senken sich mit der Musik.

Selma hat den Kopf auf Khudurs Schulter gelegt, versinkt in seiner Umarmung und nimmt meine Versuche, ihre Aufmerksamkeit zu erringen, nicht wahr. Hat sie sich schon wieder verliebt? Selmas Gefühle sind so impulsiv, daß sie sich glatt an einem Abend verlieben und wieder entlieben könnte. Verstohlen beobachte ich die anderen Paare, schätze den Abstand zwischen ihnen ein. Tina und Berhem probieren Tanzschritte aus, ihr Rhythmus folgt einer komplizierten Technik, statt sich der intimen Atmosphäre hinzugeben, die »Je t'aime« geschaffen hat. Jane Birkin und ihr Partner flüstern Worte, die ich nicht verstehe, aber die französischen Laute werfen mich mit ihrer Sinnlichkeit fast um. Meine Arme schließen sich um Haqqis Hals. Ein weiches Lächeln gleitet über sein Gesicht, als hätte er glückliche Träume. Er faßt mich fester um die Taille, drückt seine Wange an meine. Sein schlecht rasierter Bart kitzelt auf erstaunlich angenehme Weise. Mit erhobenem Kopf fixiert Laila besitzergreifend Haqqis Nacken, während ihre Hände locker über Ronnies Schulterblättern baumeln. Ihre Schönheit und Eleganz ist kaum zu übersehen, doch ihr *sex appeal* ist mir immer noch ein Rätsel. Ruthie und Sa'id tanzen eng umschlungen, als klebten sie aneinander, aber ihre Gedanken scheinen durch zwei verschiedene Welten zu wandern. Semir und Yasmin, die zufällig auch Nachbarn sind, reden als einzige völlig natürlich miteinander, wie Freunde. Dora und Izouri schmusen wie Verlobte. Sind sie ineinander verliebt? In der Schule habe ich sie nie zusammen gesehen. Ist es Dora egal, wenn die Leute reden? Hat sie *sex appeal*?

Mein Bauch streift eine Schwellung in Haqqis Leistengegend. Vielleicht seine Gürtelschnalle. Da, schon wieder, und die Härte ist mit Sicherheit keine metallische. Eine Erektion! Selma behauptet, ein Penis könne im Erregungszustand gewaltige Dimensionen annehmen. Sie muß es in diesem »Playboy«-Heft gesehen haben, das anscheinend ihre gesamte Weltsicht verändert hat. Als er beim Sofa saß, wirkten Haqqis Dimensionen doch völlig normal. Wir tanzen zu eng. Ich will mich von ihm lösen und weitere Berührungen vermeiden, zumindest in den unteren Bereichen, aber Haqqis sehnige Arme halten mich fest. Könnte ich durch diese Nähe schwanger werden? Wenn Selma das hört, wird sie sich kaputtlachen, wird mich infantil, zurückgeblieben, unwissender als unsere Großmütter nennen, ein kleines Mädchen, das immer noch glaubt, ein Kuß könnte einen Frosch in einen Prinzen verwandeln. Die Vorstellung von Selmas Spott belustigt mich, nimmt mir aber kaum die Angst. Ich knuffe Haqqi in die Schulter, bis er die Augen öffnet. Verärgert will er wissen, was los ist, mault und brummt, gibt aber schließlich nach. »Je t'aime« bleibt trotzdem eine Tortur. Ich schwitze am ganzen Körper. Als das Stück endlich vorbei ist, mache ich mich von ihm los und verschwinde ohne ein weiteres Wort auf der Toilette.

Mein Schlüpfer ist feucht. Ich bin von innen betrogen worden! Auf dem Bidet wasche ich mich gründlich mit lauwarmen Wasser, bis ich mich in meinem Körper wieder wohlfühle. Dann wische ich mit Klopapier die farblosen Flecken aus meinem Schlüpfer. Sie riechen weder nach Urin noch nach Schweiß oder Blut. Das muß der Geruch von Sex sein.

– Und wenn sie uns nun doch täuschen? Wenn wir einen weiteren Winter hierbleiben müssen? Mit den nackten Fußböden wird es eiskalt werden, klagt Mutter, während zwei Träger die aufgerollten Perserteppiche rausschleppen wie gefällte Baumstämme.

– Wir müßten sie trotzdem verkaufen, meint Vater bedauernd. Ich brauche dringend Bargeld. Unser Bankguthaben ist immer noch eingefroren, und ich habe eine Menge Schulden zu bezahlen.

Mutter hat sich nicht beschwert, als unser Auto kurz nach Shulis Entlassung verkauft wurde, weil die Fahrten zum Militärgefängnis nun nicht mehr nötig waren. Sie hat nicht protestiert, als ein Bekannter einen viel zu niedrigen Preis für ihre Perlenkette bot. Sie verschloß die Augen vor dem fehlenden Familiensilber, das Vater auf dem Schwarzmarkt eingetauscht hatte, und stellte sich taub, wenn Selma und ich auf unserem teuren Eßtisch Pingpong spielten. Aber ihr die Teppiche unter den Füßen wegziehen? Kashan, Kerman, Isfahan, Shiras, Qum, Täbris, Bijar, Hamadan – jeder nach der Stadt benannt, in der er geknüpft wurde – waren nicht nur Mutters Mitgift, sondern auch ihr Stolz, ihre Statussymbole und die einzige Kunst, für die sie sich je interessiert hat.

Mutter hat Shuli gebeten, die Teppiche für sie zu fotografieren. Er behauptete, sein Fotoapparat sei kaputt. Als sie vorschlug, ihn reparieren zu lassen, schimpfte er über ihre Sentimentalität und gab kund, was er davon hielt, Andenken an unseren irakischen Alptraum zu sammeln.

Und das, obwohl es persische Teppiche waren.

Ihre symmetrischen Muster erinnerten mich an Figuren, die Kinder aus gefaltetem Papier ausschneiden und die sich beim Auseinanderziehen vervielfältigen. Kinderspiele! Diese einfachen Pflanzen- und Blumenmuster, über die wir tagtäglich trampelten, waren mir so vertraut, daß ich keinen Moment an meiner Fähigkeit zweifelte, sie nachzeichnen zu können.

Ich fing mit dem leichten Teil an, den Randstreifen, den einzigen geraden Linien auf dem Teppich, und füllte die so entstandenen Rahmen mit Kegeln und Schnörkeln und Rauten und Weinblättern, die ich mit drahtigen, gewellten kleinen Ästen verband. So weit, so gut. Die ersten Ergebnisse waren ermutigend. Doch sobald ich mich an die Innenfläche wagte, stieß ich auf kunstvolle Anhänger und Medaillons, umgeben von einem Dschungel aus Blüten und Knospen und Vögeln und Bäumen und Blättern aller Art, die sich in alle Richtungen erstreckten und, wenn ich die Ränder nicht vorher gemalt hätte, das wohl auch *ad infinitum* getan hätten. Die spiegelbildlichen Muster verwirrten mich. Das Krebsmuster und das Gitterwerk waren viel zu komplex für meine ungeübte Hand. Egal, ob ich von der Mitte oder vom Rand anfing, es gelang mir nie, die unzähligen, winzigen Einzelheiten auf dem kleinen Stück Papier unterzubringen. Innen wie auch von den Seiten verzweigten sich die Linien, während sich die Muster vervielfältigten, und ich hätte nicht einen, sondern mindestens zehn Stifte gleichzeitig gebraucht, um den Verästelungen und Verflechtungen über den ganzen Teppich zu folgen.

Meine Zeichnungen waren alles andere als perfekt, aber zumindest ähnelten sie Perserteppichen, und ich hoffte, mit Farbe ausgleichen zu können, was mein Bleistift nicht geschafft hatte.

Mein Malkasten, seit der Grundschule nicht mehr benutzt, war in einem beklagenswerten Zustand. Die Rottöne waren gesprungen und hatten einen bräunlichen Schimmer bekommen. Das Grün war völlig verklumpt. Das Blau war zerbröckelt und Schwarz und Weiß fast aufgebraucht. Nur Gelb und Ocker hatten saubere, glatte Oberflächen. Wieso waren die Gelbtöne intakt geblieben? War ich blind für die Sonne, den Staub, die sandigen Ufer des Tigris, die Backsteine, die Kamele, die Schafe, die Datteln und die Wüste um mich herum gewesen?

Selbst wenn der Malkasten neu gewesen wäre, hätten die zarten Wasserfarben die intensive Färbung der Orientteppiche nicht wiedergeben können. Trotzdem war ich entschlossen, die Farbpalette der Teppiche einzufangen, mischte und mischte, probierte jede nur mögliche Farbkombination, bis schlammige Bäche und Pfützen meine Zeichnungen überschwemmten und die wenigen Motive verschmierten, die mir gelungen waren. Nach acht verlorenen Schlachten rollte ich meine Zeichnungen zusammen und warf sie in den Papierkorb.

Vater bezahlt die Träger. Der Kombiwagen fährt los, bringt unsere Teppiche zu ihren neuen Besitzern. Kashan, Kerman, Isfahan, Shiras, Qum, Täbris, Bijar, Hamadan, wiederholt Mutter bei ihrer Wanderung durchs Haus – ruft sie zurück oder sagt ihnen Lebewohl.

Kashan, Kerman, Isfahan, Shiras, Qum, Täbris, Bijar, Hamadan. Man könnte ihre Namen singen.

Ich greife nach einem Blatt Papier, male zwei Rechtecke drauf, eins über dem anderen, teile die beiden Stockwerke auf in acht Zimmer, zwei Badezimmer und eine Küche. Dann breite ich die Teppiche im Haus aus, so wie sie im letzten Winter lagen. Das heißt, ich schreibe ihre Namen auf und benenne jedes Zimmer nach seinem Teppich: das Kashan-Zimmer, das Kerman-Zimmer, das Isfahan-Zimmer, das Shiras-Zimmer, das Qum-Zimmer, das Täbris-Zimmer, das Bijar-Zimmer, das Hamadan-Zimmer.

Unser Haus hört sich an wie ein persischer Palast.

Ein paar Tage später schreibe ich in Großbuchstaben das Wort GELB neben das Haus.

Wörterbuch des Hasses

Ein Taxi hält vor unserem Tor. Vater bezahlt den Fahrer und steigt aus. Schon vom Wohnzimmer aus ist seine Niedergeschlagenheit zu erkennen. Mutter eilt zur Haustür.

– Du bist früh zurück. Was ist passiert?

– Nichts. Da war alles leer, als wären unsere vorherigen Besuche eine Halluzination gewesen. Auf einem Zettel an der Tür stand: Büro bis auf weiteres geschlossen.

– Unsere Pässe sind also nicht ...?

– Die Pässe kannst du vergessen.

– Aber waren denn keine anderen Juden da? Hast du irgendwas gehört?

Um mir den Rest des Gesprächs zu ersparen, ziehe ich mich in mein Zimmer zurück. Neue Schulbücher häufen sich auf meinem Schreibtisch: Physik, Chemie, Algebra, Biologie und weitere langweilige Bände. Ein wackelnder Turm des Wissens. Das Trimester hat gerade begonnen, und ich habe bereits genug von der Schule, bin es leid zu lernen oder auch nur so zu tun.

»Zeitgenössische arabische Literatur« liegt mit aufgeschlagenem Inhaltsverzeichnis auf dem Schreibtisch. Ich gehe die Sammlung von Kurzgeschichten, Essays, Gedichten und Theaterstücken durch, versuche mich daran zu erinnern, was wir letzte Woche aufbekommen haben: »Der Ruf der Erde«, »Ein Salut für die irakische Republik«, »Heimatland des Nebels«, »Der Märtyrer«, »Tal des Blutes«, »Die arabische Frau im Leben der Nation«. Die Titel klingen fast genauso wie die vom letzten Jahr. Kein Wunder, das Arabisch-Lesebuch wird vom Erziehungsministerium herausgegeben und ist für staatliche wie private Schulen Vorschrift. Ich gähne, habe es satt, Bücher zu lesen, die nicht für mich geschrieben sind. Habe es satt, nicht dazuzugehören und andererseits doch dazuzugehören. Ich blättere das Buch durch, bereit, mit dem ersten populären Wort, auf das ich stoße, Streit anzufangen. *Watan*, Heimatland, ein Schlüsselwort in unserer zeitgenössischen Literatur, bietet sich für eine Kriegserklärung an.

Elf Mal wird es im ersten Text wiederholt, einer Kurzgeschichte über eine Mutter, die die Nachricht vom Tod ihres Sohnes auf dem Schlachtfeld mit Trauer und Stolz erfüllt. Nein, Unterstreichungen bringen es nicht, ich kreise jedes *watan* ein – als wolle ich seine Flucht verhindern. Dann blättere ich weiter und suche die nächsten Seiten nach weiteren Heimatländern ab. Seines, ihres, deines, meines und unseres. Heimatländer von Gold, Heimatländer von Gras, von Sand, von Salz, von Licht. Heimatland als Vater, als Geliebter, als Gebärmutter, als Opfer, als Märtyrer. Historische Heimatländer, fruchtbare Heimatländer, betrogene Heimatländer und wiedereroberte Heimatländer. Ich finde sechsundachtzig, verteilt auf die Seiten eins bis 192.

Wer braucht schon sechsundachtzig Heimatländer – alle in einem Buch?

Ich beginne, das Heimatland auf Seite eins auszuradieren, vorsichtig, damit das Papier nicht reißt. Zu meiner Überraschung bietet die Druckerschwärze keinen Widerstand, und die Buchstaben werden bleich unter meinen Fingern. Der Geruch von Radiergummibröseln erinnert mich an die ersten Alphabet-Lektionen in der Vorschule, als wir unsere Malversuche immer wieder ausradierten, bis sie den Buchstaben an der Tafel glichen. Was für Arbeit es damals machte, den Schlußbuchstaben *nun* –, das n, zu schreiben! Wie ein Nachttopf mit einem Punkt, der darüber baumelt, flüsterte ich Selma zu, aber auch das minderte unsere Verzweiflung nicht. Das Papier unter *watan* wird ebenfalls weggerieben. Der Nachttopf verblaßt. Mein erstes Heimatland ist auf dem Weg in die Vergessenheit. Wer hat behauptet, das gedruckte Wort sei unsterblich? Die Neutralität der leeren Stellen besänftigt mich. Ob der Beamte, der die jüdischen Namen aus dem Telefonbuch entfernt hat, wohl die gleiche Befriedigung empfand? Meine Eltern kommen die Treppe herauf. Mutter sagt, ich soll nicht zu lange aufbleiben. Nachdem sie sich im Bad gewaschen haben, machen sie das Licht aus. Spät nachts wühle ich mich weiter durch das Buch, eliminiere ein *watan* nach dem anderen, sehr vorsichtig, wie ein Soldat, der in einem Minenfeld Bomben entschärft.

Feinde sind am Ende auf tödliche Weise miteinander verbunden, hat Vater mal gesagt.

Ein Ausspruch, der vielleicht erklärt, warum ich am nächsten Tag sofort das Arabisch-Lesebuch aufschlage, als wolle ich sichergehen, daß die verbannten Wörter nicht zurückgekehrt sind. Die verwundete Oberfläche beruhigt mich. Aber warum sind solche Ausdrücke wie Erde, Boden, Krume, Land, Staat, Republik immer noch da? Was ist mit all den Übertreibungen, den Superlativen und schwülstigen Verben, die die leeren Stellen bewachen und den Geist des *watan* nähren, selbst nach dessen Eliminierung?

Bewaffnet mit einem halben Dutzend Radiergummis, mache ich mich wieder über das Lesebuch her und radiere jedes Wort aus, das Heimatland wachruft oder es mit Heldentum, Tapferkeit, hoher Gesinnung, Ehre, Glaube, Tugendhaftigkeit, Martyrium, Mutterschaft, Männlichkeit, Brüderlichkeit, Leben, Freiheit, Blut, Schönheit, Ergebenheit, Seele und Ruhm in Verbindung bringt.

Als die entfernten Wörter die verbliebenen in meiner »Zeitgenössischen arabischen Literatur« übersteigen, bricht das Schriftbild zusammen. Es gibt keine Ordnung von rechts nach links und von oben nach unten mehr. Ränder sind kaum noch zu erkennen, und Absätze fallen nicht mehr auf. Sätze werden ständig von langen Schweigeblöcken unterbrochen, die ihrerseits durch Kommata und Punkte unterteilt sind und das Schweigen zu einer Reihe kurzer Pausen machen. Hier und dort brechen Ausrufezeichen und Fragezeichen hervor wie falsch plazierte Intonationen. Präpositionen verweisen auf vage Verbindungen, während Adverbien verharren, Zeit vorspiegeln, wo es keine Bewegung gibt, und eine Stimmung ohne ein Subjekt andeuten. Personalpronomen spuken durch die leeren Seiten wie Flüchtlinge mit Gedächtnisschwund, die unter den Trümmern der Vergangenheit nach ihrer Identität suchen.

Nur die Seitenzahlen sind noch intakt, weisen auf einen Ablauf hin, der keinen Sinn mehr ergibt.

Endlich ist es mir gelungen, Arabisch zum Stottern zu bringen.

– Ich habe unser Arabisch-Lesebuch zensiert, vertraue ich Selma an, als sie am Wochenende vorbeikommt, und zeige ihr die gereinigte Version des Schulbuches.

Sie blättert es durch, legte es dann gleichgültig zur Seite.

– Und? Was kommt als nächstes?

– Das Wörterbuch! höre ich mich sagen.

Aber als Selma mit den Autoschlüsseln ihrer Mutter klappert, merke ich, daß wir auf zwei verschiedenen Wellenlängen sind.

– Du bist ganz allein gekommen! Davon hast du mir nie ... Selma, seit wann kannst du Auto fahren?

Erschüttert über Hais und Mrads Verhaftung am Flußufer im letzten Sommer, konnten Selma und ihr Vater nicht anders, als ihr morgendliches Schwimmen aufzugeben. Sie standen weiterhin bei Morgengrauen auf und fuhren statt dessen in die Vororte. Auf der leeren Schnellstraße und in der Wüste erfüllte Selmas Vater ihr den Wunsch und ließ sie ans Steuer.

– Aber du bist noch nicht volljährig, bist erst fünfzehn!

Sie packt meine Hand und zieht mich nach unten, dann nach draußen. Der grüne Käfer ihrer Mutter steht vor unserem Tor.

– Du weißt, wie leicht ich für achtzehn gehalten werde. Komm, laß uns eine Spritztour machen. Allerdings nicht bis ins Stadtzentrum, ich hab Mama versprochen, hier in der Gegend zu bleiben.

Wir fahren zu ihrem Haus, weiter zum Markt in Rikheta und zurück zu unserer Straße. Wir wiederholen die Fahrt, nehmen andere Straßen, machen Umwege, bis Selma ihre Fähigkeiten im Rückwärtsfahren, Wenden, Überholen und Einparken in äußerst schmalen Lücken bewiesen hat. Schließlich hält sie vor unserem Haus und erklärt, mit einem Schwall technischer Wörter, die Funktion der Lämpchen, Knöpfe, Anzeiger und Instrumente am Armaturenbrett.

Und als sei das noch nicht genug für eine erste Lektion, steigen wir aus, gehen um das Auto und schauen unter die Motorhaube.

– Weißt du, wie ein Auto gestartet wird? Sobald du den Zündschlüssel drehst, vermischt der Vergaser Luft und Benzin, und das führt zu einer Explosion. Ist das nicht aufregend? Jede Fahrt beginnt mit einer kleinen Explosion. Die Scheibe, die da oben drauf liegt, ist der Luftfilter, und links unten findest du den Ölfilter. Die Batterie befindet sich unter dem Rücksitz. Weißt du, wie sie funktioniert?

Nachdem sie ihre Vorführung beendet hat, komme ich auf das zurück, was mich im Moment so beschäftigt.

– Selma, glaubst du, wir können aktiv, vorsätzlich das vergessen, was wir gelernt haben?

Über den Motor gebeugt, fummelt sie an ein paar öligen Drähten herum und erwidert abwesend,

– Aktives Vergessen? Keine Ahnung. Gibt's was Besonderes, das du vergessen willst?

– Die arabische Sprache!

Selma wirft mir einen neugierigen Blick zu, lacht dann laut los.

– Selma, ich meine es todernst!

– Aber Arabisch ist deine Muttersprache!

Als hätte ich auf diese Worte gewartet, um meine Wut anzuheizen.

– Mit so einer Mutter können wir alle Waisenkinder beneiden! Wie sollen wir mit den Schimpfwörtern leben, die sie über uns ausgießen: Blutsauger, Geier, Giftschlange, Krebsgeschwür, Hurenkind, Teufelsagent, Irrtum der Schöpfung – such dir was aus, du wirst dich am Ende sowieso hassen.

Selma bedeutet mir, die Hände wegzunehmen, und knallt die Motorhaube zu.

– Sprich leiser, Lina, wir sind auf der Straße!

– Aber genau davon rede ich doch! Arabisch hat uns während der letzten fünfzehn Jahre zum Schweigen gebracht. Jetzt bin ich dran, es zum Schweigen zu bringen. Ich verleugne es, so einfach ist das.

– Du warst in letzter Zeit zu oft mit Dudi zusammen, glaube ich, sonst begreife ich nicht, was in dich gefahren ist. Wie kannst du dir vorstellen, hier weiter zu leben und ...

– Das ist ja der Punkt, ich kann mir nicht vorstellen, hier weiter zu leben!

– Du redest Schwachsinn, totales Blech, von Anfang bis Ende.

– Aber wieso?

– Ich hab keine Lust, überhaupt darauf einzugehen. Ist das nicht klar? Deine Sprache ist kein Kleidungsstück, das du einfach ablegen kannst!

– Woher weißt du das?

Selma schnaubt entnervt.

– Weil Arabisch auf deiner Zunge und in deinen Ohren ist, k-ö-r-p-e-r-l-i-c-h! Klingen Worte schmutzig oder süß, wenn sie nicht arabisch sind? Kannst du in irgendeiner anderen Sprache zwischen den Zeilen lesen? Kannst du über englische Witze lachen, verstehst du französische Wortspiele? Kannst du multiplizieren oder auch nur zählen, kannst du fluchen, kannst du dich in einer anderen Sprache als Arabisch erinnern? Das ist ... das ist, als ob dein ganzes Leben in deiner Muttersprache gelagert ist.

– Einschließlich der Angst. Wenn ich Arabisch vergesse, vergesse ich vielleicht auch die Angst ...

– Du sägst trotzdem an dem Ast, auf dem du sitzt!

– Mir stehen Englisch und Französisch zur Verfügung. Dann fliege ich eben damit.

Mit verächtlichem Schnauben meint Selma

– Oder du stürzt ab und brichst dir das Genick! Du wirst die anderen Sprachen nie so fließend sprechen wie Arabisch. Sie werden deine Zweitsprachen bleiben, zweite Wahl, wie Krücken. Weißt du, was das bedeutet? Deine Erinnerungen werden verstreut sein, voller Lücken. Dein Herz wird geteilt sein ... deine Gefühle verwirrt. Du wirst nie eine Meinung haben, sondern zwischen mindestens zwei Meinungen schwanken, eine in englisch und eine in französisch ... beide werden ein Ersatz sein, nie vollkommen deine wirkliche Meinung. Das heißt, du wirst immer mit Übersetzungen leben, für immer und ewig eine Fremde in deinem eigenen Geist.

Noch nie hat Selma so gewandt gesprochen. Trotz ihrer düsteren Vorhersage wird mein Impuls zu einem Entschluß.

– Besser eine Fremde in einem freien Geist als eine Gefangene zu Hause.

– In deiner Freiheit wirst du stottern! Tag und Nacht stottern! Sogar in deinen Gedanken, sogar in deinen Träumen.

– Niemand stirbt am Stottern. Selbst Moses hat gestottert.

– Moses wollte ja auch nicht Journalist werden!

– Dann werde ich eben keine Journalistin. Ich werde irgendwas anderes ... vielleicht Fotografin.

– Das ist nicht dasselbe! schreit sie.

– Und wer ist noch derselbe, nach den Hinrichtungen auf dem Tahrir-Platz?

Selma springt ins Auto, knallt die Tür zu und läßt, ohne die Scheibe runterzukurbeln, den Motor an. Eine Explosion – der Beginn all ihrer Unternehmungen. Ich will an ihr Fenster klopfen, sie zurückrufen, ihr für die Fahrt danken, ihr zu ihren Fahrkünsten gratulieren. Aber ich kann mich nur dazu aufraffen, ihr zum Abschied zuzuwinken.

Selma braust los, und ich gehe langsam ins Haus. Sie hat nicht zurückgewinkt. Sah beleidigt aus, als hätte ich ihr den Tag verdorben. Worüber haben wir eigentlich gestritten? Habe ich etwas kritisiert, was sie persönlich betrifft? Habe ich sie gebeten, das Autofahren aufzugeben? Warum streiten wir uns in letzter Zeit so häufig?

Man sagt, daß sich selbst die engsten Freunde an irgendeinem Punkt voneinander entfernen können. Mir kommt es so vor, als würden Selma und ich uns nicht nur voneinander entfernen, sondern in entgegengesetzte Richtungen marschieren. Sie nimmt die Welt um sie herum in sich auf, während ich diese Welt ablehne. Sie sammelt, ich werfe weg. Sie addiert, ich subtrahiere. Ist unser Bruch unvermeidlich? Der Gedanke läßt mich schaudern. Wenn ich mich je von Selma entferne, bleibt mir nur die Einsamkeit.

Ich schlage das Wörterbuch auf und entwickle ein systematisches Programm zum Verlernen des Arabischen. Es besteht aus achtundzwanzig Schritten, die den achtundzwanzig Buchstaben unseres Alphabets entsprechen. Bei jedem Schritt werde ich jedes Wort, das mit einem bestimmten Buchstaben anfängt, aus meinem Vokabular tilgen, mündlich und schriftlich. Das Programm wird mit dem ersten Buchstaben beginnen und Buchstabe für Buchstabe fortgesetzt werden, bis zum letzten.

Ich hoffe, daß wir bis dahin das Land verlassen haben, sonst müßte ich dem Arabischen einen immerwährenden Streik erklären.

Geheimnisse

– Das muß der Souk el-Bezzazin sein, sagt Mutter, deutet zum Eingang eines mit Holz überdachten Basars.

Wie jeder Souk im Zentrum der Stadt ist der Kleidermarkt nur schwach erleuchtet, eng und voller Menschen. Die Läden öffnen sich zur Straße, das Innere ist vollgepackt mit bunten Stoffballen, die sich überall türmen, manchmal bis hinauf zur Decke. Die Eigentümer hocken vor dem Eingang, plaudern oder hören Radio, Gebetsperlen in der linken Hand, den *stikan* in der rechten. Mit der Haltung müßiger Effendis grüßen sie den Passanten, offerieren ihm Tee, schlagen vor, ihm ihre Waren zu zeigen – die besten vom ganzen Markt –, versprechen besondere Preise, wünschen ihm einen guten Tag, ein langes Leben und recken den Hals, um den nächsten potentiellen Kunden willkommen zu heißen. Kinder schlängeln sich durch die Menge, halten den Vorübergehenden kleine Gegenstände hin, Taschentücher, Haarklammern, Reißverschlußfeststeller, Wäscheklammern. Vom Unterarm des Straßenhändlers vor dem Kaffeehaus der Männer baumeln Gebetsperlen. Der greise Mann neben ihm hält ein zitterndes, rotäugiges Babykaninchen zwischen den schwieligen Fingern.

– *Mai el-zebib, mai el-zebib*, Traubensaft, ruft der Junge in der braunen *dischdascha*, wandert durch den Souk, klappert mit seinen Messingschalen. Ich stupse Mutter.

– Nein! sagt sie, kommt meiner Bitte zuvor. Diese Schalen werden nie gewaschen. Was glaubst du denn, wie viele Münder jeden Tag daraus trinken?

Bei der Vorstellung Hunderter von Lippen, die in den süßen Saft tauchen, ist mein Durst sofort verschwunden.

– Mama, hörst du das Hämmern in der Ferne? Das müssen die Kupferschmiede vom Souk el-Sefafir sein!

– Unmöglich! Wir sind nicht mal in der Nähe vom Kupfermarkt.

Wenn überhaupt, dann sind wir nicht weit vom Souk el-Saray entfernt, dem Bücherbasar. Glaub mir, Tochter, ich kenne diese Souks wie die Innenfläche meiner Hand.

Die Gasse scheint noch schmäler zu werden, die Menschenmenge noch dichter. Das laute Hämmern verstärkt sich, will Mutters Vertrautheit mit dem Souk offenbar Lügen strafen. Ein grauer Esel, überladen mit schwankenden Jutesäcken, kommt uns entgegen, nimmt die ganze Straßenbreite ein. Sein Besitzer treibt ihn von hinten, brüllt, man solle den Esel vorbeilassen. Ich trete hastig zur Seite, stoße mit einem Mann in einem blauen Hemd zusammen. Bevor ich es richtig wahrnehme, begrapscht er meinen Busen, drückt leicht zu und läßt wieder los.

– Mama! japse ich, eher vor Schreck denn vor Schmerz.

– Was ist los? Hat er dich angefaßt? Zeig ihn mir. *Hassa asberu*, ich beschmiere sein Gesicht mit Ruß!

Doch das blaue Hemd ist in der Menge verschwunden. Ich betaste meine Brust, will sicher sein, daß sie noch da ist, daß sie noch heil ist.

– *An'al abouk, ibn al-gawad*, verflucht sei dein Vater, Sohn eines Zuhälters! Bei meiner Ehre, ich werde ihm den Hals umdrehen, wenn ich ihn je erwische ... brüllt ein Ladenbesitzer voller Zorn.

Köpfe drehen sich, erst in Richtung des Ladenbesitzers, dann zu mir – mißbilligende Blicke, bilde ich mir wenigstens ein. Errötend nehme ich die Hand von der Brust.

– Mama, ich will nach Hause! Warum kaufen wir nicht ein, was wir brauchen, und gehen heim?

Mutter greift nach meiner Hand, küßt meine Wange und zieht mich tiefer in den Souk hinein. Sie scheint es nicht eilig zu haben, bummelt, betrachtet die Läden, ihre Besitzer, mißt mit Blicken die Entfernung zur letzten Straßenkreuzung, vergleicht die Lage des Geschäftes mit einer zerfledderten Karte in ihrem Gedächtnis. Das Hämmern in meinen Ohren läßt langsam nach. Die Gasse teilt sich, und Mutter biegt links ein. Jetzt scheint sie sich wieder zurechtzufinden. Vor einem Laden bleibt sie stehen. Kein Namensschild.

Nichts unterscheidet ihn von den Nachbarläden, selbst das Schild mit dem Namen Gottes ist gleich. Der Besitzer steht hinter dem Ladentisch, verhandelt mit zwei Frauen. Mutter mustert den runzeligen Mann in der braunen *zbun*, der vor dem Laden hockt, ganz vertieft in seine *nargila,* seine Wasserpfeife. Ich folge Mutter in den Laden. Der Ballen blumigen, violetten Stoffs entrollt sich in den Händen des Ladenbesitzers unter der schwachen Glühbirne.

– Er paßt genau zur Farbe Ihrer Augen, als sei er speziell für Sie entworfen worden, schmeichelt er, während er den Stoff mißt und nach seiner Schere greift.

Nachdem er den ersten Schnitt gemacht hat, ein Stückchen hinter dem Meßpunkt, hält er feierlich inne.

– *Mabrouk*, gratuliert er der Kundin zu ihrem Kauf, bevor er die Schere durch den Stoff gleiten läßt.

Nachdem sich die Frauen verabschiedet haben, wendet sich der Ladenbesitzer Mutter zu, verschränkt die Hände hinter dem Rükken wie ein Mechanikspielzeug, das in die Startposition zurückschnappt.

– Zu Ihren Diensten, *oukhti*!

Mutter geht in den Moslemdialekt über.

– Wir suchen nach Abajas. Eine für mich und eine für das Mädchen.

– Ich habe fertige aus Kunstseide. Aber wenn Sie die Abajas selbst nähen wollen, kann ich Ihnen verschiedene Stoffe zu unterschiedlichsten Preisen und von bester Qualität zeigen.

– Das ist nicht nötig. Die fertigen genügen uns.

Der Ladenbesitzer benutzt den Hocker, holt zwei zusammengefaltete schwarze Kleidungsstücke vom obersten Regal. Er entfaltet die beiden identischen Gewänder, breitet sie über den Ladentisch. Mutter befühlt das Material, legt den Kopf schräg, will damit sagen, daß es eine Überlegung wert ist. Er hält das Gewand hoch, um ihr hineinzuhelfen. Kaum hat sie es übergestreift, verwandelt sie sich in eine jener verhüllten Frauen, die mir täglich begegnen und mich mit ihrer Düsterkeit einschüchtern.

Ruhig betrachtet Mutter ihr Spiegelbild, zeigt keine Überraschung.

– Die Größe stimmt, sagt sie gleichgültig, schaut zu ihren weißen hochhackigen Schuhe, die unter dem Saum hervorlugen.

Die dunkle Silhouette im Spiegel ruft mir das Sepiafoto meiner Großeltern ins Gedächtnis, das wir während des Krieges verbrannt haben. Trotz der verschwommenen Züge ist mir die mädchenhafte Gestalt meiner Großmutter in Erinnerung geblieben, die neben ihrem Mann in dessen Laden steht, eingehüllt in den schwarzen Sack. Das schwarze Schaf der Familie, könnte man meinen.

Der Ladenbesitzer betrachtet Mutter forschend, während er seine Ware preist. Sie streift das Gewand wieder über den Kopf und bedeutet mir, meines überzuziehen. Wozu? Da ich sie bloß um wenige Zentimeter überrage, wird es mir eben nicht ganz bis zu den Füßen reichen. Na und? Hat Sabahs Vater nicht gesagt, wir würden die Dinger wahrscheinlich sowieso nicht brauchen? Ich kann nicht protestieren, weil mir der Ladenbesitzer jetzt höflich das Gewand hinhält. Wenn er es nur tief genug halten würde, damit ich mit den Händen hineinschlüpfen kann. Endlich habe ich es geschafft. Der Saum reicht bis zum Boden. Die Kapuze hängt mir in die Stirn.

– Diese ist eine Nummer größer als die andere, betont er.

– Viel zu groß! Haben Sie keine Abaja mehr in dieser Größe? will Mutter wissen.

– Aber selbstverständlich, ich habe sie in allen Größen.

Er benützt wieder den Hocker, wühlt im obersten Regal herum. Ich gehe im Laden hin und her, streiche über die Stoffballen, überlege mir spöttische Sprüche, die ich nicht laut zu sagen wage. Was machst du so lange da oben, Bruder? Haben die Motten vielleicht deine restliche Ware zerfressen? *Suhtain*, ich proste ihrer Gesundheit zu! Sollen die Motten doch weiterfressen, bis jedes Gewand im Laden einer Barbiepuppe passen würde.

– Das muß die richtige Größe sein, murmelt der Ladenbesitzer und steigt vom Hocker.

Vergeblich suchen meine Hände nach Knöpfen. Vertraut, wenn

Fremde es tragen, fühle ich mich fremd in dem Gewand, werde von dem zeltartigen Gebilde verschluckt. Der Ladenbesitzer behauptet, es würde mir genau passen. Der Heuchler. Wehe, er wagt zu sagen, es wäre wie für mich gemacht. Er zeigt zum Spiegel. Kommt nicht in Frage. In seiner Gegenwart schon gar nicht. Ich würde unser Geheimnis im Spiegel verraten. Ich blicke zu Mutter, will ihr Urteil hören, dabei rutscht mir die Kapuze herunter.

– Wir nehmen sie, entscheidet sie. Was kosten die Abajas?

Er nennt den Preis. Mutter hebt die Brauen, tut erstaunt. Er schwört, daß sie nirgends im Souk solche Qualität finden würde, daß er noch nie einen so großen Preisnachlaß gegeben hätte – selbst seiner eigenen Familie nicht –, daß Ladenbesitzer, die davon hören, ihn verspotten würden, weil er es für *balasch* hergegeben hat. Mutter gibt nicht nach, bringt ihn langsam zu ihren Bedingungen.

– *Yallah*, nun nennen Sie schon Ihren endgültigen Preis, ich habe nicht den ganzen Tag Zeit.

– *Wallah*, ich ruiniere mich, wenn ich noch einen Fils weniger verlange.

Stillstand. Keiner ist bereit nachzugeben. Er legt den blumigen Stoffballen zurück ins Regal, ordnet die Stoffe, gibt vor, jegliches Interesse verloren zu haben. Jetzt ist es Zeit für uns, den Laden zu verlassen, damit rechnend, daß wir für ein besseres Gebot zurückgerufen werden. Mein Lieblingsstadium bei jedem Feilschen, doch heute befolgt Mutter diese Strategie nicht. Sie nennt ihr letztes Gebot und öffnet entschlossen die Handtasche. Der Ladenbesitzer protestiert immer noch, kommt jedoch zum Ladentisch zurück und packt unsere Gewänder ein.

– Sie wollen wohl Verwandte besuchen, irgendwo in den *welayat*? fragt er jetzt und greift nach dem Geldschein.

– Wie haben Sie das erraten? Die Familie meines Mannes wohnt in Amara. Sie sind ... na ja, ich will sie nicht beleidigen, aber Sie wissen ja, wie die Leute in den Provinzen sind!

Ich spiele mit den bunten Bändern, die neben der Kasse hängen, bin begeistert, wie glatt Mutter die Lügen über die Lippen kommen. Der Ladenbesitzer gibt mir das braune Paket und grinst verschwörerisch, ohne seine Meinung über die Leute in den Provinzen beizusteuern. Mutter schaut sich im Laden um, bleibt bei den Seidenstoffen stehen, tritt dann endlich nach draußen.

– Das war mal der Laden deines Großvaters! sagt sie. Ich habe ihm jeden Tag das Mittagessen gebracht. Als er auswanderte, hat er den Laden für eine Handvoll Dinar verkauft, vielleicht an den alten Mann da – aber es hätte auch ein anderer sein können. Das Warenlager muß nur ein paar Schritte von hier entfernt sein. Wer weiß, was daraus geworden ist. Nach dem *taskit* war auf dem Markt nichts mehr so wie früher.

Ich nicke teilnahmslos, bin die uralten Geschichten leid – die Massenauswanderung der Juden vor zwanzig Jahren. Mutter fährt fort,

– Irgendwie hatte ich das Gefühl, unsere Abajas hier kaufen zu müssen, als wollte ich Babas Segen erbitten.

Plötzlich begreife ich, daß das Foto meiner Großeltern hier geknipst worden ist, daß meine Vorstellung des Fotos die Erweiterung von Mutters Erinnerung ist. Ich drehe mich zu einem letzten Blick um, frage mich, ob ihre reale Erinnerung mein Sepiabild unserer Familienvergangenheit farbig machen kann. Der Ladenbesitzer legt das unverkaufte Gewand ins oberste Regal zurück. Die Wasserpfeife des greisen Mannes gluckert. Die Glühbirne verströmt gelbes Licht, zeitlos, wie das der Nachbarläden.

Curry empfängt uns im Hof mit so kläglichem Miauen, daß man meinen könnte, er hätte seit Tagen kein Futter bekommen. Ich nehme seine Schüssel, trage sie in die Küche. Während ich Milch hineingieße, fällt mir ein, daß ich ihm einen Streich spielen könnte, und ich renne nach oben, um meine Verkleidung zu holen. Der Stoff wirkt wundervoll kühl, erstaunlich leicht, Qualitäten, die ich im Laden nicht bemerkt habe. Langsam tappe ich die Treppe hinunter, raffe das schwarze Gewand hoch, damit ich nicht über den Saum stolpere. In der Küche ziehe ich die Kapuze bis zur Nase und öffne die Tür zum Hof, die Milchschüssel in der Hand. Curry, der maunzend vor der Tür gewartet hat, verstummt mitten im Miauen. Sofort weicht er ein Stück zurück, macht sich doppelt so groß. Ich muß ihn furchtbar erschreckt haben! Kichernd enthülle ich mein Gesicht. Curry, der noch nie viel von meinen Späßen gehalten hat, rührt sich nicht. Ich hocke mich hin, will ihn beruhigen. Zu spät. Der Kater hat einen Buckel gemacht, ist zum Kampf bereit. Curry! rufe ich, hoffe, daß er meine Stimme und seinen Namen erkennt. Er faucht, bleckt die Zähne. Ich vergieße etwas Milch, damit er sich seines Hungers entsinnt. Currys Blick läßt mich nicht los. Seine Pupillen, in der Sonne zu dünnen, senkrechten Linien zusammengezogen, starren feindselig, wenn nicht sogar haßerfüllt. Sein plustriger Schwanz peitscht hin und her. Er ist kaum einen Meter von mir entfernt. Wenn ich mich erhebe, schlägt er mir vielleicht die Krallen in die Beine. Vorsichtig lasse ich meine Hand vom Rand der Schüssel tiefer gleiten, hebe diese hoch und schütte Curry die Milch ins Gesicht. Voller Panik ergreift Curry die Flucht. Ich rufe ihn, biege mich vor Lachen. Doch der Kater ist bereits über den Zaun, zu den Nachbarn geflohen.

Ich fülle die Schüssel noch mal mit Milch, gebe Frischkäse dazu, zum Zeichen der Wiedergutmachung. Bedauernswerter Curry. Er weiß nichts von unseren Plänen, glaubt, wir bleiben für immer hier, nur um ihn zu füttern. Wie wird er sich eines Morgens betrogen fühlen. Stundenlang wird er miauen, ohne von uns gehört zu werden! Zur Entschädigung sollten wir ihm wenigstens ein grandioses Mahl servieren, wenn der große Tag kommt. Das heißt, wenn Sabahs Vater uns nicht vergißt, sein Wort hält, bevor er ebenfalls die Flucht ergreift.

Denn in diesen Tagen ist es nicht mehr selbstverständlich, daß die Juden hierbleiben.

Die ersten Unternehmungen begannen im Frühsommer. Kaum war der Friedensvertrag mit den Kurden geschlossen, reiste Sasson in den Norden, erzählt man sich. Sasson wanderte durch die kurdischen Provinzen, ging in Gaststätten, begann unwichtige Gespräche, bevor er seine unaussprechliche Bitte vorbrachte, nur um die unvermeidliche Zurückweisung zu hören, mit der er schweren Herzens nach Bagdad zurückkehrte. Doch Sasson ließ sich nicht entmutigen. Trotz der Fünfzig-Kilometer-Beschränkung, trotz der Kontrollpunkte der Polizei, trotz der vielen Militärpatrouillen wollte er sich nicht von seinem selbstmörderischen Plan trennen. Zwei seiner Freunde waren hingerichtet worden, seinen Cousin hatte man zu Tode gefoltert; sollte er hier sitzen und warten, bis er gehängt wurde? – hat er offenbar zu seiner Frau gesagt, während einer ihrer Streitereien. Daher fuhr er wer weiß wie oft zurück in den Norden, entging wie durch ein Wunder den Horden von Sicherheitskräften in den kurdischen Gebieten und fand schließlich einen Kurden, der bereit war, Sasson und seine Familie über die Grenze zu schmuggeln. Der Mann verlangte vierhundert Dinar pro Person – im voraus zu bezahlen –, und das, obwohl er die Sicherheit ihres Durchkommens nicht garantieren konnte. Sasson konnte der Ehrlichkeit des Kurden ebensowenig sicher sein, doch er nahm die Chance trotzdem wahr.

Die Nachricht von seiner Flucht in den Iran rüttelte unsere Gemeinde wach. Kein Samstagsgottesdienst war je so unruhig, erzählte man später. In ihre Gebetsschals gehüllt, flüsterten sich die Männer zwischen den Sabbatsegnungen die Nachricht zu. *Ustad* Heskel, zur Thoralesung nach vorne gerufen, konnte seine Freude, in göttlicher Erkenntnis, nicht verbergen.

Unser Sass hatte es geschafft! Er ist von der kurdischen Kavallerie begleitet worden, sagten die Leute. Seine Heldentat sei von Mullah Mustafa el-Barazani, dem großen Führer, unterstützt worden. Sasson war den gnadenlosen Händen der Sicherheitskräfte entronnen. Er hatte ein Wunder bewirkt. Er hatte uns die Vorlage für unsere Vision geliefert.

Ob dies tatsächlich ein Wendepunkt in unserem Leben war, würde erst die Reaktion der Regierung zeigen. Und wenn nun Sassons Bruder für die mutige Tat büßen muß? Wenn die gesamte jüdische Gemeinde dafür bestraft wird? Würden die Schmuggler verfolgt, verurteilt und hingerichtet werden? Würde das Ereignis Nachteile für den Friedensvertrag mit den Kurden haben?

Eine Woche verging. Zwei. Dann drei. Keine unserer Befürchtungen bewahrheitet sich.

Inzwischen war eine weitere jüdische Familie über die Grenze geflohen. Freunde von Sasson, er muß sie ins Vertrauen gezogen haben, hieß es. Sie hatten das Licht brennen -, den Wasserschlauch im Garten tröpfeln -, die Wäsche, sogar die *mesusot* über dem Türsturz hängenlassen. Das Radio lief, nicht zu laut, bloß um menschliche Geräusche vorzutäuschen. Nur hatten sie vergessen, dem Klempner Bescheid zu sagen, der Tage später hartnäckig bei ihnen klingelte. Weil er dickköpfig war, rief er den Nachbarn herbei, bestand darauf, er hätte Stimmen im Haus gehört. Der Nachbar rief seinerseits den Vermieter. Der Vermieter telefonierte mit seinem Rechtsanwalt. Der Rechtsanwalt rief die Polizei.

Die Polizei kam mit zwei Lastwagen und belud sie mit sämtlichen Gegenständen, die sich im Haus befanden.

Kurz danach flohen mehrere Familien, jeden zweiten oder dritten Tag eine. Über Haj Umran, über Halabja – leichtere Routen, sagten die Leute. Die Preise fielen ebenfalls: dreihundert Dinar pro Person. Ganz offensichtlich gab es inzwischen neue Schmuggler. Erfahrenere, besser organisierte. Sie sammelten ihre Kunden zu Hause ein und fuhren mit ihnen direkt zur Grenze. Die Flüchtlinge mußten nur noch den Wagen verlassen und über ein paar Bretter gehen, in die Freiheit.

Mitte des Sommers erfuhren wir, daß die Fünzig-Kilometer-Beschränkung nicht mehr in Kraft war. Unsere Leute waren verblüfft. Begeistert. Mißtrauisch. Unfähig, die Pläne der Regierung zu durchschauen. Denn das Ende der Beschränkung hätte zu keinem günstigeren Zeitpunkt kommen können. Wenn sie unterwegs gestoppt wurden, konnten die Juden nun vorgeben, sie führen in Urlaub, nach Salah el-Din oder Shaqlawa, beliebte Erholungsorte in den kurdischen Provinzen – Orte, die sie, unterwegs zur Grenze, durchqueren mußten.

Seither waren wöchentlich vier oder fünf Familien verschwunden. Noch im selben Monat drang die Polizei in ihre Häuser ein. Durch die Lokalzeitung wurden die Bewohner informiert, daß sie, falls sie nicht bis zu einem bestimmten Datum beim Einwohnermeldeamt erschienen, ihre irakische Staatsbürgerschaft verlieren würden. Jede neue Flucht zeigte uns, daß die Route noch passierbar war. Mit jeder Flucht wurde die Nervosität der Zurückgebliebenen größer. Keiner konnte vorhersagen, wie lange die Regierung noch wegschauen würde. Die Zeit lief uns davon, jeden Tag schneller. Die Suche nach Informationen wurde fast hysterisch. Die Leute wurden zurückhaltend, zugeknöpft, zögerten, ihre Quellen preiszugeben. Schweigen verlängerte die Lebensspanne der Quellen. Schweigen war die Mutter der Sicherheit. In sämtlichen jüdischen Häusern gab es Geheimnisse, die jedoch kaum nach draußen drangen. Das Geheimnis des ersten war das Gerücht des zweiten, das Trachten des dritten, das Geschäft des vierten. Nur wenige Stunden vor dem Weggehen gab man den Namen der Verbindung den Verwandten oder besten Freunden weiter.

Wie beim Sommerschlußverkauf gibt es in letzter Zeit regelrechte Schnäppchen. Einhundert Dinar pro Person – wenn man es ohne Hilfe bis in den Norden schafft. Der Zug wurde wärmstens empfohlen, besonders für Einzelreisende. Das Gepäck sollte minimal sein, ein Koffer pro Person. Einhundert Dinar, mit einem Koffer, nie war es so billig! Doch wie kommen solche Vereinbarungen zustande? Wo kann man sich mit den kurdischen Schmugglern treffen? Gerüchte kursierten ohne Ende, doch sobald konkrete Informationen verlangt wurden, trat Schweigen ein, schloß das legendenumwobene Reisebüro.

Durch Sabahs Vater, einen ehemaligen Kollegen meines Vaters, sind wir der Flucht so nah gekommen wie noch nie. Gerüchteweise hieß es, er würde solche Reisen für neunzig Dinar pro Person organisieren. Vater erwähnte es ihm gegenüber, und Sabahs Vater reagierte empört. Möge er die rechte Hand verlieren, wenn er je Geld von einem Juden genommen hätte, brüllte er. Er leugnete jedoch nicht, selbst in einer langen Liste »verzeichnet« zu sein, zusammengestellt von jemandem, dessen Namen er keinesfalls preisgeben könne. Besänftigt durch Vaters flehentliche Bitten, war er schließlich damit einverstanden, daß wir mitkommen würden, wenn seine Familie dran war, *inschallah*. In der Zwischenzeit sollten wir unsere Koffer packen, Konserven und Medikamente besorgen, ebenso schwarze Gewänder für die Frauen, nur für den Fall ..., dazu die nötigen Dinge für unterwegs – denn es konnte sein, daß man uns erst kurz davor benachrichtigen würde.

– Aber das weiß doch jeder, Lina! Fluchtrouten gehen in den *casinos* an der Abu Nuwas weg wie heiße Brötchen. Der Treffpunkt ändert sich ständig, erzählt Dudi, streicht über die langen Koteletten, die ihm endlich gewachsen sind.

– Du hast zu viele Thriller gesehen! Wer würde denn über so was Heikles im Kaffeehaus reden?

– Das ist weniger riskant, als Schmuggler im eigenen Haus zu empfangen. Ich bin auf dem Weg zum Fluß, mal sehen, was ich da rauskriegen kann ...

– Spinn doch nicht rum, Dudi! Wenn das so einfach wäre, wären sämtliche Juden schon längst über die Grenze.

– Was ist denn dabei? Nur ein Spaziergang entlang der Abu Nuwas. Entweder kommt man mit einem Hinweis zurück oder mit leeren Händen. Wir haben nichts zu verlieren. Gehst du mit, oder hast du was Besseres vor, um den Nachmittag zu verplempern?

Dudi wartet im Garten, will möglichst schnell los, doch ich gehe erst ins Haus, um Mutter Bescheid zu sagen, ohne unser eigentliches Vorhaben zu verraten. Mutter gibt mir Kleingeld für den Bus.

– Vergiß nicht, kein Wort zu Dudi über die Abajas, die wir heute morgen gekauft haben! Laß dir von ihm nichts aus der Nase ziehen.

Ich schließe die Haustür, trage zwei Geheimnisse mit mir rum, deren Gewicht in keinem Verhältnis zu ihrem Inhalt steht. Wir schlendern zur Masbah-Buchhandlung und nehmen von dort den Bus zum Flußufer. Während der ganzen Fahrt rutsche ich unruhig hin und her, weil ich Dudi – weder durch einen Wink noch durch Gesten – daran hindern kann, die Namen geflohener Juden zu murmeln. Gut, er erwähnt nicht wörtlich, daß sie geflohen sind, doch ich kenne ihn gut genug, um seiner Verschwiegenheit nicht zu trauen.

Erst beim Flußufer verrät Dudi mir, was er genau vorhat.

– Wir überprüfen jedes *casino* zwischen Firdos und Semiramis. Wir gehen einfach rein, als würden wir nach Freunden suchen, und schauen, ob irgendwelche Juden mit Kurden an einem Tisch sitzen. Du kannst doch Kurden von Arabern unterscheiden, oder? Das sind große, stämmige Kerle, oft hellhäutig und mit braunen Haaren. Achte besonders auf die Ecken, weil sie nicht mitten auf dem Rasen sitzen werden, wo jeder ihre Unterhaltung mitbekommen kann. Wir sollten die Augen auch nach Schmugglern offenhalten, die alleine sitzen. Wie wir sie erkennen? Na ja, ich nehme an, daß Schmuggler Kettenraucher und Trinker sind. Also, wenn du meinst, daß du was entdeckt hast, kneif mich in den Arm. Das ist unser Zeichen.

Vor dem Firdos bespritzt der Kellner das Straßenpflaster mit Wasser, um den Eingang zum *casino* zu kühlen. Weder das Neonschild darüber noch die bunten Glühbirnen zu beiden Seiten des Tores sind bisher in Betrieb. Wir gehen die steilen Stufen hinunter. Eine große Familie mit über zwanzig Leuten nimmt den halben Rasen ein. Der einzige Tisch im Schatten, neben der Myrtenhecke, ist mit drei ergrauten Männern besetzt. Soweit ich das erkennen kann, ist keiner von ihnen Jude. Ihre Weingläser sind leer, der Teller vor ihnen voller Kippen. Sie scheinen in ein ernsthaftes Gespräch vertieft zu sein. Der Mann, der uns den Rücken zukehrt, läßt sich die Schuhe putzen. Der junge Schuhputzer trägt eine bauschige Hose – unverkennbar kurdisch.

– Gut gebaut und hellhäutig, alle drei. Der Zottige in der Mitte hat rotbraunes Haar. Mit etwas Glück könnten das Kurden sein! Deine oder meine? flüstert Dudi, klingt wie ein Meisterdetektiv.

– Ich übernehme sie.

Gemächlich schlendere ich in ihre Richtung, den Kopf gesenkt. Ich habe meinen Ohrring verloren, rede ich mir ein, um meine Tarnung glaubwürdig zu machen. In der Hocke taste ich unter dem Nebentisch herum und bekomme Teile ihrer Unterhaltung mit. Hausbesitzer, Baugenehmigungen, Grundstücke in *Medinet el-Dhubbat*, der Offiziersstadt. Befriedigt erhebe ich mich, gebe vor, einen kleinen Gegenstand gefunden zu haben. Der Mann, der sich die Schuhe putzen läßt, mustert mich von Kopf bis Fuß. Ich wette, sein Haar riecht nach Pomade, seine Füße nach Schuhcreme. Was für ein Dandy! Ich winke Dudi zur Treppe.

– Bauunternehmer. Verschwinden wir!

Die Sonne geht langsam unter, bewegt sich Richtung Westen, zum gegenüberliegenden Ufer. In der Corniche, dem Kaffeehaus neben Firdos, scheint man Vorbereitungen für eine private Party zu treffen. Das nächste, das Tarbousch, ist nur für Männer. Dudi überspringt es lieber, statt ohne mich reinzugehen. Das Goldene Nest ist wegen Renovierung geschlossen.

Enttäuscht gehen wir die Promenade entlang, schauen über die Kette vor dem leeren grünen Rasen.

– Vielleicht sind wir zu früh dran. Die Gäste kommen erst nach Sonnenuntergang. Es könnte aber trotzdem was bringen, wenn ...

– Psch ..., unterbreche ich ihn, rucke mit dem Kopf zu den Stimmen hinter uns.

Wir gehen schweigend weiter, hören unbekannte, unverständliche Laute. Im Gegensatz zu unserer rauhen gutturalen Sprache klingt diese melodisch, voll weicher, runder Silben, die ich sofort mit vollen Lippen in Verbindung bringe. Ich drehe mich um, sehe fünf Fremde hinter uns, verschwitzt, in schäbiger, unmoderner Kleidung. Ihre Gesichter sind bleich, fast grün. Keiner hat volle Lippen. Trotz ihrer blonden Haare fehlt ihnen der satte, selbstsichere Blick, der sorglose Gang, der so charakteristisch ist für Engländer oder US-Bürger.

– Wenn das keine Abhörexperten sind, will ich nicht Dudi heißen!

– Du meinst Russen? *Shiyu'eyyeen!* Kommunisten! entfährt es mir; mein Herz hämmert, meine Füße wollen losrennen.

– Ja, genau die Arschlöcher, die unserer Regierung beibringen, wie man den Wänden Ohren verleiht!

Bevor ich weiß, was los ist, dreht sich Dudi um und begrüßt sie – wenn man das so nennen kann – in unserer Sprache.

– Sagt mal, *awlad al-haram*, Bastarde, wollt ihr heute dem Fluß Ohren verleihen? Gebt ihr den Fischen Wanzen zu fressen, oder wie macht ihr das?

Die Russen bleiben stehen, betrachten uns staunend, brabbeln verwirrt durcheinander.

– Dudi, um deines Vaters willen, halt die Klappe!

– Wir brauchen eure Hilfe, versteht ihr? Wir suchen nach Schmugglern, vielleicht habt ihr gehört, in welchem *casino* sie sich treffen?

– Hast du den Verstand verloren, Dudi?

– Kommt schon, Genossen, erzählt mir nicht, daß ihr heute frei habt. Gebt uns einen Hinweis. Seid nicht solche Geizhälse, sagt er und schließt die Faust, um Geiz zu zeigen.

Überraschung wird zu Ungeduld, Verwirrung zu Gereiztheit – zumindest lese ich das in ihren Gesichtern. Vielleicht haben sie den Spott in Dudis Stimme gespürt. Der braun gekleidete große Glatzkopf, dem Rest deutlich um Jahre voraus, sagt etwas, das seine zwei Begleiter in Bewegung bringt.

Dudi geht rückwärts, spöttelt immer weiter. Ich husche zur Flußseite der Straße, will nichts mit seinem merkwürdigen Spiel zu tun haben.

– Es heißt, ihr Kerle hättet ständig Verstopfung, und ratet mal, warum? Weil ihr's, sobald es draußen ist, mit den anderen Genossen teilen müßt, ha, ha, ha ...

Der Glatzkopf in Braun scheint die Geduld zu verlieren. Er geht schneller, will Dudi entweder bei den Schultern packen oder wegstoßen. Der Mann, dessen Doppelkinn bis zum Brustbein reicht, hält seinen Freund mit einer kurzen Bemerkung zurück, zeigt ihm

Dudis Bauch. Diesmal klingt die Sprache weder weich noch melodiös. Die ganze Gruppe biegt sich vor Lachen. Der kleine, dickliche Mann spricht mit Dudi, schüttelt ihm schulterklopfend die Hand. Ist das ihre Weise, jemanden höflich loszuwerden? Doch dann grinst er – zeigt zwei vergoldete Schneidezähne –, macht einen Witz, vermute ich, weil die drei wieder lachen. Dudi scheint es überhaupt nicht zu kümmern, daß er von ihnen verspottet wird. Er hält ihrem Gewieher lange genug stand, um seine Unbesiegbarkeit zu beweisen, bevor er selbst einen Witz losläßt.

– Als Karl Marx starb, kam er natürlich in die Hölle. Am Eingang fand er zwei Pfeile, einer, mit der Aufschrift »Kapitalist«, zeigte nach rechts, der andere, auf dem »Kommunist« stand, zeigte nach links. Was ist der Unterschied? fragte er. Der häßliche kleine Teufel, der das Tor bewachte, antwortete. In der kapitalistischen Hölle gibt es Feuer, heiße Eisen, Pranger, Folterbänke und so weiter ... In der kommunistischen Hölle ist die Ausrüstung praktisch dieselbe. Nur ist an manchen Tagen zu wenig Feuer da, an anderen sind ihnen die heißen Eisen ausgegangen oder die Folterbänke zerbrochen, oder die Folterknechte haben sich krank gemeldet, ha, ha, ha ...

Der Glatzkopf in Braun hat offenbar den Namen Marx verstanden, weil er seitdem finster schaut. Die Grimasse, die Goldzahn zieht, sagt mir, daß er ebenfalls verärgert ist. Trotzdem klatscht die ganze Gruppe mit vorgetäuschter Feierlichkeit, nachdem Dudi mit seiner Geschichte fertig ist. Der Mann mit dem Doppelkinn beginnt mit dem nächsten Witz. Ich höre das Wort »Sultan«. Die Russen wollen sich totlachen, werden knallrot, halten sich den Bauch, trampeln mit den Füßen. Ob ihr Spott wohl genauso beleidigend ist wie Dudis? Passanten starren neugierig. Ich packe Dudis Jackenärmel, flüstere ihm zu, daß wir verschwinden sollten, doch es hat keinen Zweck. Ich erinnere Dudi daran, daß wir Wichtigeres zu tun haben, doch er ist viel zu sehr damit beschäftigt, sich den nächsten Witz zu überlegen. Ich gehe weiter, entschlossen, mich von der Gruppe zu entfernen. Sollen sie sich meinetwegen kaputtlachen, bis die unverständlichen, fremden

Worte zu schmerzen beginnen. Dudis laute Stimme folgt mir, brüllt Schwachsinn im Moslemdialekt. Der Idiot! Wird er denn nie erwachsen? Er ruft meinen Namen. Ich gehe schneller. Gleich darauf hat er mich eingeholt, kichert immer noch, wischt sich die Lachtränen weg.

– Sei doch kein Spielverderber, Lina! Warum bist du so plötzlich abgehauen? Ich kann dich nicht alleine gehen lassen, ich bin für dich verantwortlich!

– Du? Für mich verantwortlich? Du redest *dhrat*, Fürze, Blödsinn! Du hättest uns beide in Schwierigkeiten bringen können.

– Wieso denn? Die haben kein einziges Wort verstanden! Wenn's um Arabisch geht, sind sich alle Ausländer gleich. Die lernen es nie, auch wenn sie seit zwanzig Jahren hier leben.

– Und die Passanten? Waren das ebenfalls Russen?

Dudi gibt dieses blöde Gekicher von sich, dem mit Vernunft nicht beizukommen ist.

– Meinetwegen kannst du bis morgen früh mit ihnen Witze reißen, Dudi, keiner hindert dich daran. Ich gehe nach Hause.

Während ich nach einer Lücke im Verkehr suche, um die gegenüberliegende Straßenseite zu erreichen, bemerke ich den Polizeibus, der uns entgegenkommt. Der Polizist hinter dem Steuer wirft uns finstere Blicke zu. Bilde ich mir zumindest ein. Der Bus hält einige Meter von uns entfernt. Wir bleiben stehen, warten, daß die beiden Polizisten kommen und uns erschießen.

– Hurenbengel! Du hältst dich wohl für besonders gerissen, was? brüllt der Fahrer und versetzt Dudi zwei schallende Ohrfeigen.

Dudi taumelt, prallt gegen mich. Ein kleiner Gegenstand fällt zu Boden. Ich will Dudi stützen, doch die beiden Polizisten packen ihn und zerren ihn zum Bus. Der Fahrer öffnet die beiden Türen, dahinter sitzen mehrere junge Männer. Dudi wird hineingestoßen. Er jault vor Schmerz, stolpert über die Füße eines langhaarigen Jungen.

Er ist doch gerade erst sechzehn, will ich protestieren; Dudi hat sein Gleichgewicht wiedergefunden und wirbelt entsetzt herum.

Seit wann hat er so buschige Brauen? Er wirkt definitiv nicht wie ein Sechzehnjähriger, vielleicht wegen seiner Bartstoppeln und der langen Koteletten. Der Polizist schiebt mich weg, knallt die Bustüren zu.

– Wenn einer von euch die Flucht wagen sollte, wird er bereuen, daß er geboren ist! droht er mit erhobener Faust, obwohl er von drinnen nicht zu sehen ist.

Der Polizeibus braust davon, verschwindet im Verkehr. Zum *Qasr el-Nehaya*, ganz bestimmt! Dem Palast ohne Wiederkehr, in dem Gefangene umfallen wie die Fliegen, Männer ihren Tod finden. »Was ist passiert?« fragt die junge Frau mit dem Kinderwagen, die offenbar die ganze Sache mitbekommen hat. Ich bemühe mich, die Tränen zurückzuhalten. »Gehört das dir?« Sie reicht mir das kleine Päckchen, das Dudi fallengelassen hat. Player's! Seit dem grausigen Tag der öffentlichen Hinrichtungen habe ich ihn nicht mehr rauchen sehen. Beschämt greife ich nach den Zigaretten, verstaue sie sorgfältig in meiner Handtasche wie ein letztes Überbleibsel von Dudi.

Ich sollte seiner Familie Bescheid geben, ihr die ganze Geschichte erzählen, sofort.

Der rote Doppeldecker kommt mir entgegen. Ich überquere die Straße zur Haltestelle. Der Bus hält, Passagiere kommen heraus.

– Beeil dich, Mädchen, das hier ist kein Trauerzug! ruft der Schaffner von der Tür her.

Meine Füße wollen nicht. Der Doppeldecker fährt los, bläst mir Staubwolken ins Gesicht. Ich werde den langen Heimweg zu Fuß zurücklegen.

Beim Nachhausekommen ist es bereits dämmrig. Ein Zettel im Wohnzimmer sagt mir, daß meine Eltern erst spät zurück sein werden. Shuli ist beim Zahnarzt. Ich laufe nach oben. Eigentlich müßte ich zu Dudis Familie, doch ich weiß nicht, was ich ihnen sagen soll. Das Ganze ist so schnell passiert, und ich kann einfach nicht beurteilen, was wozu geführt hat oder warum. Haben die Russen tatsächlich die Polizei gerufen, oder hatten die beiden Vorfälle nichts miteinander zu tun? Ist die Polizei nur zufällig vorbeigekommen und hat uns mit den Russen gesehen? Wieso saßen dann die vielen Jungen in dem Bus? Keiner davon war Jude! Das ergibt doch keinen Sinn. Wie Teile unterschiedlicher Puzzlespiele passen die Stücke einfach nicht zusammen. Vielleicht sollte ich den Zweck unseres Spaziergangs übergehen, sonst muß ich das noch meinen Eltern erklären. Und die Zigaretten? Die sollte ich Dudis Mutter gegenüber wohl ebenfalls besser nicht erwähnen, weil Dudi höchstwahrscheinlich heimlich geraucht hat. Noch ein Geheimnis. Wie verletzlich Geheimnisse werden, wenn ihr Besitzer nicht in der Nähe ist, um sie zu bewachen! Ich greife nach meiner Handtasche, ziehe das Päckchen Player's heraus. Navy Cut. Bester Virginiatabak. Nur das Beste für Dudi. Rafidain oder sonst eine hiesige Marke wäre unter seiner Würde. Ich öffne die Schachtel, sinke gegen die Lehne meines Schreibtischstuhls. Mein Bauch wackelt vor stummem Lachen. Ich fummle mit der Packung herum. Untersuche die Zigaretten noch mal, betaste sie. Es hilft nichts. Von den sechs Zigaretten in der Schachtel ist nur eine echt. Der Rest ist Zuckerzeug – schlanke Zuckerstangen mit roter Spitze!

Ich probiere eine der unechten Zigaretten, frage mich, ob Dudi heimlich raucht oder heimlich vorgibt zu rauchen. Der blondbärtige Matrose, der die Packung ziert, raucht nicht. Die Spitze der Zuckerstange schmilzt, verbreitet ihren Geschmack in meinem Mund. Ich stecke die ganze Stange hinein. Meine Zunge bewegt sie, schiebt sie hin und her, bis die Stange zerbricht. Mein Gaumen schwimmt in süßem Speichel, der jedoch genauso schnell versickert wie Wasser im Sand. Ich zerbeiße den Rest der Stange. Der flüchtige Genuß hinterläßt ein leeres Gefühl und das Bedürfnis nach mehr. Unersättlichkeit, oder ist das nur ein neutrales Wort für Gier? Dudi, der Zuckermatrose! Ob er nun raucht oder nur so tut, er sucht jedenfalls nach dem leichtesten Weg zum Erwachsenwerden. Ich stecke mir zwei Zigaretten in den Mund, beiße sie in kleine Stücke. Meine Schultern entspannen sich. Meine Beine strecken sich über den

Schreibtisch. Nichts kann mich noch bewegen oder stören, weder Russen noch Polizisten. Jetzt verstehe ich, warum Vater Süßmäulern so mißtraut. Genußmenschen, die sich dem süßen Nichtstun hingeben, nennt er sie und hat Erwachsene, die in der Öffentlichkeit Eis lecken, mal mit daumenlutschenden Babys verglichen.

Dudis Gier nach Süßigkeiten, zusammen mit seinem verantwortungslosen, wenn nicht gar kindischen Verhalten, bestätigt Vaters Meinung nur. Ich vertilge die restlichen drei Zigaretten. Wenn ständiger Süßigkeitengenuß tatsächlich mit Maßlosigkeit einhergeht, welche Charakterzüge würden dann zum Beispiel mit dem Verzehr von Bitterem in Verbindung stehen? Vaters Grimasse, wenn er schwarzen Kaffee trinkt, fällt mir ein. Selbstdisziplin! Bei Vater, in dessen Leben Süßigkeiten kaum erlaubt sind, hat Disziplin das letzte Wort. Sie ist die Quelle seiner Willenskraft, das Geheimnis seiner Selbstbeherrschung, der Hauptbestandteil seiner Hartnäckigkeit, umhüllt ihn mit Melancholie.

Ich greife nach der letzten Zigarette, der Virginia. Tabakkrümel hängen zu beiden Seiten heraus wie Haare in den Nasenlöchern eines behaarten Mannes. Ich beschnüffele die Zigarette, drücke sie, halte sie schräg zwischen den Fingerspitzen. Elegant! Ich lockere den Griff. Die Zigarette rollt zwischen meinen Fingern. Ich spiele verschiedene Haltungen durch, probiere die unterschiedlichen Charakteristika, die mir dabei in den Sinn kommen. Cool. Selbstsicher. Nachdenklich. Reif. Dynamisch. Die Zigarette entgleitet mir. Ich greife danach, stecke sie zwischen die Lippen und spüre Tabakkrümel im Mund, beißend wie scharfer Curry. Wenn Süßigkeitenesser maßlos sind, Esser von Bitterem selbstdiszipliniert, wie ist dann jemand, der Scharfes, Würziges mag? Ruhelos, temperamentvoll wie Selma oder provokativ, scharfzüngig wie Shuli? Ich pule das Papier von der Virginia, zerbröckele den gerollten Tabak in der Hand, stecke den ganzen Klumpen in den Mund. Der scharfe Geschmack steigt mir sofort in die Nase, beißend wie schwarzer Pfeffer. Beim Kauen des Tabaks wird die Schärfe noch spürbarer, während sich vom Rand etwas Säuerliches verbreitet. Der pfeffrige Geschmack bewegt sich so frei vom Mund zur Nase, daß ich zwischen Geschmacks- und Geruchssinn nicht mehr unterscheiden kann. Je feuchter die Virginia wird, desto mehr brennt es. Die Säure ist stärker, fast unerträglich geworden. Esser von Saurem müssen selbstzerstörerische Tendenzen haben, schließe ich daraus, renne ins Badezimmer und spucke den nassen Klumpen ins Waschbecken.

Egal, wie sorgfältig ich mir den Mund spüle, das Saure bleibt in meinem Gaumen kleben, unter meiner Zunge, in diesem oder jenem Kanal. Im Schlafzimmer meiner Eltern durchwühle ich Mutters Frisierkommode, suche nach der Flasche Rosenwasser. Mutter sagt, das hilft gegen Übelkeit. Durchtränkt mit Rosenwasser, lege ich mich in ihr Bett. Meine Lider schließen sich, meine Zehen streifen mir die Sandalen von den Füßen.

Eingehüllt in ihren schwarzen Mantel, verläßt die greise Frau, der einzige Fahrgast, widerstrebend den Bus. »Endhaltestelle«, hat der Fahrer geknurrt, gibt ihr kein Mitspracherecht. Kein Mensch ist zu sehen, selbst das Wartehäuschen fehlt. Vor ihr steht der berühmte Palast. Wann sind die hohen Lehmziegelwände mit Stacheldraht verstärkt worden? Der rote Bus fährt weg, läßt sie mutterseelenallein in der Wüste stehen. Lehm hat dieselbe Farbe wie meine Haut, sagt sie sich, was gibt es da zu fürchten? Sie geht hinüber zum Eisentor, drückt leicht den Klingelknopf. Ihr Zeigefinger bleibt in der Fassung des Klingelknopfes stecken. Zu ihrer Überraschung bekommt sie keinen Stromstoß, kann jedoch den Finger nicht herausziehen, und die Klingel läutet ununterbrochen.

Ich schrecke hoch. Habe ich die Türklingel gehört, oder war das nur mein Traum? Vater hat mal gesagt, wir können Gefahr selbst im Schlaf spüren. Ich versuche, die letzten Traumbilder heraufzubeschwören, doch sie verflüchtigen sich, huschen davon wie Mäuse in ihre Löcher. Habe ich vom Palast ohne Wiederkehr geträumt? Was für ein Name! Die geben sich noch nicht mal Mühe, den Zweck zu vertuschen. Wieder läutet es, diesmal nicht im Traum. Ich erhebe mich. Während ich nach unten gehe, fällt mir ein, daß ich vielleicht erst mal nachsehen sollte, wer da ist, bevor ich öffne. Im Wohnzimmer gibt es eine Stelle, von der man durchs Fenster schauen kann, ohne von draußen gesehen zu werden. Verdammt! Die Vorhänge sind so dicht zugezogen, daß kein Schlitz zum Durchschauen übrigbleibt. Ich kann sie nicht zurückziehen, ohne mich durch die Bewegung zu verraten.

Ich laufe wieder nach oben in mein Zimmer. Obwohl das Tor von meinem Fenster nicht zu sehen ist, liegt die Straße voll im Blickfeld, so daß ich den Besucher durch seinen Wagen identifizieren könnte. Oder wenigstens sehe, daß kein grauer Käfer draußen parkt. Doch Mutter hat in meinem Zimmer ebenfalls die Vorhänge zugezogen. In dem Fall ... hat unser Besuch eben Pech gehabt; es ist niemand zu Hause! Ich lege mich ins Bett, ziehe die Beine hoch, nehme das »Mad«-Heft vom Nachttisch. Das beschäftigt mich ganze zwanzig Sekunden lang, bis zum nächsten ohrenbetäubenden Klingeln. Jetzt verstehe ich, was Vater meint, wenn er sagt, daß Kopfschmerzen ihm wie mit einem Bohrer den Kopf spalten. Das nächste Klingeln reißt mich hoch, treibt mich nach unten zur Haustür, wo ich voller Verzweiflung stehen bleibe, zu verängstigt zum Öffnen, zu verschreckt, um die ganze Sache zu ignorieren.

Unser Besuch geht durch den überdachten Hof vor dem Wohnzimmer. Die Schritte klingen flach, jedoch schwer, zweifellos Männerschuhe. Er muß das Tor geöffnet haben, durch den Hof zur Haustür gegangen sein. Was der sich einbildet! Selbst Freunde warten höflich vor dem Tor, bis wir kommen und sie hereinlassen. Wieso erlaubt sich dieser Mann solche Freiheiten? Warum ist er so hartnäckig? Die Schritte kommen näher, halten inne. Er muß jetzt nur wenige Zentimeter von mir entfernt sein, hinter der Tür. Unfähig, diese blinde Nähe zu ertragen, schleiche ich nach nebenan in den Salon, stelle mich hinter den ebenfalls zugezogenen Vorhang. Seine Schritte folgen mir, direkt zum Fenster des Salons. Kalter Schweiß rinnt mir über den Rücken. Er kann mich durch die Vorhänge bestimmt nicht sehen, doch kann es sein, daß ich immer noch nach Rosenwasser rieche oder er hören kann, wie ich Luft hole? Ich hole keine Luft, gebe mir die größte Mühe, etwas zu hören, vernehme jedoch keine Stimme, kein Seufzen, kein Husten, keinen Wortwechsel. Nur der nervöse Gang, die schweren Schritte, die zur Haustür zurückkehren.

Sicherheitsbeamte kommen für gewöhnlich zu zweit. Doch wer sagt denn, daß sein Partner nicht im Wagen geblieben ist, die Straße im Blick behält?

Wenn Dudi geredet hat, stecke ich tief in der Tinte. Ich wäre nicht die erste Jüdin, die ins Gefängnis geworfen wird, jedoch zweifellos die jüngste. Norma, mir zwei Jahre voraus, wurde letzten Winter eine ganze Woche im Hauptquartier der Sicherheitspolizei festgehalten. Nach ihrer Entlassung sagte man, ihre Fußsohlen seien mit Stockschlägen traktiert worden. Was sonst noch passiert ist, erfuhr man nicht, weil ihre Familie über den Vorfall Schweigen bewahrte. Bei Mouzli war das nicht so. Sie wurde von der Universität geholt und mehrere Monate – zusammen mit ihrer Mutter – ins Frauengefängnis gesperrt unter dem Vorwand, die beiden seien umgezogen, ohne es der Polizei zu melden.

Dreimal kurzes Klingeln. Mit jedem Klingeln wird der Wille des Eindringlings überwältigender. Wenn er weiter so beharrlich ist, werde ich ihm schließlich doch noch öffnen. Voller Panik bei dem Gedanken schleiche ich nach oben, verstecke die schwarzen Gewänder, die wir heute morgen gekauft haben, im Wäscheschrank – nur für den Fall. Dann streife ich rasch die Sandalen über, husche hinunter in die Küche, öffne die Tür zum hinteren Hof. Ein Fuß draußen, verharre ich zögernd in der Tür. Der Luxus des Zögerns! Ich werte die Momente der Stille zu meinen Gunsten, hoffe, der Sicherheitsbeamte hat die Geduld verloren.

Das nächste entschlossene Klingeln raubt mir diese Illusion. Leise schließe ich die Küchentür hinter mir. Currys Schüssel ist leer, er ist nirgends zu sehen. Ich klettere über die Mauer im hinteren Hof, was mir, dank der herausgebrochenen Ziegel, überraschend leicht fällt. Gleich darauf bin ich mit einem Sprung im Nachbargarten, kann mich unentdeckt zur Straße schleichen – zu der, die hinter unserem Haus entlangführt.

Was jetzt?

Mein Kopf ist leer. Mein Verstand muß im Haus geblieben sein. Trotzdem fühle ich mich in dieser weniger vertrauten, weniger verräterischen Straße sicher. Sicher für den Moment. Sicher vor der Türklingel. Ich hocke mich hin, verberge das Gesicht in den Händen. Wenn die Welt doch nur nicht mehr existierte oder, besser noch, nie existiert hätte. Wenn Gott Sich doch nur in tiefste Meditation versenkt hätte statt Sich mit der Schöpfung zu befassen. Das Hupen der Wagen, die durch die Hauptstraße von Hindiyah brausen, verstärkt die Stimme der Schöpfung. Weitere Geräusche sind zu hören. Lokalnachrichten von verschiedenen Fernsehern in der Nachbarschaft. Flüchtige Radiomusik vorbeifahrender Wagen. Junge Männer gehen vorüber, erbieten sich, mir die Trübsal zu vertreiben, und kichern dann hämisch wie blöde Gänse. Eine Frau, die hinter ihnen hertrottet, bemerkt, wie schamlos sich sonst gut erzogene Mädchen heutzutage in der Öffentlichkeit benehmen. Wenn es Mülleimer für den Lärm gebe, hätte Bagdad die größte Flotte lärmender Müllautos in der ganzen Welt, jede Wette.

Ich weiß nicht, wie lange ich schon so hocke, da erreicht mich ein vertrautes Miauen. Ich hebe den Kopf. Curry! rufe ich. Mein Kater miaut von der Hofmauer des gegenüberliegenden Hauses, seinerseits überrascht, mich in der falschen Straße zu finden. Curry, wiederhole ich, locke ihn zu mir. Er springt von der Mauer, überquert ohne Eile die Straße, den Schwanz hoch erhoben, schaut weder rechts noch links, besitzt genug Selbstvertrauen für uns beide. Sofort hüpft er in meinen Schoß, stupst meinen Bauch mit seinem Kopf, leckt meine Hände, schnurrt begeistert, ist mir nicht böse wegen des Streichs, den ich ihm vorhin gespielt habe.

Seit wann brennen die Straßenlaternen?

Ich lasse Curry von meinem Schoß, erhebe mich, entschlossen, nach Hause zu gehen, ganz egal, was mich dort erwartet. Curry huscht neben mir her, nimmt, wohl mir zuliebe, den Umweg in Kauf, statt über Mauern zu klettern und Privatgärten zu durchqueren. Wenn er mir nur nicht dauernd zwischen die Beine laufen und mich ins Stolpern bringen würde. Der Kaufmann-Spitzel in der Hauptstraße zerschneidet Wassermelonen, interessiert sich nicht im mindesten für mich. Ich gehe weiter zu unserer Straße, bin erleichtert, weil kein Käfer vor unserem Haus parkt. Der Hof ist leer, doch das Tor steht offen, ein Beweis dafür, daß jemand da war.

Curry nimmt seinen üblichen Platz neben unserem Tor ein. Im Hof merke ich, daß ich meinen Schlüssel im Haus gelassen habe. Ich klingele mehrmals, nichts passiert. Das Haus liegt dunkel und verlassen da. Niemand ist daheim!

Verzagt gehe ich zu Dudis Haus hinüber.

Dudis Mutter öffnet mir die Haustür und strahlt. Ich verfluche mich innerlich für die Nachricht, die ich ihr überbringen muß. Sie hastet zum Tor.

– Lina, endlich! Bei euch macht niemand auf. Dudi macht sich solche Sorgen, der arme Junge ist außer sich vor Gram! Er sagt, du warst am Boden zerstört, als er verhaftet wurde. Wir wollten gerade zur Abu-Nuwas fahren und dich suchen. Meine Güte, was ist mit dir, du siehst verwirrt aus ... ein bißchen zerzaust, was ist mit dir passiert?

– Oh, nichts, mir geht's gut, wirklich. Doch ... woher wußtet ihr das? Ist Dudi nicht ...? Wo ist Dudi, um Himmels willen!

Sie zieht mich sanft ins Haus. Dudi schaut um die Küchentür, beißt gerade in eine gegrillte Keule. Im Unterhemd watschelt er mir entgegen, grinst breit, trotz der Beule über seiner rechten Braue, trotz der Rasiermesserspuren vor seinen Ohren.

– Dudi, zieh dich um! Dein Unterhemd ist zerrissen und dreckig, schimpft seine Mutter verlegen.

Noch was hat sich in seinem Gesicht verändert. Die Koteletten sind weg, bis fast zu den Ohren, geben eine Fingerlänge trockener weißer Haut frei.

– Was haben die mit dir gemacht, Dudi?

– Die haben Jungs und junge Männer von der Straße aufgelesen, bis der Bus voll war. Dann haben sie uns auf dem Polizeirevier abgeladen und sind wieder auf die Jagd gegangen.

Innerhalb von Sekunden hatten junge Polizisten ihnen die Koteletten rasiert und sie mit einem Fußtritt hinausbefördert.

– Die haben uns gewarnt, wir sollten nicht wie Zionisten rumlaufen. Sie sagten, wenn sie uns noch mal mit Koteletten erwischen, schneiden sie uns die Ohren ab!

Zionisten! Wieso Zionisten?

Dudi lacht hysterisch. Seine Mutter ebenfalls, hält sich jedoch die Hand vor den Mund.

– Im Ernst, Dudi, wen haben sie diesmal gemeint? Marlon Brando? Tony Curtis? Jack Lemon? Yul Brunner?

Ich durchsuche mein Gedächtnis nach weiteren jüdischen Filmstars, deren Filme seit dem Sechs-Tage-Krieg verboten sind.

– Nein, nein, sie meinten die ultraorthodoxen Juden! sagt Dudis Mutter schließlich. Die merkwürdigen Juden aus Osteuropa, die schwarze Kaftans tragen und Bärte und diese komischen Schläfenlocken. Diese Woche haben sie welche im Fernsehen gezeigt, in »Erkenne deinen Feind«. Seht ihr euch die Serie nicht an?

– Baba, ich habe heute Russen gesehen! Sie sind beim Fluß spazierengegangen. Wie Engländer kamen sie mir jedoch nicht vor, sie sahen irgendwie ...

Die Tasse einen Zentimeter vom Mund entfernt, trinkt Vater nicht und hört nicht zu.

– Was ist los, Baba? Hast du Kopfschmerzen?

– Warum willst du es ihr verschweigen? Sie erfährt es doch, wenn nicht heute, dann morgen, kritisiert Shuli, ohne zu sagen, was geschehen ist.

– Was ist los? Warum sagt mir niemand was?

– *Ustad* Heskel hat dir sein Leben geschenkt, sagt Mutter verärgert.

– Was?

Mutter räumt das Geschirr vom Kaffeetisch, gibt zu verstehen, daß sie ihren Teil beigetragen hat, daß sie nicht bereit ist, weitere Fragen zu beantworten. Vater senkt die Tasse zur Untertasse.

– Gestern abend wurde *ustad* Heskels Name im Radiosender Ahwaz genannt, er stand auf einer dieser ... grausigen Listen.

Obwohl der Radiosender vom Iran sendet, glauben die Leute, daß er von Irakis geführt wird, Gegnern des Regimes der Baath-Partei. In letzter Zeit war dauernd die Rede von einer bevorstehenden Säuberung des Militärs, die die irakische Regierung planen soll. In diesem Zusammenhang wurden täglich lange Listen verlesen, hauptsächlich mit Namen von Offizieren, die man bald wegen Verrats verhaftet würde. Ob zufällig oder nicht, einige der Männer wurden tatsächlich kurz danach verhaftet. Seitdem rasten jene, deren Name beim Verlesen dieser ominösen Listen genannt wurden, voller Panik zur Paßstelle, zum Reisebüro, zu den Botschaften, zu einflußreichen Freunden – taten das Unmöglichste, um das nächste Flugzeug zu erwischen.

Für *ustad* Heskel war eine Reise mit dem nächsten Flugzeug im wahrsten Sinne unmöglich.

– Seine Haushälterin hat ihn heute morgen gefunden, fährt Vater fort. Er hing am Deckenventilator in seinem Schlafzimmer. In dem Abschiedsbrief, den man bei ihm fand, hat er seine heiligen Bücher der Synagoge vermacht und Gott um Verständnis und Vergebung angefleht. Armer Heskel, er ist der letzte, der so ein Ende verdient hat. Er war ein wahrer Gentleman.

– Er war viel mehr als ein Gentleman! protestiert Mutter. Er war ein *zaddik*, ein gerechter Mann.

– Was hat denn *ustad* Heskel mit dem Militär zu tun?

– Was hat *ustad* Heskel überhaupt mit Politik zu tun? Wir waren nie um unserer selbst willen Zielscheibe des Hasses. Dieser erste Schauprozeß und das primitive Spektakel auf dem Befreiungsplatz sollten die Massen auf die Baath-Partei einschwören und die Unterstützung der Öffentlichkeit sichern. Sobald sie die hatten, haben sie sich die politische Klasse vorgeknöpft. Jetzt ist das Militär dran. Trotzdem erhöht die Existenz von ein oder zwei jüdischen Verschwörern in jedem Spionagenetz immer wieder die Glaubwürdigkeit der ganzen Show.

Vater entfaltet die Zeitung, umgibt sich mit ihr wie mit einem Vorhang. Sämtlicher Worte beraubt, wird er die ganze Zeit hinter den Weltnachrichten verbringen, ohne die Seite nur einmal umzublättern. Zu müde, um zu trauern oder etwas zu empfinden, steige ich zum Dach hinauf, lege mich ins Bett – entschlossen, zu vergessen.

Doch mein Kopf macht nicht mit. Häßliche, grausame Gedanken schwirren in ihm herum, schließen mich in einen Kreis des Bösen ein. Sie verachten unsere Sorgen, machen sich über unsere Hoffnungen lustig, sehen in uns nur Figuren in einem Schachspiel, herumgeschoben von Menschen, deren Macht die unsere bei weitem übersteigt. Ich spiele mit dem Bild, mache daraus ein Brettspiel – mit farbigen Figuren, mit Würfeln, mit verschiedenen Karten – etwa so wie Monopoly. Nur findet mein Spiel im Gefängnis statt, weil meine Spieler zum Tod verurteilt worden sind. Jeder Spieler bekommt zu Beginn des Spiels fünfzehn Tageskarten, für die fünfzehn Tage bis zu seiner Hinrichtung. Überleben ist das Endziel für jeden Spieler, das heißt, Zeit zu gewinnen. Es wird reihum gewürfelt, die Figuren entsprechend der Felder gesetzt, jedes bestimmt die momentane Situation des Spielers neu. Bei einem Feld hat zum Beispiel der Rechtsanwalt des Spielers eine Verschiebung der Hinrichtung bewirkt – man bekommt fünf Tageskarten von der Bank. Beim nächsten ist ein Brief zensiert worden, weil man die Partei verunglimpft hat, dafür sind der Bank zwei Tageskarten Strafe zu zahlen. Bei einem weiteren Feld darf die Mutter eines Spielers, wegen seiner guten Führung, einen letzten Besuch machen, bei dem sie ihm zehn Dinar in die Tasche steckt. Geld, genau wie Werkzeuge und Informationen, fallen in die Kategorie der Belohnungskarten. Ohne diese Karten ist eine Flucht nicht nur unmöglich, sie können ebenfalls getauscht werden, zum Beispiel gegen Tageskarten. Das Spiel geht weiter. Wegen wiederholter Gewalttätigkeit wird man in Einzelhaft gesteckt, das heißt, man muß zwei Runden pausieren. Der Präsident hat Geburtstag, deswegen darf jeder Mitspieler eine Zufallskarte ziehen. Die gerade gezogene besagt, daß die Zelle des Spielers durchsucht worden ist, daher muß er seine gesamten Belohnungskarten hergeben. Früher oder später ist man seine Karten entweder los oder kommt zu dem Feld mit dem Strick. Wer den Oberaufseher nicht mit drei Belohnungskarten bestechen kann, wird sofort gehängt. Bei diesem Spiel gibt es keine Begnadigung oder Rehabilitation. Die ehrenhafteste Form zu gewinnen ist die Flucht, doch dazu braucht man eine Kombination gewisser Belohnungskarten plus sieben Tageskarten. In dem Fall ist das Spiel zu Ende und die restlichen Mitspieler werden gehängt. Sonst gewinnt der Spieler, der seine Mitspieler überlebt hat.

Hübsche Unterhaltung für eine schlaflose Nacht! Ich drehe mich um, öffne die Lider. Shulis Bett ist noch unberührt. Beim Sternegucken ist er ebenfalls nicht. Ich verlasse mein Bett und gehe nach unten. Die Stimme des Radiosprechers verrät mir, daß Shuli in seinem Zimmer Nachrichten hört.

Paris 22 Grad. London 18. Rom 25. Madrid 27. Brüssel 22. Zürich 21. Kopenhagen 12. Frankfurt 16. New York 26. Wien 19. Istanbul 32. Lissabon 29. Luxemburg 22. Paris 22 Grad. London 18. Rom 25. Madrid 27. Brüssel 22. Zürich 21. Kopenhagen 12. Frankfurt 16. New York 26. Wien 19. Istanbul 32. Lissabon 29. Luxemburg 22. Paris 22 Grad. London 18. Rom 25. Madrid 27. Brüssel 22. Zürich 21. Kopenhagen 12. Frankfurt 16. New York 26. Wien 19. Istanbul 32. Lissabon 29. Luxemburg 22.

Bilde ich mir das ein, oder wiederholt sich der Wetterbericht?

Leise öffne ich die Tür. Die Hände hinter dem Kopf verschränkt, kippelt Shuli mit seinem Schreibtischstuhl, lauscht dem Kassettenrecorder, umkreist mit den meteorologischen Wellen die Welt.

Leere Schulbänke

– Die Kinder stürmen rein, sobald es klingelt, erklärt Doras Mutter. Dreißig, höchstens vierzig Kinder. Ihr müßt nur jedem zwei Brote und einen Lutscher in einer Plastiktüte geben, dazu eine Flasche Limonade. Dabei kann nichts schiefgehen. Ihr dürft gern auch selbst was essen, es ist genug da. Bitte wascht die Messer nach Gebrauch gründlich ab und bringt sie, zusammen mit dem Besteck, in *sit* Habibas Büro.

Voller Panik schaue ich zu *sit* Habiba, unserer Schulsekretärin. Immer mehr wird uns zugemutet. Zuerst sollten wir nur den Freiwilligen helfen, Sandwiches für die Kinder zu schmieren. Dann stellte sich heraus, daß wir die Freiwilligen ersetzen sollten. Jetzt sind es nicht nur die Vorbereitungen, sondern dazu noch das Verteilen.

– Ich schicke euch eine dritte Schülerin als Hilfe, sobald ich eine gefunden habe, sagt *sit* Habiba, übersieht meinen flehenden Gesichtsausdruck. Wenn ihr was braucht, laßt es mich wissen, ich bin in meinem Büro. Noch irgendwelche Fragen, Mädels? Kann ich mich auf euch verlassen?

Wir lächeln schwach, geben uns geschlagen.

– Das sind keine Kinder mehr, die sollen zur Abwechslung mal lernen, etwas zu geben, murmelt *sit* Habiba, laut genug, daß wir es hören.

Kaum haben die zwei Frauen den Raum verlassen, tritt Selma gegen die Limonadenkiste.

– Einmal im Leben ist eine Lehrerin krank und wir haben eine Freistunde, und ausgerechnet dann meint die Frau, uns erziehen zu müssen. Nur ein anderes Wort für das Pellen hartgekochter Eier. *Abel a'aliyah*, möge Trauer sie befallen! Sie kann den Anblick junger Menschen, die Spaß haben, nicht ertragen ...

– Komm schon, Selma. Je schneller wir uns dranmachen, desto eher sind wir fertig.

Immer noch grummelnd, faßt Selma ihre schulterlangen Locken zu einem roten Pferdeschwanz zusammen und will loslegen. Wir leeren die Kartons, verteilen den Inhalt über die zwei Tische. Ich pelle hartgekochte Eier, entsteine die grünen Oliven. Selma schneidet die Tomaten, das dicke Stück weißen Käse. Das Messer wandert von Hand zu Hand, ihre linke ist eher präzise, die rechte hat mehr Kraft. Ich knabbere etwas von jedem, was mir durch die Hände geht.

– Versuch mal den Käse, Selma, der ist köstlich!

– Ich kann nicht. Ich faste.

– Fasten? Warum? Ist heute ein Feiertag?

– Nein, nein, das ist eine Kampagne, um die Welt auf das Leiden der russischen Juden aufmerksam zu machen. So was wie »Laßt mein Volk gehen«. Mama hat gestern auf Kol Israel davon gehört, und ich habe spontan beschlossen, mich anzuschließen. Aber ehrlich gesagt, jetzt, wo wir darüber reden, klingt es lächerlich. Den russischen Juden geht es viel besser als uns. Glaubst du nicht?

– Ich glaube, es geht mehr um Käse und Mangochutney.

– Lina, ich meine es todernst. Die wollen auswandern? Tja, in Ordnung, das will ich auch. Aber sie verschwinden nicht von den Straßen oder werden auf Moskauer Plätzen gehängt. Stell dir vor, *wir* würden Menschenrechte einfordern und trotzdem am Leben bleiben!

Ich öffne eine Sinalco, nehmen den ersten Schluck.

– Du meinst, die russischen Juden sollten für uns fasten?

Selma unterdrückt ein schuldbewußtes Lächeln. Ich reiche ihr die Sinalco. Sie schüttet das schäumende Getränk hinunter wie Sportler in der Werbung. Dann schnappt sie sich wie jemand, der seit Tagen nichts gegessen hat, zwei Sandwichscheiben, füllt sie mit Fisch-*koftas*, löffelt eine dicke Lage Chutney hinein. Ich mache es ihr etwas langsamer nach.

– Die sind toll gewürzt, wäre eine Sünde gewesen, sie nicht zu probieren, murmelt sie mit vollem Mund, kann kaum deutlich sprechen.

Sie trinkt mehr Sinalco, damit es gut rutscht, und fährt dann im selben unbekümmerten Ton fort,

– Sag mal, Lina, wußtest du, das es an unserer Schule Kinder gibt, die sich das Mittagessen nicht leisten können?

Meine Kehle wird trocken, ich kann die *kofta* kaum mehr schlukken. Trotz der hier turmhoch gestapelten Lebensmittel habe ich den eigentlichen Grund für unser Hiersein prompt vergessen. Natürlich habe ich von den vielen jüdischen Familien gehört, die wegen der Entlassungswelle finanzielle Probleme haben. Ich habe sogar Freiwillige gesehen, ein- oder zweimal, die Lebensmittelkartons in die Schule trugen. Doch ich habe mir keine weiteren Gedanken darüber gemacht, keine Schlüsse daraus gezogen.

– Nicht so genau. Ich wünschte, wir müßten die Verteilung nicht übernehmen, ehrlich gesagt. Mir ist nicht wohl dabei, diesen Kindern ins Gesicht sehen zu müssen.

Selma steckt sich den Rest ihres Sandwiches in den Mund.

– Sei doch nicht albern! Die fressen uns schon nicht.

Sie wartet vergeblich, daß ich lache, hat die Taktlosigkeit ihres Geplappers gar nicht mitgekriegt. Mein Fehler. Selmas Gedankenlosigkeit kennt keine Grenzen. Warum habe ich das Thema überhaupt erwähnt? Seltsam, wie die Liste der Dinge, für die ich sie nicht mag, in den letzten Monaten gewachsen ist. So wie ihre Lebendigkeit, die es mir möglich gemacht hat, meine eigenen Grenzen zu überschreiten, mir jetzt immer mehr wie ein unersättlicher Hunger nach Lob und Zustimmung erscheint.

– *Yallah*, zurück an die Arbeit, sagt sie und greift nach dem Messer. Sonst sind wir nicht fertig, wenn die kleinen Monster auftauchen.

Sie schneidet die Scheiben durch, wirft sie mir zum Füllen rüber. Ich teile die Sandwiches in drei Haufen: Eier, Käse, *kofta*. Wenn sich zu viele Scheiben türmen, läßt Selma das Schneiden und hilft mir, sie zu füllen. Während wir stumm zusammenarbeiten, kehren meine Gedanken zu den Kindern zurück. Einmal formuliert, ist der Gedanke, ihnen ins Gesicht sehen zu müssen, weniger unangenehm. Dafür kommt eine uralte, tiefe Furcht wieder hoch: Furcht davor, selbst kein Geld mehr zu haben. Ich stelle mir Vater vor, wie er die Familie um sich versammelt, uns mitteilt, daß wir nichts mehr zu verkaufen haben, und uns den kläglichen Stand unserer Finanzen darlegt. Wir hören voller Sorge zu, erwarten eine praktische Lösung. Doch Vater schockiert uns mit der Schlußfolgerung, daß ihm – da er nicht mehr in der Lage ist, für uns zu sorgen – nur noch eins übrigbleibt, nämlich von seinen elterlichen Pflichten zurückzutreten.

Die Tür öffnet sich. Dudis Kopf lugt um die Ecke, unterbricht meine gedankliche Familienkonferenz. Fröhlich watschelt er zu uns herüber.

– Also stimmt es, was ich gehört habe. Heute ist euer Tag der *muswah*, der guten Taten.

– Und wieso läufst du hier einfach rum? fragt Selma trocken.

– Ich habe gesagt, ich müsse mal austreten, aber mir ist nicht danach, zurück in die Klasse zu gehen. Englische Literatur! *Not my cup of tea*, wie die Engländer sagen.

– Und wie willst du dich rausreden?

Dudi kichert.

– Dieses Jahr sind viele Schulbänke in unserem Klassenzimmer leer. Wir erzählen *ustad* Ghazi schon dauernd von einer Grippewelle, die an unserer Schule grassiert. So naiv ist er natürlich nicht, aber er kriegt es immer noch nicht auf die Reihe, wer endgültig weg ist, wer krank ist, wer auf dem Klo ist und wer schwänzt. Ich glaube, inzwischen ist es ihm egal. Er macht sich nicht mal die Mühe, die Namen ins Klassenbuch einzutragen.

Wenn wir nicht Pech gehabt hätten, wäre ich jetzt ebenfalls nicht mehr hier. Letzten Monat kam endlich die Nachricht von Sabahs Vater, daß er mit seiner Familie demnächst fliehen würde und wir mitkommen könnten, wenn wir immer noch dazu entschlossen seien. Das klang so endgültig, daß Mutter die vier Koffer vom Schrank holte, sie entstaubte und in die Sonne stellte, während wir die notwendigen Sachen zusammensuchten. Nach einer unruhigen Nacht erwachte Vater mit hohem Fieber. Das dämpfte unseren

Unternehmungsgeist, um es vorsichtig zu formulieren. Wir pflegten ihn mit größter Hingabe, hofften, er würde sich rechtzeitig erholen. Doch trotz der Mengen von Medikamenten und der kalten Umschläge wollte Vaters Fieber nicht sinken. Eine Flucht noch in der Woche war undenkbar.

– Wie viele aus deiner Klasse haben es denn schon geschafft? will Selma wissen.

– Fünf! Nader und Ezra sind im Sommer gegangen. Rita kurz nach Beginn des Trimesters und Linda drei Tage danach. Farid ist vor zwei Wochen geflohen, das wißt ihr ja. Was für ein Verrat! Wir haben uns jedesmal gegenseitig getröstet, wenn wieder eine Schulbank leer blieb, und gefürchtet, als letzte übrigzubleiben.

– Ehrlich gesagt, Laila geht mir nicht sonderlich ab, meint Selma. Aber du brauchst dir keine Sorgen zu machen, Dudi, du wirst nicht der letzte sein. Baba denkt nicht daran, aus Bagdad fortzugehen, trotz der Szenen, die ich ihm jeden Tag mache. Er sagt, ich kann jederzeit gehen, wenn ich meinen Schulabschluß habe und volljährig bin. Punktum!

– Du brauchst dir wohl auch keine Sorgen zu machen. Der Schlamassel von letzter Woche hat wahrscheinlich bis auf weiteres alle Fluchtwege zerstört.

Letzte Woche sind über siebzig Juden im Urlaubsort Rawandouz im Norden geschnappt worden, in der Nacht vor ihrer Flucht über die Grenze. Leider waren viele so unvorsichtig, die Schulzeugnisse ihrer Kinder oder sonstige Urkunden mitzunehmen. Einige Frauen trugen sehr viel Schmuck. Wie sollten sie der Polizei erklären, daß sie »nur in Urlaub« waren, wenn so vieles gegen sie sprach? Niemand scheint zu wissen, wie es ihnen weiter ergangen ist. Niemand hat seitdem die Flucht gewagt.

– Übrigens, Mädels, der Duft eurer Sandwiches ist unwiderstehlich. Kann ich ein oder zwei haben? Ich sterbe vor Hunger.

Selma runzelt die Stirn. Dudi verbessert sich hastig,

– Nicht umsonst. Ich zahle natürlich was dafür.

Selma schnalzt mißbilligend mit der Zunge.

– Ja, ich bezahle sogar doppelt soviel wie am Kiosk.

Selma schnalzt wieder.

– Aber warum denn nicht? Ihr behaltet bestimmt was übrig, und das landet dann im Müll, wie immer. Mama gehört zu den freiwilligen Helfern und beschwert sich ständig über die Verschwendung.

– Nein!

– Gib *sit* Habiba das Geld. Sie kann den Kindern dafür Schokolade und Kaugummi kaufen.

Keine Reaktion. Dudi schnappt sich zwei entsteinte Oliven, testet, wie weit er gehen kann. Selmas Messer schwebt drohend über seinen Fingern. Dudi steckt die Oliven in den Mund, schmatzt, verhöhnt sie mit seinem kleinen Triumph.

– Du kommst nicht mal auf die Idee, deine Hilfe anzubieten, du egoistischer, verwöhnter Bengel! Glaubst du, du kannst die ganze Welt mit deinem Geld kaufen? Tja, diesmal hast du dich geirrt. Wir verkaufen nicht. Los, stell dich am Kiosk an wie alle anderen auch, oder bleib hungrig, das ist mir egal. Würde dir nichts schaden, du bist ja schon so rund wie ein Faß.

Falls Selmas Worte ihn gekränkt haben, verbirgt Dudi das gut. Mit gespielter Unschuld sagt er zu mir,

– Was ist denn mit der los? Warum will sie mich bei lebendigem Leibe fressen?

Wenn es um Dudi geht, ist Selma in der Tat unberechenbar. Manchmal witzelt sie stundenlang mit ihm, dann wieder ist sie streitsüchtig oder fährt ihm ohne jeden ersichtlichen Grund über den Mund.

– Und wenn er sich ein Sandwich verdient, statt dafür zu zahlen? schlage ich vor. Wenn er uns ... vielleicht Geschichten erzählt?

– Ihr spinnt wohl! schnaubt Dudi. Ich biete den doppelten Preis, und ihr behandelt mich wie einen Bettler! Warum bittet ihr mich nicht, Kopfstand zu machen oder wie ein Zirkusaffe zu tanzen?

Selmas Gesicht erhellt sich.

– Prima Idee! Erzähl uns eine Geschichte, Dudi.

– Komm schon, Dudi, das machst du doch im Schlaf. Hast du nicht gesagt, du stirbst vor Hunger?

Dudi gluckst.

– Möge Gott verhindern, daß euch je jemand braucht! Na gut, ich erzähl euch eine Geschichte. Ihr werdet es nicht für möglich halten, aber sie ist absolut wahr.

– Völlig egal, Hauptsache, die Geschichte ist gut.

– Das ganze ist gestern passiert. Die *amn*, die Sicherheitspolizei, hat eine Razzia auf dem Markt durchgeführt, suchte nach Juden und anderen unglückseligen Händlern, die sie quälen konnten. Sagt euch der Name Naji Shumeil was?

Wer könnte den vergessen!

– Tja, es scheint noch einen Juden mit demselben Namen zu geben, Naji Shumeil. Der Naji, der letztes Jahr öffentlich hingerichtet wurde, stammte aus Basra, dieser Naji ist aus Bagdad. Der aus Basra ist tot, der aus Bagdad lebt. Keine Möglichkeit, die beiden zu verwechseln, richtig? Falsch! Gestern wurde der arme Naji aus seinem Laden geholt ...

– Welcher? Der lebendige?

– Was? Ja, natürlich der Naji, der noch lebt, verdirb mir die Geschichte nicht! Wo war ich? Ach ja, Naji Shumeil wurde gestern aus seinem Laden geholt und einen ganzen Tag lang im *amn*-Hauptquartier verhört. Ratet mal, was sie ihn gefragt haben. »Haben wir dich nicht schon vor langer Zeit gehängt? Wieso bist du noch am Leben und arbeitest? Du müßtest längst im Grab liegen, *fi khabar kan*, du bist Vergangenheit!«

Wir lachen, während Dudi Ernsthaftigkeit heuchelt.

– Hört mal, es gehört sich nicht, über das Unglück eines Juden zu lachen! Hat man euch das zu Hause nicht beigebracht?

– Ich glaub dir kein einziges Wort, erwidert Selma und wischt sich die Lachtränen weg.

– Wie du willst, aber ich habe mir meine zwei Sandwiches verdient.

– Zwei? Wer hat was von zwei gesagt? fährt Selma hoch, wieder in ihrem feindseligen Ton. Wir haben uns auf eine Geschichte pro Sandwich geeinigt.

– O nein, haben wir nicht! Du wolltest, daß ich eine Geschichte erzähle. Du hast nichts von einer Geschichte pro Sandwich gesagt.

– Na gut, dann tue ich das jetzt: eine Geschichte für ein Sandwich. Entweder das oder gar nichts.

Dudi läßt sich Zeit, mustert die Sandwiches, fummelt daran herum, drückt sie, öffnet die noch nicht eingewickelten, schaut hinein – testet Selmas Geduld.

Das gellende Klingeln trifft uns völlig unvorbereitet.

– Ach du je, gleich stürmen die hier alle rein! schrickt Selma zusammen. Und wir haben noch nicht mal die Hälfte der Sandwiches eingewickelt.

Kaum hat sie den Satz zu Ende gesprochen, öffnet sich die Schwingtür mit solcher Wucht, daß sie mehrfach gegen die Wand knallt. Drei etwa siebenjährige Jungen schießen herein, rennen in unsere Richtung, kreischen so laut, daß es widerhallt. Wir drei zucken zusammen, umklammern die Sandwiches wie Handgranaten. Ein paar Meter vor uns schliddern die Jungen gekonnt über die schimmernden Fliesen. Der schnellste merkt zuerst, daß sich etwas verändert hat. Er schaut zuerst mißtrauisch zu uns, dann zum Tisch. Die Limoflaschen und die eingewickelten Sandwiches lassen sein Mißtrauen schwinden. Im Sekundenabstand kommen sie vor dem Tisch zum Stehen, nur Zentimeter von uns entfernt.

– Wow, ihr seid ja so schnell wie Raketen! ruft Selma. Seid ihr die drei Musketiere?

Sie schauen verwirrt. Dumas' Helden sind offenbar überholt.

– Nein, ihr seid die drei Muskess ... Muskestiere! erwidert der schnellste frech, zeigt mit dem Finger in unsere Richtung.

Seine Freunde prusten hinter vorgehaltener Hand, sind genauso rüpelhaft wie wir im Klassenzimmer. Selma ruft sie zur Ordnung, und sie reißen sich zusammen, geben vor, sich zu schämen. Sie erhalten ihr Essen, rasen hinaus, schreien, treten sich gegenseitig, lassen wer weiß welche Energien frei, die sie in den letzten zwei Stunden im Klassenzimmer unterdrücken mußten.

Gleich darauf kommen weitere Kinder, rennen herein, rennen hinaus. Wenn mir meine eigene Ungeduld in jenen Jahren nicht im Gedächtnis geblieben wäre, hätte ich gedacht, Kinder lernen Rennen noch vor dem Gehen. Vor unserem Tisch werden sie jedoch ruhiger, vermeiden die übliche Drängelei, weil ihnen die Münzen fehlen, mit denen sie sich ihre Wünsche erfüllen können. Von der Dankbarkeit, vor der ich mich gefürchtet hatte, ist ebenfalls nichts zu merken. Sie nehmen uns wie selbstverständlich, vertrauen der Regel der Natur, nach der die Größeren die Kleineren versorgen.

Rasch wickle ich den Rest der Sandwiches ein, während Dudi Limoflaschen öffnet und weiterreicht.

– Schau mal, wie sie die Lutscher tauschen, stupst mich Selma. Sie vergleichen alles, genau wie wir das in ihrem Alter getan haben.

Haben wir?

Ein kleiner Junge mit einer zu großen Jacke zerreißt die Verpakkung seines Sandwichs schon vor unserem Tisch. Seine Unterlippe sackt enttäuscht herunter. Er schaut in das Sandwich, hält es locker, überlegt, wie er es unbemerkt loswerden kann.

– Wenn du keine Eier magst, mußt du es nur sagen. Was möchtest du statt dessen, Käse oder Fisch-*kofta*?

Er erstarrt, will nichts sagen. Ich halte ihm zwei verschiedene Sandwiches hin, und er nimmt ohne zu zögern das mit Käse, reicht mir seines dafür zurück. Dann lächelt er, halb zufrieden, halb verlegen, und huscht davon.

– Wer sagt, Bettler seien nicht wählerisch! kichert Dudi.

– Nettes Kerlchen, sage ich.

– Du meinst Bengel? Ist auch das B inzwischen aus deinem Vokabular gestrichen? Oder habe ich dich heute Brot oder Butter oder Brause sagen hören?

Dudis Frage trifft mich völlig unvorbereitet. Nur meine Familie, die das Ganze für eine vorübergehende Teenagerphase hält, scheint die Veränderung meiner Sprache wahrzunehmen, sonst niemand. Selbst Selma gibt vor, es nicht zu hören.

– Warum diese Selbstzensur, Lina?

– Nenn es meinen privaten Protest.

– Das hab ich schon kapiert. Aber wenn es nun auf dich zurückschlägt und sich am Ende als Handikap erweist?

– Na ja, es ist ziemlich mühsam, das stimmt. Doch so eine Zensur sensibilisiert dich für die Macht der Worte. Manchmal macht es sogar Spaß. Du lernst, dieselben Dinge in unterschiedliche Worte zu fassen. Du merkst, daß kein Wort unersetzlich ist, wenn man erstmal willens ist, mit Wortbedeutungen oder Intentionen zu spielen. Verstehst du, worauf ich hinaus will?

Dudi greift nach dem letzten uneingewickelten Sandwich.

– Wie nennst du denn deinen Vater jetzt, wenn Baba verboten ist?

– Einfach nur Vater.

– Und aus Curry wird ... Paprika, das gefällt ihm bestimmt auch. Und was ist mit mir? Hast du dir schon einen neuen Namen für mich ausgedacht, wenn das D wegfällt?

Plötzlich kommt *sit* Habiba herein. Ruhe hat sich über den Raum gesenkt. Seit wann? Die Verteilung muß so prompt geendet haben, wie sie gestartet ist. *Sit* Habiba überschüttet uns mit netten Worten, die wir nie von ihr erwartet hätten. Stolz erfüllt uns. Selma umarmt Dudi, dankt ihm damit für seine unerwartete Hilfe. Wer nur eine Seele rettet, rettet die ganze Welt, zitiert *sit* Habiba den Talmud. Weil wir uns wie Helden fühlen, die gerade vierzig Welten verköstigt haben, sind wir einverstanden, noch den Tisch zu säubern, während Dudi sich davonmacht, strahlend vor Menschenfreundlichkeit, und sein drittes, wenn nicht sogar viertes Sandwich mampft.

Er stolpert über ein kleines Mädchen, stößt es um. Dudi kniet sich hin, will ihr hochhelfen, doch sie macht sich mit unverhülltem Widerwillen von ihm los. Er wirft die Hände hoch, gibt vor, sich zu ergeben. Gleichgültig schlurft die Kleine in ihren roten Lackschuhen – eher für Partys geeignet denn für die Schule – zu unserem Tisch. Wie die Kinder vor ihr grüßt sie uns nicht. Mürrisch überblickt sie die Reste, wartet darauf, daß ich meinen Job mache. Ihr Kopf reicht kaum bis zur Tischplatte. Ihr dicker, ungleichmäßig geschnittener Pony hängt ihr wie eine schiefe Krone in die Stirn.

– Tut mir leid, wir haben nur noch Ei, murmele ich, verlegen wegen der *koftas*, die ich in mich hineingestopft habe.

Sie zuckt die Schultern. Ich packe zwei Eiersandwiches und die letzten zwei Lutscher in den Plastikbeutel, reiche ihn ihr, hoffe, daß der zusätzliche Lutscher sie für die eingeschränkte Wahl entschädigt.

Sie nimmt das Päckchen, ohne hineinzuschauen.

– Pepsi oder Fanta, was hättest du lieber?

– Egal ...

– Wenn du morgen früher kommst, ist mehr da, sage ich und reiche ihr eine Fanta.

Sie nickt ungeduldig. Ich fühle mich wie ein redseliger Straßenhändler, der ihre Zeit verschwendet. Vielleicht lasse ich wegen ihrer Schnippigkeit die Flasche ein wenig zu früh los, oder sie entgleitet ihrer Hand, das weiß ich nicht. Die Fanta rollt jedenfalls über den Tisch, spritzt ihren Inhalt über die restlichen Sandwiches und kracht splitternd hinunter. Ich laufe zu der Kleinen, nasses Glas knirscht unter meinen Schuhen.

– Hast du dir was getan?

Sie wackelt mit den Schultern, drückt das Essenspäckchen gegen ihren Oberkörper, wie ich Teddy gedrückt habe, wenn ich Kummer hatte. Ihre roten Schuhe wirken wie Inseln in der schäumenden, orangefarbenen Pfütze. Selma kommt ihr zu Hilfe, hebt die Kleine ins Trockene. Wir überprüfen ihre Füße, ihre Schienbeine, ihre Hände, finden nichts Rotes, nur Fantaflecken auf ihrer weißen Strumpfhose. Das kleine Mädchen ist den Tränen nahe. Schon gut, ist ja nichts passiert, tröste ich sie, vermute jedoch, daß unsere Fürsorglichkeit sie noch mehr durcheinanderbringt. Selma scheint dasselbe zu denken, denn sie läßt die Kleine los und gibt ihr statt dessen ein neues Getränk. Ohne ein Wort greift das kleine Mädchen danach und stapft hinaus.

– Gerade als ich dachte, wir hätten die Plackerei hinter uns! explodiert Selma. Was für eine Schweinerei! Ich mach das nicht sauber, das schwöre ich, und wenn Gott selbst zur Erde hinabsteigt und mich darum bittet.

– Immer mit der Ruhe, Selma, niemand hat gesagt, daß wir das saubermachen müssen. *Sit* Habiba wird den Hausmeister rufen, damit er sich darum kümmert.

– Ich hab die Schnauze voll von *sit* Habiba! Die ist mir für heute genug auf den Geist gegangen. Und was hatte diese tollpatschige Maus hier zu suchen? Hat sie ihr Essen nicht schon gekriegt?

– Nein. Nicht, daß ich wüßte.

– Aber ich hab sie vorhin gesehen. Sie war unter den ersten, direkt nach den drei Musketieren.

Nein, ich kann mich nicht erinnern.

Immer noch nörgelnd, stellt Selma Flaschen in die Kisten, packt die wenigen unbenutzten Servietten in leere Kartons. Ich erkläre mich einverstanden, die Messer zu waschen und den Vorfall dann *sit* Habiba zu melden. Unterwegs zum Waschraum entdecke ich unsere letzte Kundin nahe der Treppe. Ihr Essen liegt im Schoß einer Zweitklässlerin, die sich hingehockt hat, unsere Eiersandwiches ißt und die Fanta trinkt. Die zwei sind zweifellos Schwestern. Selma hatte recht. Das Mädchen war zweimal da, sehr früh und dann sehr spät, hatte wohl damit gerechnet, daß wir wegen der langen Zeit dazwischen nichts merken.

Diese Erkenntnis trifft mich hart. Unsere gerade gefeierte Zufriedenheit schrumpft wieder zusammen. Die vierzig verköstigten Welten werden wieder zu vierzig verarmten Familien, die ihre Not voll Scham verbergen.

Plötzlich schaut die Kleine in meine Richtung. Ich husche in den Waschraum, weil ich sie keinesfalls in eine peinliche Lage versetzen will. Ich habe versprochen, *sit* Habiba vor der nächsten Stunde die Messer zurückzubringen. Seltsam, wie privilegiert mir das Klassenzimmer jetzt vorkommt, mit eingeschränkter Verantwortlichkeit. Während ich die Messer spüle, schaue ich in den Spiegel. Das Verhalten der Kinder – zwischen Gehorsam und Trotz, Spott und Ehrerbietung schwankend – hat mir zu denken gegeben. Sind wir statt diesen Kindern unseren Eltern näher? Die Vorstellung, wie meine Mutter zu sein, entsetzt mich. Nicht jetzt schon. Erst muß ich die Chance haben, ich selbst zu werden. Ich strecke die Zunge raus, ziehe meine Lider nach oben, schneide dämliche Grimassen – verzweifelte Versuche, die Kindheit festzuhalten.

Jemand öffnet die Tür. Schluß mit den Grimassen! Zwischen den rot verschmierten Lippen der Kleinen ragt der Lutscherstiel hervor. Wahrscheinlich ist sie mir gefolgt. Ich mache ihr Platz. Das kleine Mädchen gibt vor, mich nicht zu sehen. Sie weiß, daß ich ihr Geheimnis kenne. Sie muß sich hochrecken, um ihre Hände unter den Wasserhahn halten zu können.

Ich öffne den Wasserhahn für sie.

– Und die Seife? fordert sie, klatscht unter dem Strahl in die Hände, verspritzt Wasser rund um sich herum.

– Die hab ich gegessen!

Sie hält mit ihrer Plantscherei inne, schaut mißtrauisch zu mir hoch. Ich verziehe keine Miene, reibe die Messer mit meinem Taschentuch trocken.

– Lügnerin! schreit sie, haut mir komplizenhaft in den Magen, rennt hinaus.

Kichernd steht sie im Türrahmen, fordert mich heraus, sie zu jagen. Ich schließe den Wasserhahn, seufze müde, wie Mutter es tut, wenn sie überarbeitet ist. Die Schulglocke rettet mich. Meine neue Freundin zieht den Lutscher zwischen den Lippen hervor, winkt mir damit zu und lächelt stolz – wie jemand, der die gesamte Welt gerettet hat.

Kaka J.

Selma winkt mir zu und fährt los. Ich klingle, öffne unser Tor. Mutter läßt mich herein. Im Haus riecht es köstlich nach Gebratenem. Ziemlich ungewöhnlich für eine solche Uhrzeit, weil Mutter unser Essen meist morgens zubereitet. Ich entledige mich meines Mantels, werfe ihn mit Schwung zum Sofa. Plötzlich kommt mir unser Haus ganz fremd vor. Mehr Wand ist zu sehen, unser Wohnzimmer wirkt viel leerer. Kein Fernseher mehr! Unser Plattenspieler ist ebenfalls weg. Offenbar herrscht schon wieder Geldmangel. Mutter hat noch nichts gesagt. Sie liest in meinem Gesicht ganz genau, was nach Schulschluß unterwegs passiert ist. Um uninteressant zu erscheinen, plappere ich schnell los.

– Mama, Familie Shamash hat's geschafft! Sami Nathan, unser neuer Physiklehrer, ebenfalls.

– Die Glücklichen! erwidert sie, ernst, jedoch etwas gleichgültig, ohne Neugier zu zeigen, wie sonst üblich.

Sie schaut mir immer noch ins Gesicht und fährt fort,

– Ich hab auch Neuigkeiten für dich: Currys Hühnchen ist fällig!

Mein Herz hüpft vor Freude, wie es sein sollte, wenn ein lebenslanger Wunsch kurz vor seiner Erfüllung steht.

– Was! Himmel, wann? Warum habt ihr's mir nicht früher gesagt?

– Heute nacht! Wir sind erst heute morgen benachrichtigt worden, kurz nachdem du weg warst!

Mutter wirkt nicht sonderlich glücklich. Ihre gerunzelte Stirn liest sich wie eine Liste schrecklicher, nicht einschätzbarer Gefahren.

– Wir werden kurz nach Mitternacht abgeholt, fährt sie fort. Ich bereite Essen für die Reise vor. Im Norden herrschen Temperaturen unter dem Gefrierpunkt, zieh dich also so warm wie möglich an. Bist du hungrig, oder hast du dich wieder mit *semit* vollgestopft?

– Nein, ich hab nur Erdnüsse gegessen ...

– Im Kühlschrank steht frisch gepreßter Orangensaft. Du solltest ein Bad nehmen, wer weiß, wann wir wieder die Gelegenheit dazu haben werden. Möchtest du Curry das Hühnchen nicht selbst geben? Dein Vater ist oben und packt, schau mal, ob du ihm helfen kannst. Wenn ich du wäre, würde ich versuchen, ein bißchen zu schlafen – wir haben eine lange Nacht vor uns.

Ich renne nach oben, fliehe vor Mutters widersprüchlichen Instruktionen, spüre kaum eine Stufe unter meinen Füßen. Es ist vier Uhr nachmittags. Mitternacht ist erst in über sieben Stunden! Wie soll ich es schaffen, in so einer langen Zeit nicht verrückt zu werden? Vater hockt in seinem Zimmer, stopft Winterkleidung in zwei Koffer. Handtücher, Socken, Schuhe, Seife, Rasierzeug, verschiedene Medikamente liegen rund um ihn verstreut. Plus genügend Rollen Toilettenpapier für zwei weitere Koffer.

– Lina, da bist du ja endlich! Geh und hol deine Sachen, Tochter. Was du für die kommenden Tage brauchst. Und denk dran, nur das Notwendigste, in den Koffern ist kaum noch Platz.

Zum Glück wirkt er heute weder fahl noch fiebrig. Keine tiefen Ringe. Ganz im Gegenteil. Ohne seine natürliche Gelassenheit zu verlieren, scheint Vater viel vitaler zu sein. Ich laufe in mein Zimmer, habe im Nu warme Kleidung für unsere Reise herausgesucht. Während ich meinen Schrank schließe, fällt mir etwas ein: In ein oder zwei Wochen werden Polizisten ihn zur Inspektion wieder öffnen. Später werden sie unser gesamtes Eigentum öffentlich versteigern, so wie sie sämtliche Habe geflohener Juden versteigert haben. Ich öffne meinen Schrank wieder, tue wie ein Polizeioffizier und überprüfe meine persönlichen Sachen – taxiere ihren Marktwert. Meine Sandalen. Meine Kleidung. Nippes. Postmarken. »Mad«-Hefte. Spiele. Weil sie mir nicht mehr gehören, wirken sie verbindungslos, scheinen einverstanden zu sein, getrennte Wege zu gehen. Teddy-Pascha hockt unten im Regal, seine Glasaugen hängen heraus.

Ich greife nach ihm, presse sein Gesicht gegen meinen Hals. Seine Strohfüllung ist mittlerweile weich geworden. Seine verkratzte Segeltuchhaut riecht nach vor langer Zeit vergossenen Tränen, vermischt mit Rotz und Speichel. Sein tiefes Ocker ist matt geworden. Stroh quillt zwischen zerrissenen Schulternähten und seinem Hinterteil hervor – wie wenn er permanent scheißen würde. Ich küsse seine Schnauze, streichle seinen verbliebenen Fuß, gedenke seines verlorenen zweiten Fußes und setze Teddy-Pascha wieder ins Regal.

Sein hagerer Hals gibt nach, sein Kopf sackt resigniert herunter. Er wird zweifellos im Müll landen. Paschas Glasaugen werden menschlich, gleichen plötzlich Vaters, wenn er sich morgens seiner täglichen Nutzlosigkeit stellt. Ich reiße Pascha vom Regal, verlasse mein Zimmer.

– Was ist mit unseren Fotos? frage ich, trete ins Schlafzimmer meiner Eltern, will unsere Vergangenheit nicht so einfach loslassen.

– Schon erledigt, stöhnt Vater, preßt mit seinen Ellbogen Haufen von Kleidungstücken im Koffer zusammen, versucht gleichzeitig, einen zweiten Riemen festzuziehen. All unsere Dokumente und Familienfotos werden uns später nachgeschickt.

– Von wem? Wer hat sie?

– Sie sind in guten Händen. Mehr brauchst du im Moment nicht zu wissen, erwidert er, zerrt zwei Wollpullover wieder heraus.

Ich überlege, ob ich meckern soll. Mit sechzehn kann er mich stärker in Familienentscheidungen einbeziehen, finde ich. Shuli unterbricht meine Überlegungen. Er kommt mit seinen Kleidern herein, grinst hämisch, tätschelt Paschas Ohr.

– Sei gegrüßt, alter Junge! Du begleitest uns? Ich kann's dir nicht verübeln. Wer will schon hier sein, wenn die Polizei das Haus stürmt? Lina, glaubst du wirklich, er schafft es mit einem Bein?

– Sehr komisch!

Vater schaut hoch, mit grimmig gerunzelter Stirn.

– Was hast du denn da noch! Hab ich nicht gesagt, bloß das Notwendigste? Wir können nur diese zwei Koffer mitnehmen. Zwei, nicht mehr, für uns alle vier! Und ich habe immer noch nicht alles hineinbekommen.

– Lina, wenn ein Haus in einen Koffer gestopft wird, heißt das nicht, daß der Koffer zum Puppenhaus wird!

– Sei still, Shuli, ich rede mit Vater. Pascha ist so weich, wir können ihn in eine Lücke stopfen, genau wie Socken. Ich gebe meine Hausschuhe für ihn her, flehe ich.

Vater schüttelt den Kopf.

– Wir können Schmuck in seinem Körper verstecken!

– Geh mir nicht auf die Nerven, Lina! Wir haben keinen Schmuck zum Verstecken, und wenn ich »nein« sage, heißt das »nein«!

Ich werfe meine Sachen vor seine Füße, stürme hinaus, Paschas Hand in meiner. Shuli folgt mir. Ich suche Schutz in meinem Zimmer, verkrieche mich in meinem Federbett, unglücklich, weil ich eine so kindische Szene gemacht habe, jedoch unfähig, mich zusammenzunehmen.

– Wirklich, Lina, dein Hirn sitzt in deinem Hintern.

– Verschwinde! Raus hier ...

– Glaubst du, du wärst die einzige im Haus, die Gefühle hat?

– Erspar mir solche Weisheiten, Klugscheißer.

– Baba verzehrt sich schon den ganzen Tag vor Kummer, weil er das Grab seines Vaters zurücklassen muß. Beim Mittagessen ist er damit herausgeplatzt, er, der sonst nie über seine Gefühle redet. Und statt rücksichtsvoll zu sein, machst du Theater wegen eines Stofftiers, einer Handvoll stinkendem Stroh ...

– Na und? Großvaters Grab ist schließlich nur ein Stein, gebe ich zurück.

Keine Erwiderung. Kein Heimzahlen mit gleicher Münze. Shuli rächt sich nicht. Zum ersten Mal in unserer Geschwisterrivalität ist er mir nicht mit Worten überlegen. Geschieht ihm recht, er könnte es langsam lassen, so gönnerhaft zu tun. Warum sagt er nichts? Sein Schweigen zieht sich vorsätzlich so lange hin. Schweigen ist eine übliche Strategie in unserer Familie, um Einlenken zu erzwingen. Ich verhalte mich still, will ihn mit Schweigen ebenso schlagen wie mit Worten.

– Was ist der verdammte Unterschied zwischen Stroh und Stein ... du hast vielleicht Nerven, murmelt er schließlich und stapft hinaus.

Himmel, warum ist heute jeder so gereizt? Warum freuen sie sich nicht? Seit Jahren fiebern wir unserer Flucht entgegen, und jetzt, wo es keine Hindernisse mehr gibt, errichtet jeder seine eigenen. Mutter ist voller Unsicherheit. Shuli sucht Streit, während Vater, nachdem er seinen Vater sechzehn Jahre lang kaum erwähnt hat, sich plötzlich nicht von Großvaters Grab trennen kann. Ich sollte schlafen, Kraft für unsere Reise sammeln. Wenn ich erwache, werde ich Teddy-Pascha einfach in einen unserer Koffer schmuggeln. Keiner wird es merken, weil Stroh nun wirklich nicht so viel wiegt wie Stein. Ich schlüpfe unter mein Federbett, ohne mich meiner Schuhe zu entledigen. Sollen meine Laken ruhig schmutzig werden, ich liege zum letzten Mal hier. Solche Gedanken wirbeln in meinem Kopf herum, nur kann ich ihren Sinn nicht verstehen. Meine Vorstellungskraft versagt ebenfalls. Was nach Mitternacht passieren wird, läßt sich mit keiner Erfahrung vergleichen. Ich ziehe mein Federbett über meinen Kopf, wie ich früher ein Tuch über Sultans Käfig gebreitet habe, um ihm vorzugaukeln, es sei Nacht, und er hätte ruhig zu sein. Unter meinem Federbett ist Nacht, ruhig ist es jedoch nicht. Ein Insekt oder eine Fliege krabbelt über meinen Unterschenkel. Ich schüttele mein Federbett, wackele mit meinen Füßen. Keine Fliege. Kein Insekt. Nichts. Ich wälze mich herum, versuche mich zu entspannen. Ruft Vater Shuli in sein Zimmer? Ich schiebe mein Federbett weg, spitze meine Ohren. »Nimm das hier, mein Sohn. Ich will nicht alles bei mir tragen. Man weiß ja nie«, sagt Vater. Er gibt Shuli Geld, vermute ich. Meine Füße schwitzen. Schuhe sind lästig. Wie idiotisch von mir, so ein Theater zu machen, wo meine Familie willens ist, ihr Leben zu riskieren. Vater hat sich heute seines Vaters erinnert. Ein Grund für ihn, in seinem Sohn einen Erwachsenen zu sehen, ihm Verantwortung zu übertragen? Shuli seinerseits hat sich heute mit Vater verbündet, statt ihm zu widersprechen. Ich wälze mich endlos herum, finde keine Ruhe. Schließlich trete ich mein Federbett weg, erhebe mich, suche nach Mutter – nur mit ihr habe ich mich heute noch nicht gestritten.

Sie ist unten, verpackt Lebensmittel.

– Mama, was ist mit unseren Fotos?

– Welchen Fotos?

– Unseren Familienfotos.

– Oh! Mach dir keine Sorgen, die sind bei Zeki. Er schickt sie uns nach, sobald wir uns da drüben eingerichtet haben.

Zeki, natürlich, wie logisch. Ich umarme Mutter, freue mich über ihr Vertrauen. Ihr Hals riecht nach Ponds, ihr Haar nach verschiedenen Küchendüften. Plötzlich habe ich Hunger. Ich lasse Mutter los, schaue in Töpfe, picke mir zwei Stückchen Hammelzunge heraus.

– Mmm, köstlich, zergeht ja im Mund! Ein langes Leben für Mamas Hände! sage ich, hebe weitere Topfdeckel.

– Warum setzt du dich nicht und ißt ordentlich, wie ein menschliches Wesen, statt nur von allem zu naschen?

Sie füllt zwei Reisetaschen mit Tee, Zucker, Marmelade, Obst, Konservendosen. Genug für unsere ganze Reise nach Teheran. In meiner Vorstellung ist Teheran eine moderne Metropole, wo sogar Straßen mit exquisiten Perserteppichen gepflastert sind. Was kommt nach Teheran? Mutter zuckt ihre Schultern. Es macht Spaß, nur in eine Richtung zu reisen, mit Unerwartetem zu leben, verkünde ich. Mutter teilt meinen Enthusiasmus nicht. Ja, sie wird sogar ungeduldig, weil ich um sie herumwusele, meine Nase in jeden Topf stecke. Ich lobe ihr Reispilau. Sie reagiert nicht. Ich halte ihr eine halbe geschälte Mandarine hin. Sie weist sie zurück. Ich erzähle von meiner langen Fahrt mit Selma. Mutter ist nicht sonderlich interessiert. Ich schweige, warte, ob sie ihrerseits etwas sagt. Schon nach kurzer Zeit entnervt mich ihr Schweigen.

– Was ist los, Mama?

– Nichts ... warum?

– Furcht vor heute nacht? Weil etwas schiefgehen könnte?

– Nein, nein, bei meinem Leben! Das ist es nicht!

– Was sonst? Erzähl's mir! flehe ich.

– Na ja ... es war ... schmerzlich, sich heute morgen von ihnen zu trennen.

– Trennen! Von wem?

– Von Zeki und Dunia natürlich, was ist denn mit dir los?

– Woher soll ich wissen, was ihr heute morgen gemacht habt? Mir sagt ja keiner was. Ihr verabschiedet euch von euren Freunden, während ich Einfaltspinsel meinen Mund halte und mich genau nach euren Instruktionen richte.

– Red doch keinen Blödsinn, Lina. Zeki und Dunia sind unsere besten Freunde. Wir wollten, daß sie alles mitnehmen, was sie brauchen können, bevor unsere Sachen von der Regierung versteigert werden. Außerdem ist es bei ihnen ... was anderes. Wir sehen sie vielleicht nie wieder. Verstehst du das nicht?

Manchmal glaube ich, zu viel zu verstehen. Manchmal kaum so viel wie unser Kater. Ich mustere Mutter genau, will hinter ihre Gefühle kommen, welche sie, ich schwöre es, irgendwo verbirgt. Wenn Zeitschriftenromanzen nur zur Hälfte wahr sind, müßte ein Zeichen von Liebe, und sei es eine noch so verstohlene Liebe, sie verraten.

Sie poliert Gabeln, Messer, Löffel, legt jeweils fünf zur Seite.

– Habt ihr geweint oder so? teste ich sie, schaue, ob sie schluckt, ob sie ihre Stirn runzelt, ob ihre Finger fahrig, ihre Knie wackelig werden ...

Sie lächelt ironisch, ganz untypisch für sie.

– Na ja, Dunia standen Tränen in den Augen, aber ich wette, das lag an ihrem ... Zustand. Egal, so kultiviert, wie sie ist, kannst du dir denken, daß sie es nicht übertrieben hat.

– Stimmt, sie ist sehr *ladylike*, sage ich, schäle eine weitere Mandarine, überlege, wie ich Zeki zum Thema machen kann.

– Nur zu deiner Information, sie ist schwanger!

Mutter hat weder gezischt noch gebrüllt, nur ihre Stimme schwankte. Ganz eindeutig. Ein wenig Wut war ebenfalls unverkennbar; so schüchtert sie jeden Straßenhändler ein, wenn sie meint, er manipuliere seine Gewichte.

– Wie schön für sie! Hoffentlich wird es ein Sohn, wie sie es sich schon so lange wünschen, sage ich, treffe sie ins Herz.

Mutter wendet sich zur Spüle, verbirgt ihr Gesicht. Emsig spült sie unsere Teller.

– Wozu, Mama? Wozu Ordnung schaffen?

Sie macht schweigend weiter, spült jeden Teller gründlich. Hinterher öffnet sie unseren Kühlschrank, holt Hühnerfleisch für meinen Kater heraus.

– Daß wir das Baby nie sehen werden, bringt mich um ... stößt sie schließlich hervor und eilt, stolpernd über ihre Lüge, hinaus.

Ich folge ihr nach oben, will endlich wissen, ob meine Vermutung wahr ist. Jetzt oder nie. Morgen wird es für mich keine Rolle mehr spielen. Morgen wird Mutters Leidenschaft oder Freundschaft oder Liebe oder Eifersucht Teil ihrer Vergangenheit sein, wie Großvater zur noch ferneren Vergangenheit gehören wird. Mutter hat sich im Klo eingeschlossen. Ich lausche, erwarte Schluchzen oder Schniefen, höre jedoch nur Wasser im Spülkasten rauschen. Ich hocke mich vors Schlüsselloch. Sie hat sich hingesetzt – klein, fahl im Gesicht, wie eine Porzellanfigur, greift nach einer Frauenbinde im Regal.

Ich stürme in mein Zimmer, packe Teddy-Pascha, schleudere ihn in Richtung Papierkorb. Zur Hölle mit Stroh, mit Stein, mit unserer gesamten Vergangenheit. Ich esse meine Mandarine zu Ende, spukke Pascha Kerne zu, ohne meine Fehltreffer vom Fußboden einzusammeln.

Sie klingeln zweimal, kurz nach Mitternacht. Vater führt unsere Gäste herein. Shuli kommt mit einem Paraffinofen gelaufen. Vater setzt sich nicht, verbirgt nicht mal seine Verblüffung. Keine Sorge, wird ihm versichert. Man habe nur in letzter Minute Instruktionen gegeben, hier vom Schmuggler geholt zu werden. Eine Vorsichtsmaßnahme – wie Vater sicherlich verstehen wird –, weil sein kurdischer Wagen kürzlich schon zweimal vor ihrem Haus gestanden habe.

Vater versteht.

– Sie hätten uns wenigstens Bescheid sagen können, grummelt

Mutter, gießt in unserer Küche Tee ein. Der Kühlschrank ist leer. Ich kann ihnen weder Kuchen noch Kekse anbieten.

Sie reicht mir ein Teetablett, erinnert mich, welche Reihenfolge ich einhalten soll. Wedads Mutter, Wedads Vater, Wedad selbst. Mutter folgt mir mit Tellern voller Pistazien, Erdnüssen, Kürbiskernen, Haselnüssen. Unsere Gäste protestieren vehement. Mutter versetze sie in eine peinliche Lage. Sie hätten ihr keine Mühe machen wollen. Mutter widerspricht mit ebensolcher Vehemenz. Es sei uns ein Vergnügen, eine Ehre, sie in unserem Haus willkommen zu heißen. Sie hoffe nur, man möge unsere kärgliche Gastfreundschaft verzeihen.

Nachdem genug Höflichkeiten gewechselt worden sind, stöhnt Wedads Mutter,

– Verflucht sei dieses Rheuma! Es wird nicht aufhören, bis es mich in Stücke gerissen hat. Kein Tag vergeht, an dem ich nicht an meine Schmerzen erinnert werde. Doch, *alhamdellah*, Gott ist barmherzig. Er bedrängt uns nicht von allen Seiten. Schauen Sie nur, wie das mit Ihnen geklappt hat, trotz der späten Benachrichtigung! Bei meinem Leben, es war leichter, einen Schmuggler zu finden, als eine anständige Familie, der ich meine Tochter anvertrauen kann.

Vater murmelt, wie sehr ihn ihre Worte erfreuen. Wedads Mutter redet weiter, erzählt von ihren Gebrechen, ihren Kindern, ihrem Leben, erläutert uns ihre Weltsicht. Nein, weder sie noch ihr Mann wollen emigrieren. Sie seien zu schwach für ein solches Unternehmen, zu erschöpft für einen Neuanfang und möchten ihre letzten Jahre lieber in ihrer Heimat verbringen. Weil kein Regime im Irak lange überlebt, wird unsere jetzige Regierung ebenfalls gestürzt werden, früher oder später. Früh genug für sie, es noch zu erleben, hofft Wedads Mutter. Wedad jedoch, jüngstes ihrer sechs Kinder, muß gehen! Sie muß ihr *nesib*, ihr Schicksal, woanders finden. Egal, wie sehr es ihre Herzen zerreißt, sie halten sie nicht fest, Gott sei ihr Zeuge.

– Möge Gott Ihnen helfen, nichts ist kostbarer als die eigenen Kinder, wirft Mutter ein. Blut wird niemals zu Wasser.

Vater klopft unruhig gegen seinen Oberschenkel, wie wenn er Sekunden zählen würde. Ihm gefällt eine solche fast intime Unterhaltung mit ihm unbekannten Leuten nicht. Zudem hat sich unser Schmuggler verspätet. Nur eine halbe Stunde, Pünktlichkeit ist für Vater jedoch ein Zeichen für Verläßlichkeit. Mutter schickt mich, neuen Tee zu holen. Mittlerweile hat ihre Unterhaltung vom elterlichen Martyrium zum kurdischen Schicksal gewechselt.

– Das sind tapfere, stolze Menschen, sagt Wedads Mutter. Ich bete jedesmal für sie, wenn ich für die Juden bete, weil sie, genau wie wir, überall unterdrückt werden. Nur schlagen sie zurück, im Gegensatz zu uns, die wir den Schwanz einziehen wie Mäuse.

Mutter gelingt es, ihr Gähnen zu unterdrücken. Wedads Vater entzündet seine Pfeife. Wedads Mutter hebt ihren Zeigefinger.

– Und das Geld spielt dabei für sie nicht die Hauptrolle. Auch sie bringen uns Juden Sympathie entgegen. Nicht nur wegen unserer gemeinsamen Unterdrücker, sondern weil wir ihnen ein Beispiel gegeben haben: den Staat Israel.

Wedad zieht zum soundsovielten Mal ihre Uhr heraus. Ihr schulterlanges krauses Haar verbirgt ihr Gesicht teilweise. Ihre glanzlosen grauen Pupillen verraten weder ihre Gedanken noch ihre Gefühle. Zwei scharfe Falten haben sich neben ihrem Mund eingegraben, ihre Lippen sind zusammengepreßt, öffnen sich weder zum Reden noch zu einem Lächeln. Nicht mal für ihren still seine Pfeife rauchenden Vater, obwohl er ihr ständig ins Gesicht schaut. Wenn es nach ihm ginge, könnten wir noch stundenlang warten.

Zwanzig Minuten später klingelt es. Unsere Vorbereitungen werden sofort Realität. Shuli eilt zum Tor, Mutter zur Küche. Wedads Mutter umklammert ihres Mannes Hand. Shuli kehrt mit einem nicht mehr jungen Mann zurück, welcher ihn um eine Handbreit überragt. Seine stämmige Figur, sein würdevoller Gang, sein turbanumwickelter Kopf, sein voller, sauber geschnittener Schnurrbart passen zu meiner Phantasievorstellung furchtloser *Pesch Mergah*, kurdischer

Guerillakämpfer. Vater erhebt sich, heißt ihn willkommen. Wedads Mutter stellt *kaka* J. vor – *kaka* heißt in kurdischer Sprache Herr. Unser Neuankömmling schüttelt reihum Hände. Nachdem er seinen Tee getrunken hat, führt Vater ihn, zusammen mit Wedads Mutter, ins Wohnzimmer.

Wedads Vater ruckt hoch, plötzlich gesprächig.

– Er wollte uns 300 Dinar pro Kopf abknöpfen, aber meine Frau hat ihn auf 215 runtergehandelt und ist entschlossen, ihm heute nacht nur die Hälfte davon zu geben. Sie wird sich durchsetzen, warten Sie's nur ab! Den Rest bekommt er erst, wenn er aus dem Norden mit einer kodierten Nachricht von Wedad zurückkommt und wir wissen, daß Sie alle sicher über die Grenze sind.

Sein weißes Haar und sein schwarzer Schnurrbart lassen ihn wie einen sanften, gealterten Mann wirken. Er lächelt. Wedad verharrt in ihrer Schweigsamkeit. Ich gebe höflich vor, nichts zu merken, überlege, ob es zu jenen in letzter Zeit verbreiteten Gerüchten paßt: Wedads Eltern hätten sich vehement gegen ihre Emigration gewehrt. Wedad hätte sich monatelang geweigert, mit ihnen zu sprechen, und nur ihr Hungerstreik hätte ihren Vater schließlich gezwungen, ihrem Weggang zuzustimmen.

Sie einigen sich erstaunlich schnell. Wedads Mutter zwinkert ihrem Mann zu, reibt ihre linke Hüfte und setzt sich wieder. Wedad erhebt sich rasch, schiebt unseren Ofen näher zu ihrer Mutter. Vater wirkt entspannt. *Kaka* J. muß sein Vertrauen gewonnen haben. Ohne Zeit zu verlieren, greift unser Mann nach unseren zwei Koffern. Wedads Eltern erkennen sein Signal. Widerstrebend erheben sie sich, umarmen ihre Tochter fest, scheinen zu einer einzigen Einheit zu verschmelzen. Wedads steinerne Fassade zerbricht. Sie schluchzt, jammert, küßt Hände und Wangen ihrer Eltern, fleht um Vergebung. Mutter winkt uns raus, möchte Wedads Familie letzte Momente privaten Zusammenseins ermöglichen.

Vom Fenster meines Zimmers sehe ich, wie Wedads Eltern unser Haus verlassen, ihre Köpfe gesenkt wie zwei Waisenkinder. *Kaka* J.

lädt unsere Wolldecken in seinen Wagen. Er hält inne, wechselt ein paar Worte mit Wedads Eltern, verabschiedet sich schulterklopfend vom Vater.

Wedads Mutter startet ihren Wagen. Ich gehe ins Wohnzimmer zurück.

Shuli ist rausgegangen, will sich vergewissern, daß kein Nachtwächter vorbeikommt, kein Nachbar spät Gäste verabschiedet. Wir löschen unsere Lampen, nur eine im Wohnzimmer leuchtet noch, soll zeigen, wir sind noch hier. Unser Radio läuft ebenfalls weiter, mit entsprechender Lautstärke – laut genug, um Vorübergehende zu täuschen, jedoch leise genug, um undeutlich zu klingen.

– Zum Glück ist morgen Samstag, da hupt der Schulbus nicht wer weiß wie lange nach Lina, sagt Mutter.

Wenn morgen Samstag ist ...

– Samstag ist Mülltag! Morgen früh werden sie klingeln, um unseren Müll zu holen. Soll ich ihn rausstellen, Vater?

– Auf keinen Fall! Der leere Eimer rollt sonst den ganzen Tag vor unserem Tor rum und erregt viel mehr Aufmerksamkeit, als wenn er an einem Samstag mal nicht dasteht.

Shuli kommt keuchend zurück.

– Die ganze Straße liegt im Tiefschlaf. Kommt, auf geht's!

Wir schlüpfen in unsere Mäntel, gehen mit unseren Reisetaschen leise hinaus. Mein Kater hockt neben unserem Tor, ganz ins nächtliche Straßenleben vertieft. Fünf Häuser weiter schläft Lawy junior in friedlicher Unwissenheit. Wir laden unser restliches Gepäck ein. Zu meiner Überraschung stehen keine Koffer neben unseren. Was ist mit Wedads Gepäck, frage ich mich, sage jedoch nichts, weil ich keine weiteren Tränen heraufbeschwören will. *Kaka* J.s lebt in Suleimaniyah, wie ich seinem Nummernschild entnehme. Wir setzen uns in seinen Wagen, Männer vorne, Frauen hinten. Nur mein zufriedener Kater sieht uns wegfahren, sonst scheint niemand mitzubekommen, wie unsere gelben Scheinwerfer nächtliche Schwärze zerteilen.

– Mama wird in ein paar Minuten zu Ihrem Haus zurückfahren und Wasser auf die Schwelle gießen, sagt Wedad.

Kein Witz, kein ironisches Wort. Nicht mal Shuli hat etwas gegen ein so uraltes Ritual einzuwenden. Soll Wedads Mutter ruhig sämtliche Spuren unserer Reifen verwischen, uns gegen jegliches Übel schützen. Wer so viel Glück nötig hat, könnte schließlich noch einem Geisterglauben verfallen. Während Wedad zum Fenster hinausschaut, offenbar hofft, noch ein letztes Mal etwas vom gelben Opel ihrer Mutter zu sehen, wünsche ich mir plötzlich, mich von jemandem verabschieden zu können. Von irgend jemand, egal wem, einem Schulkameraden vielleicht oder einem jüdischen Nachbarn, welcher uns zufällig wegfahren sieht und uns zuwinkt. Erst später, wenn er von unserer Flucht erfährt, wird es ihm klar – während er uns nur zugewinkt hat, hieß unser Winken Lebewohl. Nirgends sind Fußgänger zu sehen. Nicht mal irgendwelche Privatwagen, nur ein oder zwei Taxis. Unsere Hauptstadt hat keine nächtlichen Geschichten mehr zu erzählen. Ich fühle mich leer, verspüre weder Freude noch Trauer, jetzt, wo wir nur noch vorwärts und nicht zurück schauen können. Zu furchtsam, um jetzt schon »Lebewohl« zu sagen, flüstere ich »gute Nacht«, kann mir nicht vorstellen, in welche lange Nacht meine Heimatstadt versinkt.

Nach und nach verliert unsere Stadt ihre Vertrautheit. Selbst Mutter erkennt viele Stadtteile nördlich von Waziriyah nicht wieder. Kurz hinterm Stadtrand kommen wir zum ersten Militärposten. *Kaka* J. hält, zeigt seinen Führerschein. Während ein Wachposten *kaka* J.s Papiere überprüft, kommen von hinten mehrere Militärlaster heran. *Kaka* J.s Papiere noch in seiner Hand, marschiert unser Wachposten zu ihnen hinüber und winkt sie ohne ein Wort weiter.

– Sie bringen ihre Toten weg. Bei Tageslicht wagen sie das nicht, schnaubt *kaka* J.

Unser Wachposten stürmt jetzt laut fluchend zum Unterstand. Ein Soldat ohne Schuhe kommt eilig rausgelaufen. Sofort werden ihm *kaka* J.s Papiere um seine Ohren gehauen. Er zuckt vor unseren Scheinwerfern zurück, überprüft pro forma *kaka* J.s Papiere. Schläfrig gibt er sie unserem Kurden zurück, hebt einen Schlagbaum, winkt uns weiter.

Kaka J. fährt pfeifend los – vielleicht eine kurdische Melodie.

– Nur in Kurdistan gibt es echte Landschaften, grummelt er wenig später. Hier ist ja nichts als leere Wüste.

Und ein gelegentliches Heulen von Schakalen; mir fällt ein, wie Vater uns zu nächtlichen Fahrten hier im Ödland mitgenommen hat, um seinen neuen Ford zu testen. Ich lag gerne hinten, halb furchtsam, halb verzaubert vom Heulen einzelner Schakale. Jetzt treffen wir uns unter neuen Voraussetzungen – heulende Schakale, stumme Flüchtlinge, tote Soldaten –, wandern in nächtlicher Einsamkeit. Zögernd lehne ich mich gegen Mutters Schulter. Keine Zurückweisung. Ich hoffe, sie hat mir meine Niederträchtigkeit von vorhin vergeben. Sie wirkt ebenfalls weniger nervös, fühlt sich offenbar sicherer, je weiter wir uns von unserem Zuhause entfernen.

Grauer Volkswagen

Rufe vom Muezzin zum Sonnenaufgangsgebet wecken mich. Sie sind nicht nur identisch mit Muezzinrufen in unserer Hauptstadt, seine Stimme klingt gleichfalls vertraut! Tief, melodiös, meditativ, voller Leidenschaft. *Kaka* J. parkt seinen Wagen in irgendeiner Seitenstraße. Guten Morgen, Suleimaniyah, gähne ich, strecke mich, fühle mich in *kaka* J.s kurdischer Provinz schon viel sicherer. Keiner rührt sich; offenbar ist Sicherheit hier im Wagen kein vorrangiges Gefühl. Wedads Lider sind über Nacht geschwollen. Mutters verzerrtes Lächeln sagt mir, nur ich hatte Nerven genug, unterwegs zu schlafen.

Ich springe hinaus, möchte im Sonnenaufgang spazierengehen und mich umsehen. Kalter Wind schlägt mir ins Gesicht. Ich knöpfe meinen Mantel zu, gehe schnurstracks los. Ruft Vater mich? Ich stelle mich taub. Wieder Rufe. Ich schaue zurück. Vater winkt mir, und ich gehorche. Wolldecken werden in meine Hand gedrückt, *kaka* J.s Haus wird mir gezeigt. Sobald wir im Hof stehen, teilt Vater uns mit, welche Instruktionen unser Schmuggler ihm gegeben hat: Keiner geht hinaus, *kaka* J.s Nachbarn sollen uns nicht sehen. Nachbarn? Ich hatte gedacht, sie wären Kurden, würden vorbehaltlos zu uns halten! Offenbar habe ich mich zu früh gefreut. Spaziergänge kommen nicht in Frage. Vater sieht meine Frustration und mildert seinen Ton.

– Nur noch zwei Tage, dann müssen wir uns nie mehr verstecken.

Kaka J. führt uns zum Raum links vom Treppenhaus, geräumig, unmöbliert. Gemütliche Wärme vom Ölofen mitten im Zimmer heißt uns willkommen. Fliesen sind unter indigofarbenen Kelimteppichen verborgen, und im Raum verstreut liegen Matratzen, Matten und Kissen in verschiedenen Farbtönen. Wir schleppen unser Gepäck hinein. Wedad inspiziert sechs zusammengerollte Perserteppiche neben vier Truhen vorm Fenster. Sie streicht über ihre Teppiche, will sehen, ob sie feucht geworden sind, pult Schlamm von Fransen, überprüft Schlösser und Truhendeckel. Vater und Mutter schauen ihr gereizt zu.

– *Kaka* J. hat meine Sachen abgeholt, als er das letzte Mal bei uns war, verkündet Wedad, was nun wirklich keinen interessiert.

Man serviert uns heißen Tee, Orangenschalen werden überm Ofen verstreut. Unsere Gastgeberin verläßt uns wieder, nachdem sie unser Gepäck so verstohlen wie gründlich kontrolliert hat.

– Heute nacht überqueren wir die Grenze. Ruht euch aus, so gut ihr könnt, euch steht eine lange Nacht bevor, teilt uns unser Schmuggler im Hinausgehen mit.

Mutter legt Zeitungspapier über Teppiche, verteilt Käse, Oliven, gebratenes Gemüse, Salat, Honig und Marmelade. Wedad überrascht uns mit *keymar*, Milchfett.

– Der Tisch ist gedeckt! sagt Mutter mit untypischer Fröhlichkeit.

Vater ist solches Sitzen nicht gewöhnt, probiert verschiedene Stellungen – im Schneidersitz, im Hocken – und stopft überall Kissen hin. Schließlich hievt Vater sich hoch, lehnt sich hockend gegen Mauerwerk, klemmt seinen Teller zwischen seine Knie.

– Ich bin einfach nicht für den Zirkus geschaffen, witzelt Vater.

Festlich ist unser Mahl jedoch ganz und gar nicht. Mutters Kiefer mahlen schmerzhaft langsam, man könnte meinen, ihr seien gerade sämtliche Weisheitszähne gezogen worden. Shuli ist todmüde, wie nach nächtelangem Laufen. Wedad kommen Tränen, versiegen jedoch gleich wieder. Vater hat sich unser Transistorradio vorgeknöpft, sucht nach Londoner Nachrichten. Hört Vater überhaupt zu? Ich glaube nicht. Ist wohl nur froh, jemanden reden zu hören, ohne reagieren zu müssen.

Nur ich scheine hier guter Laune zu sein.

Kurz vor Sendernennung stellt Vater leiser, registriert seine Geste und überlegt laut, ob wir über solche Gewohnheiten wohl je hinauswachsen und in Zukunft unbeschwert Radio hören können.

Niemand hat Lust, sich Gedanken über Vaters zukünftige Gewohnheiten zu machen.

Während Fußballresultate verlesen werden, verkündet Wedad,

– Jetzt, wo wir Bagdad verlassen haben, brauchen wir uns nicht mehr zu fürchten. *Kaka* J. hat sehr gute Beziehungen zur Grenzpolizei. Das Geld, das wir ihm gezahlt haben, wird unter den Zöllnern am Grenzübergang verteilt. Ihr werdet schon sehen. Der Mann wurde uns von ... verläßlichen Quellen sehr empfohlen.

– Und wer sind diese verläßlichen Quellen, wenn ich fragen darf? will Mutter wissen.

– Nein, dürfen Sie nicht! gibt Wedad unwirsch zurück. Solche Quellen müssen geheim bleiben. Das ist für alle Beteiligten sicherer.

– Oh, ich bitte um Verzeihung! schnaubt Mutter mit stechender Ironie.

Ihr Gesicht zeigt, wie gekränkt sie ist. Welches Recht hat Wedad, um so viele Jahre jünger, ihr übertriebene Neugier vorzuwerfen? Was für Manieren! Kein Wunder, wenn sie keinen Mann findet, trotz ihrer protzigen Teppiche. Statt Sicherheit zu verlangen, sollte sie vielleicht mal versuchen, rechtschaffen zu sein. Statt so wichtig zu tun, sollte uns Wedad lieber verraten, warum sie im Luxus reist und ihre ganze Habe mitschleift, während wir so gut wie nackt reisen müssen. Haben wir nicht genausoviel Geld gezahlt wie sie? Oder hat ihre teure Mama gedacht, wir verfügten nur über zwei mickrige Koffer?

– Und an wen können wir diese geheimen Quellen weitergeben – jetzt, wo wir hier sind? knurrt Mutter.

Wedad sagt nichts. Mutter räumt zusammen, macht klar: Unser Mahl ist vorüber. Wedad gießt ihr Teeglas noch mal voll, zieht sich zu ihrem Gepäck zurück – hält sich von Mutter fern. Trotzdem scheint Mutter nichts zu passen, was Wedad macht, jede Kleinigkeit nervt sie noch mehr. Wedads klirrender Löffel, während sie Tee umrührt. Ihr Stöbern in ihren Modezeitschriften. Ihr gelegentliches Trinken. Wütend stapelt Mutter schmutzige Teller, verschließt Weckgläser, faltet Zeitungspapier zusammen. Wedad liest weiter, läßt sich nicht stören. Weil Mutter unfähig ist, mit Wedads Gelassenheit fertig zu werden, kriege ich ihren Zorn zu spüren.

– Steh auf, Lina, und spül das Geschirr. Sitz hier nicht einfach rum und warte darauf, bedient zu werden wie eine *khatoun!*

Ihr Zorn trifft mich völlig unvorbereitet, und ich schaue hilfesuchend zu Vater. Vater wirkt müde, will seine Ruhe haben. Shuli nimmt Mutters Teller, reicht sie mir, gibt mir zu verstehen, ihn gleichfalls in Frieden zu lassen. Sei nicht so unfair, hätte ich früher gebrüllt, nur überkommt mich jetzt selbst plötzliche Müdigkeit. Ich schnappe mir unsere Teller und stapfe wütend hinaus.

Kaka J.s Hof ist kaum wiederzuerkennen, überall hängt Wäsche. Ich stolpere zwischen nassen Handtüchern, Hemden und Hosen hindurch, suche Wasser und Spülbecken. Männerunterwäsche schwingt unbekümmert neben Frauenwäsche im Wind, Säume überlappen sich; Trennungen, im öffentlichen Leben sonst üblich, werden hier schlichtweg überwunden.

Mitten im Hof finde ich schließlich Wasserhahn und Spülbekken, in gelbem Stein gemauert wie vieles hier. Ich stelle meine Teller hinein, lasse Wasser laufen. Gleich kommt unsere stämmige Frau von vorhin, die Hände voller Holzwäscheklammern. Sie grüßt mich mit überschwenglicher Freundlichkeit.

– Habt ihr euer Frühstück genossen? Wollt ihr nicht rauskommen und euch ein wenig umschauen? Ja, gewiß, ihr müßt euch ausruhen, aber doch nicht den ganzen Tag! Was soll das heißen, du weißt es nicht? Wo kommt ihr her? *Allahu akbar*, Bagdad ist heiß und staubig und voll von Dieben und Bettlern. Nein, ich bin nie dort gewesen. Gehst du nicht zur Schule, Mädchen? Sind Rissmas-Ferien?

Ich plätschere im Wasser, mache höfliche Konversation und hoffe, sie faßt sich kurz.

– Sag mal, fährt sie fort, welche ist deine Mutter und welche ist deine Schwester? Aber warum hat *kaka* J. euch alle in einem Zimmer untergebracht? Das ist doch unbequem. Das Haus ist groß, wir können noch ein zweites Zimmer für euch herrichten. Wie lange bleibt ihr bei uns? Braucht ihr keine Laken, Decken, wir haben genug. Komm mit mir ...

– Sehr freundlich von Ihnen, nein, nicht nötig. Ich ... ich glaube, wir werden hier nicht übernachten ... Ich stocke. Sofort tut mir mein Schnitzer leid, und ich frage mich plötzlich, in welchem Verwandtschaftsverhältnis sie zu *kaka* J. steht.

– Ihr bleibt nicht hier? Wohin wollt ihr denn, mein Mädchen?

Ich habe zu viel geredet, merke ich, muß sofort verschwinden. Ihr sagen, ich hätte schmutzige Teegläser vergessen, müsse zur Toilette, hätte Magenkrämpfe. Unsere Stämmige wiederholt ihre Frage: Sag mir, was ihr vorhabt, Mädchen! Weiße Laken werden hochgehoben, *kaka* J. funkelt unwillig mit gerunzelter Stirn. Kurdische Worte überschütten sie, klingen scharf und tadelnd. Unsere Stämmige huscht schnell vom Hof. Wie stattlich *kaka* J. in seinem traditionellen kurdischen *scherwal* wirkt, mit schwarzer Schärpe um seine Taille. *Kaka* J. greift nach seiner Rafidain-Packung, schaut von seinen hundertachtzig Zentimetern Höhe zu mir herab, sanft oder nur, weil unser Schmuggler mich für sich haben will – sein gut gehütetes Geheimnis. Seine Pupillen glühen vor Vitalität, sind überhaupt nicht gerötet oder schläfrig. Plötzlich verwirrt mich unsere körperliche Nähe zwischen weißen, feuchten Laken. Ich plätschere wieder im Wasser, spritze seine Hose voll, unsicher, ob *kaka* J. gehen oder hierbleiben soll. Ich weiß nur: *kaka* J. soll mein Gesicht nicht zu schnell vergessen. Seine nassen Schuhe, kaum zwei Zentimeter neben mir, rühren sich nicht vom Fleck. Ich spüle unsere Teller, verspritze noch mehr Wasser.

– Du solltest dich ausruhen! knurrt *kaka* J. schließlich, verschwindet zwischen weißen Laken, wie Schauspieler hinter Vorhängen verschwinden.

Zweimaliges Quietschen vom Tor. Ich trage unsere Teller zurück, will unbedingt Vater sagen, was mir soeben klar geworden ist: *kaka* J. hält uns vor seiner Familie geheim.

Seinen Mantel fest zugeknöpft, stöbert Vater in gestrigen Zeitungen, legt seinen Zeigefinger vor seinen Mund, verlangt Stille. Vom

Radio kommt kein Ton mehr. Orangenschalengeruch hängt im Raum. Mutter, Shuli und Wedad liegen friedlich unter ihren Wolldecken, ihre Gesichter zur Wand gekehrt.

Kaka J. kommt spätnachmittags, zusammen mit Faris, seinem Neffen, so wird Faris uns zumindest vorgestellt. Kaum über zwanzig, sein glänzendes Haar mit Mittelscheitel, wirkt Faris in seiner Wolljacke wie irgendein Student. Zeit loszugehen, sagt *kaka* J. Wir verpacken unsere Lebensmittel, falten Wolldecken zusammen, schlüpfen in unsere Mäntel. *Kaka* J. reicht uns Taschenlampen.

– Falls ihr gefragt werdet, eure Namen lauten ab jetzt: Hamdi und Omar. Sie können Ihren Namen behalten, Wedad, der klingt arabisch genug. Sie heißen Zehra und Ihre Tochter Asmahan.

Sie gehörte um 1940 zum Kreis namhafter Sängerinnen im Nahen Osten, verunglückte kurze Zeit später mit ihrem Wagen. Gerüchten zufolge soll sie im Zweiten Weltkrieg für Frankreich spioniert haben, worauf sie von örtlichen Nazibanden liquidiert wurde.

– Ich wette, der Name gefällt dir, neckt mich Shuli. Welche ist dir lieber, der Star oder die Spionin?

Kaka J. hebt zwei von Wedads Truhen hoch, führt uns zum Praktischen zurück. Faris hilft ihm. Rühr keinen Finger, flüstert Mutter Shuli zu, meint Wedads schwere Perserteppiche. Ich wärme mir zum letzten Mal meine Hände überm Ofen und hieve unseren Stoß Wolldecken hoch. Stolpernd folge ich *kaka* J. und seinem Neffen hinaus in ihren fast finsteren Hof und zum vorm Tor geparkten Landrover. Während *kaka* J. unser Gepäck verlädt, fährt was Graues vorbei und wird langsamer. *Kaka* J. schiebt mich hinters Tor, sämtliche Lichter werden sofort gelöscht. Kurdische Worte werden geflüstert, *kaka* J.s Stimme zittert.

– Lina, wo bist du? Ich kann überhaupt nichts sehen in dieser Dunkelheit! schimpft Mutter. Paß doch auf, Shuli, du bist mir gerade auf die Hacken getreten. Was ist denn los, um Himmels willen?

Sie kommen zum Tor, und ich sage ihnen, was passiert ist.

– Ein grauer Volkswagen? Hier, im Norden? Wehe uns!

– Aber das muß nichts bedeuten.

– Die können im Norden genauso zuschlagen wie in Bagdad ...

– Beeilt euch! unterbricht *kaka* J. Abu Shuli, Sie und Ihr Sohn fahren mit Faris. Ich folge mit den anderen im Landrover.

– Kommt nicht in Frage! Wir trennen uns nicht, gibt Vater mit fester Stimme zurück.

– Es ist sicherer ... tun Sie, was ich sage, bitte, wir haben keine Zeit, darüber zu diskutieren. Wedad?

– Ich sagte, wir trennen uns nicht, wiederholt Vater, nun schon lauter.

Wedad macht keinen Mucks.

– Hören Sie, ich kann jetzt nicht alles erklären. Glauben Sie mir, ich weiß, was ich tue.

– Das hoffe ich, *kaka*, unser Leben hängt davon ab! Trotzdem, ich bin für dieses Mädchen verantwortlich, und ich schicke weder sie noch meinen Sohn mit einem Jungen irgendwo hin, und schon gar nicht mit einem, den ich nicht kenne.

– Aber das ist Faris, mein Neffe, mein eigen Fleisch und Blut! Verdammt, wir haben keine Zeit zum Streiten. *Yallah*, steigt in den Landrover, alle! Wedad, Sie sitzen neben mir. Faris, hör zu ...

Wedad sitzt rechts vom Fahrersitz. Wir vier zwängen uns hinten hinein. Hastig wird unser Gepäck in *kaka* J.s Fahrzeug umgeladen. Wedad sieht sorgenvoll zu. Sie schaut fragend zu Vater, welcher sich jedoch mehr um unsere Weiterfahrt sorgt. Unser Schmuggler springt in seinen Landrover.

– Zieht eure Abajas an, Frauen, nicht weit von hier ist ein Kontrollpunkt. Ich werde sagen, Sie seien meine Frau, Wedad. Hoffentlich wollen die keine Papiere sehen!

Hoffentlich? Und wenn sie nun unsere Papiere sehen wollen? Was sollen falsche Namen, wenn Omar, Zehra, Hamdi oder 'smahan Papiere vorlegen müssen? Im Gegensatz zur ruhigen Fahrt gestern, rumpelt *kaka* J. jetzt kreuz und quer über gewundene, unbeleuchtete Straßen in Suleimaniyah. Graue Volkswagen scheinen ihn furchtbar zu verängstigen. Vielleicht sind graue Käfer ja tatsächlich Standardfahrzeuge für unsere Sicherheitspolizei. Plötzlich schreit Wedad. Ich werde nach vorne geschleudert, pralle gegen ihren Sitz. Hätte *kaka* J. nicht sofort gebremst, wären wir in streunende Hunde hineingerast. Wütend springen sie hoch, unser Schmuggler rast weiter, unbeeindruckt von ihrem heiseren, uns verfolgenden Gebell.

Kurz vorm Ortsrand von Suleimaniyah warnt *kaka* J.

– Vergeßt eure falschen Namen nicht. Wenn ihr gefragt werdet, seid ihr meine Gäste aus Bagdad, und wir wollen Verwandte in Halabja besuchen.

– *What a sophisticated cover story. I thought he had made arrangements with the guards at these checkpoints,* murmelt Vater in seiner Lieblingssprache.

Wedad wirbelt herum, schaut lange und flehend zu Vater.

Wir werden vom Wachtposten gestoppt. *Kaka* J. öffnet sein Fenster. Unser Schmuggler wird vom Soldaten in kurdischer Sprache verhört. *Kaka* J. macht Licht, und wir werden vom Soldaten inspiziert. Nach weiteren Instruktionen springt *kaka* J. heraus und öffnet seinen Kofferraum, wo nur unser Handgepäck liegt.

Wir werden weitergewinkt. Wedad sitzt kerzengerade, stolz über ihren fiktiven Mann.

– Offenbar war der Käfer doch nicht hinter uns her, meint Shuli.

– Was ist mit unseren Sachen? will Wedad wissen.

– Die hat Faris. Wir treffen ihn in Penjwin. War doch die richtige Entscheidung, getrennt zu fahren, gibt *kaka* J. zurück, möchte wohl Zustimmung hören.

– Ist das Faris hinter uns? fragt Shuli und meint zwei grelle Scheinwerfer.

Kaka J. schaut zum Rückspiegel.

– Nein! Mein Auto hat gelbe Scheinwerfer. Die hier sind weiß.

– Haben Volkswagen weiße Scheinwerfer?

Meine Frage wird ignoriert, so wie man taktlose Witze überhört. *Kaka* J. fährt schneller in Richtung Gebirge. Zwei weiße Lichter folgen uns unverändert, kommen weder näher, noch fallen sie zurück.

Shuli wendet sich immer wieder um, nennt uns genaue Positionen unserer Verfolger.

– Sie haben die Hügel verlassen ... sie kommen zum Kamm ... sie sind dahinter verschwunden ... sind sie abgestürzt ... *inschallah*? Nein, da sind sie wieder ... kommen den Hang hoch ... aber wieso sind da plötzlich vier Lichter? Meine Güte, jetzt verfolgen uns zwei Autos ... Nein, das war ein Versehen ... tut mir leid. Ich wollte euch nicht erschrecken ... hinter uns ist nur ein Auto ...

– Halt um Himmels willen den Mund, Shuli! Nicht jedes Auto ist zwangsläufig hinter uns her, keucht Mutter.

Kaka J. rast weiter, über steile Gebirgshänge hinauf, rumpelt mehrmals über Felsbrocken und Schlaglöcher. Immer wieder werden wir nach vorne geworfen und müssen fürchten, gleich in tiefe Schluchten zu stürzen.

– *We've put ourselves in the hands of an amateur,* stöhnt Vater, verbirgt sein Gesicht in seinen Händen. *It's all improvisation. No wonder he's panicstricken, he didn't plan anything.*

Graue Käfer kriechen in meinem Gedächtnis herum, verbinden schlimme Vorfälle mit feindseligen Insassen: Shulis Verhaftung 1967, wie zwei Sicherheitsbeamte ihn mitgenommen haben. Hais *saba'a* letztes Jahr, überwacht von Insassen grauer Käfer. Jüdische Händler im Souk, letzten Monat von Rowdys in grauen Käfern verprügelt. Zum Plündern jüdischer, von ihren geflohenen Inhabern verlassener Häuser fuhren Regierungsbeamte in grauen Käfern vor. Wann immer irgendein grauer Käfer vorm Laden unseres Kaufmann-Spitzels hielt, wurden hastig Tabletts mit *stikans* für sämtliche Insassen herausgetragen. Mein Wagen hat neun Leben, pflegte Zeki voll Stolz über seinen weißen Käfer zu sagen. Unsere Sicherheitspolizei hat so was wohl gleichfalls gedacht, sonst hätte sie nicht wer weiß wie viele Tausende grauer Volkswagen importiert, sie überall verteilt, in unserer Hauptstadt, im Herzen wichtiger Städte, über große Straßen vom Gebirge im Norden hin zum Marschland im Süden.

– Die Scheinwerfer sind weg. Sie haben uns verloren!

Ohne sichtbaren Grund hat *kaka* J. plötzlich scharf gebremst.

Unser Landrover kreischt, wirbelt im Kreis, seine Scheinwerfer streifen unsere Umgebung wie Polizeischeinwerfer. Obwohl sich *kaka* J. sichtlich Mühe gibt, kann unser Schmuggler sein Fahrzeug nicht halten. Mutter packt mein Handgelenk. Ihre Hand ist grabeskalt. Sie ist ungewöhnlich still, schreit nicht wie im Riesenrad, fleht nicht zu Gott. Man sagt, im letzten Moment sähe man sein Leben im Geiste noch mal vorbeiziehen. Wenn ich so was nicht sehe, ist unser Leben vielleicht noch nicht vorüber. *Kaka* J. scheint seinen Wagen wieder im Griff zu haben, nur ruckt unser Landrover plötzlich, schliddert vorwärts, holpert über Felsbrocken und steht still. Ich meine zu schweben, fühle mich jedoch überhaupt nicht leicht.

Sind wir schon im Himmel?

– Bewegt euch nicht, fleht *kaka* J. Die Vorderräder hängen in der Luft! Bleibt ganz still sitzen, besonders ihr da hinten.

Wir murmeln zustimmend, leise, voller Furcht, unsere Stimmen könnten uns ins schwarze Nichts hinabreißen.

– Alles in Ordnung? fragt *kaka* J. schließlich.

Wir murmeln nur noch leise.

– Gut. Ich steige als erster aus. Bleibt still sitzen, egal was passiert, sonst fallen wir alle in den Abgrund. Habt ihr verstanden? Ich öffne jetzt die Tür.

Scharniere quietschen. Leichtes Ruckeln. *Kaka* J.s linker Fuß schiebt sich vorsichtig hinaus, in Zeitlupe, so scheint mir, weil ich nur seinen verhüllten Kopf überm Vordersitz sehe. Sein Turban gleitet zur Tür, für seine stämmige Figur überraschend gewandt.

Im nächsten Moment steht *Kaka* J. vorm Landrover. Wie fern unser Schmuggler plötzlich wirkt, wie im Weltraum. Statt sich jedoch über seine Wiedergeburt zu freuen, schlägt sich *kaka* J. gegen seine Stirn, trampelt rund ums Fahrzeug, prüft jeden Reifen, zetert lautstark – zum Glück in kurdischer Sprache. *Kaka* J. mag zwar wegen unserer Situation in Panik geraten sein, sein Fuß hat jedoch sofort festen Grund gespürt – unser Fahrzeug hat folglich zu Zweidrittel Halt.

Unsere Zweidrittel-Hoffnung zum Überleben.

Kaka J. greift nach seinen Zigaretten, hockt sich hin – wartet worauf? Unseren Sturz ins Ungewisse? Soll uns Gottes Hand wieder zurückschubsen? Kommen Sicherheitsleute näher und werden »Kopf oder Zahl« mit unserem Leben spielen? *Kaka* J. schaut unentwegt ins Scheinwerferlicht – verschwenderische nächtliche Illumination. Immer noch redet unser Schmuggler mit sich selbst, fuchtelt herum, weiß offenbar selbst nicht, was passiert ist oder wie so was geschehen konnte.

– *Kaka*, wo sind Sie? Meine Tür geht nicht auf. Kommen Sie, und helfen Sie mir heraus! ruft Wedad.

Gezwungen, zur Realität zurückzukehren, reißt sich unser Kurde zusammen, hievt sich hoch, geht zu Wedads Seite. Wieder quietschen Scharniere. Wind weht zur Tür herein und zur gegenüberliegenden hinaus. Sitzpolster schwanken sanft unter mir. Wedad verschwindet im nächtlichen Dunkel.

– *Alhamdellah*, Gott sei Dank, flüstert Vater.

Mit zwei Passagieren weniger ist unsere Situation nicht mehr ganz so gefährlich. Statt ruhiger zu werden, hat Mutter ihren Griff nur noch verstärkt.

– Du bist dran, mein Sohn, sagt Vater.

Shuli schluckt schwer, schiebt seinen linken Fuß langsam hinaus. Sein Rumpf, gegen unseren Rücksitz gedrückt, rührt sich nicht, genau wie seine rechte Seite, ohne Verbindung zur linken. *Kaka* J. inhaliert tief. Mit seinem linken Fuß schon vorm Fahrzeug, windet sich Shuli geschickt hinaus, lächelt, froh, überlebt zu haben.

Neben mir knacken Vaters steife Gelenke. Ich will ihm Glück wünschen, seine Hüften sind jedoch schon verschwunden. Vater streckt sich, hängt seinen Muff um, schaut zu uns herein, unruhig, weil seine Rettung vor unserer gelungen ist.

– Asmahan, jetzt du! sagt *kaka* J.

Ich reagiere nicht gleich, mein neuer Name ist mir noch fremd. Obwohl Mutter seine Instruktionen gehört haben muß, hat sich ihr Griff nicht gelockert.

– Mama, komm, geh zuerst.

Keine Reaktion. Kein Wille. Kein Wunsch.

– Mama, keine von uns wird's schaffen, wenn wir uns weiter so festklammern. Laß meine Hand los!

Sinnlos, wie wenn man gegen Wände redet. Wind schlägt ihr ins Gesicht, was sie jedoch nicht zu stören scheint. Schlimmer noch, sie merkt offenbar nicht, was passiert, ist ihrer Sinne kaum noch mächtig. Ihr Griff wird immer schmerzhafter. Verlangt sie Hilfe, was unmöglich ist, oder will sie mich mit ins Grab nehmen? Panik überkommt mich, weil ich ihrem Urteilsvermögen nicht mehr traue. Mit gewaltiger Kraftanstrengung löse ich ihren Zeigefinger von meinem Handgelenk. Obwohl ganz steif, leistet ihr Finger kaum Widerstand. Ich klemme ihn hinter mein Handgelenk und zerre ihre restlichen Finger los.

Ihre Hand liegt in meinem Schoß, fünf Finger, steif wie Gabelzinken. Hat sie mich nicht vor Jahren ihre Namen gelehrt, meine Finger sanft gebeugt und wieder gestreckt? Ich nehme ihre Hand, reibe Wärme in ihre Handfläche, küsse sie, lege sie in ihren Schoß, wie irgendein nicht zustellbares Päckchen. Mutter zeigt keine Regung. Ich strecke meine Füße weit vor, zur gegenüberliegenden Seite. Shuli überhäuft mich mit Instruktionen. Kaum schaut mein linker Fuß heraus, packt Shuli meine Hand, zerrt mich ganz heraus. Ich stolpere über mein langes Gewand, falle hin.

– Tut mir schrecklich leid, Lina. Ich hatte solche Angst um dich, sagt er, hilft mir hoch.

– Geh zu Mama, um Gottes willen! Sie rührt sich nicht! Sie ist wie gelähmt!

– Was?

Sie stürzen zu ihr, während ich langsam hochkomme. Vater hat sich hingehockt, spricht mit Mutter, ruhig, vernünftig, fordernd, flehend. Sie starrt nach vorne, zum Rückspiegel, jedoch sicherlich nicht, weil ihr Spiegelbild sie fasziniert. Vater hat inzwischen sein Überredungsrepertoire verbraucht, spricht nicht mehr, greift nach ihr.

Mutter rührt sich nicht.

– Es hat keinen Zweck, seufzt Vater. Das ist schon mal passiert, während des Pogroms 1941. Sie war zwei Tage lang völlig erstarrt, hat sich im Keller versteckt, während die Plünderer das Haus durchwühlten und alles verwüsteten. Mit körperlicher Gefahr kann sie nicht umgehen. Ich fürchte, sie wird sich nicht rühren, zumindest nicht freiwillig.

– Dann soll sie drin bleiben. Wir fünf schieben den Landrover auf die Straße zurück, schlägt *kaka* J. vor. Ihr Gewicht auf dem Rücksitz spielt dabei keine große Rolle.

Kaka J. zeigt, wo wir uns hinstellen sollen, winkt mich neben sich. Unser Kurde schreit *yallah*, und ich schiebe mit meiner Schulter so fest ich kann. Tuckern vom immer noch laufenden Motor läßt mich hoffen, zusätzliche Hilfe zu kriegen. Fester, fordert *kaka* J. Vor uns stöhnt Wedad vor Überanstrengung. Stahl scheint meine Haut zu zerreißen. *Kaka* J.s Magen preßt sich gegen meine Taille, mir wird schwindlig von seinem Schweißgeruch. Sein Fahrzeug rührt sich nicht vom Fleck.

– Weiter, weiter, nur noch ein kräftiger Stoß, dann haben wir es geschafft. Nicht nachgeben. Einmal noch, dann ...

Vorderräder rutschen über glattes Felsgestein, greifen wieder. Hurra. Wir pfeifen. Wir lachen. Mutter ist immer noch starr, unbesorgt, passiv, wie Kleinkinder im Kinderwagen. Wir schieben unseren Landrover in Position, *kaka* J. springt hinein, rutscht hinters Lenkrad.

– Los, alle einsteigen. Wir haben schon genug Zeit verloren.

Wieder im Wagen, hält Vater Mutters Hand, flüstert ihr zu, sie sei in Sicherheit, wir würden jetzt unsere Reise fortsetzen. Mutter ignoriert seine Wiederannährungsversuche. Zu müde, um noch länger zu insistieren, hält Vater inne, sinkt matt zurück.

Später unterbricht Vater plötzlich unser Schweigen.

– *I don't believe it! This fellow can't even drive!* kreischt Vater mit häßlichem Lachen.

– *Why, what's the matter with you!* protestiert Mutter. *Nothing's wrong with his driving. Why are you picking on him?*

Genausowenig versteht sie, warum fünf Gesichter sich sofort zu ihr umdrehen, mit offenem Mund, sie mit sinnlosen Fragen überschütten. Wie fühlt sie sich? Was ist passiert? War sie in Panik? Im Schockzustand? Hat sie wirklich nicht mitbekommen, was um sie herum vorging? Mutter weiß überhaupt nicht, wovon wir reden. Ich schiebe mein Gewand zurück, will ihr ins Gedächtnis rufen, was sie getan hat, mein Handgelenk zeigt jedoch keine Striemen mehr.

– Was ist passiert, nachdem kein grauer Käfer uns mehr verfolgt hat? insistiere ich.

– Nichts Besonderes. Wir sind weitergefahren.

– Und später, nachdem unser Landrover ins Schleudern kam?

– Keine Ahnung.

– Laß nur, sagt Vater. Hauptsache, sie ist wieder da, gesund und munter.

Gesund und munter, jedoch mit zeitlichen Lücken im Gedächtnis. Wieviel Zeit? Genug Zeit, um mich zu gefährden. Genug Zeit, um Mutter im Stich zu lassen. Jetzt, wo sie ihr Gedächtnis gelöscht hat, weiß nur ich von unserem Vertrauensbruch.

Wedad macht sich Gedanken über unseren Zeitplan, fragt *kaka* J., wie unsere Reise weitergeht. Sein Plan sieht folgendes vor: Wir fahren weiter nach Penjwin, kurz vorm Grenzübergang, wo Faris mit unserem Gepäck wartet. Von Penjwin gehen wir per Maultier weiter. Weit müssen wir nicht reiten, nur so zwanzig oder fünfunddreißig Minuten. Faris oder *kaka* J. werden uns zur Grenze führen. Im Iran müssen wir sofort zum Grenzposten und uns stellen, weil sie Order vom Schah haben, jüdische Flüchtlinge passieren zu lassen.

Kaka J. öffnet sein Fenster und wirft sein leeres Rafidainpäckchen hinaus. Kalter Wind strömt herein. Mutter, wieder ganz wie früher, wird unruhig.

– Und wenn es heute nacht noch mal schneit?

– Keine Bange, Schwester, gibt *kaka* J. zurück. Wenn Schnee in der Luft läge, würde ich es spüren.

Vater reagiert mit zweifelndem Kopfschütteln. Ihm ist jedes Vertrauen zu *kaka* J.s Gespür verlorengegangen, nicht nur wettermäßig.

Kaka J. hält mitten im schneebedeckten Tal.

– Hier endet die Asphaltstraße. Da drüben ist Penjwin.

Wir sehen schwache Lichter fünfzig Meter vor uns, keine gepflasterte Straße mehr, keine Ordnung, kein Gesetz.

Wir stolpern raus. Meine Schuhe versinken in jungfräulichem Schnee, glitzernd unterm Sternenlicht. Ich habe noch nie welchen gesehen. Jetzt wird sogar Schneewittchen für mich vorstellbar. Ich stecke meinen Finger hinein, überlege, wohin so viel Weißes im Tauwetter verschwindet. Zehn oder zwölf Mulis stehen plötzlich neben unserem Landrover und unterbrechen meine Gedanken.

Reiter lösen sich von ihnen, trampeln in ihren Galoschen über schneebedeckten Grund. Ihr Gang ist leicht, unverkennbar jugendlich. Nach und nach werden ihre gestrickten, khakifarbenen Mützen sichtbar, ihre *scherwals*, ihre um ihren Hals geschlungenen Keffiyehs, zur Nasenspitze hochgezogen. Mit seiner üblichen Reserviertheit schüttelt *kaka* J. ihre Hände, reicht ihnen Zigaretten, spricht kurdisch.

– Faris ist noch nicht da, informiert uns unser Schmuggler. Wir müssen auf ihn warten. Er müßte jede Minute kommen.

– Warten! Jetzt, wo wir so nahe an der Grenze sind! protestiert Shuli.

– Natürlich warten wir! widerspricht Wedad hastig.

Vater schürzt unsicher seine Lippen. Mutter fleht.

– Ohne unsere Koffer können wir nicht gehen. Wir müssen uns umziehen. Wir brauchen Unterwäsche, sagt sie nachdrücklich, jedoch mit gesenkter Stimme.

– In Ordnung, aber ich setze mich ins Auto. Hier draußen ist es zu kalt, gibt Vater müde zurück.

Wir folgen ihm nach kurzer Zeit, nur *kaka* J. nicht. Unser Kurde schwatzt mit seinen jungen Kumpanen. Shuli kramt im Kofferraum nach unserem Nachtessen. Mutter verteilt Sandwiches mit gebratenem Fleisch, läßt Gewürzgurken herumgehen, füllt Gläser mit heißem Tee von unserer Thermosflasche. Genau wie Shuli will ich nicht mehr warten. Warten macht müde, weckt latente Furcht. *Kaka* J. kommt, setzt sich, fummelt herum. Radiomusik ist zu hören, Nachrichten in fremder Sprache, krächzende Stimmen, Pop, kurdische Musik. Wir werden von ihm hingehalten, vermute ich, weil *kaka* J. unsere Fragen oder Vorwürfe fürchtet. Höflich weist *kaka* J. Mutters Sandwich zurück. Ohne sich um seine Laune zu kümmern, gießt sie ihr Glas wieder voll, stupst mich, wobei Tee in meinen Rock schwappt.

– Entschuldige, Lina! Nimm ein Taschentuch aus meiner Handtasche und versuche, den Tee damit aufzusaugen. Mit dem feuchten Rock darfst du nicht in der Kälte sitzen.

Ich wühle in ihrer Handtasche nach Kleenex und finde ihre Schlüssel – versteckt im unverschlossenen Seitenfach. Irgendwas ist merkwürdig, spüre ich, kann nicht sagen, was. Mutter hat unser Haus ständig ohne Schlüssel verlassen. Wenn später niemand zu Hause war, ging sie wartend im Hof hin und her, zu verlegen, um nebenan zu klingeln. Vergeblich grübelte sie über immer neue Methoden nach, ihre Schlüssel nicht zu vergessen. Warum hat sie sie überhaupt mitgenommen, wo sie ihr jetzt nichts mehr nützen!

– Für immer verlegt, necke ich sie, fische ihre Schlüssel heraus.

– Mama, kennt deine Sentimentalität denn überhaupt keine Grenzen? knurrt Shuli. Wozu willst du die aufheben? Wegen der eintausendzweihundertdreiundneuzig Tage, die wir in der Hölle verbracht haben?

– Halt den Mund, Shuli, es steht dir nicht zu, über mich zu urteilen. Du bist nur ein junger Spund, was weißt du schon von Verlust und Trauer? Was weißt du schon von Bagdad vor dem *taskit*?

– Gestern abend habe ich meine Schlüssel heimlich in Abu Khaleds Garten geworfen, damit er, wenn er will, in unser Haus kann, bevor er die Polizei alarmiert, sagt Vater. Aber ich wollte mir wohl eines klarmachen: Es gibt kein Zurück, egal, was passiert. Es gibt keinen Weg zurück nach Bagdad.

Ohne Ohr für Shulis Neckerei oder Vaters Pragmatismus, klappert Mutter mit ihren Schlüsseln.

– Soll ich euch sagen, welcher Schlüssel zu welchem Schloß gehört? Das ist der Schlüssel für die Haustür. Der flache hier schließt die Küchentür auf. Der hier ist für das Dach, dieser gehört zu meinem Schrank und der kleine zu meinem leeren Schmuckkasten.

– Der Schlüssel für einen leeren Schmuckkasten! Du übertreibst wirklich, Mama! schnaubt Shuli.

– Ehrlich gesagt, ich verstehe nicht, was an ihrer Trauer falsch sein soll! Wedad wirbelt plötzlich zu uns herum.

– Der Zeitpunkt ist falsch, gibt Vater zurück. Es steht jedem frei, über unwiderrufliche Tatsachen unglücklich zu sein. Aber sich in Augenblicken wie diesem seiner Trauer hinzugeben, kann nur verwirren.

– Habt ihr denn gar keinen Schwachpunkt? will Wedad wissen. Habt ihr nie einer sentimentalen Regung nachgegeben?

Shuli fährt hoch.

– Nachgegeben, ja, sentimental, nein. Gestern abend habe ich meinen letzten Scheißhaufen unter mein Kissen geschoben. Über dieses Abschiedsgeschenk habe ich den ganzen Sommer lang nachgedacht. Ich bin es ihnen schuldig. Wie gerne würde ich ihre Gesichter sehen, wenn sie diesmal mein Zimmer durchsuchen!

– Shuli, wie konntest du nur! Das ist widerlich, ungeheuerlich, es ist ..., stammelt Vater indigniert.

Wedad schüttelt sich vor Lachen.

– Du bist die einzige, die mich versteht! sagt Shuli, schaut gefühlvoll zu ihr, was Mutter nicht übersehen kann.

Kaka J. hat plötzlich genug vom Radio – oder von unserem Gezänk – und verläßt uns. Noch kurz mit den jungen Männern rauchen, sagt unser Schmuggler. Sich mit seinen Kumpanen vergnügen, vermute ich. *Kaka* J. scheint sich mit ihnen jedoch nicht sonderlich wohl zu fühlen, nickt mechanisch, hört nur scheinbar zu, schaut immer wieder zum Gebirge hinüber.

Nach wer weiß wie vielen Zigaretten kommt *kaka* J. wieder zu uns, reibt seine Hände.

– Ich fürchte, wir können nicht länger warten. Sie wollen los. Sie müssen vor Tagesanbruch zurück sein.

– Es ist doch erst zwei Uhr morgens, meint Wedad. Wo sind wir, und wieviel Zeit haben wir bis zum Tagesanbruch?

– Sie müssen noch andere Dinge erledigen, nachdem sie euch abgesetzt haben. Außerdem frieren die armen Jungen in der Kälte.

– Wer hat gesagt, daß sie draußen warten sollen? Sie können doch ins Auto kommen. Wir überqueren die Grenze nicht ohne unser Gepäck, *kaka*! So war es ausgemacht.

– Das Gepäck ist meine geringste Sorge. Ich schicke es euch sofort nach. Morgen oder übermorgen, so bald wie möglich.

– Aber wir brauchen unsere Decken! protestiert Mutter. Mein Mann wird in dieser Kälte niemals durchhalten.

– Er kann meine Decke haben. Sie ist sehr warm, aus Kamelhaar, gibt *kaka* J. zurück, zieht seine ockerfarbene Wolldecke unter seinem Sitz hervor, reicht sie Vater, froh, sich so geschickt herausgewunden zu haben.

Plötzliches Klopfen. Unsere Schmuggler. *Kaka* J. öffnet sein Fenster. Nervöse Stimmen sind zu hören.

– Sie sagen, sie können nicht länger warten, übersetzt *kaka* J. Eine Grenzpatrouille könnte vorbeikommen und uns ausfragen.

– Ich dachte, Sie stehen mit der Grenzpolizei auf gutem Fuß! Haben Sie damit nicht letzte Woche in unserem Wohnzimmer geprahlt?

– Nicht mit *jedem* Grenzposten und Soldaten, Wedad, Himmel noch mal, bleiben Sie doch vernünftig!

– Wachposten können bestochen werden, ich bin doch nicht von gestern! Hören Sie gut zu, *kaka*: Ich habe meine alten Eltern zum Sterben allein gelassen. Ich habe auf mein Haus und all unseren

Grund und Boden in Bagdad verzichtet. Diese Bündel sind alles, was mir noch geblieben ist, und ...

– Hör auf mit dem Gejammer, Frau. Kein Opfer ist groß genug, wenn man auf dem Weg in sein *watan* ist.

– Welches *watan*, wessen *watan*, ihr Kurden seid besessen von eurem *watan!* Ich habe kein Heimatland, ich fliehe nur. Haben Sie gehört, ich fliehe, um mein eines und einziges Leben zu retten.

– Ich stimme Ihnen zu, *kaka*. Wir können uns keine weitere Verzögerung leisten, unterbricht Vater mit großem Nachdruck.

Sofort ist Schluß, keiner will mehr streiten, und wir rappeln uns hoch.

Wedad zögert noch, kämpft mit ihren Tränen. Jetzt, wo unser gemeinsamer Verlust uns gleichgestellt hat, umarmt Mutter sie, flüstert ihr leere Worte zu wie, sie sei noch jung und was zähle, sei Gesundheit. Shuli holt unser Handgepäck. *Kaka* J. zahlt unseren jungen Schmugglern ihren vereinbarten Lohn – 10 irakische Pfund für jeden. Zwei Männer werden mit uns reiten, zwei weitere führen jetzt überflüssige Mulis – zum Transport unseres Gepäcks gedacht – zurück zum Stall. So weit, so klar.

Unser Mann nickt Wedad galant zu, klingt jetzt versöhnlich.

– Vergessen Sie nicht, den Jungs im Iran die kodierte Nachricht zu geben.

Wedad schmollt.

– Was soll das heißen, »den Jungs geben«? Kommen Sie nicht mit? Vater ist schockiert.

– Ich muß Faris finden. Ich hoffe, daß er nicht in Schwierigkeiten steckt. Keine Bange, Bruder, ihr seid in guten Händen. Niemand kennt diesen Landstrich besser als diese Jungs. *Yallah*, möge Gott mit euch sein!

– Aber die sprechen nicht mal arabisch!

Kaka J. will nur noch weg, springt in seinen Landrover, wendet schnell und rast hinauf zum Gebirge.

Unsere Mulis traben im Gänsemarsch los. Ich reite ganz hinten. Unser jüngerer Schmuggler hat mir hinaufgeholfen, und mein Muli wird von ihm geführt. Seine Zigarette glimmt, seine Vermummung ist verschwunden. Sein spärlicher Schnauzbart verrät mir, wie jung unser neuer Kurde ist, fast so jung wie ich. Shuli reitet vor uns her, hat Schwierigkeiten, mit seinem Muli fertig zu werden. Sein Muli trottet, galoppiert oder wirbelt plötzlich herum. Wenn Shuli schneller reitet, verschwimmt seine Silhouette im nächtlichen Schwarz.

Sterne funkeln überall. Ursa Major und meine geliebte Milchstraße sehe ich sofort. Mit seiner Sternkarte hätte Shuli sicher weitere Sternbilder lokalisieren können. Wie gedankenlos von ihm, sie im Freien liegen zu lassen! Wenn Regen sie nicht zerstört, wird sie vom Wind in Stücke gerissen. Plötzlich wird mir klar: sinnlos, sich Gedanken um unsere zurückgelassene Habe zu machen. Wir sind ihr nicht mehr verpflichtet. Weder Karten noch Fotos noch Fenstern noch Spiegeln. Wäscheleinen über unserer nächtlichen Schlafstatt zählen nicht, genauso wenig zusammengerollte Schläuche in unserem Garten – sie gehören uns nicht mehr. Weder Haus noch Gegenstände, mit oder ohne Mutters Schlüssel.

Solche Überlegungen werfen mich nicht um. Ja, sie trösten mich sogar, machen mich frei von Sehnsüchten, Fesseln, Wurzeln. Wurzeln, welche Metapher! Orangenbäume, Granatapfelbäume, Palmen haben Wurzeln, sollen sie im tiefen Untergrund steckenbleiben, sich nie vom Fleck rühren, für immer im Weg sein. *Sie* sollten sich nach Füßen sehnen, um gehen, rennen, herumspringen zu können, hauptsächlich jedoch, um frei zu sein und sich wie wir ihre Zukunft weit weg vom Vergangenen zu suchen.

Hat mein junger Schmuggler gerade meinen Fuß gestreift? Will wohl Ladykiller spielen, was? Nächstes Mal schreie ich. Hole mit meinen Schreien Vater herbei; soll Vater ihn sich vorknöpfen! Oder ich schreie noch lauter, wecke Grenzposten und Soldaten vor und hinter jeder Grenze.

Seine Finger greifen schon wieder nach meinem Fuß. Ich öffne meinen Mund, will ihn zurechtweisen. Kein Ton kommt heraus. Meine Stimme hat mich im Stich gelassen. Meine Kehle scheint voller Sand zu sein. Seine Hand streichelt meine Zehen, massiert meinen Spann, umfängt meine Ferse, reibt, kneift. Noch mal und noch mal, ohne langsamer zu werden, ohne viel Theater, stiehlt sich zu verbotenen Genüssen hinauf.

Shuli! Wo ist Shuli? Warum ist Vater so weit weg? Warum haben sie mich so weit hinter sich gelassen?

Shuli, meine Verbindung zum Rest unserer Gruppe, schaukelt in Sicht, verschwindet wieder, scheint meiner Phantasie Streiche zu spielen. Ich hoffe, Shuli merkt, wenn hinter ihm kein Hufgeklapper mehr zu hören ist, wird sich umdrehen, wissen wollen, warum seine Schwester zurückbleibt.

Shuli wendet sich um. Telepathie? Nein, nur Wedeln mit irgendeiner Flasche, Vaters Wodka. Unser Schmuggler läßt mich los, rennt zu Shuli. Ich treibe mein Muli voran. Wenn ich vor ihm zu Shuli gelange, kann ich neben ihm weiterreiten. Mein Muli will jedoch nicht schneller laufen. Ich trete in seine Flanken, traktiere seinen Rücken mit Schlägen. Mein Muli gehorcht nur seinem Herrn. Unser Schmuggler schnappt sich Vaters Wodkaflasche, schwenkt sie stürmisch.

– Wie heißt du? will mein Peiniger wissen.

Unser Schmuggler spricht unsere Sprache!

– 'smahan ... sage ich, lasse vorne weg, was ich mir verboten habe.

Mein Fiesling reicht mir Vaters Wodkaflasche. Sie riecht nach Mutters Lippenstift, was mich ruhiger macht. Ich kann Mutter zwar nicht sehen, sie ist jedoch noch in Reichweite. Ob man Nachrichten per Geruch weitergeben kann? So was wie Warnungen vor Feuer oder rutschigen Felsen oder SOS-Signale – schafft mir meinen Peiniger vom Hals, sonst passiert was Schreckliches. Lawy junior hat so was nie gemacht. Ich proste Lawy juniors Verblüffung über Nachrichten von unserer Flucht zu und trinke Wodka, was ich nie zuvor getan habe. Schrecklich, wie Vulkanlava! Hustend reiche ich Vaters Wodkaflasche meinem Peiniger, welcher sich lange Schlucke genehmigt, mit seiner Hand über seinen Mund wischt, wieder zu Shuli rennt.

Spielt mein Schmuggler jetzt Gentleman, läßt mich zuerst trinken?

Meine Zehen sind inzwischen steif. Mein Körper ist starr vor Kälte. Ich hoffe, Vater hält solchen Temperaturen stand. Wenn ich nur seinen weißen, hochgereckten Kopf sehen könne, würde ich mir weniger Sorgen machen. Obwohl Vater im großen und ganzen gesund ist, wissen wir nicht, ob seine Kraft solchen Überanstrengungen gewachsen ist. Gestern, während unserem gemeinsamen Mahl in *kaka* J.s Haus, hat Vater selbst gesagt,

– Egal, was einem von uns passieren mag, die anderen müssen weitergehen. Ihr habt keine Wahl. Es gibt keinen Weg zurück nach Bagdad.

Ihm rutschte »ihr« heraus statt »wir« – haben keine Wahl. Vater versuchte sofort, sich zu korrigieren, witzelte, ihm wäre Fliegen lieber gewesen, Wanderungen seien für Menschen über sechzig nicht sonderlich geeignet.

Unser Vorfahre hatte meinem Vater jedoch viele Jahre voraus und wanderte von Haran in Mesopotamien ins Gelobte Land. Fünfundsiebzig! Zusammen mit seiner Frau Sarah, seinem Neffen Lot und ihrer gesamten Habe. Obwohl ihre Reise viel länger gedauert haben muß, stehen nur zwei Sätze über sie geschrieben,

»... und zogen aus, zu reisen in das Land Kanaan ... und als sie gekommen waren in dasselbe Land ...«

Tolle Reise! Keine Pannen. Keine Straßenräuber. Keine Polizeiverfolgung. Sie waren ja keine Geächteten und von Gott zweifellos geschützt, voller Visionen über ihre Samen – zahllose, wie Sandkörner im Land Kanaan. Freigiebig mit Versprechungen für Heimatland, verschwieg Gott unsere spätere Vertreibung, unsere unaufhörlichen Wanderungen wie Hausierer über geschichtsträchtige Straßen.

– Asmahan, keucht mein Peiniger, wiederholt sein Fummeln mit Leidenschaft und Präzision.

Verschwommenes nähert sich von ferne, stapft über verschneites Gelände, zwei überladene Mulis hinter sich. Mein Schmuggler grüßt, wird zurückgegrüßt. Je näher wir kommen, um so genauer nehme ich kurdische Kleidung wahr. Mein Schmuggler greift ins Halfter meines Mulis. Wir halten. In offensichtlicher Vertrautheit werden Hände geschüttelt. Hinter ihnen Mulis, vollgepackt mit Jutesäcken. Narkotika? Schauder überlaufen mich. Plötzlich merke ich, wie ich gemustert werde. Mißtrauisch. Sogar feindselig, was noch schlimmer ist. Ich muß zu viel Interesse für seine Waren gezeigt haben. Shuli ist nicht zu sehen, würde uns stundenlang nicht vermissen. Wenn hier nicht innerhalb von zehn Sekunden was geschieht, wenn ich weiter so grimmig gemustert werde, springe ich vom Muli, laufe um mein Leben. Zehn, neun, acht, sieben, sechs ... Verständnisvoll wird meinem Schmuggler zugenickt. Habe ich »Israel« gehört? Jetzt ist sein Starren nicht mehr so grimmig, mein Muli wird gestreichelt, mein Schmuggler scheint wer weiß welche Geschichten zu spinnen.

Schließlich werden Schultern geklopft, und jeder geht seiner Wege.

Mit unverständlichen Worten treibt unser Schmuggler mein Muli zum Galopp, rennt neben uns her. Ohne Zügel und Sattel zum Festhalten lehne ich mich zum Hals meines Mulis vor, umklammere ihn im Würgegriff. Obwohl ich versuche, so ruhig wie möglich zu sitzen, werde ich hin und her geschüttelt, fürchte um mein Leben.

Nach langer Zeit kommt Shulis Silhouette näher, und wir gehen wieder langsamer. Unser Schmuggler schnappt nach Luft. Ich wische Schweiß von meiner Stirn – ruhiger jetzt, weil mein Peiniger offensichtlich nicht vorhat, mich vom Rest unserer Gruppe zu trennen.

Wenn meine Uhr stimmt, sind wir schon über sechzig Minuten geritten. Hatte *kaka* J. nicht was von zwanzig, höchstens fünfunddreißig Minuten gesagt? Obwohl unser Pfad sich mehrfach gewunden hat, wirkt unsere Umgebung völlig unverändert: weiße Gebirgsrücken, so weit man sehen kann – gleichgültig gegenüber unserem Sonnenaufgangsrendevous hinter iranischen Grenzlinien.

– Asmahan!

Mein Schmuggler hält mir Vaters Wodkaflasche hin. Ich will zugreifen. Seine Hand zieht sich zurück. Himmel, was ist jetzt? Wilde, schmatzende Küsse überziehen Flaschenhals und Öffnung. Trunken vom Wodka? Seine Zunge schießt heraus, leckt über Flaschenhals und Öffnung. Jetzt reichen seine Hände sie zu mir hoch, so feierlich wie Liebestränke. Im Leben nicht! Ich schüttele meinen Kopf. Vaters Flasche wird gegen meine Hand gedrückt. Ich schließe sie zur Faust. Mein Schmuggler steht still. Mein Muli genauso. Schmuggler und Muli warten, wollen mich zum Nachgeben zwingen. Weil ich Shuli nicht mehr sehen kann, greife ich schließlich zu. Oben riecht Vaters Flasche nach Speichel. Mir wird fast schlecht. Ich säubere sie gründlich mit meinem Handschuh, sage mir, Muli und Herr sind weitergegangen, unsere Reise wird nicht mehr lange währen, zwei Schlucke werden mich nicht töten. Meine Verärgerung läßt nach, und ich spucke in unsere Flasche, immer wieder, voller Genugtuung über seinen mit jedem Spucken wachsenden Schock.

Nur seine Fingerspitzen greifen nach Vaters Flasche, mit Widerwillen, wie nach gebrauchten Frauenbinden, geben sie hastig zu Shuli weiter. Shuli schluckt nichtsahnend. Mein Schmuggler schlendert zu mir zurück, grinst triumphierend. Nur mit Mühe kann ich mein Kichern unterdrücken. Geschieht Shuli recht, weil ich von ihm so im Stich gelassen wurde, ganz ohne Hilfe mit meinem Romeo fertig werden mußte.

– Asmahan!

Seine Hand fällt schwer gegen meinen Fuß. Seine Finger kriechen mein Schienbein hinauf, streicheln mein Knie, verharren unter meiner Kniebeuge. Sein Hunger wird größer, fürchte ich. Hoffentlich ist unser Ziel nicht mehr so fern. Schnee und trappelnde Hufe nerven mich inzwischen. Wir kommen viel zu langsam voran.

– Wie lange müssen wir noch reiten? will ich wissen.

– Weiß nicht. Vielleicht eine halbe Stunde ...

– Unmöglich! *Kaka* J. sagte, wir sind spätestens in fünfunddreißig Minuten im Iran.

Mein Schmuggler zuckt gleichgültig seine Schultern.

– Wann sind wir im Iran?

– Das hier ist der Iran, gibt er lustlos zurück, zeigt nach unten.

– Seit wann?

– Seit dem Fluß.

– Welcher Fluß? Wann?

– Der schmale weiße Bach, den wir vor einer Weile überquert haben.

Ich habe kein weißes Wasser gesehen. Zugefroren oder unterm Schnee verborgen? Weiteres Schulterzucken. Ich will Grenzen sehen, insistiere ich. Seit Jahren verfolgen sie mich, gewundene rote Linien in Landkarten. Mein Schmuggler schnaubt verächtlich. Seine Grenze ist nüchterne, harte Mühsal. Nachdrücklich verlange ich, unseren Übergang vom Irak zum Iran nachzuvollziehen. Wenn mir hier nur kein Streich gespielt wird! Ohne vorherige Warnung sind Höhepunkte unserer Reise von Zukunft zu Vergangenheit geworden, werden Grenzen unfaßbar, obwohl wir sie tatsächlich überschritten haben.

Mein Schmuggler hört nicht zu.

Morgen früh werden sich unsere Schultore öffnen. Putzmittelgeruch wird von gewienerten Fußböden hochsteigen. Lehrer werden heute wegen meines Stotterns nicht mehr so ungeduldig werden wie in letzter Zeit. Ich hatte zunehmende Schwierigkeiten, Rückäußerungen zu ihren Fragen zu finden – weil ich immer mehr Wörter nicht verwenden konnte. Mein Gestammel veranlaßte Mitschüler, mir mit verbotenen Wörtern oder Synonymen zu helfen – mitleidig oder nur zum Spaß. Heute wird mein leeres Pult im Unterricht für Unruhe sorgen. Gerüchte oder Wahrheit? – werden sie flüstern. Manche meiner Mitschüler werden später um unser Haus herumradeln. Nicht völlig unbeleuchtet, nicht ganz still; sie werden selbst herausfinden müssen, ob unser Haus verlassen ist oder nicht. Lawy junior geht vielleicht noch weiter und klingelt. Morgen wird Selma meinen Platz übernehmen, meine Flucht mit ihrer widerstrebenden Präsenz vertuschen.

– Asmahan! Mein Schmuggler rüttelt meinen Fuß.

– Was ist jetzt schon wieder?

Ohne nachzudenken, leuchte ich ihm mit *kaka* J.s Taschenlampe ins Gesicht. Mein Schmuggler schreit, zieht seine Hand von meinem Fuß weg, schützt sein Gesicht und schnappt sich mit der linken Hand meine Taschenlampe.

– Was soll das!

– Meine Taschenlampe, gib mir meine Taschenlampe wieder oder ich ...

Seine Hand schleudert *kaka* J.s Taschenlampe weit weg. Fast wird Shulis Schulter getroffen. Shuli schwingt herum, zügelt sein Muli, wartet.

– Was ist los? Gibt es Probleme?

– Nein, nur meine Taschenlampe hat ihn geärgert.

– Mit deiner schwarzen Abaja paßt du dich der schwarzweißen Landschaft hervorragend an, weißt du das?

– Shuli, wir sind schon im Iran!

– Was?

– Hast Sterne geguckt, was? Zeig mir welche, sage ich, mir ist jedes Mittel recht, wenn ich nur neben ihm reiten kann.

– O nein, ich war überhaupt nicht bei den Sternen. Ich habe über irdische Dinge nachgedacht, mein Verhältnis zu Baba und all den Streit, den wir in letzter Zeit hatten. Zum Beispiel der letzte Woche, als ein Krankenwagen mit heulender Sirene durch die Straßen raste und ich sagte, wunderbar, wieder einer weniger, und Baba die Stirn runzelte und warnte, ich solle mich nicht mit Haß vergiften, und ich mich verteidigte, sie hätten es nicht besser verdient, und er sagte, aber *ich* hätte es nicht verdient, und ich antwortete, derjenige, der nicht zurückschlagen kann, muß sich mit Haß zufriedengeben, weil sie uns keine andere Wahl gelassen haben, als sie zu hassen, und dann wurde Baba wirklich sauer und sagte, ich sei für meine Gefühle allein verantwortlich – was ich nicht abstreiten konnte –, aber ich forderte ihn noch mal heraus und meinte, ich hätte mit meinen Gefühlen niemandem Schaden zugefügt und keinen getötet, es nur genossen, ihre Toten zu zählen, und Haß sei nichts weiter als ein Teelöffel Sahne, den ich mir zur Teezeit genehmige und den ich am nächsten Morgen wieder ausscheide – also wozu das ganze Theater?

– und Baba antwortete, wenn der Haß tatsächlich in meinen Gedärmen landete, sei es das ganze Theater wirklich nicht wert, aber er fürchte, mein Haß würde mir früher oder später zu Kopf steigen, meinen Verstand in Mitleidenschaft ziehen und meine Fähigkeit zerstören, zwischen richtig und falsch unterscheiden zu können, was eine Beleidigung meiner Intelligenz war, also schoß ich zurück und sagte, daß ich nicht verstehen könnte, wie er, der seit über drei Jahren arbeitslos sei, es fertigbrächte, einfach im Wohnzimmer zu sitzen und in Würde zu verrotten.

– Und?

– Na ja, ich glaube, ich sollte mich bei ihm entschuldigen, zumindest für den letzten Satz.

Unser Schmuggler geht ruhig neben mir, läßt seine Hände, wo sie hingehören. Ich überlege, ob in unserer neuen Welt Mädchen immer noch Männer nötig haben, um unliebsame Männer loszuwerden. Jetzt, wo unsere Reise fast vorüber ist, lassen Schnee und weiße Landschaft mich schließlich ruhiger werden, kommen mir vor wie große seidene, übers Gebirge gebreitete Perserteppiche.

Guten Morgen, Iran!

Unsere Mulis kommen nacheinander zum Stehen. Wir rutschen von ihren Rücken. Meine tauben Füße prallen schmerzhaft gegen festen Grund. Wieder haben unsere zwei Schmuggler ihre Keffiyehs über ihre Nasenspitzen hochgezogen. Sie zeigen zum Hügel vor uns, zum iranischen Grenzübergang. Ich kann ihre gedämpften Stimmen nicht unterscheiden, kann »meinen« Schmuggler nicht mehr identifizieren.

– Und die kodierte Nachricht?

– Die kriegt ihr nicht, gibt Wedad mit fester Stimme zurück. Erst, wenn ich meine Truhen und Teppiche zurückbekomme.

– Deine Eltern, Wedad! Sie werden sich solche Sorgen machen, sagt Mutter.

– Ich schicke ihnen aus Teheran ein Telegramm. Dort sind wir spätestens in zwei oder drei Tagen. Sie werden es überleben. *kaka* J.

bekommt keinesfalls den Rest des Geldes, bevor er unser Gepäck bringt!

Unsere Schmuggler zucken ihre Schultern. Sie werden Wedads Nachricht *kaka* J. weitergeben, sagen sie. Vater zahlt jedem zwei irakische Pfund. Sie reiten los, galoppieren ins nächtliche Nirgendwo, ihre restlichen Mulis traben hinter ihnen her. Wir stapfen zum Hügel hinauf, unsere Füße werden im Schlamm langsam wieder lebendig. Zwei unbewaffnete Soldaten sehen uns vom Hügelkamm. Sie rennen näher, rufen in persischer Sprache.

– *Jahood*, Juden, sagt Vater, spricht mit größter Präzision. *Jahood.*

Seine Worte wirken hier hinter iranischen Grenzlinien wie Zauberschlüssel. Ohne ihr lautes Geschnatter zu unterbrechen, führen unsere Soldaten uns hügelaufwärts, in ihr geräumiges Wachhaus, geben uns Zeichen hierzubleiben und verschwinden.

– Die Tür ist offen! sagt Shuli überrascht. Sie haben uns nicht eingesperrt.

Vater, *kaka* J.s Wolldecke um sich gewickelt, hockt sich hin. Trotz Überanstrengung scheint Vater in guter Verfassung zu sein. Mutter setzt sich neben ihn. Sie wirft ihre Schuhe von sich, reibt ihre Füße, grummelt über schmutzige Fußböden und zerschlagene Fenster. Vater zieht seinen Wick-Inhalator heraus, steckt ihn sich ins Nasenloch. Sein Wick-Inhalator gehört zum wenigen, was ihm geblieben ist.

– Schaut, draußen schneit es, sagt Mutter. Gott sei Dank ist uns der Schneesturm erspart geblieben.

Ihren Kopf gegens Mauerwerk gelehnt, wischt sich Wedad Tränen weg. Shuli hockt neben ihr, reicht ihr Vaters mit meiner Spucke verdünnten Wodka. Zu müde für Gefühle, ziehe ich meine Robe über meinen Kopf, lege sie unter mich. Sobald ich mich hingelegt habe, fallen meine Lider zu. Ich öffne sie wieder, schaue zum persischen Schild über mir, lese Worte, verstehe sie nicht. Trotz kaltem Fußboden lacht mein Herz. Fremde! Geschafft! Wir sind geflohen, haben unsere Freiheit gefunden. Flucht. Freiheit. Jahrelang waren in unserem Leben nur zwei Wünsche wichtig. Jetzt, nachdem wir sie realisiert, nachdem wir Freiheit gefunden haben, verstehe ich weder ihren Sinn noch ihre Konsequenzen.

Flucht. Freiheit.

Vorm Fenster ist immer noch Nacht. Gleich wird mich Schlaf überkommen. Flucht. Freiheit. Zwei sich wiederholende Wörter, immer in gleicher Reihenfolge, verschmelzen schließlich in meinem Kopf, sind untrennbar miteinander verbunden und nur nacheinander möglich.

Flucht-Freiheit.

Sie voneinander zu trennen wird mich fünfundzwanzig Jahre kosten.

Danksagung

Die Gerichtsverfahren unter Oberst Mahdawi (Kap. Revolution) wurden nach Beschreibungen in »Republican Iraq« von Majid Khadduri (London, 1969) dargestellt, bei der Erläuterung des Freiheitsmonuments (Kap. Freiheitsmonument) habe ich mich an »The Monument« von Samir al Khalil (London, 1991) gehalten, während mir das Buch »All Waiting to be Hanged« von Max Sawdayee (Tel Aviv, 1974) die Hintergrundinformationen für die Jahre 1967–69 lieferte.

Ich habe Jahre gebraucht, um dieses Buch zu schreiben, Jahre, in denen ich von vielen Freunden aufrichtige Unterstützung brauchte und das Glück hatte, sie auch zu bekommen. Mein besonderer Dank gilt Michael Lawton und Kirsten Lehmann für ihre unschätzbare Hilfe. Michael verbrachte zahllose Stunden damit, meine Entwürfe zu lesen und Sprachfehler zu korrigieren, ohne mir redaktionelle Kritik zu ersparen, während Kirsten jedes Stadium des Buches mit mir diskutierte und meinem Gedankengang mit bemerkenswertem Verständnis folgte. Uta Ruge danke ich für Bücher und Gespräche, Joyce Sopher für ihr unschlagbares Gedächtnis. Schließlich möchte ich noch Martine Halban danken, die ein Manuskript bekam und mir ein Buch zurückgab.

Glossar

Abaja	bodenlanges schwarzes Frauengewand
Abu	»Vater des«; nach der Geburt eines Sohnes wird der Vater nicht mehr mit dem eigenen Namen angesprochen, sondern mit dem Namen des Stammhalters (Abu Shuli) »Abu« und »Um« (siehe unten) können auch »Besitzer/in« oder »Verkäufer/in« bedeuten oder einfach »der/die mit ... (Bart, kurze Haare usw.)«.
Amba	Mangochutney
Dhimmi	»Der unter Schutz steht«; Anspruch von Juden (und Christen) auf den Schutz der Moslems und auf Glaubensfreiheit. Status einer tolerierten, jedoch nicht gleichberechtigten Minderheit.
Dischdascha	von den Schultern bis zu den Füßen reichendes Gewand der Araber
Finjan	kleine Tee- oder Kaffeetasse
Haftara	der Prophetenabschnitt, der am Sabbat und an Feiertagen nach der Thoravorlesung vorgetragen wird.
Jom Kippur	Versöhnungstag, an dem vom Sonnenuntergang des Vortages bis Sonnenuntergang des nächsten Tages gefastet und gebetet wird.
Keffiyeh	Kopftuch der Araber
Kinah	Wehklagen
Keymar	Butterschmalz
Khatoun	Dame
Kubba	Hackfleischbällchen oder -fladen im Bulgurmantel
Lablabi	gekochte Kichererbsen

Mesusa	Gehäuse oder Kapsel mit Bibelsprüchen (5. Mose 6, 4-9; 11, 13-21), befestigt an Türpfosten jüdischer Häuser
Oud	Saiteninstrument
Purim	jüdisches Freudenfest
Salona	Fischgericht – irakisch-jüdische Spezialität
Sambusak	kleine gefüllte Pasteten
Schabbut	Karpfen
Schofar	Widderhorn, das zum Ende des Jom Kippur geblasen wird
Sit	Frau, Lehrerin
Stikan	Teeglas
Taskit	Anfang der 50er Jahre im Irak für Juden erlassenes Denaturalisierungsgesetz
Um	weibliche Entsprechung zu Abu
Ustad	Herr, Lehrer
von schehon bis behon	»vom Hundertsten ins Tausendste«
Zboun	über der Dischdascha getragene männliche Robe
Zikkurat	Tempelturm, Tempelpyramide

Inhalt

Angelika Schrobsdorff im dtv

»Die Schrobsdorff hat ihr Leben lang nur wahre Sätze geschrieben.«
Johannes Mario Simmel

Die Reise nach Sofia
ISBN 3-423-10539-9
Sofia und Paris – ein Bild zweier Welten: Beobachtungen über Konsum und Liebe, Freiheit und Glück in Ost und West.

Die Herren
Roman
ISBN 3-423-10894-0
Ein psychologisch-erotischer Roman, dessen Erstveröffentlichung 1961 als skandalös empfunden wurde.

Jerusalem war immer eine schwere Adresse
ISBN 3-423-11442-8
Ein Bericht über den Aufstand der Palästinenser, ein sehr persönliches, menschliches Zeugnis für Versöhnung und Toleranz.

Der Geliebte
Roman
ISBN 3-423-11546-7
Stationen einer Liebe: Berlin, München, New York.

Der schöne Mann und andere Erzählungen
ISBN 3-423-11637-4

Die kurze Stunde zwischen Tag und Nacht
Roman
ISBN 3-423-11697-8

»Du bist nicht so wie andre Mütter«
Die Geschichte einer leidenschaftlichen Frau
ISBN 3-423-11916-0

Spuren
Roman
ISBN 3-423-11951-9
Eine junge Frau und ihr achtjähriger Sohn.

Jericho
Eine Liebesgeschichte
ISBN 3-423-12317-6
und dtv großdruck
ISBN 3-423-25156-5

Grandhotel Bulgaria
Heimkehr in die Vergangenheit
ISBN 3-423-12852-6

Wenn ich dich je vergesse, oh Jerusalem …
ISBN 3-423-13239-6

Von der Erinnerung geweckt
ISBN 3-423-24153-5

Isaac B. Singer im dtv

»Ohne Leidenschaft gibt es keine Literatur.«
Isaac B. Singer

»Es wird nach Singer kaum einen ähnlich bedeutenden Dichter der jiddischen Sprache und Geisteswelt geben. Sein Werk ist ein unheimlicher und großartiger Abgesang der untergegangenen ostjüdischen Kulturwelt.«
Salcia Landmann in ›Die Welt‹

Feinde, die Geschichte einer Liebe
Roman
Übers. v. Wulf Teichmann
ISBN 3-423-01216-1

Das Landgut
Roman
Übers. v. A. u. H. Ritter
ISBN 3-423-01642-6

Das Erbe
Roman
Übers. v. Thomas Kolberger
ISBN 3-423-10132-6

Verloren in Amerika
Vom Schtetl in die Neue Welt
Übers. v. Ellen Otten
ISBN 3-423-10395-7

Die Familie Moschkat
Roman
Übers. v. Gertrud Baruch
ISBN 3-423-10650-6

Old Love
Geschichten von der Liebe
Übers. v. Ellen Otten
ISBN 3-423-10851-7

Der Kabbalist vom East Broadway
Geschichten
Übers. v. Ellen Otten
ISBN 3-423-11549-1

Der Tod des Methusalem
und andere Geschichten vom Glück und Unglück der Menschen
Übers. v. Ellen Otten
ISBN 3-423-12312-5

Meschugge
Roman
Übers. v. Gertrud Baruch
ISBN 3-423-12522-5

Das Visum
Roman
ISBN 3-423-12738-4

Der König der Felder
Roman
Übers. v. Gertrud Baruch
ISBN 3-423-24102-0

Eine Kindheit in Warschau
Übers. v. Karin Polz
ISBN 3-423-12815-1

Bitte besuchen Sie uns im Internet: www.dtv.de

Isaac B. Singer im dtv

Ein Tag des Glücks
und andere Geschichten
von der Liebe
Übers. v. Ellen Otten
ISBN 3-423-12820-8

Max, der Schlawiner
Roman
Übers. v. Gertrud Baruch
ISBN 3-423-13004-0

Schatten über dem Hudson
Roman
Übers. v. Christa Schuenke
ISBN 3-423-13021-0

Schoscha
Roman
Übers. v. Ellen Otten
ISBN 3-423-13124-1

Leidenschaften
Geschichten aus der neuen
und der alten Welt
Übers. v. Ellen Otten
ISBN 3-423-13192-6

Der Büßer
Roman
Übers. v. Gertrud Baruch
ISBN 3-423-13220-5

Jentl
Erzählungen
Übers. v. W. von Einsiedel
dtv großdruck
ISBN 3-423-25203-0

Die Gefilde des Himmels
Eine Geschichte vom
Baalschern Tow
Übers. v. Hannelore Neves
dtv großdruck
ISBN 3-423-25220-0

Der Geschichtenerzähler
Erzählungen
Übers. v. Irene Rumler und
Rolf Inhauser
Illustr. v. Julian Jusim
ISBN 3-423-62094-3